早引き季語辞典

夏

遊子館

早引き 季語辞典［夏］

監修のことば

大岡 信

季語は、発句に季題として当季の景物を詠み入れ、一巻の中に「季」を適切に位置づけ、美意識の基調をはかるという連句によって育まれたものである。「季」をあらわす詩語が季語であり、季題は句作の際に与えられた季節に関する題目といえる。高浜虚子は「俳句は季題を詠ずる文学なり」（『ホトトギス』大正二年六月号）といっており、季語を詠み込むことは句作の一つの約束事となっている。

本辞典は、歳時記編成による季語辞典であり、大変便利に編集されている。まず「詠みたいと思う季語をすばやく見つけられること」、次に「自分が詠んだ句の季語をすばやく確認できること」「季語解説と秀句収録ページにすばやく到達できること」「季語の見出しが多く、季語の選択の範囲が広いこと」、そして活字が見やすいこと、難読文字にはふりがなが付けられていること、造本が携帯に至便であること、多くの動植物の図版が添えられていて視覚的な理解がしやすいこと、また山頭火や一碧楼など定型句以外の作品も収録されていること、巻末の作句メモ帳も嬉しい……等々、本辞典は実に句作者の利便性を考慮して編集されている。

本書に収録されている季語や秀句は日本の歴史と文化、四季折々の風土が生んだ詩歌の暦ともいうべきものである。句作のための実用性ばかりでなく、秀句の鑑賞にもまことに楽しい辞典である。江湖に推奨したい。

本書の使い方

1、本書の構成

夏の季語を［自然・時候編］［生活編］［動物編］［植物編］の四章に分類した。従来の季語分類の時候・天文・地理は自然・時候編に、人事・宗教は生活編におおむね収めた。

2、見出し語の体裁

季語の見出し語は、代表的な季語と関連季語を幅広く収録した。さらに歴史的（旧）仮名遣いを付した。

3、見出し語の配列

季語の見出し語は、仮名表記の五〇音順とし、【　】に漢字表記および外来語を記載した。読みが同音の場合は原則として漢字の画数順とした。

4、表　記

季語の見出し語、解説文の漢字表記は、常用漢字・人名漢字はその字体を、その他は一般に通用する漢字表記を使用した。ただし、収録句の作品性などを考慮して、字体を残す必要のあると思われるものは、正字体も使用した。

5、季節の表記（一つの目安として見出しの下に記した）

［初夏］は、陽暦五月・旧暦四月。立夏（五月六日）から芒種の前日（六月五日）まで

［仲夏］は、陽暦六月・旧暦五月。芒種（六月六日）から小暑の前日（七月六日）まで

［晩夏］は、陽暦七月・旧暦六月。小暑（七月七日）から立秋の前日（八月七日）まで

［三夏］は、初夏から晩夏まで

6、解　説

季語の解説は簡略を旨とした。より詳しくは小社刊行の『短歌俳句表現辞典シリーズ』を参照されたい。また、関連参照季語を⇩で示し、重層的な利用に配慮した。

7、図　版

動物編、植物編には、適宜動物画、植物画の図版（村越三千男著画『大植物図鑑』を主とした）を付した。

早引き季語索引

1、本索引は句作のために、
❶詠みたいと思う季語をすばやく見つけること。
❷自分が詠んだ句の季語をすばやく確認すること。
❸季語解説と秀句収録ページにすばやく到達すること。
この三つの機能を持たせたものである。

2、分類は［自然・時候編］〈時候〉〈天文〉〈地理〉
［生活編］〈生活一般〉〈行事〉
［動物編］
［植物編］
とし、それぞれの見出し項目を五〇音順に収録した。
数字は本文の掲載ページを示す。

3、関連する項目については、⇩で示した。

［自然・時候編］早引き季語索引

［時　候］

「あ〜た行」

あきかぜちかし【秋風近し】…43
あきちかし【秋近し】…43
あきどなり【秋隣】…43
あきをまつ【秋を待つ】…43
あけいそぐ【明急ぐ】…44
あけやすし【明易し】…44
あさすず【朝涼】…44
あつきひ【暑き日】…44
あつきよ【暑き夜】…45
あつし【暑し】…45
いちげ【一夏】…45
うづき【卯月】…46
えんしょ【炎暑】…47
えんちゅう【炎昼】…47
えんてん【炎天】…47
くれのなつ【暮の夏】…
げし【夏至】…51
ごがつ【五月】…51
ごがつじん【五月尽】…51
ごくしょ【極暑】…52
こぬあき【来ぬ秋】…52
さつき【皐月】…52
さなえづき【早苗月】…54
さんぷく【三伏】…54
しちがつ【七月】…55
しょ【暑】…55
しょうしょ【小暑】…55
しょうまん【小満】…55
しょか【初夏】…55
しょき【暑気】…56
じょくしょ【溽暑】…56
しんだん【新暖】…56
すずし【涼し】…57
せいか【盛夏】…57
せいわ【清和】…57
たいしょ【大暑】…58
たうえどき【田植時】…58
ちゅうか【仲夏】…59
つきすずし【月涼し】…59
つゆあけ【梅雨明】…60
つゆざむ【梅雨寒】…60
つゆすずし【露涼し】…60
どよう【土用】…61
どようあけ【土用明】…62
どようい り【土用入】…62

「な〜わ行」

なつ【夏】…63
なつあさし【夏浅し】…63
なつきたる【夏来る】…64
なつたつ【夏立つ】…64
なつのあかつき【夏の暁】…64
なつのあさ【夏の朝】…65
なつのいろ【夏の色】…65
なつのはて【夏の果】…67
なつのひ【夏の日】…67
なつのゆうべ【夏の夕】…68
なつのよ【夏の夜】…68
なつのよあけ【夏の夜明】…68
なつのよい【夏の宵】…69
なつのわかれ【夏の別れ】…69
なつふかし【夏深し】…69
なつめく【夏めく】…69
なわしろさむ【苗代寒】…70

にゅうばい【入梅】…70
ばくしゅう【麦秋】…71
はくしょ【薄暑】…72
はくや【白夜】…72
ばんか【晩夏】…72
はんげしょう【半夏生】…72
ばんりょう【晩涼】…73
ぼうしゅ【芒種】…75
まなつ【真夏】…75
みじかよ【短夜】…75
みなづき【水無月】…76
みなづきじん【水無月尽】
…76
みみずいづ【蚯蚓出づ】…76
むぎのあき【麦の秋】…76
もゆる【炎ゆる】…77
やくる【灼くる】…77
ゆうすず【夕涼】…78
ゆくなつ【行く夏】…79
よしゅん【余春】…79
よのつまる【夜のつまる】…79
よるのあき【夜の秋】…79
りっか【立夏】…80
りょう【涼】…80
れいか【冷夏】…80
ろくがつ【六月】…80

[天　文]

「あ〜さ行」

あいのかぜ【あいの風】…42
あおあらし【青嵐】…42
あおごち【青東風】…42
あおしぐれ【青時雨】…42
あさぐもり【朝曇】…44
あさやけ【朝焼】…44
あぶらでり【油照】…45
いかづち…45
いなさ【東南風】…46
うづきぐもり【卯月曇】…46
うのはなくたし【卯の花腐し】
…47
うめのあめ【梅の雨】…47
うんかい【雲海】…47
えんらい【遠雷】…48
おくりづゆ【送り梅雨】…48
おんぷう【温風】…48
かぜかおる【風薫る】…48
かぜしす【風死す】…49
かたかげ【片陰】…49
かみなり【雷】…49
からつゆ【空梅雨】…49
きう【喜雨】…50
きのめながし【木の芽ながし】
…50
くだり…50
くものみね【雲の峰】…50
くろはえ【黒南風】…50
くんぷう【薫風】…51
こうじゃくふう【黄雀風】…51
ごさい【御祭風】…52
さつきあめ【五月雨】…52
さつきぐも【五月雲】…53
さつきぞら【五月空】…53
さつきばれ【五月晴】…53
さつきやみ【五月闇】…53
さみだれ【五月雨】…54
しらはえ【白南風】…56
じり【海霧】…56
じんらい【迅雷】…56
スコール…56
すずかぜ【涼風】…56
せつのにしかぜ【節の西風】
…57

「た　行」

たくしう【濯枝雨】…59

たけのこづゆ【筍梅雨】…59
だし…59
つばなながし【茅花流し】…59
つゆ【梅雨】…59
つゆかみなり【梅雨雷】…60
つゆぐも【梅雨雲】…60
つゆぐもり【梅雨曇】…60
つゆぞら【梅雨空】…61
つゆのつき【梅雨の月】…61
つゆばれ【梅雨晴】…61
とおいかづち【遠雷】…61
どようあい【土用あい】…62
どようごち【土用東風】…62
とらがあめ【虎が雨】…62

「な　行」

ながし…63
なつあらし【夏嵐】…63
なつかげ【夏陰】…63
なつがすみ【夏霞】…64
なつぐれ【夏ぐれ】…64
なつのあめ【夏の雨】…65
なつのかぜ【夏の風】…65
なつのきり【夏の霧】…66
なつのくも【夏の雲】…66
なつのしも【夏の霜】…66
なつのそら【夏の空】…67
なつのつき【夏の月】…67
なつのつゆ【夏の露】…67
なつのほし【夏の星】…68
なつひかげ【夏日影】…69
なるかみ【鳴神】…70
にじ【虹】…70
にしび【西日】…70
ねっぷう【熱風】…71

「は～わ行」

ばいてん【梅天】…71
はえ…71
はしりづゆ【走梅雨】…72
はたたがみ【はたた神】…72
ひかげ【日陰】…73
ひかた…73
ひざかり【日盛】…73
ひさめ【氷雨】…73
ひでり【旱】…74
ひでりぼし【旱星】…74
ひょう【雹】…74
まじ…75
まるにじ【円虹】…75
みなみ【南風】…76
むぎのあきかぜ【麦の秋風】…76
むぎのあめ【麦の雨】…77
むぎのかぜ【麦の風】…77
むぎびより【麦日和】…77
やまぎり【山霧】…77
やませ【山瀬】…78
ゆうだち【夕立】…78
ゆうだちかぜ【夕立風】…78
ゆうだちぐも【夕立雲】…78
ゆうだちばれ【夕立晴】…78
ゆうなぎ【夕凪】…79
ゆうやけ【夕焼】…79
らい【雷】…80
らいう【雷雨】…80
らいうん【雷雲】…80
わかばぐもり【若葉曇】…80

［地理］

「あ〜さ行」

あおた【青田】…42
あおばじお【青葉潮】…43
あおばやま【青葉山】…43
あかふじ【赤富士】…43
あかゆき【赤雪】…43
あさなぎ【朝凪】…44
いずみ【泉】…45
いみずます【井水増す】…46
いわしみず【岩清水】…46
うえた【植田】…46
うづきの【卯月野】…46
うなみ【卯波】…47
おはなばたけ【お花畑】…48
かつおじお【鰹潮】…49
こけしみず【苔清水】…52
さつきがわ【五月川】…53
さつきなみ【五月波】…53
さつきふじ【五月富士】…53
さつきやま【五月山】…53
したたり【滴り】…54
しみず【清水】…55
しろた【代田】…56
せっけい【雪渓】…57

「た〜や行」

たき【滝】…58
たきしぶき【滝しぶき】…58
たきつぼ【滝壺】…59
たきのおと【滝の音】…59
たみずわく【田水湧く】…59
ついりあな【梅雨穴】…59
つゆでみず【梅雨出水】…61
つゆのやま【梅雨の山】…61
どようなぎ【土用凪】…62
どようなみ【土用波】…62
なつかわら【夏河原】…64
なつの【夏野】…64
なつのうみ【夏の海】…65
なつのうみ【夏の湖】…65
なつのかわ【夏の川】…66
なつのにわ【夏の庭】…67
なつのみず【夏の水】…68
なつのやま【夏の山】…68
なつばたけ【夏畑】…69
なつふじ【夏富士】…69
なつやま【夏山】…69
にがしお【苦潮】…70
ねっさ【熱砂】…71
ひやけだ【日焼田】…74
ふじのゆきげ【富士の雪解】…74
やましみず【山清水】…77

［関連］

うかい【鵜飼】⇩［生活編］
かどすずみ【門涼み】⇩［生活編］
かやりび【蚊遣火】⇩［生活編］
かわがり【川狩】⇩［生活編］
かわどめ【川止】⇩［生活編］
かわびらき【川開】⇩［生活編］
かわらのすずみ【河原の納涼】⇩［生活編］
くさいきれ【草いきれ】⇩［植物編］
くすりふる【薬降る】⇩［生活編］
こいのぼり【鯉幟】⇩［生活編］
こしたやみ【木下闇】

［自然・時候編］早引き季語索引

⇩［植物編］
ごらいごう【御来迎】
⇩［生活編］
さみだれがみ【五月雨髪】
⇩［生活編］
しげり【茂り】⇩［植物編］
したすずみ【下涼み】
⇩［生活編］
したやみ【下闇】⇩［植物編］
しんじゅ【新樹】⇩［植物編］
しんりょく【新緑】⇩［植物編］
すずみ【涼み】⇩［生活編］
すずみぶね【涼み舟】
⇩［生活編］
せみしぐれ【蟬時雨】
⇩［動物編］
たうえ【田植】⇩［生活編］
なつこだち【夏木立】
⇩［植物編］
のぼり【幟】⇩［生活編］

はしすずみ【橋涼み】
⇩［生活編］
はなび【花火】⇩［生活編］
はなびぶね【花火舟】
⇩［生活編］
ばんりょく【万緑】⇩［植物編］
ひしょ【避暑】⇩［生活編］
ふけい【噴井】⇩［生活編］
ふなあそび【船遊】⇩［生活編］
ふんすい【噴水】⇩［生活編］
ほたるがり【蛍狩】⇩［生活編］
もかりぶね【藻刈舟】
⇩［生活編］
ゆうすずみ【夕涼み】
⇩［生活編］
ゆかすずみ【床涼み】
⇩［生活編］
よたき【夜焚】⇩［生活編］
ヨット⇩［生活編］
よづり【夜釣】⇩［生活編］

よぶり【夜振】⇩［生活編］
りょくいん【緑陰】⇩［植物編］

[生活編] 早引き季語索引

[生活一般]

「あ　行」

あいかる【藍刈る】…82
アイスコーヒー …82
アイスティー …82
あおざし【青差】…83
あおすだれ【青簾】…83
あさかる【麻刈る】…83
あさじざけ【麻地酒】…83
あさちゃのゆ【朝茶の湯】…84
あさのれん【麻暖簾】…84
あせ【汗】…84
あせてぬき【汗手貫】…84
あせとり【汗取り】…84
あせぬぐい【汗拭い】…84
あせも【汗疹】…85
あつめじる【集め汁】…84
あまごい【雨乞】…85
あまざけ【甘酒】…86
あまひく【亜麻引く】…86
あみがさ【編笠】…86
あみど【網戸】…86
あみぶね【網舟】…86
あめやすみ【雨休み】…86
あめゆ【飴湯】…86
あゆがり【鮎狩】…87
あゆずし【鮎鮨】…88
あゆなます【鮎膾】…88
あゆのさと【鮎の里】…88
あゆのやど【鮎の宿】…88
あらい【洗膾】…88
あらいすずき【洗い鱸】…88
あらいだい【洗い鯛】…88
アロハシャツ …88
あわせ【袷】…88
あわびとり【鮑採り】…89
あわまく【粟蒔く】…89
あわゆきかん【淡雪羹】…89
いかつり【烏賊釣】…89
いかほす【烏賊干す】…89
いかる【藺刈る】…89
いずみどの【泉殿】…89
いどがえ【井戸替】…90
いととり【糸取】…90
いわなつり【岩魚釣】…90
うえめ【植女】…91
うかい【鵜飼】…91
うかいび【鵜飼火】…91
うかいぶね【鵜飼舟】…91
うかがり【鵜篝】…91
うがわ【鵜川】…91
うきにんぎょう【浮人形】…91
うしひやす【牛冷やす】…91
うじょう【鵜匠】…92
うすもの【薄物】…92
うちみず【打水】…92
うちわ【団扇】…92
うづかい【鵜遣】…92
うなぎのひ【鰻の日】…92
うなわ【鵜縄】…93
うぶね【鵜舟】…93
うまあらう【馬洗う】…93
うまひやす【馬冷やす】…93
うめしゅ【梅酒】…93
うめつける【梅漬ける】…93
うめほす【梅干す】…93
うめむく【梅剥く】…94
うりづけ【瓜漬】…94

うりぬすっと【瓜盗人】…94
うりのばん【瓜の番】…94
うりもみ【瓜揉】…94
うるしかき【漆掻き】…94
えもんだけ【衣紋竹】…94
えんえい【遠泳】…95
えんざ【円座】…95
えんだいしょうぎ【縁台将棋】…95
おうぎ【扇】…95
オープンカー…95
おきなます【沖膾】…95
おこしえ【起し絵】…96
おしずし【押鮨】…96
おとりあゆ【囮鮎】…96
およぎ【泳ぎ】…96

「か　行」

かいきんシャツ【開襟シャツ】…97
かいこのあがり【蚕の上簇】…97
かいすいぎ【海水着】…97
かいすいよく【海水浴】…97
かいひんぎ【海浜着】…97
かいぶし【蚊燻】…97
かきこうしゅうかい【夏期講習会】…98
かくすべ【蚊燻べ】…98
かくらん【霍乱】…98
かけこう【掛香】…98
かごまくら【籠枕】…98
かぜとおし【風通し】…99
かたびら【帷子】…99
かつおいろり【鰹色利】…99
かつおうり【鰹売】…99
かつおつり【鰹釣】…100
かつおぶね【鰹船】…100
かっけ【脚気】…100
かどすずみ【門涼み】…100
かにびしお【蟹醢】…100
かび【黴】⇩［植物編］
かび【蚊火】…100
がまむしろ【蒲筵】…101
かみあらう【髪洗う】…101
かや【蚊帳】…101
かやり【蚊遣】…102
かやりび【蚊遣火】…102
かわがり【川狩】…102
かわくじら【皮鯨】…102
かわぶとん【革蒲団】…102
かわゆか【川床】…102
かわらのすずみ【河原の納涼】…103
かをやく【蚊を焼く】…103
かんぴょうむく【干瓢剥く】…103
きすつり【鱚釣】…104
きせい【帰省】…104
きのえだはらう【木の枝払う】…104
きびまく【黍蒔く】…104
ぎふぢょうちん【岐阜提灯】…104
きゃらぶき【伽羅蕗】…104
キャンプ…105
きゅうりづけ【胡瓜漬】…105
きゅうりもみ【胡瓜揉】…105
ぎょうずい【行水】…105
きんぎょうり【金魚売】…105
きんぎょくとう【金玉糖】…105
きんぎょだま【金魚玉】…105
くいなぶえ【水鶏笛】…106
くさかり【草刈】…106
くさごえ【草肥】…106
くさぶえ【草笛】…106
くさむしり【草毟り】…106
くさや【草矢】…106

くずきり【葛切】…106
くずそうめん【葛素麺】…106
くずまゆ【屑繭】…107
くずまんじゅう【葛饅頭】…107
くずみず【葛水】…107
くずもち【葛餅】…107
くのえこう【薫衣香】…107
ケルン…109
こうじゅさん【香需散】…109
こうすい【香水】…110
こおりうり【氷売】…110
こおりみず【氷水】…110
こおりもち【氷餅】…110
こころぶと【心太】…110
こちゃ【古茶】…110
ごままく【胡麻蒔く】…111
ごらいごう【御来迎】…111
コレラ【虎列刺】…111
ころもがえ【更衣】…111
こんちゅうさいしゅう【昆虫採集】…111
こんぶかる【昆布刈る】…111
こんぶほす【昆布干す】…111

「さ　行」

さおとめ【早乙女】…112
ささちまき【笹粽】…112
さつきいみ【五月忌】…112
さつききょうげん【五月狂言】…112
さつまいもうえる【甘藷植える】…112
さとうみず【砂糖水】…112
さなえとり【早苗取】…113
さなえぶね【早苗舟】…113
さなぶり【早苗饗】…113
さばずし【鯖鮨】…113
さばつり【鯖釣】…113
サマーコート…113
サマードレス 113
サマーハウス…113
さみだれがみ【五月雨髪】…113
さらし【晒布】…114
さらしい【晒井】…114
さらしくじら【晒鯨】…114
サングラス…114
さんじゃくね【三尺寝】…114
さんすいしゃ【撒水車】…114
サンドレス…114
さんばいおろし【さんばい降し】…114
しおあび【潮浴び】…115
しおいか【塩烏賊】…115
しおくじら【塩鯨】…115
しきがみ【敷紙】…115
したすずみ【下涼み】…115
しちょう【紙帳】…115
じゃかごあむ【蛇籠編む】116
しゅんかん【笋羹】…116
じょうさいうり【定斎売】…116
しょうじはずす【障子はずす】…116
しょうちゅう【焼酎】…116
じょうふ【上布】…117
しょうゆつくる【醤油造る】…118
しょきあたり【暑気中り】…118
しょきばらい【暑気払い】…118
じょそうき【除草器】…118
しょちゅうみまい【暑中見舞】…1148
しらかさね【白重】…118
しらたま【白玉】…118
しろかき【代掻き】…119
しろがすり【白絣】…119

しろぐつ【白靴】…119
しろふく【白服】…119
しんいと【新糸】…119
しんかんぴょう【新干瓢】…119
しんちゃ【新茶】…119
しんないながし【新内ながし】…119
しんぶし【新節】…119
じんべい【甚平】…120
しんまわた【新真綿】…120
しんむぎ【新麦】…120
すあし【素足】…120
すいきゅう【水球】…120
すいしゃふむ【水車踏む】…120
すいじょうスキー【水上スキー】…120
すいちゅうか【水中花】…120
すいちゅうめがね【水中眼鏡】…120
すいば【水馬】…120
すいはん【水飯】…121
すいばん【水盤】…121
スカル…121
スキンダイビング…121
すげかる【菅刈る】…121
すし【鮨】…121
すしおけ【鮨桶】…122
すずのはち【錫の鉢】…122
すずみ【涼み】…122
すずみじょうるり【納涼浄瑠璃】…122
すずみぶね【涼み舟】…122
すずめずし【雀鮨】…122
すだれ【簾】…122
すててこ…123
すど【簀戸】…123
すなひがさ【砂日傘】…123
せいりょういんりょうすい【清涼飲料水】…124
せきり【赤痢】…124
せごしなます【背越膾】…124
せまい【施米】…124
ゼリー…124
セル…125
せんこうはなび【線香花火】…125
せんす【扇子】…125
せんだんご【千団子】…125
せんぷうき【扇風機】…125
そいねかご【添寝籠】…125
そうじゅつをやく【蒼朮を焼く】…125
そうまとう【走馬灯】…125
ソーダすい【ソーダ水】…126
そとね【外寝】…126

「た 行」

ダービー…126
ダイビング…126
たうえ【田植】…126
たうえうた【田植歌】…127
たうえがさ【田植笠】…127
たうえざけ【田植酒】…127
たうえどき【田植時】…127
⇩［植物編］
たうえめ【田植女】…127
たかむしろ【簟】…127
だきかご【抱籠】…127
たきどの【滝殿】…128
たくさとり【田草取】…128
たけうるひ【竹植うる日】…128
たけうつす【竹移す】…128
たけきり【竹伐】…128
たけしょうぎ【竹牀几】…128
たけのこめし【竹の子飯】…128
たてばんこ【立版古】…128

ちくふじん【竹夫人】…129
ちぢみふ【縮布】…129
つくりあめ【作り雨】…131
つくりだき【作り滝】…131
つつがむしびょう【恙虫病】…131
つなそかる【綱麻刈る】…131
つばきつぐ【椿接ぐ】…131
つりしのぶ【釣忍】…131
つりぼり【釣堀】…132
てはなび【手花火】…132
てんかふん【天瓜粉】…132
てんぐさとり【天草取】…132
とういす【籐椅子】…132
とうちん【陶枕】…133
とうむしろ【籐筵】…133
とうようとう【桃葉湯】…133
どくけしうり【毒消売】…133
ところてん【心太】…133
とざん【登山】…134
どじょうじる【泥鰌汁】…134
どじょうなべ【泥鰌鍋】…134
ともし【照射】…134
どようなぎ【土用鰻】…134
どようきゅう【土用灸】…134
どようしじみ【土用蜆】…134
どようぼし【土用干】…134
どようもち【土用餅】…135
とりもちつく【鳥黐搗く】…135

「な　行」

ナイター…135
なえうり【苗売】…135
なえとり【苗取】…135
ながらび【菜殻火】…135
なすあえ【茄子和】…136
なすうえる【茄子植える】…136
なすじる【茄子汁】…136
なすづけ【茄子漬】…136
なすのしぎやき【茄子の鴫焼】…136
なたねうつ【菜種打つ】…137
なたねがり【菜種刈】…137
なたねほす【菜種干す】…137
なつえり【夏衿】…137
なつおび【夏帯】…137
なつかぜ【夏風邪】…137
なつがっぱ【夏合羽】…137
なつがれ【夏枯】…137
なつきりちゃ【夏切茶】…138
なつごおり【夏氷】…138
なつごろも【夏衣】…138
なつざしき【夏座敷】…138
なつざぶとん【夏座蒲団】…138
なつしばい【夏芝居】…138
なつシャツ【夏シャツ】…138
なつスキー【夏スキー】…138
なつそひく【夏麻引く】…139
なつたび【夏足袋】…139
なつてぶくろ【夏手袋】…139
なつてまえ【夏手前】…139
なつねんぶつ【夏念仏】…139
なつのれん【夏暖簾】…139
なつばおり【夏羽織】…139
なつばかま【夏袴】…139
なつばて【夏ばて】…140
なつびきのいと【夏引の糸】…140
なつふく【夏服】…140
なつぶとん【夏蒲団】…140
なつぼうし【夏帽子】…140
なつぼし【夏沸瘡】…140
なつまけ【夏負】…140
なつやかた【夏館】…141
なつやすみ【夏休み】…141
なつやせ【夏痩】…141
なつりょうり【夏料理】…141
なつろ【夏炉】…141

なまりぶし【生節】…142
なみのり【波乗】…142
にうめ【煮梅】…142
にざけ【煮酒】…142
にっしゃびょう【日射病】…143
ねござ【寝茣蓙】…143
ねびえ【寝冷】…143
ネル…143
のみとりこ【蚤取粉】…144

「は 行」

はえたたき【蠅叩】…144
はえちょう【蠅帳】…144
はえとりがみ【蠅取紙】…144
はえとりき【蠅取器】…144
はえよけ【蠅除】…145
はかまのう【袴能】…145
ばくしょ【曝書】…145
はこづり【箱釣】…145
はこにわ【箱庭】…145
はこめがね【箱眼鏡】…145
はしい【端居】…145
はしすずみ【橋納涼】…146
はすみ【蓮見】…146
はすみぶね【蓮見舟】…146
はだか【裸】…146
はだし【跣】…146
はだぬぎ【肌脱】…146
はつあわせ【初袷】…146
はっかかる【薄荷刈る】…146
はったい【麨】…147
はつたうえ【初田植】…147
はなごおり【花氷】…147
はなござ【花茣蓙】…147
はなび【花火】…147
はなびぶね【花火舟】…148
パナマぼう【パナマ帽】…148
はものかわ【鱧の皮】…148
はやずし【早鮨】…148
はらあて【腹当】…148
パラソル…148
ハンカチ…149
バンガロー…149
はんズボン【半ズボン】…149
ハンモック…149
ビール【麦酒】…149
ひえまく【稗蒔く】…149
ひおおい【日覆】…149
ひがさ【日傘】…150
ひしょ【避暑】…150
ひとえ【単衣】…150
ひとえおび【単帯】…150
ひとよざけ【一夜酒】…150
ひなたみず【日向水】…150
ひふぐ【干河豚】…150
ひむろ【氷室】…151
ひゃくものがたり【百物語】…151
ひやけ【日焼け】…151
ひやざけ【冷酒】…151
ひやしうり【冷やし瓜】…151
ひやしすいか【冷やし西瓜】…151
ひやじる【冷汁】…151
ひやそうめん【冷素麺】…152
ビヤホール…152
ひやむぎ【冷麦】…152
ひややっこ【冷奴】…152
ひょうか【氷菓】…152
ひよけ【日除】…152
ひるね【昼寝】…152
びわようとう【枇杷葉湯】…153
ふうりん【風鈴】…153
プール…153
ふくろかけ【袋掛】…153
ふけい【噴井】…153
ふすまはずす【襖はずす】…154
ふなあそび【舟遊び】…154

ふなずし【鮒鮨】…154
ふのりほす【海蘿干す】…155
ふるまいみず【振舞水】…155
ふろちゃ【風炉茶】…155
ふんすい【噴水】…155
へくらじまわたる【舳倉島渡る】…155
ボート…155
ほぐし【火串】…156
ほしいい【干飯】…156
ほしうり【干瓜】…156
ほしくさ【干草】…156
ほたるかご【蛍籠】…156
ほたるがり【蛍狩】…157
ほたるみ【蛍見】…157
ぼたんみ【牡丹見】…157
ぼっか【歩荷】…157

「ま～わ行」

まごたろうむしうり【孫太郎虫売】…157
まこもうり【真菰売】…157
まこもかる【真菰刈る】…157
まつまえわたる【松前渡る】…158
まめうう【豆植う】…158
まめめし【豆飯】…158
マラリア【麻刺利亜】…158
まわりどうろう【回り燈籠】…158
みがきにしん【身欠鰊】…158
みずあそび【水遊び】…159
みずあたり【水中り】…159
みずあらそい【水争い】…159
みずうり【水売】…159
みずがい【水貝】…159
みずからくり【水絡繰】…159
みずぎ【水着】…159
みずたま【水玉】…159
みずてっぽう【水鉄砲】…159
みずのこ【水の粉】…160
みずばん【水番】…160
みずむし【水虫】…160
みずめし【水飯】…160
みずようかん【水羊羹】…160
みぞさらえ【溝浚え】…160
みつまめ【蜜豆】…161
みょうがじる【茗荷汁】…161
むぎうた【麦唄】…161
むぎうち【麦打】…161
むぎかり【麦刈】…161
むぎこき【麦扱】…162
むぎちゃ【麦茶】…162
むぎつき【麦搗】…162
むぎぬか【麦糠】…162
むぎのこ【麦の粉】…162
むぎぶえ【麦笛】…162
むぎぼこり【麦埃】…162
むぎめし【麦飯】…162
むぎゆ【麦湯】…163
むぎらくがん【麦落雁】…163
むぎわら【麦藁】…163
むぎわらぶえ【麦藁笛】…163
むぎわらぼうし【麦藁帽子】…163
むしかがり【虫篝】…163
むしはらい【虫払】…163
むしぼし【虫干】…163
めしざる【飯笊】…164
めしすえる【飯饐える】…164
モーター・ボート…164
もかり【藻刈】…164
もかりぶね【藻刈舟】…164
もじしょうじ【綟障子】…164

やがいえんそう【野外演奏】…164
やな【簗】…165
ゆうがし【夕河岸】…165
ゆうがとう【誘蛾灯】…165
ゆうすずみ【夕涼み】…165
ゆうせん【遊船】…165
ゆかすずみ【床涼み】…165
ゆかた【浴衣】…166
ゆであずき【茹小豆】…166
ゆとん【油団】…166
よしず【葭簀】…166
よしど【葭戸】…166
よすすぎ【夜濯】…166
よたき【夜焚】…166
ヨット…167
よづり【夜釣】…167
よぶり【夜振】…167
よみせ【夜店】…167
ラムネ…167
りんかんがっこう【林間学校】…167
れいぞうこ【冷蔵庫】…167
れいぼう【冷房】…168
レース…168
ろだい【露台】…168
わきが【腋臭】…168
わたぬき【綿抜】…168
わたまく【綿蒔く】…168

［行　事］

「あ〜か行」

あいちょうしゅうかん【愛鳥週間】…82
あおいまつり【葵祭】…82
あさがおいち【朝顔市】…83
あさくさまつり【浅草祭】…83
あさのはながす【麻の葉流す】…84
あたごのせんにちもうで【愛宕の千日詣】…85
あつたまつり【熱田祭】…85
あやめいんじ【菖蒲印地】…86
あやめのうら【菖蒲の占】…86
あやめのひ【菖蒲の日】…87
あやめのまくら【菖蒲の枕】…87
あやめひく【菖蒲引く】…87
あやめふく【菖蒲葺く】…87
あんご【安居】…89
いせのおたうえ【伊勢の御田植】…90
いちげ【一夏】…90
いつくしままつり【厳島祭】…90
いんじうち【印地打】…90
ウェストンさい【ウェストン祭】…90
うみびらき【海開】…93
えいさいき【栄西忌】…94
えんまどうきょうげん【閻魔堂狂言】…95
おおやまもうで【大山詣】…95
おきなわいれいのひ【沖縄慰霊の日】…96
おんばしらまつり【御柱祭】

…97
がきき【我鬼忌】…98
かじょうぐい【嘉定食】…98
かしわもち【柏餅】…99
かたしろ【形代】…99
かちうま【勝馬】…99
かっぱき【河童忌】…100
かっぱまつり【河童祭】…100
かまくらカーニバル【鎌倉カーニバル】…101
かみのぼり【紙幟】…101
かもがわおどり【鴨川踊】…101
かもまつり【賀茂祭】…101
からさきまいり【唐崎参】…102
かわびらき【川開】…102
かんだまつり【神田祭】…103
ぎおんえ【祇園会】…103
きぶねまつり【貴船祭】…104
くすだま【薬玉】…106
くすりがり【薬狩】…107
くすりふる【薬降る】…107
くらべうま【競馬】…108
くらまのたけきり【鞍馬の竹伐】…108
けいと【競渡】…108
げがき【夏書】…108
げぎょう【夏行】…108
げごもり【夏籠】…108
げだち【夏断】…109
げばな【夏花】…109
げんばくのひ【原爆の日】…109
こいのぼり【鯉幟】…109
こうりんき【光琳忌】…110
こどものひ【こどもの日】…110

「さ～な行」

さいくさまつり【三枝祭】…112
さんじゃまつり【三社祭】…114
しおがままつり【塩釜祭】…115
じしゅまつり【地主祭】…115
しせいさい【至聖祭】…115
しながわまつり【品川祭】…116
しまんろくせんにち【四万六千日】…116
じょうざんき【丈山忌】…116
しょうてんさい【昇天祭】…117
しょうぶうち【菖蒲打】…117
しょうぶざけ【菖蒲酒】…117
しょうぶだち【菖蒲太刀】…117
しょうぶのかぶと【菖蒲の兜】…117
しょうぶのはちまき【菖蒲の鉢巻】…117
しょうぶふく【菖蒲葺く】…117
しょうぶゆ【菖蒲湯】…118
しろいはね【白い羽根】…119
すいぼうでぞめしき【水防出初式】…121
すみよしのおたうえ【住吉の御田植】…123
せいしんさい【聖心祭】…123
せいたいさい【聖体祭】…123
せいペテロ・パウロさい【聖ペテロ・パウロ祭】…123
せいぼせいしんさい【聖母聖心祭】…123
せいヨハネさい【聖ヨハネ祭】…124
せいれいこうりんさい【聖霊降臨祭】…124
せみまるき【蟬丸忌】…124
そうままつり【走馬祭】…126
そがまつり【曾我祭】…126
たきぎのう【薪能】…127
たけううるひ【竹植うる日】…128
たんご【端午】…128
ちくすいじつ【竹酔日】…129
ちちのひ【父の日】…129

ちのわ【茅輪】…129
ちまき【粽】…130
ちまきとく【粽とく】…130
ちまきゆう【粽結う】…130
ちゃぐちゃぐまっこ【ちゃぐちゃぐ馬子】…130
つくだまつり【佃祭】…130
つくままつり【筑摩祭】…130
つしままつり【津島祭】…131
でんぎょうえ【伝教会】…132
てんままつり【天満祭】…132
とうきょうさんのうまつり【東京山王祭】…133
ときのきねんび【時の記念日】…133
なごし【夏越】…136
なごやばしょ【名古屋場所】…136
なつかぐら【夏神楽】…137
なつばしょ【夏場所】…140
なつばらえ【夏祓】…140
なつまつり【夏祭】…141
なべまつり【鍋祭】…141
なりひらき【業平忌】…142
なんこうさい【楠公祭】…142
にっこうまつり【日光祭】…142
ねりくよう【練供養】…143
のきのあやめ【軒の菖蒲】…143
のぼり【幟】…143
のぼりいち【幟市】…144
のまおい【野馬追】…144

「は〜ら行」

はかたぎおんまつり【博多祇園祭】…145
はつのぼり【初幟】…147
はなつみ【花摘】…147
はなのひ【花の日】…147
ははのひ【母の日】…148
パリさい【巴里祭】…149
ふきながし【吹流し】…153
ふくろうのあつもの【梟の羹】…153
ふじごり【富士垢離】…154
ふじもうで【富士詣】…154
ふちゅうまつり【府中祭】…154
ふなしばい【舟芝居】…154
ほおずきいち【酸漿市】…155
ほこまつり【鉾祭】…156
まつり【祭】…158
みずきょうげん【水狂言】…159
みそぎ【禊】…160
みそぎがわ【御祓川】…160
みたらしもうで【御手洗詣】…161
みねいり【峰入】… 161
みふねまつり【三船祭】…161
むしゃにんぎょう【武者人形】…163
やぐるま【矢車】…164
やまびらき【山開】…165
ゆうはらえ【夕祓】…165
よもぎふく【蓬葺く】…167
らんとう【蘭湯】…167

［動物編］早引き季語索引

「あ 行」

あいふ【合生】…170
あおがえる【青蛙】…170
あおぎす【青鱚】…170
あおさぎ【青鷺】… 170
あおじ【蒿雀】…171
あおだいしょう【青大将】…171
あおとかげ【青蜥蜴】…171
あおばずく【青葉木菟】…171
あおばと【青鳩】…171
あかあり【赤蟻】…171
あかいえか【赤家蚊】…171
あかえい【赤鱝】…171
あかこ【赤子】…172
あかしょうびん【赤翡翠】…172
あかはえ【赤鮠】…172
あかはら【赤腹】…172
あかまだらか【赤斑蚊】…172
あじ【鯵】…172
あじさし【鯵刺】…173
あとさりむし【あとさり虫】…173
あなご【穴子】…173
あぶらぜみ【油蟬】…173
あぶらむし【油虫】…173
あまがえる【雨蛙】…173
あまご【甘子】…174
あまごいどり【雨乞鳥】…174
あまつばめ【雨燕】…174
あめんぼ【水黽】…174
あゆ【鮎】…174
あゆがり【鮎狩】⇩［生活編］
あゆずし【鮎鮨】⇩［生活編］
あゆたか【鮎鷹】…175
あゆなます【鮎膾】⇩［生活編］
あゆのさと【鮎の里】⇩［生活編］
あゆのやど【鮎の宿】⇩［生活編］
あゆもどき【鮎擬】…175
あらい【洗鱠】⇩［生活編］
あらいすずき【洗い鱸】⇩［生活編］
あらいだい【洗い鯛】⇩［生活編］
あらう【荒鵜】…175
あり【蟻】…175
ありじごく【蟻地獄】…176
ありづか【蟻塚】…176
ありのとう【蟻の塔】…176
ありのとわたり【蟻の門渡り】…176
ありのみち【蟻の道】…176
ありまき【蟻巻】…176
あわび【鮑】…176
あわびとり【鮑採り】⇩［生活編］
いえこうもり【家蝙蝠】…177
いえだに【家壁蝨】…177
いえばえ【家蠅】…177
いか【烏賊】…177
いかつり【烏賊釣】⇩［生活編］
いかる【斑鳩】…177
いさき【伊佐木】…177
いしだい【石鯛】…177
いしなぎ【石投】…178
いしもち【石持】…178
いそがに【磯蟹】…178
いととんぼ【糸蜻蛉】…178
いとみみず【糸蚯蚓】…178
いなだ …178

いぼだい【疣鯛】…178
いぼたのむし【水蝋虫】…178
いもり【井守】…178
いわつばめ【岩燕】…179
いわな【岩魚】…179
いわなつり【岩魚釣】
⇩[生活編]
いわひばり【岩雲雀】…179
う【鵜】…179
うかい【鵜飼】⇩[生活編]
うかいび【鵜飼火】⇩[生活編]
うかいぶね【鵜飼舟】
⇩[生活編]
うかがり【鵜篝】⇩[生活編]
うがわ【鵜川】⇩[生活編]
うきす【浮巣】…180
うぐいすねをいる【鶯音を入る】
…180
うぐいすのおしおや【鶯の押親】
…180
うぐいすのおとしぶみ【鶯の落し文】…180
うぐいすのつけご【鶯の付子】
…180
うじ【蛆】…180
うしのした【牛の舌】…181
うしばえ【牛蠅】…181
うしひやす【牛冷やす】
⇩[生活編]
うじょう【鵜匠】⇩[生活編]
うすばかげろう【薄羽蜉蝣】
…181
うずらのす【鶉の巣】…181
うづかい【鵜遣】⇩[生活編]
うつせみ【空蟬】…181
うどんげ【優曇華】…181
うないこどり【童子鳥】…181
うなぎ【鰻】…182
うなぎのひ【鰻の日】
⇩[生活編]
うなわ【鵜縄】⇩[生活編]
うぶね【鵜舟】⇩[生活編]
うまあらう【馬洗う】
⇩[生活編]
うまひやす【馬冷やす】
⇩[生活編]
うみう【海鵜】…182
うみがめ【海亀】…182
うみほおずき【海酸漿】…182
うりばえ【瓜蠅】…182
えそ【狗母魚】…182
えだかわず【枝蛙】…182
えつ【斉魚】…183
おいうぐいす【老鶯】…183
おいかわ【追河】…183
おおさんしょううお【大山椒魚】
…183
おおばん【大鷭】…183
おおよしきり【大葦切】…183
おおるり【大瑠璃】…184
おきなます【沖膾】⇩[生活編]
おこぜ【鰧】…184
おしすずし【鴛鴦涼し】…184
おとしぶみ【落し文】…184
おとりあゆ【囮鮎】⇩[生活編]
おはぐろとんぼ【御歯黒蜻蛉】
…184

「か 行」

か【蚊】…185
が【蛾】…185
かいこのあがり【蚕の上簇】
⇩[生活編]
かいこのちょう【蚕の蝶】…185
かいこまゆ【蚕繭】…186
かいぶし【蚊燻】⇩[生活編]
かが【火蛾】…186
ががんぼ【大蚊】…186
かぎゅう【蝸牛】…186

かくいどり【蚊食鳥】…186
かくすべ【蚊燻べ】⇩［生活編］
がざみ【蝤蛑】…186
かじか【河鹿】…186
かたつむり【蝸牛】…187
かちう【歩行鵜】…187
かちうま【勝馬】⇩［生活編］
かつお【鰹】…187
かつおいろり【鰹色利】⇩［生活編］
かつおうり【鰹売】⇩［生活編］
かつおじお【鰹潮】⇩［自然・時候編］
かつおつり【鰹釣】⇩［生活編］
かつおのえぼし【鰹の烏帽子】…188
かつおぶね【鰹船】⇩［生活編］
かっこう【郭公】…188
かっぱき【河童忌】⇩［生活編］
かっぱまつり【河童祭】⇩［生活編］

かとんぼ【蚊蜻蛉】…188
かなぶん …188
かに【蟹】…188
かにのあわ【蟹の泡】…189
かにのこ【蟹の子】…189
かのこ【鹿の子】…189
かのこえ【蚊の声】…189
かばしら【蚊柱】…189
かび【蚊火】⇩［生活編］
かぶとえび【兜蝦】…189
かぶとむし【兜虫】…190
かまきりうまる【蟷螂生る】…190
かみきりむし【髪切虫】…190
かめのこ【亀の子】…190
かもすずし【鴨涼し】…190
かものこ【鴨の子】…190
かものす【鴨の巣】…190
かやくぐり【茅潜り】…191

かやり【蚊遣】⇩［生活編］
かやりび【蚊遣火】⇩［生活編］
からすのこ【烏の子】…191
かるがも【軽鴨】…191
かるのこ【軽鴨の子】…191
かわえび【川蝦】…191
かわがに【川蟹】…191
かわくじら【皮鯨】⇩［生活編］
かわせみ【翡翠】…191
かわとんぼ【川蜻蛉】…192
かわはぎ【皮剥】…192
かわほり【蝙蝠】…192
かをやく【蚊を焼く】⇩［生活編］
かんこどり【閑古鳥】…192
かんぱち【間八】…192
きくいむし【木食虫】…192
きす【鱚】…192
きすつり【鱚釣】⇩［生活編］
きはだまぐろ【黄肌鮪】…193

きびたき【黄鶲】…193
ぎょうぎょうし【行々子】…193
きんぎょ【金魚】…193
きんぎょうり【金魚売】⇩［生活編］
きんばえ【金蠅】…194
くいな【水鶏】…194
くいなぶえ【水鶏笛】⇩［生活編］
くさかげろう【草蜉蝣】…194
くすさん【樟蚕】…194
くずまゆ【屑繭】⇩［生活編］
くちなわ【蛇】…194
くまぜみ【熊蟬】…194
くも【蜘蛛】…194
くものあみ【蜘蛛の網】…195
くものこ【蜘蛛の子】…195
くものす【蜘蛛の巣】…195
くらげ【水母】…195

くらべうま【競馬】⇩［生活編］
くろあり【黒蟻】…196
くろだい【黒鯛】…196
くろつぐみ【黒鶫】…196
くろばえ【黒蝿】…196
くわがたむし【鍬形虫】…196
げじ【蚰蜒】…196
けむし【毛虫】…197
けり【鳧】…197
げんごろう【源五郎】…197
げんごろうぶな【源五郎鮒】…197
げんじぼたる【源氏蛍】…198
こあじ【小鯵刺】…198
こあじさし【小鯵】…198
こうもり【蝙蝠】…198
こおいむし【子負虫】…198
こがねむし【黄金虫】…198
こがら【小雀】…199
ごきぶり【蜚蠊】…199
こくぞう【穀象】…199
こじか【小鹿】…199
ごじゅうから【五十雀】…199
こち【鯒】…199
このはずく【木葉木菟】…199
こまどり【駒鳥】…200
ごみなまず【ごみ鯰】…200
こめつきむし【米搗虫】…200
こよしきり【小葦切】…200
ごり【鮴】…200
こるり【小瑠璃】…200

「さ 行」

さかさほおずき【逆酸漿】…201
さかばえ【酒蝿】…201
ささごい【笹五位】…201
さし【蠁子】…201
さそり【蠍】…201
さとめぐり【里回】…201
さば【鯖】…201
さばえ【五月蝿】…201
さばずし【鯖鮨】⇩［生活編］
さばつり【鯖釣】⇩［生活編］
さめびたき【鮫鶲】…202
さらしくじら【晒鯨】⇩［生活編］
ざりがに【蝲蛄】…202
さわがに【沢蟹】…202
ざんおう【残鶯】…202
さんが【蚕蛾】…202
さんこうちょう【三光鳥】…202
さんしょううお【山椒魚】…202
しおいか【塩烏賊】⇩［生活編］
しおくじら【塩鯨】⇩［生活編］
しかのこ【鹿の子】…203
しかのふくろづの【鹿の袋角】…203
じぐも【地蜘蛛】…203
しじゅうから【四十雀】…203
したびらめ【舌鮃】…203
じひしんちょう【慈悲心鳥】…204
しまか【縞蚊】…204
しまどじょう【縞縞蛇】…204
しまへび【縞蛇】…204
しみ【紙魚】…204
しゃくとりむし【尺取虫】…204
しゃこ【蝦蛄】…205
じゅういち【十一】…205
しゅぶんきん【朱文金】…205
しょうじょうばえ【猩々蝿】…205
じょろうぐも【女郎蜘蛛】…205
しらさぎ【白鷺】…205

しらはえ【白鮠】…205
しらみ【虱】…205
しろあり【白蟻】…205
しろしたがれい【城下鰈】…206
すずめが【雀蛾】…206
すずめずし【雀鮨】⇩［生活編］
すずめのたご【雀の擔桶】
…206
すりばちむし【擂鉢虫】…206
せごしなます【背越膾】
⇩［生活編］
せっか【雪加】…206
ぜにがめ【銭亀】…206
せみ【蟬】…206
せみうまる【蟬生る】…207
せみしぐれ【蟬時雨】
⇩［自然・時候編］
せみすずし【蟬涼し】…207
せみのから【蟬の殻】…207
せみのこえ【蟬の声】…207
せんだいむしくい【仙台虫喰】
…207

「た　行」

たうなぎ【田鰻】…208
たかのとやいり【鷹の塒入】
…208
たかべ【鰖】…208
たがめ【田亀】…208
たこ【蛸】…208
たこつぼ【蛸壺】…208
たでくうむし【蓼食う虫】
…209
だに【壁蝨】…209
だぼはぜ【だぼ鯊】…209
たまむし【玉虫】…209
つかれう【疲鵜】…209
つちぐも【土蜘蛛】…209
つつどり【筒鳥】…209
つばす【津走】…210
つばめのこ【燕の子】…210
つゆなまず【梅雨鯰】…210
つゆのちょう【梅雨の蝶】
…210
てっぽうむし【鉄砲虫】…210
ででむし…210
てながえび【手長蝦】…210
でめきん【出目金】…211
てんとうむし【天道虫】…211
とうぎょ【闘魚】…211
とうろううまる【蟷螂生る】
…211
とおしがも【通し鴨】…211
とかげ【蜥蜴】…211
どじょうじる【泥鰌汁】
⇩［生活編］
どじょうなべ【泥鰌鍋】
⇩［生活編］
とびうお【飛魚】…212
どびんわり【土瓶割】…212
どよううなぎ【土用鰻】
⇩［生活編］
どようしじみ【土用蜆】
⇩［生活編］
とらぎす【虎鱚】…212
とらつぐみ【虎鶫】…212
とんぼうまる【蜻蛉生る】
…212

「な　行」

ながにし【長螺】…212
なつうぐいす【夏鶯】…213
なつがえる【夏蛙】…213
なつご【夏蚕】…213
なつざかな【夏魚】…213
なつつばめ【夏燕】…213
なつにしん【夏鰊】…213
なつのおし【夏の鴛鴦】…213

なつのかも【夏の鴨】…213
なつのしか【夏の鹿】…213
なつのちょう【夏の蝶】…213
なつのむし【夏の虫】…214
なつひばり【夏雲雀】…214
なまず【鯰】…214
なめくじ【蛞蝓】…214
なんきんむし【南京虫】…214
にいにいぜみ【にいにい蟬】…215
におのうきす【鳰の浮巣】…215
にごりぶな【濁り鮒】…215
にじます【虹鱒】…215
ぬえ【鵺】…215
ぬかか【糠蚊】…215
ぬかずきむし【叩頭虫】…215
ねきりむし【根切虫】…215
ねったいぎょ【熱帯魚】…215
ねりひばり【練雲雀】…216
のじこ【野鵐】…216
のびたき【野鶲】…216
のみ【蚤】…216
のみとりこ【蚤取粉】⇩［生活編］
のみのあと【蚤の跡】…216

「は 行」

はあり【羽蟻】…217
はえ【鮠】…217
はえ【蠅】…217
はえたたき【蠅叩】⇩［生活編］
はえとりぐも【蠅取蜘蛛】…217
はさみむし【鋏虫】…217
はつがつお【初鰹】…218
はつぜみ【初蟬】…218
はつひぐらし【初蜩】…218
はつほたる【初蛍】…218
はつほととぎす【初時鳥】…218
はなれう【放鵜】…218
はぬけどり【羽抜鳥】…218
はねかくし【羽隠虫】…218
はぶ【波布】…219
はまきむし【葉巻虫】…219
はまち【魬】…219
はも【鱧】…219
はものかわ【鱧の皮】⇩［生活編］
ばん【鷭】…219
はんみょう【斑猫】…219
ひがら【日雀】…220
ひき【蟇】…220
ひきがえる【蟇】…220
ひくいな【緋水鶏】…221
ひごい【緋鯉】…221
ひとりむし【火取虫】…221
ひふぐ【干河豚】⇩［生活編］
ひむし【灯虫】…221
ひめだか【緋目高】…221
ひめます【姫鱒】…221
ひらまさ【平政】…221
ひる【蛭】…222
びんずい【便追】…222
ふうせんむし【風船虫】…222
ふくろうのあつもの【梟の羹】⇩［生活編］
ふそうほたるとなる【腐草為蛍】…222
ぶっぽうそう【仏法僧】…222
ふなずし【鮒鮨】⇩［生活編］
ふなむし【船虫】…223
ぶゆ【蚋】…223
へいけぼたる【平家蛍】…223
へび【蛇】…223
へびきぬをぬぐ【蛇衣を脱ぐ】…224
へびのきぬ【蛇の衣】…224
べら【倍良】…224

ぼうふら【孑孑】…224
ぼうふりむし【棒振虫】…224
ほおあか【頬赤】…224
ほしがらす【星鴉】…224
ほたてがい【帆立貝】…225
ほたる【蛍】…225
ほたるかご【蛍籠】⇩［生活編］
ほたるがり【蛍狩】⇩［生活編］
ほたるび【蛍火】…225
ほたるみ【蛍見】⇩［生活編］
ほととぎす【時鳥】…225
ほととぎすのおとしぶみ【時鳥の落し文】…226
ほや【海鞘】…226

「ま　行」

まあじ【真鯵】…226
まあなご【真穴子】…227
まいまい …227
まくなぎ …227
まごたろうむし【孫太郎虫】…227
まつけむし【松毛虫】…227
まつもむし【松藻虫】…227
まみじろ【眉白】…227
まむし【蝮】…228
まめまわし【豆回】…228
まゆ【繭】…228
まゆのちょう【繭の蝶】…228
みずがい【水貝】⇩［生活編］
みずこいどり【水恋鳥】…228
みずすまし【水澄まし】…228
みずどりのす【水鳥の巣】…229
みずなぎどり【水凪鳥】…229
みぞごい【溝五位】…229
みみず【蚯蚓】…229
みみずいづ【蚯蚓出づ】⇩［自然・時候編］
みやまちょう【深山蝶】…229
みんみんぜみ【みんみん蟬】…229
むかしとんぼ【昔蜻蛉】…229
むかで【蜈蚣】…230
むぎうずら【麦鶉】…230
むぎわらだい【麦藁鯛】…230
むぎわらだこ【麦藁蛸】…230
むぎわらはぜ【麦藁鯊】…230
むささび【鼯鼠】…230
むしかがり【虫篝】⇩［生活編］
むしはらい【虫払】⇩［生活編］
むしぼし【虫干】…⇩［生活編］
むろあじ【室鯵】…231
めじろ【目白】…231
めだか【目高】…231
めぼそ【目細】…231

「や〜わ行」

やこうちゅう【夜光虫】…232
やすで【馬陸】…232
やな【簗】⇩［生活編］
やぶか【藪蚊】…232
やぶさめ【藪雨】…232
やまあり【山蟻】…232
やまかがし【山楝蛇】…232
やまがに【山蟹】…233
やまがら【山雀】…233
やまこ【山蚕】…233
やませみ【山翡翠】…233
やまほととぎす【山時鳥】…233
やままゆ【山繭】…234
やまめ【山女】…234
やもり【守宮】…234
よしきり【葦切】…234

よしごい【葦五位】…235
よたか【夜鷹】…235
よとうむし【夜盗虫】…235
らいちょう【雷鳥】…235
らんおう【乱鶯】…235
らんちゅう【蘭鋳】…235
りゅうきん【琉金】…236
るりちょう【瑠璃鳥】…236
るりびたき【瑠璃鶲】…236
ろうおう【老鶯】…236
わきん【和金】…236

[植物編] 早引き季語索引

「あ　行」

アイリス …238
あおあし【青蘆】…238
あおい【葵】…238
あおいのはな【葵の花】…238
あおうめ【青梅】…238
あおかえで【青楓】…238
あおがき【青柿】…238
あおぎり【青桐】…239
あおくるみ【青胡桃】…239
あおざんしょう【青山椒】…239
あおしば【青芝】…239
あおすすき【青芒】…239
あおた【青田】⇩[自然・時候編]
あおづた【青蔦】…239
あおとうがらし【青唐辛子】…239
あおなす【青茄子】…239
あおば【青葉】…239
あおばのはな【青葉の花】…240
あおばわかば【青葉若葉】…240
あおぶどう【青葡萄】…240
あおほおずき【青酸漿】…240
あおみどろ【青味泥】240
あおゆ【青柚】…240
あおりんご【青林檎】…240
あかざ【藜】…240
あかざのつえ【藜の杖】…241
アカシアのはな …241
あかなす【赤茄子】…241
あかめもち【赤芽黐】…241
アカンサス …241
あきたぶき【秋田蕗】…241
あさ【麻】…241
あさうり【浅瓜】…242
あさがおのなえ【朝顔の苗】…242
あさかる【麻刈る】⇩[生活編]
あさざのはな【莕菜の花】…242
あさのか【麻の香】…242
あさのは【麻の葉】…242
あさのはな【麻の花】…242
あさのはながす【麻の葉流す】⇩[生活編]
あさばたけ【麻畑】…242
あじさい【紫陽花】…242
あししげる【蘆茂る】…243
あずきのはな【小豆の花】…243
アスター …243
あつもりそう【敦盛草】…243
アナナス …243
あぶらぎりのはな【油桐の花】…243
あまどころのはな【甘野老の花】…243
あまのはな【亜麻の花】…243
あまりなえ【余り苗】…244
アマリリス …244
あやめ【菖蒲】…244
あやめいんじ【菖蒲印地】⇩[生活編]
あやめのうら【菖蒲の占】⇩[生活編]
あやめのひ【菖蒲の日】⇩[生活編]
あやめのまくら【菖蒲の枕】⇩[生活編]
あやめふく【菖蒲葺く】⇩[生活編]
あわまく【粟蒔く】⇩[生活編]
あんず【杏】…244

あ行

い【藺】…245
いかだごぼう【筏牛蒡】…245
いたどりのはな【虎杖の花】…245
いちご【苺】…245
いちはつ【一八】…246
いちびかる【莔麻刈る】…246
いぬびわ【犬枇杷】…246
いのはな【藺の花】…246
いばらのはな【茨の花】…246
いものはな【芋の花】…246
いわかがみ【岩鏡】…246
いわぎきょう【岩桔梗】…247
いわぎりそう【岩桐草】…247
いわたばこ【岩煙草】…247
いわなし【岩梨】…247
いわひば【岩檜葉】…247
いわふじ【岩藤】…247
ういきょうのはな【茴香の花】…247
うきくさ【浮草】…248
うきくさのはな【浮草の花】…248
うきは【浮葉】…248
うすゆきそう【薄雪草】…248
うつぎのはな【空木の花】…248
うつぼぐさ【靫草】…248
うどのはな【独活の花】…248
うのはな【卯花】…249
うばら【薔薇】…249
うめがさそう【梅笠草】…249
うめつける【梅漬ける】⇩［生活編］
うめのみ【梅の実】…249
うめばちそう【梅鉢草】…249
うめほす【梅干す】⇩［生活編］
うめむく【梅剥く】⇩［生活編］
うめわかば【梅若葉】…249
うらしまそう【浦島草】…249
うらわかば【うら若葉】…250
うり【瓜】…250
うりづくり【瓜作り】…250
うりづけ【瓜漬】⇩［生活編］
うりのか【瓜の香】250
うりのはな【瓜の花】…250
うりのばん【瓜の番】⇩［生活編］
うりばたけ【瓜畑】…250
うるしのはな【漆の花】…251
えごのはな【えごの花】…251
えぞぎく【蝦夷菊】…251
えにしだ【金雀枝】…251
えのきのはな【榎の花】…251
えんじゅのはな【槐の花】…251
えんどう【豌豆】…252
えんばく【燕麦】…252
おいらんそう【花魁草】…252
おうしょっき【黄蜀葵】…252
おうちのはな【樗の花】…252
おうとう【桜桃】…252
おおいぐさ【大藺草】…252
おおでまり【大手鞠】…252
おおばこのはな【大葉子の花】…253
おおまつよいぐさ【大待宵草】…253
おおむぎ【大麦】…253
おおやまれんげ【大山蓮花】…253
おじぎそう【含羞草】…253
おそむぎ【遅麦】…253
おどりこそう【踊子草】…253
おにばす【鬼蓮】…254
おにゆり【鬼百合】…254
おもだか【沢瀉】…254
オランダあやめ【和蘭菖蒲】…254
オランダせきちく【和蘭石竹】…254
オリーブのはな【oliveの花】…254

…255

「か　行」

カーネーション …255
ガーベラ …255
かいう【海芋】…255
ががいも【蘿藦】…255
かきつばた【杜若】…255
かきのはな【柿の花】…256
かきわかば【柿若葉】…256
がくのはな【額の花】…256
かざぐるま【風車】…256
かしおちば【樫落葉】…256
かじめ【搗布】…256
かしわかば【樫若葉】…256
かしわもち【柏餅】⇩［生活編］
かすみそう【霞草】…256
かたばみのはな【酢漿草の花】
…257
かなむぐら【金葎】…257
かなめのはな【要の花】…257
かのこゆり【鹿子百合】…257
かび【黴】…257
かぼちゃのはな【南瓜の花】
…257
がま【蒲】…258
がまのほ【蒲の穂】…258
かやつりぐさ【蚊帳吊草】
…258
カラジウム …258
からすうりのはな【烏瓜の花】
…258
からすおうぎ【烏扇】…258
からすびしゃく【烏柄杓】…258
からすむぎ【烏麦】…258
からなでしこ【唐撫子】…259
からむし【苧】…259
かりぎ【刈葱】…259
かわしげり【川茂】…259
かわたで【川蓼】…259
かわらなでしこ【河原撫子】
…259
かんぞう【甘草】…259
かんぞうのはな【萱草の花】
…259
かんとう【款冬】…259
がんぴ【岩菲】…260
がんぴのはな【雁皮の花】…260
かんぴょうむく【干瓢剥く】
⇩［生活編］
かんらん【甘藍】…260
きいちご【木苺】…260
きくらげ【木耳】…260
ぎしぎしのはな【羊蹄の花】
…260
きすげ【黄萱】…260
きぬいとそう【絹糸草】…260
ぎぼうしのはな【擬宝珠の花】
…261
キャベツ …261
きゅうり【胡瓜】…261
きゅうりのはな【胡瓜の花】
…261
きょうちくとう【夾竹桃】
…261
きりのはな【桐の花】…262
きりんそう【麒麟草】…262
きんぎょそう【金魚草】…262
きんぎょも【金魚藻】…262
きんしばい【金糸梅】…262
きんれんか【金蓮花】…262
くさいきれ【草いきれ】…262
くさいちご【草苺】…263
くさかり【草刈】⇩［生活編］
くさきょうちくとう【草夾竹桃】
…263
くさしげる【草茂る】…263
くさねむ【草合歓】…263
くさぶえ【草笛】⇩［生活編］

くじゃくそう【孔雀草】…263
くすおちば【樟落葉】…263
くずきり【葛切】⇩［生活編］
くずみず【葛水】⇩［生活編］
くずもち【葛餅】⇩［生活編］
くすわかば【樟若葉】…263
くずわかば【葛若葉】…263
くちなしのはな【梔子の花】…264
くぬぎのはな【櫟の花】…264
くねんぼのはな【九年母の花】…264
ぐびじんそう【虞美人草】…264
くもみぐさ【雲見草】…264
グラジオラス…264
くりのはな【栗の花】…264
くるまゆり【車百合】…264
グレープフルーツ…265
くれない【紅】…264
くろほ【黒穂】…265
くろぼたん【黒牡丹】…265
くろゆり【黒百合】…265
くわのみ【桑の実】…265
けしのはな【芥子の花】…265
けしばたけ【芥子畑】…266
けしぼうず【芥子坊主】…266
げっかびじん【月下美人】…266
げばな【夏花】⇩［生活編］
げんのしょうこ【現証拠】…266
こうじのはな【柑子の花】…266
こうしょっき【紅蜀葵】…266
こうほね【川骨】…266
こうめ【小梅】…267
こけしげる【苔繁る】…267
こけのはな【苔の花】…267
こしたやみ【木下闇】…267
ごしゅゆのはな【呉茱萸の花】…267
ことしだけ【今年竹】…268
こばんそう【小判草】…268
ごぼうのはな【牛蒡の花】…268
こまくさ【駒草】…268
こまちぐさ【小町草】…268
こまつなぎ【駒繋ぎ】…268
ごまのはな【胡麻の花】…268
ごままく【胡麻蒔く】⇩［生活編］
こむぎ【小麦】…269
こも【菰】…269
こんぶ【昆布】…269

「さ 行」

さいはいらん【采配蘭】269
さかきのはな【榊の花】…269
さぎそう【鷺草】…270
さくらあさ【桜麻】…270
さくらのみ【桜の実】…270
さくらんぼう【桜坊】…270
ざくろのはな【石榴の花】…270
ささちまき【笹粽】⇩［生活編］
ささゆり【笹百合】…270
さつき【杜鵑花】…270
さつきつつじ【五月躑躅】…271
さといものはな【里芋の花】…271
さなえ【早苗】…271
さなえづき【早苗月】⇩［自然・時候編］
さなえとり【早苗取り】⇩［生活編］
さなえぶね【早苗舟】⇩［生活編］
さびたのはな【さびたの花】…271
サボテンのはな【仙人掌の花】…271
ザボンのはな【朱欒の花】…271
さまつだけ【早松茸】…272
さもも【早桃】…272

さゆり【小百合】…272
さらのはな【娑羅の花】…272
さるすべり【百日紅】…272
サルビア…272
さんしょうのはな【山椒の花】…272
しいおちば【椎落葉】…272
しいのはな【椎の花】…272
しいわかば【椎若葉】…273
しおがまぎく【塩竈菊】…273
ジギタリス…273
しげみ【茂み】…273
しげり【茂り】…273
しげる【茂る】…273
しそ【紫蘇】…273
したやみ【下闇】…274
しのぶ【忍】…274
しもつけ【下野】…274
じゃがいものはな【じゃが芋の花】…274
しゃがのはな【射干の花】…274
しゃくなげ【石南】…275
しゃくやく【芍薬】…275
じゃのひげのはな【蛇鬚の花】…275
じゅうやく【十薬】…276
しゅろのはな【棕櫚の花】…276
しゅんかん【笋羹】⇩［生活編］
じゅんさい【蓴菜】…276
しょうぶ【菖蒲】…276
しょうぶうち【菖蒲打】⇩［生活編］
しょうぶざけ【菖蒲酒】⇩［生活編］
しょうぶだち【菖蒲太刀】⇩［生活編］
しょうぶゆ【菖蒲湯】⇩［生活編］
じょちゅうぎく【除虫菊】…277
しらげし【白芥子】…277
しらねあおい【白根葵】…277
しらん【紫蘭】…277
しろうり【白瓜】…277
しろはす【白蓮】…277
しろぼたん【白牡丹】…277
しんいも【新藷】…278
しんかんぴょう【新干瓢】⇩［生活編］
しんごぼう【新牛蒡】…278
しんじゃが【新じゃが】…278
しんじゅ【新樹】…278
しんちゃ【新茶】⇩［生活編］
しんむぎ【新麦】⇩［生活編］
しんりょく【新緑】…278
すいかずらのはな【忍冬の花】…278
すいかのはな【西瓜の花】…279
すいちゅうか【水中花】⇩［生活編］
すいれん【睡蓮】…279
すえつむはな【末摘花】…279
すぎおちば【杉落葉】…279
すぐりのみ【酸塊の実】…279
すげかる【菅刈る】⇩［生活編］
すずのこ【篠の子】…279
すずらん【鈴蘭】…279
ストケシア…280
すべりひゆ【滑莧】…280
すもも【李】…280
せきしょう【石菖】…280
せきちく【石竹】…280
せっこくのはな【石斛の花】…281
ぜにあおい【銭葵】…281
せまい【施米】⇩［生活編］
せみばな【蟬花】…281
ゼラニウム…281
せりのはな【芹の花】…281
せんだんのはな【栴檀の花】

…281
せんにちこう【千日紅】…281
せんにちそう【千日草】…282
そうび【薔薇】…282
そけい【素馨】…282
そてつのはな【蘇鉄の花】…282
そらまめ【空豆】…282

「た 行」

たいさんぼくのはな【泰山木の花】…282
だいずのはな【大豆の花】…283
だいだいのはな【橙の花】…283
たうえ【田植】⇩[生活編]
たうえうた【田植歌】⇩[生活編]
たうえがさ【田植笠】⇩[生活編]
たうえざけ【田植酒】⇩[生活編]
たうえめ【田植女】⇩[生活編]
たかうな【筍】…283
たかな【高菜】…283
たかんな【筍】…283
たくさとり【田草取】⇩[生活編]
たけううるひ【竹植うる日】⇩[生活編]
たけうつす【竹移す】⇩[生活編]
たけおちば【竹落葉】…283
たけきり【竹伐】⇩[生活編]
たけにぐさ【竹者草】…284
たけのかわぬぐ【竹の皮脱ぐ】…284
たけのこ【竹の子】…284
たちあおい【立葵】…284
たちばなのはな【橘の花】…284
たちふじそう【立藤草】…285
たつなみそう【立浪草】…285
たで【蓼】…285
たにわかば【谷若葉】…285
たますだれ【玉簾】…285
たまな【球菜】…285
たまねぎ【玉葱】…285
たままくず【玉巻く葛】…285
たままくばしょう【玉巻く芭蕉】…286
たままくわ【玉真桑】…286
ダリア…286
ちくすいじつ【竹酔日】⇩[生活編]
ちくふじん【竹夫人】⇩[生活編]
ちさのはな【苣の花】…286
ちゃひきぐさ【茶挽草】…286
ちょうじそう【丁字草】…286
ちょろぎ【草石蚕】…287
ちりまつば【散松葉】…287
つきみそう【月見草】…287
つくばねそうのはな【衝羽根草の花】…287
つたしげる【蔦茂る】…287
つたわかば【蔦若葉】…287
つなそかる【綱麻刈る】⇩[生活編]
つばきつぐ【椿接ぐ】⇩[生活編]
つめれんげ【爪蓮華】…288
つゆだけ【梅雨茸】…288
つりがねそう【釣鐘草】…288
つるでまり【蔓手毬】…288
つるな【蔓菜】…288
ていかかずら【定家葛】…288
てっせんか【鉄線花】…288
てっぽうゆり【鉄砲百合】…288
てまり【手鞠】…289
てまりばな【手鞠花】…289
てんぐさ【天草】…289

てんじくあおい【天竺葵】…289
てんじくぼたん【天竺牡丹】…289
てんなんしょうのはな【天南星の花】…289
とうがらしのはな【唐辛子の花】…289
どうかんそう【道灌草】…289
とうしょうぶ【唐菖蒲】…289
とうもろこしのはな【玉蜀黍の花】…290
ときわぎおちば【常磐木落葉】…290
どくうつぎのはな【毒空木の花】…290
どくだみ【十薬】…290
とけいそう【時計草】…290
とこなつ【常夏】…290
とこよばな【常世花】…290
ところてん【心太】⇩［生活編］
とちのはな【橡の花】…290
とべらのはな【海桐花の花】…291
トマト…291
どようめ【土用芽】…291
とらのお【虎尾草】…291
とろろあおい【黄蜀葵】…291

「な 行」

なえ【苗】…291
なぎ【水葱】…291
なす【茄】…292
なすあえ【茄子和】⇩［生活編］
なすじる【茄子汁】⇩［生活編］
なすづけ【茄子漬】⇩［生活編］
なすのしぎやき【茄子の鴫焼】⇩［生活編］
なすのはな【茄子の花】…292
なすばたけ【茄子畑】…292
なたねうつ【菜種打つ】⇩［生活編］
なたねほす【菜種干す】⇩［生活編］
なつあさがお【夏朝顔】…292
なつあざみ【夏薊】…292
なつき【夏木】…293
なつぎく【夏菊】…293
なつくさ【夏草】…293
なつぐみ【夏茱萸】…293
なつぐわ【夏桑】293
なつこだち【夏木立】…293
なつずいせん【夏水仙】…293
なつだいこん【夏大根】…293
なつな【夏菜】…294
なつねぎ【夏葱】…294
なつはぎ【夏萩】…294
なつふじ【夏藤】…294
なつまめ【夏豆】…294
なつみかん【夏蜜柑】…294
なつめのはな【棗の花】…294
なつやなぎ【夏柳】…294
なつよもぎ【夏蓬】…295
なつわらび【夏蕨】…295
なでしこ【撫子】…295
なわしろいちご【苗代苺】…295
なわしろぐみ【苗代茱萸】…295
なんてんのはな【南天の花】…295
にしきぎのはな【錦木の花】…296
にちにちそう【日日草】…296
にわやなぎ【庭柳】…296
にんじんのはな【人参の花】…296
にんどうのはな【忍冬の花】…296
にんにくのはな【葫の花】…296

ぬなわ【蓴】…296
ぬなわのはな【蓴の花】…296
ねいも【根芋】…296
ねじばな【捩花】…297
ねなしぐさ【根無草】…297
ねむのはな【合歓木の花】…297
ねむりぐさ【眠草】…297
のいばらのはな【野薔薇の花】…297
のうぜんかずら【凌霄花】…297
のうぜんはれん【凌霄葉蓮】…298
のきのあやめ【軒の菖蒲】⇩［生活編］
のこぎりそう【鋸草】…298
のばら【野薔薇】…298
のびるのはな【野蒜の花】…298
のぼたん【野牡丹】…298
のりうつぎ【糊空木】…298

「は 行」

パイナップル…298
はえとりぐさ【蠅取草】…299
はくさんいちげ【白山一花草】…299
ばくしゅう【麦秋】⇩［自然・時候編］
はくちょうげ【白丁花】…299
ばくもんとう【麦門冬】…299
はこねうつぎのはな【箱根空木の花】…299
はざくら【葉桜】…299
はしょうが【葉生姜】…299
ばしょうたまとく【芭蕉玉解く】…300
ばしょうのはな【芭蕉の花】…300
ばしょうのまきば【芭蕉の巻葉】…300
ばしょうわかば【芭蕉若葉】…300
はす【蓮】…300
はすいけ【蓮池】…300
はすのうきは【蓮の浮葉】…300
はすのおれば【蓮の折葉】…301
はすのか【蓮の香】…301
はすのたちば【蓮の立葉】…301
はすのつゆ【蓮の露】…301
はすのは【蓮の葉】…301
はすのはな【蓮の花】…301
はすのまきば【蓮の巻葉】…301
はすのわかね【蓮の若根】…302
はすみ【蓮見】⇩［生活編］
はすみぶね【蓮見舟】⇩［生活編］
はぜのはな【櫨の花】…302
パセリ…302
はたんきょう【巴旦杏】302
はちす【蓮】…302
はつうり【初瓜】…302
はっかかる【薄荷刈る】⇩［生活編］
はつかぐさ【二十日草】…302
はつきゅうり【初胡瓜】…302
はつなすび【初茄子】302
はつまくわ【初真桑】…303
はなあおい【花葵】…303
はなあさ【花麻】…303
はなあやめ【花菖蒲】…303
はないばら【花茨】…303
はなうつぎ【花卯木】…303
はなおうち【花樗】…303
はなげし【花芥子】…303
はなざくろ【花石榴】…303
はなしょうぶ【花菖蒲】…303
はなたちばな【花橘】…304
バナナ…304
はななすび【花茄子】…304

はなのさいしょう【花の宰相】…304
はなばしょう【花芭蕉】…304
はなびしそう【花菱草】…304
はなみょうが【花茗荷】…304
はなも【花藻】…304
はなゆ【花柚】…304
ははきぎ【帚木】…304
はまえんどう【浜豌豆】…305
はまおもと【浜万年青】…305
はますげ【浜菅】…305
はまなす【浜梨】…305
はまひるがお【浜昼顔】…306
はまゆう【浜木綿】…306
はやなぎ【葉柳】…306
ばら【薔薇】…306
はるしゃぎく【波斯菊】…306
ばれいしょのはな【馬鈴薯の花】…306
はんげ【半夏】…306
ばんりょく【万緑】…307
ひいらぎおちば【柊落葉】…307
ひえまき【稗蒔】…307
ひえんそう【飛燕草】…307
ひおうぎ【檜扇】…307
ひぎりのはな【緋桐の花】…307
ひぐるま【日車】…308
ひさごのはな【瓢の花】…308
ひしのはな【菱の花】…308
びじょざくら【美女桜】…308
びじんそう【美人草】…308
ひとつば【一葉】…308
ひなげし【雛芥子】…308
ひまわり【向日葵】…309
ひむろざくら【氷室桜】…309
ひめうり【姫瓜】…309
ひめじょおん【姫女菀】…309
ひめゆり【姫百合】…309
ひゃくじつこう【百日紅】…310
ひゃくにちそう【百日草】…310
びゃくれん【白蓮】…310
ひゆ【莧】…310
びようやなぎ【未央柳】…310
ひよどりじょうごのはな【鵯上戸の花】…310
ひるがお【昼顔】…310
ひるむしろ【蛭莚】…311
びわ【枇杷】…311
ふうちそう【風知草】…311
ふうらん【風蘭】…311
ふうろそう【風露草】…311
ふかみぐさ【深見草】…312
ふき【蕗】…312
ふきのは【蕗の葉】…312
ふたばあおい【二葉葵】…312
ふだんそう【不断草】…312
ふっきそう【富貴草】…312
ぶっそうげ【仏桑華】…313
ふとい【大藺】…313
ぶどうのはな【葡萄の花】…313
ぶなのはな【橅の花】…313
ふのり【布海苔】…313
フロックス…313
へくそかずら【屁糞蔓】…313
ベゴニア…314
へちまのはな【糸瓜の花】…314
べにのはな【紅の花】314
べにばたけ【紅畑】…314
へびいちご【蛇苺】…314
ぼうたん【牡丹】…315
ほうちゃくそうのはな【宝鐸草の花】…315
ほおずきのはな【酸漿の花】…315
ほおのはな【朴の花】…315
ほしうり【干瓜】⇩［生活編］
ぼだいじゅのはな【菩提樹の花】…315
ほたるかずら【蛍葛】…315
ほたるぶくろ【蛍袋】…315

ぼたん【牡丹】…316
ぼたんきょう【牡丹杏】…316
ぼたんばたけ【牡丹畑】…316
ぼたんみ【牡丹見】⇩［生活編］
ほていそう【布袋草】…316
ほむぎ【穂麦】…316

「ま　行」

マーガレット…317
まくわうり【真桑瓜】…317
まこも【真菰】…317
まこもうり【真菰売】
⇩［生活編］
まこもかる【真菰刈る】
⇩［生活編］
またたびのはな【木天蓼の花】
…318
まつおちば【松落葉】…318
まつばぎく【松葉菊】…318
まつばぼたん【松葉牡丹】…318
まつもと【松本】…318
まつよいぐさ【待宵草】…318
まつりか【茉莉花】…318
まゆみのはな【真弓の花】…319
みかんのはな【蜜柑の花】…319
みくり【三稜】…319
みざくら【実桜】…319
みずあおい【水葵】…319
みずおおばこ【水大葉子】…319
みずきのはな【水木の花】…319
みずくさのはな【水草の花】
…319
みつがしわ【三槲】…320
みやこぐさ【都草】…320
みょうがじる【茗荷汁】
⇩［生活編］
みょうがのこ【茗荷の子】…320
むぎ【麦】…320
むぎうた【麦歌】⇩［生活編］
むぎうち【麦打】⇩［生活編］
むぎかり【麦刈】⇩［生活編］
むぎつき【麦搗】⇩［生活編］
むぎぬか【麦糠】⇩［生活編］
むぎの【麦野】…321
むぎのあき【麦の秋】
⇩［自然・時候編］
むぎのあめ【麦の雨】
⇩［自然・時候編］
むぎのかぜ【麦の風】
⇩［自然・時候編］
むぎのこ【麦の粉】⇩［生活編］
むぎのなみ【麦の波】…321
むぎのほ【麦の穂】321
むぎばたけ【麦畑】…321
むぎびより【麦日和】
⇩［自然・時候編］
むぎぶえ【麦笛】⇩［生活編］
むぎぼこり【麦埃】⇩［生活編］
むぎめし【麦飯】⇩［生活編］
むぎわら【麦藁】⇩［生活編］
むぎわらぎく【麦藁菊】…321
むぎわらぶえ【麦藁笛】
⇩［生活編］
むぎわらぼうし【麦藁帽子】
⇩［生活編］
むぐら【葎】…321
むしとりすみれ【虫取菫】
…322
むしとりなでしこ【虫捕撫子】
…322
むらわかば【むら若葉】…322
メロン…322
もじずりそう【文字摺草】
…322
もちのはな【黐の花】…322
もっこくおちば【木斛落葉】
…322
もっこくのはな【木斛の花】
…322

ものはな【藻の花】…322

「や～わ行」

やぐるまぎく【矢車菊】…323
やぐるまそう【矢車草】…323
やしゃびしゃく【夜叉柄杓】…323
やせむぎ【痩麦】…323
やぶれがさ【破傘】…323
やまごぼうのはな【山牛蒡の花】…323
やましげり【山茂り】…324
やまとなでしこ【大和撫子】…324
やまぼうしのはな【山法師の花】…324
やまもも【山桃】…324
やまゆり【山百合】…324
やまわかば【山若葉】…324
ゆうがお【夕顔】…324
ゆうすげ【夕菅】…325
ゆきのした【雪下】…325
ゆずのはな【柚子の花】…325
ゆすらうめ【梅桃】…325
ユッカ…326
ゆのはな【柚の花】…326
ゆり【百合】…326
よか【余花】…326
よどのぐさ【淀殿草】…327
よもぎふく【蓬葺く】
⇩［生活編］
よろいぐさ【鎧草】…327
らっきょう【薤】…327
らんとう【蘭湯】⇩［生活編］
リアトリス…327
りょくいん【緑陰】327
るこうそう【縷紅草草】…327
ルピナス…327
れんげ【蓮花】…328
れんりそう【連理草】…328
わかかえで【若楓】…328
わかごぼう【若牛蒡】…328
わかたけ【若竹】…328
わかば【若葉】…328
わかばぐもり【若葉曇】
⇩［自然・時候編］
わくらば【病葉】…329
わすれぐさ【忘草】…329
わたのはな【綿の花】…329

早引き季語辞典［夏］〈自然・時候編〉

「あ　行」

あいのかぜ【あいの風】〔三夏〕

山陰・北陸・東北で、夏に海岸線と直角に吹く北風または北東の風。浜辺に多くの漂流物をもたらす風で、万葉では「東風《あゆのかぜ》」とよばれた。四〜八月に吹き、往時ではこの風に乗って多くの船が上方に行った。〔同義〕あい、あゆの風《かぜ》、あえの風《かぜ》。⇩夏《なつ》の風《かぜ》、土用《どよう》あい

あおあらし【青嵐】 あをあらし〔三夏〕

青葉の季節に山から吹きおろすやや強い風。また、夏木立の枝を揺さぶり、青葉に吹きわたる清爽な風をいう。「せいらん」ともいう。⇩薫風《くんぷう》、夏《なつ》の風《かぜ》

岡の上に馬ひかえたり青嵐　正岡子規・子規句集
よくぞ来し今青嵐《せいらん》につゝまれて　高浜虚子・六百五十句
青嵐魚突く舟の傾けり　高田蝶衣・青垣山
青嵐鷺《さぎ》吹き落す水田かな　芥川龍之介・我鬼窟句抄
浴泉や青嵐して箒川　水原秋桜子・葛飾
青嵐吹きぬけ思くつがへる　加藤楸邨・穂高

あおごち【青東風】 あをごち〔晩夏〕

夏の土用の頃の、一点の曇りもない青空のもとに吹く東風をいう。「あおこち」ともいう。⇩土用東風《どようごち》

釣りつ来しが青東風に馴らす馬見をり　種田山頭火・層雲

あおしぐれ【青時雨】 あをしぐれ〔三夏〕

夏、木々の青葉に降り溜まった雨が、時雨のように降り落ちることをいう。〔同義〕青葉時雨《あおばしぐれ》。

あおた【青田】 あをた〔晩夏〕

田植を終えた植田の稲苗が成長し、見渡すかぎり茫々と青一色になった田をいう。その頃を「青田時」といい、その田面を吹く風を「青田風」という。〔同義〕青田面《あおたづら》。⇩植田《うえた》、田植《たうえ》〔生活編〕

堰き入るゝ青田の水に目高かな　内藤鳴雪・鳴雪句集
流れ矢の弱りて落ちし青田哉　正岡子規・子規句集
大慈寺の山門長き青田かな　夏目漱石・漱石全集

佐渡の青田安房の青田や瑞穂の国　高浜虚子・句日記
青田貫く一本の道月照らす　臼田亜浪・定本亜浪句集
ふと汽笛白煙《しらけむ》青田に駅ありし　中村草田男・銀河依然

あおばじお【青葉潮】あをばじほ〔初夏〕
五月の新緑の季節に北上する暖流の黒潮をいう。この頃には澄んだ暖流と濁色の寒流の潮目がはっきりと現れる。この黒潮が北上すると鰹の漁獲期となり、「鰹潮《かつおじお》」とよばれる。

あおばやま【青葉山】あをばやま〔初夏〕⇩夏《なつ》の山《やま》

あかふじ【赤富士】〔晩夏〕
晩夏から初秋にかけての暁時に、山梨県側から見られる朝日に映えた富士山をいう。裏富士に見られる風景である。

あかゆき【赤雪】〔晩夏〕
高山の残雪に氷雪藻のクラミドモナスなどの微生物が繁殖して赤く染まった雪をいう。日本では、北アルプスや尾瀬、八甲田山などで見られる。

あきかぜちかし【秋風近し】〔晩夏〕⇩秋近《あきちか》し
合点か秋風近し森の草　宗因・梅翁宗因発句集
何となく秋風近き柳哉　蓼太・蓼太句集

あきちかし【秋近し】〔晩夏〕
夏の季節の終り、秋の気配が近づき迫る時期をいう。［同義］秋風近し、秋隣、秋隣《あきとな》る、秋迫《あきせま》る、来《こ》ぬ秋《あき》。⇩秋隣《あきどなり》、来《こ》ぬ秋《あき》、秋風近《あきかぜちか》し、秋《あき》を待《ま》つ、水無月尽《みなづきじん》、夏《なつ》の果《はて》、夜《よる》の秋《あき》
秋ちかき心の寄《よる》や四畳半　芭蕉・鳥の道
又越さん菊の長坂秋近し　支考・二吟集
夜咄《よばなし》や浦の苫屋《とまや》の秋近き　正岡子規・子規句集
端居して秋近き夜や空を見る　夏目漱石・漱石全集
秋近き雲の流れを簾越しかな　臼田亜浪・定本亜浪句集

あきどなり【秋隣】〔晩夏〕
「あきとなり」ともいう。⇩秋近《あきちか》し
老を呼鳩《よぶはと》も吹《ふか》れな秋《あき》隣《どなり》　正秀・百曲
山里や秋を隣に麦をこぐ　正岡子規・子規句集
大雨にひたと涼しの秋隣　青木月斗・改造社俳諧歳時記
草庵の壁に利鎌や秋隣　飯田蛇笏・山廬集
松風や紅提灯《べにぢやうちん》も秋隣　芥川龍之介・我鬼窟句抄

あきをまつ【秋を待つ】〔晩夏〕
暑い夏も終わりに近づき、まさに来らんとする秋を待つ思いをいう。⇩秋近《あきちか》し

穂に出て秋まつむろの早稲田哉　宗牧・大発句帳
はなれうき宿や秋まつ葡萄棚　北枝・北枝発句集
秋待たぬ人のもぬけを泣日哉　蓼太・蓼太句集

あけいそぐ【明急ぐ】〔三夏〕⇩短夜《みじかよ》、明易《あけやす》し
明いそぐ夜のうつくし竹の月　几董・井華集

あけやすし【明易し】〔三夏〕
夏の短い夜をいう。春分の日から夜は昼よりも短くなり、夏至にいたって最も短くなる。〔同義〕明易《あけやす》き宵《よい》、明易《あけやす》き闇《やみ》、明易《あけやす》き夜《よ》、短夜《みじかよ》、明急《あけいそ》ぐ、明早《あけはや》し。⇩短夜《みじかよ》、明急《あけいそ》ぐ
家鳩や二三羽降りて明易き　村上鬼城・鬼城句集
明け易《やす》き頃を鼾《いびき》のいそがしき　正岡子規・子規句集
明易《あけやす》やわれ流浪する夢を見し　高浜虚子・七百五十句
明易き腕ふと潮匂ひある　中塚一碧楼・一碧楼一千句
五色沼その瑠璃沼の明け易き　山口青邨・夏草
明易き欅にしるす生死かな　加藤楸邨・火の記憶

あさぐもり【朝曇】〔晩夏〕
晩夏の朝の靄がかかり、曇り空のような天候。「旱《ひでり》の朝《あさ》曇《ぐもり》」のことばもあり、この靄は昼前に晴れて、炎暑が厳しくなることが多い。
杜若さくや日照の朝曇　浪化・そこの花
山が根に沈める靄や朝曇　西山泊雲・ホトトギス
葭切のをちの鋭声や朝ぐもり　水原秋桜子・葛飾

あさすず【朝涼】〔三夏〕
夏の朝の涼しさ、涼しい朝の時間をいう。⇩涼《すず》し
結髪や鏡になれて朝すゞみ　鬼貫・七車
わかれ場や川の処で朝すゞみ　浪化・浪化上人発句集

あさなぎ【朝凪】〔晩夏〕
夏の朝、海岸地帯では、夜間の陸風から昼間の海風に移り変わる中間で、海上と陸上がほぼ等温となり、一時的に無風状態になることがある。これを朝凪という。⇩夕凪《ゆうなぎ》、風死《かぜし》す

あさやけ【朝焼】〔晩夏〕
日の出の前に東の空が紅黄色に染まる現象をいう。朝焼は四季に見られるが、俳句では、夏の朝焼の壮快さをもって夏の季語としている。⇩夕焼《ゆうやけ》
朝焼の雲海尾根を溢れ落つ　石橋辰之助・山行

あつきひ【暑き日】〔三夏〕
夏の暑い日夜をいう。⇩暑《あつ》し、暑《あつ》き夜《よ》、炎天《えんてん》
暑き日や枕一つを持ありき　蝶夢・類題発句集

暑き日や子に踏せたる足のうら　一茶・七番日記
暑き日は暑きに住す庵かな　高浜虚子・六百五十句
暑き日のあれやこの浦の帰り舟　中塚一碧楼・一碧楼一千句
暑き日の仔犬の舌の薄きこと　中村草田男・長子

あつきよ【暑き夜】〔三夏〕⇩暑《あつ》き日《ひ》
肝《きも》すゑていま暑き夜やいづくを足の置処　尚白・古選
暑き夜のわが呻《うめ》き声わが聴ける　日野草城・旦暮

あつし【暑し】〔三夏〕
夏の季節の暑気をいう。［同義］暑《あつ》さ、熱《あつ》さ、熱《あつ》し、暑苦《あつくる》し、暑気《しょき》、暑熱《しょねつ》。⇩薄暑《はくしょ》、暑《あつ》き日《ひ》、極暑《ごくしょ》、涼《すず》し、新暖《しんだん》、炎暑《えんしょ》、辱暑《じょくしょ》、暑《しょ》、暑気《しょき》
日の岡やこがれて暑き牛の舌　正秀・猿蓑
午睡さめて尻に夕日の暑さかな　内藤鳴雪・鳴雪句集
赤き日の海に落込む暑かな　夏目漱石・漱石全集
乙鳥の朝から翔る暑さかな　渡辺水巴・白日
蝶の舌ゼンマイに似る暑さかな　芥川龍之介・澄江堂句集
時計の燐燃えて眼ざむる真夜暑く　山口青邨・雪国

あぶらでり【油照・脂照】〔晩夏〕
夏の、風がなく蒸し暑い日で、太陽が薄曇りの空から照りつけ、脂汗が滲みでるような日和をいう。⇩炎天《えんてん》
堤行歩行荷の息や油照り　沾涼・綾錦
ながながと骨が臥てゐる油照　日野草城・旦暮

いかづち〔三夏〕
雷のこと。「厳《イカ》ツ霊《チ》」の意。⇩雷《かみなり》、遠雷《とおいかづち》
雷《いかづち》のつかみさがしや田草取《たくさとり》　桃妖・務津之波那
白日のいかづち近くなりにけり　川端茅舎・川端茅舎句集

いずみ【泉】いづみ〔三夏〕
地中より湧き出る水または温水をいうが、俳句では涼味のある清水の湧く泉をもって夏の季語となる。⇩清水《しみず》、岩清水《いわしみず》
結ぶより早《はや》歯にひゞく泉かな　芭蕉・都曲
静かさは砂吹きあぐる泉哉　正岡子規・子規句集
駒《こま》の鼻ふくれて動く泉かな　高浜虚子・五百句
薙ぎ草のおちてつらぬく泉かな　飯田蛇笏・山廬集
ハンケチを濡らし泉を去りゆけり　山口青邨・花宰相
妻と来て泉つめたし土の岸　中村草田男・火の島

いちげ【一夏】〔三夏〕
旧暦の四月一六日から七月一五日までの九〇日間をいう。

この期間、僧侶は籠って修業をする。⇩安居《あんご》［生活編］
一夏《いちげ》入る山さばかりや旅ねずき　魯町・猿蓑

いなさ【東南風】〔仲夏〕
一般に梅雨前後の頃に海の方から吹いてくる暖かい東南の強風をいう。そのため、東南の方角そのものをさすこともある。［同義］辰巳風《たつみかぜ》。⇩夏の風《なつかぜ》

いみずます【井水増す】ゐみづます〔仲夏〕
梅雨の頃に、長雨で井戸の水が増水し、濁りをおびてくる。［同義］濁《にご》り井《い》。

いわしみず【岩清水】いはしみづ〔三夏〕
岩の間から湧きでる清水をいう。古句では山城国の歌枕である岩清水八幡宮の意に用いられることもある。⇩清水《しみず》

うえた【植田】うゑた〔仲夏〕
田植を終えて間もない苗の新緑がみずみずしい田をいう。［同義］五月田《さつきだ》。⇩田植《たうえ》［生活編］、青田《あおた》
胴亀や昨日植ゑたる田の濁　許六・韻塞
我ものに植田の蛙啼つのる　暁台・暁台句集
文机に坐れば植田淡く見ゆ　山口青邨・露団々

うかい【鵜飼】うかひ〔三夏〕⇩［生活編］

うづき【卯月・四月】〔初夏〕
旧暦四月の別名。初夏にあたる。［語源］「清輔奥義抄に云ふ、此月卯の花さかりに開くゆゑに卯の花月といふを略せり」―『滑稽雑談』と。また「稲種を植える月」で「植月《うづき》」の意との説もある。［同義］卯《う》の花月《はなづき》、夏初月《なつはづき》、余月《よげつ》、乾月《けんげつ》、巳《し》月《げつ》、正陽月《せいようげつ》、乏月《ぼうげつ》、陰月《いんげつ》、首夏《しゅか》、初夏《しょか》、孟夏《もうか》、始夏《しか》。⇩初夏《しょか》
此ころの肌着身につく卯月哉　尚白・嵯峨日記
死《し》も生《せい》も空みなかはる卯月《うづき》哉　土芳・蓑虫庵集
寐ころんで酔のさめたる卯月哉　正岡子規・子規句集
溜池に蛙闘ふ卯月かな　夏目漱石・漱石全集
大仏に傘重なりて卯月雨　高浜虚子・句日記
師をしたふこころに生くる卯月かな　飯田蛇笏・山廬集

うづきぐもり【卯月曇】〔初夏〕
旧暦四月（卯月）の卯の花の咲く頃の曇りがちな天候をいう。［同義］卯花曇《うのはなぐもり》。⇩卯《う》の花降《はなくた》し
いつも聞卯の花曇茶つみ声　土芳・蓑虫庵集

うづきの【卯月野】〔初夏〕
旧暦四月（卯月）の新緑の、清新溌刺たる気に満ちた野原

をいう。⇩夏野《なつの》

うなみ【卯波・卯浪】〔初夏〕

旧暦四月（卯月）の頃の海にたつ波濤をいう。「卯月波《うづきなみ》」の略称。また「卯波《うなみ》さ波《なみ》」といい、旧暦四～五月の海や川にたつ細波をもいい、卯の花の風にそよぐさまを形容していうこともある。⇩五月波《さつきなみ》

四五月のう波さ波や時鳥　許六・宇陀法師

楫音や夘波も寒き鳴門沖　梅室・梅室家集

うのはなくたし【卯の花腐し・卯の花降し】〔初夏〕

旧暦の四月（卯月）の頃に降り続く霖雨をいう。「くたし」は「腐《くた》し」「朽《くた》す」の意で、この時期に咲く卯の花を腐らせる雨ということ。⇩夏《なつ》の雨《あめ》

ともしびにみゆるうのはなくだしかな　日野草城・青芝

坐りふさげ居りし卯の花腐しかな　石田波郷・馬酔木

うめのあめ【梅の雨】〔仲夏〕

梅雨のことで、梅の実が黄熟するころに梅雨になるところからこの名がある。

降音《ふるおと》や耳もすふなる梅の雨　芭蕉・続山井

青木葉に黒みつきけり梅の雨　紅雪・或時集

うんかい【雲海】〔晩夏〕

夏、高山に登り、見下ろしたときなどに見える一面の雲を海にたとえた表現。〔同義〕雲《くも》の海《うみ》。⇩登山《とざん》〔生活編〕

雲海やゆるがぬ巖の穂高岳　水原秋桜子・蓬壺

雲海や金色《こんじき》に鳴る虻の目ざめ　中村草田男・万緑

雲海や太き幹ほど濡れて立つ　加藤楸邨・山脈

短夜の扉は雲海にひらかれぬ　石橋辰之助・山行

えんしょ【炎暑】〔晩夏〕

夏の日の燃えるような暑さをいう。⇩暑《あつ》し、炎天《えんてん》、炎《も》ゆる

炎熱や勝利の如き地の明るさ　中村草田男・来し方行方

えんちゅう【炎昼】〔晩夏〕

夏の灼けつくような暑さの午後をいう。⇩炎天《えんてん》

えんてん【炎天】〔晩夏〕

夏の日が照り続け、燃えるような酷暑の空。⇩炎暑《えんしょ》、夏《なつ》の空《そら》、炎昼《えんちゅう》、暑《あつ》き日《ひ》、油照《あぶらでり》、炎《も》ゆる

炎天や鳥も障らぬ石仏　嘯山・葎亭句集

炎天や蟻《あり》這ひ上る人の足　正岡子規・子規句集

炎天の地に救ひなき死馬の体　飯田蛇笏・椿花炎天の
炎天にはたと打ったる根《ネ》つ木《キ》かな　芥川龍之介・我鬼窟句抄
炎天の薬舗薄荷《はっか》を匂はする　山口青邨・露団々
炎天や友亡きのちも憂苦満つ　石田波郷・惜命

えんらい【遠雷】 ゑんらい〔三夏〕

遠くで鳴っている雷のこと。「とおかみなり」「とおいかづち」ともいう。⇩雷《かみなり》、遠雷《とおいかづち》

北山の遠雷や湯あみ時　村上鬼城・鬼城句集
遠雷や発止と入れし張扇　水原秋桜子・晩華
遠雷や睡ればいまだいとけなく　中村汀女・汀女句集

おくりづゆ【送り梅雨】〔晩夏〕

陰暦五月に降る梅雨が明けるときの雨。夏至の後で、豪雨に雷をともなうことが多い。漢書に『江南三月為迎梅雨、五月為送梅雨』とある。梅雨明けの後に、梅雨模様の雨が降ることを「返《かえ》り梅雨《づゆ》」という。⇩梅雨《つゆ》、梅雨明《つゆあけ》

戻り梅雨寝てゐて肩を凝らしけり　臼田亜浪・定本亜浪句集

おはなばたけ【お花畑・お花畠】〔晩夏〕

夏に、雪解けを待って高山植物が一斉一面にうつくしい花を開くさまをいう。俳句では、高山の崇高さ、清浄さをもって花畠に「御《お》」がつけられる。⇩夏畑《なつばたけ》

雲うすく夏翳にじむお花畑　飯田蛇笏・雲母

おんぷう【温風】〔晩夏〕

季夏に吹くあたたかい風。七十二候の一、陰暦六月節第一候に「温風至る」とある。陽暦では七月七日頃。⇩熱風《ねっぷう》

「か行」

かぜかおる【風薫る】 かぜかをる〔三夏〕⇩薫風《くんぷう》、夏《なつ》の風《かぜ》

さゞ波や風の薫《かをり》の相拍子《あいびやうし》　芭蕉・笈日記
松杉《まつすぎ》をほめてや風の薫る音　芭蕉・蕉翁句集
風薫《かを》る甍《いらか》の間《あひ》の木《こ》だちより　露川・西国曲
風薫る汐の皷や追手川　野坡・野坡吟艸
杉くらし五月雨山に風薫る　暁台・佐渡日記
風薫る甘木《あまぎ》市人《いちびと》集《つど》ひ来て　高浜虚子・七百五十句

かぜしす【風死す】〔晩夏〕
夏、海岸地帯では朝凪、夕凪で風が突然とまり、暑さが迫ってくる。このような風が死んだように突然とまる現象をいう。⇩朝凪《あさなぎ》、夕凪《ゆうなぎ》、土用凪《どようなぎ》

かたかげ【片陰】〔晩夏〕
夏の炎暑の中での日陰。〔同義〕日陰《ひかげ》、夏陰《なつかげ》。⇩夏陰《なつかげ》
片陰ゆくつひに追ひくる市電なし　中村草田男・万緑
片陰や夜が主題なる曲勁《つよ》し　中村草田男・来し方行方
片蔭や人身ごもりて市の裡　石田波郷・馬酔木

かつおじお【鰹潮】かつをじほ〔三夏〕
夏、鰹釣に最も最適な海の状態をいう。天候がよく波が静かな状態。⇩鰹釣《かつおつり》〔生活編〕、鰹《かつお》〔動物編〕

かどすずみ【門涼み】〔晩夏〕⇩〔生活編〕

かみなり【雷】〔三夏〕
雲中に蓄積された電気が雲と雲、雲と地面の間で放電するときに生ずる電光と激しい音響を発する現象を雷という。「らい」ともいう。春から夏にかけての時期、日射が強く、上昇気流の盛んな時に多く起きる。激しい雷を「迅雷《じんらい》」「疾雷《しつらい》」という。落雷による火災を「雷火」という。〔同義〕神鳴《かみなり》、はたた神《がみ》、鳴神《なるかみ》。⇩いかづち、梅雨雷《つゆかみなり》、雷雲《らいうん》、雷雨《らいう》、雷《らい》、遠雷《えんらい》、遠雷《とおいかづち》、迅雷《じんらい》、鳴神《なるかみ》、はたた神《がみ》
涼しさやふじの麓《ふもと》の小神鳴《こかみなり》　尚白・東山墨なをし
池に落ちて水雷の咽びかな　内藤鳴雪・鳴雪句集
浅間嶺《あさまね》の一つ雷訃《ふ》を報ず　高浜虚子・六百句
落雷の光海に牧場一目かな　大須賀乙字・炬火
雷のあと日影忘れて花葵　飯田蛇笏・山廬集
左右《さう》の嶺《ね》のわが真上鳴る峡の雷　中村草田男・万緑
真夜の雷傲然とわれ書を去らず　加藤楸邨・寒雷

かやりび【蚊遣火】〔三夏〕⇩〔生活編〕

からつゆ【空梅雨】〔仲夏〕
雨のほとんど降らない、また雨量が少ない梅雨をいう。空梅雨だと田植を遅らせなければならず、農家にとっては困難な天候である。〔同義〕涸梅雨《からつゆ》、旱梅雨《ひでりつゆ》。⇩梅雨《つゆ》

かわがり【川狩】かはがり〔三夏〕⇩〔生活編〕

かわびらき【川開】かはびらき〔晩夏〕⇩〔生活編〕

かわらのすずみ【河原の納涼】かはらのすずみ〔晩夏〕⇩〔生活編〕

きう【喜雨】〔晩夏〕
夏の土用の旱つづきのころ、農作物に生気をもたらす恵みの大雨をいう。農家では家業を休み、酒肴でこの雨を喜ぶ。これを「雨喜《あめよろこ》び」という。⇩夏《なつ》の雨《あめ》

稍《や》やおくれたりといへども喜雨到《いた》る　高浜虚子・六百句
父老健に喜雨又到る安んぜよ　高浜虚子・五百五十句

きのめながし【木の芽ながし】〔仲夏〕
鹿児島県の屋久島では、一月に発芽した木の芽は三～四月まで成長して止まり、六～七月の大雨でまた発芽する。この大雨を「木の芽ながし」という。⇩夏《なつ》の雨《あめ》

くさいきれ【草いきれ】〔晩夏〕⇩〔植物編〕

くすりふる【薬降る】〔仲夏〕⇩〔生活編〕

くだり〔三夏〕
北陸以北の日本海で夏に吹く南よりの季節風の名。都より北にくだる風の意といわれる。逆の方向に吹く風は「のぼり」とよばれる。⇩夏《なつ》の風《かぜ》

くものみね【雲の峰】〔三夏〕
夏の空に現れる積乱雲をいう。積乱雲は強い日射のよる激しい上昇気流によって生じ、白雲が峰のように盛り上がる。その形が大きな入道のように見えるところから俗に「入道雲」ともよばれる。〔同義〕積乱雲《せきらんうん》、入道雲《にゅうどうぐも》、雷雲《らいうん》、岸雲《きしぐも》、鉄鈷《てっこ》雲《うん》、鉄鈷雲《かなとこぐも》、黒雲《くろぐも》、坂東太郎《ばんどうたろう》〈武蔵〉、信濃太郎《しなのたろう》〈近江・信濃〉、丹波太郎《たんばたろう》〈大阪〉、比古太郎《ひこたろう》〈九州〉。⇩夏《なつ》の雲《くも》

湖《みづうみ》やあつさをおしむ雲のみね　芭蕉・笈日記
しづかさや湖水の底の雲のみね　一茶・寛政句帖
峯将に崩れんとして雲奇なり　水落露石・新俳句
雲の峰葱《ねぎ》の坊主の兀《こつ》と立つ　河東碧梧桐・碧梧桐句集
植ゑかへてダリヤ垂れをり雲の峰　水原秋桜子・葛飾
火口一つ四方《よも》の洋より雲の峯　中村草田男・火の島

くれのなつ【暮の夏】〔晩夏〕⇩夏《なつ》の果《はて》

江村の遊びさかりや暮の夏　松瀬青々・新題句集

くろはえ【黒南風】〔仲夏〕
梅雨に入る頃の南風をいう。この風が吹いてから本格的な梅雨が始まる。その他「荒南風」は梅雨の半ばに吹く強い南風をいい、「白南風」は梅雨の明ける頃の風をいう。⇩白南風《しらはえ》、夏《なつ》の風《かぜ》、はえ

黒南風や栗の花紐垂りしづる　臼田亜浪・定本亜浪句集

黒南風《くろばえ》の海揺りすわる夜明けかな　芥川龍之介・蕩々帖

くんぷう【薫風】〔三夏〕

夏の東南より吹く風。水辺や草木の緑間をぬいわたり、匂うような爽やかさを運んでくる風をいう。〔同義〕風薫《かぜかお》る、薫《かお》る風《かぜ》、風《かぜ》の香《か》。⇩青嵐《あおあらし》、夏《なつ》の風《かぜ》、風薫《かぜかお》る

薫風や千山の緑寺一つ　正岡子規・子規句集
雪を渡りて又薫風の草花踏む　河東碧梧桐・碧梧桐句集
理学部は薫風楡の大樹蔭　高浜虚子・六百五十句
薫風や蚕は吐く糸にまみれつゝ　渡辺水巴・水巴句集
薫風や釣舟絶えず並びかへ　杉田久女・杉田久女句集
薫風の来て海豹に波まろぶ　水原秋桜子・晩華

げし【夏至】〔仲夏〕

二四節気の一。旧暦五月半ば、芒種の後の一五日後で、新暦では六月二一〜二二日頃。これより地表が暖められて夏の暑さは七月末頃に盛りとなる。⇩夏《なつ》、芒種《ぼうしゅ》

日枝を出て愛宕に夏至の入日哉　嘯山・葎亭句集
心澄めば怒濤ぞきこゆ夏至の雨　臼田亜浪・定本亜浪句集
白衣きて禰宜にもなるや夏至の杣　飯田蛇笏・山廬集

こいのぼり【鯉幟】こひのぼり〔仲夏〕⇩〔生活編〕

こうじゃくふう【黄雀風】くわうじやくふう〔仲夏〕

旧暦の五月に吹く東南の風。この東南の風が吹くころに海の魚が変じて雀になるという故事より。⇩夏《なつ》の風《かぜ》

鶴去つて黄雀風《くわうじやくふう》の吹く日かな　河東碧梧桐・碧梧桐句集

ごがつ【五月】ごぐわつ〔初夏〕

一年一二か月の第五の月。旧暦では皐月という。夏の初めの月であり、カトリックでは「マリアの月」「聖母月」「聖五月」という。⇩皐月《さつき》、初夏《しょか》

門川に流れ藻絶えぬ五月かな　河東碧梧桐・筑摩文学全集
浅間嶺《あさまね》の麓《ふもと》まで下り五月《ごがつ》雲　高浜虚子・六百五十句
藍々と五月の穂高雲をいづ　飯田蛇笏・雲母
われ生れ母みまかれる五月かな　山口青邨・冬青空
五月野の露は一樹の下にあり　中村草田男・長子
坂の上たそがれ長き五月憂し　石田波郷・鶴の眼

ごがつじん【五月尽】ごぐわつじん〔初夏〕

五月の末日。旧暦では梅雨から盛夏に入る節目である。

高層の窓に百合挿せり五月尽　石田波郷・鶴の眼

ごくしょ【極暑】〔晩夏〕
夏の日の厳しい暑さの極み。〔同義〕酷暑《こくしょ》、煩暑《はんしょ》。⇩暑《あつ》し、溽暑《じょくしょ》、薄暑《はくしょ》、大暑《たいしょ》
安心は病が上の極暑《ごくしょ》哉　白雪・雪なし月
月青くかかる極暑の夜の町　高浜虚子・五百五十句

こけしみず【苔清水】こけしみづ〔三夏〕⇩清水《しみず》
山寺や緑の下なる苔清水　几董・井華集

ごさい【御祭風】〔晩夏〕
鳥羽・伊豆の船詞で、夏の土用半ばに吹く東北の風。伊勢神宮の祭礼（旧六月一六～一七日）の頃に吹く風のため、この名がある。⇩夏《なつ》の風《かぜ》

こしたやみ【木下闇】〔三夏〕⇩〔植物編〕

こぬあき【来ぬ秋】〔晩夏〕
夏の季節の終り、もうすぐそこに近づき迫っている秋をいう。〔同義〕秋近《あきちか》し、秋隣《あきどなり》。⇩秋近《あきちか》し、夏《なつ》の果《はて》
秋も来ぬ其人の閨の草枕　鬼貫・七車

ごらいごう【御来迎】ごらいがう〔晩夏〕⇩〔生活編〕

「さ行」

さつき【皐月・五月】〔仲夏〕
旧暦五月の別名。三夏の初夏・仲夏・晩夏の仲夏にあたる。〔同義〕早苗月《さなえづき》、五月雨月《さみだれづき》、橘月《たちばなづき》、多草月《たくさづき》、祝月《いわいづき》、鶉月《うずらづき》、鶉月《じゅんげつ》、仲夏《ちゅうか》、暑月《しょげつ》、日短至《にったんし》。⇩早苗月《さなえづき》、五月《ごがつ》、仲夏《ちゅうか》
降ふらずながめくらせるさつき哉　宗因・三籟
海ははれてひえふりのこす五月《さつき》哉　芭蕉・真蹟写
晴れんとす皐月《さつき》の端山《はやま》塔一つ　正岡子規・子規句集
庭土に皐月《さつき》の蠅の親しさよ　芥川龍之介・発句
人もなつかし草もなつかし五月なる　山口青邨・雪国
美しき五月微熱を憂しとせぬ　日野草城・旦暮

さつきあめ【五月雨】〔仲夏〕⇩五月雨《さみだれ》
日の道や葵《あふひ》傾くさ月あめ　芭蕉・猿蓑
空も地もひとつになりぬ五月雨《さつきあめ》　杉風・杉風句集

湖《みづうみ》の水《みづ》まさりけり五月雨《さつきあめ》　去来・あら野
一葉づゝはなれ渡すやさつき雨　りん女・田植諷
生垣にさす灯ばかりや五月雨　渡辺水巴・白日
渓橋に傘して佇つや五月雨　飯田蛇笏・椿花集

さつきがわ【五月川】 さつきがは〔仲夏〕
梅雨期の頃の水量の増した濁水が滔々と流れる河川をいう。「皐月川」とも書く。⇩川止《かわどめ》
杖をはし雲に行へやさつき川　淡々・淡々発句集

さつきぐも【五月雲】〔仲夏〕
梅雨の頃（旧暦五月）のどんよりとした雲をいう。「皐月雲」とも書く。［同義］梅雨雲。⇩五月空《さつきぞら》、夏《なつ》の雲《くも》、梅雨雲《つゆぐも》
町中の山や五月の上り雲　丈草・丈草発句集
やゝ有て又のぼりけり五月雲　闌更・半化坊発句集
浅間嶺の麓まで下り五月雲　高浜虚子・六百五十句

さつきぞら【五月空】〔仲夏〕⇩五月雲《さつきぐも》、五月晴《さつきばれ》
木の下や闇をふたへの皐月空　也有・蘿葉集

さつきなみ【五月波・五月浪】〔仲夏〕
旧暦五月頃に海にたつ波濤をいう。「皐月波」「皐月浪」とも書く。［同義］さ波《なみ》、さ浪《なみ》。⇩卯波《うなみ》

さつきばれ【五月晴】〔仲夏〕
①梅雨の間（旧暦五月）の晴れ間。②五月の晴れわたる天候。⇩梅雨晴《つゆばれ》、五月空《さつきぞら》
大船の白帆干したり五月雨　内藤鳴雪・鳴雪句集
うれしさや小草影もつ五月晴　正岡子規・寒山落木
後山に葛引きあそぶ五月晴　飯田蛇笏・椿花集
美しき五月の晴の日も病みて　日野草城・旦暮

さつきふじ【五月富士】〔仲夏〕
旧暦五月頃の富士。まだ雪の消え残りのある季節の富士。「皐月富士」とも書く。⇩夏富士《なつふじ》、赤富士《あかふじ》、富士《ふじ》の雪解《ゆきげ》
目にかゝる時やことさら五月富士《さつきふじ》　芭蕉・芭蕉翁行状記
目にかゝる時ぞとおもへ五月富士　士芳・蓑虫庵集

さつきやま【五月山】〔仲夏〕
旧暦五月頃の新緑が滴るような山々をいう。「皐月山」とも書く。［同義］山滴《やましたた》る、滴《したた》る山《やま》、茂《しげ》る山《やま》。⇩夏《なつ》の山《やま》

さつきやみ【五月闇】〔仲夏〕
五月雨が降る頃の曇りがちで昼間も暗い天候をいう。「皐

月闇」とも書く。〔同義〕梅雨闇《つゆやみ》。⇩五月雨《さみだれ》、梅雨《つゆ》

五月闇《さつきやみ》星を見つけて拝《をが》み鳧《けり》　路通・芭蕉門古人真蹟
五月闇《さつきやみ》蓑《みの》に火のつく鵜《う》舟かな　許六・正風彦根体
しら紙にしむ心地せり五月やみ　暁台・暁台句集
提灯に風吹き入りぬ五月闇　村上鬼城・鬼城句集
五月闇《さつきやみ》あやめもふかぬ軒端《のきば》哉　正岡子規・子規句集

さなえづき【早苗月】　さなへづき〔仲夏〕

旧暦五月の別名。⇩皐月《さつき》

水上のすぐなるを見よさ苗月　宗因・三籟

さみだれ【五月雨】〔仲夏〕

旧暦五月に降る雨。梅の実の熟す頃に降る霖雨のため「梅《ばい》霖《りん》」ともいう。梅雨に同義であるが、梅雨が時候を主としたことばであるのに対して、五月雨は雨そのものをいう。〔同義〕五月雨《さつきあめ》、皐雨《さつきあめ》、梅霖《ばいりん》。⇩五月雨《さつきあめ》、梅雨《つゆ》、五月闇《さつきやみ》、五月雨髪《さみだれがみ》、夏《なつ》の雨《あめ》

五月雨のふり残してや光堂《ひかりだう》　芭蕉・鳥の道
五月雨《さみだれ》をあつめて早し最上川《もがみがは》　芭蕉・おくのほそ道
五月雨《さみだれ》の雲許《ばか》りなり箱根山　正岡子規・子規句集
五月雨の相合傘は書生《しよせい》なり　高浜虚子・六百五十句
五月雨や襦袢をしぼる岩魚捕り　渡辺水巴・水巴句集
さみだれや青柴《あをしば》積める軒の下　芥川龍之介・発句
さみだれや診察券を大切に　中村汀女・同人句集

さみだれがみ【五月雨髪】〔仲夏〕⇩〔生活編〕

さんぷく【三伏】〔晩夏〕

夏の最も暑い頃をいう。夏至の後の第三の庚《かのえ》の日を「初伏」、第四の庚を「中伏」、立秋の後の第一の庚を「末伏」といい、これを「三伏」という。〔同義〕三庚《さんこう》、伏日《ふくじつ》。

三伏の日に酒のみの額かな　淡々・淡々句集
九夏さんぷく風きかぬ暑さ哉　正成・崑山集
三伏の月の穢に鳴くあら鵜かな　飯田蛇笏・雲母

しげり【茂り・繁り】〔三夏〕⇩〔植物編〕

したすずみ【下涼み】〔晩夏〕⇩〔生活編〕

したたり【滴り】〔三夏〕

山の岸壁や崖に生息する苔蘚類などから滴り落ちる清冽なしずくをいう。「夏山は滴るごとし」の比喩的な表現があり、俳句では夏の季語となる。ただし、雨後の木や軒端などの滴

りは季語とはならない。〔同義〕滴《したた》る。⇩清水《しみず》、泉《いずみ》、夏《なつ》の水《みず》

滴《したた》りの岩屋の仏花奉る　高浜虚子・五百五十句

滴りのはげしく幽きところかな　日野草城・昨日の花

したやみ【下闇】〔三夏〕⇩〔植物編〕

しちがつ【七月】 しちぐわつ〔晩夏〕

新暦では、初夏・仲夏・晩夏の晩夏にあたる季節。暑さの盛りである。旧暦では初秋にあたり、文月という。

七月の童糞せり道の上　石田波郷・雨覆

しみず【清水】 しみづ〔三夏〕

天然に湧き出る清冽な冷水をいう。俳句では、涼味のある清水をもって夏の季語となる。⇩泉《いずみ》、岩清水《いわしみず》、山清水《やましみず》、苔《こけ》清水《しみず》、滴《したた》り

さゞれ蟹《がに》足はひのぼる清水《しみづ》哉　芭蕉・続虚栗

絶壁の巌《いわお》をしぼる清水哉　正岡子規・子規句集

清水ある坊の一つや中尊寺　河東碧梧桐・碧梧桐句集

藪中や竹の根あらはに清水湧く　佐藤紅緑・新俳句

静かさは筧《かけひ》の清水《しみず》音たて、　高浜虚子・六百五十句

客親しひとり清水に漱ぐ　飯田蛇笏・雲母

遺書抱へ来てこの旅の清水かな　中塚一碧楼・一碧楼一千句

きこゆるやこころの清水湧くひびき　日野草城・旦暮

島の娘佇《こ》てり石井戸《いはゐど》清水ともに汲み　中村草田男・火の島

しょ【暑】〔三夏〕⇩暑《あつ》し

汝《な》はいかにわれは静《しずか》に暑に堪へん　高浜虚子・七百五十句

しょうしょ【小暑】 せうしよ〔晩夏〕

二十四節気の一。旧暦の六月、夏至の一五日後。新暦では七月七～八日頃で、この頃から暑中に入り、夏の暑熱期となる。⇩夏《なつ》、夏至《げし》、立夏《りっか》、大暑《たいしょ》

しょうまん【小満】 せうまん〔初夏〕

二十四節気の一。旧暦四月の中、立夏の後の一五日目、新暦の五月二一～二三日ごろをいう。陽気が盛んになり万物が次第に満ちるの意。⇩立夏《りっか》、夏《なつ》

しょか【初夏】〔初夏〕

夏のはじめ。三夏を初夏・仲夏・晩夏とわけた初夏をいう。〔同義〕夏の始《はじめ》、初夏《はつなつ》、孟夏《もうか》、首夏《しゅか》。⇩夏《なつ》、立夏《りっか》、五月《ごがつ》、卯《う》月《づき》、夏浅《なつあさ》し

藤つゝじ思へば夏のはじめ哉　定雅・幣袋

梨棚や初夏の繭雲うかびたる　水原秋桜子・葛飾

しょき【暑気】〔三夏〕⇩暑《あつ》し

山がかる人の住家に暑気透る　飯田蛇笏・椿花集

じょくしょ【溽暑】〔晩夏〕

夏の日の湿気を含んだ蒸すような暑さ。『滑稽雑談』に「溽は湿也。土の気潤ふが故に蒸鬱して湿暑となる」とある。〔同義〕湿暑《しっしょ》、蒸暑《むしあつ》し。⇩極暑《ごくしょ》、暑《あつ》し

しらはえ【白南風】〔晩夏〕

梅雨の明ける頃の南風をいう。「しろはえ」ともいう。梅雨に入る頃の南風は「黒南風《くろはえ》」という。⇩黒南風《くろはえ》、はえ

白南風《しらばえ》の夕浪《ゆふなみ》高うなりにけり　芥川龍之介・発句
白南風《しらはえ》や立ち去る妻の足の裏　日野草城・旦暮
白南風や化粧に洩れし耳の蔭　日野草城・花氷

じり【海霧】〔三夏〕

夏、暖かい湿気を含んだ風が寒流上に流れ込んで発生する濃霧。「うみぎり」「かいむ」ともいう。オホーツク海に面して北海道の海岸域に多く発生し、航海する船は霧笛《むてき》を鳴らしながら進む。⇩山霧《やまぎり》、夏《なつ》の霧《きり》

しろた【代田】〔初夏〕

代掻が終わり、田植の準備が整った田。⇩代掻《しろかき》〔生活編〕、田植《たうえ》〔生活編〕

しんじゅ【新樹】〔初夏〕⇩〔植物編〕

しんだん【新暖】〔初夏〕

初夏の暑さをいう。⇩薄暑《はくしょ》、暑《あつ》し、余春《よしゅん》

じんらい【迅雷】〔三夏〕

激しい雷。〔同義〕疾雷《しつらい》。⇩雷《かみなり》

迅雷や炎ひるまぬ椿炭　水原秋桜子・晩華

しんりょく【新緑】〔初夏〕⇩〔植物編〕

スコール【squall】〔晩夏〕

熱帯特有の激しい驟雨で、日本では八丈島などに見られる。一般に雷雨を伴う。

すずかぜ【涼風】〔晩夏〕

晩夏に吹く熱気のない涼しい風をいう。「涼風《りょうふう》が立つ」とも表現する。⇩涼《すず》し、夏《なつ》の風《かぜ》

涼風《すずかぜ》や峠《たうげ》に足をふみかける　許六・韻塞
涼風の曲りくねつて来たりけり　一茶・七番日記

涼風や愚庵の門は破れたり　正岡子規・子規句集
涼風の星よりぞ吹くビールかな　水原秋桜子・葛飾
しようしようと真夜の涼風《すずかぜ》星より来　日野草城・旦暮
涼風は四通八達孤独の眼　中村草田男・万緑

すずし【涼し】〔三夏〕

夏の暑さの中で、朝夕の涼気や樹葉をそよがす風など、五感に感じるさまざまな涼しさをいう。俳句では以下の語例にあるように、名詞と連接して用いられることが多い。［語例］朝涼《あさすず》、夕涼《ゆうすず》、宵涼《よいすず》し、月涼《つきすず》し、水涼《みずすず》し、露涼《つゆすず》し、庭涼《にわすず》し、影涼《かげすず》し、鐘涼《かねすず》し、涼風《すずかぜ》、涼風《りょうふう》、晩涼《ばんりょう》、夜涼《やりょう》、涼夜《りょうや》、涼雨《りょうう》。⇩涼風《すずかぜ》、暑《あつ》し、朝涼《あさすず》、涼《すず》み、月涼《つきすず》し、晩涼《ばんりょう》、夕涼《ゆうすず》、涼《りょう》

すゞしさを絵にうつしけり嵯峨の竹　芭蕉・住吉物語
犬吠《いぬぼう》の涼しき月や君は亡《な》し　高浜虚子・七百五十句
村雨に漁火消ゆるあら涼し　大須賀乙字・新俳句
金銀の光涼しき薬かな　川端茅舎・川端茅舎句集
風鈴のもつるるほどに涼しけれ　中村汀女・汀女句集
洗礼涼し母が腕《かひな》を欄とし佇つ　中村草田男・火の島

すずみ【涼み・納涼】〔晩夏〕⇩［生活編］

すずみぶね【涼み舟・納涼舟】〔晩夏〕⇩［生活編］

せいか【盛夏】〔晩夏〕

夏の盛り。［同義］真夏。⇩夏《なつ》、真夏《まなつ》、大暑《たいしょ》

せいわ【清和】〔初夏〕

中国では旧暦四月一日を清和節といい、四月を清和月といった。四～五月頃の、のどかで澄みきった清らかな空を清和天または和清天という。

せっけい【雪渓】〔晩夏〕

日本アルプスの高山などにある、夏でも雪が解けずに一面に残っている渓谷をいう。⇩登山《とざん》［生活編］

雪渓の下にたぎれる黒部川　高浜虚子・五百五十句
日も月も大雪渓の真夏空　飯田蛇笏・雲母
疲れたれば眠りぬ氷河見たるあと　山口青邨・雪国
雪渓や信濃の山河夜に沈み　水原秋桜子・蓬壺
雪渓の雲くづれ落つ黒部渓　水原秋桜子・晩華
雪渓の日にけにあれぬ山桜　石橋辰之助・山行

せつのにしかぜ【節の西風】〔仲夏〕

田植の時期に吹く西風をいう。田に雨をもたらす風として喜ばれる。⇩夏《なつ》の風《かぜ》

せみしぐれ【蟬時雨】〔晩夏〕
多くの蟬が鳴きしきる声を時雨の音にたとえた表現。
桟や荒瀬をこむる蟬しぐれ　飯田蛇笏・山廬集
蟬時雨日斑《まだら》あびて掃き移る　杉田久女・杉田久女句集
滝音の息づきのひまや蟬時雨　芝不器男・不器男句集

「た行」

たいしょ【大暑】〔晩夏〕
二十四節気の一。旧暦の六月半ば、新暦では七月二三～二四日頃の夏の暑さの盛りの季節をいう。⇩立夏《りっか》、小暑《しょうしょ》、極《ごく》暑《しょ》、盛夏《せいか》、夏《なつ》
麦飯のいつまでも熱き大暑哉　村上鬼城・ホトトギス
念力のゆるめば死ぬる大暑かな　村上鬼城・鬼城句集
兎も片耳垂るる大暑かな　芥川龍之介・澄江堂句集
仏間より香のきこゆる大暑かな　日野草城・旦暮
じだらくに勤めてゐたる大暑かな　石田波郷・風切

たうえ【田植】たうゑ〔仲夏〕⇩〔生活編〕

たうえどき【田植時】たうゑどき〔仲夏〕
稲苗を苗代より本田に移し植えるのに適当な頃。地域により、また寒暖の状態によって田植の時期は異なるが、一般に六月上旬から中旬が多い。⇩梅雨寒《つゆざむ》
生て居て何せん浦の田植時　支考・類題発句集

たき【滝・瀧】〔三夏〕
山などの高い岸壁より落ちる水。俳句では、その清涼さをもって夏の季語とする。〔同義〕瀑《たき》、瀑布《ばくふ》。⇩滝壺《たきつぼ》、滝《たき》しぶき、滝《たき》の音《おと》
水烟る瀑の底より嵐かな　夏目漱石・漱石全集
神にませばまこと美はし那智の滝　高浜虚子・五百句
天ゆ落つ華厳日輪かざしけり　臼田亜浪・定本亜浪句集
那智山
滝落ちて群青世界とゞろけり　水原秋桜子・帰心
かの瀑布みどりの草の山に落つ　山口青邨・雪国
金輪際此合掌を滝打てり　川端茅舎・雑詠選集

たきしぶき【滝しぶき】〔三夏〕⇩滝《たき》

たきつぼ【滝壺】〔三夏〕⇩滝《たき》

たきのおと【滝の音】〔三夏〕⇩滝《たき》

たくしう【濯枝雨】〔晩夏〕

中国で、旧暦の六月に降る大雨をいう。漢書に「六月有大雨、名濯枝雨」とある。

たけのこづゆ【筍梅雨】〔初夏〕

初夏、筍が生えるころに微雨を伴った東南の強い風が吹いて来る気象をいう。「筍流《たけのこなが》し」ともいう。⇩ながし、梅雨《つゆ》

だし〔三夏〕

夏の季節風が山脈を越えて日本海側に吹き下ろしてくるフェーン現象を伴った風。本州の日本海側の地域に湿度が低い高温の風をもたらすことになる。この現象が続くことを「七日だし」とよぶ。作物が枯れたり、大火事や虫害が起きることもある。この風が山頂を越えるときにできる乱雲を「だし雲」という。⇩熱風《ねっぷう》

たみずわく【田水湧く】たみづわく〔晩夏〕

夏の強い陽射しで、田の水が湯のように熱くなることをいう。⇩日焼田《ひやけだ》、熱風《ねっぷう》

ちゅうか【仲夏】〔仲夏〕

三夏（初夏・仲夏・晩夏）の一。旧暦の五月（新暦の六月）で、芒種（新暦六月六日）から小暑の前日（新暦七月六日）までをいう。〔同義〕仲《なか》の夏《なつ》、夏《なつ》なかば。⇩皐月《さつき》、六月《ろくがつ》、夏《なつ》

山の雨里も降りぬく仲夏かな　上川井梨葉・梨葉句集

ついりあな【梅雨穴】〔仲夏〕

「つゆあな」ともいう。梅雨期に、地盤の弱い湿潤の地におきる陥没の現象をいう。湧き水が生じて穴に水が溜まることがある。〔同義〕黴雨穴《つゆあな》、梅《つ》雨入穴《いりあな》、梅《つ》雨《ゆ》の井《い》。⇩梅雨《つゆ》

つきすずし【月涼し】〔三夏〕

夏の夜の月。俳句では「月」は秋の季語であるが、「夏の月」また「月涼し」として夏の季語とする。⇩夏《なつ》の月《つき》、涼《すず》し

月涼し蚊やりぞ夢のしるしかな　也有・蘿の落葉

つばなながし【茅花流し】〔初夏・仲夏〕

旧暦四～五月の、茅花が穂をだし、白い絮をつける頃に吹く南風。「流し」は南風をいう。⇩夏《なつ》の風《かぜ》、ながし

つゆ【梅雨】〔仲夏〕

暦上では六月一一日頃の入梅から始まる三〇日間の雨季、

またはその間に降る雨をいう。「ばいう」ともいう。梅の実が黄熟する頃に降るため「梅の雨」「梅雨」という。〔同義〕入梅《つゆ》、入梅《ついり》、梅《うめ》の雨《あめ》、梅霖《ばいりん》、五月雨《さみだれ》、黴雨《つゆ》、黴雨《ばいう》。⇩入梅《にゅうばい》、五月雨《さみだれ》、五月闇《さつきやみ》、梅雨《つゆ》雷《かみなり》、梅雨晴《つゆばれ》、梅雨空《つゆぞら》、梅雨雲《つゆぐも》、梅雨《つゆ》明《あけ》、梅雨出水《つゆでみず》、送梅雨《おくりづゆ》、空梅雨《からつゆ》、筍梅雨《たけのこづゆ》、梅雨穴《ついりあな》、梅雨曇《つゆぐもり》、梅雨寒《つゆざむ》、夏《なつ》の雨《あめ》、走梅雨《はしりづゆ》

梅雨眠し安らかな死を思ひつ、　高浜虚子・六百五十句
梅雨の亀溝を伝うて来りけり　皿井旭川・雑詠選集
うち越してながむる川の梅雨かな　飯田蛇笏・山廬集
梅雨めきて夕映ながし松江城　水原秋桜子・晩華
梅雨の庭ともしび二つともりけり　山口青邨・雪国
梅雨さやぐ灯の床吾子と転げ遊ぶ　中村草田男・火の島
筏師一人梅雨の筏をふみくぼめ　石田波郷・馬酔木

つゆあけ【梅雨明】〔晩夏〕

梅雨期が終ること。暦の上では、夏至の後の庚《かのえ》の日を梅雨の明とする。一般に雷を伴う雨が降り、日増しに暑くなって梅雨が明ける。⇩梅雨《つゆ》、送り梅雨《おくりづゆ》、入梅《にゅうばい》、梅雨《つゆ》雷《かみなり》

つゆかみなり【梅雨雷】〔仲夏〕

梅雨期の終わりに鳴る雷。この雷鳴をもって梅雨明のしるしとされる。〔同義〕梅雨《つゆ》の雷《らい》。⇩梅雨《つゆ》、梅雨明《つゆあけ》、雷《かみなり》

入梅の明遠かみなりを暦哉　白雄・白雄句集
梅雨の雷何か忘れゐし胸さわぐ　加藤楸邨・寒雷
梅雨の雷黴くさき廊うちひびき　加藤楸邨・寒雷

つゆぐも【梅雨雲】〔仲夏〕

梅雨空にかかる雲。⇩梅雨《つゆ》、梅雨空《つゆぞら》、五月雲《さつきぐも》

めづらしや梅雨の中の峰の雲　晩山・古今句鑑
青し国原梅雨雲のひらかむとして　臼田亜浪・亜浪句集

つゆぐもり【梅雨曇】〔仲夏〕

梅雨期の曇りがちな天候をいう。〔同義〕入梅曇《つゆぐもり》、ついり曇《くも》、五月曇《さつきぐもり》。⇩梅雨《つゆ》

つゆざむ【梅雨寒】〔仲夏〕

梅雨期の連日降り続く陰雨で気温が下がり、寒冷になること。〔同義〕梅雨寒《つゆさむ》し、梅雨冷《つゆびえ》。⇩梅雨《つゆ》、田植時《たうえどき》、苗代寒《なわしろざむ》

今日もまた白き蝶来て梅雨寒し　武田鶯塘・改造文学全集

つゆすずし【露涼し】〔三夏〕

夏の季節の露。夏の朝、草葉に置いた露の涼しさを表現している。俳句では「露」は秋の季語なので、「露涼し」とし

て夏の季語とする。⇩夏《なつ》の露《つゆ》

露涼し行燈ひかる膳の上　土芳・簑虫庵集

露涼し形あるもの皆生ける　村上鬼城・鬼城句集

つゆぞら【梅雨空】〔仲夏〕

梅雨期の曇り空。〔同義〕五月空《さつきぞら》、皐月空《さつきぞら》。⇩梅雨雲《つゆぐも》、梅天《ばいてん》

つゆでみず【梅雨出水】つゆでみづ〔仲夏〕

梅雨期の降り続く霖雨で川の水量が増加し、河川が氾濫して出水となること。〔同義〕夏出水《なつでみず》。⇩梅雨《つゆ》

つゆのつき【梅雨の月】〔仲夏〕

梅雨の季節のひとときの晴れ間に見える月。⇩夏《なつ》の月《つき》

わが庭に椎の闇あり梅雨の月　山口青邨・雑草園

つゆのやま【梅雨の山】〔仲夏〕

梅雨期の霖雨に濡れそぼり、霞む山々をいう。⇩夏《なつ》の山《やま》

つゆばれ【梅雨晴】〔仲夏〕

梅雨の間の晴れ間。梅雨が終わり、爽やかに晴れ上がった天気。〔同義〕入梅晴《つゆばれ》、五月晴《さつきばれ》、梅雨晴間《つゆはれま》。⇩五月晴《さつきばれ》

入梅晴やさゝめき立てる峰の松　蓼太・蓼太句集

梅雨晴や蜩《ひぐらし》鳴くと書く日記　正岡子規・子規句集

梅雨晴《つゆばれ》の夕茜《ゆうあかね》してすぐ消えし　高浜虚子・六百五十句

梅雨晴や濁浪にある橋の影　西山泊雲・同人句集

山から山がのぞいて梅雨晴れ　種田山頭火・草木塔

梅雨晴や小村ありける峠口　水原秋桜子・葛飾

とおいかづち【遠雷】とほいかづち〔三夏〕

遠くに鳴り光る雷。「えんらい」ともいう。⇩雷《かみなり》、いかづち、遠雷《えんらい》

空間を遠雷のころびをる　高浜虚子・句日記

どよう【土用】〔晩夏〕

暦の節の名称で、土用は一年に四期あり、一期は一八日間。俳句では夏の土用をさし、立秋の前の一八日間をいう。その第一日を「土用入」「土用太郎」といい、二日めを「土用二郎」という。三日めは「土用三郎」といい、往時より、農家ではこの日の気候によって、作物の豊凶を占う厄日とした。一八日めを「土用明」という。⇩土用入《どよういり》、土用明《どようあけ》、土用《どよう》あい、土用東風《どようごち》、土用凪《どようなぎ》、土用波《どようなみ》

白菊のつんと立たる土用哉　一茶・九番日記

で、虫の草に籠りて土用かな　村上鬼城・鬼城句集
稲妻をさして水ゆく土用かな　渡辺水巴・白日
伽羅蕗をからく〳〵と土用かな　上川井梨葉・梨葉句集
わぎもこのはだのつめたき土用かな　日野草城・青芝

どようあい【土用あい】〔晩夏〕
夏の土用に吹く涼しい北風。⇩土用《どよう》、あいの風《かぜ》、夏《なつ》の風《かぜ》、土用東風《どようごち》

どようあけ【土用明】〔晩夏〕
土用とは暦の節の名称で、一年に四期あり、一期は一八日間。俳句では夏の土用をさし、立秋の前の一八日間をいう。その一八日めを「土用明」という。⇩土用《どよう》、土用入《どよういり》

どよういり【土用入】〔晩夏〕
俳句では夏の土用をさし、立秋の前の一八日間をいう。その第一日を「土用入」「土用太郎《どようたろう》」という。⇩土用《どよう》、土用明《どようあけ》

どようごち【土用東風】〔晩夏〕
夏の土用に吹く東風をいう。「どようこち」ともいう。⇩土用《どよう》、夏《なつ》の風《かぜ》、土用あい、青東風《あおごち》
道々の涼しさ告よ土用東風　来山・五子稿
土用東風天の川より吹やどり　乙二・斧の柄草稿

どようなぎ【土用凪】〔晩夏〕
夏の土用の頃、風が止まり、暑さがひとしお感じられる日をいう。⇩風死《かぜし》す、土用《どよう》

どようなみ【土用波・土用浪】〔晩夏〕
夏の土用の頃に太平洋側の海岸に寄せる荒い高波をいう。南方の台風などの低気圧による高波である。日本海側の海岸には土用波はない。⇩土用《どよう》
雲のみねうねり上《のぼ》せよ土用波《どようなみ》　百里・其袋
土用波天《そら》うつ舟にわが乗りし　山口青邨・雪国
岩窟《いはむろ》の岩門《いはと》のしきゐ土用波　中村草田男・火の島
土用波暮る寂しさときに澄み　加藤楸邨・穂高

とらがあめ【虎が雨】〔仲夏〕
曾我十郎祐成・五郎時致の兄弟が討たれた陰暦五月二八日に降る雨をいい、祐成と契った大磯の遊女の虎御前の涙雨とされる。〔同義〕虎《とら》が涙《なみだ》、虎《とら》が涙雨《なみだあめ》。⇩夏《なつ》の雨《あめ》
夜の音は恨に似たり虎が雨　成美・一陽
とらが雨など軽んじてぬれにけり　一茶・おらが春
かりそめに京にある日や虎が雨　村上鬼城・鬼城句集
寝白粉香にたちにけり虎が雨　日野草城・青芝

「な行」

ながし〔仲夏〕

一般的には夏の土用に吹く南風をいう。「ながせ」ともいう。「ながし南《はえ》」は梅雨期の南風をいう。九州では梅雨、またはその頃に吹く西南風をいう。伊豆御蔵島では梅雨前・梅雨明けに吹く風をいう。⇩茅花《つばな》流《なが》し、夏《なつ》の風《かぜ》、筍《たけのこ》梅雨《づゆ》

なつ【夏】〔三夏〕

一般に立夏（五月六日頃）から、立秋（八月八日頃）の前日までを夏という。気象学上では六～八月をいい、天文学上では春分（三月二一日頃）から夏至（六月二二日頃）までとなる。夏期の九旬（九〇日間）を「九夏」と称する。二十四節気では夏を「初夏」「仲夏」「晩夏」の三つに等分し、「三夏」と称する。初夏は旧暦四月（新暦五月）をいい、仲夏は旧暦五月（新暦六月）、晩夏は旧暦六月（新暦七月）をいう。

［同義］朱夏《しゅか》、朱炎《しゅえん》、三夏《さんか》、九夏《きゅうか》、炎陽《えんよう》。⇩夏至《げし》、小暑《しょうしょ》、小満《しょうまん》、初夏《しょか》、盛夏《せいか》、真夏《まなつ》、大暑《たいしょ》、仲夏《ちゅうか》、晩夏《ばんか》、芒種《ぼうしゅ》、立夏《りっか》

大津にて
世の夏や湖水にうかむ浪の上　芭蕉・前後園
夏は猶もゆるか雲の浅間山　闌更・半化坊発句集
冷水に煎餅二枚樗良が夏　樗良・樗良句集
旅了る身に夏深む山河かな　飯田蛇笏・椿花集
やゝに夏聡明はかたくなゝまでに　中村草田男・火の島
描きて赤き夏の巴里をかなしめる　石田波郷・鶴の眼

なつあさし【夏浅し】〔初夏〕

夏に入ってまだ日の浅い日をいう。⇩初夏《しょか》、夏深《なつふか》し

なつあらし【夏嵐】〔三夏〕⇩夏《なつ》の風《かぜ》

かしは山夏の嵐をうち見たり　白雄・白雄句集
夏嵐机上の白紙飛び尽す　正岡子規・子規句集
星崎や俄しらみの夏嵐　松瀬青々・妻木

なつかげ【夏陰】〔晩夏〕

夏の炎暑の中の日陰のこと。［同義］日陰《ひかげ》、片陰《かたかげ》。⇩片陰《かたかげ》

暁の夏陰茶屋の遅きかな　昌圭・春の日

夏陰や肩に髭ぬく駕の者　不碩・伊達衣
大木の幹に纏ひて夏の影　高浜虚子・五百五十句

なつがすみ【夏霞】〔三夏〕
春の霞より淡い夏の霞。俳句では「霞」は春の季語のため、「夏霞」として夏の季語とする。
虚国《むなくに》の尻無川や夏霞　芝不器男・不器男句集

なつかわら【夏河原】 なつかはら〔三夏〕
川の水量も少なくなり、浅瀬も多く、ときには瀬がわりの見られる夏の広々とした河原をいう。⇩夏《なつ》の川《かわ》
梵天もなぐさみらしや夏河原　馬光・馬光発句集

なつぐれ【夏ぐれ】〔初夏〕
琉球、南西諸島の五月頃にはじまる雨季をいう。⇩夏《なつ》の雨《あめ》

なつきたる【夏来る】〔初夏〕⇩立夏《りっか》
さらし干す夏きにけらし不尽の雪　宗因・梅翁宗因発句集
夏来ぬと人に驚く袷かな　蓼太・蓼太句集
夏来ぬと又長鋏を弾ずらく　夏目漱石・漱石全集
渓の樹の膚ながむれば夏来る　飯田蛇笏・雲母

なつこだち【夏木立】〔三夏〕⇩〔植物編〕

なつたつ【夏立つ】〔初夏〕⇩立夏《りっか》
夏立つや衣桁にかはる風の色　也有・蘿葉集
夏立つや未明にのぼる魚見台　高田蝶衣・青垣山
夏立ちぬいつもそよげる樹の若葉　日野草城・旦暮

なつの【夏野】〔三夏〕
さまざまな夏草が繁茂し、草いきれのする夏の野原をいう。新緑の頃の野原を「卯月野《うづきの》」といい、梅雨の頃の野原を「五《さ》月野《つきの》」という。〔同義〕夏の野《なつのの》、夏野原《なつのはら》、夏の原《なつのはら》、夏野路《なつのじ》、青野《あおの》。⇩卯月野《うづきの》
もろき人にたとへむ花も夏野哉　芭蕉・笈日記
水ふんで草で足ふく夏野かな　来山・いまみや草
うつくしく牛の痩たる夏野哉　凡兆・柞原
麦かれて夏野おとろふけしき哉　暁台・暁台句集
身のむかし恋せし人か夏野ゆく　成美・成美家集
絶えず人いこふ夏野の石一つ　正岡子規・寒山落木

なつのあかつき【夏の暁】〔三夏〕
夏の夜の明けるころ。夏は夜が明けるのが早い。〔同義〕夏《なつ》の夜明《よあけ》、夏《なつ》の朝明《あさあけ》、夏暁《かぎょう》。⇩夏《なつ》の夜明《よあけ》、夏《なつ》の朝《あさ》

夏酔や暁ごとの柄杓水　其角・五元集拾遺

なつのあさ【夏の朝】〔三夏〕

夏の日のまだ涼しさを感じる朝。⇩夏《なつ》の暁《あかつき》、朝焼《あさやけ》、夏《なつ》の夜明《よあけ》

夏酔や暁ごとの柄杓水　其角・五元集拾遺
人音のやむ時夏の夜明哉　蓼太・蓼太句集
男子生れて青山青し夏の朝　村上鬼城・鬼城句集

なつのあめ【夏の雨】〔三夏〕

夏に降る雨。五月雨や夕立などの特徴的な雨というよりは、夏に降る通常の雨の趣をいう。⇩梅雨《つゆ》、五月雨《さみだれ》、虎《とら》が雨《あめ》、夕立《ゆうだち》、喜雨《きう》、濯枝雨《たくしう》、雷雨《らいう》、青時雨《あおしぐれ》、卯《う》の花降《はなくた》し、木《き》の芽《め》ながし、送《おく》り梅雨《づゆ》、氷雨《ひさめ》、筍梅雨《たけのこづゆ》、夏《なつ》ぐれ、薬降《くすりふ》る

都さへ山水高し夏の雨　紹巴・大発句帳
心すむ水ある上に夏の雨　闌更・半化坊発句集
温室はメロンを作る夏の雨　山口青邨・冬青空
夏の雨きらりきらりと降りはじむ　日野草城・青芝

なつのいろ【夏の色】〔初夏・三夏〕

夏らしい気配や景色を表現することば。特に夏らしさを呈し始めた初夏の趣をもいう。〔同義〕夏気色《なつげしき》。⇩夏《なつ》めく

石摺に長崎の絵や夏気色　露川・西国曲
夏気色返すぐ〳〵もなるみ潟　乙州・千鳥掛
杜若水はさながら夏げしき　定雅・椿花

なつのうみ【夏の海】〔三夏〕

夏の季節の海、その眺めをいう。〔同義〕夏海《なつうみ》。⇩夏《なつ》の湖《うみ》

山のはも空も限りや夏の海　紹巴・大発句帳
くまの路や分つゝ入《いれ》ば夏の海　曾良・元禄四稿
壱岐低く対馬は高し夏の海　高浜虚子・六百句
船に打つ五尺の釘や夏の海　渡辺水巴・白日
夏潮を出てべんべんと蜑の腹　飯田蛇笏・雲母
夏の海島かと現れて艦遠く　杉田久女・杉田久女句集

なつのうみ【夏の湖】〔三夏〕

夏の季節の湖沼、その眺めをいう。

高根より礫打見む夏の湖　言水・俳諧五子稿
鵜にあらず烏かも飛ぶ夏の湖　山口青邨・夏草

なつのかぜ【夏の風】〔三夏〕

夏の風、夏の嵐をいう。太平洋の高気圧の領域から吹いてくる東・南・南東の高温多湿の季節風。〔同義〕夏風《なつかぜ》、夏《なつ》の嵐《あらし》、夏嵐。⇩あいの風《かぜ》、青嵐《あおあらし》、薫風《くんぷう》、東南風《いなさ》、風薫《かぜかお》る、

南風《みなみ》、風死《かぜし》す、くだり、黒南風《くろはえ》、白南風《しらはえ》、黄雀風《こうじゃくふう》、御祭《ごさい》風、涼風《りょうふう》、節《せつ》の西風《にしかぜ》、だし、茅花流《つばなながし》し、土用《どよう》あい、土用東風《どようごち》、ながし、夏嵐《なつあらし》、はえ、ひかた、まじ、やませ、夕立風《ゆうだちかぜ》、熱風《ねっぷう》、温風《おんぷう》、麦《むぎ》の秋風《あきかぜ》、麦《むぎ》の風《かぜ》

夏風や粉糠だらけな馬のかほ　来山・続いま宮草

なつのかわ【夏の川・夏の河】 なつのかは〔三夏〕

夏の季節の川。梅雨期は雨量も多く川の水量も多いが、夏の川は一般に水量も少なく、河原が広々としている。［同義］夏川《なつかわ》、夏河《なつかわ》。⇩夏河原《なつかわら》

夏川《なつかは》の音《おと》に宿《やど》かる木曾路《きそぢ》哉《かな》　重五・春の日
夏河《なつかは》を越すうれしさよ手に草履《ざうり》　蕪村・蕪村句集
馬に乗つて河童遊ぶや夏の川　村上鬼城・鬼城句集
夏川や水の中なる立咄《たちばな》し　正岡子規・子規句集
夏川の水美しく物捨つる　高浜虚子・六百五十句

なつのきり【夏の霧】〔三夏〕

俳句では「霧」は秋の季語のため、「夏」をつけて夏の季語とする。［同義］夏霧《なつぎり》。⇩海霧《じり》、山霧《やまぎり》

夏霧にぬれてつめたし白き花　乙二・斧の柄草稿

なつのくも【夏の雲】〔三夏〕

夏の空に現れる「積雲」や「積乱雲」などの雲をいう積乱雲は白雲が峰のように盛り上がり、また大きな入道のようであるところから「雲《くも》の峰《みね》」「入道雲《にゅうどうぐも》」ともよばれる。俳句では、「雲の峰」や「五月雲」など特徴のある雲はそれぞれ夏の独立した季語となる。［同義］夏雲《なつぐも》。⇩雲《くも》の峰《みね》、五月雲《さつきぐも》、夏《なつ》の空《そら》、夕立雲《ゆうだちぐも》、雷雲《らいうん》

夏の雲徐々に動くや大玻璃戸《おおはりど》　高浜虚子・六百五十句
夏雲群る、この峡中に死ぬるかな　飯田蛇笏・雲母
誰も来て仰ぐポプラぞ夏の雲　水原秋桜子・晩華
夏雲の湧きてさだまる心あり　中村汀女・都鳥
夏の雲実験室は水止めず　中村汀女・第二同人集
坂の上《へ》ゆ夏雲もなき一つ松　中村草田男・火の島

なつのしも【夏の霜】〔三夏〕

夏の夜の月光に照らされ、白々と霜を置いたようにみえる様を形容したことば。

足跡のなきを首途に夏の霜　鬼貫・七車
降るにあらず消ゆるにあらず夏の霜　闌更・半化坊発句集
寐覚して団扇すてたり夏の霜　松瀬青々・宝船

なつのそら【夏の空】〔三夏〕
夏の大空をいう。［同義］夏空《なつぞら》、夏《なつ》の天《てん》。⇩夏《なつ》の雲《くも》、炎天《えんてん》
住待まで払ひ果けり夏の空　嵐雪・玄峰集
山一つ山二つ三つ夏空　中塚一碧楼・一碧楼一千句

なつのつき【夏の月】〔三夏〕
夏の夜の月。俳句では「月」は秋の季語であるが、「夏の月」または「月涼し」として夏の季語とする。⇩月涼し《つきすずし》
蛸壺《たこつぼ》やはかなき夢を夏の月　芭蕉・猿蓑
一つ家鼾冷《いびきすさま》じ夏の月　万子・孤松
妻去りし隣淋しや夏の月　正岡子規・子規句集
夏の月町のはづれに宿取りぬ　佐藤肋骨・新俳句
砂丘吹く風の砂立たず夏の月　大須賀乙字・炬火
夏の月蚕は繭にかくれけり　渡辺水巴・水巴句集

なつのつゆ【夏の露】〔三夏〕
夏の朝の草葉に置く涼しげな露をいう。俳句では「露」は秋の季語のため、「夏の露」として、また「露涼し」として夏の季語とする。⇩露涼し《つゆすずし》
東雲や西は月夜に夏の露　来山・続いま宮草
石も木も自然とふるし夏の露《つゆ》　舎羅・荒小田
宮城野や色なき風に夏の露　暁台・しをり萩
人かげにうりばえさとく夏の露　飯田蛇笏・雲母

なつのにわ【夏の庭】 なつのには〔三夏〕
夏の季節の涼しげな庭園。［同義］夏《なつ》の園《その》。
たえやらぬ水なるかなや夏の庭　紹巴・大発句帳
岩木にも心やつくる夏の庭　宗因・三籟

なつのはて【夏の果】〔晩夏〕
夏の終りをいう。［同義］夏《なつ》の限《かぎ》り、夏《なつ》の別《わか》れ、夏《なつ》の名残《なごり》、行《ゆ》く夏《なつ》、暮《くれ》の夏《なつ》。⇩水無月尽《みなづきじん》、行《ゆ》く夏《なつ》、秋近《あきちか》し、暮《くれ》の夏《なつ》、来《こ》ぬ秋《あき》、夏《なつ》の別《わか》れ

なつのひ【夏の日】〔三夏〕
夏の一日。または夏の太陽、夏の日差しをいう。［同義］夏日《なつび》、夏日《かじつ》、日《ひ》の夏《なつ》。⇩夏日影《なつひかげ》、日盛《ひざかり》
ユーカリを仰げば夏の日幽《かす》か　高浜虚子・五百五十句
夏朝日来ぬ間も水を打ちにけり　上川井梨葉・梨葉句集
夏の日や薄苔つける木木の枝　芥川龍之介・澄江堂句集
海豹の礁や夏日に渦ながれ　水原秋桜子・晩華
独臥して夏日寂寞たり放屁　日野草城・旦暮
噴煙の古綿為すに夏日透く　中村草田男・火の島

なつのほし【夏の星】〔三夏〕
夏の夜空の星々。俳句では、その輝きの涼しげなさまを「星涼し」として表現することもある。⇩旱星《ひでりぼし》
夏の星の顔なつかしも暮か丶る　鬼貫・鬼貫句選
灯を消せば涼しき星や窓に入る　夏目漱石・漱石全集

なつのみず【夏の水】 なつのみづ〔三夏〕
夏期の水。［同義］夏水《なつみず》。⇩泉《いずみ》、清水《しみず》、滴《したた》り
百年を夏一ツはいの水の味　諷竹・旅袋
御裳濯の月より清し夏の水　宗春・三籟

なつのやま【夏の山】〔三夏〕
新緑青葉の滴る三夏の季節の山々の姿。［同義］夏山《なつやま》、夏《なつ》嶺《ね》。⇩夏山《なつやま》、五月山《さつきやま》、梅雨《つゆ》の山《やま》、登山《とざん》［生活編］、青葉山《あおばやま》
くつさめの跡《あと》しづか也《なり》なつの山　野水・猿蓑
山門の雲の出行《でゆき》や夏の山　露川・砂川
大木を見てもどりけり夏の山　闌更・張瓢
石段に根笹はえけり夏の山　村上鬼城・鬼城句集
夏官遊に一泊の寺や夏の山　楠目橙黄子・同人句集

なつのゆうべ【夏の夕】 なつのゆふべ〔三夏〕
夏の日の夕暮。［同義］夏《なつ》の夕《ゆう》。⇩夏《なつ》の宵《よい》、夏《なつ》の夜《よ》
夏の夕吹倒さる丶風もがな　闌更・半化坊発句集
夏夕蝮を売つて通りけり　村上鬼城・鬼城句集
雨後の傘四五人行くや夏夕　松瀬青々・妻木

なつのよ【夏の夜】〔三夏〕
夏の日の夜。夏の夜は短く、昼間の暑さも冷めやらず遅くまで涼を求める人がいる。［同義］夜半《よわ》の夏《なつ》。⇩夏《なつ》の夕《ゆうべ》、夏《なつ》の宵《よい》、短夜《みじかよ》、明易《あけやす》し
夏の夜は明れどあかぬまぶた哉　守武・誹諧初学抄
夏の夜や木魂《こだま》に明《あく》る下駄の音　芭蕉・嵯峨日記
夏のよの闇《やみ》も納《をさま》るほしの数　野坡・艸之道
夏の夜を物喰ひ過ぎて寝苦しき　内藤鳴雪・鳴雪句集
夏の夜や灯影忍べる廂裏　日野草城・花氷
夏夜飛びだし藪の総穂《ふさほ》に腹すりつ丶　中村草田男・銀河依然

なつのよあけ【夏の夜明】〔三夏〕
夏の夜のあけるころ、夜明、朝明をいう。［同義］夏《なつ》の暁《あかつき》、夏《なつ》の朝明《あさあけ》、夏暁《かぎょう》。⇩夏《なつ》の暁《あかつき》
麦めしのへらぬに夏の夜明かな　許六・五老井発句集
人音のやむ時夏の夜明哉　蓼太・蓼太句集

横雲に夏の夜あける入江哉　　正岡子規・子規句集

なつのよい【夏の宵】 なつのよひ〔三夏〕

夏の夜に入り、まだ間もない頃。［同義］宵《よい》の夏《なつ》。⇩夏《なつ》の夕《ゆうべ》、夏《なつ》の夜《よ》

菊もありて人なし夏の宵月夜　　支考・蓮二吟集

なつのわかれ【夏の別れ】〔晩夏〕⇩夏《なつ》の果《はて》

寒き程案じぬ夏の別哉　　野坡・別座敷

なつばたけ【夏畑】〔三夏〕

夏の畑。［同義］夏《なつ》の畑《はたけ》、旱畑《ひでりばた》。⇩日焼田《ひやけだ》

夏畑に折々うごく岡穂哉　　嵐雪・玄峰集

なつひかげ【夏日影】〔三夏〕

夏の日差しの諸相をいう。略して「夏の日」ともいう。［同義］夏《なつ》の朝日《あさひ》、夏《なつ》の夕日《ゆうひ》、夏《なつ》の入日《いりひ》。⇩夏《なつ》の日《ひ》、日盛《ひざかり》

白雲のてりそふ夏の日影哉　　宗祇・大発句帳

朝顔の夏日影まつ間の豆腐哉　　杉風・常盤屋之句合

なつふかし【夏深し】〔晩夏〕

夏の盛りの土用の時期。［同義］夏闌《なつたけなわ》。⇩晩夏《ばんか》、夏浅《なつあさ》し

夏深み草の名わかぬしげみ哉　　心敬・心敬発句帳

夏深く風樹と寝覚をともにせり　　斎藤空華・空華句集

なつふじ【夏富士】〔三夏〕

緑の山々の中に一段と高く聳える夏の富士山。⇩五月富士《さつきふじ》、赤富士《あかふじ》

なつめく【夏めく】〔初夏〕

春から夏の季節になり、自然や人々の衣食住や生活など目で見る風物のすべてが夏らしくなってくることをいう。［同義］夏《なつ》きざす、夏《なつ》の色《いろ》、夏《なつ》の匂《にお》い、夏景色《なつげしき》。⇩夏《なつ》の色《いろ》

夏めきて人顔見ゆるゆふべかな　　成美・成美家集

夏めくや花鬼灯に朝の雨　　中村楽天・改造文学全集

ウインドを並び展けゐて夏めきぬ　　石田波郷・鶴の眼

夜風入る灯を高く吊れば夏めきぬ　　石田波郷・鶴の眼

なつやま【夏山】〔三夏〕⇩夏《なつ》の山《やま》

夏山の大木倒す谺かな　　内藤鳴雪・鳴雪句集

夏山や万象《ばんしょう》青く橋赤し　　正岡子規・子規句集

夏山の姿正しき俳句かな　　高浜虚子・句日記

夏山の水際立ちし姿かな　　高浜虚子・六百五十句

夏山や風雨に越える身の一つ　　飯田蛇笏・山廬集

妙義嶺《ね》は肌も示さずいま夏山　　中村草田男・火の島

夏山を統べて槍ヶ岳真青なり　水原秋桜子・秋苑
雲去るや夏青山《なつあをやま》の摩周岳　水原秋桜子・晩華
夏山の重畳たるに溶鉱炉　山口青邨・雑草園
夏山の地図古り母老いたまふ　石橋辰之助・山行

なるかみ【鳴神】〔三夏〕
雷をいう。稲妻が雷の光をいうのに対して、雷鳴をいう。
⇩雷《かみなり》、いかづち
こほこほと鳴神遠し蝉の声　几董・続あけがらす

なわしろさむ【苗代寒】なはしろさむ〔初夏〕
五月の田植前の苗代時の寒さをいう。この時期はまた麦刈の時期なので「麦寒《むぎさむ》」ともいう。⇩梅雨《つゆ》、梅雨寒《つゆさむ》

にがしお【苦潮】にがしほ〔三夏〕
塩分の濃い海水の上に、陸からの川水を多量に含んだ塩分の薄い海水が層をなした潮の状態をいう。この上層の潮では夜光虫などの原生動物や珪藻などが異常繁殖し、沿岸の魚介類に大きな被害をもたらすことが多い。夜行虫が波に打たれ、船にあたって青白い燐光を放つさまは幻想的である。

にじ【虹】〔三夏〕
夏の驟雨の後などに見られる現象で、空に現れる半円形の七色の帯をいう。大気中に浮遊する水滴によって生じる日光のスペクトルである。通常の虹の色配列は内側から菫・藍・青・緑・黄・橙・赤色である。
虹吹《にじふき》てぬけたか涼し龍《りゆう》の牙《きば》　桃隣・陸奥衛
虹の輪の中に走りぬ牧の柵《さく》　高浜虚子・六百五十句
山景色荒涼として虹の下　飯田蛇笏・椿花集
十勝野は落葉松つゞき虹低し　水原秋桜子・晩華
虹明り杖で刈りたる花二三　中村草田男・銀河依然
目をあげゆきさびしくなりて虹をくだる　加藤楸邨・山脈

にしび【西日】〔晩夏〕
西の空に傾いた太陽。夕方になっても暑さの残る夏の季節、西日の暑苦しさは格別である。よって、俳句では夏の季語とされる。[同義] 夕陽《ゆうひ》、夕日《ゆうひ》。⇩夕焼《ゆうやけ》
山寺は縁の下まで西日かな　高浜虚子・句日記
西日中電車のどこか掴みて居り　石田波郷・雨覆
奪衣婆にぎらりと海の西日かな　加藤楸邨・雪後の天

にゅうばい【入梅】にふばい〔仲夏〕
梅雨の季節に入ること。暦上では、立春より一三五日目(六月一一日頃)をいう。[同義] 梅雨入《つゆいり》、梅雨《つゆ》に入《い》る、つい

り。
⇩梅雨《つゆ》、梅雨明《つゆあけ》、芒種《ぼうしゅ》

川へりに狐火立やついりばれ　史邦・芭蕉庵小文庫
蕗の葉に鳴出る蚊や黴雨晴《ツイリハレ》　珍夕・己の光
鳥かけやひらりと見えて入梅の晴　虚舟・射水川
入梅晴や二軒並んで煤払ひ　一茶・おらが春

ねっさ【熱砂】〔晩夏〕
夏の太陽で焼かれた熱い砂。

熱砂駱駝の自棄めく声に谺せず　中村草田男・火の島
熱砂裡をめをとともどちまたは親子　中村草田男・火の島
熱砂遠く薙がれ余りて岩頭《がしら》　中村草田男・火の島

ねっぷう【熱風】〔晩夏〕
真夏の頃に吹く高温の乾いた風。裏日本に吹く「だし」はこの風をいう。〔同義〕乾風《かんぷう》、炎風《えんぷう》。⇩温風《おんぷう》、だし、夏《なつ》の風《かぜ》

熱風の街を人ゆかず嬰児泣き　加藤楸邨・寒雷
サイレンをきき熱風に憩ひける　加藤楸邨・寒雷
戦車ゆき熱風に面は向けがたし　加藤楸邨・寒雷

のぼり【幟】〔仲夏〕⇩〔生活編〕

「は　行」

ばいてん【梅天】〔仲夏〕
梅雨期の空をいう。〔同義〕熟梅天《じゅくばいてん》、黄梅空《こうばいてん》。⇩梅雨空《つゆぞら》

はえ〔三夏〕
中国・四国・九州地方での南風の名称。地域によっては南西風、南東風ともなる。春から秋にかけての高温多湿な季節風である。〔同義〕はえの風《かぜ》、はいの風《かぜ》、正南風《まはえ》、南東風《はえごち》、南西風《はえにし》。⇩南風《みなみ》、黒南風《くろはえ》、白南風《しらはえ》、まじ

ばくしゅう【麦秋】〔初夏〕
麦を収穫する季節、すなわち初夏の頃をいう。「麦の秋」ともいう。⇩麦《むぎ》の秋《あき》、麦《むぎ》〔植物編〕

麦秋や釣鐘うづむ里の寺　浪化・誹諧曾我
麦秋や何に驚く屋根の鶏　蕪村・新五子稿
麦秋《むぎあき》や子を負ひながら鰯《いはし》売　一茶・おらが春

麦秋や雲よりうへの山畠　梅室・梅室家集

はくしょ【薄暑】〔初夏〕

初夏のやや暑さを感じる気候をいう。⇩新暖《しんだん》、暑《あつ》し、極暑《ごくしょ》

鍬《くわ》置いて薄暑の畦《あぜ》に膝《ひざ》を抱き　高浜虚子・五百五十句
しばらく念仏申しける薄暑なり　宮林菫哉・冬の土
個展いで薄暑たのしき街ゆくも　水原秋桜子・古鏡
一日の薄暑我等に松の花　中村汀女・花影
再びの病にかちて薄暑きし　星野立子・鎌倉

はくや【白夜】〔仲夏〕

「びゃくや」ともいう。北極や南極に近い地域で、夏、太陽が水平線より大きく離れないで運行するため、散乱する太陽光で日没から日の出の間が闇夜とならずに、薄明りとなる現象をいう。

ワゴンリ白夜の森を今過ぐる　山口青邨・雪国

はしすずみ【橋涼み】⇩〔生活編〕

はしりづゆ【走梅雨】〔初夏〕

五月末頃の梅雨の前ぶれともいうべき天候をいう。これは三陸沖にオホーツク海の高気圧が停滞し、東日本に冷たい気流が流れて梅雨模様の天候をもたらすためである。〔同義〕迎《むか》え梅雨《づゆ》、前梅雨《まえづゆ》。⇩梅雨《つゆ》

はたたがみ【はたた神】〔三夏〕

激しい雷《かみなり》のこと。⇩雷

晴天の芭蕉裂けたりはたた神　大須賀乙字・続春夏秋冬
はた、かみ下り来て屋根の草さわぐ　山口青邨・雪国

はなび【花火・煙火】〔晩夏〕⇩〔生活編〕

はなびぶね【花火舟】〔晩夏〕⇩〔生活編〕

ばんか【晩夏】〔晩夏〕

三夏（初夏・仲夏・晩夏）の一。新暦の七月（旧暦の六月）で、小暑（七月七日）から立秋の前日（八月七日）までをいう。暑さの盛りである。また、夏が終わる頃をも晩夏という。〔同義〕末《すえ》の夏、季夏《きなつ》。⇩水無月《みなづき》、夏深《なつふか》し、夏《なつ》

晩夏光バットの函に詩を誌す　中村草田男・火の島

はんげしょう【半夏生】はんげしやう〔仲夏〕

雑節で七十二候の一。夏至より十一日目の日。新暦の七月二日頃。「半夏《はんげ》」（＝烏柄杓）という毒性のある植物が生ずる時の意。梅雨はこの頃に明け、一般に農家では半夏生をもって田植の終りとする。また「半夏半作」「半夏半毛」「中《ちゅう》

（夏至のこと）はずらせ、半夏は待つな」などの諺があり、この時期をずらすと作物は熟しがたいといわれている。古来、半夏生の日の天候によって、その年の吉凶を占う風習があり、この日の雨を「半夏雨《はんげあめ》」といい、農家では大雨で不作になる予兆として忌み嫌った。〔同義〕半夏《はんげ》。

半夏水や野菜のきれる竹生島　許六・韻塞
くまぬ井を娘のぞくな半夏生　言水・浦島集
淡路一の宮半夏詣
降りもせで傘が荷になる半夏詣　高田蝶衣・筑摩文学全集

ばんりょう【晩涼】 ばんりやう〔三夏〕

夕方の涼しさ。⇩涼《すず》し、夕涼《ゆうすず》

晩涼やうぶ毛はえたる長瓢　杉田久女・雑詠選集
晩涼や湖舟がよぎる山の影　水原秋桜子・葛飾
晩涼の子や太き犬いつくしみ　中村汀女・汀女句集
晩涼や奏楽を待つ人樹下に　日野草城・花氷

ばんりょく【万緑】〔三夏〕⇩〔植物編〕

ひかげ【日陰】〔晩夏〕

夏の炎暑の日陰。夏の灼け付くような日差しをさえぎる樹陰や家陰などの涼しい日陰をいう。〔同義〕夏陰《なつかげ》、片陰《かたかげ》、片《かた》かげり。⇩緑陰《りょくいん》〔植物編〕、夏陰《なつかげ》

ひかた〔三夏〕

山陰、瀬戸内海、博多湾、青森などに分布する夏の風の名称。「しかた」ともいう。山陰では夜間に吹く南よりの穏やかな陸風をいう。風向は山陰では南風または南東風、博多湾では東風。能登以北では強い南西風をいう。⇩夏《なつ》の風《かぜ》

シカタ荒れし風も名残や時鳥　河東碧梧桐・碧梧桐句集

ひざかり【日盛】〔晩夏〕

夏の日中の暑い盛りをいう。一般に夏の日の最も暑い正午から二～三時頃をいう。〔同義〕日《ひ》の盛《さかり》。⇩夏《なつ》の日《ひ》

日盛や合歓の花ちる渡舟　村上鬼城・鬼城句集
日ざかりや海人《あま》が門辺《かどべ》の大碇《おおいかり》　正岡子規・子規句集
栗蟲の糸吐く空や日の盛り　大須賀乙字・続春夏秋冬
日ざかりや青杉こぞる山の峡《かひ》　芥川龍之介・発句
日盛りの中空《なかぞら》が濃し空の胸　中村草田男・母郷行
日盛のシャワー痩軀を荘厳す　石田波郷・惜命

ひさめ【氷雨】〔三夏〕

雹のこと。⇩雹《ひょう》

ひしょ【避暑】〔晩夏〕⇩［生活編］

ひでり【旱】〔晩夏〕

夏の日に、長期間にわたり雨が降らず、太陽が照り続き、田や池の水が乾上がり、草木が涸死するような気候をいう。［同義］旱魃《かんばつ》。⇩日焼田《ひやけだ》

五月雨《さみだれ》の名をけがしたる日照《ひでり》哉　正秀・小柑子

山畑に巾着茄子の旱かな　村上鬼城・鬼城句集

萍《うきくさ》の渋色旱《ひで》る日頃かな　河東碧梧桐・碧梧桐句集

大海のうしほはあれど旱《ひでり》かな　高浜虚子・五百句

大旱の月も湖水を吸ふと見ゆ　高田蝶衣・青垣山

妻の痩眼に立ちそめぬ大旱《おほひでり》　日野草城・旦暮

ひでりぼし【旱星】〔晩夏〕

夏の夜、さそり座の中心に輝いている星。その星の色が赤いほど、その年は豊年とされた。また、炎天の続く夜に見える星空、旱を思わせるような赤色の星をもいう。⇩夏《なつ》の星《ほし》

夜毎たく山火もむなしひでり星　杉田久女・杉田久女句集

ひやけだ【日焼田】〔晩夏〕

夏の旱で水が涸れて、傷んでしまった田をいう。［同義］旱田《ひでりだ》、涸田《かれた》。⇩田水《たみず》湧《わ》く、夏畑《なつばたけ》、旱《ひでり》

日焼田や時々つらくなく蛙　乙州・猿蓑

ひょう【雹】〔三夏〕

主として雷雨、夕立にともなって降る氷塊をいう。地上から昇騰した水蒸気が氷結し、落下しながら氷塊となったもので、大きさは豆大から卵大で、人畜や農作物に甚大な被害を与えることがある。［同義］氷雨。⇩氷雨《ひさめ》

雹晴れて豁然とある山河かな　村上鬼城・鬼城句集

雹晴の千木《ちぎ》にやすらふ鷹見たり　高田蝶衣・筑摩文学全集

雹いたみして蕗原のつゞきけり　山口青邨・雪国

常住の世の昏みけり雹が降る　中村草田男・長子

ふけい【噴井】〔三夏〕⇩［生活編］

ふじのゆきげ【富士の雪解】〔初夏・仲夏〕

「ふじのゆきどけ」ともいう。初夏の頃に富士の雪解けが始まる。田子の浦より富士を望むと、残雪が人の形に見えることがあり、これを「富士《ふじ》の農男《のうおとこ》」といって、五穀豊饒の徴しとした。また、富士を北側から望むとき、残雪が鳥の形に見えるため「富士《ふじ》の農鳥《のうとり》」「富士《ふじ》の野烏《のがらす》」という。この頃を田植えの好時期とした。［同義］雪解富士《ゆきげふじ》。⇩五月富士《さつきふじ》

雪解富士幽かに凍みる月夜かな　渡辺水巴・水巴句集

ふなあそび【船遊】〔三夏〕⇩〔生活編〕

ふんすい【噴水】〔三夏〕⇩〔生活編〕

ぼうしゅ【芒種】 ばうしゅ〔仲夏〕

二十四節気の一。小満の後の一五日目、旧暦の五月節。新暦では六月六～七日頃。「芒《のぎ》のある穀は播種すべき時」の意。麦を収穫し、稲を植え付ける時期である。⇩立夏《りっか》、小満《しょうまん》

ほたるがり【蛍狩】〔仲夏〕⇩〔生活編〕

「ま　行」

まじ〔三夏〕

「まぜ」ともいう。伊豆から日向までの太平洋側に分布する風名。一般に夏に吹く南または南西の穏やかで湿潤なよい風をいう。⇩はえ、南風《みなみ》、夏の風《なつかぜ》

まなつ【真夏】〔晩夏〕⇩夏《なつ》、盛夏《せいか》

兀《こつ》として海と蜜柑と真夏哉　百里・其浜ゆふ
鯵の塩直ぐ解けそむる真夏かな　小泉迂外・改造文学全集
一冊の日本歴史よ樹の下の真夏よ
中塚一碧楼・一碧楼一千句

まるにじ【円虹】〔三夏〕

夏、高山の頂きなどでまれに見ることができる全円形の虹。⇩虹《にじ》

みじかよ【短夜】〔三夏〕

夏の短い夜をいう。春分の日を過ぎると夜の長さは昼よりも短くなり、夏至にいたって最も短くなる。俳句では、「日永」は春の、「夜長」は秋の、「短日」は冬の季語となる。〔同義〕明易《あけやす》き夜《よ》、明易《あけやす》き宵《よい》、明易《あけやす》し、明急《あけいそ》ぐ、明早《あけはや》し。⇩夜《よ》のつまる、明易《あけやす》し、明急《あけいそ》ぐ、夏《なつ》の夜《よ》

みじか夜も母をわすれぬ旅寝《たびね》哉　知足・いらこの雪
短《みじか》夜《よ》や汲み過ぎし井の澄みやらぬ　森鷗外・うた日記
短夜や簗に落ちたる大鯰　村上鬼城・鬼城句集
余命いくばくかある夜短し　正岡子規・子規句集
短夜や引汐早き草の月　渡辺水巴・白日

短夜のほそめほそめし灯のもとに　中村汀女・汀女句集

みなづき【水無月・六月】〔晩夏〕
旧暦六月の別名。[語源]「此の月や暑熱烈しく水泉滴り尽く、故に水無月と曰ふ」―『年浪草』。「五月に植し早苗皆つきたる心」―『奥儀抄』など諸説あり。[同義] 常夏月《とこなつづき》、風待月《かぜまちづき》、鳴神月《なるかみづき》、涼暮月《すずくれつき》、松風月《まつかぜづき》、風待月《かぜまちづき》、季夏《きか》。⇩六月《ろくがつ》、晩夏《ばんか》、水無月尽《みなづきじん》
水無月《みなづき》や木末《こずゑ》斗《ばかり》の風ゆるぎ　杉風・別座鋪
水無月《みなづき》の須磨の緑を御《ご》らんぜよ　正岡子規・子規句集
水無月の木陰によれば落葉かな　渡辺水巴・白日
火の山の水無月のけぶり雲に立つ　水原秋桜子・晩華

みなづきじん【水無月尽・六月尽】〔晩夏〕
旧暦六月の晦日をいい、この日をもって夏の終りとし、翌日より秋とする。正岡子規が立てた俳句分類上のことば。[同義] 翌《あす》は秋《あき》、翌来《あすく》る秋《あき》。⇩秋近《あきちか》し、夏《なつ》の果《はて》
夏と秋と今宵や雲の詰ひらき　支考・蓮二吟集
みな月の限りを風の吹夜哉　闌更・半化坊発句集

みなみ【南風】〔三夏〕
夏の南風をいう。「みなみかぜ」「なんぷう」ともいう。その南風の強いものを大南風という。[同義] 大南風《おおみなみ》、南吹《みなみふ》く、正南風《まみなみ》、まはえ。⇩まじ、はえ、夏《なつ》の風《かぜ》
土墻《かき》のうち黄旗高からず南風《みなみ》吹く　山口青邨・雪国

みみずいづ【蚯蚓出づ】〔初夏〕
二十四節気七十二候の一。四月節の第二候である。およそ新暦五月中旬頃にあたる。蚯蚓が地上を這っているのを見かける頃である。⇩蚯蚓《みみず》[動物編]

むぎのあき【麦の秋】〔初夏〕
麦が黄熟する初夏の頃。黄熟した麦、麦の収穫をもいう。麦は五月頃から熟し始める。一般に立春より一二〇日前後の麦刈の時期である。[同義] 麦秋《むぎあき》。⇩麦《むぎ》の秋風《あきかぜ》
宿々は皆新茶なり麦の秋　許六・五老井発句集
野の道や童《わらべ》蛇打つ麦の秋　正岡子規・子規句集
麦秋の蝶吹かれ居る唐箕光　飯田蛇笏・雲母
週末の牧師旅にあり麦秋　山口青邨・雪国
麦の秋一と度妻を経てきし金　中村草田男・万緑

むぎのあきかぜ【麦の秋風】〔初夏〕
麦が黄色に熟す頃に吹く風をいう。多くの穀物は秋に熟す

が、麦は五月頃より熟すため、この時期に吹く風を「麦の秋風」という。〔同義〕麦《むぎ》の風《かぜ》、麦嵐《むぎあらし》。⇩麦《むぎ》の秋《あき》、初夏《しょか》

在郷法師麦の秋風と読れけり　言水・俳諧五子稿

むぎのあめ【麦の雨】〔初夏〕

麦の収穫時期に降る雨。⇩麦《むぎ》〔植物編〕

葉の底に花を残して麦の雨　野紅・初便

狐火や五助畠の麦の雨　蕪村・蕪村遺稿

むぎのかぜ【麦の風】〔初夏〕⇩麦《むぎ》の秋風《あきかぜ》

麦枯る、風が吹く也須磨の山　樗堂・萍窓集

麦の風粉糠だらけや馬の顔　来山・婦多津物

麦の風鄙の車に乗りにけり　河東碧梧桐・春夏秋冬

むぎびより【麦日和】〔初夏〕

麦の刈取りに適した日和。⇩麦《むぎ》〔植物編〕、麦刈《むぎかり》〔生活編〕

秋や須磨すまや秋知る麦日和　芭蕉・もとの水

もかりぶね【藻刈舟】〔三夏〕⇩〔生活編〕

もゆる【炎ゆる】〔晩夏〕⇩炎天《えんてん》、炎暑《えんしょ》

「や〜わ行」

やくる【灼くる】〔晩夏〕

真夏の直射日光の灼けつくような熱さをいう。⇩炎《も》ゆる

灼け灼けし日の果電車の灯もかゞやか　中村草田男・来し方行方

岩灼くるにほひに耐へて登山綱《ザイル》負ふ　石橋辰之助・山行

雲灼けて伸びあがるかなストの街　加藤楸邨・山脈

やまぎり【山霧】〔晩夏〕

山にたつ霧。「さんむ」ともいう。⇩夏《なつ》の霧《きり》

山霧《やまぎり》や駕篭《かご》にうき寐の腹いたし　凡兆・荒小田

朝寐する障子の隙も霧の山　北枝・草庵集

山霧の梢に透る朝日かな　召波・春泥発句集

やましみず【山清水】〔三夏〕⇩清水《しみず》

山清水とがしたなさを命かな　落梧・笈日記

老《おい》の手の籠《かご》にお《(を)》どるや山清水《やましみづ》　凡兆・百曲
茶にやつすたもとも浅し山清水　支考・支考句集
蕗《ふき》の葉のあればこそあれ山清水　桃妖・白馬

やませ【山瀬】〔三夏〕
五～六月頃から、オホーツク海の高気圧が三陸沖に南下して、東北一帯で東北風・東風となり、太平洋側から山を越えて日本海側に寒冷な風を送る。この風を「やませ」という。この風が続くと気温がさがり、農作物に冷害をもたらし、漁獲も減少する。俗に「七日やませ」といって嫌われる。

ゆうすず【夕涼】ゆふすず〔三夏〕
夕方の涼しさのこと。または夕涼みのこと。⇩涼《すず》し、夕涼《ゆうすず》み、晩涼《ばんりょう》

ゆうすずみ【夕涼み】ゆふすずみ〔晩夏〕⇩〔生活編〕
夕涼や汁の実を釣る背戸の海　一茶・七番日記

ゆうだち【夕立・白雨】ゆふだち〔三夏〕
「ゆだち」「よだち」ともいう。雷を伴い、短時間に豪雨を降らす村雨性の雨。夏期の午後に多いため、夕立とよばれる。太陽の強い日射で地上が熱せられ、強い上昇気流により積乱雲が発生して小低気圧となり、上昇して冷却した水滴が帯電して放電し、雷をともなった豪雨となる。〔同義〕白雨《ゆうだち》。⇩夏《なつ》の雨《あめ》、雷《かみなり》、夕立風《ゆうだちかぜ》、夕立雲《ゆうだちぐも》、夕立晴《ゆうだちばれ》
白雨《ゆふだち》や蓮一枚の捨《すて》あたま　嵐蘭・猿蓑
ほんによかつた夕立の水音がそこここ　種田山頭火・草木塔
屋の間奥山見えて夕立かな　飯田蛇笏・椿花集
夕立のあとの虚《むな》しさ灯影の樹　日野草城・旦暮
此谷を夕立出で行く吾入り行く　中村草田男・万緑
蓬生に土けぶり立つ夕立かな　芝不器男・不器男句集

ゆうだちかぜ【夕立風】ゆふだちかぜ〔三夏〕⇩夕立《ゆうだち》
今切や夕立風の潮ざかひ　許六・五老井発句集
柳みむ余所に夕立つあまり風　太祇・太祇句選

ゆうだちぐも【夕立雲】ゆふだちぐも〔三夏〕⇩夕立《ゆうだち》
照まけて夕立雲の崩《くづ》れけり　猿雖・韻塞
灸《きう》すへて夕立雲《ゆふだちぐも》のあゆみ哉　其角・五元集拾遺
まだ今も夕だち雲の大江山　露川・北国曲

ゆうだちばれ【夕立晴】ゆふだちばれ〔三夏〕
たいてい、夕立は一時間ほどでやみ、からりと晴れあがる。⇩夕立《ゆうだち》

風そひて夕立晴る野中哉　白雄・白雄句集

ゆうなぎ【夕凪】ゆふなぎ〔晩夏〕

海岸地帯では昼間の海風から夜間の陸風へと移り変わる時、海上と陸上がほぼ等温となり、一時的に無風状態になることがある。この状態を夕凪という。夏日の気温の高い日に多く、この夕凪時は暑熱がより厳しくなる。⇩朝凪《あさなぎ》、風死《かぜし》す

夕凪や浜蜻蛉につつまれて　臼田亜浪・定本亜浪句集

ゆうやけ【夕焼】ゆふやけ〔晩夏〕

太陽が地平線に近づいたころから日没後しばらくの間、西の空が橙・赤色に見える薄明現象。これは太陽の光が空気層を昼間よりも長い距離通過するため、波長が短い青色や紫色の光は散乱してとどかないが、波長の長い赤・橙・黄色の光は散乱せずに地上に達するからである。夕焼は一年中見られるが、俳句では夏の灼けつくような景色の印象から夏の季語となる。⇩朝焼《あさやけ》、西日《にしび》

鎌をとぐ夕焼おだやかな　種田山頭火・草木塔
民の間に絶えし金色《こんじき》夕焼に　中村草田男・来し方行方
塁々たる石の頭を夕焼過ぐ　加藤楸邨・山脈
満天の夕焼雲が移動せり　加藤楸邨・砂漠の鶴

ゆかすずみ【床涼み】〔晩夏〕⇩［生活編］

ゆくなつ【行く夏】〔晩夏〕

夏の終り、去りゆく季節を表現することば。⇩夏《なつ》の果《はて》

一夏の行か小鳥も山ごもり　徳元・毛吹草
井に落す硯もやがて夏の行く　乙二・斧の柄草稿

よしゅん【余春】〔初夏〕

夏の季節になっても、咲き残る春の花や山野の霞など、なお春の趣が残るさまをいう。

よたき【夜焚】〔三夏〕⇩［生活編］

ヨット【yacht】〔三夏〕⇩［生活編］

よづり【夜釣】〔三夏〕⇩［生活編］

よのつまる【夜のつまる】〔三夏〕

夏の短い夜をいう。春分の日より夜は短くなり、夏至にいたって最も短くなる。［同義］短夜《みじかよ》、夜短《よみじか》し、明易《あけやす》き夜《よ》、明易《あけやす》き宵《よい》、明易《あけやす》き闇《やみ》、明易《あけやす》し、明急《あけいそ》ぐ、明早《あけはや》し。⇩短夜《みじかよ》

よぶり【夜振】〔三夏〕⇩［生活編］

よるのあき【夜の秋】〔晩夏〕

夏の土用に入り、夏の終りの季節になると、夜には涼しさ

が増し、虫の音も聞こえはじめる。このような秋の到来を予感させる夏の夜をいう。⇩秋近《あきちか》し

玉虫の活きるかひなき夜の秋　暁台・暁台遺稿
涼しさの肌に手を置き夜の秋　高浜虚子・六百五十句
市街の灯見るは雲の闇夜の秋　飯田蛇笏・雲母
うつつ寝の妻をあはれむ夜の秋　臼田亜浪・定本亜浪句集

らい【雷】〔三夏〕⇩雷《かみなり》

らいう【雷雨】〔三夏〕
雷を伴う雨。⇩雷《かみなり》、夏《なつ》の雨《あめ》

雷雨待つ船みな錨投げにけり　水原秋桜子・葛飾
花菖蒲紫消《け》ぬる雷雨かな　山口青邨・雪国
蝶の羽のどつと流る、雷雨かな　川端茅舎・川端茅舎句集
雷雨下の乳房は濡れて滴れり　加藤楸邨・山脈

らいうん【雷雲】〔三夏〕
雷を起こす雲。積乱雲であることが多い。⇩雷《かみなり》、夏《なつ》の雲《くも》

雷雲の間に残光の空しばし　中村草田男・万緑

りっか【立夏】〔初夏〕
二十四節気の一。旧暦の四月節。新暦の五月六日頃をいい、この日より夏の始まりとする。〔同義〕夏立《なつた》つ、夏《なつ》に入《い》る、夏来《なつきた》る、夏《なつ》かけて、今朝《けさ》の夏《なつ》。⇩夏《なつ》、夏来《なつきた》る、夏立《なつた》つ、小暑《しょうしょ》、小満《しょうまん》、初夏《しょか》、大暑《たいしょ》、芒種《ぼうしゅ》

りょう【涼】りやう〔三夏〕⇩涼《すず》し

君と共に再び須磨の涼にあらん　高浜虚子・七百五十句
湯を出《い》で、満山の涼我に在り　高浜虚子・七百五十句

れいか【冷夏】〔晩夏〕
例年より気温が異常に低い夏。冷夏には北海道や東北で農作物が冷害をうけることが多い。〔同義〕夏寒《なつさむ》し。

ろくがつ【六月】ろくぐわつ〔仲夏〕
夏半ばの梅雨期に入った季節。旧暦では水無月という。⇩水無月《みなづき》、仲夏《ちゅうか》

六月の峯《みね》に雪見る枕かな　支考・支考句集
六月の蟻のおびたゞし石の陰　正岡子規・新俳句
六月の氷菓一盞の別れかな　中村草田男・長子
六月の女坐れる荒筵　石田波郷・雨覆

わかばぐもり【若葉曇】〔初夏〕
若葉の時期の曇った天気。⇩若葉《わかば》〔植物編〕

寝たらぬか若葉曇か朝の内　梅室・俳句全集

早引き季語辞典［夏］〈生活編〉

生活

「あ　行」

あいかる【藍刈る】 あゐかる〔晩夏〕
成長した藍を刈り取ること。六月頃の開花前に刈り取るものを一番藍、その株より発芽して一月ほどで成長したものを二番藍という。刈り取った藍は、乾燥後、貯蔵庫で発酵され、刻み固めて藍玉《あいだま》とされ、藍染の染料となる。〔同義〕藍刈《あいかり》。

藍刈るや鎌の刃さきも浅黄色　宗瑞・類題発句集
藍刈やこゝも故郷に似たる哉　正岡子規・子規句集

アイスコーヒー【iced coffee】〔三夏〕
氷で冷やしたコーヒー。シロップ、ミルクなどを入れて飲む。アイスティーと共に代表的な夏の飲料の一つ。〔同義〕冷《ひや》し珈琲《コーヒー》。

アイスティー【iced tea】〔三夏〕
「iced tea」より。氷で冷やした紅茶。シロップ、ミルク、レモン汁などを入れて飲む。代表的な夏の飲料の一つ。〔同義〕冷《ひや》し紅茶《こうちゃ》。

あいちょうしゅうかん【愛鳥週間】 あいてうしうかん〔初夏〕
五月一〇～一六日までの一週間、野鳥を保護・愛護する週間。一九四七年（昭和二二）より四月一〇日を「鳥の日」「バード・デー（bird day）」とし、霞網の禁止や野鳥捕獲期間の制限などがなされた。一九五〇年（昭和二五）より五月に改められ、愛鳥週間となった。〔同義〕バード・ウィーク。

あおいまつり【葵祭】 あふひまつり〔初夏〕
五月一五日（もとは四月中の酉の日）に催される、京都上賀茂の賀茂別雷神社《かもわけいかづちじんじゃ》（上社）と、下鴨の賀茂御祖神社《かもみおやじんじゃ》（下社）の祭。京都を代表する祭。社殿桟敷の御簾・牛車・神人の冠などに葵鬘《あおいかずら》が飾られるところから葵祭とよばれる。家々の門戸にも飾られる。祭の行列は古式の装束を纏い、御所から葵橋を経て下社で祭礼を行い、再び葵橋を渡り上社で祭礼を行う。〔同義〕賀茂祭《かもまつり》、北祭《きたまつり》。⇩賀茂祭《かもまつり》、祭《まつり》

酔顔に葵こぼるゝ匂ひかな　去来・去来発句集
髭づらに葵かけたる祭かな　闌更・半化坊発句集
下々の下のかざしもあふひ祭かな　暁台・暁台句集

句集成りぬ祭の葵匂ふ日に　中川四明・四明句集
行列の葵《あおい》の橋にかゝりけり　正岡子規・子規句集

あおざし【青差・青挿】あをざし〔初夏〕
青麦を煎り、臼挽して糸のようによった菓子。
青《あを》ざしや草餅の穂に出《いで》つらん　芭蕉・虚栗
青ざしやとみに生みたる子を思ふ　松瀬青々・妻木

あおすだれ【青簾】あをすだれ〔三夏〕
宮中で、四月一日に懸ける新しく編んだ簾。「青葉《あおば》の簾《すだれ》」という。また、一般に、夏に用いる青竹で編んだ簾をいう。葭を材料にした「葭簾《よしすだれ》」、ガラス製の「玻璃簾《はりすだれ》」、竹の管に紐を通した「管簾《くだすだれ》」などがある。［同義］竹簾《たけすだれ》。⇩簾《すだれ》
青《あお》すだれ御免蒙《ごめんこうむ》つてくゞりけり　大野洒竹・洒竹句集
黒猫《くろねこ》のさし覗《のぞ》きけり青簾《あをすだれ》　泉鏡花・鏡花句集
青簾に帯高く坐すや女客　島田青峰・青峰集
さし汐に青簾をあげし二階かな　長谷川かな女・龍膽
青簾解き放ちたる音涼し　日野草城・花氷

あさがおいち【朝顔市】〔晩夏〕
七月七〜八日、東京入谷の鬼子母神で開かれる鉢植えの朝顔を売る市。葦簀張りの店がならび、色とりどりの朝顔が売られ、浴衣姿の人々で賑わう。その他の地域の朝顔市も含む。

あさかる【麻刈る】〔晩夏〕
夏から秋に麻を刈り取り、茎から繊維を採って麻糸などをつくる。［同義］麻刈《あさかり》、夏麻引《なつそびき》。⇩夏麻引《なつそひ》く
あふみ路や麻刈あめの晴間かな　蕪村・新五子稿
麻刈りや白髪かしらのあらはる、　暁台・暁台句集
青麻刈りて種つみすてし畠かな　森鷗外・うた日記
刈麻やどの小娘の恋衣　正岡子規・子規句集
麻刈つて渺たる月の渡しかな　飯田蛇笏・山廬集

あさくさまつり【浅草祭】〔初夏〕
五月一七〜一八日（もとは旧暦三月）、東京浅草の浅草寺で催される祭。徳川家光が、「真中知《まなかち》」「浜成《はまなり》」「武成《たけなり》」の三命を祀ったことから、浅草寺は旧称を「三社権現」「三社明神」とよび、この祭は「三社祭」と通称される。祭の当日は、神前に獅子舞が奉納され、「拍板《びんざらさ》の神事」（小板を重ね綴ったもので相打ち鳴らし、拍板踊をする）が行われる。続いて神輿の渡御《とぎょ》があり、町を回る。［同義］三社祭《さんじゃまつり》。⇩三社祭《さんじゃまつり》

あさじざけ【麻地酒】あさぢざけ〔晩夏〕
豊後（大分県）・肥後（熊本県）の地酒の一つ。粳米《うるちまい》と

糯米《もちまい》を等分して、冬の寒水で醸造し、土中に埋め草を覆い熟成させ、夏の土用に取り出して飲用する。色が白濁で濃厚な酒である。［同義］浅茅酒《あさじざけ》、朝生酒《あさじざけ》、土《つち》かぶり。

爺婆の昼間遊びや麻地酒　　闌更・半化坊発句集

あさちゃのゆ【朝茶の湯】〔三夏〕

夏の風炉による早朝の茶の湯。夏の茶会は正午に催すのが定式であるが、特に早朝の茶会を朝茶の湯とよぶ。［同義］朝茶《あさちゃ》、夏茶《なつちゃ》の湯《ゆ》。⇩風炉茶《ふろちゃ》

黍《きび》の葉もそよぎて浦の朝茶哉　　支考・支考句集

臨済の蓋置も出し朝茶の湯　　松瀬青々・倦鳥

あさのはながす【麻の葉流す】〔晩夏〕

六・七月末日に神社で行われる御秡の行事。麻の葉を弊として御秡川に流す。⇩夏越《なごし》

麻の葉に借銭《しゃくせん》書て流しけり　　一茶・七番日記

あさのれん【麻暖簾】〔三夏〕

風通しの良い麻製の夏暖簾。⇩夏暖簾《なつのれん》

あせ【汗】〔三夏〕

汗は、外気の温度刺激により、体熱の調節のために身体の汗腺よりでる分泌液であり、一年では、夏の暑い季節にもっとも多くでる。汗水《あせみず》、汗《あせ》の香《か》、汗《あせ》の玉《たま》、玉《たま》の汗《あせ》、発汗《はっかん》、流汗《りゅうかん》などの熟語がある。⇩汗疹《あせも》、汗拭《あせぬぐ》い、汗取《あせと》り、汗手貫《あせてぬき》

汗を拭くわが肌なればいとほしく　　種田山頭火・層雲

汗ばみて来て香水のよく匂ふ　　中村汀女・春雪

浅かりし真昼の夢に寝汗しぬ　　日野草城・旦暮

洗ひ髪ひたいの汗の美しく　　星野立子・鎌倉

汗の手に草の穂をおく別れかな　　石橋秀野・桜濃く

汗匂ふしづかににほふ独りかな　　野澤節子・駿河蘭

あせてぬき【汗手貫】〔三夏〕

汗で衣服の袖口を汚さないためにつける手貫。籐・馬の毛・鯨の髭などで作られる。僧侶がよく用いる。⇩汗《あせ》

あせとり【汗取り】〔三夏〕

夏の汗取り用の肌着。「汗衫」とも書く。麻・縮みなど吸湿性の良い繊維が使われる。竹・綿糸・紙縒《こより》などを材料としたものもある。「襦袢《じゅばん》」ともいう。⇩汗《あせ》、すててこ

汗とりや弓に肩ぬぐ袖のうち　　太祇・太祇句選

あせぬぐい【汗拭い】 あせぬぐひ〔三夏〕

汗を拭き取るための手拭いやハンカチーフなどの織物。ま

た、汗を拭いとること。[同義] 汗巾《あせふき》、汗拭《あせふ》き、汗手拭《あせてぬぐい》、手巾《はんけち》、ハンカチーフ、ハンカチ。⇩汗《あせ》、ハンカチ

拝《をが》みふして 紅《くれなゐ》しぼる汗拭《のご》ひ　曾良・土大根
青雲と一つ色なり汗ぬぐひ　一茶・七番日記
ダイナモに抗ひうたひ汗拭ふ　加藤楸邨・野哭
兵の顔あはれ稚《をさな》し汗拭くなど　加藤楸邨・寒雷
汗拭ふ辺の町や木やラジオの歌　石田波郷・風切

あせも【汗疹】〔三夏〕

発汗により、皮膚にできる赤色をした水疱性の発疹。特に、夏の季節、乳幼児にできやすい。[同義] あせぼ。⇩汗《あせ》

暑き夜の星ハあせほかあまの原　貞徳・崑山集
白粉ののらぬ汗疹となりにけり　日野草城・花氷

あたごのせんにちもうで【愛宕の千日詣】 あたごのせんにちまうで〔晩夏〕

七月三一日（もと旧暦六月二四日）、京都愛宕神社の火伏せの行事。この日に参詣すると千日分の参詣にあたるとされる。夜、参詣者が松明を持って参道を登る様子は、遠方より見ると蛍火のように美しく明滅して見える。奥社と若宮には火の神が祀られる。愛宕神社の火札をそなえ、樒《しきみ》の枝を竈の上に挿すと、火防ぎとなると信仰される。

あつたまつり【熱田祭】〔仲夏〕

六月二一日、名古屋の熱田神宮で行われる祭礼。御神体は三種の神器の一つの草薙剣。祭神は、熱田大神を主神とし、天照大神《あまてらすおおみかみ》・素戔嗚尊《すさのおのみこと》・日本武尊《やまとたけるのみこと》・宮簀姫命《みやすひめのみこと》・建稲種命《たけいなだねのみこと》を相殿に祀る。[同義] 尚武祭《しょうぶさい》。

あつめじる【集め汁】〔仲夏〕

大根・芋・牛蒡・空豆・干鮑・干河豚などの野菜・魚介を入れて煮込んだ汁料理。味噌仕立てやすまし汁にする。旧暦五月五日にこれを食べると邪気を払うとされた。⇩端午《たんご》

あまごい【雨乞】 あまごひ〔晩夏〕

夏の干ばつの際、神仏に祈って雨を乞い願うこと。往時、平安京の神泉苑で、空海が善女竜王を勧進して行った雨乞の修法は有名。[同義] 雨《あめ》の祈《いのり》、祈雨《きう》。⇩雨休《あめやす》み、水争《みずあらそ》い

大粒な雨はいのりの奇特かな　蕪村・夏より
雨乞にひと夜経よむ僧徒哉　召波・春泥発句集
我雨と触れて歩くや小山伏　一茶・七番日記

生活

村人や雨を乞ひ得て泥に酔ふ　角田竹冷・竹冷句鈔
雨乞の太鼓とほくに野は月夜　長谷川素逝・村

あまざけ【甘酒・醴】〔三夏〕
米飯と米麹を混ぜて糖化させた甘い飲料。古くは夏の飲料であった。［同義］一夜酒《ひとよざけ》。⇩一夜酒《ひとよざけ》
あま酒の地獄もちかし箱根山　蕪村・蕪村句集
甘酒や東海道の松並木　角田竹冷・竹冷句鈔
甘酒屋《あまざけや》打出《うちで》の浜《はま》におろしけり　松瀬青々・妻木
甘酒や木影添ひ来る足袋の白　島村元・島村元句集

あまひく【亜麻引く】〔晩夏〕
夏に亜麻を収穫すること。茎の繊維で織る布は「麻布」「リネン」「リンネル」「寒冷紗」など呼ばれ、夏服の布地やシーツ、ハンカチ、帆布などに用いられる。

あみがさ【編笠】〔三夏〕
草木の茎や皮で編んだ笠。菅・藺・筍皮・麦藁・檜皮などが材料となる。網代笠《あじろがさ》、綾藺笠《あやいがさ》、藺笠《いがさ》、市女笠《いちめがさ》、女笠《おんながさ》、菅笠《すげがさ》、台笠《だいがさ》、檜笠《ひのきがさ》、饅頭笠《まんじゅうがさ》などの種類がある。
編笠に青山をふり仰ぎけり　村上鬼城・鬼城句集
編笠に二日の旅の孤客かな　村上鬼城・鬼城句集

あみど【網戸】〔三夏〕
夏、蚊・蠅などの昆虫の侵入を防ぐために用いる、細かい目の網を張った戸。［同義］網窓《あみまど》、網障子《あみしょうじ》。⇩葭戸《よしど》
岩の濤見て来ていまは網戸の中　山口青邨・夏草

あみぶね【網舟】〔三夏〕
川や海で投げ網をして魚を捕る舟。

あめやすみ【雨休み】〔晩夏〕
農村で、夏の干ばつの時期に雨が降ると、それを祝って一日仕事を休むことをいう。［同義］雨祝《あめいわい》、喜雨休《きうやす》み。⇩雨乞《あまごい》

あめゆ【飴湯】〔三夏〕
水飴をお湯で溶かし、肉桂で香りつけをした飲み物。

あやめいんじ【菖蒲印地】あやめいんぢ〔仲夏〕
五月五日の端午の節句に行われた子供の遊び。河原などで、子供たちが二手に分かれて小石を投げ合う石合戦。［同義］菖蒲印地《しょうぶいんじ》。⇩端午《たんご》
おもふ人にあたれ印地のそら礫　嵐雪・玄峰集

あやめのうら【菖蒲の占】〔仲夏〕
五月五日の端午の節句に、女児が菖蒲の葉を軒に結び、そ

こに蜘蛛が巣をかけると、願い事が叶うという占い。〔同義〕
菖蒲占《あやめうら》、菖蒲《しょうぶ》の占《うら》。⇩端午《たんご》

　しるしなき菖蒲の占を恨かな　　松瀬青々・妻木

あやめのひ【菖蒲の日】〔仲夏〕
五月五日の端午の節句。「しょうぶのひ」「菖蒲の節句」ともいう。⇩端午《たんご》

　四辻や匂ひ吹みつあやめの日　　闌更・半化坊発句集

あやめのまくら【菖蒲の枕】〔仲夏〕
菖蒲は、薬草として邪気悪魔を払うといわれ、五月五日の端午の節句の夜に、菖蒲を枕の下に敷いて寝た。〔同義〕菖蒲《しょうぶ》の枕《まくら》。⇩端午《たんご》

　あやめかけて草にやつれし枕かな　　暁台・暁台句集
　きぬぎぬにとくる菖蒲の枕哉　　松瀬青々・妻木

あやめひく【菖蒲引く】〔仲夏〕
五月五日の端午の節句に使う菖蒲を採ること。「しょうぶひく」ともいう。〔同義〕菖蒲刈《あやめか》る、菖蒲刈《しょうぶか》る。⇩端午《たんご》

あやめふく【菖蒲葺く】〔仲夏〕
「菖蒲葺《しょうぶふ》く」ともいう。火災をさけるまじないとして、端午の節句の前日の五月四日、菖蒲に蓬《よもぎ》を添えて軒の上に葺く風習。〔同義〕菖蒲挿《あやめさ》す、菖蒲挿《しょうぶさ》す、軒《のき》の菖蒲《あやめ》。⇩軒《のき》の菖蒲《あやめ》、端午《たんご》、菖蒲葺《しょうぶふ》く、蓬葺《よもぎふ》く

　しだり尾の長屋長屋に菖蒲哉　　嵐雪・玄峰集
　菖《あやめ》葺く屋ねに日和の目利《めきき》かな　　涼菟・笈日記
　菖蒲《あやめ》ふけ浅間の烟《けぶり》しづか也　　一茶・文化六年句日記
　人の妻の菖蒲葺くとて梯子哉　　正岡子規・子規句集
　菖蒲葺《しょうぶふ》いて元吉原《よしわら》のさびれやう　　高浜虚子・五百句
　菖蒲ふく軒の高さよ彦山《ひこ》の宿　　杉田久女・杉田久女句集

あゆがり【鮎狩】〔三夏〕
河川で鮎をとること。投網、毛鉤《けばり》、囮鮎釣《おとりあゆつり》、鵜飼などの漁法がある。六月一日に鮎漁が解禁となると、多くの太公望が一斉に釣場におしかける。鮎は姿が優美で肉が淡泊なため、古来より「川魚の王」として好まれている。〔同義〕鮎釣《あゆつり》、鮎漁《あゆりょう》、鮎掛《あゆかけ》、鮎舁《あゆかき》、囮鮎《おとりあゆ》。⇩鮎《あゆ》〔動物編〕、鮎鮨《あゆずし》、鮎膾《あゆなます》

　鮎《あゆ》とりの蓑《みの》ぬいたれば亭主《ていしゅ》哉　　土芳・蓑虫庵集
　網投げて鮎押うべく潜りけり　　石橋忍月・忍月俳句抄
　鮎釣の竿頭無我の境を羨む　　大谷句仏・我は我
　山の色釣り上げし鮎に動くかな　　原石鼎・花影

あゆずし【鮎鮨】〔三夏〕
内臓を取った鮎を塩や酢に漬け、腹に飯をつめた鮨や、鮎を種にした鮨。⇩鮎狩《あゆがり》、鮨《すし》
相撲《すも》とりや美濃路《みのぢ》をのぼる鮎《あゆ》のすし　蘆本・皮籠摺
鮎鮨やふるき厨にみやこぶり　石橋秀野・桜濃く

あゆなます【鮎膾】〔三夏〕
鮎の膾。⇩鮎狩《あゆがり》
又やたぐひ長良の川の鮎なます　芭蕉・笈日記

あゆのさと【鮎の里】〔三夏〕⇩鮎狩《あゆがり》
酒旗《しゅき》高し高野《こうや》の麓《ふもと》鮎《あゆ》の里　高浜虚子・五百句

あゆのやど【鮎の宿】〔三夏〕⇩鮎狩《あゆがり》
百穂の鮎簎の図鮎の宿　山口青邨・雪国
長良川
鮎の宿岐阜提灯の夜となりぬ　吉屋信子・吉屋信子句集

あらい【洗膾】あらひ〔三夏〕
鯉などの生身をそぎ、冷水を注いで肉を縮ませ、氷を添えて食べる料理。
百日のあゝら恋しやあらひ鯉　其角・五元集
草摺を畳上げたりあらひ鯉　支考・蓮二吟集
窓に含む富岳の雲や洗鯉　巌谷小波・さゞら波
日中《にっちゅう》の盃《さかずき》把《と》りぬ洗鯉《あらいごい》　尾崎紅葉・紅葉句帳

あらいすずき【洗い鱸】あらひすずき〔三夏〕
鱸を洗鱠《あらい》にした夏の料理。⇩洗鱠《あらい》

あらいだい【洗い鯛】あらひだい〔三夏〕
鯛を洗鱠《あらい》にした料理。⇩洗鱠《あらい》

アロハシャツ【aloha shirt】〔三夏〕
ハワイから流行した半袖のプリント模様入りのオープン・シャツ。〔同義〕アロハ。⇩夏《なつ》シャツ
吾子着て憎し捨てて美しアロハシャツ　加藤知世子・朱鷺

あわせ【袷】あはせ〔初夏〕
表地と裏地を合わせて作った着物。旧暦の四月一日は衣更えの日として夏服となる。⇩綿抜《わたぬき》、衣更《ころもが》え、夏衣《なつごろも》、初袷《はつあわせ》
古袷《ふるあわせ》著《き》てたゞ心豊かなり　高浜虚子・七百五十句
袷著て花柚の下の匂ひかな　岡本癖三酔・癖三酔句集
袷人さびしき耳のうしろかな　飯田蛇笏・山廬集
みづみづとこの頃肥り絹袷　杉田久女・杉田久女句集
矢絣の袷の袖を今も恋ふ　山口青邨・雪国

初袷女四十の襟狭き　島村元・島村元句集
袷着て小さきリラも花附くる　中村汀女・花影

あわびとり【鮑採り】 あはびとり〔三夏〕⇩鮑《あわび》〔動物編〕

渦潮の底礁匐へる鮑とり　飯田蛇笏・春蘭
あはび採《と》る底の海女にはいたはりなし　橋本多佳子・海彦

あわまく【粟蒔く】 あはまく〔仲夏〕

五〜六月に粟の種を蒔くこと。粟は、イネ科の一年草。

粟まくやわすれずの山西にして　乙二・斧の柄

あわゆきかん【淡雪羹・泡雪羹】 あはゆきかん〔三夏〕

水羊羹の一種。煮て溶けた寒天に砂糖を加え、卵白・香料を混ぜ、型に入れて固めた夏の菓子。〔同義〕沫雪羹《あわゆきかん》。

あんご【安居】〔三夏〕

旧暦四月一六日〜七月一五日の間、僧侶が外出をせずに籠もって修行をすること。四月一六日に始まる安居を「前安居」、五月一六日に始まるものを「中安居」、六月一六日に始まるものを「後安居」という。安居に入ることを「結夏《けつか》」、安居を解くことを「解夏《げげ》」という。〔同義〕夏安居《げあんご》、夏籠《げごもり》、夏行《げぎょう》、夏勤《げつとめ》、夏入《げいり》、夏の始《はじめ》、夏百日《げひゃくにち》、一夏《いちげ》。⇩一夏《いちげ》、夏籠《げごもり》、夏《げ》行《ぎょう》、夏書《げがき》、夏断《げだち》、夏花《げばな》

落飾のよしある人と安居かな　中川四明・四明句集
石潤へば雨降ると知る安居かな　菅原師竹・菅原師竹句集
安居《あんご》とは石あれば腰おろすこと　高浜虚子・六百五十句
昼燈をかゝげ夜炉を擁す安居かな　大須賀乙字・乙字俳句集
飲食のもの音もなき安居寺　篠原鳳作・海の旅

いかつり【烏賊釣】〔三夏〕

夏、漁火で烏賊を寄せ、釣上げること。⇩烏賊干《いかほ》す

花烏賊のしわ〳〵釣る、真闇かな　水原秋桜子・葛飾

いかほす【烏賊干す】〔三夏〕

烏賊の内臓を取り除いて天日で干すこと。⇩烏賊釣《いかつり》

いかる【藺刈る】〔晩夏〕

藺は、イグサ科の多年草。晩夏に刈りとり、灯心や畳表、筵の材料となる。〔同義〕藺刈《いかり》。

藺刈れば沢蟹の出てけふも雨　河東碧梧桐・新傾向

いずみどの【泉殿】 いづみどの〔三夏〕

平安時代の寝殿造りで、庭園に面した正面の東西にある屋から南の池中につきだした屋舎。夏の涼みや観月のために多く使用された。

泉殿に朗詠うたふ声更けぬ　正岡子規・子規全集

いせのおたうえ【伊勢の御田植】 いせのおたうゑ〔仲夏〕
旧暦五月二八日（現在は五月下旬と六月二四日）、伊勢神宮の田植の神事。高倉山麓の御供田《ごくうでん》に早苗を植える。素袍《すおう》を着た神官が害虫を扇で追い払う意で、田を扇であおぐ仕草をする。〔同義〕御田植《おんたうえ》、お御田祭《みたまつり》。⇩住吉《すみよし》の御田植《おたうえ》
白歯なる早乙女そろふ御田かな　尚白・忘梅
御田植の酒の泡ふく野風哉　白雄・白雄句集

いちげ【一夏】〔三夏〕
安居に同じ。⇩安居《あんご》
はつ瀬山一夏詩病僧あらん　暁台・暁台句集

いつくしままつり【厳島祭】〔仲夏〕
六月一七日（もと旧暦）、広島県厳島にある厳島神社の祭礼。祭神は、市杵島姫命《いちきしまのひめのみこと》を主神とし、田心姫命《たごりひめのみこと》・湍津《たぎつ》姫命《ひめのみこと》を合祀する。音楽の神である弁財天を祭り、玉鉾《たまほこ》を立て、彩色をほどこした提灯を掲げた三艘一組の船を浮かべ、さまざまな管弦を奏する。〔同義〕厳島管弦祭《いつくしまかんげんさい》。

いどがえ【井戸替】 ゐどがへ〔三夏〕⇩晒井《さらしい》
井戸替や櫓かけたる岡の寺　村上鬼城・鬼城句集
井戸替の水芭蕉へと流れけり　篠原温亭・温亭句集

いととり【糸取】〔仲夏〕
成長した繭を煮て、生糸を紡ぐこと。六月下旬頃に行われる。〔同義〕糸繰《いとくり》、糸引《いとひき》。⇩新糸《しんいと》、繭《まゆ》
背の順に坐り並びぬ糸取女《いととりめ》　高浜虚子・五百五十句
糸取女背を見せてばかり日没　中塚一碧楼・一碧楼一千句

いわなつり【岩魚釣】 いはなつり〔三夏〕
渓流で岩魚を釣ること。渓流釣りの好対象魚。⇩岩魚《いわな》〔動物編〕
高西風に吹かれて飄と岩魚釣　飯田蛇笏・春蘭
岩魚つる岸べのよすず実をそめぬ　飯田蛇笏・春蘭
岩魚釣る奥はとざせる沢の雲　水原秋桜子・殉教
長梅雨の瀬のさだめなく岩魚釣　石橋辰之助・山暦

いんじうち【印地打】 いんぢうち〔仲夏〕
五月五日の端午の節句に行われた子供たちの遊び。河原などで二手に分かれて、小石を投げ合い勝負をする。⇩端午《たんご》
風あそぶさゝの葉ごとや印地打《いんぢうち》　露川・三河小町

ウェストンさい【ウェストン祭】〔初夏〕
六月最初の日曜日、信州上高地の梓川のほとりにある、イ

ギリス人宣教師で登山家のウォルター・ウェストン（Walter Weston）の碑の前で行われる山開の記念行事。ウェストンは一八八八年（明治二一）に来日、日本アルプスを踏破し、世界に日本アルプスを紹介した。⇩山開《やまびらき》

うえめ【植女】 うゑめ〔仲夏〕

田に稲苗を植える女。⇩早乙女《さおとめ》

うかい【鵜飼】 うかひ〔三夏〕

鵜飼船に篝火を焚き、飼い慣らした鵜を使って鮎などの魚をとる伝統的な漁法。また鵜匠のこと。鵜飼船に烏帽子《えぼし》・腰蓑の伝統的な装いの鵜匠が乗り、舳先で、鵜を繋いだ手綱を巧みにあやつって鵜を引き寄せ、呑み込んだ魚を吐かせる。⇩荒鵜《あらう》〔動物編〕、疲鵜《つかれう》〔動物編〕、放鵜《はなれう》〔動物編〕、鵜篝《うかがり》、鵜飼火《うかいび》、鵜匠《うじょう》、鵜《う》〔動物編〕、鵜飼舟《うかいぶね》、鵜舟《うぶね》、鵜縄《うなわ》、鵜川《うがわ》、鵜遣《うづかい》

疲れ鵜の叱られて又入にけり　一茶・句帖
鵜飼の火川底見えて淋しけれ　村上鬼城・鬼城句集
暁や鵜籠に眠る鵜のつかれ　正岡子規・新俳句
鵜飼見《うかいみ》の船よそほひや夕かげり　高浜虚子・五百句
月光のしたゝりかゝる鵜籠かな　飯田蛇笏・雲母

うかいび【鵜飼火】 うかひび〔三夏〕

鵜飼のために焚く篝火。〔同義〕鵜篝《うかがり》。⇩鵜飼《うかい》、鵜篝《うかがり》

鵜飼の火川底見えて淋しけれ　村上鬼城・鬼城句

うかいぶね【鵜飼舟】 うかひぶね〔三夏〕

鵜飼をする舟。〔同義〕鵜舟《うぶね》。⇩鵜飼《うかい》

声あらば鮎《あゆ》も鳴《なく》らん鵜飼舟《うかひぶね》　越人・阿羅野
鵜舟なり火舟人と順々に　星野立子・鎌倉

うかがり【鵜篝】〔三夏〕

鵜飼のために焚く篝火。〔同義〕鵜飼火《うかいび》。⇩鵜飼火《うかいび》、鵜飼《うかい》

鵜《う》のつらに篝《かがり》こぼれて憐也《あはれなり》　荷兮・あら野

うがわ【鵜川】 うがは〔三夏〕

鵜飼、または鵜飼をする川をいう。⇩鵜飼《うかい》

うきにんぎょう【浮人形】 うきにんぎやう〔三夏〕

ブリキやセルロイドなどでできた水に浮かべて遊ぶ子供用の玩具。金魚、舟、水鳥などがある。〔同義〕浮《う》いて来《こ》い。

右肩を聳やかしつつ浮いて来る　高浜虚子・定本虚子全集

うしひやす【牛冷やす】〔晩夏〕

夏、労役を終えた牛を川や沼に入れて汗を洗い落とし、疲

労を回復させること。[同義] 牛洗《うしあら》う。⇩馬冷《うまひ》やす

うじょう【鵜匠】 うじやう 〔三夏〕
鵜飼で鵜を操る人。鵜匠は烏帽子・腰蓑の伝統的な装いで鵜飼をする。[同義] 鵜遣。⇩鵜飼《うかい》、鵜遣《うづかい》

うすもの【薄物・羅】 〔晩夏〕
紗《しゃ》・絽《ろ》・明石・上布などの薄絹で織った夏用の単衣の衣服。[同義] 薄衣《うすぎぬ》、薄衣《うすごろも》、綾羅《りょうら》、軽羅《けいら》。⇩夏衣《なつごろも》
うすものや日髪日風呂《ひがみひぶろ》に身《み》のほそり　岡本松浜・白菊
うすもの、冷りと乳房無き胸に　渡辺水巴・富士
うすものに透くものもなき袂かな　阿部みどり女・微風
羅の乙女は笑まし腋を剃る　杉田久女・杉田久女句集

うちみず【打水】 うちみづ 〔晩夏〕
夏、埃を押さえ、暑さをやわらげるため、炎暑の庭や通路に水を撒くこと。[同義] 水《みず》を打《う》つ、水撒《みずま》く。⇩撒水車《さんすいしゃ》
打水にのこるすゞみや梅の中　丈草・丈草発句集
ある時
わが心かわけり庭に水を打つ　吉屋信子・吉屋信子句集
打水や抱へ出て襷しめなほし　中村汀女・春雪
板塀の応ふ音佳し水を打つ　日野草城・花氷
したたかに水打ち孤独なる夕　柴田白葉女・遠い橋
コンクリートに水打つて死を敬へり　中尾寿美子・狩立

うちわ【団扇】 うちは 〔三夏〕
竹の先を細かく切り裂いて円形にひろげたものに、紙・布などを貼った風を起こす道具。夏、涼風を得るために用いることが多い。[同義] 団《うちわ》。⇩扇《おうぎ》、扇風機《せんぷうき》
人前《ひとまへ》を脈脈《みやくみやく》として団扇《うちは》かな　森鷗外・うた日記
君来ねば柱にかけし団扇かな　村上鬼城・鬼城句集
美人絵の団扇《うちは》持ちたる老師かな　高浜虚子・五百句
歌麿の女背高き団扇かな　大谷句仏・我は我
桟橋に出て夕凪の団扇かな　水原秋桜子・葛飾
暫くは暑き風来る団扇かな　星野立子・鎌倉

うづかい【鵜遣】 うづかひ 〔三夏〕
鵜飼において、鵜を結んだ手縄を巧みに操る人のこと。[同義] 鵜匠。⇩鵜飼《うかい》、鵜匠《うじょう》

うなぎのひ【鰻の日】 〔晩夏〕
夏負け、夏病をしないように、夏の土用（立秋の前の一八日間）に鰻を食べ、滋養をつける風習。[同義] 土用鰻《どようなぎ》。⇩鰻《うなぎ》［動物編］

うなわ【鵜縄】うなは〔三夏〕
鵜飼で鵜を結んだ手縄。「うづな」ともいう。⇩鵜飼《うかい》
おもしろうさうしさばくる鵜縄哉《うなはかな》　貞室・あら野
声かけて鵜縄《うづな》をさばく早瀬《はやせ》哉　涼菟・皮籠摺
篝焚く左手鵜縄のいとまかな　大谷句仏・我は我

うぶね【鵜舟・鵜船】〔三夏〕
鵜飼をする船。鵜船には通常、鵜匠一人、中鵜使一人、船夫二人が乗る。⇩鵜飼《うかい》、鵜飼舟《うかいぶね》
おもしろうてやがてかなしき鵜舟哉　芭蕉・曠野

うまあらう【馬洗う】うまあらふ〔晩夏〕
夏、労役を終えた馬を川や沼に入れて汗を洗い落としてやること。⇩馬冷《うまひ》やす
虻せはし肉うちふるふ洗ひ馬　飯田蛇笏・春蘭
洗ひ馬背をくねらせて上りけり　飯田蛇笏・春蘭

うまひやす【馬冷やす】〔晩夏〕
夏、労役を終えた馬を川や沼に入れて、蹄を冷やして、疲労を回復させること。⇩馬洗《うまあら》う、牛冷《うしひ》やす
冷し馬の目がほのぼのと人を見る　加藤楸邨・野哭

うみびらき【海開き】〔晩夏〕
夏、海水浴場を開場すること。また、その日をいう。⇩山開《やまびらき》、川開《かわびらき》

うめしゅ【梅酒】〔晩夏〕
「ばいしゅ」「うめざけ」ともいう。青梅を焼酎・氷砂糖に漬け込んだ和製の果実リキュール。夏の暑気払いに喜ばれる飲み物。〔同義〕梅焼酎《うめじょうちゅう》。
其中に梅酒てふもの古りし壺　高浜虚子・句日記
梅酒をかもすと妻は梅おとす　山口青邨・冬青空

うめつける【梅漬ける】〔晩夏〕
熟す前の梅の青い実を収穫して、水に浸したあと、梅一斗に塩三升の割合で漬ける。三週間ほどして取り出し、日光に晒したものを梅干という。⇩梅干《うめほ》す
梅漬にむかしをしのぶ真壺哉　召波・春泥発句集

うめほす【梅干す】〔晩夏〕⇩梅漬《うめつ》ける、煮梅《にうめ》
小百姓の梅したゝかに干しにけり　村上鬼城・鬼城句集
梅干にすでに日蔭や一むしろ　河東碧梧桐・春夏秋冬
病めば梅ぼしのあかさ　種田山頭火・草木塔
梅干の塩噴く笊や夾竹桃　杉田久女・杉田久女句集補遺

うめむく【梅剥く】〔晩夏〕
青梅の皮肉を剥いで晒し、それを乾燥させて梅酢の材料とする。また、同様に青梅を剥き、板の上などで晒し、水に戻して染色に使用する。⇩青梅《あおうめ》［植物編］
梅むきや笊のかたぶく日の面　望翠・俳句大全

うりづけ【瓜漬】〔三夏〕
瓜の漬物。真桑瓜《まくわうり》、胡瓜《きゅうり》、白瓜《しろうり》、西瓜《すいか》、南瓜《かぼちゃ》、糸瓜《へちま》、冬瓜《とうがん》、夕顔《ゆうがお》など。⇩瓜揉《うりもみ》、胡瓜漬《きゅうりづけ》
漬瓜やひまな世帯の壺一つ　河東碧梧桐・新傾向（夏）
浅漬の瓜の青白《せいはく》噛むひびき　日野草城・旦暮

うりぬすっと【瓜盗人】〔晩夏〕
瓜を盗む人。瓜は夏に実を結ぶ。［同義］瓜泥棒《うりどろぼう》。
先生が瓜盗人《うりぬすびと》でおはせしか　高浜虚子・五百句

うりのばん【瓜の番】〔晩夏〕
畑の瓜が盗まれないように見張ること。［同義］瓜守《うりもり》。
酒なども売侍るなり瓜の番　一茶・旅日記

うりもみ【瓜揉】〔三夏〕
胡瓜《きゅうり》などの瓜類を、薄く切り刻んだのち、塩もみして酢で和えた料理のこと。［同義］揉瓜《もみうり》、瓜膾《うりなます》。⇩瓜漬《うりづけ》、胡瓜揉《きゅうりもみ》

うるしかき【漆掻き】〔仲夏〕
六〜七月に漆の木から漆の液を採取すること。［同義］漆掻《うるしか》く、漆取《うるしと》る。
間道は知れど語らず漆掻　巌谷小波・さゞら波
谷深うまこと一人や漆掻《うるしかき》　河東碧梧桐・碧梧桐句集
空谷に木魂して掻く漆かな　岡本癖三酔・癖三酔句集
ぞく〳〵と山気背襲ふうるし掻　高田蝶衣・蝶衣句稿青垣山
漆掻《うるしか》く肉一塊《にくいっかい》や女《おんな》なし　原月舟・進むべき俳句の道

えいさいき【栄西忌】〔仲夏〕
六月五日（もと旧暦七月五日）、鎌倉時代前期の禅僧の明庵栄西の忌日。日本臨済宗の開祖。［同義］建仁寺開山忌《けんにんじかいざんき》。

えもんだけ【衣紋竹】〔晩夏〕
夏服や襦袢などを乾かす肩幅ぐらいの衣服掛け。［同義］衣紋竿《えもんざお》。
衣紋竹三つ一つに手拭が　高浜虚子・句日記
一つある窓塞がりて衣紋竹　長谷川かな女・龍膽

生活

衣紋竹の一つあまりて朱色かな　島村元・島村元句集

えんえい【遠泳】〔晩夏〕⇩泳《およ》ぎ

遠泳や高浪越ゆる一の列　水原秋桜子・葛飾

えんざ【円座・円坐】ゑんざ〔三夏〕

藁《わら》、藺《い》、蒲《かば》、菅《すげ》、真菰《まこも》などの葉茎で渦巻き状に編んだ、座蒲団がわりの敷物。涼し気である。⇩夏座布団《なつざぶとん》

君来ねば円座さみしくしまひけり　村上鬼城・鬼城句集

えんだいしょうぎ【縁台将棋】えんだいしやうぎ〔晩夏〕

夏、庭先などの日陰に夕涼み用の縁台を出して、涼みながら将棋に興ずること。⇩夕涼《ゆうすず》み

えんまどうきょうげん【閻魔堂狂言】えんまだうきやうげん〔仲夏〕

五月二一日（もと二月一五日）から二〇日間、京都市上京区の引接寺《いんじょうじ》（千本閻魔堂）で行われる大念仏法会。念仏狂言が行われ、壬生・嵯峨の念仏狂言と共に洛中の三念仏といわれる。〔同義〕閻魔堂大念仏《えんまどうだいねんぶつ》、閻魔堂念仏《えんまどうねんぶつ》、千本念仏《せんぼんねんぶつ》。

おうぎ【扇】あふぎ〔三夏〕

檜扇《ひおうぎ》と蝙蝠扇《かわほりおうぎ》の二種がある。檜扇は、檜の薄板を重ねて下部を要とし、開きの上部を白・紅の糸で綴った扇。往時、衣冠・直衣のときに用いた。蝙蝠扇は、竹・木・鉄などを骨として下部を要として広げ紙を張り、折りたたみができるようにした今日の扇形で、開閉するさまが蝙蝠《こうもり》に似ているところからその名がある。〔同義〕扇子《せんす》。⇩団扇《うちわ》、扇子《せんす》

贈るべき扇も持たずうき別れ　正岡子規・子規句集

小扇やすれ違ひたる舟の人　長谷川零余子・雑草

烈日に開きて固き扇かな　中村汀女・花影

白扇や乾き乾かぬ墨の痕　日野草城・花氷

仰臥さびしき極み真赤な扇ひらく　野澤節子・未明音

オープンカー〔三夏〕

屋根のない、または屋根を折り畳んだ自動車。和製英語。

おおやまもうで【大山詣】おほやままうで〔晩夏〕

旧暦六月二八日、神奈川県中郡大山町の阿夫利神社に白衣振鈴の姿で参詣登山をすること。〔同義〕大山祭《おおやままつり》。

おきなます【沖膾】〔三夏〕

沖で漁獲したばかりの鯵などの小魚を船上で膾にして食べる料理。肉を叩いて、紫蘇などの薬味を加え、味噌、酢などで食べる。

沖膾《おきなます》箸《はし》の雫《しづく》や淡路嶋《あはぢしま》　言水・江戸蛇之鮓

沖なます早きをもっていさぎよし　　暁台・暁台句集
沖膾都の鯛のくさり時　　正岡子規・子規全集
舩は筑波にむけよ沖鱠　　巌谷小波・さゞら波
魚屑を鷗に投げつ沖膾　　高田蝶衣・蝶衣句稿青垣山

おきなわいれいのひ【沖縄慰霊の日】おきなはいれいのひ〔仲夏〕

六月二三日、太平洋戦争の沖縄戦の終結記念日。この日、ひめゆり部隊をはじめとする男女学徒隊が自決した沖縄本島南端にある摩文仁が丘で慰霊祭が行われる。

おこしえ【起し絵】おこしゑ〔三夏〕

絵を切り抜いて立ち上がらせた玩具で、建物や人物が立体的に見え、飾って楽しめる。

おこし絵を灯しに来る子美しき　　大須賀乙字・乙字俳句集
起し絵を小屋に見かけし渡舟かな　　長谷川零余子・雑草
起し絵や老いし妾の子煩悩　　日野草城・花氷
起し絵の男をころす女かな　　中村草田男・長子

おしずし【押鮨・圧鮨】〔三夏〕

方形の箱や枠の中に酢飯を入れ、その上に魚や卵などの鮨種をのせ、押しかためた鮨。俳句では「鮨おす」と表現されることが多い。〔同義〕箱鮨《はこずし》。⇩鮨《すし》

おとりあゆ【囮鮎】をとりあゆ〔三夏〕

鮎を釣上げるための囮の鮎。鮎は縄張りをもち、侵入する鮎を激しく撃退する。その習性を利用して釣り上げる。⇩鮎《あゆ》〔動物編〕

囮鮎ながして水のあな清し　　飯田蛇笏・山廬集

およぎ【泳ぎ】〔晩夏〕

夏の代表的なスポーツで、さまざまな泳法がある。日本では、水練といい、武術の一つとして発達した。国際的な競泳の泳法には、クロール・バタフライ・平泳・背泳などがある。〔同義〕水泳《すいえい》、水練《すいれん》。⇩海水浴《かいすいよく》、遠泳《えんえい》、水着《みずぎ》、水遊《みずあそ》び

泳ぎ子や胡瓜かぶりて浪の上　　村上鬼城・鬼城句集
とも綱に蜑《あま》の子《こ》ならぶ游泳《およぎ》哉　　正岡子規・子規句集
泳ぎ子に一抹の雲や今は無し　　島田青峰・青峰集
泳ぎ子等千曲波だつ一曲《ひとくま》に　　中村草田男・火の島

　ハバロフスクにて

父子泳ぎアムール川の端笑ふ　　加藤知世子・飛燕草

立泳ぎして友情を深うせり　　中尾寿美子・老虎灘

おんばしらまつり【御柱祭】〔初夏〕
長野県諏訪にある諏訪神社の祭礼。上社本宮、上社前宮、下社春宮・秋宮の祭礼で、六年ごとに行われる樅の木を山出しする神事。一〇数メートルの樅の木の御柱に縄を付け、御柱の上には人が乗り、急な斜面より滑り下ろす豪壮な祭である。［同義］諏訪御柱祭《すわおんばしらまつり》、諏訪祭《すわまつり》。

「か 行」

かいきんシャツ【開襟シャツ】〔三夏〕
夏用の、ネクタイを結ばず襟を開いたままで着用するシャツ。［同義］開襟《かいきん》。⇩夏《なつ》シャツ

かいこのあがり【蚕の上簇】 かひこのあがり〔初夏〕
蚕が成長し、繭をつくる段階に達したことをいう。蚕は蚕蛾の幼虫。脱皮しながら盛んに桑を食べ、成長すると絹糸を吐いて繭をつくる。［同義］上簇団子《あがりだんご》、上簇《じょうぞく》の蚕《かいこ》。⇩繭《まゆ》［動物編］

かいすいぎ【海水着】 かいすゐぎ〔晩夏〕
海水浴をするときに着る専用の着衣。［同義］水着《みずぎ》。⇩水着《みずぎ》、海水浴《かいすいよく》、海浜着《かいひんぎ》

中年の家わすれねど海水着　飯田蛇笏・雲母
まつはりて美しき藻や海水着　水原秋桜子・葛飾
泡浪を蹴立て上りぬ海水着　水原秋桜子・葛飾

かいすいよく【海水浴】 かいすゐよく〔晩夏〕
避暑・運動・遊びなどの目的で海浜に行き、海に入ったり泳いだりすること。［同義］潮浴《しおあ》び。⇩潮浴《しおあ》び、海水着《かいすいぎ》、砂日傘《すなひがさ》、海浜着《かいひんぎ》、泳《およ》ぎ、波乗《なみのり》

海水浴
夜の潮にじつとつかりて蹲みけり　原月舟・月舟俳句集

かいひんぎ【海浜着】〔三夏〕
海浜で着る衣服。鮮やかな色合いのものが多く、夏の海浜を彩るファッションでもある。［同義］ビーチウェアー。⇩海水着《かいすいぎ》、海水浴《かいすいよく》

かいぶし【蚊燻】〔三夏〕⇩蚊遣《かやり》
蚊いぶしもなぐさみになるひとり哉　一茶・七番日記

蚊いぶしに浅間颪の名残かな　　村上鬼城・鬼城句集

がきき【我鬼忌】〔晩夏〕
七月二四日、大正～昭和前期に活躍した小説家芥川龍之介の忌日。河童忌に同じ。⇩河童忌《かっぱき》
我鬼忌は又我誕生日菓子を食ふ　　中村草田男・長子
垂れ込めて腹くだしたる我鬼忌かな　　石田波郷・風切

かきこうしゅうかい【夏期講習会】かきかうしふくわい〔晩夏〕
夏休みの間、各学校で開かれる講習会。［同義］夏期大学《かきだいがく》。

かくすべ【蚊燻べ】〔三夏〕
蚊を追い払うため、草や木、線香などを焼き燻べて、煙をだすこと。⇩蚊遣《かやり》

かくらん【霍乱】くわくらん〔晩夏〕
夏の暑気あたり。［同義］日射病。⇩日射病《にっしゃびょう》
霍乱や里に一人の盲者医者　　村上鬼城・鬼城句集
霍乱や一糸もつけず大男　　村上鬼城・定本鬼城句集
霍乱のさめたる父や蚊帳の中　　原石鼎・花影

かけこう【掛香・懸香】かけかう〔三夏〕
麝香《じゃこう》・丁字《ちょうじ》・白檀《びゃくだん》などの香料を調合して絹袋に入れたもの。夏季の臭気を防ぐために室内に掛けて香りを楽しんだり、身につけて体臭を消し、香りで演出したりする。［同義］誰《た》が袖《そで》、匂袋《においぶくろ》。⇩薫衣香《くのえこう》、香水《こうすい》
かけ香や幕湯《まくゆ》の君に風さはる　　蕪村・蕪村遺草
掛香《かけこう》や再《ふたた》び人《ひと》の妻《つま》となり　　数藤五城・五城句集
掛香や旧府の染布色淡き　　河東碧梧桐・碧梧桐句集
母がせし掛香《かけこう》とかやなつかしき　　高浜虚子・七百五十句
掛香の女男も昔かな　　高浜虚子・七百五十句

かごまくら【籠枕】〔三夏〕
夏用の枕で、竹・籐《とう》などで編み、風通しを良くした中空の枕。［同義］籐枕《とうまくら》。⇩竹夫人《ちくふじん》
涼しさや夢もぬけ行籠枕　　乙由・麦林集
籠枕頭《かごまくらあたま》あぐれば与謝《よさ》の海《うみ》　　数藤五城・五城句集
髯剃らぬ居士の頤や籠枕　　長谷川零余子・雑草
籠枕うなじおしつけ静かさよ　　長谷川零余子・雑草
身をもたげて湖上を望む籠枕　　高田蝶衣・蝶衣句稿青垣山

かじょうぐい【嘉定食】かじやうぐひ〔晩夏〕
旧暦六月一六日に、疫気を払うために、菓子・餅を一六個食べる風習。この菓子を「嘉定菓子」という。［同義］

嘉祥食《かじょうぐい》、かつう。
　爪紅の指でつまむや嘉定菓子　許六・半化坊発句集
　子のぶんを母いたゞくや嘉定喰　一茶・新集
　嘉定銭幼きものにはたらる、　松瀬青々・妻木

かしわもち【柏餅】 かしはもち〔仲夏〕
白米を粉にして搗いた「しんこ餅」の中に餡《あん》を入れ、柏の葉でくるんだ餅。五月五日の端午の節句の供え物。⇩端午《たんご》
　重の内暖《あたたか》にして柏餅　高浜虚子・五百五十句
　折の蓋《ふた》取れば圧《お》されて柏餅《かしわもち》　高浜虚子・五百五十句
　老人に湯呑大いさよ柏餅　島村元・島村元句集
　柏餅父の湯呑の大いなる　吉屋信子・吉屋信子句集

かぜとおし【風通し】 かぜとほし〔三夏〕
「かざとおし」ともいう。夏、南北の窓や戸を開けて、涼風を通すこと。

かたしろ【形代】〔晩夏〕
夏越《なごし》の祓に用いた紙の人形。身体の穢れを移して川に流した。⇩夏越
　形代に虱おぶせて流しけり　一茶・七番日記
　かたしろも肩見すぼめて流れ鳥　一茶・一茶句帖
　がゞんぼを吹《ふ》けば飛《と》ぶなり形代《かたしろ》も　岡本松浜・白菊

かたびら【帷子】〔晩夏〕
生絹・麻布で仕立てた単衣《ひとえ》の衣服。江戸時代、端午には浅黄の染帷子、八朔には白帷子を着る習慣があった。⇩夏衣《なつごろも》
　帷子《かたびら》や眉根《まゆね》の重き浴時《ゆあみどき》　りん女・土大根
　帷子を真四角にぞきたりける　一茶・七番日記
　帷子《かたびら》に花の乳房《ちぶさ》やお乳《ち》の人《ひと》　高浜虚子・五百句
　帷子や観世太夫が袴能　大谷句仏・我は我
　黄帷子に大きな紋や軍書よむ　長谷川かな女・龍膽

かちうま【勝馬】〔仲夏〕
旧暦の五月五日（現在の六月五日）に京都上賀茂神社で行われる競馬《くらべうま》の神事で、勝った馬のことをいう。⇩競馬《くらべうま》

かつおいろり【鰹色利・鰹煎汁】 かつをいろり〔三夏〕
鰹節を煮出した汁。調味料に使用される。たんに「煮取《にとり》」ともいう。⇩鰹《かつお》〔動物編〕

かつおうり【鰹売】 かつをうり〔三夏〕
鰹を売る人。⇩鰹《かつお》〔動物編〕

鰹売《かつをうり》いかなる人を酔《よは》すらん　芭蕉・いつを昔

かつおつり【鰹釣】かつをつり〔三夏〕

回遊する鰹の群に小鰯を散布し、小鰯をめがけて集まる鰹を漁獲する釣。「鰹の一本釣」という。土佐・薩摩・紀伊などの鰹釣が有名。⇩鰹船《かつおぶね》

かつおぶね【鰹船】かつをぶね〔三夏〕⇩鰹釣《かつおつり》

城山や飛嶋かけて鰹《かつを》ぶね　涼菟・皮籠摺

松魚舟《かつおぶね》子供上りの漁夫もゐる　高浜虚子・五百五十句

白雲や漕ぎつれ競ふ鰹舟　吉武月二郎・吉武月二郎句集

鰹船かへり大島雲垂れたり　水原秋桜子・古鏡

かっけ【脚気】かっけ〔三夏〕

ビタミンB1の欠乏症。白米を主食とする地域に多く発症する。浮腫・知覚麻痺・心臓肥大などの症状が起きる。

かっぱき【河童忌】〔晩夏〕

七月二四日、大正～昭和前期に活躍した小説家芥川龍之介の忌日。『羅生門』『鼻』で夏目漱石に認められ、漱石の門人となる。『地獄変』『奉教人の死』『河童』『或る阿呆の一生』などの名作を残し、『或旧友へ送る手記』に記した「ぼんやりした不安」のため自殺。河童忌とは、芥川が河童の絵を好んで描いたことや、死んだ年に短編小説『河童』を発表したことからの名である。⇩我鬼忌《がきき》

河童忌あまたの食器石に干す　飯田蛇笏・椿花集

河童忌や無花果を葉に盛り上げて　長谷川かな女・「雨月」時代

我鬼忌は又我誕生日菓子を食ふ　中村草田男・長子

かっぱまつり【河童祭】〔晩夏〕

六月に多く行われる水の神の祭。河童を水神として祀るところが多い。

かどすずみ【門涼み】〔晩夏〕⇩涼《すず》み

小間物《こまもの》をおろす石あり門《かど》すゞみ　許六・夜話狂

魚どもや桶（をけ）ともしらで門（かど）涼み　一茶・おらが春

病身をもてあつかひつ門涼《かどすず》み　高浜虚子・五百句

かにびしお【蟹醢】〔三夏〕

「かにびしこ」ともいう。蟹の塩辛である。

絶世の女が食へり蟹ひしこ　松瀬青々・妻木

かび【黴】〔仲夏〕⇩〔植物編〕

かび【蚊火】〔三夏〕⇩蚊遣《かやり》

蚊火消ゆや乗鞍岳に星ひとつ　水原秋桜子・葛飾

かまくらカーニバル【鎌倉カーニバル】〔晩夏〕
八月上旬、鎌倉で行われる。作家久米正雄の発案による謝肉祭を模した催し。多くの文士・画家が参加する。

がまむしろ【蒲筵】〔三夏〕
夏用の敷物で、蒲で編んだ筵。⇩簟《たかむしろ》、籐筵《とうむしろ》

かみあらう【髪洗う】かみあらふ〔三夏〕
髪を洗うこと。俳句では、女性が、夏に汗で汚れた髪を洗う風情であり、夏の季語となる。〔同義〕洗《あら》い髪《がみ》。

さつぱりと月の晦日《みそか》や髪《かみ》あらひ　智月・三河小町
山川にひとり髪洗ふ神ぞ知る　高浜虚子・虚子百句
喜びにつけ憂きにつけ髪洗ふ　高浜虚子・五百五十句
髪洗うて温泉《ゆ》にもうたる丶いとま乞ひ　石橋秀野・桜濃く

かみのぼり【紙幟】〔仲夏〕
紙製の幟。端午の節句に立てる。⇩幟《のぼり》、端午《たんご》

梓弓谷中にたつや紙幟　宗因・梅翁宗因発句集
隠居家にかくし子鳴くや紙幟　也有・蘿葉集
なよ竹の末葉のこして紙のぼり　其角・五元集拾遺
御ふくろの細工か曾我の紙幟　梅室・梅室家集

かもがわおどり【鴨川踊】かもがはをどり〔初夏〕
四月一五日〜五月一五日、京都先斗町歌舞会が、先斗町歌舞練場で催す芸妓の舞踊会。

かもまつり【賀茂祭】〔初夏〕
五月一五日（もと四月中の酉の日）に催される、京都上賀茂の賀茂別雷神社《かもわけいかづちじんじゃ》（上社）と、下鴨の賀茂御祖神社《かもみおやじんじゃ》（下社）の祭。〔同義〕葵祭。⇩葵祭《あおいまつり》、祭《まつり》

乳のめば清水がもとの祭り哉　其角・五元集
草の雨祭の車過ぎてのち　蕪村・蕪村句集
賀茂衆の御所に紛る丶祭かな　召波・春泥発句集
葵かけし家の内なる葭戸かな　長谷川零余子・雑草

かや【蚊帳】〔三夏〕
夏、蚊の侵入を防ぐため、吊り下げて寝具を覆う器具。麻・絽・木綿・生絹《しちょう》などで通気性を持たせて編んだもの。〔同義〕蚊帳《かちょう》。⇩紙帳

なきからに一夜蚊屋釣る名残かな　也有・蘿葉集
蚊屋くゞる女は髪に罪深し　太祇・太祇句選
顔白き子のうれしさよまくら蚊帳　蕪村・新花摘
灯に書のおほろや蚊屋の中　召波・春泥発句集

蚊帳の中の頭歩ける丸さかな　篠原温亭・温亭句集
病《や》む人の蚊遣《かやり》見てゐる蚊帳《かや》の中　高浜虚子・五百句

かやり【蚊遣】〔三夏〕
蚊遣とは、草木や線香などを焚き燻べて蚊を追い払うこと。[同義] 蚊燻。⇩蚊燻《かいぶし》、蚊火《かび》
蚊《か》やり火や袋より出《で》る薬屑《くすりくづ》　正秀・星会集
蚊遣火《かやりび》に蚊屋《かや》つる方ぞ老独《おいひとり》　其角・五元集
蚊遣火《かやりび》や縁に腰かけ話し去る　高浜虚子・五百句
さし汐の時の軒端や蚊遣焚く　飯田蛇笏・山廬集

かやりび【蚊遣火】〔三夏〕
蚊遣のために焚く火をいう。[同義] 蚊火《かび》。⇩蚊遣《かやり》

からさきまいり【唐崎参】 からさきまゐり〔晩夏〕
七月二八～二九日（もと旧暦六月晦日）、滋賀県大津市の唐崎神社に参詣すること。この日に参詣すると千日分の参詣にあたるとされた。唐崎は、琵琶湖南西岸の景勝地。近江八景の一つ。湖岸の老松が有名で「唐崎の一松」と称された。

かわがり【川狩】 かはがり〔三夏〕
夏、川で魚を漁獲すること。「川干し」「瀬干し」は川の二筋の流れの一方を塞き止める漁法。[同義] 川干《かわほ》し。
川狩や帰去来《ききよらい》といふ声す也　蕪村・蕪村句集
川狩や鮎の腮さす雨の篠　白雄・白雄句集
川狩のうしろ明りやむら木立　一茶・題叢
川狩の鉄輪《かなわ》を見たる咄《はなし》かな　正岡子規・子規句集
川狩の子にこの朝の幸なくも　中村汀女・花影

かわくじら【皮鯨】 かはくじら〔三夏〕
鯨の肉の皮に接した部分の脂肪肉を塩漬けにした保存食品。[同義] 塩鯨《しおくじら》。⇩晒鯨《さらしくじら》

かわびらき【川開】 かはびらき〔晩夏〕
川の納涼が始まるのを祝って水難防止を願う行事。東京の隅田川両国橋の上下流域では、毎年七月下旬～八月始めに花火を打上げる。⇩河原《かわら》の納涼《すずみ》、涼《すず》み、花火《はなび》

かわぶとん【革蒲団】 かはぶとん〔三夏〕
革製の夏用の座蒲団。冷やかで涼しい感触がある。[同義] 革座蒲団《かわざぶとん》。⇩夏座蒲団《なつざぶとん》
蠅打ちしあとの窪みや革蒲団　島村元・島村元句集
革蒲団バサと投げかけぬ古椅子に　島村元・島村元句集

かわゆか【川床】 かはゆか〔晩夏〕

生活

夏、京都の木屋町や先斗町の茶屋で、河原につきだされる涼み用の浅敷。〔同義〕川床《ゆか》。⇩床涼《ゆかすず》み、河原《かわら》の納涼《すずみ》

川床に憎き法師の立居かな　蕪村・蕪村句集
河床や蓮からまたぐ便にも　蕪村・蕪村句集

かわらのすずみ【河原の納涼】 かはらのすずみ〔晩夏〕

京都の加茂川、四条ほとりで旧暦の六月七日夜から一八日夜まで、一四日の祇園会をはさんで行われた納涼。江戸両国の川開と共に、有名な夏の川の風俗である。〔同義〕四《し》条河原《じょうがわら》の納涼《すずみ》。⇩川開《かわびらき》、涼《すず》み、床涼《ゆかすず》み、川床《かわゆか》

かをやく【蚊を焼く】〔三夏〕⇩蚊遣火《かやりび》、蚊遣《かやり》

かんだまつり【神田祭】〔初夏〕

五月一五日（もと九月一五日）、東京神田の神田明神の祭礼。神田祭は、日枝神社の山王祭と隔年で行われる。そのため本祭と陰祭を隔年に行う。山王祭と共に天下祭とよばれ、江戸・東京の祭の代表である。⇩東京山王祭《とうきょうさんのうまつり》、祭《まつり》

花すゝき大名衆を祭りかな　嵐雪・猿蓑
花山車《ダシ》や動き出たる秋の山　成美・成美家集
お祭や神田ッ子にてさふらふと　角田竹冷・竹冷句鈔
打ち晴れし神田祭《かんだまつり》の夜空かな　高浜虚子・六百句

かんぴょうむく【干瓢剥く】 かんぺうむく〔仲夏〕

干瓢は夕顔の果肉を細長く切り、干したもの。夏に製するため、「干瓢剥く」「新干瓢」で夏の季語となる。⇩新干瓢《しんかんぴょう》

夕顔に干瓢むいて遊《あそび》けり　芭蕉・芭蕉書簡

ぎおんえ【祇園会】 ぎをんゑ〔晩夏〕

七月一七～二四日（もとは六月七～一四日）、京都市の八坂神社で行われる祭礼。葵祭と共に京都二大祭の一。祇園会でとくに名高いのは、一七日の「神幸祭（下の祭）」と二四日の「還行祭（上の祭）」である。祭の前日は宵宮とよばれ、山鉾には提灯を連ね、祇園囃が終夜おこなわれる。祭当日の神幸祭には、早朝から山鉾が巡行する。二四日の還行祭には上観音山・下観音山とよばれる二基の曳山（切妻のない山車）が巡行する。〔同義〕祇園祭《ぎおんまつり》、祇園御霊会《ぎおんごりょうえ》。⇩鉾祭《ほこまつり》

祇園会や京は日傘の下を行　蓼太・蓼太句集
鉾の灯の見ゆるあたりや烏丸　中川四明・四明句集
祇園会や万燈たてゝ草の中　村上鬼城・鬼城句集
祇園会や古き錦に汗の玉　松瀬青々・妻木
立《た》ちよりて仰《あお》ぐや鉾《ほこ》の綾錦《あやにしき》　田中王城・ホトトギス同人句集

白炎天鉾の切尖深く許し　橋本多佳子・命終

きすつり【鱚釣】〔三夏〕

白鱚、青鱚、川鱚、虎鱚、沖鱚などを釣ること。六、七月の産卵期に海岸の浅場にくる。⇩鱚《きす》〔動物編〕

鱚舟や浜名を出でゝ波がしら　上川井梨葉・梨葉句集

きせい【帰省】〔晩夏〕

休暇をとって、故郷に帰ること。俳句では、一番長い暑中休暇の時期の帰省をもって夏の季語となる。帰省する人を「帰省子《きせいし》」という。⇩夏休《なつやす》み

帰省するふるさとみちの夜市かな　飯田蛇笏・山廬集
なつかしや帰省の馬車に山の蝶　水原秋桜子・葛飾
果樹の幹苔厚かりし帰省かな　中村草田男・長子
さきだてる鵞鳥踏まじと帰省かな　芝不器男・不器男句集
せゝらぎは片陰りゐる帰省かな　高橋馬相・秋山越

きのえだはらう【木の枝払う】きのえだはらふ〔三夏〕

夏、繁り過ぎた木の枝を剪定すること。木の枝を払って涼しげになった風情をいう。

きびまく【黍蒔く】〔仲夏〕

夏に黍の種を蒔くこと。収穫は晩秋になる。

ぎふぢょうちん【岐阜提灯】ぎふぢやうちん〔晩夏〕

岐阜名産の提灯。吉野紙・美濃紙を貼った長卵形の提灯で、秋の草花や鵜飼などの涼風あふれる絵が描かれ、夕涼みの際などに火を灯す。⇩夕涼《ゆうすず》み

灯を入るゝ岐阜提灯や夕楽し　高浜虚子・定本虚子全集
岐阜提灯消えて広やかの廂かな　長谷川零余子・雑草
岐阜提灯うなじを伏せて灯しけり　杉田久女・杉田久女句集
岐阜提灯庭石ほのと濡れてあり　杉田久女・杉田久女句集
　長良川
鮎の宿岐阜提灯の夜となりぬ　吉屋信子・吉屋信子句集

きぶねまつり【貴船祭】〔初夏〕

六月一日（もとは四月・一一月の朔日）、京都市左京区鞍馬にある貴船神社の祭礼。祈雨祈晴の神社として崇敬を集める。〔同義〕御更祭《ごこうまつり》、虎杖祭《いたどりまつり》。

きゃらぶき【伽羅蕗】〔三夏〕

蕗の茎をアク抜きして、醤油・味醂・唐辛子などを加え、伽羅色（濃い茶色）になるまで煮込んだもの。

伽羅蕗を煮返す妻や今日も雨　増田龍雨・龍雨俳句集

伽羅蕗の滅法辛き御寺かな　川端茅舎・雑詠選集

キャンプ【camp】〔晩夏〕

夏休みなどを利用して、自然に親しむために海浜や山野などに出かけること。⇩夏休《なつやす》み

キャンプの火あがれる空の穂高岳　加藤楸邨・寒雷

梓川瀬音たかまるキャンプかな　加藤楸邨・寒雷

きゅうりづけ【胡瓜漬】 きうりづけ〔晩夏〕⇩瓜漬《うりづけ》

移り香の衿になほあり胡瓜漬　日野草城・花氷

きゅうりもみ【胡瓜揉】 きうりもみ〔晩夏〕

薄く刻んだ胡瓜を塩揉みしたもの。⇩瓜揉《うりもみ》

取敢《とりあえ》ず世話女房の胡瓜もみ　高浜虚子・六百五十句

物言はぬ獨りが易し胡瓜もみ　阿部みどり女・微風

蝿帳の裡の翠微や胡瓜もみ　吉屋信子・吉屋信子句集

貧乏の光をちらし胡瓜もみ　原コウ子・昼顔

ぎょうずい【行水】 ぎやうずゐ〔晩夏〕

夏、湯や水を入れた「たらい」の中で身体を洗い、汗を流して涼むこと。⇩日向水《ひなたみず》

藪越や物語りつゝ行水す　角田竹冷・竹冷句鈔

行水《ぎやうずゐ》や甕大《かめだい》にして頭《とう》を没《ぼっ》す　森鷗外・うた日記

行水《ぎょうずい》の女にほれる烏《からす》かな　高浜虚子・五百句

行水や盥も古りて身も老いて　小沢碧童・碧童句集

行水や盥の空の樅の闇　飯田蛇笏・山廬集

行水の涼しき乳を見られけり　日野草城・花氷

きんぎょうり【金魚売】〔三夏〕

夏、屋台や縁日などで金魚を売る人。屋台の引売の売声も風情がある。また、縁日では金魚すくいなど、金魚を捕えさせて売るものがあり、子供たちの人気となっている。⇩夜店《よみせ》

金魚屋の小茂りゆかし郡山　松瀬青々・妻木

訪へば聲なし金魚屋の遠くより　阿部みどり女・笹鳴

焼津

魚市場終りしあとへ金魚賣　吉屋信子・吉屋信子句集

きんぎょくとう【金玉糖】 きんぎょくたう〔三夏〕

寒天に砂糖・香料を混ぜて煮つめ、型で固めたものにざらめ糖をかけた半透明の夏菓子。「錦玉糖」とも書く。

鉢に敷く笹葉透かして金玉糖　長谷川かな女・龍膽

きんぎょだま【金魚玉】〔三夏〕

金魚を入れる丸い水槽。軒端に吊り下げる。

水替へて鉛のごとし金魚玉　飯田蛇笏・雲母

子とあればわが世はたのし金魚玉　高橋淡路女・雲母

けんらんと死相を帯びし金魚玉　三橋鷹女・羊歯地獄

くいなぶえ【水鶏笛】、くひなぶえ〔三夏〕

水鶏を呼び寄せるための囮の笛。呼笛と答笛の二種があり、狩人はこれを使いわけて狩をする。⇩水鶏《くいな》〔動物編〕

くさかり【草刈】〔三夏〕

夏、繁茂した雑草を刈ったり、家畜の飼料の牧草などを刈ること。夏の朝、涼しい内にかることを「朝刈」という。［同義］干草刈る、朝草刈る。⇩草毟《くさむし》り、除草器《じょそうき》

草刈の笠阿呆かむり虹に立つ　西山泊雲・泊雲

花過ぎし斑鳩《いかるが》みちの草刈女　杉田久女・杉田久女句集補遺

大江山けふも雨降り草を刈る　山口青邨・雪国

草静か刃をすゝめゐる草刈女　橋本多佳子・海彦

くさごえ【草肥】〔初夏〕

草木の茎葉などを鮮緑のまま元肥料として、水田や畑などの耕土に入れること。［同義］代《しろ》じたき。

くさぶえ【草笛】〔三夏〕

草の葉を巻いてつくった笛。⇩草矢《くさや》

草笛の葉は幾千枚もありかなし　山口青邨・冬青空

くさむしり【草毟り】〔三夏〕

庭や畑の雑草をむしり取ること。［同義］草取《くさとり》。⇩草刈《くさかり》

くさや【草矢】〔三夏〕

茅の葉を矢の形に割り、指ではさんで矢のように空高く飛ばす子供の遊び。⇩草笛《くさぶえ》

日を射よと草矢もつ子をそゝのかす　橋本多佳子・紅絲

くずきり【葛切】〔三夏〕

葛粉を水でとき、砂糖を加えて練り、うどんのように細く切ったもの。冷やして食べる。喉ごしが良く、涼味のある夏の菓子である。［同義］葛練《くずねり》。⇩葛餅《くずもち》

くずそうめん【葛素麺】　くずさうめん〔三夏〕

葛粉で製した素麺。

くすだま【薬玉】〔仲夏〕

五月五日の端午の節句に、邪気を払う魔除けとして柱や御簾に掛けた。麝香《じゃこう》、丁字香《ちょうじこう》、沈香《じんこう》などの香料を調合して円球に丸め、錦の袋に入れて、造花に菖蒲や蓬などを添えて飾り、五色の糸を長く垂らしたもの。⇩端午《たんご》

薬玉や燈の花のゆらぐまて　言水・俳諧五子稿
薬玉やむすびてひさるみだれ箱　暁台・暁台句集
薬玉や杉戸に残る絵の胡粉　中川四明・四明句集
薬玉やものつたへ来る女の童　河東碧梧桐・春夏秋冬

くずまゆ【屑繭】 くづまゆ〔三夏〕
不良の繭をいう。⇩繭《まゆ》［動物編］

くずまんじゅう【葛饅頭】 くずまんぢゆう〔三夏〕
葛粉でつくった皮で餡を包んだ饅頭。小豆餡を入れ、桜の葉で巻いたものを葛桜という。［同義］葛桜《くずざくら》。⇩葛餅《くずもち》
葛ざくら濡れ葉に氷残りけり　渡辺水巴・水巴句集

くずみず【葛水】 くずみづ〔三夏〕
葛湯を冷やした夏の飲み物。
葛を得て清水に遠きうらみ哉　蕪村・蕪村句集
くず水やうかべる塵を爪はじき　几董・井華集
葛水《くずみず》に松風塵《ちり》を落すなり　高浜虚子・五百句
葛水の解くるともなくて白きかな　長谷川零余子・雑草
葛水《くずみず》に高足師《こうそくし》より老《お》いにけり　高田蝶衣・蝶衣句稿

くずもち【葛餅】 くずさうめん〔三夏〕
葛粉を水でといて砂糖を加え、練って作る餅。うどんのように切ったものは葛切という。⇩葛切《くずきり》、葛饅頭《くずまんじゅう》

くすりがり【薬狩・薬猟】〔仲夏〕
五月五日の節句に、狩の装束を着て山野に薬草の採取にいく行事。「着襲狩《きそいがり》」といい、民間に伝承して薬狩とよばれた。五月五日は薬の日とされた。［同義］薬猟《やくりょう》、薬《くすり》の日《ひ》、薬草摘《やくそうつみ》、百草摘《ひゃくそうつみ》、競狩《きそいがり》。⇩薬降る《くすりふる》

くすりふる【薬降る】〔仲夏〕
旧暦五月五日は薬の日といわれ、この日の牛の刻（正午）に降る雨は五穀豊穣のしるしとされた。また、この雨の日に伐りとった竹の節には水があり、神水として尊ばれ、医薬を製するのに用いたとの言い伝えがある。⇩薬狩《くすりがり》
薬園に雨降る五月五日哉　蕪村・新花摘
我眼にはくすり降日も雨の露　乙二・斧の柄草稿
薬降る空よとてもに金ならば　一茶・九番日記

くのえこう【薫衣香】 くのえかう〔三夏〕
衣服を薫らせる香料。丁字香《ちょうじこう》、沈香《じんこう》、麝香《じゃこう》、白膠香《びゃくこうこう》、蘇《そ》合香《ごうこう》などを練り合わせた香料。匂袋に入れて身につける。［同義］百歩香《ひゃっぽこう》。⇩掛香《かけこう》

くらべうま【競馬】〔仲夏〕
五穀成就、国家安泰などを祈る馬駆けの神事。五月五日に京都上賀茂神社社前の馬場で行われる競馬が有名。〔同義〕きそい馬《うま》、きおい馬《うま》。⇩相馬祭《そうままつり》、ダービー

　君が代や鉾たてかぎるくらべ馬　　樗良・樗良発句集
　鬢づらは老もわかずよくらべ馬　　白雄・白雄句集
　我思ふ人は落にきくらべ馬　　梅室・梅室家集
　くらべ馬おくれし一騎あはれなり　　正岡子規・子規句集
　競《くら》べ馬一騎遊びてはじまらず　　高浜虚子・五百句

くらまのたけきり【鞍馬の竹伐】〔仲夏〕
六月二〇日、京都鞍馬寺の行事。大蛇退治故事にちなみ、蛇を竹に譬えた行事。八本の竹を置いて、東を近江、西を丹波の二組に分かれて切り、その遅速でその年の豊凶を占う。

けいと【競渡】〔仲夏〕
五月五日の端午の節句に行われる競漕で、中国より伝わったもの。長崎では「ペイロン」とよばれ、熊本県の八代海辺では「キャローン」とよばれる。〔同義〕競渡船《けいとせん》、爬竜船《ペイロンせん》。

　烏帽子《えぼし》着てさしづ顔なる競渡かな　　河東碧梧桐・碧梧桐句集

げがき【夏書】〔三夏〕
旧暦四月一六日〜七月一五日の間、僧侶が籠もって修行をすることを「安居」といい、その間に、聖霊供養のために写経をすることをいう。〔同義〕夏経《げぎょう》。⇩安居《あんご》

　夏書すとて一筆しめし参らする　　夏目漱石・漱石全集
　思ある夏書の墨や肘につく　　松瀬青々・妻木
　広縁に杣腹這へる夏書かな　　西山泊雲・泊雲
　夏書して小窓あくれば田の景色　　羅蘇山人・蘇山人俳句集
　燈心の音に耳すます夏書かな　　高田蝶衣・蝶衣句稿青垣山
　粥煮ゆるまでがわが刻夏書きかな　　加藤知世子・頰杖

げぎょう【夏行】げきやう〔三夏〕
安居に同じ。⇩安居《あんご》

　夏行僧一日琴を弾し《じ》けり　　松瀬青々・妻木
　夏行《げぎょう》とも又たゞ日々の日課とも　　高浜虚子・六百五十句
　落魄の身を蓮に寄する一夏かな　　高田蝶衣・蝶衣句稿青垣山

げごもり【夏籠】〔三夏〕
安居に同じ。⇩安居《あんご》

　籠らばや八塩の里に夏三月　　桃隣・古太白堂句選

夏にこもるこゝろは簾ひとへかな　白雄・白雄句集
夏籠と人には見せて寝坊哉　一茶・九番日記
褪せ色のものなど縫うて夏籠りぬ
長谷川かな女・「龍膽」時代

げだち【夏断】〔三夏〕
僧侶が安居の間、酒や肉を断つことをいう。⇩安居《あんご》
灸《やいと》にて詫言《わびごと》申す夏断《げだち》哉　子葉・焦尾琴
夏断して仏の痩を忍びけり　河東碧梧桐・碧梧桐句集
夏断《げだち》せん我《われ》も浪化《ろうか》の世《よ》ぞ恋《こい》し　大谷句仏・句仏句集

げばな【夏花】〔三夏〕
旧暦四月一六日～七月一五日、僧侶の安居の間に供える仏花。四月八日に花を供える地域もあり、高花、天道花、八日花とよぶ。⇩安居《あんご》、花摘《はなつみ》
鐘つきの妻にすゝむる夏花哉　白雄・白雄句集
水二筋夏花そゝぐと田へ行くと　乙二・斧の柄草稿
夕陰や駕の小脇の夏花持　一茶・一茶発句集

ケルン【cairn】〔晩夏〕
登山で、登降路や山頂を示すための石積の塚。登山路の分岐点などにつくられ、登山者の道しるべとなる。⇩登山《とざん》

げんばくのひ【原爆の日】〔晩夏〕
一九四五年（昭和二〇）八月六日に広島市に、八月九日に長崎に、アメリカ軍によって原子爆弾が投下され、一般市民を含む約三〇万人の生命が奪われた惨事を記念し、核爆弾の絶滅を願う日。［同義］原爆忌《げんばくき》。
原爆忌ひまはりの丈子が制す　原コウ子・昼顔
直角にわが影が立つ原爆忌　原コウ子・胡卉

こいのぼり【鯉幟】〔仲夏〕
端午の節句に立てる鯉の形をした幟。鯉は滝を登って竜になるという伝説があり、立身出世を願う幟である。［同義］五月鯉《さつきごい》。⇩端午《たんご》、幟《のぼり》
都塵濃し緑恋しと鯉幟　竹下しづの女・「颱」補遺
夕月やあぎと連ねて鯉幟　三橋鷹女・向日葵
旅の身は電柱に倚り鯉幟　中村草田男・銀河依然
雀らも海かけて飛べ吹流し　石田波郷・風切

こうじゅさん【香需散】かうじゆさん〔晩夏〕
薙刀香需の茎や葉を粉末にした暑気払いの薬。薙刀香需は、シソ科の一年草。葉や茎にはハッカに似た香気がある。
命なり素湯の中山香需散　宗因・梅翁宗因発句集

生活

飲きりし旅の日数や香需散　太祇・太祇句選

こうすい【香水】かうすゐ〔三夏〕

植物性を主とした香料をアルコールに溶解したもの。夏の外出時などは、汗の臭いが気にならぬよう、身だしなみとして用いる人も多い。⇩掛香《かけこう》

香水のあるか無きかの身だしなみ　高浜虚子・七百五十句
ほのかなる香水をたてわがむすめ　山口青邨・花宰相
香水ほのか日の街頭の左側なる　中村草田男・万緑
香水の香を焼跡にのこしけり　石田波郷・馬酔木

こうりんき【光琳忌】くわうりんき〔晩夏〕

旧暦六月二日、江戸中期の画家・漆芸家の尾形光琳の忌日。本阿弥光悦・俵屋宗達に師事し、独自の装飾的な大和絵画風を確立した。蒔絵などの工芸作品にも優れた作品を残した。代表作品に『紅白梅図屏風』『八橋蒔絵硯箱』などがある。

西海の浦の鏡や光琳忌　石田波郷・風切

こおりうり【氷売】こほりうり〔三夏〕

往時、夏になると、屋台などを引いて氷室に貯蔵しておいた氷や雪塊を売る者があった。⇩氷水《こおりみず》、氷室《ひむろ》

けふは迚しなの、雪の売られけり　一茶・九番日記

こおりみず【氷水】こほりみづ〔三夏〕

氷を入れた飲み物。氷を鉋や機械で削り、さまざまな甘味料を加えた夏の氷菓をいうこともある。氷苺、氷レモン、氷宇治、氷金時などがある。往時は、氷室に貯蔵した氷が溶けた水をいった。〔同義〕夏氷。⇩氷売《こおりうり》、夏氷《なつごおり》、氷菓《ひょうか》

拝領を又拝領の氷哉　一茶・九番日記
箸つけていたゞかせけり夏氷　梅室・梅室家集
冷えわたる五臓六腑や氷水　日野草城・花氷
氷水牀几にくづす褄がしら　石橋秀野・桜濃く

こおりもち【氷餅】こほりもち〔三夏〕

凍らして蓄えておいた切餅。夏に解凍して焼いて食べる

こころぶと【心太】〔仲夏〕⇩心太《ところてん》

昼がほのはても見へけりこゝろ太　許六・五老井発句集
君めして突せられけりこゝろぶと　太祇・太祇句選

こちゃ【古茶】〔初夏〕

初夏、新茶が出回ると、前年の茶を古茶という。⇩新茶《しんちゃ》

こどものひ【こどもの日】〔初夏〕

五月五日の国民の祝日。もと端午の節句。子供の人格を守り、幸福を願う目的で制定された。⇩端午《たんご》

ごままく【胡麻蒔く】〔仲夏〕

胡麻は五～六月に種を蒔く。［同義］胡麻蒔《ごままき》。

ごらいごう【御来迎】 ごらいがう〔晩夏〕

高山に登り、日没や日の出の時に太陽の光を背にして立つとき、前面に霧や雲があると自分の姿が大きく投影されて、その頭辺あたりに後光がさしたような鮮やかな紅色の環ができる現象をいう。それが仏像の光背のように見えるため、阿弥陀仏の来迎に見立てた。ブロッケン現象という。高山からみる朝日も「御来迎」または「御来光《ごらいこう》」という。⇩登山《とざん》

横雲の煌々遠し御来光　水原秋桜子・蓬壺
雲海の波の穂はしる御来光　水原秋桜子・蓬壺

コレラ【cholera・虎列刺】〔晩夏〕

コレラ菌によって発病する急性伝染病。腸粘膜を侵され、高い発熱と強い下痢、激しい嘔吐・脱水症状を起こし、死亡率が高い。⇩赤痢《せきり》

幾人のコレラ焼きしや老はつる　村上鬼城・鬼城句集
一家族コレラを避けし苫屋哉　尾崎紅葉・俳諧新潮
コレラ船いつまで沖に繋《かか》り居る　高浜虚子・五百句
コレラ怖ぢ蚊帳吊りて喰ふ昼餉かな　杉田久女・杉田久女句集

ころもがえ【更衣・衣更え】 ころもがへ〔晩夏〕

季節の変化に応じた衣服の入れ替え。往時は、四月一日・一〇月一日を衣更えの日としたが、現在はその年の気候に合わせ適宜行われている。⇩袷《あわせ》、白重《しらかさね》、綿抜《わたぬき》、夏衣《なつごろも》

姉が織り妹が縫ふて更衣《ころもがえ》　正岡子規・子規句集
ミシン踏む足のかろさよ衣更　杉田久女・杉田久女句集
衣更へて遠からねども橋ひとつ　中村汀女・花影
深海のいろを選びぬ更衣　柴田白葉女・冬泉
衣更鼻たれ餓鬼のよく育つ　石橋秀野・桜濃く
やはらかき手足還りぬ更衣　野澤節子・駿河蘭

こんちゅうさいしゅう【昆虫採集】〔晩夏〕

捕虫網などで昆虫を採集すること。小中学生が夏の課外宿題として、昆虫採集をしている光景を見かける。

こんぶかる【昆布刈る】〔晩夏〕

夏、昆布舟にのり、引鈎などで昆布を刈り取ること。北海道の昆布は、とくに珍重される。⇩昆布干《こんぶほ》す

こんぶほす【昆布干す】〔晩夏〕

海で刈り取った昆布を干して乾かすこと。⇩昆布刈《こんぶか》る

「さ　行」

さいくさまつり【三枝祭】〔仲夏〕

六月一七日、奈良市にある率川《いさかわ》神社で行われる祭礼。神祇令にも見え、飛鳥時代から行われた古い祭で、三枝の花で酒樽を飾るところからその名がある。〔同義〕みくさ祭《まつり》。

さおとめ【早乙女】　さをとめ〔仲夏〕

田植をする女。「さ」は接頭語で神稲の意。「そうとめ」ともいう。〔同義〕植女《うえめ》、五月女《さつきめ》。⇩田植《たうえ》、植女《うえめ》、田植歌《たうえうた》

早乙女《さをとめ》に足あらはするうれしさよ　其角・錦繍緞
早乙女につきし狐や二三日　原月舟・月舟俳句集
早乙女の唄ひつつ入る深田かな　加藤知世子・頬杖

ささちまき【笹粽】〔仲夏〕

糯米《もちごめ》、粳《うるち》、米粉などでつくった餅を笹で巻いたもの。通常、端午の節句に作られた。

白菅にとり合せたり笹粽　万子・草刈笛
山笹の粽やせめて湯なぐさみ　其角・五元集拾遺
幟とも竹のよしみや笹粽　也有・蘿葉集
投げ込んで見たき家なりさゝ粽　乙二・斧の柄
ひたすらに這ふ子おもふや笹ちまき　芥川龍之介・発句

さつきいみ【五月忌】〔仲夏〕

旧暦の五月は田植の季節であり、農耕社会の重要な月として生活の諸事を慎むべき月とされた。農村では、田植の前に田の神を迎える行事をし、田植の準備を地域総出で忙しく行う。そのため、この月に婚礼を避ける地域も多い。

さつききょうげん【五月狂言】　さつききやうげん〔仲夏〕

夏芝居の始まりで、五月五日に興行される新狂言。一番狂言は、夏衣装で演技のできる演目や水狂言が演じられ、二番狂言は曾我物が演じられた。⇩夏芝居《なつしばい》、水狂言《みずきょうげん》、曾我祭《そがまつり》

さつまいもうえる【甘藷植える】　さつまいもうゑる〔初夏〕

初夏に甘薯苗を畑に植えること。春に種芋の芽出しをしておく。収穫は秋である。

さとうみず【砂糖水】　さたうみづ〔三夏〕

砂糖を入れた飲料水。夏期など、疲労回復のために氷など

を入れて飲む。
砂糖水実や唐土のよしの葛　言水・六百番発句合
上臈は砂糖を水て召されけり　蓼太・一夏百歩
もてなしも出来ぬよしみや砂糖水
鈴木花蓑・鈴木花蓑句集

さなえとり【早苗取】 さなへとり〔仲夏〕
田植のため、苗代から稲の早苗を取ること。⇩田植《たうえ》
早苗とる手もとや昔しのぶ摺《ずり》　芭蕉・おくのほそ道
汁鍋に笠のしづくや早苗取　其角・五元集
山の日を欅にかけてさなへ取　梅室・梅室家集
小山田《おやまだ》に早苗とるなり只一人　正岡子規・子規句集
早苗取る手許の水の小揺《さゆれ》かな　高浜虚子・五百句

さなえぶね【早苗舟】 さなへぶね〔仲夏〕
田植の早苗を運ぶ舟。⇩田植《たうえ》
つまなしのさす手引手や早苗舟　暁台・暁台句集
植どめはどう押廻す早苗ぶね　梅室・梅室家集

さなぶり【早苗饗】 さなへぶり〔仲夏〕
田植を終え、田の神を送る祝い。「早上り《さのぼり》」の転。［同義］早上《さのぼ》り、代満《しろみて》、田植仕舞《たうえじまい》。⇩田植《たうえ》

さばずし【鯖鮨】〔三夏〕
塩と酢でしめた鯖肉をのせた押鮨。⇩鮨《すし》、押鮨《おしずし》
下部等に酒もり過ぎて鯖の鮓　几董・井華集

さばつり【鯖釣】〔三夏〕
鯖は、普通四～一二月を漁獲期とし、七～八月が最も盛んとなる。⇩鯖《さば》［動物編］

サマーコート【summer coat】〔晩夏〕
夏の女性用のコートの総称。夜会服などの上に羽織るものが多い。⇩夏服《なつふく》

サマードレス【summer dress】〔晩夏〕
夏の女性用の衣類の総称。⇩サンドレス、夏服《なつふく》

サマーハウス【summer house】〔三夏〕
高原や海浜などの避暑地に建てられた別荘。［同義］山荘《さんそう》、海《うみ》の家《いえ》。⇩バンガロー、夏館《なつやかた》

さみだれがみ【五月雨髪】〔仲夏〕
旧暦五月は五月雨が降る季節であり、女性の髪も湿気を含んで重苦しい感じになるため、「五月雨髪」と表現した。長い髪の女性はとりわけ実感ができる言葉であろう。

さらし【晒布】〔三夏〕

晒して白くした麻や木綿の布。吸湿性・通気性に富み、夏の衣料に多く用いられる。［同義］晒《さらし》。⇩上布《じょうふ》

たて臼《うす》に野心《のごころ》つけし晒《さらし》かな　支考・芋がしら
川風に水打ながす晒かな　太祇・太祇句選
晒見てなを惜まる、月日哉　蓼太・蓼太句集
晒引く人涼しさを言ひあへり　飯田蛇笏・雲母

さらしい【晒井】さらしゐ〔三夏〕

夏、疫病などの予防のために、井戸水を汲みほして、井戸底を清掃して清潔にすること。［同義］井浚《いさら》え、井戸替《いどがえ》。⇩井戸替《いどがえ》

新しく水湧く音や井の底に　一茶・七番日記
晒井《さらしい》や酒買《さけか》ひに行《ゆ》く集《あつ》め銭《ぜに》　伊藤松宇・松宇家集
晒井の捌《は》け水外れて紫蘇伏しぬ　石橋忍月・忍月俳句抄
さらし井の宵すが〱と寝たりけり　松瀬青々・妻木
瓢棚母屋の古井晒しけり　長谷川零余子・雑草

さらしくじら【晒鯨】さらしくぢら〔三夏〕

鯨の皮下の脂肪部の塩漬けを薄切りにし、ゆがいて晒したもの。酢味噌和えなどにする。⇩皮鯨《かわくじら》

サングラス【sunglasses】〔晩夏〕

夏の日差しから目を守るための色付きレンズのメガネ。

船待つに埠頭船見ずサングラス　水原秋桜子・晩華

さんじゃくね【三尺寝】〔三夏〕

三尺にも足らない狭い場所で昼寝をすること。大工・左官が建築現場の狭い所で昼寝をしているような場合に用いる。

入口の柱の蔭や三尺寝　松瀬青々・妻木

さんじゃまつり【三社祭】〔初夏〕

浅草祭に同じ。⇩浅草祭《あさくさまつり》

さんすいしゃ【撒水車】さんすゐしゃ〔三夏〕

夏の街路や公園に放水しながら走る自動車。⇩打水《うちみず》

サンドレス【sundress】〔晩夏〕

腕・肩・背中をだした、開放的な夏の婦人・女児服。⇩サマードレス

さんばいおろし【さんばい降し】〔仲夏〕

田植の前に行われる田の神降しの儀式。西日本に多い。「さんばい」とは田の神の名。一般に田を祭場として、田の一区画に早苗を依代として植えることが多い。［同義］おさ

ばい、さんばいさま、さんばいまち。⇩田植《たうえ》

しおあび【潮浴び・汐浴び】しほあび〔晩夏〕
海水浴のこと。「しおゆあみ」。〔同義〕潮浴《しおあ》み。⇩海水浴《かいすいよく》
汐浴の帽子大きく休み居る　篠原温亭・温亭句集
富士暮る、迄夕汐を浴びにけり　大須賀乙字・乙字俳句集
潮あびの戻りて夕餉賑かに　杉田久女・杉田久女句集
潮あびの溺れし沖を巨き船　中村汀女・春雪

しおいか【塩烏賊】しほいか〔三夏〕
夏にとれた烏賊の生干し。または塩漬けにした烏賊。

しおがままつり【塩釜祭】しほがままつり〔晩夏〕
七月一〇日、宮城県塩竈市にある塩竈神社の祭礼。祭神は、塩土老翁神《しおつちのおじかみ》・武甕槌神《たけみかづちのかみ》・経津主神《ふつぬしのかみ》の三神で、総称して塩竈大明神といわれ、安産の神として名高い。当日は、黒塗りの神輿を御座船にのせて松島湾を巡幸する。

しおくじら【塩鯨】しほくぢら〔三夏〕
鯨の脂身の塩漬。薄くそいで熱湯に通し、縮らせて、酢味噌などにつけて食べる。〔同義〕皮鯨。⇩晒鯨《さらしくじら》、皮鯨《かわくじら》
水無月や鯛はあれども塩くじら　芭蕉・葛の松原

しきがみ【敷紙】〔三夏〕
夏に用いる敷物で、紙を厚く貼り合わせ、渋を塗って作ったもの。

じしゅまつり【地主祭】〔初夏〕
五月七日、京都清水寺の境内にある地主神社（地主権現）の祭礼。清水寺の守護神とされる大己貴尊《おおなむちのみこと》（寺伝では坂上田村麻呂）を祀る。かつては神輿の渡御の神事が行われた。
景清は地主祭にも七兵衛　太祇・太祇句選
宗盛《むねもり》の車も見ゆれ地主祭《ぢしゆまつり》　紫暁・もゝちどり

しせいさい【至聖祭】〔仲夏〕
キリスト教の祝日。聖霊降臨祭（復活祭からの第七日曜日）の次の日曜日に行われる三位（聖父・聖子・聖霊）一体の祭。

したすずみ【下涼み】〔晩夏〕⇩涼《すず》み
命なりわづかの笠の下《した》涼ミ　芭蕉・江戸広小路
是《これ》や皆雨を聞《きく》人下《した》すゞみ　其角・五元集
高砂《たかさご》のゆかりや松の下すゞみ　支考・支考句集

しちょう【紙帳】しちやう〔三夏〕
紙製の蚊帳。往時、貧しい人々が用いた。⇩蚊帳《かや》

朝日さす紙帳のうちや蚊の迷ひ　丈草・丈草発句集
留守《るす》中も釣り放しなる紙帳《しちやう》かな　一茶・おらが春
貧しさは紙帳ほどなる庵かな　夏目漱石・漱石全集

しながわまつり【品川祭】 しながはまつり〔仲夏〕

六月七日、東京品川の品川天王二社の品川神社・荏原神社の祭礼。河童祭ともいわれ、神輿が、町々を巡った後に満潮の海の中を渡御し、これを数十の船が供奉する勇壮な祭として知られる。［同義］品川天王祭《しながわてんのうまつり》、河童天王祭《かっぱてんのうまつり》。

しまんろくせんにち【四万六千日】〔晩夏〕

七月一〇日、東京浅草観世音の縁日で、この日に参詣をすると四万六千日分の参詣に相当する御利益があると伝えられる。酸漿市がたつ。⇩酸漿市《ほおずきいち》

じゃかごあむ【蛇籠編む】〔三夏〕

蛇籠とは割竹で編んだ細長い籠で、石を入れて河川の護岸に用いる。夏の出水や秋の台風などに備えて準備される。

しゅんかん【笋羹・筍干・笋干】〔三夏〕

干したタケノコを細かく切り、アワビ、鳥肉、蒲鉾などを入れて煮た料理。⇩竹《たけ》の子《こ》［植物編］

笋羹の嵯峨なつかしや一《ひと》連中　露川・二人行脚

じょうさいうり【定斎売】 ぢやうさいうり〔三夏〕

夏、延命薬という暑気払いの薬を売り歩く行商人。［同義］定斎屋《じょうさいや》。

定斎売わたりかけたり佃橋　水原秋桜子・葛飾
鴎来てポプラめぐれど定斎屋　中村草田男・万緑
義理人情定斎鳴る荷の紋所　中村草田男・万緑

じょうざんき【丈山忌】 ぢやうざんき〔仲夏〕

旧暦五月二三日、江戸初期の漢詩人・書家の石川丈山の忌日。徳川家康に仕えた後、藤原惺窩に儒学を学ぶ。京都一乗寺に詩仙堂に居を構え、詩作に才を示した。著に『覆醤集』などがある。［同義］六六忌《ろくろくき》。

麦秋を我も行くなり丈山忌　中川四明・同人
屋根〳〵に木の葉ふるぶよ丈山忌　松瀬青々・松苗

しょうじはずす【障子はずす】 しやうじはづす〔仲夏〕⇩襖《ふすま》はずす

しょうちゅう【焼酎】 せうちう〔三夏〕

米・麦・稗・粟・玉蜀黍《とうもろこし》・馬鈴薯《ばれいしょ》・糖蜜などを材料とした蒸留酒。甘藷焼酎《いもじょうちゅう》、麦焼酎、黍焼酎、粕取焼酎、薩摩焼酎などがある。暑気払いによく飲まれる。⇩暑気払《しょきばら》い

生活

しょうてんさい【昇天祭】 しゃうてんさい〔初夏〕

キリスト教でキリストの昇天を記念し、復活祭後の四〇日めの木曜日に祝う祭。Acsension Day。「吾主御昇天の祝日」。〔同義〕昇天日《しょうてんび》、御昇天《ごしょうてん》。

じょうふ【上布】 じやうふ〔三夏〕

細い麻糸で平織りにした高級な麻布。夏の衣服に用いられる。薩摩上布、越後上布などある。⇩夏衣《なつごろも》、縮布《ちぢみふ》、晒布《さらし》

しょうぶうち【菖蒲打】 しやうぶうち〔仲夏〕

五月五日の端午の節句に子供達が行う遊び。菖蒲の葉を三枚平らに編んで棒状にし、互い地面を叩き、早く切れた方が負け。⇩端午《たんご》

御城下やこゝの辻にも菖蒲打　渡辺水巴・曲水

しょうぶざけ【菖蒲酒】 しやうぶざけ〔仲夏〕

菖蒲の根を漬けた酒。五月五日の端午の節句に飲み、健康を祈った。〔同義〕菖蒲酒《あやめざけ》。⇩端午《たんご》

世をまゝに隣ありきやさうぶ酒　白雄・白雄句集
相伴に蚊も騒ぎけり菖蒲酒　一茶・一茶句帖
くちつけてすみわたりけり菖蒲酒　飯田蛇笏・雲母

しょうぶだち【菖蒲太刀】 しやうぶだち〔仲夏〕

菖蒲の葉を重ねて作った刀。端午の節句に子供が腰にさしたり、飾ったりした。〔同義〕菖蒲刀《しょうぶがたな》、菖蒲刀《あやめがたな》。⇩端午《たんご》

菖蒲太刀ひきずつて見せ申さばや　村上鬼城・鬼城句集
君が代や縮緬の鯉菖蒲の太刀　正岡子規・子規全集
菖蒲太刀前髪の露滴たらん　河東碧梧桐・春夏秋冬

しょうぶのかぶと【菖蒲の兜】 しやうぶのかぶと〔仲夏〕

五月五日の端午の節句に菖蒲で飾る兜。〔同義〕菖蒲《あやめ》の兜《かぶと》、飾兜《かざりかぶと》。⇩端午《たんご》

田の中に棒の立よき甲かな　支考・蓮二吟集
実盛と年は江をさす甲かな　浪化・浪化上人発句集
常世かと古きも立る兜かな　蓼太・蓼太句集

しょうぶのはちまき【菖蒲の鉢巻】 しやうぶのはちまき〔仲夏〕

往時、五月五日の端午の節句に、子供たちが菖蒲刀を作り、菖蒲打などの遊びをする時に、頭に巻いた菖蒲の鉢巻。〔同義〕菖蒲《あやめ》の鉢巻《はちまき》。⇩端午《たんご》

しょうぶふく【菖蒲葺く】 しやうぶふく〔仲夏〕⇩菖蒲葺《あやめふ》く

菖蒲葺《しょうぶふ》いて元吉原《よしわら》のさびれやう　高浜虚子・五百句

生活

しょうぶゆ【菖蒲湯】 しやうぶゆ〔仲夏〕
五月五日の端午の節句に、菖蒲を浮べた風呂。この風呂に入り邪気を払うという。［同義］菖蒲《あやめ》の湯《ゆ》。⇩蘭湯《らんとう》、端午《たんご》

灯のさして菖蒲片寄る湯槽かな　内藤鳴雪・鳴雪句集
風呂の隅に菖蒲かたよせる女哉　正岡子規・子規句集
菖蒲湯を出てかんばしき女かな　日野草城・花氷
菖蒲湯へ月のからかさ傾きて　石橋秀野・桜濃く

しょうゆつくる【醤油造る】〔晩夏〕
発酵が盛んな夏に大豆・小麦を原料に醤油麹を造り、塩水に入れて発酵させ、圧搾して醤油をつくること。

しょきあたり【暑気中り】〔晩夏〕
夏の暑気により、胃腸障害などの病気になること。［同義］暑《あつ》さあたり、中暑《ちゅうしょ》、暑《しょ》に負《ま》ける。⇩暑気払《しょきばら》い、夏《なつ》ばて

うち臥して侘めかしけり暑気あたり　村上鬼城・鬼城句集
重《かさ》ねてはほどく足《あし》なり暑気《しょき》あたり　西山泊雲・泊雲句集
古妻の遠まなざしや暑気中り　日野草城・銀

しょきばらい【暑気払い】 しよきばらひ〔晩夏〕
薬や酒を飲むなど、さまざまな手段で夏の暑さを払うこと。［同義］暑気下《しょきくだ》し。⇩暑気中《しょきあた》り、焼酎《しょうちゅう》、ビール、冷酒《ひやざけ》

暑気払ひ皆呑む家族楽しき時　高浜虚子・句日記

じょそうき【除草器】 ぢよさうき〔晩夏〕
雑草をとるための手動式の用具。⇩草刈《くさかり》

しょちゅうみまい【暑中見舞】 しよちゆうみまひ〔晩夏〕
暑中（土用一八日間）、物品の贈答や手紙の交換をして、お互いの安否を知る風習。［同義］土用見舞《どようみまい》、夏見舞《なつみまい》。

しらかさね【白重】〔初夏〕
五月一日に衣替えとなるが、まだ寒いうちは下に小袖を重ねて着た。上も下も白い平絹の袷を重ねるため、この重ね着を「白重」といった。⇩更衣《ころもがえ》

辻つまをあわせてけふの白重　涼菟・簗普請
身ごもりて御髪長し白重　長谷川かな女・龍膽

しらたま【白玉】〔三夏〕
白玉粉を水で練り、小さな玉にして煮たもの。砂糖などをかけて、氷で冷やし、または氷水に浮かべて食べる。

姉妹白玉つくるほどになりぬ　渡辺水巴・水巴句集
白玉に砂糖や、溶けて白きかな　長谷川零余子・雑草
しら玉の雫を切つて盛りにけり　日野草城・花氷

しろいはね【白い羽根】〔初夏〕
五月八日、世界赤十字平和デーに、日本赤十字が行う共同募金。応募のしるしに渡される赤い十字の印のついた白い羽。

しろかき【代掻き】〔初夏〕
田植をする前に、田に水を入れて田を掻き鋤起こすこと。通常、「荒代《あらしろ》」「中代《なかじろ》」「植代《うえじろ》」の三回行う。〔同義〕田掻《たか》く、田《た》の代掻《しろか》く。⇩田植《たうえ》、代田《しろた》〔自然・時候編〕

しろがすり【白絣】〔晩夏〕
白地に紺、または黒の絣模様を入れた布で、目に涼しく、夏用の着物などの生地となる。〔同義〕白飛白《しろがすり》。
白地着てこの郷愁のどこよりぞ　加藤楸邨・颱風眼
妻なしに似て四十なる白絣　石橋秀野・桜濃く

しろぐつ【白靴】〔三夏〕
軽快で涼しげな夏向きの白靴の風情をいう。

しろふく【白服】〔晩夏〕
白地の布で製した衣服。俳句では夏の季語となる。⇩夏服《なつふく》
白服や楯吏折目を正しうす　日野草城・花氷
埋葬行夜の白服に白釦　中村草田男・母郷行

しんいと【新糸】〔仲夏〕
今年の繭から製した新生糸。⇩糸取《いととり》、夏引《なつびき》の糸《いと》

しんかんぴょう【新干瓢】 しんかんぺう〔晩夏〕
七月から八月のつくりたての干瓢をいう。⇩干瓢《かんぴょう》剥《む》く
垣間見や干瓢頃の松ケ岡　露沾・銭龍賦

しんちゃ【新茶】〔初夏〕
その年に摘み取って製した新茶。〔同義〕走《はし》り茶《ちゃ》。⇩古茶《こちゃ》
新茶煮て此緑陰の石を掃ふ　内藤鳴雪・鳴雪句集
彼一語我一語新茶淹《い》れながら　高浜虚子・七百五十句
参らせん親は在《おは》さぬ新茶哉《かな》　寺田寅彦・寅日子句集
乾山の窯もあがりて新茶かな　高田蝶衣・蝶衣句稿青垣山
新茶啜るや日覆となりし藤の棚　長谷川かな女・龍膽
新茶よりはじまるけふの空腹か　加藤楸邨・野哭

しんないながし【新内ながし】〔三夏〕
花街で新内節を歌い流した芸人。新内節は浄瑠璃の一派で、三味線の音に合わせて心中・道行ものを聞かせるもの。

しんぶし【新節】〔三夏〕
その年に製した新しい鰹節。⇩生節《なまりぶし》

じんべい【甚平】〔晩夏〕
夏に着用する、男物の袖無羽織のような形の衣。素肌に直接着る。⇩夏衣《なつごろも》　甚平羽織・陣羽折の転といわれる。
甚平やすこしお凸で愛らしき　日野草城・花氷
甚平のよその児にゆく眼かな　石橋秀野・桜濃く

しんまわた【新真綿】〔仲夏〕
新しい繭より製した綿。白くて光沢がある。
真綿むく匂ひや里のはいり口　惟然・続有磯海

しんむぎ【新麦】〔初夏〕
今年に収穫した新しい麦。⇩麦刈《むぎかり》、麦飯《むぎめし》
此ころは新麦くる、友もあり　嵐雪・小弓集
新麦や筍時の草の庵　許六・俳句大全
新麦や幸月の利久垣　一茶・俳句大全

すあし【素足・素跣】〔三夏〕
足袋・靴下をはかない足。履物をはかない足。⇩跣《はだし》

すいきゅう【水球】すゐきゆう〔晩夏〕
水泳競技の一つ。一チーム七人の二チームが相手ゴールにボールを投げ込み、得点を競う球技。［同義］ウォーター・ポロ（water polo）。

すいしゃふむ【水車踏む】すゐしやふむ〔三夏〕
羽根板を踏んで回転させる踏水車で、水を田に汲み入れること。かつての農村では、これにより田に水を汲み入れた。

すいじょうスキー【水上スキー】すゐじやうスキー〔三夏〕
スキー状の板をはき、モーターボートに牽引されて水上を滑るスポーツ。

すいちゅうか【水中花】すゐちゆうか〔三夏〕
コップなどの水に入れると開く、山吹などを芯にして細工をした造花。涼しげな風情である。
へこみたる腹に臍あり水中花　高浜虚子・五百五十句
放送室を出て水中花咲かせけり　長谷川かな女・「雨月」時代
ある日妻ぽとんと沈め水中花　山口青邨・夏草

すいちゅうめがね【水中眼鏡】すゐちゆうめがね〔三夏〕
水中で目をあけて見ることができるように防水した眼鏡。［同義］水眼鏡《みずめがね》。⇩箱眼鏡《はこめがね》

すいば【水馬】すゐば〔晩夏〕

江戸時代に行われた水中の馬術。甲冑をつけて馬で川を渡る。〔同義〕馬渡《うまわた》し。

すいはん【水飯】 すゐはん〔晩夏〕

水漬けの飯。「みずめし」ともいう。乾飯に冷水をかけた飯。柔らかく炊いた飯を水漬けにしたものなど。夏の暑日に食べる。〔同義〕水漬《みずづけ》、洗《あら》い飯《めし》。

水飯や日まひ止みたる四ツ下り　正岡子規・子規全集
水飯《すいはん》や簾《すだれ》捲《ま》いたる日《ひ》の夕《ゆうべ》　尾崎紅葉・紅葉句帳
水飯《すいはん》を顎《あご》かつ〳〵と食うべけり　高浜虚子・六百五十句
水飯に盛り過ぎたる四葩かな　長谷川零余子・雑草
水飯のごろ〳〵あたる箸の先　星野立子・立子句集

すいばん【水盤】 すゐばん〔三夏〕

夏の涼風を演出するための浅い陶器で、中に水を入れ、石や水草・葦などをあしらったもの。床の間や縁側などに置き、涼風を楽しむ。

すいぼうでぞめしき【水防出初式】 すゐばうでぞめしき〔晩夏〕

七月六日、東京都中央区日本橋浜町の大川の川岸で行われる水防のための出初式。消防夫が三〇人一組となって、材木を川に浮かべ、手に竿を持って角乗りを行う。そのほか梯子乗り・竿乗りなどの巧みな曲芸を披露する。

スカル【scull】〔三夏〕

左右一対のオールで漕ぎ進むボート競技。軽量で細長いボートで、シングル（一人乗り）・ダブル（二人乗り）がある。

スキンダイビング【skin diving】〔三夏〕

水中マスク、フィン（足ひれ）、シュノーケルなどの潜水具をつけて海中を遊泳するスポーツ。長時間潜水する場合はアクアラングを使用する。

すげかる【菅刈る】〔晩夏〕

夏、縄や筵、笠などの材料として、成熟した菅を刈り取ること。菅とはカヤツリグサ科の多年草の総称。〔同義〕菅刈《すげかり》。

臥頃にかられぬ菅や一ト構　桃隣・古太白堂句選

すし【鮨・鮓】〔三夏〕

元来「すし」とは「酸し」の意で、塩漬けした魚介に飯をあわせ、発酵させたものをいった。「馴鮨《なれずし》」といって独特の臭いと酸味がある。近江の名産の鮒鮨などが今でも有名である。夏の暑さが発酵を早めるため、このような鮨は夏の食べ物であった。現代では「握鮨《にぎりずし》」が一般的で季節を問わず食べられ、季語としての意味があまり感じられないのは確かで

ある。⇩早鮨《はやずし》、鮒鮨《ふなずし》、鯖鮨《さばずし》、押鮨《おしずし》、鮎鮨《あゆずし》、鮨桶《すしおけ》

抱いて来て紫雲と題す鮓の石　中川四明・四明句集
ふるさとや親すこやかに鮓《すし》の味　正岡子規・子規句集
鮓の石下ろせば山気迫るかな　島田青峰・青峰集
鮓の香のほのかに寒し昼の閑　日野草城・花氷
馴鮓の飯の白妙啖ひけり　日野草城・花氷

すしおけ【鮨桶・鮓桶】〔三夏〕

鮨を盛りつけるための桶型の器。⇩鮨《すし》

すし桶《をけ》を洗《あら》へば浅き游魚《いうぎよ》かな　蕪村・新花摘
鮓桶をこれへと樹下《じゆか》に床几《しやうぎ》哉　蕪村・蕪村句集

すずのはち【錫の鉢】〔三夏〕

錫で作った食器。見た目が涼しいため、夏に菓子入れ用などに用いられた。

すずみ【涼み・納涼】〔晩夏〕

夏の暑さをしのぐため、河畔や磯辺、涼み台など、涼しい場所で涼をとること。かつては旧暦の六月七日の夜より一八日までを「大涼み」といい、その前を「前涼み」といった。⇩河原《かわら》の納涼《すずみ》、川開《かわびらき》、涼《すず》み舟《ぶね》、夕涼《ゆうすず》み、端居《はしい》、橋納涼《はしすずみ》

涼みけり実《み》のまだ青き梨《なし》のもと　森鷗外・うた日記
瘦骨《やせぼね》の風に吹かる、涼みかな　正岡子規・子規句集
藪陰に涼んで蚊にぞ喰はれける　夏目漱石・漱石全集
明日渡る湖の眺めや端納涼　河東碧梧桐・碧梧桐句集
燈火《ともしび》を暑しと消して涼みけり　高浜虚子・七百五十句
蓑虫は水に下りつ朝納涼　渡辺水巴・白日

すずみじょうるり【納涼浄瑠璃】すずみじやうるり〔晩夏〕

大阪で、夏の納涼に、義太夫の愛好家によって催される演芸会。

すずみぶね【涼み舟・納涼船】〔晩夏〕⇩涼《すず》み、船遊《ふなあそび》

水亭の柱に繋ぐ涼み船　伊藤左千夫・全短歌所収「俳句」
橋裏を皆打仰ぐ涼舟《すずみぶね》　高浜虚子・五百句
涼み舟行手さぐりに蘆の闇　水原秋桜子・葛飾

すずめずし【雀鮨】〔三夏〕

小鯛、鮒などを開いて腹中に鮨飯を入れ、形を雀のように膨らませた鮨。関西の名物。

蓼《たで》の葉を此君《このきみ》と申《まう》せ雀鮓《すずめずし》　蕪村・蕪村句集

すだれ【簾】〔三夏〕

夏、開け放った窓の目隠しや日差し除けのために、簾を軒

先に掛ける家が多い。⇩青簾《あおすだれ》

吊烟草《つりたばこ》かあきい色《いろ》の簾《すだれ》かな　森鷗外・うた日記
触る丶ものに四角に動く簾かな　篠原温亭・温亭句集
朝鮮は初めてならず古簾《ふるすだれ》　高浜虚子・六百句
みちのくの月のつめたく夏簾　柴田白葉女・遠い橋

すててこ〔三夏〕

綿のクレープやメリヤス地などの男性の夏用の汗よけ下着。七分丈のものが多い。⇩汗取《あせと》り

すど【簀戸】〔三夏〕

葭や竹で編んだ戸。⇩葭戸《よしど》

簀戸幾つ列ねて奥や木々の風　島田青峰・青峰集
簀戸をたてに浴後の風を呼び居たり　島田青峰・青峰集

すなひがさ【砂日傘】〔晩夏〕

夏、浜辺の強い日差しを避ける大型の傘。〔同義〕ビーチパラソル、浜日傘《はまひがさ》。⇩海水浴《かいすいよく》

すみよしのおたうえ【住吉の御田植】 すみよしのおたうゑ〔仲夏〕

六月一四日（もと旧暦五月二八日）、大阪住吉大社の神田に早苗を植える祭式。神田の中央に仮舞台を設け、神前に供えた早苗を植女より下植女に渡す儀式が行われ、田植をはじめる。田植の間に八乙女の田舞が演じられ、武者の棒打合戦・住吉踊が行われる。〔同義〕御田《おんだ》。⇩伊勢《いせ》の御田植《おたうえ》

飾笠に夕日さしたる御田かな　野田別天楼・春夏秋冬

せいしんさい【聖心祭】〔仲夏〕

キリスト教の祝日で、聖霊降臨祭（イエス・キリストの復活後五〇日目の第七の日曜日）より二〇日目の金曜日に行われる、キリストの聖心に感謝する祭典。

せいたいさい【聖体祭】〔仲夏〕

キリスト教の祝日で、聖霊降臨祭（イエス・キリストの復活後五〇日の第七の日曜日）より一二日目の木曜日に行われるキリストの聖体を祝う祭。

せいペテロ・パウロさい【聖ペテロ・パウロ祭】〔仲夏〕

六月二九日、キリスト教の祝日でキリスト十二使徒の筆頭の聖ペテロ（Petros）とキリスト教の伝道者聖パウロ（Paulos）の殉教の日。

せいぼせいしんさい【聖母聖心祭】〔仲夏〕

キリスト教の日本における祝日で、聖霊降臨祭（イエス・キリストの復活後五〇日の第七の日曜日）後、第二の主日の

土曜日に行われる、聖母マリアの愛に感謝をする日。

せいヨハネさい【聖ヨハネ祭】〔仲夏〕

六月二四日、キリスト教の祝日で、イエス・キリストの先駆者であり、キリスト十二使徒の一人バプテスマのヨハネの生誕を祝う祭日。イギリスではミッドサマーデーとよぶ。

せいりょういんりょうすい【清涼飲料水】 せいりやういんれうすい〔三夏〕

喉の渇きを癒し、清涼感をもたらす非アルコール飲料の総称。炭酸ガスを含んだものが多い。ラムネ、サイダー、ソーダ水、スカッシュ、レモン水《すい》、薄荷水《はっかすい》など。⇩ソーダ水《すい》

せいれいこうりんさい【聖霊降臨祭】〔仲夏〕

キリスト教の祝日で、イエス・キリストの復活後五〇日の第七の日曜日に聖霊が降臨したことを祝う祭。

学徒われ降臨祭麦酒《フィングストビーア》さゝげ飲む　山口青邨・ホトトギス

せきり【赤痢】〔晩夏〕

飲食物を通して赤痢菌が体内に侵入し大腸を侵す急性疾患。発熱と腹部の激しい痛み・下痢の症状をともない、死亡率が高い。法定伝染病。[同義]疫痢《えきり》、颶風《はやて》病。⇩コレラ

昼顔に石灰かゝる赤痢かな　日野草城・花氷

せごしなます【背越膾】〔三夏〕

鰺や鮎などの魚を、腸や鰭だけ取り除き、骨ごと背の方から筒切りにして膾にした料理。⇩沖膾《おきなます》

せまい【施米】〔晩夏〕

平安時代、毎年旧暦六月、官より京都の貧しい僧侶に米と塩を施したこと。

腹あしき僧こぼし行施米《ゆくせまい》哉　蕪村・蕪村句集

北山へ施米もどりの夜道哉　松瀬青々・妻木

老《おい》ぼれて人の後《しり》へに施米《せまい》かな　高浜虚子・五百句

草の戸のふくべに満ちし施米かな　高田蝶衣・蝶衣句稿青垣山

せみまるき【蟬丸忌】〔仲夏〕

旧暦五月二四日、平安前期の歌人・琵琶法師の蟬丸の忌日。平家琵琶の祖とされ、源博雅に秘曲を授けたという伝説がある。逢坂山の明神に祀られる。逢坂山の坂神を逆髪といい、「逆髪忌《さかがみき》」ともいわれる。[同義]蟬丸祭《せみまるまつり》、関明神祭《せきのみょうじんまつり》。

ゼリー【jelly】〔三夏〕

ゼラチンまたは寒天と、果汁や果肉を合わせ煮て、さまざ

まな型に流し込んで固めた涼しげな菓子。夏の季語となる。

セル【serge】〔初夏〕

梳毛糸《そもうし》に人絹や絹糸・綿糸を合わせた単衣の交織毛織物。触感が軽く、肌触りも良く、初夏の季節に多く着用される。

セルを着て白きエプロン糊硬《のりかた》く　高浜虚子・六百句
赤んぼの五指がつかみしセルの肩　中村草田男・火の島
セルの肩かへりみしときなほ落暉　加藤楸邨・颱風眼
セル軽し妻の身忘れ歩みけり　柴田白葉女・遠い橋
セルを着て乳房窶る、科ありや　石橋秀野・桜濃く

せんこうはなび【線香花火】〔晩夏〕

こよりに火薬をひねり入れた手持ち花火。⇩手花火《てはなび》、花火《はなび》

庭に出て線香花火や雨上り　星野立子・鎌倉

せんす【扇子】〔三夏〕⇩扇《おうぎ》

かざすだに面はゆげなる扇子哉　夏目漱石・漱石全集
墓石洗ひあげて扇子つかつてゐる　尾崎放哉・須磨寺にて
京わらべ三尺帯に扇子かな　石橋秀野・桜濃く

せんだんご【千団子】〔初夏〕

五月一六日（もと旧暦四月一六日）、大津市にある園城寺（通称は三井寺・御井寺）護法善神堂の鬼子母神の祭礼。鬼子母神は一千人の子の母とされ、参詣者は子供の無病息災を願って団子を供える。〔同義〕栴檀講《せんだんこう》、千団講《せんだんこう》。

せんぷうき【扇風機】〔三夏〕

夏に涼風を送る機械で、小型の電動機につけた翼を回転させて風を起こす装置。⇩扇《おうぎ》、団扇《うちわ》

扇風機まはれる茶の間ぬけにけり　芝不器男・定本芝不器男句集
煽風器とまり静かな目に没日　加藤楸邨・穂高
別れ来て対ふ声なき扇風器　石田波郷・風切

そいねかご【添寝籠】そひねかご〔三夏〕⇩竹夫人《ちくふじん》

夕風が娘とよばん添寐かご　杉風・杉風句集

そうじゅつをやく【蒼朮を焼く】さうじゆつをやく〔仲夏〕

室内の湿気を払うため、乾燥した蒼朮の根を焼くこと。

蒼朮を隣たきゐる匂ひ哉　青木月斗・同人
妻の家に蒼朮を焼く仕ふかに　石田波郷・鶴

そうまとう【走馬灯】〔三夏〕

句意により、夏の季語とも秋の季語ともなる。⇩回《まわ》り燈籠《どうろう》

人生は陳腐なるかな走馬燈《そうまとう》　高浜虚子・六百五十句
走馬燈俄の雨にはづしけり　杉田久女・杉田久女句集

走馬燈こゝろに人を待つ夜かな　高橋淡路女・淡路女百句
走馬燈昼はおろして置くべかり　原コウ子・胡卉
走馬燈消えのこる炎の早廻り　野澤節子・飛泉

そうままつり【走馬祭】〔仲夏〕
五月五日、大阪市天王寺区生玉町にある生国魂神社（生玉神社ともいう）で行われる競馬の神事。祭神は、生島神・足島《たるしま》神。［同義］生玉《いくたま》の相馬祭《そうままつり》、生玉《いくたま》の流鏑馬《やぶさめ》。⇩競馬《くらべうま》

そがまつり【曾我祭】〔仲夏〕
江戸歌舞伎で、春狂言の出し物の曾我物が大当りをして五月まで興行が続いたとき、曾我兄弟討入の旧暦五月二八日に、楽屋で、曾我両社を祀って行われた祭礼。⇩五月狂言《さつききょうげん》

ソーダすい【ソーダ水】〔三夏〕
清涼飲料水の一種で、レモンやオレンジなどの甘味料を加えた炭酸水。⇩清涼飲料水《せいりょういんりょうすい》

恋すれば言葉少しソーダ水　吉屋信子・吉屋信子句集
娘等のうか〳〵あそびソーダ水　星野立子・鎌倉
ソーダ水言訳ばかりきかされぬ　加藤楸邨・野哭

そとね【外寝】〔三夏〕
夏、屋内の暑さを避けて屋外で寝ること。⇩昼寝《ひるね》

生活

「た　行」

ダービー【Derby】〔初夏〕
日本ダービー（東京優駿競走）は、五月末から六月初めの日曜日に東京府中で行われる。⇩競馬《くらべうま》

ダイビング【diving】〔三夏〕
水泳競技の一つ。飛込競技で、台から飛込み水面に達するまでの間で、さまざまな技術を競う。

たうえ【田植】たうゑ〔仲夏〕
梅雨の時期、五月から七月に、苗代で育てた稲の苗を田に移し植えること。⇩早乙女《さおとめ》、植女《うえめ》、早苗取《さなえとり》、早苗舟《さなえぶね》、早苗饗《さなぶり》、さんばい降《おろ》し、代掻《しろか》き、代田《しろた》［自然・時候編］、田植歌《たうえうた》、田《た》植笠《うえがさ》、田草取《たくさとり》、苗取《なえとり》、初田植《はつたうえ》

田一枚植て立去る柳かな　芭蕉・おくのほそ道
乳をかくす泥手わりなき田植哉　梅室・梅室家集

襟迄《まで》も白粉ぬりて田植哉　一茶・七番日記
入海や磯田の植女舟で来る　内藤鳴雪・鳴雪句集
陣笠を着た人もある田植哉　正岡子規・子規句集
田を植ゑるしづかな音へ出でにけり　中村草田男・長子

たうえうた【田植歌・田植唄】 たうゑうた〔仲夏〕
豊作を願って田植の時に歌う労働歌。田植歌を歌う女性を「早乙女」という。［同義］田歌《たうた》。⇩田植《たうえ》、早乙女《さおとめ》
風流の初《はじめ》やおくの田植うた　芭蕉・おくのほそ道
藪陰やたつた一人の田植唄《うた》　一茶・七番日記
勿体なや昼寝して聞く田植歌　一茶・一茶句帖
そぼふるやあちこちらの田植歌　正岡子規・子規句集
米白《よねしろ》の長者になろよ田植歌　河東碧梧桐・新傾向

たうえがさ【田植笠】 たうゑがさ〔仲夏〕⇩田植《たうえ》
我影や田植の笠に紛れ行　支考・蓮二吟集
遠里や二筋三すち田うゑ笠　蓼太・蓼太句集
しなのぢや山の上にも田植笠　一茶・八番日記

たうえざけ【田植酒】 たうゑざけ〔仲夏〕
田植の時に飲む酒。⇩田植《たうえ》
木のもとや松葉にちぎる田植酒　白雄・白雄句集

たうえどき【田植時】 たうゑどき〔仲夏〕⇩［自然・時候編］

たうえめ【田植女】 たうゑめ〔仲夏〕⇩田植《たうえ》
田うゑ女のころびて独かへりけり　暁台・暁台句集
入海や磯田の植女舟で来る　内藤鳴雪・鳴雪句集

たかむしろ【簟】〔三夏〕
夏用の敷物で、細く切った竹で編んだ筵。⇩蒲筵《がまむしろ》
二つ打て蠅をらずなりぬ簟　安東橡面坊・日本俳句鈔
危坐《きざ》兀坐《こつざ》賓主いづれや簟《たかむしろ》　高浜虚子・五百句
青巒の月小ささよたかむしろ　飯田蛇笏・山廬集
棕梠の葉を打つ雨粗し簟　日野草城・花氷

だきかご【抱籠】〔三夏〕⇩竹夫人《ちくふじん》
抱籠や夢に涼むる竹の陰　也有・蘿葉集
抱籠や碧紗を隔つ夜の空　石井露月・露月句集
抱籠に団扇《うちは》さゝれて翼かな　河東碧梧桐・碧梧桐句集
抱籠に水の手拭かけにけり　松瀬青々・妻木

たきぎのう【薪能】〔初夏〕
往時は旧暦二月に興福寺の修二会において行われたが現在

では五月に行われている。

たきどの【滝殿】〔三夏〕

滝のそばに建てられた納涼用の御殿。

瀧殿や葉のしたゝらぬ樹々もなし　嘯山・類題発句集

滝殿に人あるさまや灯一つ　内藤鳴雪・鳴雪句集

滝殿《たきどの》や窟《いはや》の神も鎮《しづ》りぬ　河東碧梧桐・碧梧桐句集

滝殿に名橋を模して架けにけり　島田青峰・青峰集

たくさとり【田草取】〔仲夏〕

田植の後、田に生える雑草を取り除くこと。通常三回あり、一番草、二番草、三番草という。〔同義〕田草引く。⇩田植《たうえ》

葉ざくらの下陰たどる田草取　蕪村・新花摘

田草取蛇うちすゑて去ににけり　村上鬼城・定本鬼城句集

田草取胸乳ほとほと滴れり　加藤楸邨・山脈

白鷺を遊ばせゐるや田草取　石田波郷・風切

たけうるひ【竹植うる日】〔仲夏〕

旧暦の五月一三日を「竹酔日」といい、竹を植える日とされた。この頃は梅雨時であり、竹の移植に良い時期とされる。〔同義〕竹酔日《ちくすいじつ》、竹誕日《ちくたんじつ》、竹移《たけうつ》す。⇩竹酔日《ちくすいじつ》、竹移《たけうつ》す

降ずとも竹植《う》る日は蓑と笠　芭蕉・笈日記

草の戸や竹植る日を覚書　太祇・太祇句選

竹植ゑて朋有り遠方より来る　正岡子規・寒山落木

戸袋にあたる西日や竹植うる　飯田蛇笏・国民俳句

たけうつす【竹移す】〔仲夏〕⇩竹植《たけう》うる日《ひ》

此日よと竹移しけり玄関前　召波・春泥発句集

たけきり【竹伐】〔仲夏〕

六月二十日、京都鞍馬寺で行われる大蛇退治故事で、蛇を竹に譬えた行事。「鞍馬の竹伐」という。

たけしょうぎ【竹牀几】 たけしやうぎ〔三夏〕

竹で編んだ縁台。

たけのこめし【竹の子飯・筍飯】〔初夏〕

刻んだ筍を炊き込んだ米飯。醤油などで味つけする。

目黒なる筍飯《たけのこめし》も昔かな　高浜虚子・七百五十句

たてばんこ【立版古】〔晩夏〕

厚紙の切抜絵で、風景や芝居の舞台などを立体的に組み立てるもの。〔同義〕起《おこ》し絵《え》、立絵《たてえ》、組絵《くみえ》。⇩起《おこ》し絵《え》

たんご【端午・端五】〔仲夏〕

五節句の一つで、旧暦五月五日の節句をいう。この日には

「菖蒲葺く」といって、邪気払いに菖蒲や蓬が家の軒に挿し添えられた。そして粽や柏餅を食べ、「菖蒲酒」を飲み、菖蒲を浮かべた風呂「菖蒲湯」に入り、子供達は「菖蒲打」をしたり「菖蒲刀」で戦あそびをしたりした。［同義］菖蒲《しょうぶ》の節句《せっく》、菖蒲《あやめ》の節句《せっく》、菖蒲《しょうぶ》の節会《せつえ》、菖蒲《あやめ》の節会《せつえ》、菖蒲《しょうぶ》の日《ひ》、菖蒲《あやめ》の日《ひ》。⇩菖蒲《あやめ》の占《うら》、菖蒲《あやめ》の日《ひ》、菖蒲《あやめ》の枕《まくら》、柏餅《かしわもち》、紙幟《かみのぼり》、菖蒲湯《しょうぶゆ》、菖蒲印地《あやめいんじ》、菖蒲引《あやめひ》く、菖蒲酒《しょうぶざけ》、菖蒲《しょうぶ》の鉢巻《はちまき》、菖蒲葺《あやめふ》く、印地打《いんじうち》、菖蒲打《しょうぶうち》、菖蒲《しょうぶ》の兜《かぶと》、幟《のぼり》、薬玉《くすだま》、鯉幟《こいのぼり》、こどもの日《ひ》、菖蒲太刀《しょうぶだち》、粽《ちまき》、幟市《のぼりいち》、初幟《はつのぼり》、吹流《ふきながし》、武者人形《むしゃにんぎょう》

端午

露に雲蓬つむ野の朝かゞみ　鬼貫・七車
寝未進《ねみしん》のおもひはらさん端午《たんご》哉　林紅・続有磯海
端午とて厳島の鷹の声すなり　水原秋桜子・残鐘

ちくすいじつ【竹酔日】 ちくすゐじつ〔仲夏〕⇩竹植《たけう》うる日《ひ》

雨雲や竹も酔日の人あつめ　其角・五元集
竹酔日世事疎んじてゐたりけり　一史・五元集

ちくふじん【竹夫人・竹婦人】〔三夏〕

竹または藤を籠筒状に編んだもの。夏、これを抱いて涼をとって寝る。［同義］抱籠《だきかご》、添寝籠《そいねかご》。⇩籠枕《かごまくら》、抱籠《だきかご》、添寝籠《そいねかご》

褒居士《はうこじ》はかたい親父《おやぢ》よ竹婦人　蕪村・蕪村句集
竹婦人《ちくふじん》寝言の君をすべりけり　石橋忍月・忍月俳句抄
きぬぐ〱の心やすさよ竹婦人《ちくふじん》　正岡子規・子規句集
竹婦人呼ぶや李白が二日酔　巌谷小波・さゞら波
或時は心悲しうす竹婦人　小沢碧童・碧童句集

ちちのひ【父の日】〔仲夏〕

六月の第三日曜日。父に感謝する日。アメリカのJ・B・ドッド夫人の提唱による。

ちぢみふ【縮布】〔三夏〕

木綿地や絹地などで、緯糸に強めの撚糸を織り込み、皺寄せをした布地。肌触り・通気性が良く、肌着に多く用いられる。白縮、縞縮、越後縮、明石縮などがある。⇩上布《じょうふ》

縮一端

うす柿に染ても宮の縮かな　嵐竹・猿舞師

ちのわ【茅輪】〔晩夏〕

六月晦日（或いは七月晦日）、神社の大祓の神事で、参詣者が身を祓うためにくぐる茅で作られた輪。⇩夏越《なごし》

しら雲や茅の輪くゞりし人の上　乙二・斧の柄草稿

母のぶんも一ツは潜るちの輪かな　一茶・一茶句帖
えぼし著た心でくゞる茅の輪かな　梅室・梅室家集
夜詣や茅の輪にさせる社務所の灯　高浜虚子・六百句

ちまき【粽】〔仲夏〕
糯米、粳米粉、葛粉などで作った餅を、笹や菰で巻き、藺草の紐で縛って蒸したもの。通常、五月五日の端午の節句につくられる。中国の故事で、屈原の忌日（五月五日）に、その姉が、弟の投身した汨羅へ餅を投じて弔ったことにはじまるという。［同義］茅巻《ちまき》、粽笹《ちまきざさ》。⇩粽《ちまき》とく、粽結《ちまきゆ》う、端午《たんご》
あすは粽難波の枯葉夢なれや　芭蕉・六百番誹諧発句合
雨を帯びて麗《うる》はし粽到来す　尾崎紅葉・紅葉山人俳句集
粽食ふ夜汽車や膳所の小商人　夏目漱石・漱石全集
俤川それもゆかりや恋粽　河東碧梧桐・新傾向

ちまきとく【粽とく】〔仲夏〕
粽の紐を解くこと。⇩粽《ちまき》
粽解いて芦吹く風の音聞かん　蕪村・蕪村句集
うれしさにいくらもほどくちまき哉　士朗・枇杷園句集
ふるさとを思はぬふりで粽とく　乙二・斧の柄
こそこそと夜舟にほどくちまき哉　巣兆・曾波可理

ちまきゆう【粽結う】 ちまきゆふ〔仲夏〕
粽の紐を結うこと。⇩粽《ちまき》
粽結ふかた手にはさむ額髪《ひたひがみ》　芭蕉・猿蓑
親ごゝろかたちよかれとゆふ粽　梅室・梅室家集
草の戸や真菰摘み葉の結ひ粽　河東碧梧桐・新傾向
男の子うまぬわれなり粽結ふ　杉田久女・杉田久女句集

ちゃぐちゃぐまっこ【ちゃぐちゃぐ馬子】〔仲夏〕
旧暦五月五日、岩手県盛岡市周辺で行われる、馬の息災延命を祈願した行事。当日は馬を五色の布帯・房・鈴などで華やかに飾り、半纏姿の少年や振袖姿の少女を乗せ、馬の守り神である蒼前神社（駒形神社）へ参詣する。

つくだまつり【佃祭】〔仲夏〕
六月二九日、東京都中央区佃島の住吉神社の祭礼。海の守護神として信仰される大祓の祭事で、多くの神輿がでる。

つくままつり【筑摩祭】〔初夏〕
滋賀県坂田郡米原町にある筑摩神社の祭礼。かつては四月一日などに行われた鍋冠祭とよばれる奇祭。神輿に従う女性が、関係を結んだ男の数だけ土鍋を奉納し、その数を偽ると祟りがあるとされた。現在は五月三日に行われ、装束を着た

少女が張抜きの鍋をかぶって供奉する。〔同義〕鍋祭《なべまつり》、筑摩《つくま》鍋《なべ》、鍋被《なべかぶ》り。⇩鍋祭《なべまつり》

鍋と釜との数の多さよ
御湯《おゆ》だてもするや筑摩《つくま》の神祭　重頼・犬子集
菅笠《すげがさ》に筑摩祭《つくままつり》はなりにけり　許六・宰陀稿本
君《きみ》が代《よ》や筑摩祭《つくままつり》も鍋一《なべひと》つ　越人・猿蓑

つくりあめ【作り雨】〔三夏〕
料亭の庭などに、夏の涼風を演出するため、仕掛けを作り人工的な雨を降らせること。

つくりだき【作り滝】〔三夏〕
料亭の庭などに、夏の涼風を演出するため、仕掛けを作り、岩の上から水を落として滝のように見せること。

つしままつり【津島祭】〔晩夏〕
七月の第四土曜日～日曜日（もと旧暦六月一四～一五日）、愛知県津島市にある津島神社の祭礼。疫神を流すために、二隻の船を連結した上に山車を乗せ、管弦を演奏しながら天王川（天王池）を渡御する。〔同義〕天王川船祭《てんのうがわふねまつり》、天王祭《てんのうまつり》。

つつがむしびょう【恙虫病】つつがむしびやう〔三夏〕
ツツガムシの幼虫に刺されて発症する急性伝染病。高熱を発し、時には死にいたることがある。秋田・山形・新潟の河川流域に発生する恙虫病は夏に発生し、アカツツガムシが媒介する。その他冬型の新恙虫病もある。

つなそかる【綱麻刈る】〔晩夏〕
綱麻はシナノキ科の一年草。茎の繊維は「ジュート」として粗布袋などに編まれる。

つばきつぐ【椿接ぐ】〔仲夏〕
梅雨の頃、椿を接木、挿木などで繁殖させること。〔同義〕椿挿す。

椿接いで水うち崩す雲の峰　松瀬青々・倦鳥

つりしのぶ【釣忍】〔三夏〕
青々とした忍草を舟形・井桁などの器に入れて、軒下などに吊り、夏の涼風を演出するもの。〔同義〕簷忍《のきしのぶ》。

嵯峨も今酒売軒に釣忍　闌更・半化坊発句集
水かけて夜にしたりけり釣忍　一茶・七番日記
自ら其頃となる釣忍　高浜虚子・五百句
依稀として暮る、比叡と釣忍　日野草城・花氷

つりぼり【釣堀】〔三夏〕

池、沼などで囲いの中に魚を養い、料金をとって釣らせるところ。夏休みには子供達で賑わう。⇩箱釣《はこづり》

釣堀に一日を暮らす君子かな　高浜虚子・六百句

てはなび【手花火】〔晩夏〕

手で持ったまま楽しむ花火。⇩花火《はなび》、線香花火《せんこうはなび》

手花火のしだれ柳となりて消ぬ　三橋鷹女・向日葵

手花火にろうたく眠くおとなしく　中村汀女・春雪

手花火の声ききわけつ旅をはる　加藤楸邨・雪後の天

手花火を命継ぐ如燃やすなり　石田波郷・春嵐

てんかふん【天瓜粉】〔三夏〕

黄烏瓜の根から製した澱粉。乾燥作用があり、汗疹の薬剤や化粧用に使われる。〔同義〕天花粉《てんかふん》。

老そめて子を大事がるや天瓜粉　村上鬼城・鬼城句集

髪掻きあげてまろき額や天瓜粉　長谷川かな女・龍膽

天瓜粉打てばほのかに匂ひけり　日野草城・花氷

でんぎょうえ【伝教会】でんげうゑ〔晩夏〕

旧暦六月四日、比叡山延暦寺で行われる伝教大師（最澄）の忌日。平安時代初期の天台宗の開祖で、八〇四年（延暦二三）、入唐して天台教を学び、翌年帰国して天台宗を開いた。〔同義〕伝教太子忌《でんぎょうだいしき》、最澄忌《さいちょうき》、六月会《みなづきえ》、長講会《ちょうこうえ》。

てんぐさとり【天草取】〔三夏〕

夏、寒天や心太《ところてん》の材料となる天草を取ること。〔同義〕石菜花取《てんぐさと》る、心太草取《ところてんぐさと》る。⇩心太《ところてん》

てんままつり【天満祭】〔晩夏〕

七月二五日（もと旧暦六月）、大阪天満宮で行われる夏祭。「天神祭」「船祭」ともいう。前日には斎鉾を鉾流橋の斎場より川に流す「鉾流」の神事が行われる。祭の当日には、「川渡御」の神事が行われる。宵には二艘の船を並べ大篝火を焚いた篝船が夜空を焦がしながら進む。その壮観さから、京都の祇園祭・東京の神田祭と共に三大祭といわれる。

天満川

暑けれどはだか身は見ず船まつり　来山・梅の嵯峨

天満祭静に見るやひと、なり　嘯山・葎亭句集

とういす【籐椅子】〔三夏〕

籐の茎で編んだ椅子。通気性が良く、夏に多く用いられる。

籐椅子の唯静かなる朝日かな　島田青峰・青峰集

籐椅子に心沁みて午寝かな　長谷川零余子・雑草

籐椅子に浅く掛けたる夫人かな　日野草城・花氷
籐椅子に掛けたる人の早や静か　星野立子・鎌倉
一碧の水平線へ籐寝椅子　篠原鳳作・海の旅

とうきょうさんのうまつり【東京山王祭】〔仲夏〕
六月一五日、東京都千代田区永田町にある日枝神社の祭礼。神田明神の神田祭と隔年で大祭が催され、江戸時代は、江戸の一六〇余町の氏子が山車を連ねる壮大な祭であった。江戸城が氏子でもあり、天下祭ともいわれた。［同義］日枝祭《ひえまつり》、天下祭《てんかまつり》。⇩神田祭《かんだまつり》、祭《まつり》

とうちん【陶枕】たうちん〔三夏〕
陶磁製の枕。ひんやりするので夏に多く用いられる。［同義］磁枕《じちん》、青磁枕《せいじちん》、白磁枕《はくじちん》、陶磁枕《とうじちん》。
陶枕の李朝の猫と目覚めけり　加藤知世子・頬杖

とうむしろ【籐筵】〔三夏〕
夏用の敷物で、細かく切った籐で編んだ筵。

とうようとう【桃葉湯】たうえうたう〔晩夏〕
桃の葉を入れた風呂。夏、この風呂に入って暑気払いをする。汗疹に効くとされた。

ときのきねんび【時の記念日】〔仲夏〕
六月一〇日。一九二〇年（大正九）に制定される。六七一年（天智一〇）四月二五日（新暦の六月一〇日）、宮中に漏刻（水時計）を新設して時を知らせたことに基づく。
時の日の鐘鳴らしゐる野寺かな　青木月斗・同人

どくけしうり【毒消売】〔三夏〕
夏、食中毒・暑気あたりの解毒剤を売り歩いた越後地方の行商人。女性が多く、薬を入れた黒木綿の大風呂敷を背負い「毒消はいらんかね」と声を上げながら家々を回り歩いた。
毒消し飲むやわが詩多産の夏来る　中村草田男・万緑
列につく毒消売の影短か　石田波郷・雨覆

ところてん【心太】〔仲夏〕
海草のテングサ（天草）を晒してから煮て、滓をとった汁を冷却して凝固させた食品。心太突棒で糸条に突き出し、冷たくしたものを酢や芥子醤油などで食べる。［同義］石花菜《ところてん》、心太《こころぶと》。⇩心太《こころぶと》、天草取《てんぐさとり》
一尺の滝も涼しや心太《ところてん》　一茶・一茶俳句集
心太この海草の香に匂ふ　河東碧梧桐・新傾向（夏）
心太箸の下ゆく桂川　高田蝶衣・蝶衣句稿青垣山

ところてん煙の如く沈み居り　日野草城・花氷

とざん【登山】〔晩夏〕

山に登ること。山上の社寺に参詣に行くこと。かつては、信仰の対象となる霊山参詣のための登山に限られていた。〔同義〕山登《やまのぼ》り。⇩ケルン、山開《やまびらき》、富士詣《ふじもうで》、歩荷《ぼっか》

山登り憩へと云へは憩ひもし　高浜虚子・六百五十句

健やかな吾子と相見る登山駅　杉田久女・杉田久女句集

吾妻山へ登りつつ

峰朝焼力は登りつつ溜める　加藤知世子・朱鷺

どじょうじる【泥鰌汁】どぢやうじる〔晩夏〕

泥鰌の味噌汁。同じ季節に出回る新牛蒡も入れることが多い。往時より土用の薬として食された。⇩泥鰌鍋《どじようなべ》

鯲《どぢやう》汁《じる》わかい者よりよくなりて　芭蕉・炭俵

くら〱と煮えかへりけり鰌汁　村上鬼城・定本鬼城句集

更《ふ》くる夜を上ぬるみけり泥鰌汁《どぢやうじる》　芥川龍之介・澄江堂句抄

頑なに汗の背中や泥鰌汁　加藤楸邨・野哭

どじょうなべ【泥鰌鍋】どぢやうなべ〔晩夏〕

泥鰌と笹掻き牛蒡を鍋に入れて卵とじにした料理。往時より土用の薬として食された。〔同義〕柳川鍋《やながわなべ》。⇩泥鰌汁《どじようじる》

ともし【照射・灯】〔三夏〕

夏の狩猟法の一つ。夏山で鹿の通路と思われるところに篝火を焚き、火串《ほぐし》とよばれる松明《たいまつ》を灯し、その灯りで反射する鹿の目を目印として射取る。〔同義〕狙猟《ねらいがり》。⇩火串《ほぐし》

月にゆかし照射にかなし入佐山　樗良・樗良発句集

鹿遠しいでや照射の手だれ者　召波・春泥発句集

命毛やわれは網せず照射せず　白雄・白雄句集

照射して潜み居れば虫顔に飛ぶ　正岡子規・子規全集

どよううなぎ【土用鰻】〔晩夏〕

夏負け、夏病をしないように、夏の土用（立秋の前の一八日間）に鰻を食べる風習。〔同義〕鰻《うなぎ》の日《ひ》。

どようきゅう【土用灸】どようきう〔晩夏〕

夏の土用にする灸。とくに効き目があるとされる。

玉の肌を焼く怖ろしや土用灸　長谷川かな女・龍膽

どようしじみ【土用蜆】〔晩夏〕

夏の土用にとれる蜆。とくに滋養になるという。

どようぼし【土用干】〔晩夏〕

夏の土用に、黴・虫害予防のために衣服・書籍などを干す

こと。⇩虫干《むしぼし》

無き人の小袖も今や土用干《どようぼし》　芭蕉・猿蓑
土用干久しき物やめづらしき　杉風・杉風句集
一竿は死装束や土用干　許六・五老井発句集
　瑞巌寺
政宗の眼もあらん土用干　正岡子規・寒山落木

どようもち【土用餅】〔晩夏〕

夏の土用に搗いた餅。搗きたての餅を小さく切り、小豆餡や胡麻餡などをつけて食べる。夏負けをせず、力がでるという。佐渡では蓬を入れて食べる。

とりもちつく【鳥黐搗く】〔晩夏〕

鳥黐は、黐の木や黒鉄黐《くろがねもち》から採る粘着性のある物質。鳥を捕えるのに用いる。初夏に採取した樹皮を水に浸しておき、数回搗くと鳥黐ができる。〔同義〕黐搗《もちつ》く。

「な行」

ナイター〔晩夏〕

ナイト・ゲーム（night game）の和製語。夜に照明をつけて行われる競技。主に野球競技をいう。

星くらくナイター勝を拾ひけり　水原秋桜子・晩華
ナイターに験《げん》のあれかし虹立てる　水原秋桜子・晩華

なえうり【苗売】なへうり〔初夏〕

初夏に植える胡瓜や茄子、糸瓜などの苗を売ること。またそれを売る人。

なえとり【苗取】なへとり〔仲夏〕

田植の前に苗代から苗を取ること。⇩田植《たうえ》、早苗取《さなえとり》

ながらび【菜殻火】〔初夏〕

夏、菜種を刈り、菜種揉みをして種子から菜種油をとるが、油をとった後の菜種の殻を菜殻という。これを高く積んで燃

やした火を菜殻火という。〔同義〕菜殻焼《ながらや》く。⇩菜種刈《なたねがり》

つぎつぎに菜殻火燃ゆる久女のため　橋本多佳子・海彦

なごし【夏越】〔晩夏〕

毎年六月晦日（或いは七月晦日）に神社で行われる大祓の神事。参詣者は、茅の輪をくぐって身を祓い浄める。人形や白紙でつくった形代を川に流して穢れを祓う。麻の葉を幣として川に流す地域もある。〔同義〕名越《なごし》の祓《はらえ》、水無月祓《みなづきはらえ》、夏祓《なつばらえ》、御祓《みそぎ》、夕祓《ゆうはらえ》。⇩禊《みそぎ》、夕祓《ゆうはらえ》、形代《かたしろ》、茅輪《ちのわ》、御祓川《みそぎがわ》、夏神楽《なつかぐら》、夏祓《なつばらえ》、御手洗詣《みたらしもうで》

麻の葉に借銭書て流しけり　一茶・七番日記

疫病神蚤も負せて流しけり　一茶・おらが春

なごやばしょ【名古屋場所】〔晩夏〕

大相撲の年六回の本場所の一。七月場所。

なすあえ【茄子和】　なすあへ〔晩夏〕

茄子を和え物にした料理。⇩茄子《なす》〔植物編〕

紫のけさは昔ぞ茄子あへ　闌更・分類俳句集

なすうえる【茄子植える】　なすうゑる〔初夏〕

五月中頃、苗床より畑に茄子を移植すること。〔同義〕茄子苗植える。⇩茄子《なす》〔植物編〕、茄子汁《なすじる》、茄子漬《なすづけ》、茄《なす》の鴫焼《しぎやき》

なすじる【茄子汁】〔晩夏〕

茄子を実にした味噌汁。「なすびじる」ともいう。

ちさはまだ青ばながらになすび汁　芭蕉・芭蕉翁真蹟集

茄子汁の汁のうすさや山の寺　村上鬼城・鬼城句集

茄子汁に村の者よる忌日《きにち》哉　正岡子規・子規句集

目にしみて炉煙はけず茄子の汁　杉田久女・杉田久女句集

なすづけ【茄子漬】〔晩夏〕

茄子を塩漬または糠漬にしたもの。「なすびづけ」ともいう。〔同義〕なす漬《づけ》、浅漬茄子《あさづけなす》。⇩茄子植《なすう》える

その白き塩に染みしか茄子漬　魚児・其袋

手燭して茄子漬け居る庵主かな　村上鬼城・鬼城句集

茄子漬や雲ゆたかにて噴火湾　加藤楸邨・野哭

むらさきの泡がたちをり茄子漬　石橋秀野・桜濃く

なすのしぎやき【茄子の鴫焼】〔晩夏〕

新茄子を二つに割り竹串に刺して、胡麻油を塗って焼き、赤味噌を塗り、再び焼いたもの。「なすびのしぎやき」ともいう。〔同義〕鴫茄子《しぎなす》、鴫焼《しぎやき》。⇩茄子植《なすう》える

鴫焼は夕べをしらぬ世界かな　其角・五元集
鴫焼の律師と申し徳高し　正岡子規・子規全集

なたねうつ【菜種打つ】〔初夏〕
菜の花の干した実を叩いて種子をとること。⇩菜種刈《なたねがり》
菜種打つ向ひ合せや夫婦同志　夏目漱石・漱石全集

なたねがり【菜種刈】〔初夏〕
初夏、種子より菜種油を製するために、菜種を刈り取ること。⇩菜種打《なたねう》つ、菜殻火《ながらび》

なたねほす【菜種干す】〔初夏〕
実を結んだ菜種を初夏に収穫し、干して叩いて実の中の種子をとる。種子をしぼると菜種油がとれる。⇩菜種打《なたねう》つ
菜種ほすむしろの端や夕涼み　曲翠・笈日記

なつえり【夏衿】〔三夏〕
夏の和服の襟の上に掛ける同じ布地の襟。⇩夏衣《なつごろも》

なつおび【夏帯】〔三夏〕
夏用の帯。博多織・綴織・紬織などの一重帯、絽織・紗織・麻織の名古屋帯がある。［同義］単帯《ひとえおび》、一重帯《ひとえおび》。⇩夏衣《なつごろも》
どかと解く夏帯に句を書けとこそ　高浜虚子・五百句
夏の帯広葉のひまに映り過ぐ　杉田久女・杉田久女句集
夏帯にほのかな浮気心かな　吉屋信子・吉屋信子句集

なつかぐら【夏神楽】〔晩夏〕
毎年六月晦日（或いは七月晦日）の夏越の大祓の神事に行われる神楽。篠竹で棚を作った仮社（河社）で神楽を奏し、夏神楽を演じることもある。［同義］夏越《なごし》の神楽《かぐら》。⇩夏越《なごし》
なつ神楽さぞ御慮《みこころ》の涼しかろ　兀峰・二葉集
裸身《はだかみ》に神うつりませ夏神楽《なつかぐら》　蕪村・蕪村句集
川篝から酒冷しけり夏神楽　蓼太・一夏百歩
川風も松風も来て夏神楽　井上井月・井月の句集

なつかぜ【夏風邪】〔三夏〕
夏、寝冷などにより罹患する風邪。⇩寝冷《ねびえ》
夏風邪はなか〳〵老に重かりき　高浜虚子・五百五十句
うた、ねに夏風邪ひいて今日もあり　小沢碧童・碧童句集

なつがっぱ【夏合羽】〔三夏〕
夏、雨天に着用する一重の合羽。

なつがれ【夏枯】〔晩夏〕
夏、酷暑のため、劇場や寄席、料亭、花街などで客足が減少すること。

生活

なつきりちゃ【夏切茶】〔仲夏〕
夏の新茶。壺口に貼ってある目貼りを切って飲む。〔同義〕夏切《なつきり》。
夏切や細川殿の八重むぐら　才麿・元の水

なつごおり【夏氷】なつごほり〔三夏〕
夏の涼しげな氷や氷菓子などの風情。⇩氷水《こおりみず》
氷屋へ入るにも連れの後ろより　原月舟・月舟俳句集
氷吸ふ女の舌や偸み見し　原月舟・月舟俳句集

なつごろも【夏衣】〔三夏〕
夏に着る衣服。〔同義〕夏衣《なつぎぬ》、夏着《なつぎ》、夏物《なつもの》。⇩袷《あわせ》、更衣《ころもがえ》、薄物《うすもの》、帷子《かたびら》、夏襟《なつえり》、夏帯《なつおび》、甚平《じんべい》、上布《じょうふ》、夏足袋《なつたび》、夏袴《なつばかま》、夏《なつ》羽織《ばおり》、単衣《ひとえ》、単帯《ひとえおび》、浴衣《ゆかた》
乞食《こじき》かな天地ヲ着たる夏衣《なつごろも》　其角・虚栗
旅涼しうら表なき夏ごろも　几董・井華集
凡兆の妻に縫はしぬ夏衣　大須賀乙字・乙字俳句集
亡き母に似しと乳母泣く夏衣　石島雉子郎・雉子郎句集

なつざしき【夏座敷】〔三夏〕
襖や障子をはずし、調度品など、夏の装いとなった室内の様子をいう。
懸《かか》りゐる故人の額や夏座敷　高浜虚子・六百五十句
ぬり膳に露をうちたり夏座敷・　高田蝶衣・青垣山
船のぞく望遠鏡《とほめがね》おく夏座敷　山口青邨・冬青空
襖なき敷居を四方に夏座敷　吉屋信子・吉屋信子句集

なつざぶとん【夏座蒲団】〔三夏〕
麻や絽、絹などで製した夏用の座蒲団。麻座蒲団、藺座蒲団、革蒲団などがある。⇩革蒲団《かわぶとん》、円座《えんざ》
客を待つ夏座蒲団の小さきが　高浜虚子・六百五十句

なつしばい【夏芝居】〔晩夏〕
夏に興行される芝居・狂言。夏向きの水狂言・怪談狂言が多く行われた。〔同義〕土用芝居《どようしばい》。⇩水狂言《みずきょうげん》、五月狂言《さつききょうげん》
汗拭くや左袒く夏芝居　几董・井華集

なつシャツ【夏シャツ】〔三夏〕
夏に着用するシャツ。ワイシャツ・ポロシャツ・網シャツなど。⇩開襟《かいきん》シャツ、アロハシャツ、夏服《なつふく》

なつスキー【夏スキー】〔三夏〕
夏、積雪の残る高山などでするスキー。北アルプス・大雪山などでは、初夏もスキーヤーで賑わう。〔同義〕サマース

キー。

なつそひく【夏麻引く】〔晩夏〕⇩麻刈《あさか》る

なつたび【夏足袋】〔三夏〕

夏に用いる足袋。裏地に木綿を使用したものや、麻・縮・キャラコなどの一重の足袋がある。［同義］単足袋《ひとえたび》。

夏足袋や温泉宿の廊下山映る　高田蝶衣・蝶衣句稿青垣山

夏足袋はきてよそ〳〵しおのれが声　中塚一碧楼・一碧楼一千句

上陸やわが夏足袋のうすよごれ　杉田久女・杉田久女句集

夏足袋や交番柳青く垂れ　中村汀女・花影

なつてぶくろ【夏手袋】〔三夏〕

夏用の手袋。薄地の麻・絹製のもの、網目製のものが多い。

なつてまえ【夏手前】なつてまへ〔三夏〕

夏の茶の湯で、室内に火を置かず、茶器を揃えて行う簡単な点茶の手前をいう。［同義］水手前《みずてまえ》、盆手前《ぼんてまえ》。⇩風炉茶《ふろちゃ》

萩茶碗見事や蔭の夏点前《てまへ》　水原秋桜子・晩華

なつねんぶつ【夏念仏】〔晩夏〕

夏の土用に念仏を唱えて修行すること。［同義］夏《なつ》ねぶつ。

紙合羽かろしやうき世夏念仏　其角・花摘

手まはしに朝のま涼し夏念仏　野坡・続猿蓑

なつのれん【夏暖簾】〔三夏〕

夏に掛ける麻や木綿製の涼しげな暖簾。

頭にて突き上げ覗《のぞ》く夏暖簾《なつのれん》　高浜虚子・五百五十句

吹き上げて廊下あらはや夏暖簾《なつのれん》　高浜虚子・六百句

なつばおり【夏羽織】〔三夏〕

夏に着用する単衣の羽織。絽や紗などの薄物で仕立てたもの。一般に、男物は黒色で、女物は涼色のものが多い。［同義］薄羽織《うすばおり》、単衣羽織《ひとえばおり》、一重羽織《ひとえばおり》。⇩夏衣《なつごろも》

夏羽織《なつばおり》われをはなれて飛ばんとす　正岡子規・子規句集

夏羽織《なつばおり》懐《ふところ》にして戻《もど》りけり　坂本四方太・春夏秋冬

吹きつけて痩《や》せたる人や夏羽織　高浜虚子・五百句

夏羽織とり出すうれし旅鞄　杉田久女・杉田久女句集

なつばかま【夏袴】〔三夏〕

夏に着用する裏地をつけない単衣の袴。⇩夏衣《なつごろも》

へつらへるこゝろぞ暑き夏ばかま　越人・小弓誹諧集

夏袴見台の書は書か礼か　藤野古白・古白遺稿

夏袴羅にしてひだ正し　高浜虚子・ホトトギス

夏袴兄の姿の甲斐なからん　中村草田男・万緑

なつばしょ【夏場所】〔初夏〕
大相撲の年六回の本場所の一。東京蔵前国技館で一五日間行われる。

なつばて【夏ばて】〔晩夏〕
夏の暑さで、身体がぐったりと疲れること。⇩夏負《なつま》け、夏《なつ》痩《や》せ、暑気中《しょきあた》り

なつばらえ【夏祓】なつばらへ〔晩夏〕⇩夏越《なごし》
いくばくの溜息つきて夏祓　嵐雪・玄峰集
なつはらひ目の行かたや淡路島　嵐雪・玄峰集
草の戸や畳かへたる夏祓　太祇・太祇句選
灸のない背中流すや夏はらひ　蕪村・蕪村句集

なつびきのいと【夏引の糸】〔仲夏〕
夏に繰り引く春蚕の糸。「新糸」のこと。⇩新糸《しんいと》

なつふく【夏服】〔三夏〕
夏に着用する涼しい仕立ての洋服。⇩白服《しろふく》、夏《なつ》シャツ、アロハシャツ、開襟《かいきん》シャツ、半《はん》ズボン、レース、サンドレス、サマーコート、サマードレス、サングラス

夏服や老います母に兄不幸　杉田久女・杉田久女句集

なつぶとん【夏蒲団】〔三夏〕
夏用の綿を薄くした蒲団。麻地のものが多い。絹・絽・藺などのものもある。〔同義〕夏衾《なつぶすま》。
夏蒲団更けて床几にしめりけり　巌谷小波・さゞら波
山寺や少々重き夏蒲団　高浜虚子・句日記
麻衾暁《あけ》ごうごうの雨被る　橋本多佳子・海彦
夏布団ふわりとかかる骨の上　日野草城・日暮

なつぼうし【夏帽子】なつばうし〔三夏〕
夏に用いる帽子。麦藁帽子、海水帽、登山帽、パナマ帽など多くの種類がある。〔同義〕夏帽《なつぼう》。⇩パナマ帽《ぼう》、麦藁帽子《むぎわらぼうし》
夏帽に眼の黒耀や恋がたき　飯田蛇笏・山廬集
夏帽の日を照り返す渚かな　水原秋桜子・葛飾
夏帽や人がして去る恋語り　加藤楸邨・穂高
反抗期子は夏帽を眼深にし　柴田白葉女・遠い橋

なつぼし【夏沸瘡】〔三夏〕
夏、発症する子供の頭瘡。汗疹が化膿して腫れたもの。〔同義〕夏沸瘡《なつぶし》、夏《なつ》むし。

なつまけ【夏負】〔三夏〕

夏の暑さで体が衰弱すること。⇩夏痩《なつやせ》、夏《なつ》ばて

なつまけの足爪かかる敷布かな　飯田蛇笏・山廬集

なつまつり【夏祭】〔三夏〕⇩祭《まつり》

夏祭髪を洗つて待ちにけり　杉田久女・杉田久女句集

真円き月と思へば夏祭　中村汀女・花影

読まず書かぬ月日俄に夏祭　野澤節子・未明音

なつやかた【夏館】〔三夏〕

バルコニーを塗り替えるなど、夏を過ごすための装いをこらした邸宅の風情。〔同義〕夏《なつ》の宿《やど》。⇩サマーハウス、露台《ろだい》

なつやすみ【夏休み】〔晩夏〕

学校・官公庁・会社などの夏の定期休暇。〔同義〕暑中《しょちゅう》休暇《きゅうか》、暑中休《しょちゅうやす》み。⇩避暑《ひしょ》、帰省《きせい》

黍の丈夏の休みも小百日　岡本癖三酔・癖三酔句集

空気銃買つて貰ふや夏休み　籾山柑子・柑子句集

なつやせ【夏痩】〔三夏〕

夏の暑さに負けて体が衰弱し痩せること。⇩夏負《なつまけ》、夏《なつ》ばて

夏痩《なつやせ》のわがほねさぐる寐覚《ねざめ》かな　蓼太・蓼太句集

夏痩《なつやせ》や捉迷蔵《そくめいざう》のひとの肩《かた》　森鷗外・うた日記

夏痩せて瞳に塹壕をゑがき得ざる　三橋鷹女・向日葵

夏痩や所詮叶はぬ恋もして　日野草城・花氷

夏痩せの胸のほくろとまろねする　篠原鳳作・海の旅

なつりょうり【夏料理】なつれうり〔三夏〕

盛り付け、味、食器など全体に涼風をこらした夏向きの料理。⇩水貝《みずがい》、冷奴《ひややっこ》

交《まじはり》のさめて亦《また》よし夏料理　其角・花摘

美しき緑走れり夏料理　星野立子・笹目

なつろ【夏炉・夏爐】〔三夏〕

北国や高地で、夏に焚く炉。俳句では、「炉」は冬の季語のため、「夏」の意を付して夏の季語とする。

木曾
夏炉焚き青淵にそゝぐ雨見をり　水原秋桜子・残鐘

夏炉焚き沙翁の町の雨冷か　山口青邨・雪国

乗鞍岳
白日の夏炉を天にちかく焚く　石橋辰之助・家

なべまつり【鍋祭】〔初夏〕⇩筑摩祭《つくままつり》

ころんだを絵に見て久し鍋祭　乙二・斧の柄草稿

小野木笠男《をのきがさをとこ》もすなり鍋祭《なべまつり》　森鷗外・うた日記

片恋の歌の主や鍋祭　松瀬青々・妻木
うき事に雨もふりけり鍋祭　高田蝶衣・蝶衣句稿青垣山

なまりぶし【生節】〔三夏〕
三枚におろして蒸した鰹を、半干しにして水気を残した鰹節。⇩新節《しんぶし》

なまりぶし
煮鰹をほして新樹の烟哉　嵐雪・或時集
生ぶしや黒木の御所の台所　嘯山・葎亭句集

なみのり【波乗】〔三夏〕
海上で板に腹這いになって、砂浜に打ち寄せる波に乗って楽しむ遊び。スポーツ競技としても普及している。〔同義〕サーフィン（surfing）。⇩海水浴《かいすいよく》
浪乗に昼餉そこ〳〵行きし子よ　水原秋桜子・葛飾

なりひらき【業平忌】〔仲夏〕
旧暦五月二八日、平安初期の歌人の在原業平の忌日。『伊勢物語』の主人公と伝えられ、伝説化して、色好みの美男の典型とされ、さまざまな作品の題材となった。和歌にもすぐれ『古今和歌集』などに収録されている。〔同義〕在五忌《ざいごき》。
山寺に絵像かけたり業平忌　高浜虚子・六百句
草庵にひろごる蝌蚪や業平忌　水原秋桜子・葛飾
断髪のゑりあし青し業平忌　日野草城・青芝
あぢさゐに茜濃くなる業平忌　柴田白葉女・朝の木

なんこうさい【楠公祭】〔初夏〕
五月二五日、神戸市中央区にある湊川神社の祭礼。祭神は楠木正成。当日は、十六武者・騎馬・稚児の供奉がある。

にうめ【煮梅】〔三夏〕
青梅を砂糖を加えて煮つめたもの。⇩梅干《うめぼ》す
何阿弥の秘めて煮梅の加減哉　嘯山・葎亭句集
青かつし色としもなき煮梅かな　几董・俳句大全

にざけ【煮酒】〔初夏〕
二月頃にできた新酒を長く貯蔵するために、小満（五月二一日）の頃に火入れをする。火入れ後の酒は古酒となる。
酒を煮る家の女房ちよとほれた　蕪村・新花摘
小角力が旧きにかへる酒煮哉　几董・井華集
酒煮して草臥見ゆる二三軒　松瀬青々・妻木
大雨に酒煮る家の灯かな　高田蝶衣・蝶衣句稿青垣山

にっこうまつり【日光祭】にっくわうまつり〔初夏〕
六月二日（もと旧暦四月一七日）、日光東照宮の祭礼。当

日は、三台の神輿が二荒神社に奉安され、夜を徹して祭儀が催される。これを宵成祭という。翌日には、往時の装束で百物揃千人行列が杉並木の参道を進み、奉納を行う。

にっしゃびょう【日射病】〔晩夏〕

強い直射日光を長時間浴びることによって起きる病気。流汗・舌と口の渇き・頭痛・眩暈・倦怠などの症状を起こす。〔同義〕霍乱《かくらん》。⇩霍乱《かくらん》

ねござ【寝茣蓙】〔三夏〕

夏、暑さしのぎのために、蒲団の上に敷く茣蓙。また、昼寝などそのまま敷いて用いる。〔同義〕寝筵《ねむしろ》。

ねびえ【寝冷】〔三夏〕

睡眠中に暑さで掛蒲団を剥いでしまい、体が冷えて風邪・胃腸障害などを起こし、体調不良になること。⇩夏風邪《なつかぜ》

勤行に寝冷の腹を労れり　篠原温亭・雑詠選集

腹の上に寝冷えをせじと物を置き　高浜虚子・五百五十句

寝冷え子にいぶせく閉ざす障子かな　島田青峰・青峰集

ねりくよう【練供養】ねりくやう〔初夏〕

五月一四日（もと旧暦四月一四日）、奈良県北葛城郡当麻町にある当麻寺で行われる中将姫の忌日供養。二十五菩薩に仮装した行列が橋の上を練り歩く。中将姫は藤原豊成の娘で、当麻寺で出家し、蓮の糸で当麻曼陀羅を織ったという伝説が伝わる。〔同義〕当麻練供養《たいまねりくよう》、来迎会《らいごうえ》、迎接会《ごうしょうえ》、曼陀羅会《まんだらえ》。

ねり供養まつり皃なる小家哉　蕪村・新花摘

ネル〔初夏〕

紡毛糸で織った柔らかい起毛織物。初夏の衣に用いる。フランネル（flannel）の略。

ネル着たる肉《にく》塊の女に聖書かな　島田青峰・青峰集

のきのあやめ【軒の菖蒲】〔仲夏〕

端午の節句の前日の五月四日、軒の上に菖蒲《しょうぶ》が葺かれている風景。火災防止のまじないとして行う。〔同義〕軒菖蒲《のきしょうぶ》。⇩菖蒲葺《あやめふ》く

十萬の軒やいづこのあやめ艸　闌更・半化坊発句集

むつまじのあらむつまじの軒あやめ　白雄・白雄句集

のぼり【幟】〔仲夏〕

五月五日の端午の節句に立てる幟をいう。真鯉や緋鯉が描かれた布製の鯉幟が立てられ、五色の吹流しをつけて初夏の空にかかげられる〔同義〕皐月幟《さつきのぼり》、五月幟《さつきのぼり》。⇩幟市《のぼりいち》、端午《たんご》、紙幟《かみのぼり》、鯉幟《こいのぼり》、初幟《はつのぼり》、吹流《ふきなが》し、矢車《やぐるま》

大幟百万石の城下かな　正岡子規・子規句集
青葉勝に見ゆる小村の幟かな　夏目漱石・漱石全集
我高く立てんとすなる幟《のぼり》かな　河東碧梧桐・碧梧桐句集
江山《こうざん》の晴れわたりたる幟《のぼり》かな　高浜虚子・六百句

のぼりいち【幟市】〔仲夏〕
端午の節句に立てる幟や五月人形などを売る市。⇩幟《のぼり》

のまおい【野馬追】　のまおひ〔晩夏〕
福島県相馬地方の小高・太田・中村の三神社の合同により、原ノ町雲雀ケ原で行われる祭事。現在は七月二三〜二五日に祭があり、その二日目に野馬追が行われる。甲冑を身につけた騎馬武者による旗取の合戦が花火を合図に勇壮に行われる。〔同義〕野馬追祭《のまおいまつり》、相馬《そうま》の野馬追《のまおい》。

のみとりこ【蚤取粉】〔三夏〕
除虫菊の花や茎、葉を粉砕した黄色い粉末で、昆虫を麻痺させる効能がある。現在では化学薬品が多い。
蚤《のみ》とり粉《こ》の広告を読む牀《とこ》の中　正岡子規・子規句集

「は　行」

はえたたき【蠅叩】　はへたたき〔三夏〕
手で蠅を叩いて殺す道具。⇩蠅取紙《はえとりがみ》、蠅取器《はえとりき》
山寺の庫裏《くり》ものうしや蠅叩《はえたたき》　正岡子規・子規句集
山寺に蠅叩《はえたたき》なし作らばや　高浜虚子・七百五十句
昼もしづかな蠅が蠅たゝきを知つてゐる　種田山頭火・定本種田山頭火全集

はえちょう【蠅帳】　はへちやう〔三夏〕
蠅が入らないように金網や紗などを張った食器棚。⇩蠅除《はえよけ》

はえとりがみ【蠅取紙】　はへとりがみ〔三夏〕
粘着性の薬品を塗った蠅取り用の紙。⇩蠅取器《はえとりき》、蠅叩《はえたたき》
蠅があるいてゐる蠅取紙のふちを　種田山頭火・定本種田山頭火全集

はえとりき【蠅取器】　はへとりき〔三夏〕

蠅をとる道具。器の中に蠅を誘う食物などを入れて、入った蠅がでられないようにして殺虫するもの。⇩蠅取紙《はえとりがみ》

はえよけ【蠅除】 はへよけ〔三夏〕

小さな蚊帳状の覆いで、食卓で料理に蠅がとまらないようにする器具。⇩蠅取紙《はえとりがみ》、蠅叩《はえたたき》、蠅取器《はえとりき》、蠅帳《はえちょう》

はかたぎおんまつり【博多祇園祭】〔晩夏〕

七月一五日（もと六月一五日）、福岡市博多の櫛田神社で行われる祭礼。各町より意匠を凝らした「山」とよばれる祇園山笠（山車）が出される。そして「追山」といって、飾りを取り、台と心木に幣をつけた山笠を猛烈な勢いで町中を引き回す行事がある。〔同義〕博多祭《はかたまつり》、山笠《やまがさ》、追山《おいやま》、追山笠《おいやまがさ》。

はかまのう【袴能】〔晩夏〕

夏の暑い時期に行われる能で、登場者が面や装束をつけないで、紋服と袴の姿で演じる能。

ばくしょ【曝書】〔晩夏〕

夏の土用の頃に本を虫干すること。⇩虫干《むしぼし》

書函序あり天地玄黄と曝しけり　高浜虚子・五百句
書を曝し文を裂く天の青きこと　渡辺水巴・水巴句集
曝書まぶし百日紅の花よりも　星野立子・立子句集

はこづり【箱釣】〔三夏〕

町中の釣場で、木製の水槽に魚を入れ、代金をとって魚を釣らせるもの。⇩釣堀《つりぼり》

はこにわ【箱庭】 はこには〔三夏〕

箱の中に土・砂を入れ、小さな草木や陶器製の人形・家・舟・橋などを配置し、庭園・山水の景を再現するもの。

箱庭の月日あり世の月日なし　高浜虚子・五百五十句
箱庭の翌日の早人傾《はやひとかし》ぎ　高浜虚子・六百五十句

はこめがね【箱眼鏡】〔晩夏〕

枡形の箱の底にガラスや凸レンズをつけた漁労用の眼鏡。これで水中をのぞきながら魚介類を捕獲する。

はしい【端居】 はしゐ〔三夏〕

初夏の夕方、涼を求めて縁側や縁台などでくつろぐこと。⇩涼《すず》み、橋納涼《はしすずみ》

妻留守の衣かゝりし端居かな　高浜虚子・六百五十句
木々の濡れ肌におぼゆる端居かな　日野草城・旦暮
端居の祷《いのり》夙に亡き友かもしれず　中村草田男・火の島
端居して旅の借着の白絣　加藤楸邨・野哭
ひとり居る端居の影が路地に落つ　石田波郷・鶴の眼

はしすずみ【橋納涼】〔晩夏〕⇩涼《すず》み
橋涼み笛ふく人をとりまきぬ　高浜虚子・五百句
橋涼み温泉宿の客の皆出で、　高浜虚子・六百五十句

はすみ【蓮見】〔晩夏〕
池、沼などに咲いている蓮の花を観賞すること。⇩蓮見舟《はすみぶね》
とく起よ花の君子を訪日なら　召波・春泥発句集
夙に起て蓮見ん為ぞ夜訪し　白雄・白雄句集

はすみぶね【蓮見舟】〔晩夏〕
池、沼などに咲く蓮の花を観賞するための舟。⇩蓮見《はすみ》
わけ入や浮葉乗越蓮見舟　几董・井華集

はだか【裸】〔晩夏〕
海や川で子供達が裸で泳いだり、庭で上半身裸で汗を拭いながら作業をしたり、夏の炎暑の中での生活を感じることばである。〔同義〕裸身《らしん》、裸体《らたい》。⇩肌脱《はだぬぎ》、跣《はだし》
おちんこも欣々然《きんきんぜん》と裸《はだか》かな　相島虚吼・虚吼句集
ほんにはだかはすずしいひとり　種田山頭火・定本種田山頭火全集
夕凪《ゆうなぎ》や仏《ほとけ》づとめも真《ま》つ裸《ばだか》　宮部寸七翁・現代俳句集
母老いぬ裸の胸に顔の影　中村草田男・長子
たくましき裸日輪に愛されて　柴田白葉女・岬の日

はだし【跣】〔三夏〕
素足で屋内や、海の砂浜などを歩き、快くひんやりとした感触のある夏の風情。〔同義〕裸足《はだし》、素足。⇩裸《はだか》、素足《すあし》
熔岩《ようがん》の上を跣足《はだし》の島男　高浜虚子・五百句
冷かに窪みし苔に跣足かな　長谷川かな女・龍膽
巌頭に跣足の指や遥けき嶺々《ねね》　中村草田男・万緑

はだぬぎ【肌脱】〔晩夏〕
帯の上の衣服を脱いで肌を露出すること。
這《は》ひよれる子に肌脱《はだぬ》ぎの乳房《ちぶさ》あり　高浜虚子・五百五十句
肌ぬぎし如く衣紋《えもん》をいなしをり　高浜虚子・五百五十句

はつあわせ【初袷】はつあはせ〔初夏〕
夏に、その年初めての袷を着ること。⇩袷《あわせ》
初袷ふいと出てゆく息子哉　巌谷小波・さゞら波
蘆の芽のひらき初むれば初袷　杉田久女・杉田久女句集
片乳房さびしく着たる初袷　柴田白葉女・遠い橋
初袷やせて美《は》しとは絵そらごと　石橋秀野・桜濃く

はっかかる【薄荷刈る】〔晩夏〕

医薬用・香料となる油脳を採るために、薄荷を刈り取ること。もっとも成分が多い夏に一番刈をする。〔同義〕薄荷刈《はっかかり》。

はったい【麨】〔三夏〕

新麦を炒って焦がし挽いた粉。米を材料とするものもある。砂糖を入れたり、水や湯で練って食べる。〔同義〕麦《むぎ》こがし、麦炒粉《むぎいりこ》、麦焦《むぎいり》、水《みず》の粉《こ》、麦《むぎ》の子《こ》。⇩水《みず》の粉《こ》

麦の粉にむせて腹立大わらひ　之道・己が光

麦の粉や古代の哥のこまやかさ　嘯山・葎亭句集

はつたうえ【初田植】はつたうゑ〔初夏〕

本田植の前に行われる田植の神事。田の一部を画して、数束の早苗を田の神の依代として植える。〔同義〕田植開《たうえびら》き、さびらき、さおり、わさうえ、苗開《なえびら》き。⇩田植《たうえ》

はつのぼり【初幟】〔仲夏〕

男子の初節句に立てる幟。また、その祝事。⇩幟《のぼり》、端午《たんご》

一際に田も引立ちぬ初幟　一茶・一茶句帖

江戸住《ずみ》や二階の窓の初のぼり　一茶・八番日記

はなごおり【花氷】はなごほり〔晩夏〕

涼風を演出するために、花を中に入れて凍らせた氷塊。

花氷みがかれ解けて滑かに　篠原温亭・温亭句集

花氷添へて立てけり太柱　島田青峰・青峰集

花氷に大臣遠く顔見えず　長谷川零余子・雑草

くれなゐを籠めてすゞしや花氷　日野草城・花氷

はなござ【花莫蓙】〔三夏〕

さまざまの色で染めた藺を使って花模様などを編んだ筵。〔同義〕花筵《はなむしろ》、絵筵《えむしろ》、綾筵《あやむしろ》。

愁ひつゝ坐る花莫蓙華やかに　日野草城・花氷

はなつみ【花摘】〔三夏〕

安居に供える夏花を摘むこと。〔同義〕夏花摘《げばなつみ》。⇩夏花《げばな》

花摘みや先行人は児の母　言水・俳諧五子稿

あさぢふや少おくるゝ夏花摘　一茶・旅日記

花つむや扇をちよいとぼんのくぼ　一茶・旅日記

はなのひ【花の日】〔仲夏〕

花の多い五～六月の日曜日。一般に六月の第二日曜日が多い。欧米では、教会を花で飾り、神に感謝をする。

はなび【花火・煙火】〔晩夏〕

黒色火薬にさまざまな色の発色剤を詰めて筒や玉にし、点火して空に打ち上げ、色や形、爆音を楽しむもの。地上に櫓を組んで形をみせる仕掛花火もある。⇩手花火《てはなび》、線香花火《せんこうはなび》

音もなし松の梢《こずえ》の遠花火　正岡子規・子規句集
鎌倉の山に響きて花火かな　高浜虚子・六百五十句
くづれたる花火が垂る、軒端かな　山口青邨・雪国
遠花火ひとの愁ひをきき流す　柴田白葉女・遠い橋
大輪の花火の中の遠花火　野澤節子・駿河蘭

はなびぶね【花火舟】〔晩夏〕
花火を打ち上げたり、見物したりするために出す舟。⇩花《はな》火《び》、川開《かわびらき》
ぼんぼりの相図を待つや花火舟　支考・蓮二吟集
花火舟遊人去つて秋の水　召波・春泥発句集

パナマぼう【パナマ帽】〔三夏〕
パナマ草の若葉を晒したもので編んだ夏帽子。⇩夏帽子《なつぼうし》
パナマ帽月に被れば若しといふ　渡辺水巴・富士

ははのひ【母の日】〔初夏〕
五月の第二日曜日。母に感謝をする日。アメリカのメソジスト教会の信者のアンナ・ジャーヴィスが、母の追憶を記念して、白いカーネーションを教会の信者の人々に送ったことにはじまるという。
母の日も母の素足の汚れ居り　原コウ子・昼顔
母の日の妻より高き娘かな　日野草城・旦暮
母の日や大きな星がやや下位に　中村草田男・母郷行

はものかわ【鱧の皮】　はものかは〔三夏〕
蒲鉾などの製造などで残った鱧の皮をいう。この皮を刻み、胡瓜などを入れ、二杯酢にして調理される。⇩鱧《はも》［動物編］

はやずし【早鮨】〔三夏〕
酢でしめた魚を温かい飯につけて、押しならした鮨。数日かけて発酵させる馴鮨に比べ、一晩でできるので早鮨という。［同義］一夜鮨《いちやずし》。⇩鮨《すし》
はや鮓の蓋とる迄の唱和かな　太祇・太祇句選
早鮓に王思は飯をあふぎけり　召波・春泥発句集

はらあて【腹当】〔三夏〕
夏の寝冷防止のための腹掛け。子供用のものはタオル地に紐をつけて、首から吊り、背中で結ぶものが多い。⇩寝冷《ねびえ》

パラソル【parasol】〔三夏〕⇩日傘《ひがさ》
石地蔵尊へもパラソルさしかけてある　種田山頭火・定本種田山頭火全集
雲多き日のパラソルは花の類　中尾寿美子・草の花

パリさい【巴里祭】〔晩夏〕
七月一四日、フランス革命記念日の日本の呼称。ルネ・クレール監督の映画「Quatorze Juillet（七月一四日）」の邦訳「巴里祭」に因んだもの。

ハンカチ【handkerchief】〔三夏〕
ハンカチーフともいう。手をふいたり汗を拭ったりするための小さな方形の布。美しいものも多い。⇩汗拭《あせぬぐ》い

敷かれたるハンカチ心素直に坐す　橋本多佳子・紅絲
旅長し洗ひて乾くハンカチフ　中村汀女・花影

バンガロー【bungalow】〔三夏〕
高原や海浜などに建てられる、正面にベランダのある木造の平家建住宅。⇩サマーハウス

はんズボン【半ズボン】〔三夏〕
膝の位置より短いズボン。夏の季節に多く着る。［同義］ショーツ、ショートパンツ。⇩夏服《なつふく》

ハンモック【hammock】〔三夏〕
太く丈夫な糸で粗く編んだ吊り寝床となる網。夏に屋外の緑陰に掛けて涼みに用いたりする。［同義］吊床《つりどこ》、寝網《ねあみ》。

ビール【beer・麦酒】〔三夏〕
「bier」（オランダ語）。麦芽・ホップに酵母を加えて醸造した酒。熟成中に発生する炭酸ガスがビール中に飽和され、飲むときに独特の泡となる。⇩ビヤホール、暑気払《しょきばら》い

木かげの涼しさは生ビールあります　種田山頭火・定本種田山頭火全集
麦酒の泡を吹くバルコニーの微風かな　島田青峰・青峰集
麦酒のむや露台を掩ふ若楓　島田青峰・青峰集
講和条約調印
敗れたりきのふ残せしビール飲む　山口青邨・冬青空

ひえまく【稗蒔く】〔仲夏〕
六月頃に稗の種を蒔くこと。稗はイネ科の一年草。秋にや三角状で小粒の種子を結び、食用となる。［同義］稗蒔《ひえまき》。

稗蒔《ひえまき》に月《つき》さし入《い》るや板廂《いたびさし》　泉鏡花・鏡花句集
稗蒔を見つゝ妹と午餉かな　渡辺水巴・白日

ひおおい【日覆】〔三夏〕⇩日除《ひよけ》

日蔽《ひおおい》が出来て暗さと静かさと　高浜虚子・六百五十句
海《うみ》の中《なか》へ日覆《ひおい》とられし雷雨《らいう》かな　長谷川零余子・雑草
わが洋車《ヤンチョ》牡丹を描ける日覆もつ　山口青邨・露団々

日覆や湯槽の潮未だ沸かず　石田波郷・鶴の眼

ひがさ【日傘】〔三夏〕

夏の日差しを避けるための傘。女性が多く用いカラフルで涼しげな模様のものがある。［同義］パラソル。⇩パラソル

烈日に君が日傘の小さゝよ　島田青峰・青峰集
鈴の音のかすかにひびく日傘かな　飯田蛇笏・山廬集
たゝまれて日傘も草に憩ふかな　阿部みどり女・微風
岩にのぼりてたゝみし日傘かざしけり　長谷川かな女・龍膽
降りしきる松葉に日傘かざしけり　星野立子・鎌倉

ひしょ【避暑】〔晩夏〕

一時的に転地して夏の暑さを避けること。⇩夏休《なつやす》み

山寺に避暑の命を托しけり　高浜虚子・七百五十句
避暑の宿山暮る、見て灯しけり　長谷川零余子・雑草
避暑客に月輪浪を離れけり　水原秋桜子・葛飾
乙女の愚をんなと歎く避暑の宿　中村草田男・長子

ひとえ【単衣】ひとへ〔三夏〕

夏に着る裏地のない一重の衣服。木綿・麻・絹織りの夏用の衣装である。［同義］単衣《ひとえぎぬ》、単衣《ひとえごろも》、単物《ひとえもの》。⇩夏衣《なつごろも》

乳あらはに女房の単衣《ひとへ》襟浅き　河東碧梧桐・碧梧桐句集
面痩せし子に新らしき単衣かな　杉田久女・杉田久女句集
地下鉄の青きシートや単物　中村汀女・春雪
水溜りあればひらひら単衣《ひとへもの》　中尾寿美子・新座

ひとえおび【単帯・一重帯】ひとへおび〔三夏〕

裏をつけない一重の帯。⇩夏衣《なつごろも》

たてとほす男嫌ひの単帯　杉田久女・杉田久女句集
嵩もなう解かれて涼し一重帯　日野草城・花氷

ひとよざけ【一夜酒】〔三夏〕

甘酒に同じ。一夜の内に熟成することからいう。⇩甘酒《あまざけ》

川越が富やふりものひと夜酒　宗因・梅翁宗因発句集
百姓のしぼる油や一夜酒　其角・五元集拾遺

ひなたみず【日向水】ひなたみづ〔晩夏〕

夏、桶や盥などに水を入れて日向で温めた水。洗濯や行水などに用いる。⇩行水《ぎょうずい》

忘れられあるが如くに日向水　高浜虚子・六百句

ひふぐ【干河豚】〔三夏〕

河豚の皮を剥ぎ干したもの。酒の肴として好まれる。

ひむろ【氷室】〔三夏〕
冬の氷を夏まで貯蔵しておくための保冷室。または、山かげの穴。往時、宮中で用いるため、山かげに氷室が造られ、「氷室守《ひむろもり》」がその番をした。
水の奥氷室《ひむろ》尋《たづぬ》る柳哉　芭蕉・曾良書留
氷室山雲鎖す木々の雫かな　大須賀乙字・乙字俳句集
大なる池を木の間に氷室かな　小沢碧童・碧童句集
ましら伝ふ枝鳴り近づく氷室かな　高田蝶衣・蝶衣句稿青垣山

ひゃくものがたり【百物語】〔晩夏〕
夏の怪談形式の遊び。数人が集まり、行灯に百本の蝋燭を立て、一人ずつ怪談を話すごとに蝋燭の火を一本消し、最後の火が消えたときに本当の化け物が出るという遊び。

ひやけ【日焼け】〔三夏〕
強い日光の直射で皮膚が黒く焼けること。畳や布などが日光の直射で変色することもいう。［同義］日黒《ひぐろ》み。
漁師の娘日焼眉目よし鳥とぶ　高浜虚子・六百五十句
鎌倉は松の蒼さに日焼人　島田青峰・青峰集
牟婁の子のしんそこよりの日焼顔　高橋淡路女・淡路女百句
故里の花一日の日焼かな　中村汀女・花影

ひやざけ【冷酒】〔三夏〕
燗をしない酒。冷やした酒。冷酒専用の酒もある。［同義］冷酒《れいしゅ》、冷《ひや》し酒《ざけ》。⇩暑気払《しょきばら》い
冷酒や一順果し廻りはな　暁台・暁台句集
塩鳥の歯にこたへたり冷しさけ　暁台・暁台句集
冷し酒旅人我をうらやまん　白雄・白雄句集
冷し酒夕明界となりはじむ　石田波郷・雨覆

ひやしうり【冷やし瓜】〔三夏〕
夏、真桑瓜などを冷やして食べると美味である。
追かけよ五串にか丶るひやし瓜　暁台・暁台句集
人来たら蛙となれよ冷し瓜　一茶・題叢
三日月とひとつならびや冷し瓜　一茶・嘉永板発句集

ひやしすいか【冷やし西瓜】ひやしすゐくわ〔三夏〕
冷やした西瓜。［同義］氷西瓜《こおりすいか》。

ひやじる【冷汁】〔三夏〕
味噌汁やすまし汁などを冷やしたもの。夏の汁料理。
ひや汁にうつるや背戸の竹林　来山・続いま宮草

冷汁の筵引ずる木陰かな　一茶・一茶句帖
冷汁《ひやじる》や鉢《はち》にうかべる帆《ほ》かけぶね　支考・夏衣
冷汁や禰宜に振舞ふ午餉時　井上井月・井月の句集

ひやそうめん【冷素麺】 ひやさうめん〔三夏〕

茹で上げた素麺を水洗いし、冷水で冷やし、「つゆ」につけて食べる料理。紫蘇・生姜・茗荷・葱などを薬味にして食べる。夏の涼味ある麺料理である。［同義］冷索麺《ひやそうめん》、冷麺《ひやめん》。

ビヤホール【beer hall】〔三夏〕

生ビールを主にして、軽食もだす飲食店。⇩ビール

ビヤホール女に氷菓たゞ一盞　石田波郷・鶴の眼

ひやむぎ【冷麦】〔三夏〕

小麦粉を細打ちしたうどん状の麺。茹でて冷水で冷やし、「つゆ」をつけて食べる。［同義］冷《ひや》し麦《むぎ》、切麦《きりむぎ》。

酒の爆布冷麦の九天より落るならむ　其角・五元集拾遺
冷麦や嵐のわたる膳の上　支考・類題発句集
冷麦を水に放つや広がれる　篠原温亭・温亭句集
冷麦に氷山と浮く氷かな　島田青峰・青峰集

ひややっこ【冷奴】〔三夏〕

一口大の賽の目に切った豆腐を冷水に入れ、生姜・葱・紫蘇などの薬味を入れた醤油につけて食べる料理。

縁にしなふ竹はねかへし冷奴　渡辺水巴・白日
兄弟の夕餉短し冷奴　加藤楸邨・雪後の天
祈り来しことみな忘れ冷やつこ　加藤知世子・夢たがへ
冷奴隣に灯先んじて　石田波郷・風切

ひょうか【氷菓】〔三夏〕

主に夏に飲食する氷菓子をいう。アイスクリーム、ソフトクリーム、ミルクセーキ、シャーベット、アイスキャンデー、小倉アイス・アイス最中など。［同義］氷菓子《こおりがし》。⇩氷水《こおりみず》

六月の氷菓一盞の別れかな　中村草田男・長子
氷菓融けこのとき我等男女なり　加藤楸邨・穂高

ひよけ【日除・日避】〔三夏〕

炎暑の激しい日差しを避けるための日覆《ひおおい》で、白布・簀などがある。⇩日覆

日除して百日紅を隠しけり　村上鬼城・鬼城句集
今日の日も衰へあほつ日除《ひよけ》かな　高浜虚子・五百句
吊《つ》り下げし仮の日除《ひよけ》の蓆《むしろ》かな　高浜虚子・六百五十句
三日月にたゝむ日除のほてりかな　渡辺水巴・白日

ひるね【昼寝】〔三夏〕

昼間に寝ること。夏は夜が短く、暑さで熟睡の時間も少ないため、昼寝で身体を休めることが多い。⇩三尺寝《さんじゃくね》、外寝《そとね》

裸なる伊豆の昼寝路もどりけり　中村汀女・春雪
煩悩の心疲れて昼寝かな　日野草城・花氷
干ふどしへんぽんとして午睡かな　篠原鳳作・海の旅
三尺の窓に釘さすひるねかな　石橋秀野・桜濃く
猫を叱るや昼寝の夫がこたへをり　加藤知世子・頬杖

びわようとう【枇杷葉湯】 びはえふたう〔晩夏〕

枇杷の葉に肉桂・甘草などを混ぜたものを煎じた煎汁。往時は、暑気払いや痢病を防ぐ薬として行商された。

ふうりん【風鈴】〔三夏〕

夏の涼風を演出するもので、小さな鐘の形の中に鈴を入れ、風で揺れて音をだす装置。軒端に吊す。金属・陶器・ガラス製などのものがある。

風鈴や硯の海に映りつゝ　鈴木花蓑・鈴木花蓑句集
風鈴や草匂ふほどに水きけり　富田木歩・木歩句集
風鈴の遠音きこゆる涼しさよ　日野草城・花氷
風鈴の空は荒星ばかりかな　芝不器男・定本芝不器男句集
風鈴やめつむりおもふひととの距離　加藤楸邨・野哭

プール【pool】〔晩夏〕

現在では屋内プールも多く、四季を通じて泳ぐことができるが、俳句では夏の季語となる。⇩泳《およ》ぎ

風の樹々プールの子らに騒ぎ添ふ　石田波郷・鶴の眼

ふきながし【吹流し】〔仲夏〕

五月五日の端午の節句に立てられる旗。また鯉幟などの吹流しの幟の類。〔同義〕吹貫《ふきぬき》。⇩幟《のぼり》、端午《たんご》

吹貫《ふきぬき》の空《そら》を静《しず》かに渡《わた》る船《ふね》　神崎縷々・縷々句集

ふくろうのあつもの【梟の羹】 ふくろふのあつもの〔仲夏〕

中国の習俗で、五月五日に百官に賜う梟の羹の料理。梟は成長すると母をも喰らう鳥として忌まれ、梟を食べて戒めとした。〔同義〕梟《ふくろう》の炙《あぶりもの》。

ふくろかけ【袋掛】〔三夏〕

初夏、桃・梨・葡萄・枇杷・柿・林檎などの幼果を、害虫がつかないように紙袋で一つずつ包むこと。

ことごとく桃は袋被ぬ母癒えむ　石田波郷・馬酔木

ふけい【噴井】 ふけゐ〔三夏〕

山の地下水脈の近い井戸や堀抜井戸などに見られるもので、水が噴出している井戸をいう。⇩噴水《ふんすい》

森の中噴井は夜もかくあらむ　山口青邨・花宰相
白雲は動き噴井は砕けつつ　中村汀女・花影

ふじごり【富士垢離】〔仲夏〕
修験道の山岳信仰の一種で、旧暦五月二五日〜六月二日、白装束の行者が水で身を浄め、富士を礼拝する拝神式。
不二こりや朝風寒き濡褌　嘯山・律亭句集

ふじもうで【富士詣】 ふじまうで〔晩夏〕
毎年七月一〇日は富士山の山開であり、この日より山頂の富士権現社に参拝することをいう。また、七月一日（旧暦の六月一日）頃、全国各地に分祀した富士塚に白装束姿で参詣することも富士詣という。⇩山開《やまびらき》、登山《とざん》
富士行や網代に火なき夜の小屋　其角・五元集拾遺
雪踏んで来て顔黒し富士詣　也有・蘿葉集
奇しきもの昼の星なり不二詣　中川四明・四明句集
不二詣裾野の小家立出でぬ　石井露月・露月句集
吉田口賑うて富士晴れにけり　籾山柑子・柑子句集

ふすまはずす【襖はずす】 ふすまはづす〔仲夏〕
夏の暑さをしのぐため、室内の襖をはずして風通しをよくすること。［同義］障子はずす。

ふちゅうまつり【府中祭】〔初夏〕
五月五日、東京都府中市にある大国魂神社の祭礼。大国魂神社は武蔵総社ともいい、国内六所の神社を配祀するため六所宮ともよばれる。当日の夜の一二時、一斉に灯りが消され暗闇の中で神輿の渡御の神事が行われる。［同義］六所祭《ろくしょまつり》。

ふなあそび【舟遊び・船遊び】〔三夏〕
河川や湖、海などに船を乗り回して遊ぶこと。俳句では夏の納涼のための船遊をいう。花見船・汐干船は春の船遊で、月見船は秋、雪見船は冬の船遊である。［同義］船逍遥《ふねしょうよう》、船《ふな》遊山《ゆさん》、船遊船《ふなゆぶね》、遊船《ゆうせん》。⇩涼《すず》み舟《ぶね》、遊船《ゆうせん》
岸に釣る人の欠伸《あくび》や舟遊《ふなあそび》　高浜虚子・五百句
蘆を打つ潮のまに〳〵舟遊び　大須賀乙字・続春夏秋冬
日にかざす扇小さし舟遊　阿部みどり女・雑詠選集
貸船や築地へもどす潮の闇　上川井梨葉・梨葉句集
渚近く泳ぐ鹿あり舟遊び　島村元・島村元句集

ふなしばい【舟芝居】 ふなしばゐ〔初夏〕
五月三〜七日（旧暦の頃は四月五〜七日）、福岡県柳川市沖端《おきのはた》にある水天宮の祭礼で行われる歌舞伎狂言。お旅所にとめられた舟舞台で演じられる。

ふなずし【鮒鮨・鮒鮓】〔三夏〕
源五郎鮒の鱗や内臓などを取り除いて塩漬けにし、飯と重ねて重石をかけ、発酵させた馴鮨。近江の名産。⇩鮨《すし》
鮒鮓《ふなずし》の便《たより》も遠き夏野哉　蕪村・落日庵句集
鮒《ふな》ずしや彦根《ひこね》の城《しろ》に雲かゝる　蕪村・新花摘

ふのりほす【海蘿干す】〔三夏〕
夏、糊・培養基・食用となる海蘿を採取すること。海蘿は、フノリ科の紅藻。〔同義〕布海苔《ふのり》干《ほ》す、海蘿《ふのり》掻《か》く。
門口も磯の匂ひやふのり干し　利牛・類題発句集

ふるまいみず【振舞水】ふるまひみづ〔晩夏〕
暑中、通行する人に飲料水を振る舞うこと。またその飲料水。冷水や葛水などを柄杓と飲み茶碗を添えて門前に置く。一服の思いやりである。〔同義〕水接待《みずせったい》、接待水《せったいみず》。⇩葛水《くずみず》
まはらは廻れ振舞水の下向道　其角・五元集
町あつく振舞水の埃かな　召波・春泥発句集

ふろちゃ【風炉茶】〔三夏〕
茶の湯で、五月一日（旧暦四月一日）から一〇月末まで、炉を塞ぎ、風炉を用いて点茶をする風炉手前をいう。〔同義〕初風炉《はつふろ》、夏茶《なつちゃ》の湯《ゆ》、朝茶《あさちゃ》の湯《ゆ》、夏手前《なつてまえ》。⇩朝茶《あさちゃ》の湯《ゆ》、夏手前《なつてまえ》
瓦燈口あけて風ある風炉茶かな　上川井梨葉・梨葉句集

ふんすい【噴水】ふんすゐ〔三夏〕
公園や庭園などに設置され、さまざまな趣向で水を高く噴出させる装置。涼しさをもたらすところから、俳句では夏の季語となる。〔同義〕吹上《ふきあ》げ、吹《ふ》き水《みず》。⇩噴井《ふけい》
噴水や労働祭の風晴れたり　水原秋桜子・葛飾
噴水の玉とびちがふ五月かな　中村汀女・汀女句集
古城址の噴水立ちよる我が丈ほど　中村草田男・火の島
噴水の耳打つ手術前夜寝ず　石田波郷・惜命

へくらじまわたる【舳倉島渡る】〔三夏〕
能登半島の輪島市から約五〇キロにある舳倉島に、夏の季節、輪島の海女たちが移住して鮑・天草漁などをすること。

ほおずきいち【酸漿市・鬼灯市】ほほづきいち〔晩夏〕
浅草観世音の縁日。酸漿を売る市。⇩四万六千日《しまんろくせんにち》
夫婦《めおと》らし酸漿市《ほおずきいち》の戻りらし　高浜虚子・六百句
傘を手に鬼灯市の買上手　水原秋桜子・晩華
籠かばふ鬼灯市の宵の雨　水原秋桜子・晩華

ボート【boat】〔三夏〕
オールを漕いで進む洋風の小舟。〔同義〕短艇《たんてい》、端艇《たんてい》。

上汐や短き櫂の貸ボート　中村汀女・花影

ほぐし【火串】〔三夏〕

鹿狩の道具。松明を串につけたもので、これを鹿の通り道に挿しておき、鹿の目に反射した火串のあかりで、鹿の居場所を定め、射取る。⇩照射《ともし》

宮守《みやもり》の灯《ともし》をわくる火串《ほぐし》かな　亀洞・阿羅野
谷風《たにかぜ》に付木《つけぎ》吹《ふき》ちる火串かな　蕪村・新花摘
火串《ほぐし》消えて鹿の嗅《か》ぎよるあした哉　正岡子規・子規句集
雨雲のよせつ、凄き火串哉　松瀬青々・妻木

ほこまつり【鉾祭】〔晩夏〕

祇園会において、絢爛たる山鉾が巡行することを称したことば。⇩祇園会《ぎおんえ》

鉾にのる人のきほひもみやこ哉　其角・五元集
鉾処々《ほこしよしよ》にゆふ風そよぐ囃子《はやし》哉《かな》　太祇・新五子稿
かしこくも羯鼓学びぬ鉾の児　召波・春泥発句集
玉鉾の向ひ日傘も通りけり　巣兆・曾波可理

ほしいい【干飯】ほしいひ〔三夏〕

保存食として天日で乾燥させた飯。湯や水でもどして食べる。俳句では、夏に冷水で食べることから夏の季語となる。道明寺《どうみょうじ》糒《ほしい》で知られる。〔同義〕乾飯《ほしいい》、糒《ほしい》。

不卜亡母追悼
水むけて跡とひたまへ道明寺　芭蕉・江戸広小路
乾飯してかぞふるほどの飯白し　村上鬼城・鬼城句集
乾飯の笊《ざる》掻く音も夕かな　河東碧梧桐・碧梧桐句集
干飯や瓢の棚の蔭日なた　岡本癖三酔・癖三酔句集

ほしうり【干瓜・乾瓜】〔三夏〕

瓜を塩に漬けて干したもの。〔同義〕雷干《かみなりぼし》。

ほしくさ【干草・乾草】〔三夏〕

家畜の飼料とするために夏の間に刈り取って貯蔵する草。「ほしぐさ」ともいう。〔同義〕草干す。⇩草刈《くさかり》

ほたるかご【蛍籠】〔仲夏〕

蛍を捕らえて籠に入れ、その光を楽しむ。⇩蛍《ほたる》〔動物編〕、蛍狩《ほたるがり》

次の夜は蛍《ほたる》痩《や》せたり籠《かご》の中　正岡子規・子規句集
螢籠微風の枝にか、りけり　尾崎紅葉・紅葉句帳
蛍籠広葉の風に明滅す　杉田久女・杉田久女句集
つよき光弱きひかりや螢籠　石田波郷・酒中花以後

生活

ほたるがり【蛍狩】〔仲夏〕
夕暮れより蛍を捕らえて遊ぶこと。夏の風物詩の一つである。〔同義〕蛍見《ほたるみ》。⇩蛍籠《ほたるかご》、蛍見《ほたるみ》
蛍狩われを小川に落しけり　夏目漱石・漱石全集
木の形変りし闇《やみ》や蛍狩《ほたるがり》　高浜虚子・六百句
あやめ咲く宿に泊まりて螢狩　高橋淡路女・淡路女百句
走り出て闇やはらかや蛍狩　中村汀女・紅白梅

ほたるみ【蛍見】〔仲夏〕
蛍を見に行くこと。そのために仕立てる舟を蛍舟《ほたるぶね》という。⇩蛍狩《ほたるがり》
ほたる見や船頭酔ておぼつかな　芭蕉・猿蓑

ぼたんみ【牡丹見】〔初夏〕⇩牡丹《ぼたん》〔植物編〕
牡丹の花を観賞すること。出かけて見ること。
牡丹見にうつすりとよき唐茶哉　桃隣・古太白堂句選

ぼっか【歩荷】〔晩夏〕
登山者の荷物や山小屋の物資などを運ぶことを職業とする人。⇩登山《とざん》

「ま　行」

まごたろうむしうり【孫太郎虫売】　まごたらうむしうり〔三夏〕
蛇蜻蛉《へびとんぼ》の幼虫を孫太郎虫といい、それを乾燥して製した薬を売る者がいた。往時、子供の疳の薬として売られた。

まこもうり【真菰売・真薦売】〔晩夏〕
真菰を売る人。⇩真菰刈《まこもか》る
戻りには棒に風なし真菰うり　也有・蘿葉集
とし毎に粽は食はず真菰うり　也有・蘿葉集

まこもかる【真菰刈る・真薦刈る】〔晩夏〕
夏に真菰を刈り取ること。真菰は飼料や筵の材料となる、イネ科の大形多年草。浅水に自生する。⇩真菰売《まこもうり》
おどろかす蛍の夢や真菰がり　也有・蘿葉集
水深く利鎌《とき》鳴らす真菰刈　蕪村・蕪村句集
真菰刈童がねむる舟漕げり　水原秋桜子・葛飾

まつまえわたる【松前渡る】 まつまへわたる〔初夏〕

江戸時代、南部・津軽の商人が、交易のため、夏に松前（＝北海道）に渡ったこと。

松前渡り（以下二句、同前文）

海鳥の呼ぶ北門の渡りかな　河東碧梧桐・碧梧桐句集

松前渡り旗立て、貝鳴らしけり　大須賀乙字・乙字俳句集

まつり【祭】〔三夏〕

寺社などで行われる各種の祭祀・祭礼。俳句では夏祭を季語とする。祭といえば、京都では京都賀茂神社の葵祭（賀茂祭）、江戸では日吉山王神社祭と神田明神祭の二大祭をさした。〔同義〕御祭《おまつり》。⇩賀茂祭《かもまつり》、葵祭《あおいまつり》、神田祭《かんだまつり》、夏祭《なつまつり》

隣村の疲弊眼に見る祭かな　島田青峰・青峰集

ほ、ぺたに祭提灯《まつりちようちん》ほのぬくし　松藤夏山・夏山句集

祭の子につこりとして立ちふさぎ　中村汀女・花影

祭の灯つきたる島や波の上　日野草城・花氷

家を出て手を引かれたる祭かな　中村草田男・長子

まめうう【豆植う】〔初夏〕

夏に、大豆・赤小豆・黒豆などの豆類の種を蒔くこと。〔同義〕豆蒔《まめま》く。

まめめし【豆飯】〔初夏〕

空豆、豌豆などの豆を炊き込んだ飯。〔同義〕豆御飯《まめごはん》。

マラリア【malaria・麻刺利亞】〔三夏〕

ハマダラ蚊が媒介するマラリア原虫の血球への寄生による伝染病。〔同義〕わらわやみ、おこり、瘧《ぎゃく》。

まわりどうろう【回り燈籠】 まはりどうろう〔三夏・初秋〕

円筒形の二重の枠を作り、内枠に貼った切り抜きの絵の影を外側の枠に写し回す燈籠。俳句では、盂蘭盆の燈籠の一つとして秋の季語ともなるが、夏の夕涼みなどで涼風を演出するものとして夏の季語にもなる。⇩走馬灯《そうまとう》、夕涼《ゆうすず》み

見る人も廻り灯籠に廻りけり　其角・五元集

酔眼の況んや廻り燈籠かな　内藤鳴雪・鳴雪句集

風吹て廻り燈籠の浮世かな　正岡子規・子規句集

つくばひに廻《まわ》り燈籠《どうろ》の灯影《ほかげ》かな　高浜虚子・五百五十句

みがきにしん【身欠鰊】〔三夏〕

頭・尾・内臓を取り去って二つに裂いて干した鰊。俳句では「鰊」は春の季語であるが、身欠き鰊は初夏に出来上がるため、「夏」の季語として詠まれることが多い。

生活

みずあそび【水遊び】 みづあそび〔三夏〕

子供たちの、水辺での水を使ったさまざまな遊び。

みずあたり【水中り・水当り】 みづあたり〔三夏〕

生水を飲んで下痢などの病気になること。夏に多い。

へこみたる腹に臍《へそ》あり水中《みずあた》り　高浜虚子・五百五十句

みずあらそい【水争い】 みづあらそひ〔晩夏〕

夏、長引く干ばつなどで田への用水が不足したとき、用水の分配をめぐって起きる争い。〔同義〕水喧嘩《みずげんか》、水敵《みずがたき》、水論《すいろん》。⇩水番《みずばん》、雨乞《あまごい》

一水《いっすい》を指《ゆび》さし指《ゆび》さし水論人《すいろんびと》　西山泊雲・泊雲句集

水論に農学校長立ちも出づ　竹下しづの女・颸

みずうり【水売】 みづうり〔三夏〕

江戸時代、夏に冷水に白玉と砂糖を入れて売り歩いた物売。冷たい砂糖水だけの場合もあった。⇩白玉《しらたま》

一文が水を馬にも呑せけり　一茶・九番日記

江戸住や銭出た水をやたらうつ　一茶・九番日記

みずがい【水貝・水介】 みづがひ〔三夏〕

新鮮な鮑を塩もみして犀の目に切り、冷水に浸し、胡瓜や果物、氷片などをあしらった料理。〔同義〕生貝《なまがい》。⇩夏料理《なつりょうり》

みずからくり【水絡繰】 みづからくり〔三夏〕

水を動力にしたからくり玩具の見世物。水車や水の落下する力で玉を噴き上げたり、人形を動かしたりする。

あつき日に水からくりの濁かな　太祇・太祇句選

みずぎ【水着】 みづぎ〔三夏〕⇩海水着《かいすいぎ》、泳《およ》ぎ

松風も村雨もをる水著かな　高浜虚子・句日記

いまや水着水を辞せざる乙女跳ぶ　中村草田男・来し方行方

みずきょうげん【水狂言】 みづきやうげん〔三夏〕

水を使って演じる芝居で、往時は旧暦六月の本興行のない時に、若手の芸人を中心に興行された。⇩夏芝居《なつしばい》、水絡繰《みずからくり》

みずたま【水玉】 みづたま〔三夏〕

水をなかに入れたガラス玉で、夏に少女が簪《かんざし》などに用いた。また色ガラスなどにして水に浮かべる遊具となった。

みずてっぽう【水鉄砲】 みづてつぱう〔三夏〕

ポンプの原理で水を吸い上げ、筒の先の穴から鉄砲のように水を外に押し飛ばす玩具。現在はピストル型のものが多い。

日に向けて高く上げ居る水鉄砲　篠原温亭・温亭句集
水鉄砲松に走りて光りけり　長谷川かな女・龍膽
水鉄砲とゞくや菖蒲植ゑし屋根　長谷川かな女・龍膽

みずのこ【水の粉】 みづのこ〔三夏〕
大豆を炒り焦がして挽粉にしたもの。水で練って食べる。
水の粉のきのふに尽《つき》ぬ草の菴　蕪村・蕪村句集
水の粉やあるじかしこき後家の君　蕪村・蕪村句集
水の粉に汝が長斎の淋し顔　松瀬青々・妻木

みずばん【水番】 みづばん〔晩夏〕
夏、田畑に供給する用水を他村に奪われないように、用水地に水番小屋などをつくり、見張りをすること。⇩水争《みずあらそ》い

みずむし【水虫】 みづむし〔三夏〕
白癬菌による皮膚病。夏に多く、手足の指の間などに水ぶくれや発疹が生じるもので、かゆみをともなう。

みずめし【水飯】 みづめし〔晩夏〕
水漬けの飯。〔同義〕水飯《すいはん》。⇩水飯《すいはん》

みずようかん【水羊羹】 みづやうかん〔三夏〕
煮て溶かした寒天の中に、小豆餡・砂糖を混ぜて型に流し固めた羊羹。桜の葉で包まれた涼風ある夏菓子である。

みそぎ【禊・御祓】〔晩夏〕
神事などを行う前に身の穢れや罪を川などで洗い清めること。禊払の略。俳句では、毎年六月晦日（或いは七月晦日）に神社で行われる大祓の神事をいう。⇩夏越《なごし》
ふくかぜの中をうを飛御祓《とぶみそぎ》かな　芭蕉・真蹟
水ますや御祓晒《みそぎさらし》の膝《ひざ》がしら　琴風・今の月日
雨雲の烏帽子《えぼし》に動く御祓《みそぎ》哉　正岡子規・子規句集
御祓して浅き流れや石光る　河東碧梧桐・碧梧桐句集

みそぎがわ【御祓川】 みそぎがは〔晩夏〕
神事などを行う前に身の穢れや罪を洗い清める川。俳句では、毎年六月晦日（或いは七月晦日）に神社で行われる大祓の神事で、御祓を行う川をいう。⇩夏越《なごし》
人並の輪をもこえけり御祓河　宗因・梅翁宗因発句集
葛に汲む水の行衛や御祓川　也有・蘿葉集
木薬の袋流るゝ御祓川　蕪村・蕪村遺稿
白鷺に烏帽子著せばや御祓川　蓼太・蓼太句集

みぞさらえ【溝浚え】 みぞさらへ〔初夏〕
田植の前に、田畑の灌漑を良くするため堰や溝を浚うこと。

みたらしもうで【御手洗詣】 みたらしまうで〔晩夏〕
七月の土用の丑の日に、京都下賀茂神社の御手洗川で手足を洗い無病息災を祈る行事。⇩禊《みそぎ》、夏越《なごし》

みつまめ【蜜豆】〔三夏〕
茹でた豌豆豆と賽の目に切った寒天・ぎゅうひ・羊羹・果物などを入れて砂糖蜜をかけたもの。
蜜豆の寒天の稜《かど》の涼しさよ　山口青邨・夏草

みねいり【峰入】〔三夏〕
修験者が、奈良県吉野郡十津川の東方にある大峰山系に入って修行をすること。春に熊野から入るのを「順の峰入」、秋に吉野から入るのを「逆《ぎゃく》の峰入《みねいり》」という。現在では吉野から入る逆の峰入が一般的となり、時期も夏になっている。
みね入や篠にかぶる、道ありと　白雄・白雄句集
峯入やおもへば深き芳野山　白雄・白雄句集
峰入や顔のあたりの山かつら　正岡子規・寒山落木
峯入や心たよりの貝を吹く　横山蜃楼・漁火
花のぞく身をさかしまの行者かな　高田蝶衣・青垣山

みふねまつり【三船祭】〔初夏〕
五月第三日曜、京都嵯峨の車折《くるまざき》神社の祭礼。「西祭」ともいう。御座舟・詩歌・管弦の各舟と随待舟を嵐山の川辺に浮かべ、大堰川の御遊の古式を模し、扇流しの神事が行われる。

みょうがじる【茗荷汁】 めうがじる〔晩夏〕
茗荷を入れた汁物。夏から秋に食する。
茗荷汁にうつりて淋し己が顔　村上鬼城・鬼城句集
茗荷汁つめたうなりて澄みにけり　村上鬼城・鬼城句集
茗荷汁ほろりと苦《にが》し風の暮　日野草城・旦暮

むぎうた【麦唄・麦歌】〔初夏〕
初夏、黄熟した麦穂を刈り取る時や、麦を打ったり搗いたりする時にうたう歌。⇩麦搗《むぎつき》、田植歌《たうえうた》、麦刈《むぎかり》、麦打《むぎうち》
麦うたや誰と明して睡た声　移竹・俳句大観
麦うたや野鍛治が槌も交へうつ　几董・井華集

むぎうち【麦打】〔初夏〕
麦の穂を打ち、実を落とすこと。⇩麦刈《むぎかり》
蟬鳴や麦をうつ音三三三　嵐雪・玄峰集
麦を打ほこりの先に聟舅　太祇・太祇句選

むぎかり【麦刈】〔初夏〕
初夏、黄熟した麦を刈り取ること。［同義］麦刈《むぎか》る。⇩新麦《しんむぎ》、麦扱《むぎこき》、麦打《むぎうち》、麦唄《むぎうた》、麦搗《むぎつき》、麦笛《むぎぶえ》、麦藁《むぎわら》

麦刈てあそべや我も鎌法師　支考・東西夜話
麦刈て瓜の花まつ小家哉　蕪村・新花摘
麦刈の不二見所の榎哉　一茶・享和句帖
麦刈りや娘二人の女わざ　村上鬼城・鬼城句集

むぎこき【麦扱】〔初夏〕
収穫した麦の穂を扱いて実を取ること。また、その道具。

むぎちゃ【麦茶】〔三夏〕
大麦を殻つきのまま炒って、茶のように煎じた飲料。香りがあり、夏の冷たい飲料として飲まれる。［同義］麦湯《むぎゆ》、麦《むぎ》茶冷《ちゃひや》し、麦湯冷《むぎゆひや》し。⇩麦湯《むぎゆ》

むぎつき【麦搗】〔初夏〕
脱穀し、精白するため、麦を搗くこと。⇩麦刈《むぎかり》
麦つきやむしろまとひの俄雨　鬼貫・俳諧七車
門々の月を見かけて麦をつく　一茶・七番日記

むぎぬか【麦糠】〔初夏〕
麦を精製したときの果皮、種皮、外胚乳などを粉にしたもの。肥料になり、また、漬物の糠となる。⇩麦《むぎ》［植物編］
麦ぬかの流の末の小なべ哉　一茶・享和句帖

むぎのこ【麦の粉】〔三夏〕
麦を炒って、粉状にしたもの。砂糖を混ぜたり冷水で溶かしたりして食べる。⇩麦《むぎ》［植物編］
むせるなと麦の粉くれぬ男の童　召波・春泥発句集

むぎぶえ【麦笛】〔初夏〕
麦の茎を三センチ位に切って吹き鳴らして遊ぶ。⇩麦刈《むぎかり》
里の子の麦藁笛や青葉山　才麿・才麿発句抜粋
むら雀麦わら笛にをどるなり　一茶・七番日記
麦笛や四十の恋の合図吹く　高浜虚子・五百句
吹き習ふ麦笛の音はおもしろや　杉田久女・杉田久女句集
麦笛や雨あがりたる垣のそと　水原秋桜子・葛飾

むぎぼこり【麦埃】〔初夏〕
麦打で立つ埃。⇩麦打《むぎうち》
鶏の鼻ぐすめくや麦ぼこり　朱拙・白馬
長旅や駕なき村の麦ほこり　蕪村・蕪村句集
麦埃かぶる童子の眠りかな　芥川龍之介・蕩々帖

むぎめし【麦飯】〔初夏〕
米に麦を混ぜて炊いた飯。また、麦だけで炊いた飯。
麦飯やさらば葎《むぐら》の宿ならで　杉風・常盤屋之句合

麦飯に痩せもせぬなり古男　村上鬼城・鬼城句集
麦飯もよし稗飯も辞退せず　高浜虚子・五百五十句

むぎゆ【麦湯】〔三夏〕⇩麦茶《むぎちゃ》

道場へ大釜で出す麦湯かな　岡本癖三酔・癖三酔句集
麦湯湧きぬ講中来らず雨降れり　長谷川零余子・雑草
麦湯冷やす手桶置きたる茂りかな　長谷川かな女・龍膽

むぎらくがん【麦落雁】〔三夏〕

麦こがしを固めてつくった干菓子。

むぎわら【麦藁】〔初夏〕

穂を取ったあとの麦の茎をいう。ストローにしたり、帽子や細工物に編みあげたりして使う。⇩麦刈《むぎかり》、麦藁帽子《むぎわらぼうし》

麦藁の家してやらん雨蛙　智月・猿蓑
麦わらは麦掃庭のは丶きかな　鬼貫・俳諧七車
麦藁や地蔵の膝にちらしかけ　正岡子規・子規句集

むぎわらぶえ【麦藁笛】〔初夏〕

短く切った麦の茎を吹き鳴らして遊ぶ。［同義］麦笛《むぎぶえ》。

里の子の麦藁笛や青葉山　才麿・才麿発句抜粋
むら雀麦わら笛にをどるなり　一茶・七番日記

むぎわらぼうし【麦藁帽子】〔三夏〕

麦藁を編んでつくった夏帽子。⇩麦藁《むぎわら》、夏帽子《なつぼうし》

虹立つや麦藁帽の庇より　中村汀女・花影

むしかがり【虫篝】〔晩夏〕

夏、作物や果樹に食害を与える害虫を誘い寄せ、焼き殺すための篝火。⇩夏《なつ》の虫《むし》［動物編］

むしはらい【虫払】むしはらひ〔晩夏〕

夏の土用の頃、書籍や衣類などを日に干し、また風にさらして虫や黴を防ぐこと。［同義］虫干《むしぼし》、土用干《どようぼし》。⇩虫干《むしぼし》

むしぼし【虫干】〔晩夏〕

夏の土用の頃、書籍や衣類を日に干し、また風にさらして虫や黴を防ぐこと。［同義］虫払《むしばら》い。⇩土用干《どようぼし》、曝書《ばくしょ》

虫干《むしぼし》や朱の色あせし節はかせ　森鷗外・うた日記
虫干やけふは俳書の家集の部　正岡子規・子規句集
虫干やつなぎ合はせし紐の数　杉田久女・杉田久女句集
虫干しの寺に花咲く蘇鉄かな　吉田冬葉・改造文学全集

むしゃにんぎょう【武者人形】むしゃにんぎやう〔仲夏〕

五月五日の端午の節句に飾る武者姿の人形。義経・弁慶・

金太郎・鍾馗などの人形が多い。〔同義〕五月人形《ごがつにんぎょう》。⇩端午《たんご》

まつすぐに人見る男児五月雛　　中村草田男・来し方行方

めしざる【飯笊】〔三夏〕

夏、飯が饐えるのを防ぐために入れる通気性のある笊。

飯笊に夜は鳴いてゐるいとゞかな　　松瀬青々・妻木

めしすえる【飯饐える】〔三夏〕

夏、米飯が腐敗したときの粘り気と臭気を持った状態をいう。粘り気をもった状態が汗をかいたように見えるところから「汗の飯」「飯の汗」ともいう。〔同義〕饐《す》え飯《めし》。⇩飯笊《めしざる》

モーター・ボート【motor boat】〔三夏〕

モーターを動力としてスクリューを回転させて進む船。

もかり【藻刈】〔三夏〕

夏、肥料などにするため、池・湖沼・海で藻を刈ること。古歌では「玉藻《たまも》」「厳藻《いつも》」「沖《おき》つ藻《も》」「辺《へ》つ藻」「藻塩《もしお》」「藻屑《もくず》」などの表現が多用される。⇩藻刈舟《もかりぶね》

藻を刈るや西日に沈む影法師　　村上鬼城・鬼城句集

湖畔歩むや秋雨にほのと刈藻の香　　杉田久女・杉田久女句集

舟人や秋水叩く狩藻竿　　杉田久女・杉田久女句集

もかりぶね【藻刈舟】〔三夏〕

舟足をよくするため、または肥料とするために、夏、湖沼や池などに繁茂した藻を刈りとる。そのために出す舟を藻刈舟という。⇩藻刈《もかり》

もじしょうじ【綟障子】もぢしやうじ〔三夏〕

綟は粗く編んだ麻布で、それを簀戸などに張った風通を良くした障子。屏風に張ったものを綟屏風という。

「や〜わ行」

やがいえんそう【野外演奏】やぐわいえんそう〔晩夏〕

夏になると公園などの野外で演奏や映画などが催される。

やぐるま【矢車】〔仲夏〕

五月五日の端午の節句に立てる幟の上につけられる飾り。矢を放射状に並べ風力で回るようにしたもの。⇩幟《のぼり》、端午《たんご》

やな【簗・梁】〔三夏〕

川で魚を捕らえる漁具。川を堰き止め、一部を開けて竹で編んだ簀を張り、魚を捕獲する。「簗打《やなう》つ」「簗《やな》さす」という。

目通りの岡の榎や簗さかひ　其角・五元集
簗打や罠の淵瀬をしらぬ人　浪化・浪化上人発句集
簗《やな》見《み》廻《まわ》つて口笛吹くや高嶺晴《たかねばれ》　高浜虚子・五百句
手に足に逆まく水や簗つくる　西山泊雲・泊雲

やまびらき【山開】〔晩夏〕

信仰登山において、登山の禁を解くこと。富士浅間神社は七月一日、木曾御岳は七月一〇日、出羽月山は七月一五日。スポーツとしての夏山登山は、富士山が七月一〇日。北海道大雪山が七月一日。⇩ウェストン祭《さい》、登山《とざん》、富士詣《ふじもうで》

ゆうがし【夕河岸】　ゆふがし〔晩夏〕

夏、魚市場にたつ夕方の市。

夕河岸や灯となるまでの一と盛り　上川井梨葉・梨葉句集

ゆうがとう【誘蛾灯】　いうがとう〔晩夏〕

田や果樹園などで、夜間に点灯させて蛾・黄金虫などの害虫を誘い集めて捕殺する装置。

蛾落ちてさざめく水や誘蛾燈　西山泊雲・泊雲
立ち寄ればあたり賑はし誘蛾燈　吉武月二郎・雲母
夜をこえし誘蛾燈のみ濤の音　中村草田男・銀河依然
祖母よりも父遠かりし誘蛾燈　加藤楸邨・雪後の天

ゆうすずみ【夕涼み】　ゆふすずみ〔晩夏〕

夏の夕方、屋外や縁側などにでて涼をとること。⇩涼《すず》み

瓜作る君かあれなと夕すゞみ　芭蕉・あつめ句
町筋《まつすぢ》は祭に似《に》たり夕涼《ゆふすず》み　去来・初蟬
月待《まつ》や海を尻目《しりめ》に夕すゞみ　正秀・猿蓑
川むかひもらひわらひや夕《ゆふ》涼《すずみ》　梢風・木葉集
子は寐たり飯はくふたり夕涼　正岡子規・子規句集

ゆうせん【遊船】〔三夏〕⇩船遊《ふなあそ》び

捨団扇ありて遊船雨ざらし　鈴木花蓑・鈴木花蓑句集
遊船や真砂座見えて橋の下　長谷川零余子・雑草
遊船はさかのぼるえご散り溜る　中村汀女・花影
遊船や棹のまに〳〵蟬の声　石橋秀野・桜濃く

ゆうはらえ【夕祓】　ゆふはらへ〔晩夏〕

夕方に行う祓。⇩夏越《なごし》

夕はらひ竹をぬらして濟すなり　一茶・旅日記
夕祓鴨十ばかり立にけり　一茶・七番日記

生活

ゆかすずみ【床涼み】〔晩夏〕
京都四条河原で、桟敷を川原へ張り出し、納涼客をもてなすもの。⇩河原《かわら》の納涼《すずみ》、川床《かわゆか》
床《ゆか》すゞみ七夕《たなばた》どのやはしの上　野坡・野坡吟草

ゆかた【浴衣】〔三夏〕
湯帷子《ゆかたびら》の略で、もとは入浴用の衣服であったが、現在は夏に着る木綿の単衣をいう。⇩夏衣《なつごろも》
家並に娘見せたる浴衣《ゆかた》哉　正岡子規・子規句集
唇動き悲しさ語る浴衣白く　中村草田男・万緑
藍冴ゆる浴衣をしやんと小女房　日野草城・旦暮
四五人の心おきなき旅浴衣　星野立子・鎌倉
染浴衣三十路の負《おひ》め浅かれと　石橋秀野・桜濃く

ゆであずき【茹小豆】ゆであづき〔三夏〕
茹でた小豆に砂糖をかけたもの。また茹でた小豆に砂糖を加え更に煮たもの。「煮小豆」という。

ゆとん【油団】〔三夏〕
和紙を貼り合わせて油・漆・渋などを塗った夏の敷物。
蟹の瞳や油団の人を窺へり　島村元・島村元句集
砂落して蟻のわしれる油団かな　島村元・島村元句集

よしず【葭簀・葦簀】〔三夏〕
葭を編んで製した簀のことで、日除けなどに用いられる。
縁台を重ね掃きをり葭簀《よしず》茶屋　高浜虚子・六百句
客稀《まれ》に葭簀《よしず》繕ふ茶屋主《あるじ》　高浜虚子・六百句

よしど【葭戸・葦戸】〔三夏〕
葭で編んだ葭簀を張った風通しの良い戸。夏に、襖・障子などをはずして取りつける。⇩網戸《あみど》、葭簀《よしず》、簀戸《すど》
葭戸《よしど》はめぬ絶えずこぼれ居《お》る水の音　高浜虚子・五百句
うすぐらき葭戸の雨のしめりかな　上川井梨葉・梨葉句集
庭下りる人見えて居し葭戸かな　長谷川かな女・龍膽
雨だれや葭戸の中の灯のしづか　日野草城・花氷

よすすぎ【夜濯】〔三夏〕
夏の夜に、汗などで汚れた衣服を洗うこと。
夜濯のしぼりし水の美しく　中村汀女・春雪
夜濯の終りたる戸をひそとさし　中村汀女・春雪

よたき【夜焚】〔三夏〕
夏の夜、海の夜焚船で魚をとるために灯や篝火を焚くこと。その火に集まってくる鯖や海老、烏賊などをとる。⇩夜振《よぶり》

ヨット【yacht】〔三夏〕
競走や娯楽などに用いる洋式の小型帆船。

よづり【夜釣】〔三夏〕
夜の釣。俳句では夏の季語となる。⇩夜振《よぶり》
夜釣の灯なつかしく水の闇を過ぐ　富田木歩・定本木歩句集

よぶり【夜振】〔三夏〕
夏の夜、川や池で松明などを灯して集まってくる魚を漁獲すること。［同義］夜振火《よぶりび》、川照射《かわともし》。⇩夜焚《よたき》、夜釣《よづり》
神饌の夜振か天城雨となり　渡辺水巴・白日
上つ瀬を放牛わたる夜振かな　高田蝶衣・蝶衣句稿青垣山
盃を挙ぐ楼のましたに夜振の火　山口青邨・冬青空
夜振の灯かざせば水のさかのぼる　中村汀女・春雪

よみせ【夜店】〔三夏〕
夜、路上で物を売る店。寺社の縁日など、恒常的ではなく、臨時に設けられるものが多い。⇩金魚売《きんぎょうり》
引いて来《き》し夜店車をまだ解かず　高浜虚子・五百五十句

よもぎふく【蓬葺く】〔仲夏〕
端午の節句の前日に、火災などの災いを避けるため、家の軒に菖蒲と蓬を葺く風習。⇩菖蒲葺《あやめふ》く
草の戸のくさより出て蓬ふく　暁台・暁台句集
菖蒲少し蓬おほくぞ葺いたりける　森鷗外・うた日記

ラムネ　⇩清涼飲料水《せいりょういんりょうすい》〔三夏〕

らんとう【蘭湯】〔仲夏〕
蘭を入れた湯。五月五日の端午の節句に蘭を湯に入れて入浴すると邪気が払えるという風習。⇩菖蒲湯《しょうぶゆ》
蘭湯に浴すと書て詩人なり　夏目漱石・漱石全集
蘭湯や女がくる、浴巾《ゆでのごひ》　松瀬青々・妻木
蘭湯に浴し錦を着たりけり　河東碧梧桐・碧梧桐句集

りんかんがっこう【林間学校】りんかんがくかう〔晩夏〕
夏に、健康増進と自然への親しみ、その他特別な教育目的のために山間などで開く臨時の学校。［同義］林間学舎《りんかんがくしゃ》。

れいぞうこ【冷蔵庫】れうざうこ〔三夏〕
食料などを低温で冷蔵して保存する室、または器具。
金塊のごとくバタあり冷蔵庫
戦中戦後まだ貴重なりしバターの頃　吉屋信子・吉屋信子句集

冷蔵庫司厨の帽は横かぶり　日野草城・昨日の花

れいぼう【冷房】 れいばう〔晩夏〕

室内などを涼しく適温に冷やすこと。〔同義〕冷房装置《れいぼうそうち》、クーラー。

冷房の鏡中にわがすわりたり　石田波郷・鶴の眼

冷房の別れ軍刀に冠せし帽　石田波郷・鶴の眼

レース【lace】〔晩夏〕

糸を透かし模様に編んだ布地で、夏の衣服や、テーブル掛け、カーテンなどに用いられる。⇩夏服《なつふく》

ろだい【露台】〔三夏〕

屋根のない床張りの台。西洋建築の家から突きだした屋根のない手すり付きの台のバルコニーもいう。〔同義〕バルコニー（balcony　英）、バルコン（balcon　仏）。⇩夏館《なつやかた》

露台人胸《ろだいびとむね》に薔薇《ばら》さし人《ひと》を恋《こ》ふ　長谷川零余子・零余子句集

足もとに大阪眠る露台かな　日野草城・青芝

わきが【腋臭・狐臭】〔晩夏〕

わきの下から悪臭の汗を発する症状および体質。汗の多い夏にめだつ。⇩汗《あせ》

わたぬき【綿抜】〔初夏〕

綿入の綿を抜いて、袷として縫い直すこと。〔同義〕綿貫《わたぬき》、解《と》き明《あ》け物《もの》。⇩袷《あわせ》、衣更《ころもが》え

綿《わた》ぬきや只一《ただひと》布衣《ふい》の我姿《わがすがた》　舎羅・鹿子の渡

綿ぬきや蝶はもとより軽々し　千代女・千代尼発句集

我に綿ぬきすまさせて寒きかな　蓼太・蓼太句集

綿ぬいてほすもうるさしまのあたり　梅室・梅室家集

わたまく【綿蒔く】〔初夏〕

晩春から初夏に綿の種を蒔くこと。〔同義〕綿蒔《わたまき》。

早引き季語辞典［夏］

〈動物編〉

「あ　行」

あいふ【合生】　あひふ〔三夏〕

麦鶉の雌をいう。麦鶉とは成長した麦の中で雛を育てている鶉をいう。⇩麦鶉《むぎうずら》

あおがえる【青蛙】　あをがへる〔三夏〕

アオガエル科の蛙の総称。体長五～六センチ。背部は青緑色で腹部は白色をおびる。指先に吸盤があり、樹枝に多く生息する。樹上や水辺に泡状の卵塊を生みつける。⇩雨蛙《あまがえる》

夕空のしづか青蛙呼びかはすなり　種田山頭火・層雲
青蛙花屋の土間をとびにけり　原石鼎・花影
山廬淋し蚊帳の裾飛ぶ青蛙　杉田久女・杉田久女句集
青蛙おのれもペンキぬりたてか　芥川龍之介・我鬼窟句抄
青蛙両手を露にそろへおく　川端茅舎・定本川端茅舎句集
文字知らざりし頃の鳴声青蛙　中村草田男・母郷行

あおぎす【青鱚】　あをぎす〔三夏〕

キス科の海水魚。白鱚《しろぎす》よりも大きく、体長二〇～四五センチ。体は淡褐色。背面は青みを帯びる。警戒心が強く、危険を感じると砂中に入る。河口の澄んだ干潟で産卵する。海釣りの対象魚。⇩鱚《きす》

あおさぎ【青鷺・蒼鷺】　あをさぎ〔三夏〕

サギ科の鳥。夏に渡来し、冬に帰る。体長約九〇センチ。日本最大の鷺。体全体は白色をおび、背部は灰青色、翼は青黒色。頭の上部は白色で、後部に青黒色の光沢のある飾り羽がある。集団で樹上に巣をつくる。魚、蛙などを捕食する。［同義］みと鷺《さぎ》、なつがん。［漢名］青荘。

あおさぎ

昼ねぶる青鷺の身のたふとさよ　芭蕉・猿蓑
青鷺《あをさぎ》や世間ながむる田植歌　正秀・韻塞
夕風《ゆふかぜ》や水《みづ》青鷺の脛《はぎ》をうつ　蕪村・幣袋
赤子泣けばすいと青鷺何処へゆく　宮林菫哉・冬の土
洲に立てる青鷺のみぞサロマ川　水原秋桜子・晩華

あおじ【蒿雀】 あをじ 〔三夏〕
ホオジロ科の鳥。日本、アジア東部に分布。翼長約七センチ。頭部は暗深緑色。背面は深緑褐色。腹部は黄色をおび、灰褐色の斑紋がある。「チリチヨロ・チチクイ・チッチヨロ・チリリ」と鳴く。〔同義〕きあおじ。〔漢名〕蒿雀。

あおじ

あおだいしょう【青大将】 あおだいしやう 〔三夏〕
ヘビ科の無毒の蛇。体長一～二メートル。背部は暗褐緑色。二～四条の縦線がある。小鳥、蛙などの小動物や鳥の卵を好んで食べる。〔同義〕鼠捕《ねずみとり》、里回《さとめぐり》。⇩蛇《へび》、里回《さとめぐり》

あおとかげ【青蜥蜴】 あおとかげ 〔三夏〕
一般にトカゲ目の蜥蜴の子をいう。背部は青藍色。⇩蜥蜴《とかげ》

あおばずく【青葉木菟】 あをばづく 〔三夏〕
フクロウ科の中形の鳥。本州以南に分布し、山林に多く生息する。樹穴に巣をつくる。四月頃に飛来する。体長約三〇センチ。体の上部は黒褐色。下部は白地に黒褐色の縦紋がある。夜に「ホーホー」と二声で続けて鳴く。〔和名由来〕青葉の頃に渡来する「ツク＝木菟《みみづく》」の意。〔同義〕二声鳥《ふたこえどり》。

夕飯を待つ間も森の青葉木菟　小沢碧童・碧童句集
青葉木菟降りやみし夜の刻《とき》ながき　水原秋桜子・古鏡
青葉木菟《あをばづく》記憶の先の先鮮か　橋本多佳子・海彦
青葉木菟濡葉をどりて燐寸の火　加藤楸邨・雪後の天

あおばと【青鳩・緑鳩】 あをばと 〔三夏〕
ハト科の家鳩大の鳥。低山の林に生息する。全体に緑色で頭頸部は黄緑色。胸部は黄色、腹部は白色。「アオー・アオー」と尺八を吹くような声で鳴く。その哀調のある声は不吉とされる。〔同義〕尺八鳩《しゃくはちばと》。

あかあり【赤蟻】 〔三夏〕⇩蟻《あり》

あかいえか【赤家蚊】 あかいへか 〔晩夏〕
蚊の一種。最も普通の蚊。体色は赤褐色。雌が人の血を吸う。日本脳炎を媒介する。〔同義〕赤斑蚊《あかまだらか》。⇩蚊《か》

あかえい【赤鱝・赤鱏】 あかえひ 〔三夏〕
アカエイ科の海水魚。日本近海から中国に分布し、海底の砂泥底に生息する。体長は約一メートル。体形は菱形偏平。

背の中央に突起があり尾に続く。尾は細長く、鞭状で毒針をもつ。胎生。夏季のものが美味で、「赤鱝の吸物、章魚の足」といって好まれる食材である。

あかこ【赤子】〔三夏〕
　ミミズ綱の環形動物。溝などの泥中に生息する。「糸蚯蚓《いとみみず》」ともよばれ、金魚など魚の餌となる。［同義］たみみず。

あかしょうびん【赤翡翠・赤魚狗】あかせうびん〔三夏〕
　カワセミ科の鳥。南方より夏鳥として飛来する。翼長約一二センチ。体色は全体に赤褐色。嘴は長大で赤色。山地の渓流に生息し、蛙、小魚、昆虫などを捕食する。雨が降りそうなときに「キョロロ・キョロロ」と鳴くことから、「水恋鳥」「雨乞鳥」ともいわれる。［同義］深山翡翠《みやましょうびん》、深山魚狗《みやましょうびん》。⇩翡翠《かわせみ》、水恋鳥《みずこいどり》、雨乞鳥《あまごいどり》

あかはえ【赤鮠】〔三夏〕
　コイ科の追河の雄。「あかはや」ともいう。⇩追河《おいかわ》

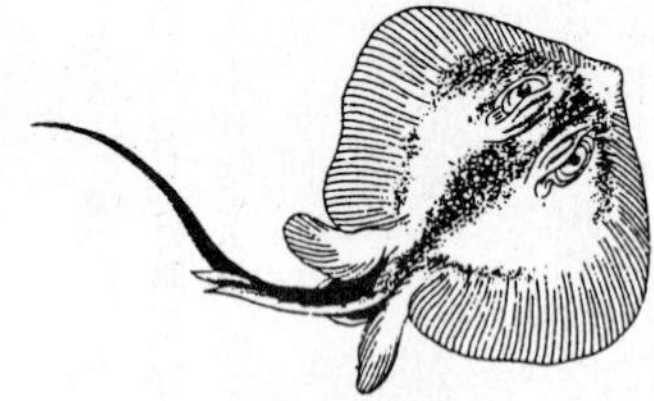
あかえい

動物

あかはら【赤腹】〔三夏〕
　①ヒタキ科の鳥。翼長約一二センチ。本州、北海道に夏鳥として渡来し、冬に四国、九州以南に渡る。頭・背部は茶褐色。胸・胴の側面は狐色で中央は白色。「キョロン・キョロンツィー」と美しい声で鳴く。②井守の別称。⇩井守《いもり》

あかまだらか【赤斑蚊】〔晩夏〕
⇩赤家蚊《あかいえか》

あじ【鯵】あぢ〔三夏〕
　スズキ目アジ類の魚の総称。体側線上に鱗に似た稜鱗があり、背面は青色をおび、腹面は銀色。沿岸の中層を群れて回遊する。夏・秋を漁期とする。［同種］真鯵《まあじ》、室鯵《むろあじ》、縞鯵《しまあじ》。⇩小鯵《こあじ》、室鯵《むろあじ》、真鯵《まあじ》、沖膾《おきなます》、背越膾《せごしなます》

夕鯵《ゆうあじ》を妻が値ぎりて瓜《うり》の花　高浜虚子・五百句
鯵舟に三角な帆を張りにけり　籾山柑子・柑子句集
鯵買ひし笊を置きたる柱かな　長谷川零余子・雑草
鯵くふや夜はうごかぬ雲ばかり　加藤楸邨・雪後の天

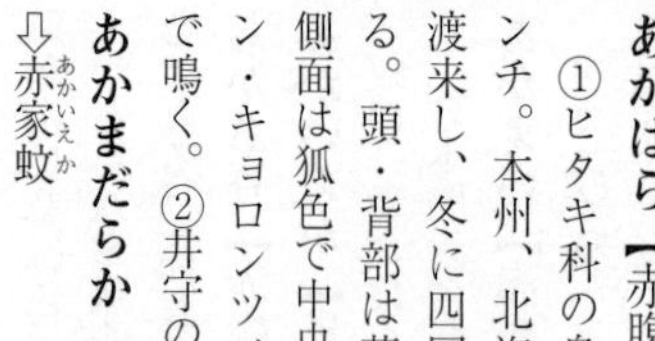
あかはら

鰺を焼くにほひと暮るる「日めくり」と　中村草田男・母郷行

あじさし【鰺刺】 あぢさし〔三夏〕
カモメ科の水鳥。翼長約二七センチ。頭部は黒色。背部は青灰色で腹部は白色。翼と尾が長い。嘴は細長く先端が尖り、急降下して魚を捕らえる。［和名由来］鰺を尖った嘴で刺しとることから。［同義］鮎《あゆ》さし。

あとさりむし【あとさり虫】〔三夏〕
ウスバカゲロウ科の幼虫。一般に「蟻地獄」といわれ、大樹の根元や樹陰に擂鉢形の穴をつくり、その底にもぐり棲んで、滑り落ちてくる蟻などの昆虫を鉤形の顎で捕獲する。［和名由来］常に後進して動くところから。⇩蟻地獄《ありじごく》

あなご【穴子】〔三夏〕
アナゴ科の海水魚の真穴子。［同義］海鰻《うみうなぎ》。⇩真穴子《まあなご》

そと海に似たるうねりや海鰻《あなご》釣　上川井梨葉・梨葉句集
品川沖

あぶらぜみ【油蟬・鳴蜩】〔晩夏〕
日本で最も普通に見られるセミ科の昆虫。雄の体長は四〜六センチ。体は黒褐色。幼虫は六年間地中で過ごし、七年目の夏に成虫となる。「ジージー」と鳴く。⇩蟬《せみ》

悉く遠し一油蟬鳴きやめば　石田波郷・惜命

あぶらむし【油虫】〔三夏〕
①アリマキ科、アブラムシ科の小昆虫の総称。農作物に寄生し、汁液を吸う害虫。体は緑色。腹部より甘い蜜を分泌するので蟻が好み、保護をする。［同義］蟻巻《ありまき》、あぶろじ、きじらみ、甘子《あまこ》。②ゴキブリの別称。⇩蜚蠊《ごきぶり》

不精箱を下ろして見しに油虫　青木月斗・時雨
油虫出づ鬱々と過す人に　山口青邨・雪国
愛されずして油虫ひかり翔つ　橋本多佳子・紅絲
ねぶたさの灯の暗うなる油虫　中村汀女・春雪

あまがえる【雨蛙】 あまがへる〔三夏〕
アマガエル科の蛙。体長約四センチ。体色は通常、緑色または灰色であるが、環境によって茶褐色などに変化する。指先に吸盤があり、草や樹上に登る。［同義］土鴨《つちがも》、雨乞蟇《あまごいひき》、雨乞虫《あまごいむし》、梅雨蛙《つゆがえる》、枝蛙《えだかわず》。⇩青蛙《あおがえる》、枝蛙《えだかわず》

草庭の曇りを鳴きぬ雨蛙　青木月斗・時雨
尿前《しとまへ》のふるみち失せぬ雨蛙　水原秋桜子・殉教

雨蛙わが抱く葉の身より細し　山口青邨・花宰相
雨蛙子に夕暮の戸を閉めて　中村汀女・花影
雨蛙見ゆるがごとく鳴きにけり　日野草城・銀
雨蛙仔馬へ白きのどで鳴く　中村草田男・来し方行方

あまご【甘子・天魚】〔三夏〕

サケ科である琵琶鱒《びわます》の幼魚または陸封型のものをいう。体側には黒斑紋がならび、小さな朱色点が散在する。五～六月が釣の最盛期である。

あまごいどり【雨乞鳥】　あまごひどり〔三夏〕

赤翡翠の別称。⇩赤翡翠《あかしょうびん》

あまつばめ【雨燕】〔三夏〕

アマツバメ科の鳥。四～五月に日本に飛来する。高山や海岸の岸壁に群棲する外形は燕に似ている。脚が岸壁の縁に止まりやすいように前方を向いている〔同義〕いわつばめ。

雨燕《あまつばめ》翔けてはしぬぐ間《あひ》の岳　水原秋桜子・殉教

あめんぼ【水黽・飴坊】〔三夏〕

アメンボ科の水生昆虫。「あめんぼう」ともいう。体は棒状で細長く、体長は約一・五センチ。長い肢の先に毛が生えていて、小川や池沼の水上に浮かび滑走することができる。「あめんぼ」を「みずすまし」と詠んでいる場合が多いが、ミズスマシ科の水澄《みずすまし》とは別種。⇩水澄《みずすまし》

水の蛛《くも》一葉にちかくおよぎ寄《よる》　其角・五元集拾遺
行く水分つ石ほとりアメンボウ流れては　種田山頭火・層雲
あめんぼう水守の来る影を知りぬ　高田蝶衣・青垣山

あゆ【鮎・香魚・年魚】〔三夏〕

アユ科の淡水魚。体長は三〇センチに達する。体は流線形。背面は青緑色で、腹面は白色をおびる。稚魚は海で育ち、春になると、群れをなして川を遡上し、急流に生息する。鮎は縄張りをもち、他の鮎の侵入に対して激しく撃退する。六月一日に鮎漁が解禁となると、多くの太公望が一斉に釣場におしかける。鮎は「川魚の王」として好まれ、塩焼きにして蓼酢で食べるほか、刺身、鮎鮨、鮎膾、魚田楽、鮎魚田《あゆぎょでん》などに調理される。肉に香気があるところから香魚《こうぎょ》、寿命が通常一年なので年魚《ねんぎょ》ともいう。⇩鮎狩《あゆがり》、鮎膾《あゆなます》、鮎《あゆ》の

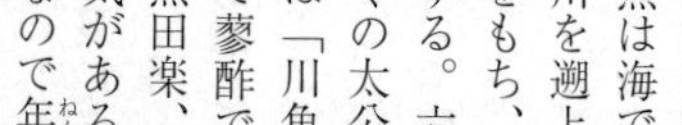

あゆ

動物

宿《やど》、鮎《あゆ》の里《さと》、鮎鮨《あゆずし》、背越膾《せごしなます》、囮鮎《おとりあゆ》

せゝらぎの水音響く鮎《あゆ》の川　高浜虚子・七百五十句
めづらしやしづくなほある串の鮎　飯田蛇笏・山廬集
山の色釣り上げし鮎に動くかな　原石鼎・花影
鮎とぶや水輪の中の山の影　水原秋桜子・葛飾
夕茜匂ふがごとし利根の鮎　山口青邨・花宰相
鮎打つや石見も果ての山幾つ　石橋秀野・桜濃く

あゆがり【鮎狩】〔三夏〕⇩［生活編］

あゆずし【鮎鮨】〔三夏〕⇩［生活編］

あゆたか【鮎鷹】〔三夏〕
小鰺刺《こあじさし》の別名。⇩小鰺刺《こあじさし》

あゆなます【鮎膾】〔三夏〕⇩［生活編］

あゆのさと【鮎の里】〔三夏〕⇩［生活編］

あゆのやど【鮎の宿】〔三夏〕⇩［生活編］

あゆもどき【鮎擬】〔三夏〕
ドジョウ科の淡水魚。琵琶湖、淀川に生息する。体長約一二センチ。体は太く短く側扁し、三対の口髭をもつ。体色は褐色で七つの横縞がある。梅雨の頃が美味であるが、天然記念物になり、獲ることはできない。［同義］海泥鰌《うみどじょう》。

あゆもどき

あらい【洗鱠】あらひ〔三夏〕⇩［生活編］

あらいすずき【洗い鱸】あらひすずき〔三夏〕⇩［生活編］

あらいだい【洗い鯛】あらひだひ〔三夏〕⇩［生活編］

あらう【荒鵜】〔三夏〕
鵜飼のための訓練が十分できていない野生状態の鵜という。⇩鵜《う》、鵜飼《うかい》［生活編］

三伏の月の穢に鳴く荒鵜かな　飯田蛇笏・山廬集
舟行の水脈《みを》の乱れの荒鵜かな　石野秀野・桜濃く

あり【蟻】〔三夏〕
ハチ目アリ科の昆虫の総称。体色は黒色や赤褐色のものが多い。長い触角をもつ。胸腹間に大きなくびれがある。女王蟻と雄蟻、働き蟻で構成され、集団生活を営む。蟻の集団行動は蟻のだすフェロモンによる。⇩赤蟻《あかあり》、蟻塚《ありづか》、黒蟻《くろあり》、白蟻《しろあり》、山蟻《やまあり》、蟻《あり》の門渡《とわた》り、蟻《あり》の道《みち》、蟻《あり》の塔《とう》、羽蟻《はあり》

出合ひ蟻ちよと私語《ささめ》きて別れけり　石橋忍月・忍月俳句抄
愛憎は蝿打つて蟻《あり》に与へけり　正岡子規・子規句集

蟻の死や指紋渦巻く指の上　日野草城・旦暮
古庭にさも定まりて蟻の道　中村草田男・母郷行
蟻ゆきて没日兇変つひになし　加藤楸邨・野哭
蟻走る赤鉛筆をうたがひて　中尾寿美子・草の花

ありじごく【蟻地獄】　ありぢごく〔三夏〕
ウスバカゲロウ科の幼虫。体長約一〇ミリ。大樹の根元や樹陰に擂鉢形の穴をつくり、その底にもぐり棲んで、滑り落ちてくる蟻などの昆虫を鉤形の顎で捕獲する。〔同義〕あとさり虫《むし》、擂鉢虫《すりばちむし》、あとずさり。⇩あとさり虫《むし》、薄羽蜉蝣《うすばかげろう》
松の雨ついついと吸ひ蟻地獄《ありじごく》　高浜虚子・五百五十句
光陰と土に鎮まる蟻地獄　飯田蛇笏・椿花集
マリア像影したまへり蟻地獄　水原秋桜子・蓬壺
わが心いま獲物欲り蟻地獄　中村汀女・春雪
日のひかり蟻地獄さへ樟のにほひ　中村草田男・火の鳥
蟻地獄見てゐて仮借なかりけり　加藤楸邨・雪後の天

ありづか【蟻塚】〔三夏〕⇩蟻《あり》の塔《とう》、蟻《あり》
蟻塚やうつぼ柱のあぶれ水　松瀬青々・妻木

ありのとう【蟻の塔】　ありのたふ〔三夏〕
蟻が土や枯葉を積み固めてつくった巣。日本で見られるのは「えぞあかやまあり」の巣で、高さ約一メートル。〔同義〕蟻塚《ありづか》、蟻《あり》の巣《す》。⇩蟻塚《ありづか》、蟻《あり》

ありのとわたり【蟻の門渡り】〔三夏〕
蟻が列をなして移動していくことをいう。⇩蟻《あり》、蟻《あり》の道《みち》

ありのみち【蟻の道】〔三夏〕
一列になって蟻が移動していくさまを表す。⇩蟻《あり》
蟻《(あり)》の道雲の峰よりつゞきけん　一茶・おらが春
梅雨晴《つゆばれ》やところどころに蟻《あり》の道　正岡子規・子規句集

ありまき【蟻巻】〔三夏〕⇩油虫《あぶらむし》

あわび【鮑・鰒】　あはび〔三夏〕
ミミガイ科の巻貝の総称。貝殻は楕円形で、磯辺の岩礁域に生育する。外面は暗褐色で、内面は淡藍色味のある真珠色。外側に一〇数個の孔列をもつ。夏から秋にかけて採取される。食用。〔同義〕磯貝《いそがい》。〔漢名〕石決明。⇩水貝《みずがい》、鮑採《あわびと》り
出替《でがはり》や鮑《あはび》の貝の片おもひ　支考・草苅笛

あわび

あわびとり【鮑採り】　あはびとり〔三夏〕⇩〔生活編〕

いえこうもり【家蝙蝠】いへかうもり〔三夏〕
ヒナコオモリ科の小形の蝙蝠。体長約四・五センチ。最も普通の蝙蝠。［同義］油蝙蝠《あぶらこうもり》、油虫《あぶらむし》。⇩蝙蝠《こうもり》

いえだに【家壁蝨】いへだに〔三夏〕
ダニ目の節足動物の一種。体長は雄は約〇・五ミリ、雌は約一ミリ。体は長楕円形で黄褐色。鼠などの小動物や人にも寄生する。皮膚から吸血し、その部分は赤く腫れて痛がゆい。［同義］エロダニ。⇩壁蝨《だに》

いえばえ【家蠅】いへばへ〔三夏〕
イエバエ科の蠅。人家に多く生息する黒褐色の蠅。⇩蠅《はえ》

いか【烏賊】〔三夏〕
軟体動物頭足類の総称。体は馬蹄円筒形で五対の腕をもつ。腹部には墨汁嚢があり、外敵にあうと墨を出して逃げる。走光性があり、漁火や白熱灯で漁獲する。干してスルメにしたり、塩辛、鮨の種、煮物などにして食べる。［同義］柔魚、墨魚。［同種］真烏賊《まいか》、鯣烏賊《するめいか》、槍烏賊《やりいか》。⇩烏賊釣《いかつり》、塩烏賊《しおいか》

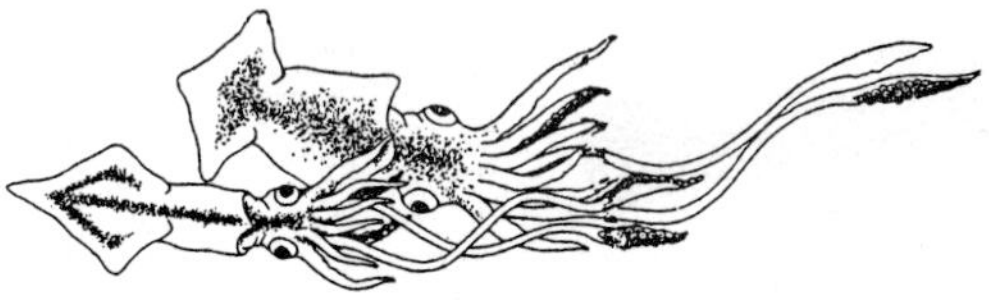
やりいか

生烏賊《なまいか》はをのがわたでやよごるらん　徳元・犬子集
烏賊売《いかうり》の声まぎらはし杜宇《ほととぎす》　芭蕉・韻塞
歯が抜けて筍《たけのこ》堅く烏賊《いか》こはし　正岡子規・子規句集
時雨るゝや烏賊より出づるトビガラス　中村草田男・長子

いかつり【烏賊釣】〔三夏〕⇩［生活編］

いかる【斑鳩・鵤】〔三夏〕
アトリ科の椋鳥《むくどり》大の鳥。「いかるが」ともいう。低山帯の広葉樹林に生息し、木の実などを割って食べる。翼長約一一センチ。頭、喉、翼、尾の羽色は黒色で、その他は灰色。嘴は太く鮮やかな黄色。飼鳥としても愛玩される。［同義］三光鳥《さんこうちょう》、豆鳥《まめどり》、豆回《まめまわし》、豆割《まめわ》り。［漢名］臘觜。⇩豆回《まめまわし》

いさき【伊佐木・伊佐幾・鶏魚】〔三夏〕
イサキ科の海水魚。本州中部以南に分布し、沿岸の岩礁域に生息する。体長約四〇センチ。五月頃、産卵期となると、雌の体側には黄色の錧条があらわれる。海釣りの対象魚。

いしだい【石鯛】いしだひ〔三夏〕
イシダイ科の海水魚。岩礁域に生息する。体長約四〇〜七

〇センチ。体は淡青褐色。幼魚のうちは七本の黒色の横帯があり、「縞鯛《しまだい》」といわれる。雄は老成すると吻部が黒みをおびるため「くちぐろ」とよばれる。磯釣りの好対象魚。

いしなぎ【石投】〔三夏〕
ハタ科の海水魚。北海道以南に分布。体長約二メートル。体側に数本の暗色の縦縞がある。初夏に浅海で産卵する。

いしもち【石持・石首魚】〔三夏〕
ニベ科の海水魚。東北以南に分布。体長約四〇センチ。灰緑色で銀白色の光沢がある。成長により「ぐち」「にべ」とよばれる。釣りの好対象魚。かまぼこの材料となる。［和名由来］頭骨内の耳石が大きく石に似ているところから。

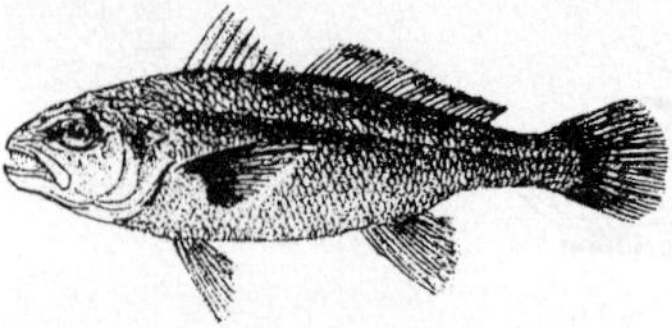
いしもち

いそがに【磯蟹】〔三夏〕⇩蟹《かに》

いととんぼ【糸蜻蛉】〔三夏〕
イトトンボ科の小形の蜻蛉《とんぼ》の総称。体長二～六センチ。体は細く、翅を背上に合せて止まる。池や沼地に生息する。［同義］燈心蜻蛉《とうしんとんぼ》、とうしみ蜻蛉《とんぼ》、とうすみ蜻蛉《とんぼ》、とうせみ。

いとみみず【糸蚯蚓】〔三夏〕
ミミズ綱の環形動物。溝などの泥中に生息する。「赤子《あかこ》」ともよばれ、金魚など魚の餌となる。

いなだ〔三夏〕
出世魚の鰤《ぶり》の幼魚の呼び名。東京では幼魚から「わかし→いなだ→わらさ→ぶり」と順に呼ばれる。

いぼだい【疣鯛】いぼだひ〔三夏〕
イボダイ科の海水魚。本州中部以南の暖海に分布する。体長約二〇センチ。体は卵円形。体色は銀灰色。［和名由来］胸びれの下部と背に疣があることから。

いぼたのむし【水蝋虫】〔三夏〕
水蝋蛾《いぼたが》の幼虫。水蝋樹《いぼたのき》に寄生する貝殻虫。雄の幼虫が羽化するときに白色の蝋質物を分泌する。［同義］疣取蝋虫《いぼたろうむし》。

いもり【井守・蠑螈】ゐもり〔三夏〕
イモリ科の両生類。池沼や小川に生息し、水中の小動物を捕食する。体長約一〇センチ。日本固有の動物。体形は守宮《やもり》に似る。背部は黒褐色で腹部は赤色。⇩赤腹《あかはら》

石の上にほむらをさます井守かな　村上鬼城・鬼城句集
河骨の花に添ひ浮くゐもりかな　高浜虚子・六百五十句
どこまでも浅き沼かやゐもり居る　篠原温亭・温亭句集
ゐもり釣る童の群にわれもゐて　杉田久女・杉田久女句集

いもり

いわつばめ【岩燕】 いはつばめ〔三夏〕

ツバメ科の渡鳥。春に渡来して日本全土で繁殖する。燕よりやや小形。翼長約一一センチ。山地の岸壁や洞窟、山間の人家の軒下などに壺形の巣をつくる。〔同義〕山燕《やまつばめ》。

噴火口奇《く》しと見る岩燕かな　河東碧梧桐・碧梧桐句集
雨乞滝《あまごひだき》巌頭《がんとう》めぐる岩燕　水原秋桜子・殉教
岩燕四簷に巣かけ雛孵る　水原秋桜子・殉教
岩燕たちまち語り後黙《もだ》ず　中村草田男・母郷行

いわな【岩魚・嘉魚】 いはな〔三夏〕

サケ科の淡水魚。本州・北海道の河川の最上流に生息する。体長一五～四〇センチ。暗褐色の地に橙色ないし白色の小斑点が散在する。肉食で昆虫や蜘蛛、小魚などを捕食する。渓流釣りの好対象魚。〔和名由来〕岩場にすむ魚「岩魚《イハナ》」より。「岩穴魚《イハアナウオ》」よりと。〔漢名〕嘉魚。⇩岩魚釣《いわなつり》

岩魚ゐる水をむすびて昼餉とる　水原秋桜子・古鏡
囲む火に岩魚を獲たる夜はたのし　石橋辰之助・山暦
岩魚焼く火のさかんなり瀞の闇　石橋辰之助・山暦

いわなつり【岩魚釣】 いはなつり〔三夏〕⇩〔生活編〕

いわひばり【岩雲雀】 いはひばり〔三夏〕

スズメ目イワヒバリ科の鳥。高山に生息し、全体に灰褐色で、背に黒褐色の縦斑がある。嘴は黒褐色、脚は黄褐色。

う【鵜】〔三夏〕

ウ科の水鳥の総称。海岸や湖沼などに生息する。翼長三〇センチ内外。全身黒色で肩・背部は褐色をおびる。頚・嘴が細長く、巧みに潜水して魚を捕る。鵜飼に用いられるのは、主に海鵜。〔同種〕海《うみ》鵜《う》、川鵜《かわう》、姫鵜《ひめう》。⇩鵜飼《うかい》、荒鵜《あらう》、海鵜《うみう》

鵜《う》の鮎《あゆ》の年貢《ねんぐ》とらる、あはれさよ　野坡・野坡吟草

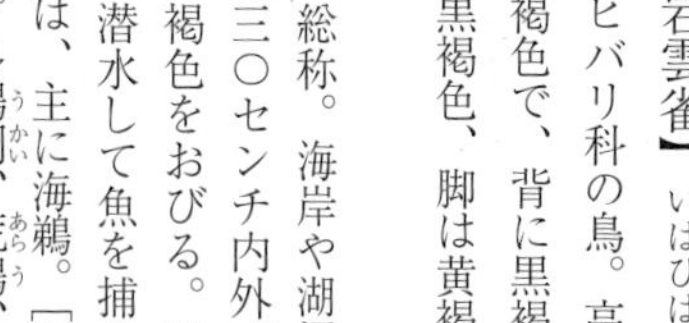
いわな

しの、めや鵜をのがれたる魚浅し　蕪村・蕪村句集
鵜《う》の面《つら》に川波かかる火影《ほかげ》かな　闌更・半化坊発句集
身つくらふ鵜に山暮れて来りけり　長谷川かな女・龍膽
二羽のゐて鵜の嘴《くち》あはす嘴甘きか　橋本多佳子・命終
水底より身細う浮き来る鵜あはれ　星野立子・鎌倉

うかい【鵜飼】うかひ〔三夏〕⇩［生活編］

うかいび【鵜飼火】うかひび〔三夏〕⇩［生活編］

うかいぶね【鵜飼舟】うかひぶね〔三夏〕⇩［生活編］

うかがり【鵜篝】〔三夏〕⇩［生活編］

うがわ【鵜川】うがは〔三夏〕⇩［生活編］

うきす【浮巣】〔三夏〕

カイツブリ科の水鳥である鳰の巣をいう。鳰は水草の茎を支えにして、水面に巣を作る。⇩鳰《にお》の浮巣《うきす》、水鳥《みずどり》の巣《す》

三ケ月の片羽でありく浮巣哉　闌更・半化坊発句集

う（鵜)）

雑魚網を打つ静かさに浮巣かな　岡本癖三酔・癖三酔句集
濡れてゐる卵小さき浮巣かな　山口青邨・雪国

うぐいすねをいる【鶯音を入る】うぐひすねをいる〔晩夏〕

夏に入り、春に美声で鳴いた鶯が鳴き止むこと。⇩老鶯《おいうぐいす》

鶯や音を入れて只青い鳥　鬼貫・鬼貫句選
音を入た鶯もあり道具店　梅室・梅室家集

うぐいすのおしおや【鶯の押親】うぐひすのおしおや〔仲夏〕

美声の飼鶯の側に子飼い鶯を置き、その美声を学び習わせる。子を「付子」、親を「押親」という。⇩鶯《うぐいす》の付子《つけご》

うぐいすのおとしぶみ【鶯の落し文】うぐひすのおとしぶみ〔三夏〕

オトシブミ科の甲虫が巻き込んだ栗、楢、樺などの葉が地上に落ちているものを、鶯の置いた落し文だとしゃれた呼び名である。⇩落《おと》し文《ぶみ》

うぐいすのつけご【鶯の付子】うぐひすのつけご〔仲夏〕

⇩鶯《うぐいす》の押親《おしおや》

鶯の付子も共や出養生　松瀬青々・妻木
鶯の付子育つや小商ひ　松瀬青々・妻木

うじ【蛆】〔三夏〕

蠅、虻などの幼虫の凡称。体は円筒形で、頭、脚はなく、環節で体を左右に動揺させて進行する。通常は蠅の幼虫をいう。釣餌となり「さし」という。［同義］蛆虫《うじむし》。⇩蠅《はえ》

日の蛆や何の頭蓋か卵形《なり》　中村草田男・万緑

うしのした【牛の舌】〔三夏〕

舌鮃の別称。⇩舌鮃《したびらめ》

うしばえ【牛蠅】うしばへ〔三夏〕

夏、牛にまとわりつく蠅。⇩蠅《はえ》

うしひやす【牛冷やす】〔晩夏〕⇩［生活編］

うじょう【鵜匠】うじやう〔三夏〕⇩［生活編］

うすばかげろう【薄羽蜉蝣】うすばかげろふ〔晩夏〕

ウスバカゲロウ科の昆虫。体は蜻蛉に似る。体長約三・五センチ。翅は透明で細脈がある。初夏から秋の夜、灯火に集まる。幼虫は蟻地獄。⇩蟻地獄《ありじごく》

今宵またうすばかげろふ灯に　星野立子・立子句集

うずらのす【鶉の巣】うづらのす〔三夏〕

キジ科の鳥の鶉の巣。鶉は本州の北部で、五〜八月に、原野の叢に枯草などを集めた簡単な巣をつくり、産卵する。

うづかい【鵜遣】〔三夏〕⇩［生活編］

うつせみ【空蟬】〔晩夏〕

蟬の抜け殻、または蟬そのものをいう。古来より、蟬は生存期間が短いところから、短命、人生のはかなさの象徴となり、「むなしさ」の比喩として使われた。⇩蟬《せみ》、蟬《せみ》の殻《から》

空蟬の水より迅く流れけり　吉武月二郎・吉武月二郎句集

空蟬の雨ため草にころげけり　阿部みどり女・陽炎

空蟬の口のあたりの泥かわく　山口青邨・花宰相

拾ひたる空蟬指にすがりつく　橋本多佳子・紅絲

空蟬の生きて歩きぬ誰も知らず　三橋鷹女・白骨

うつせみをとればこぼれぬ松の膚　日野草城・花氷

うどんげ【優曇華】〔晩夏〕

クサカゲロウ科の昆虫の草蜻蛉の卵。草木や天井などに生み付けられる。約一・五センチ内外の白い糸状の柄があり、優曇華の花ともいわれる。⇩草蜻蛉《くさかげろう》

優曇華やしづかなる代は復と来まじ　中村草田男・火の島

うないこどり【童子鳥】うなゐこどり〔三夏〕

杜鵑の別称。「うなひこどり」ともいう。⇩杜鵑《ほととぎす》

うなぎ【鰻】〔三夏〕
ウナギ科の魚。太平洋南方が産卵場とされ、川・湖沼・近海で成魚となる。体は長円筒状。背面は青黒色で、腹面は灰白色。鱗はない。日中は石下などに隠れ、夜間に小魚、甲殻類、昆虫などを捕食する。⇩土用鰻《どよううなぎ》、鰻《うなぎ》の日《ひ》
うなぎをすかばほねもつよかれ　徳元・犬子集
沢瀉《おもだか》をうなぎの濁《にご》す沢辺《さはべ》哉　嵐蘭・芭蕉庵小文庫
浅草の鰻をたべて暑かりし　臼田亜浪・旅人
鰻掻くや顔ひろやかに水の面　飯田蛇笏・山廬集

うなぎのひ【鰻の日】〔晩夏〕⇩〔生活編〕

うなわ【鵜縄】うなは〔三夏〕⇩〔生活編〕

うぶね【鵜舟・鵜船】〔三夏〕⇩〔生活編〕

うまあらう【馬洗う】〔晩夏〕⇩〔生活編〕

うまひやす【馬冷やす】〔晩夏〕⇩〔生活編〕

うみう【海鵜】〔三夏〕
ウ科の水鳥で鵜飼に用いられる鵜。翼長三〇センチ内外。体色は全身黒色で、肩・背部は褐色をおびる。頚・嘴が細長く、巧みに潜水して魚を捕る。⇩鵜《う》

うみがめ【海亀】〔仲夏〕
海生の亀の総称。熱帯・亜熱帯に分布し、日本では、夏に東海道以南の太平洋岸に産卵に来る。四肢はひれ状。

うみほおずき【海酸漿・竜葵】うみほほづき〔三夏〕
通常、天狗辛螺《てんぐにし》の巻貝の卵嚢をいう。植物の酸漿《ほおずき》と同様に、口に含んで鳴らす遊具となる。⇩逆酸漿《さかさほおずき》

うりばえ【瓜蝿・瓜守】うりばへ〔三夏〕
ハムシ科の甲虫の瓜葉虫の別名。体長約七ミリ。体色は黄褐色で脚は黒色。瓜の苗葉を食べる害虫。捕らえると悪臭を放つ液をだす。〔同義〕瓜虫《うりむし》、瓜葉虫《うりはむし》。

えそ【狗母魚・鱛】〔三夏〕
ハダカイワシ目エソ科の海水魚の総称。通常、真狗母魚《まえそ》をさす。浅場の海底に生息する。体長約三〇センチ。体は円筒形で細長い。背面は黄褐色で腹面は白色。蒲鉾の材料となる。

えだかわず【枝蛙】あまがへる〔三夏〕
雨蛙の別称。「えだがえる」ともいう。⇩雨蛙《あまがえる》
鬱として樗の雨や枝蛙　岡本癖三酔・癖三酔句集
風の中を陽にむいて揺る、枝蛙　種田山頭火・層雲
枝蛙風にもなきて茱萸の花　飯田蛇笏・春蘭

枝蛙に小蛇いよ〱迫りしぞ　竹下しづの女・颱
枝蛙痩腹縒れてむかう向き　島村元・島村元句集
枝蛙鳴けよと念ふ夜の看護《みとり》　加藤楸邨・寒雷

えつ【斉魚】〔仲夏〕
カタクチイワシ科の海水魚。有明海とその周辺河川の特産魚。六月頃に産卵のために筑後川をのぼる。

おいうぐいす【老鶯】　おひうぐひす〔三夏〕
春に美しい声で盛んに鳴いた鶯が、夏にだんだんとその囀りが弱くなる。この夏の季節の鶯をいう。〔同義〕夏鶯《なつうぐいす》、残鶯《ざんおう》、鶯《うぐいす》老いを鳴《な》く。⇩老鶯《ろうおう》、鶯音《うぐいすね》を入《い》る
うぐひすや竹の子藪に老《おい》を鳴《なく》　芭蕉・炭俵
老鶯に一山法を守りけり　村上鬼城・鬼城句集
老鶯の霧に鳴き絶えし夕餉時　水原秋桜子・古鏡
老鶯の谺明るし芭蕉かげ　川端茅舎・定本川端茅舎句集
老鶯や夜はするどき木の間の灯　中村草田男・火の鳥
目つむれば山の老鶯町の鶏　星野立子・鎌倉

おいかわ【追河・追河魚】　おひかは〔三夏〕
コイ科の淡水魚。河川の中・上流域に生息。体長は一〇～一五センチ。背面は暗緑色で、腹面は白色。産卵期には雄は赤・青色の婚姻色をおび、頭部に白色の斑点（追星）があらわれる。渓流釣りの対象魚。〔同義〕鮠《はえ》、鮠《はや》。⇩赤鮠《あかはえ》、白鮠《しらはえ》
なまぐさし小なぎが上の鮠《はえ》の腸《わた》　芭蕉・笈日記

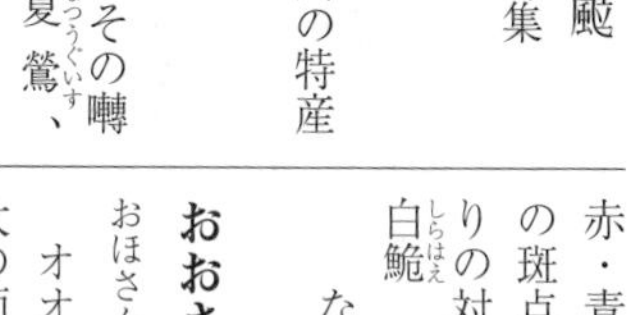
おいかわ

おおさんしょううお【大山椒魚】　おほさんせううを〔三夏〕
オオサンショウウオ科。現存する最大の両生類。特別天然記念物。岐阜県以西・九州北部に分布。渓流に生息し、沢蟹などを食べる。体長約一・五メートルに達する。背面は暗褐色で黒斑紋がある。長寿で五〇年ほど生きる。⇩山椒魚《さんしょううお》

おおばん【大鷭】　おほばん〔三夏〕
クイナ科の水鳥。ユーラシア、オーストラリアなどに分布し、日本には中部以北に飛来し、繁殖する。体長約四〇センチ。体色は黒色で、嘴と額は白色。〔漢名〕骨頂。⇩鷭《ばん》

おおよしきり【大葦切・大葭切】　おほよしきり〔三夏〕
ヒタキ科の鳥。大葦雀とも書く。夏に飛来し、葦などの草

原に生息する。体長約二〇センチ。顔に黄白色の不明瞭な眉斑がある。鳴声が「ギョギョシケケシ」と聞こえるところから、俳句では「行々子《ぎょうぎょうし》」とも詠まれる。⇩葦切《よしきり》、行々子《ぎょうぎょうし》

おおるり【大瑠璃】おほるり〔三夏〕

ヒタキ科の鳥。日本全土に夏鳥として飛来し、渓流沿いに生息する。翼長約一〇センチ。雄は羽色が全体に美しい瑠璃色。腹部は白色。雌は緑褐色。声、姿ともに美しく、飼鳥となる。古来、鶯、駒鳥と共に三銘鳥として愛されている。〔同義〕竹林鳥《ちくりんちょう》。〔漢名〕翠雀、竹林鳥。⇩瑠璃鳥《るりちょう》、駒鳥《こまどり》

おきなます【沖膾】〔三夏〕⇩〔生活編〕

おこぜ【騰・虎魚】をこぜ〔三夏〕

カサゴ科の海水魚。一般には鬼虎魚《おにおこぜ》をいう。本州中部以南の岩礁に生息する。鬼虎魚は体長約二〇センチ。奇怪な外貌で、鱗はなく、目は頭上にある。口は大きく斜め上に開く。背びれに棘が連なり、毒をもつ。一般に夏が旬。

鬼をこぜ見そこなふなと面がまへ　加藤知世子・頰杖

おおよしきり

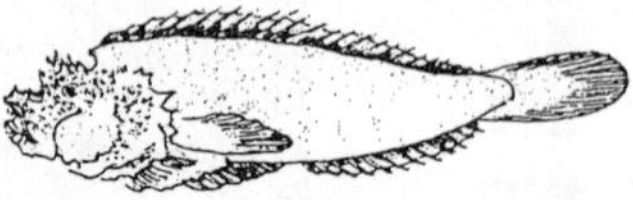
おこぜ

動物

おしすずし【鴛鴦涼し】をしすずし〔三夏〕

俳句では、鴛鴦は冬の季語であるため、「鴛鴦涼し」と表現して夏の季語となる。⇩夏《なつ》の鴛鴦《おし》

おとしぶみ【落し文】〔三夏〕

オトシブミ科の甲虫が巻き込んだ栗、楢、樺などの葉が地上に落ちたもの。本来の落し文とは、巻いて端を折り曲げた結び文で、言いにくいことを書いて道や廊下に意図的に置いたものをいう。⇩時鳥《ほととぎす》の落《おと》し文《ぶみ》、鶯《うぐいす》の落《おと》し文《ぶみ》

中堂に道は下りや落し文　高浜虚子・六百五十句
音たてゝ落ちてみどりや落し文　原石鼎・花影
落し文ゆるくまきたるものかなし　山口青邨・雪国

おとりあゆ【囮鮎】をとりあゆ〔三夏〕⇩〔生活編〕

おはぐろとんぼ【御歯黒蜻蛉・鉄漿蜻蛉】〔三夏〕

カワトンボ科の昆虫。小川などに多く生息する。日本固有種。翅は黒色で静止状態の時は直立させる。腹部は細く、雄

は黒金緑色で、雌は黒色。〔同義〕鉄漿付蜻蛉《かねつけとんぼ》。⇩川蜻蛉《かわとんぼ》
おはぐろや旅人めきて憩らへば　中村汀女・花影
おはぐろの舞ふとも知らで舞ひ出でし　中村汀女・花影
水影と四つとびけり黒蜻蛉　中村草田男・長子

「か　行」

か【蚊】〔晩夏〕
ハエ目カ科の昆虫の総称。体色は褐色または黒褐色。三対の脚と一対の翅をもつ。触角は総毛状。雌は人畜を刺し、血を吸う。蚊の幼虫を「孑孑《ぼうふら》」という。〔同種〕赤家蚊《あかいえか》＝赤《あか》斑蚊《まだらか》、縞蚊《しまか》＝藪蚊《やぶか》。⇩蚊柱《かばしら》、蚊の声《こえ》、蚊を焼《や》く、赤家蚊《あかいえか》、孑孑《ぼうふら》、縞蚊《しまか》、藪蚊《やぶか》、糠蚊《ぬかか》
我宿《わがやど》は蚊のちいさきを馳走かな　芭蕉・泊船集
叩かれて昼の蚊を吐く木魚哉　夏目漱石・漱石全集
煩悩の我は蚊を打つ男かな　大谷句仏・我は我
すばらしい乳房だ蚊が居る　尾崎放哉・小豆島にて
朝の蚊のまことしやかに大空へ　阿部みどり女・光陰
蚊のこゑのまつはり落つる無明かな　石田波郷・雨覆

が【蛾】〔晩夏〕
チョウ目に属する昆虫の蝶を除くものの総称。蝶は昼間活動するが、蛾の多くは夜に活動し、夏の夜、灯火に集まってくる。また、静止するとき、蝶は翅を垂直に立てるが、蛾は水平もしくは屋根状にたたむ。⇩蚕《かいこ》の蝶《ちょう》、雀蛾《すずめが》、火蛾《かが》、蚕《さん》蛾《が》、木食虫《きくいむし》、樟蚕《くすさん》、尺取虫《しゃくとりむし》、毛虫《けむし》
蛾《が》の飛んで陰気な茶屋や木下闇《こしたやみ》　正岡子規・子規句集
蛾の舞ひの山の白夜を怖れけり　臼田亜浪・旅人
蛾にひそと女か、づらひ座ははずむ　富田木歩・木歩句集
蛾の卵しかと着きゐてうすみどり　高橋馬相・秋山越

かいこのあがり【蚕の上簇】 かひこのあがり〔初夏〕⇩〔生活編〕

かいこのちょう【蚕の蝶】 かひこのてふ〔仲夏〕
羽化して成虫の蛾になった蚕をいう。⇩蚕蛾《さんが》、蛾《が》
衣川蚕の蝶の流れけり　大江丸・遺草

かいこまゆ【蚕繭】 かひこのまゆ〔初夏〕
蚕の繭をいう。俳句では蚕繭を単に「繭」ともいう。⇩繭《まゆ》

かいぶし【蚊燻】〔三夏〕⇩〔生活編〕

かが【火蛾】〔三夏〕
夏の夜に灯火をめがけて飛び集まる蛾。⇩火取虫《ひとりむし》、蛾《が》
一匹の火蛾《かが》に思ひを乱すまじ　高浜虚子・六百句
音もなくひとりめぐれる火蛾もあり　中村汀女・都鳥

ががんぼ【大蚊】〔三夏〕
ガガンボ科の昆虫の総称。蚊に似ているが、体、脚ともに大きい。血は吸わない。〔同義〕蚊蜻蛉《かとんぼ》、蚊の姥《かうば》。⇩蚊蜻蛉《かとんぼ》
が、んぼに熱の手をのべ埒《らち》もなし　石橋秀野・石橋秀野集

かぎゅう【蝸牛】 かぎう〔三夏〕⇩蝸牛《かたつむり》
我レむかし踏《ふみ》つぶしたる蝸牛《くわぎう》哉　鬼貫・俳諧大悟物狂
門額の大字に点《とも》す蝸牛《かぎゅう》かな　高浜虚子・五百句

かくいどり【蚊食鳥】 かくひどり〔三夏〕
蝙蝠の別称。⇩蝙蝠《こうもり》
荷車の片輪はづすや蚊喰鳥　大谷句仏・我は我
塔を掃く物日の暮や蚊喰鳥　籾山柑子・柑子句集
船の子の橋に出遊ぶ蚊喰鳥　富田木歩・木歩句集
淀川の河明りより蚊喰鳥　中村汀女・汀女句集
鳩達の寝所《ねどころ》高し蚊喰鳥　中村草田男・母郷行

かくすべ【蚊燻べ】〔三夏〕⇩〔生活編〕

がざみ【蝤蛑】〔三夏〕
ワタリガニ科の海産の食用蟹。本州以南に分布し、内湾の砂泥底に群生する。一般に「わたり蟹」といわれる。甲は菱形で幅二五センチに達するものもある。ハサミは大きく、最後の平板状の脚で泳ぐ。夜行性。⇩蟹《かに》
岩伝ふ水上走りがざめの子　松瀬青々・妻木

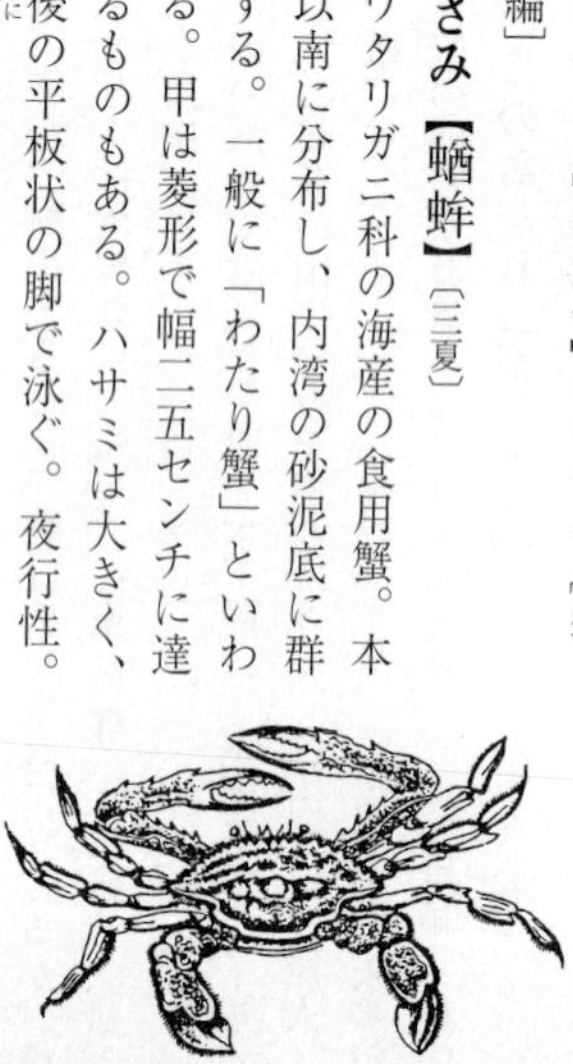
がざみ

かじか【河鹿】〔三夏〕
アオガエル科の河鹿蛙《かじかがえる》で、渓流に生息する。体長約五センチ。体色は灰褐色。指先には吸盤がある。雄の鳴声は美しく、飼育される。古歌の「河蝦《かわず》」の多くはこの河鹿蛙をいう。
巌殿の湯や夜をさびて河鹿啼く　幸田露伴・蝸牛庵句集

河鹿なく大堰の水も暮れにけり　杉田久女・杉田久女句集
磨崖仏河鹿鳴きつゝ暮れたまふ　水原秋桜子・古鏡
夕河鹿百のランプを配り初む　山口青邨・花宰相
遅き月露にさしゐる河鹿かな　加藤楸邨・寒雷

かたつむり【蝸牛】〔三夏〕

陸性のマキガイ、マイマイ類の総称。五・六層からなる淡黄色の螺旋形殻をもつ。頭部には二対の触角があり、長い方に明暗を感じる眼がある。［同義］ででむし、でんでんむし、かいつむり、まいまいつぶり。⇩蝸牛《かぎゅう》、ででむし

かたつぶり角《つの》ふりわけよ須广明石　芭蕉・猿蓑
石に点《とも》し竹に点せし蝸牛《かたつむり》　高浜虚子・七百五十句
葉の雫風におくれて蝸牛　原石鼎・花影
光陰は竹の一節蝸牛　阿部みどり女・光陰
蝸牛や故里なべて夫《つま》老いぬ　中村草田男・長子
蝸牛や葉がくれの窓灯が入りて　加藤楸邨・雪後の天

かたつむり

かちう【歩行鵜】〔三夏〕

地上を歩く鵜。⇩鵜飼《うかい》［生活編］

かちうま【勝馬】〔仲夏〕⇩［生活編］

かつお【鰹・松魚・堅魚】かつを〔三夏〕

サバ科の海水魚。回遊魚。一般に真鰹《まがつお》をいう。体は紡錘形で、体長四〇～九〇センチ。体測に数本の黒色帯がある。生節《なまりぶし》、鰹節《かつおぶし》となり、内臓は塩辛となる。字音から「勝《か》つ男《お》」とも当て字され、縁起の良い魚とされた。古くから一本釣りが行われた。［和名由来］乾燥すると堅くなる魚の「堅魚《カタウオ》」の意。「松魚」は、鰹の身が松材の樹脂部分に似るところから。［同義］烏帽子魚《えぼしうお》。⇩初鰹《はつがつお》、鰹色利《かつおいろり》

我恋は夜鰹に逢ふ端居哉　言水・俳諧五子稿
煮鰹《にがつを》をほして新樹の烟《けぶり》哉　嵐雪・或時集
人の誠先《まことまづ》あたらしき鰹《かつを》哉　其角・五元集拾遺
包刀の血を見せ申す鰹哉　梅室・梅室家集
両国を鰹々と渡りけり　巌谷小波・さゞら波
市にけふたゞ三本の鰹かな　小沢碧童・碧童句集

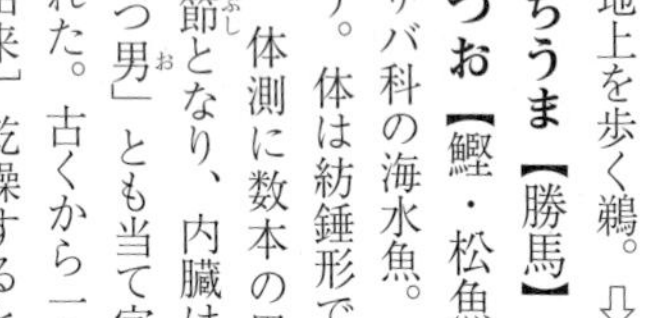
かつを

かつおいろり【鰹色利・鰹煎汁】 かつをいろり〔三夏〕⇩［生活編］

かつおうり【鰹売】 かつをうり〔三夏〕⇩［生活編］

かつおじお【鰹潮】 かつをじほ〔三夏〕⇩［自然・時候編］

かつおつり【鰹釣】 かつをつり〔三夏〕⇩［生活編］

かつおのえぼし【鰹の烏帽子】 かつをのゑぼし〔三夏〕

カツオノエボシ科の水母。大きい青色の気泡状の浮嚢体で、水面に浮かび、下面に樹枝状の長い生殖体を垂らす。触手の刺胞には毒がある。［同義］電気水母《でんきくらげ》、電気海月《でんきくらげ》。⇩水母《くらげ》

かつおぶね【鰹船】 かつをぶね〔三夏〕⇩［生活編］

かっこう【郭公】 くわくこう〔三夏〕

ホトトギス科の鳥。夏鳥として渡来。翼長約二〇センチ。背部は暗灰色で、腹部は白地に黒色の密な横斑がある。頬白や百舌鳥などの巣に託卵し、繁殖する。［同義］閑古鳥《かんこどり》、種蒔鳥《たねまきどり》、布穀鳥《ふふどり》。［漢名］郭公。⇩時鳥《ほととぎす》、閑古鳥《かんこどり》、筒鳥《つつどり》

啼く音深き郭公へ雨押しゆきぬ　渡辺水巴・富士

郭公啼く青一色の深山晴れ　飯田蛇笏・椿花集

郭公の鳴く空低く垂れにけり　水原秋桜子・殉教

郭公や草の高さの草のいのち　高橋馬相・秋山越

郭公や梅雨雲つひに田に降り来　石橋辰之助・山暦

郭公の拙き声を試みぬ　石田波郷・酒中花以後

かっぱき【河童忌】〔晩夏〕⇩［生活編］

かっぱまつり【河童祭】〔晩夏〕⇩［生活編］

かとんぼ【蚊蜻蛉】〔三夏〕

大蚊の別名。ガガンボ科の昆虫の総称。蚊に似るが、体、脚ともに大きく約二センチ。⇩大蚊《ががんぼ》

かなぶん〔三夏〕

コガネムシ科の甲虫。青銅色で体長約二・五センチ。櫟の樹液などに集まる。⇩黄金虫《こがねむし》

かなぶんぶん生きて絡まる髪ふかし　野澤節子・雪しろ

かに【蟹】〔三夏〕

甲殻類カニ亜目の節足動物の総称。全身が殻で覆われ、腹部は腹面に巻き込まれる。体形は偏平で、一対のハサミと四対の脚をもつ。大部分が海水産。淡水産には「沢蟹」などがいる。⇩磯蟹《いそがに》、川蟹《かわがに》、蟹《かに》の子《こ》、蟹《かに》の泡《あわ》、沢蟹《さわがに》、山蟹《やまがに》

涼しさや松這《は》ひ上がる雨の蟹《かに》　正岡子規・子規句集

蟹《かに》の日の巌間《いはま》に窪む極暑《ごくしよ》かな　泉鏡花・現代俳句集成
鋏立て、苔食ふ蟹に水浅し　長谷川かな女・龍膽
大釜の湯鳴りたのしみ蟹うでん　杉田久女・杉田久女句集
海鳴りや落ちてゐるなる蟹の爪　中村草田男・長子
しづけさにた、かふ蟹や蓼の花　石田波郷・鶴の眼

かにのあわ【蟹の泡】〔三夏〕⇩蟹《かに》
短夜や芦間流《あしまなが》る、蟹《かに》の泡《あわ》　蕪村・蕪村句集

かにのこ【蟹の子】〔三夏〕⇩蟹《かに》

かのこ【鹿の子】〔三夏〕
鹿《しか》の子のこと。鹿は晩春から初夏に子を生む。子鹿の体は赤黒色で、白く鮮明な斑点がある。これを「蟹《かに》の子斑《こまだら》」という。〔同義〕鹿《しか》の子《こ》、子鹿《こじか》。⇩子鹿《こじか》、鹿《しか》の子《こ》
灌仏《くわんぶつ》の日に生れ逢《あ》ふ鹿の子哉　芭蕉・曠野
草の原何を鹿の子のはみそめし　白雄・白雄句集
はやり来て小松をわくる鹿子哉　成美・いかにいかに
苔と陽のみどりに育ち鹿の子居る　原石鼎・花影
苑日々に草深うなる鹿の子かな　日野草城・花氷

かのこえ【蚊の声】かのこゑ〔晩夏〕⇩蚊《か》
蚊《か》の声や富士《ふじ》の天辺《てぺん》の明残《あけのこ》り　許六・東海道
蚊《か》の声《こゑ》の中にいさかふ夫婦《めをと》かな　李由・有磯海
蚊の声す忍冬《にんどう》の花の散ルたびに　蕪村・蕪村句集
蚊の声にらんぷの暗き宿屋哉　正岡子規・子規句集
貌暮れぬ風さはり蚊の声さはり　日野草城・旦暮

かばしら【蚊柱】〔晩夏〕
夏の夕方、蚊が群がって柱状に飛んでいる状態。⇩蚊《か》
蚊柱《かばしら》に夢の浮《うき》はしか、る也《なり》　其角・五元集
蚊柱や吹きおろされてまたあがる　村上鬼城・鬼城句集
蚊柱やふとしきたて、宮造り　正岡子規・子規句集
蚊柱や鐘楼《しゆろう》の方に草深し　河東碧梧桐・碧梧桐句集
蚊柱や煙の闇を人通り　松瀬青々・妻木
蚊柱に救世軍の太鼓かな　巌谷小波・さゞら波

かび【蚊火】〔三夏〕⇩〔生活編〕

かぶとえび【兜蝦】〔晩夏〕
ミジンコ類に近縁の水生甲殻類。本州中部以南に分布し、水田などに生息する。初夏に大発生することが多い。体長二〜三センチ。体は細長い円筒形で、頭部に兜状の甲をかぶる。

かぶとむし【兜虫・甲虫】〔三夏〕
カブトムシ科の大形甲虫。体長約三～五センチ。全体に光沢のある黒褐色。背部は半円球状に隆起する。雄は頭部に、先が割れた長い角をもつ。［同義］鬼虫《おにむし》。
兜虫ふみつぶされてうごきけり　飯田蛇笏・春蘭
兜虫み空を兜捧げ飛び　川端茅舎・定本川端茅舎句集
甲虫しゆうしゆう啼くをもてあそぶ　橋本多佳子・紅絲
兜虫居る岩過ぎて火の山へ　中村草田男・火の鳥
兜虫ふたつ曳きあふ生くるかぎり　加藤楸邨・野哭
兜虫漆黒なり吾汗ばめる　石田波郷・鶴の眼

かまきりうまる【蟷螂・螳螂・鎌切―生る】〔仲夏〕
晩秋に樹枝に産みつけられた蟷螂の卵は、五月頃に孵化し、親と同じように鎌状の前脚をもつ多数の「子蟷螂」が生まれる。⇩蟷螂《とうろう》生る
庭草の茂り蟷螂生れけり　青木月斗・時雨

かみきりむし【髪切虫・天牛】〔晩夏〕
カミキリムシ科の甲虫の総称。体は黒色で白色の斑紋がある。黒白斑のある二本の長い触角をもつ。幼虫は樹幹に穴を食い開けるところから「鉄砲虫」とよばれる。［同種］白条髪切虫《しらすじかみきりむし》、虎斑髪切虫《とらふかみきりむし》、瑠璃星髪切虫《るりぼしかみきりむし》。⇩木食虫《きくいむし》、鉄砲虫《てっぽうむし》
髪切虫の絣のきもの緑蔭に　山口青邨・花宰相
髪切虫押へ啼かしめ悲しくなる　橋本多佳子・紅絲
くらがりに捨てし髪切虫が啼く　橋本多佳子・紅絲
きりきりと紙切虫の昼ふかし　加藤楸邨・野哭

かめのこ【亀の子】〔三夏〕
季語としては、カメ科の石亀の子である銭亀のことをさす。［同義］子亀《こがめ》。⇩銭亀《ぜにがめ》

かもすずし【鴨涼し】〔三夏〕
鴨を始め、水鳥の類はたいてい冬の季語であるが、「涼し」と表現して夏の季語となる。⇩夏《なつ》の鴨《かも》

かものこ【鴨の子】〔三夏〕
俳句では軽鴨の子をいうことが多い。⇩軽鴨《かる》の子《こ》、軽鴨《かるがも》
鴨の子や驚く蘆の葉分船　蓼太・蓼太句集
鴨の子を盥《たらい》に飼ふや銭葵《ぜにあおい》　正岡子規・子規句集
鴨の子はおしやま浮葉の径をゆく　山口青邨・雪国

かものす【鴨の巣】〔三夏〕⇩水鳥《みずどり》の巣《す》
鴨の巣や不二の上こぐ諏訪の池　素堂・とくとく句合

動物

鴨《かも》の巣《す》の見えたりあるはかくれたり　路通・曠野
鴨の巣や鯛うく比の堂が浦　才麿・墨吉物語

かやくぐり【茅潜り】〔三夏〕
スズメ目イワヒバリ科の小鳥。岩雲雀より小形で、暗褐色。チュルリ、チュルリ、ヒリヒリ～と可憐な声で鳴く。

かやり【蚊遣】〔三夏〕⇩［生活編］

かやりび【蚊遣火】〔三夏〕⇩［生活編］

からすのこ【烏の子】〔三夏〕
烏の雛をいう。烏は夏に雛を育てる。［同義］子烏《こがらす》。
雲に只烏の巣だつ別哉　楚常・卯辰
子鴉の大きな口に朝日かな　巌谷小波・さゞら波

かるがも【軽鴨・軽凫】〔三夏〕
カモ科の水鳥。雌雄同色。翼長約二七センチ。体は全体に褐色をおびる。胸・腹部に暗褐色の斑紋がある。軽鴨は四季を通じて日本で過ごす。［同義］夏鴨《なつがも》。⇩鴨《かも》の子《こ》、軽鴨《かる》の子《こ》

かるのこ【軽鴨の子・軽凫の子】〔三夏〕
軽鴨《かるがも》の雛をいう。⇩軽鴨《かるがも》
かるの子や首さし出して浮藻草　惟然・惟然坊句集

萍にかるの子遊ぶ汀かな　百明・故人五百題

かわえび【川蝦】かはえび〔三夏〕
手長蝦、沼蝦《ぬまえび》など河川に生息する蝦の俗称。⇩手長蝦《てながえび》

かわがに【川蟹】かはがに〔三夏〕⇩蟹《かに》、沢蟹《さわがに》

かわくじら【皮鯨】かはくじら〔三夏〕⇩［生活編］

かわせみ【翡翠・魚狗・水狗・川蟬】かはせみ〔三夏〕
カワセミ科の鳥。翼長約七センチ。水辺の樹上から水面を凝視し、長大な嘴で水中の小魚を一気にとる。頭部と翼は淡緑色。背・腰部は青色、腹部は栗色。嘴は赤色。美しい体色の鳥である。［同種］赤翡翠、山翡翠。［漢名］翡翠、魚狗、水狗。⇩赤翡翠《あかしょうびん》、山翡翠《やませみ》

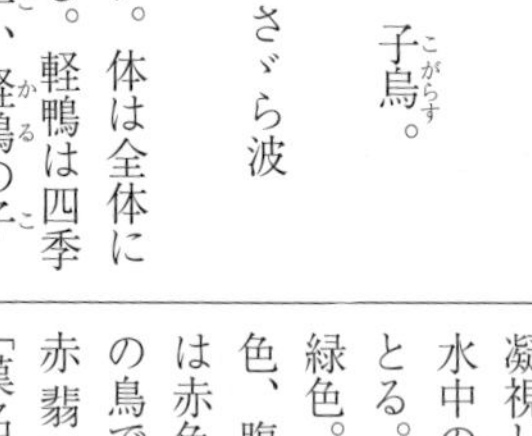
かわせみ

翡翠《かわせみ》の紅一点につゞまりぬ　高浜虚子・五百五十句
翡翠の光りとびたる旱かな　原石鼎・花影

翡翠や蘆すりて出づ川蒸気　長谷川かな女・龍膽
翡翠が掠めし水のみだれのみ　中村汀女・春雪
樟大樹孤独の翡翠翔けまどひ　中村草田男・火の鳥
翡翠とぶその四五秒の天地かな　加藤楸邨・野哭

かわとんぼ【川蜻蛉】かはとんぼ〔三夏〕
カワトンボ科の昆虫。山間の渓流などに生息する。体は細長い。雌の羽は透明であるが、雄の羽は金緑色。⇩鉄漿蜻蛉《おはぐろとんぼ》

かわはぎ【皮剥】かははぎ〔三夏〕
カワハギ科の海水魚。体長約二五センチ。体は測扁し菱形。黒褐色の不規則な斑紋がある。吻は突出し、強い歯をもつ。皮剥は餌取りの名人といわる。［和名由来］厚い皮を剥いで料理するため。［同種］馬面《うまづら》＝馬面剥《うまづらはぎ》。

かわほり【蝙蝠】かはほり〔三夏〕⇩蝙蝠《こうもり》
かはほりやむかひの女房《にょうぼ》こちを見る　蕪村・蕪村句集
かはほりや古き軒端の釣しのぶ　暁台・暁台句集
かはほりも土蔵住のお江戸哉　一茶・九番日記

かをやく【蚊を焼く】〔三夏〕⇩［生活編］

かんこどり【閑古鳥】〔三夏〕
郭公の別称。⇩郭公《かっこう》
うき我《われ》をさびしがらせよかんこどり　芭蕉・嵯峨日記
倒れ樹に蒼苔むせり閑古鳥　幸田露伴・蝸牛庵句集
閑古鳥鳴いて鉱脈絶えにけり　石島雉子郎・雉子郎句集
山上に雲をさまりぬ閑古鳥　長谷川かな女・龍膽
隠沼は椴《とど》に亡びぬ閑古鳥　芝不器男・不器男句集
百姓の筆を借りけり閑古鳥　石田波郷・雨覆

かんぱち【間八】〔三夏〕
アジ科の海水魚。体長約一・五メートル。体は鰤に似るが太く短い。出世魚で、幼魚から「しょっぱ→しょうご→ひよ→かんぱち」の名がある。海釣りの対象魚。［和名由来］幼魚の頭部に、八の字形の黒褐色の斑があるところから。

きくいむし【木食虫】きくひむし〔三夏〕
木蠹蛾《ぼくとうが》や髪切虫などの幼虫。体長三ミリ位で、芋虫のような形。樹の幹に寄生し、穴を穿つ。［同義］鉄砲虫《てっぽうむし》、臭木《くさぎ》の虫《むし》。⇩髪切虫《かみきりむし》、蛾《が》、鉄砲虫《てっぽうむし》

きす【鱚】〔三夏〕
キス科の海水魚。日本全土に分布し、沿岸域の砂泥底に生息する。体長約三〇センチ。体は筒形で細長い。背面は淡青

色、腹面は白銀色。通常、白鱚《しろぎす》をいう。［同義］鱚子《きすご》。［同種］白鱚、青鱚《あおぎす》、川鱚《かわぎす》、虎鱚《とらぎす》、沖鱚《おきぎす》。⇩青鱚《あおぎす》、虎鱚《とらぎす》、鱚釣《きすつり》

漁師等にかこまれて鱚買ひにけり　星野立子・鎌倉

きすつり【鱚釣】〔三夏〕⇩［生活編］

きはだまぐろ【黄肌鮪】〔三夏〕

サバ科の海水魚。マグロ類の一種。「きわだまぐろ」ともいう。体長一～三メートル。第一背鰭以外の鰭は黄色。第二背鰭と尾鰭は鎌形。肉は桃色で美味。夏が旬。［同義］黄肌《きはだ》。

きびたき【黄鶲】〔三夏〕

ヒタキ科の鳥。夏鳥として飛来し、低山帯の山林に生息。冬にアジア南部に渡る。翼長約八センチ。雄の頭部から背部は黒色で、喉と胸部は橙色。雌は全体に褐色。

ぎょうぎょうし【行々子】ぎやうぎやうし〔三夏〕

大葦切の別称。鳴声が「ギョギョシケケシ」と聞こえることからついた名。⇩葦切《よしきり》、大葦切《おおよしきり》

きびたき

能なしの寝《ねむ》たし我をぎやう〳〵し　芭蕉・嵯峨日記

釣る、とも見えぬ小舟や行々子　尾崎紅葉・紅葉句帳

流れ藻も風濁りして行々子　河東碧梧桐・碧梧桐句集

麦の出来悪しと鳴くや行々子　高浜虚子・六百句

信濃川は分流多し行々子　大谷句仏・改造文学全集

死ぬること独りは淋し行々子《ぎやうぎやうし》　三橋鷹子・白骨

きんぎょ【金魚】〔三夏〕

コイ科の淡水魚。鮒を観賞用に改良した品種。古代に中国より原種が渡来したといわれる。品種は多様。［同種］和金、琉金、出目金、蘭鋳、朱文金、和蘭獅子頭。⇩出目金《でめきん》、朱文金《しゅぶんきん》、琉金《りゅうきん》、蘭鋳《らんちゅう》、和金《わきん》、金魚売《きんぎょうり》

京の水甘き宿屋の金魚かな　中川四明・四明句集

夜店の金魚すくはる、ときのかゞやき　種田山頭火・層雲

金魚掬ふ行水の子の肩さめし　杉田久女・杉田久女句集

書屋暗く金魚の紅の漾々と　山口青邨・雪国

けんらんと死相を帯びし金魚玉　三橋鷹女・羊歯地獄

金魚見る未《いま》だなまやさしき中に　中村草田男・母郷行

金魚撩乱みどり児醒めず真昼時　柴田白葉女・冬椿

きんぎょうり【金魚売】〔三夏〕⇩〔生活編〕

きんばえ【金蠅】 きんばへ〔三夏〕
クロバエ科の蠅。体長約五ミリ。体色は金属性の光沢のある金緑色。⇩蠅《はえ》、酒蠅《さかばえ》

くいな【水鶏】 くひな〔三夏〕
クイナ科の鳥の総称。夏、北海道で繁殖し、本州以南で越冬する。湖沼、河川の水辺、水田などに生息する。一般に、背部と頭上は褐色で黒い縦斑がある。顔は灰色で嘴は赤色。脚は褐色。腹部には白色の横縞がある。緋水鶏は夏の朝夕に「キョッキョッ」と戸を叩くような高音で鳴くため、「水鶏叩《くいなたた》く」と表現されることも多い。〔同種〕緋水鶏《ひくいな》、姫水鶏《ひめくいな》。〔漢名〕水鶏、秧鶏。⇩水鶏笛《くいなぶえ》、緋水鶏《ひくいな》

此宿《この》は水鶏《くひな》もしらぬ扉《とぼそ》かな　芭蕉・笈日記
舞人の祭稽古や水鶏鳴く　中川四明・四明句集
馬道《うまみち》を水鶏《くひな》のありく夜更《よふけ》かな　泉鏡花・鏡花句集
水鶏《くひな》来し夜明けて田水満てるかな　河東碧梧桐・碧梧桐句集
縄《なわ》朽ちて水鶏叩《くいなたた》けばあく戸なり　高浜虚子・五百句

くいなぶえ【水鶏笛】 くひなぶえ〔三夏〕⇩〔生活編〕

くさかげろう【草蜉蝣・草蜻蛉】 くさかげろふ〔晩夏〕
クサカゲロウ科の昆虫の総称。体長約一〇ミリ。体は蜻蛉に似て、全体に緑色。翅は透明で翅脈がある。弱々しく見える。幼虫は油虫を食べ、益虫。卵は優曇華という。⇩優曇華《うどんげ》

草かげろふ吹かれ曲りし翅のまゝ　中村草田男・長子

くすさん【樟蚕】〔三夏〕
ヤママユガ科の大形の蛾である「樟蚕蛾《くすさんが》」の幼虫。絹糸腺を取り出し、「てぐす」を作る。長い白毛をもち、緑色に青線のある毛虫で「白髪太郎《しらがたろう》」ともいい、また栗などを食べるため「栗毛虫《くりけむし》」ともいう。⇩蛾《が》、繭《まゆ》

くずまゆ【屑繭】 くづまゆ〔三夏〕⇩〔生活編〕

くちなわ【蛇】 くちなは〔三夏〕⇩蛇《へび》

くまぜみ【熊蟬】〔晩夏〕
日本最大の蟬。体長約六・五センチ。体は光沢のある黒色。翅は透明で翅脈がある。「シャアシャア」と鳴く。⇩蟬《せみ》

熊蟬《くまぜみ》の声のしぼりや鈴鹿《すずか》川　支考・西の雲

くも【蜘蛛】〔三夏〕
クモ目の小動物の総称。体は頭胸部と腹部にわかれる。頭

に八個の単眼、頭胸部に四対の脚がある。腹部から糸をだして網状の巣を張り、捕虫する。蜘蛛の雌が孕むと卵嚢が非常に大きくなるので、これを「蜘蛛《くも》の太鼓《たいこ》」「蜘蛛《くも》の袋《ふくろ》」といい、孕んだ蜘蛛を「袋蜘蛛《ふくろぐも》」という。蜘蛛の太鼓が破れると、無数の子蜘蛛が糸を出しながら、風に乗って八方へ飛び散らばっていく。このさまから「蜘蛛の子を散らす」と譬えにされるのである。〔同義〕細蟹《ささがに》。⇩蜘蛛《くも》の巣《す》、蜘蛛《くも》の網《あみ》、蜘蛛《くも》の子《こ》、女郎蜘蛛《じょろうぐも》、地蜘蛛《じぐも》、土蜘蛛《つちぐも》、蠅取《はえとり》蜘蛛《ぐも》

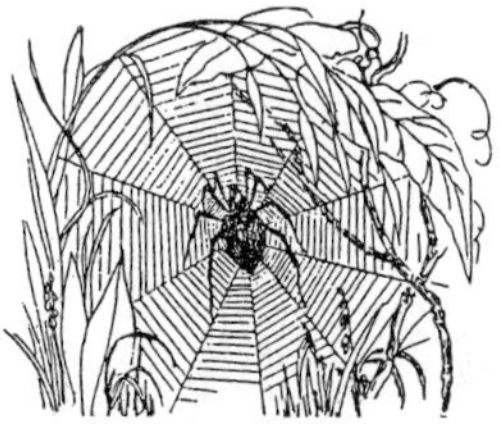
くものす

七夕や蜘《くも》の振舞《ふるまい》おもしろき　正岡子規・子規句集

夕立昏みまなさきへ蜘蛛さがりたり　臼田亜浪・旅人

雲ゆくや行ひすます空の蜘蛛　飯田蛇笏・山廬集

月涼しいそしみ綴る蜘蛛の糸　杉田久女・杉田久女句集

大蜘蛛の蟬を捕り食めり音もなく　加藤楸邨・寒雷

われ病めり今宵一匹の蜘蛛も宥さず　野澤節子・未明音

くものあみ【蜘蛛の網】〔三夏〕⇩蜘蛛《くも》の巣《す》、蜘蛛《くも》

己が囲をゆすりて蜘蛛のいきどほり　皿井旭川・雑詠選集

蜘蛛は網張る私は私を肯定する　種田山頭火・草木塔

蜘蛛の囲に落葉こまやか夏大樹　長谷川零余子・雑草

蜘蛛の囲やわれらよりかも新しく　中村汀女・春雪

くものこ【蜘蛛の子】〔三夏〕

クモ目の小動物の蜘蛛の子。⇩蜘蛛《くも》

蜘蛛の子の柱伝ひや蠅簾　桃隣・古太白堂句選

蜘《くも》の子はみなちりぢりの身すぎ哉　一茶・文政句帖

蜘《くも》の子や親の袋を噛んで居る　河東碧梧桐・碧梧桐句集

蜘蛛の子や榎の花の散りこぼれ　岡本癖三酔・癖三酔句集

くものす【蜘蛛の巣】〔三夏〕⇩蜘蛛《くも》の網《あみ》、蜘蛛《くも》

蜘《くも》のすのちりかい曇夕べかな　嵐雪・菊の道

蜘《くも》の巣はあつきものなり夏木立《なつこだち》　鬼貫・元禄百人一句

蜘《くも》の巣《す》の夕暮ちかし蟬《せみ》の声　支考・山琴集

暮れてゆく巣を張る蜘の仰向きに　中村草田男・長子

くらげ【水母・海月】〔三夏〕

刺胞動物と有櫛動物の浮遊世代

くらげ

の総称。体は寒天質。傘状または鐘状で、その下に柄部があり口がある。傘部の周辺には多数の触手を下垂する。触手には刺胞があり、毒針で甲殻類の幼生やプランクトンなどを捕食する。

藻《も》の花を力にゆるぐ海月《くらげ》哉　怒風・渡鳥集
わだつみに物の命のくらげかな　高浜虚子・五百句
海月とり暮れおそき帆を巻きにけり　飯田蛇笏・山廬集
海月浮くや赤き水着を目標に　長谷川かな女・龍膽
沈みゆく海月みづいろとなりて消ゆ　山口青邨・雪国
傘すぼめ傘ひらき海月去りてゆく　山口青邨・雪国

くらべうま【競馬】〔仲夏〕⇩［生活編］

くろあり【黒蟻】〔三夏〕⇩蟻《あり》

くろだい【黒鯛】 くろだひ〔三夏〕

タイ科の海水魚。浅海の砂泥底に生息する。体長三〇〜五〇センチ。全体に光沢のある暗灰色、腹部は銀白色。夏の海釣りの好対象魚。出世魚で幼魚から「ちんちん→かいず→くろだい」〈東京〉と呼ばれる。［同義］茅渟鯛《ちぬだい》。

くろつぐみ【黒鶫】〔三夏〕

ヒタキ科の小鳥。山林で繁殖し、秋、南方へ渡る。翼長約一一センチ。雄は黒色で雌は褐色。腹部以下は地が白色で黒斑がある。「キョロン・キョロン」「キルリキルリ」と鳴く。

くろばえ【黒蠅】 くろばへ〔三夏〕

クロバエ科の青黒色の蠅の一群。体長約一〇ミリ。翅は透明。［同義］蒼蠅《あおばえ》。⇩蠅《はえ》

くわがたむし【鍬形虫】 くはがたむし〔三夏〕

クワガタムシ科の甲虫の総称。体長二〜五センチ。体は平たく頭部が大きい。雄の顎は発達して鍬形になる。幼虫は朽木などのなかで成長し、蛹となり、夏に成虫になる。

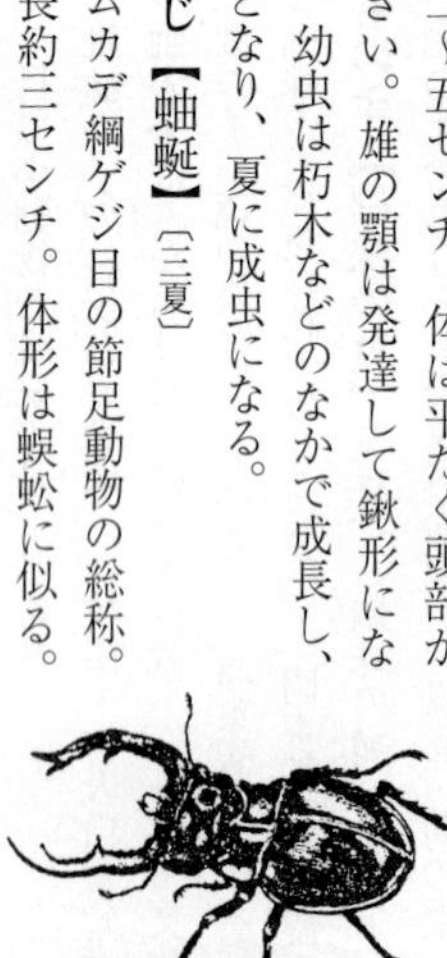

くわがたむし

げじ【蚰蜒】〔三夏〕

ムカデ綱ゲジ目の節足動物の総称。体長約三センチ。体形は蜈蚣に似る。床下や石下などの湿地に生息し、夜、小昆虫を捕食する。［同義］蚰蜒《げじげじ》。［同種］大蚰蜒《おおげじ》。⇩蜈蚣《むかで》

蚰蜒《げじ》を打てば屑々になりにけり　高浜虚子・五百句
蚰蜒に鳴らぬ太鼓をかつぎゆく　長谷川かな女・雨月
影抱いて蚰蜒の居る鴨居かな　島村元・島村元句集

げじ〳〵や風雨の夜の白襖　日野草城・花氷
げぢげぢを蹪追ふや子と共に　石田波郷・雨覆

けむし【毛虫】〔三夏〕

蝶や蛾など鱗翅目の昆虫の、毛の多い幼虫の総称。⇩蛾《が》、松毛虫《まつけむし》

墓石に毛虫ゐて栗の葉洩れ陽　北原白秋・竹林清興
老い毛虫うす日を　うて憤り　原石鼎・花影
軒に下る毛虫の糸や羽織ぬぐ　長谷川かな女・龍膽
尾を草に頭《かしら》怒れる毛虫かな　島村元・島村元句集
枝移る毛虫の列や朝ぐもり　石田波郷・酒中花以後
男かも知れぬ毛虫を踏みにけり　中尾寿美子・舞童台

けり【鳧】〔三夏〕

チドリ科の鳥。「水札」「計里」とも書く。四〜六月に繁殖期を迎え、冬になると南方へ渡る。平地の耕作地や水辺に生息する。翼長約二四センチ。脚が長い。頭・上胸部は灰色、背部は淡褐色、腹部は白色。眼は赤く、脚は黄色である。「キリッキリッ」または「ケリケリ」と鳴く。

け　り

水札鳴や懸浪したる岩の上　去来・去来発句集
水札の子の浅田にわたる夕哉　暁台・分類俳句集
鳧の子を野水にうつす植女哉　白雄・白雄句集
沈む事を知らず鳧の子浮きにけり　青木月斗・時雨

げんごろう【源五郎】げんごらう〔三夏〕

①ゲンゴロウ科の水生甲虫。池沼などに生息する。体長約四センチ。体は広卵形。体色は光沢のある緑黒色で黄褐色の縁色がある。後肢が長大で水中を巧みに泳ぎ、小動物を捕食する。②源五郎鮒の略名。⇩源五郎鮒《げんごろうぶな》

げんごろうぶな【源五郎鮒】げんごらうぶな〔三夏〕

コイ科の淡水魚。琵琶湖・淀川水系原産の大形の真鮒をいう。体長約四〇センチ。体高が高く全体に灰白色。釣りの対象魚。［和名由来］往時、堅田の漁夫の源五郎が安土領主に献じたことに由来。［同義］堅田鮒《かただぶな》、平鮒《へらぶな》、箆鮒《へらぶな》。⇩鮒鮨《ふなずし》

げんごろうぶな

源五郎鮒四郎三郎鯇五郎　河東碧梧桐・碧梧桐句集

げんじぼたる【源氏蛍】〔仲夏〕

日本で最大の蛍。体長約一・五センチ。体は黒色で、前胸の背板は桃色で黒色の十字紋がある。雌雄とも腹部に発光器をもち、黄白に発光する。⇩蛍《ほたる》、平家蛍《へいけぼたる》

こあじ【小鯵】こあぢ〔三夏〕⇩鯵《あじ》

垣ごしや隣へくばる小鯵鮓《こあじずし》　正岡子規・子規句集
残り火に煮返す鍋の小鯵かな　杉田久女・杉田久女句集補遺
病者より痩せしかぐろき小鯵売　石田波郷・惜命

こあじさし【小鯵刺】こあぢさし〔三夏〕

カモメ科の海鳥。海岸や河原の砂礫に生息する。頭部と腹部が白色で、背面が灰色、嘴が黄色。〔同義〕鮎鷹《あゆたか》。⇩鯵刺《あじさし》

こうもり【蝙蝠】かうもり〔三夏〕

コウモリ目に属する哺乳類の総称。「かわほり」ともいう。哺乳類の中で唯一自由に空を飛ぶ。頭は鼠に似る。体は黒色。趾に爪があり、休むときは逆さにぶらさがる。夜行性で空中の蚊、蚋などを捕食する。夏の夕空によく飛ぶ。〔同義〕蚊《か》喰鳥《くいどり》、蚊鳥《かとり》、天鼠《てんそ》、仙鼠《せんそ》。⇩家蝙蝠《いえこうもり》、蚊《か》喰鳥《くいどり》、蝙蝠《かわほり》

こうもり

蝙蝠《かうもり》も出《いで》よ浮世《うきよ》の華《はな》に鳥　芭蕉・西華集
蝙蝠や京の縄手の貸座敷　角田竹冷・竹冷句鈔
蝙蝠に逢ふ魔が時や戻橋　巌谷小波・さゞら波
蝙蝠や夕日はかなき暴れもよひ　富田木歩・木歩句集
蝙蝠や沙漠に銀の飛翔線　加藤知世子・飛燕草

こおいむし【子負虫】こおひむし〔三夏〕

タガメ科の水生昆虫。本州以南に分布し、池や水田に生息する。体長約二センチ。幼虫は雄の背で孵化する。

こがねむし【黄金虫・金亀子・金亀虫】〔三夏〕

コガネムシ科の甲虫、またはその類の総称。黄金虫は、体は卵形で光沢のある金緑色。体長約二センチ。植物の葉を食べる害虫。成虫は夏にでる。〔同義〕かなぶん。⇩かなぶん

灯を打つて恙なく飛ぶ金亀子　篠原温亭・温亭句集
金亀子擲つ闇の深さかな　高浜虚子・五百句
葉と落ちて紫金まどかや金亀子　原石鼎・花影
死にまねの翅をた、める金亀子《こがねむし》　山口青邨・花宰相

捉へては猫に咬はする黄金虫　日野草城・旦暮
月光となりてゐたりし黄金虫　加藤楸邨・雪後の天

こがら【小雀】〔三夏〕
シジュウカラ科の小鳥。「こがらめ」ともいう。翼長約六・五センチ。背・頭・頸部が黒色で、翼は灰褐色。胸・腹部は白色。
［同義］十二雀《じゅうにから》、小陵鳥《しょうりょうちょう》。

こがら

蓼《たで》のなき里は過《すぎ》たる小雀《こがら》哉　野紅・若艸
朝夕や峯の小雀の門馴る、　一茶・旅日記
小雀さへ渡るや海は鳥の道　梅室・梅室家集

ごきぶり【蜚蠊】〔三夏〕
ゴキブリ目の昆虫の総称。体は偏平で楕円形。多くは、黒色または褐色で油を塗ったようなが光沢あり、塗物などの食器や食品を害する。［同義］御器噛《ごきかぶり》、五器《ごき》かぶり。⇩油虫《あぶらむし》

こくぞう【穀象】こくざう〔三夏〕
オサゾウムシ科の小形甲虫の穀象虫《こくぞうむし》をいう。体長三ミリ前後。黒褐色で黄色に斑点がある。［和名由来］頭部の突出した形が象に似ているところから。［同義］米虫《こめむし》、米虫《よなむし》。
穀象のゆくへに朝の障子かな　加藤楸邨・野哭
穀象に金輪際の壁が立つ　加藤楸邨・雪後の天

こじか【小鹿・子鹿】〔三夏〕⇩鹿《か》の子《こ》
里を見に出ては小萩《こはぎ》に小鹿《こじか》かな　りん女・西華集
鹿の子の生れて間なき背の斑かな　杉田久女・杉田久女句集
樟の根に洞《うろ》あり仔鹿はしりいづ　水原秋桜子・古鏡
親の鹿躍り仔の鹿添ひはしる　水原秋桜子・古鏡

ごじゅうから【五十雀】ごじふから〔三夏〕
ゴジュウカラ科の小鳥。翼長約八センチ。頭・背部は青灰色、腹部は白色。顔には白色の眉斑と黒色の過眼線がある。長大な嘴をもち、樹皮につく昆虫類を捕食する。

こち【鯒】〔三夏〕
コチ科の海水魚の総称。沿岸の砂泥底に生息する。体長約五〇センチ。背面は暗灰色。体は上下に潰したように平たく、頭には骨質状突起がある。海釣りの対象魚。［同種］雌鯒《めごち》。

このはずく【木葉木菟・木の葉梟】このはづく〔三夏〕
フクロウ科の鳥。四～五月に渡来する夏鳥。低地や山地の

森林に生息する。日本で最小の梟。翼長約一四センチ全体に淡黄褐色で頭部に耳羽がある。「ブッポウソウ」と鳴くが、その鳴声が、長い間ブッポウソウ科の仏法僧のものと思われていた。⇩仏法僧《ぶっぽうそう》

こまどり【駒鳥】〔三夏〕

ヒタキ科の小鳥。夏鳥として渡来する。翼長約七・五センチ。雄の背部は橙褐色。顔・上胸部は鮮やかな橙赤色。下胸部は灰黒色、腹部は白色。囀りを賞して、鶯、大瑠璃と共に三銘鳥とされる。〔和名由来〕「ヒンカラカラ」と鳴き、馬（駒）のいななきに似ているところからと。〔漢名〕知更雀。

駒《こま》どりのもとの雫《しづく》や末《すゑ》の露《つゆ》　嵐雪・其袋
こま鳥の声ころびけり岩の上　園女・其袋
駒鳥の日晴てとよむ林かな　闌更・半化坊発句集
駒鳥や崖をしたたる露のいろ　加藤楸邨・野哭

こまどり

ごみなまず【ごみ鯰】ごみなまづ〔三夏〕

産卵などのため、水田などに入り込んだ鯰をいう。⇩鯰《なまず》

こめつきむし【米搗虫】〔三夏〕

コメツキムシ科の甲虫の総称。体長一〜八ミリ。体色は黒褐色。幼虫は針金虫《はりがねむし》とよばれる。〔和名由来〕体を押えると頭部を上下し、人が米を搗くさまに似ているところから。〔同義〕叩頭虫《ぬかずきむし》、額突虫《ぬかずきむし》、米踏《こめふみ》。⇩叩頭虫《ぬかずきむし》

こよしきり【小葦切・小葭切・小葦雀】〔三夏〕

ヒタキ科の鳥。体長約一四センチ。背部は淡褐色、腹部は灰白色。眼の上に黄白色の眉斑と黒褐色の線条がある。「ジヨッピリリケケシ」と鳴く。〔同義〕葦雀《あしすずめ》、葦雀《よしすずめ》。⇩葦切《よしきり》

ごり【鮔】〔三夏〕

関西では鯊《はぜ》類のうち、真鯊よりも小さいものをまとめて「ごり」と呼ぶ。汁物や佃煮などにして賞味する。

ごり

こるり【小瑠璃】〔三夏〕

ヒタキ科ツグミ亜科の鳥。日本中部以北で繁殖する。翼長約七・五センチ。雄の背部は暗青色。頭頂は青色で眼先から頚は黒色。腹部は白色。雌の背部はオリーブ色。声、姿ともに美しい。⇩大瑠璃《おおるり》、瑠璃鳥《るりちょう》

「さ　行」

さかさほおずき【逆酸漿】 さかさほほづき〔三夏〕

イトマキボラ科の巻貝の長螺の卵嚢をいう。海酸漿の一つ。口に含んで鳴らして遊ぶ。⇩長螺《ながにし》、海酸漿《うみほおずき》

さかばえ【酒蠅】 さかばへ〔三夏〕

金蠅や猩々蠅など、好んで酒樽の近くに集まる羽虫。⇩蠅《はえ》、金蠅《きんばえ》、猩々蠅《しょうじょうばえ》

ささごい【笹五位】 ささごゐ〔三夏〕

初夏に渡来するサギの一種。小形の鷺で、背面は暗緑青色で、頭には長い金緑青色を帯びた冠毛がある。水辺にすみ樹林に営巣。夜にピョー、ピョーと鋭い声で鳴く。

さし【蠁子】〔三夏〕

酒蠅の幼虫。釣餌になる。⇩酒蠅《さかばえ》

さそり【蠍】〔三夏〕

サソリ目に属する節足動物の総称。体長三～六センチ。体は頭胸部と腹部にわかれる。後腹部は尾状で、尾の先端に毒針のある毒袋をもち、小虫を刺殺して食べる。

さとめぐり【里回】〔三夏〕

青大将の別称。「さとまわり」ともいう。⇩青大将《あおだいしょう》、蛇《へび》

夏風や竹をほぐるる黄領蛇《さとめぐり》　飯田蛇笏・山廬集

さば【鯖】〔三夏〕

サバ科の海水魚の総称。特に真鯖《まさば》をいう。体長は約五〇センチ。鯖型といわれる美しい紡錘形をしている。背面は青緑色で不規則な暗色斑紋がある。腹面は銀白色。初夏の産卵期に日本近海に集まる。

鯖《さば》の旬《しゅん》即ちこれを食ひにけり　高浜虚子・五百五十句

鯖釣や夜雨のあとの流れ汐　飯田蛇笏・雲母

さばえ【五月蠅】 さばへ〔仲夏〕

陰暦の五月頃の群がり騒ぐ蠅をいう。⇩蠅《はえ》

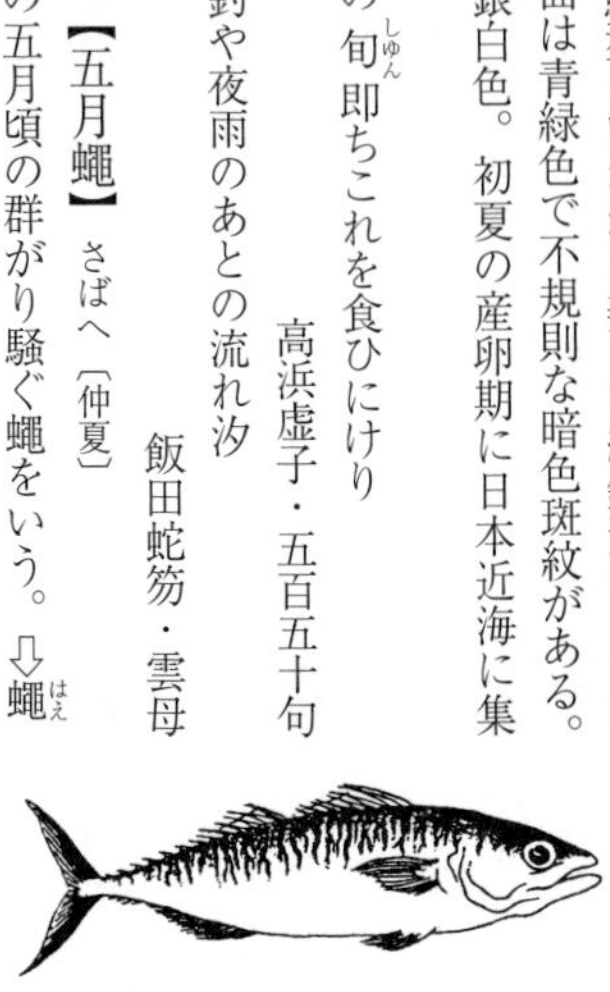

さば

さばずし【鯖鮨】〔三夏〕⇩〔生活編〕

さばつり【鯖釣】〔三夏〕⇩〔生活編〕

さめびたき【鮫鶲】〔三夏〕

ヒタキ科の小鳥。スズメ大の大きさ。夏鳥として渡来。亜高山帯の森林に生息する。背部は灰褐色。〔和名由来〕羽色が灰褐色で鮫の体色に似ているところから。〔同義〕たかむしくい。

さらしくじら【晒鯨】さらしくぢら〔三夏〕⇩〔生活編〕

ざりがに【蝲蛄】〔三夏〕

ザリガニ科の甲殻類。日本の多くはアメリカ東南部原産のアメリカザリガニで、体色は赤黒色。昭和初期に輸入され、各地に広まった。

さわがに【沢蟹】さはがに〔三夏〕

サワガニ科の蟹。淡水産。日本全土の渓流・河川の砂礫中に生息する。甲幅約三センチ。体色は灰褐色。夏の川遊びで子供がとって遊ぶ。⇩蟹《かに》、川蟹《かわがに》、山蟹《やまがに》

沢蟹の濡眼たてをり遠き雷　加藤知世子・頬杖

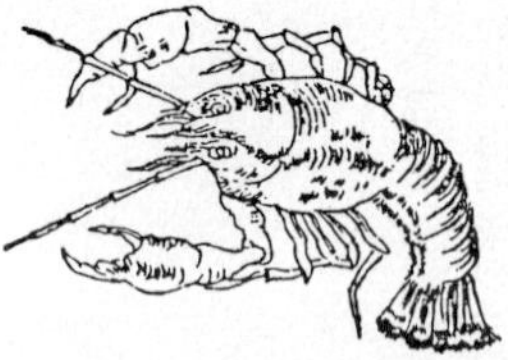

ざりがに

ざんおう【残鶯】〔三夏〕

春に美しい声で盛んに鳴いた鶯も、夏が近づくにつれて囀りが弱くなる。この夏の季節の鶯を「残鶯」という。〔同義〕老鶯《おいうぐいす》、夏鶯《なつうぐいす》、乱鶯《らんおう》、狂鶯《きょうおう》。⇩老鶯《おいうぐいす》

さんが【蚕蛾】〔仲夏〕

「かいこが」ともいう。蚕の蛹が羽化して蛾となったもの。体長約二〇ミリ。体色は乳白色で、翅には淡褐色の斑紋がある。〔同義〕繭《まゆ》の蛾《が》、繭《まゆ》の蝶《ちょう》。⇩蚕《かいこ》の蝶《ちょう》、蛾《が》、繭《まゆ》の蝶《ちょう》

さんこうちょう【三光鳥】さんくわうてう〔三夏〕

スズメ目ヒタキ科の鳥。長い尾をもつ。雄は全体に紫黒色で、腹は白い。雌は背面が栗色。山地に生息する。〔和名由来〕鳴き声が「月日星《つきひほし》ほいほい」と早口に聞えるところから。

さんしょううお【山椒魚】さんせうを〔三夏〕

サンショウウオ亜目に属する両生類の総称。形はイモリに似る。山間の渓流・湿地に生息する。魚、蟹、蛙などを捕食する。〔同義〕椒魚《しょうぎょ》、半割《はんざき》、半裂《はんざき》。⇩大山椒魚《おおさんしょううお》

しおいか【塩烏賊】しほいか〔三夏〕⇩［生活編］

しおくじら【塩鯨】しほくぢら〔三夏〕⇩［生活編］

しかのこ【鹿の子】〔三夏〕⇩鹿の子《かこ》

鹿の子のあどない顔や山畠　桃隣・古太白堂句選

鹿の子の人に摺れたる芝生哉　一茶・享和句帖

人声に子を引き隠す女鹿哉　一茶・おらが春

鹿の子のふんぐり持ちて頼母しき　村上鬼城・鬼城句集

しかのふくろづの【鹿の袋角】〔初夏〕

鹿の角は春に脱落するが、その後、だんだんと再生する。角の生えはじめの部分がまだ皮を被っていて柔らかい状態のものを「袋角」という。［同義］鹿《しか》の若角《わかつの》、鹿茸《ろくじょう》。⇩夏《なつ》の鹿《しか》

わすれずに居るか鹿の子の袋角　土芳・蓑虫庵集

そでかけておらさし鹿の袋角　園女・其袋

袋角鬱々と枝《え》を岐ちをり　橋本多佳子・紅絲

袋角脈々と血の管通ふ　橋本多佳子・命終

じぐも【地蜘蛛】〔三夏〕

ジグモ科の蜘蛛。体長約一・五センチ。頭部は赤黒く大きい。樹木や垣根の近くの土中に、細長い袋のような巣を作る。［同義］土蜘蛛《つちぐも》、穴蜘蛛《あなぐも》、袋蜘蛛《ふくろぐも》。⇩土蜘蛛《つちぐも》、蜘蛛《くも》

しじゅうから【四十雀】しじふから〔三夏〕

シジュウカラ科の小鳥。低山から平地の森林に生息する。翼長約七センチ。頭・喉・尾羽は黒色で、頬は白色。背部は黄緑色、腹部は白色。胸腹部の中央に一筋の黒色帯がある。春から夏の繁殖期に「ツツピーッ・ツツピーッ」と囀る。

しじゅうから

老《おい》の名のありともしらで四十から　芭蕉・初蝉

四十雀《しじふがら》地に囀《さへづ》るや麦の節《ふし》　浪化・そこの花

若楓揺りつゝ鳴くは四十雀　水原秋桜子・古鏡

四十雀つれわたりつゝなきにけり　原石鼎・花影

悲しけれ網はずしつゝ四十雀　星野立子・鎌倉

追ひすがり追ひすがり来て四十雀　石田波郷・酒中花以後

したびらめ【舌鮃】〔三夏〕

カレイ目シタビラメ亜目の海水魚。暖海の砂泥底に生息する。体長約二〇センチ。体は長楕円形・偏平で牛の舌状。体

動物

の左側に眼がある。〔同義〕牛《うし》の舌《した》。

じひしんちょう【慈悲心鳥】じひしんてう〔三夏〕
ホトトギス科の小鳥の十一の別称。⇩十一《じゅういち》
蚊も喰はで慈悲心鳥の鳴音哉　闌更・半化坊発句集
慈悲心鳥翠微に声の翔け入りて　水原秋桜子・晩華
慈悲心鳥鳴きわたり来て霧と去る　水原秋桜子・古鏡

しまか【縞蚊】〔晩夏〕
カ科の昆虫。黒色の胸背に白色の縦条がある。昼間に活動する。吸血性。一般に「藪蚊」といわれる。⇩蚊《か》、藪蚊《やぶか》
山の蚊の縞あきらかや嗽　芝不器男・不器男句集

しまどじょう【縞縞蛇】しまどぜう〔三夏〕
ドジョウ科の淡水魚。体側に一列黒色の斑点がある。水の澄んだ河川に生息し、北海道を除く地域に分布する。最近では、観賞用にも飼育される。

しまへび【縞蛇】〔三夏〕
ヘビ科の無毒の蛇。体長約一・五メートル。体色は褐色で、背面に四本の黒褐色線がある。⇩蛇《へび》

しみ【紙魚・衣魚・蠹魚】〔晩夏〕
シミ科の昆虫の総称。体長約一〇ミリ。糸状の一対の長い触角と三本の尾毛をもつ。書物や衣類など、糊気のあるものを食害する。〔和名由来〕形が魚に似ているところから。〔同義〕白魚《はくぎょ》、雲母虫《きららむし》、きら虫《むし》、箔虫《はくむし》、紙の虫《かみむし》。⇩虫干《むしぼし》
蠹しらみ窓の蛍にかたるなり　其角・五元集拾遺
我《われ》書《かい》て紙魚《しみ》くふ程に成にけり　正岡子規・子規句集
紙魚のあと久しのひの字しの字かな　高浜虚子・六百句
あざけりの本の虫とて銀の紙魚　山口青邨・花宰相
寂として万緑の中紙魚は食ふ　加藤楸邨・野哭

しゃくとりむし【尺取虫・尺蠖虫】〔三夏〕
シャクガ科の蛾の幼虫の枝尺取《えだしゃくとり》のこと。体は細長く円筒形。体は緑色または灰褐色。〔和名由来〕歩くとき体がU字型になり、指で尺をはかるのに似ているところから。〔同義〕寸取虫《すんとりむし》、杖突虫《つえつきむし》、屈伸虫《くっしんちゅう》、招虫《おざむし》、土瓶割《どびんわり》。⇩土瓶割《どびんわり》、蛾《が》
蠖尺蟲の焔逃げんと尺とりつつ　中村草田男・銀河依然
風ありて尺蠖とぶがごときかな　高橋馬相・秋山越

しゃくとりむし

しゃこ【蝦蛄・青竜蝦】〔三夏〕
シャコ科の甲殻類。北海道以南に分布し、沿岸の砂泥中に穴を掘って生息する。体形は海老に似て平たい。体長約一五センチ。天麩羅や鮨種となり、初夏の頃の卵をもったものは特に賞味される。

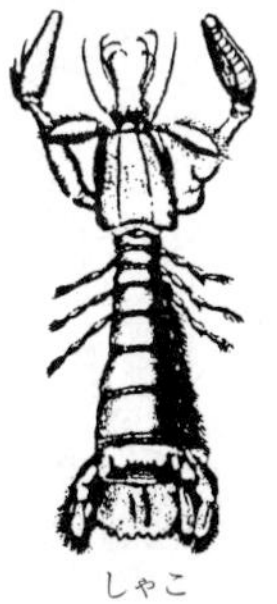
しゃこ

じゅういち【十一】〔三夏〕
ホトトギス科の鳩大の小鳥。夏鳥として飛来し、冬、東南アジアに渡る。背部は灰黒色。頸は白色で、腹部は淡赤褐色。尾羽に褐色の四本の横斑がある。大瑠璃、小瑠璃などの鳥に托卵する。〔和名由来〕鳴声「ジュイイチー・ジュイイチー」から。〔同義〕慈悲心《じひしん》、慈悲心鳥《じひしんちょう》、実心《じっしん》。⇩慈悲心鳥《じひしんちょう》

しゅぶんきん【朱文金】〔三夏〕
鮒と出目金と和金の交配種。体形は鮒に似る。⇩金魚《きんぎょ》

しょうじょうばえ【猩々蝿】しやうじやうばへ〔三夏〕
ショウジョウバエ科の蝿。体長二〜二・五ミリ。夏の台所や倉庫などで酒や味噌、いたんだ果物などに集まる。⇩酒蝿《さかばえ》

じょろうぐも【女郎蜘蛛】ぢよらうぐも〔三夏〕
アシナガグモ科の蜘蛛。斑蛛・絡新婦とも書く。体長は雄は約七ミリ、雌は約二五ミリで大形である。腹背に黄緑色の横帯が三本あり、体の側面後方に紅色の斑点がある。⇩蜘蛛《くも》

しらさぎ【白鷺】〔三夏〕
大鷺《だいさぎ》、中鷺《ちゅうさぎ》、小鷺《こさぎ》などサギ科の白色の鳥の総称。〔同義〕白鳥《しらとり》。〔漢名〕白鷺。雪客。

しらはえ【白鮠】しらはえ〔三夏〕
追河の雌。⇩追河《おいかわ》

しらみ【虱・蝨】〔三夏〕
シラミ目の昆虫の総称。体長〇・五〜六ミリ。体は紡錘形で偏平。翅はなく眼は退化している。人や獣に寄生し、吸血する。〔同種〕頭虱《あたまじらみ》、衣虱《ころもじらみ》、毛虱《けじらみ》。⇩南京虫《なんきんむし》

蚤虱《しらみ》馬の尿《ばり》する枕もと　芭蕉・おくのほそ道
ひるがほに虱《しらみ》のこすや鳶《とび》のあと　嵐蘭・芭蕉庵小文庫
よき衣《きぬ》によろこびつける草虱《くさじらみ》　高浜虚子・五百五十句

しろあり【白蟻】〔三夏〕
シロアリ目の昆虫の総称。体は乳白色または淡褐色。朽ち

木や家などに巣をつくり、食害する。⇩蟻《あり》、羽蟻《はあり》

しろしたがれい【城下鰈】しろしたがれひ〔三夏〕
大分県日出町の日出城跡付近の海で取れる真子鰈《まこがれい》。真子鰈の中でもとくに美味とされる。

すずめが【雀蛾・天蛾】〔晩夏〕
スズメガ科の蛾の総称。開張六〜一五センチと大きい。体は太く紡錘形。全体に茶褐色で後翅前部は薄紅色。夕方に活動し、花の蜜を吸う。幼虫は芋虫。〔同義〕芋虫蝶《いもむしちょう》。⇩蛾《が》

すずめずし【雀鮨】〔三夏〕⇩〔生活編〕

すずめのたご【雀の擔桶・雀の甕】〔仲夏〕
イラガ科の刺蛾の繭の俗称。卵球形で白褐色に黒条の斑紋がある。直径約一・五ミリ。非常に堅く樹枝に付着する。中の蛹は川釣の餌となる。〔同義〕雀《すずめ》の壺《つぼ》、雀《すずめ》の枕《まくら》、雀《すずめ》の卵《たまご》。

すずめのたご

すりばちむし【擂鉢虫】〔三夏〕
蟻地獄の別称。⇩蟻地獄《ありじごく》

せごしなます【背越膾】〔三夏〕⇩〔生活編〕

せっか【雪加・雪下】〔三夏〕
スズメ目ヒタキ科の小鳥。蘆原や水田などに生息し、草の葉で壺状の巣を作る。全体に黄褐色で、尾を扇のように開く。ヒッヒッと鳴く。雌だけが雛を育てる。

ぜにがめ【銭亀】〔三夏〕
石亀の子のこと。夏、夜店などで売られている。〔和名由来〕甲羅が丸く、銭に似ているところから。⇩亀の子《かめのこ》
銭亀《ぜにがめ》や青砥《あおと》もしらぬ山清水　蕪村・蕪村句集

せみ【蟬】〔晩夏〕
セミ科の昆虫の総称。体長一〜八センチ。頭部は三角状で腹部にある長い吻で樹液を吸う。雄は発音板を振動させ、腹腔を共鳴させて鳴く。雌は樹皮に産卵する。孵化した幼虫は地中で十数年を過ごす。地上にでて脱皮をし、ようやく成虫となる。成虫

せみ

の寿命は七～一〇日間程度である。⇩初蟬《はつぜみ》、蟬時雨《せみしぐれ》、蟬《せみ》の声《こえ》、蟬生《せみうま》る、油蟬《あぶらぜみ》、空蟬《うつせみ》、熊蟬《くまぜみ》、にいにい蟬《ぜみ》、蟬涼《せみすず》し、蟬《せみ》の殼《から》、初蜩《はつひぐらし》、みんみん蟬《ぜみ》

朝蟬のひとつしづかに祭笛　水原秋桜子・帰心
しのび音の咽び音となり夜の蟬　三橋鷹女・羊歯地獄
おいて来し子ほどに遠き蟬のあり　中村汀女・汀女句集
蟬の午後妻子ひもじくわれも亦　日野草城・旦暮
夜の蟬くるひあがりし北斗かな　加藤楸邨・雪後の天
蟬の穴ときどきフフと笑ひけり　中尾寿美子・舞童台

せみうまる【蟬生る】〔晩夏〕

蟬の幼虫が地上にでて、成虫となること。⇩蟬《せみ》

せみしぐれ【蟬時雨】〔晩夏〕⇩［自然・時候編］

せみすずし【蟬涼し】〔晩夏〕

蟬の鳴声はやかましくもあるが、反面、涼しさを感じることもある夏の風物である。⇩蟬《せみ》、蟬時雨《せみしぐれ》

森《もり》の蟬涼《せみすず》しき声《こゑ》やあつき声《こゑ》　乙州・続猿蓑
蟬涼し朴《ほゝ》の広葉に風の吹く　河東碧梧桐・碧梧桐句集
夕影のずん〳〵見えて蟬涼し　鈴木花蓑・鈴木花蓑句集
蟬涼しわがよる机大いなる　杉田久女・杉田久女句集

せみのから【蟬の殼】〔晩夏〕

蟬の抜け殻をいう。［同義］蟬《せみ》の蛻《もぬけ》、空蟬《うつせみ》。⇩空蟬《うつせみ》、蟬《せみ》

梢よりあだに落《おち》けり蟬のから　芭蕉・六百番発句
我とわがからや弔ふ蟬の声　也有・蘿葉集
わくら葉に取ついて蟬のもぬけ哉　蕪村・蕪村遺稿
蟬の脱《カラ》ははたらくやうで哀也《あはれなり》　句空・卯辰集

せみのこえ【蟬の声】せみのこゑ〔晩夏〕⇩蟬《せみ》

閑《しづか》さや岩にしみ入《いる》蟬の声　芭蕉・おくのほそ道
頓《やが》て死ぬけしきは見えず蟬の声　芭蕉・猿蓑
一ゆすりゆするや蟬《せみ》の啼調子《なきでうし》　野紅・後れ馳
蟬《（せみ）》なくや我家《（わがや）》も石になるやうに　一茶・七番日記
おもひつめたるひと木のゆらぎ蟬の声　臼田亜浪・旅人

せんだいむしくい【仙台虫喰】せんだいむしくひ〔三夏〕

スズメ目ヒタキ科の小鳥。背部は緑褐で、腹部は白色。頭部に黄白色の頭央線があり、黄白色の眉斑がある夏鳥で九州以北の低山帯に生息し、冬は南アジアに渡る。「チョチョピー」と鳴く声が「焼酎一杯ぐいー」と聞えることで知られる。

朝餉の座仙台虫喰をきくは誰　水原秋桜子・古鏡

「た　行」

たうなぎ【田鰻】〔晩夏〕

タウナギ科の淡水魚。田や湖沼に生息する。体長約八〇センチ。鱗・胸びれ・背びれがない。体色は黄褐色で暗褐色の斑点がある。〔同義〕川蛇《かわへび》。

たかのとやいり【鷹の塒入】〔三夏〕

鷹の羽毛は夏に抜け変わるため、鷹狩の鷹などの飼鷹をその間、鳥屋に籠らせる。〔同義〕塒鷹《とやだか》、塒籠《とやごもり》、鳥《と》屋籠《やごもり》。

鷹に声なし雨にたれたる塒筵　白雄・白雄句集

たかべ【鰖】〔三夏〕

タカベ科の海水魚。本州中部以南に分布し、沿岸の岩礁域に生息する。体長約二五センチ。体は長い紡錘形。全体に青褐色で、背面に黄色の縦帯がある。磯釣りの対象魚。

たがめ【田亀・水爬虫】〔三夏〕

タガメ科の水棲昆虫。沼や池などに生息する。体長約六・五センチ。体は偏平な六角形で暗褐色。前脚が強く、蟷螂《かまきり》の鎌形に似て捕獲肢となっている。水棲昆虫などを捕らえ、体液を吸う。〔同義〕河童虫《かっぱむし》、高野聖《こうやひじり》、どんがめ。

たこ【蛸・鮹・章魚】〔三夏〕

イカ綱タコ目に属する軟体動物の総称。体は頭・胴・腕の三部よりなり、腕は八本で、各腕には一〇数個の吸盤が二条に連なる。墨汁嚢をもち、外敵に遭うと墨を噴いて逃げる。七〜八月頃が産卵期。蛸壺漁で捕獲される。⇩蛸壺《たこつぼ》、麦藁蛸《むぎわらだこ》

蛸喰《たこくひ》て蓼摺小木《たですりこぎ》のはなし哉　涼菟・皮籠摺

油断すな柚の花咲ぬいその蛸　支考・六華集

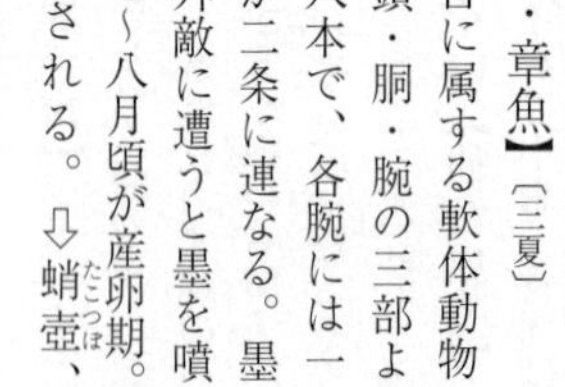

たこ

たこつぼ【蛸壺】〔三夏〕

蛸を捕らえる素焼きの壺。桐の木の浮木をつけた壺を海底に沈め、壺に潜んだ蛸を引き上げて捕らえる。⇩蛸《たこ》

蛸壺《たこつぼ》やはかなき夢を夏の月　芭蕉・猿蓑

たでくうむし【蓼食う虫】 たでくふむし〔初夏〕

「蓼虫《たでむし》」ともいう。初夏、辛い蓼の新葉を食う虫のこと。多くはホタルハムシの類。また、辛い葉を食べるところから、諺で「人の好みもさまざまである」ことをいう。

炎天に蓼食ふ虫の機嫌かな　一茶・一茶句集

だに【壁蝨】〔三夏〕

ダニ目の属する節足動物の総称。小楕円形で一ミリ以下。頭・胸・腹が一体となって胴部をなし、四対の歩脚をもつ。動植物に寄生する。「嫌われ者」の形容となる。⇩家壁蝨《いえだに》

だぼはぜ【だぼ鯊】〔三夏〕

鯊の一種で、「知知武《ちちぶ》」をさす。河口近くで簡単に釣れるので、夏、子供が釣って遊んでいる。

ダボ鯊のダボの見えざるすばやさよ　加藤知世子・頬杖

たまむし【玉虫】〔晩夏〕

タマムシ科の甲虫。体長約四センチ。体は紡錘状。金属性の光沢のある金緑色で、碧緑色の二条の縦線がある。この翅を簞笥に入れると衣装が増えるという俗信がある。［同義］吉丁虫《きっちょうちゅう》、金花虫《たまむし》。［同種］黒玉虫《くろたまむし》、青玉虫《あおたまむし》、姥玉虫《うばたまむし》。

玉虫の光残して飛びにけり　高浜虚子・五百句
玉虫や瑠璃翅乱れて畳とぶ　杉田久女・杉田久女句集
玉虫の熱沙掻きつゝ交《さか》るなり　中村草田男・火の鳥
玉虫を捨はず過ぎて何恃まむ　石田波郷・雨覆
玉虫の死して光のかろさなる　野澤節子・鳳蝶

つかれう【疲鵜】〔三夏〕

鵜飼で働き疲れた鵜のこと。⇩鵜飼《うかい》［生活編］

疲れ鵜の叱られて又入りにけり　一茶・一茶句帖
労れ鵜や雫ながらに山を見る　成美・いかにいかに

つちぐも【土蜘蛛】〔三夏〕⇩地蜘蛛《じぐも》、蜘蛛《くも》

つつどり【筒鳥】〔三夏〕

ホトトギス科の渡鳥。夏鳥として四月中頃に飛来する。山林に生息する。翼長約二〇センチ。体は郭公に似る。背部は暗灰色。「ポンポン」と鳴く。仙台虫喰《せんだいむしくい》などの巣に託卵する。［和名由来］空筒を叩いたような「ポンポン」という鳴声から。［同義］ぽんぽん鳥《どり》。［漢名］布穀。⇩時鳥《ほととぎす》、郭公《かっこう》

都々鳥や木曾のうら山咀に似て　白雄・白雄句集
筒鳥に湧く湯の濁り肌につく　長谷川かな女・川の灯
筒鳥を幽かにすなる木のふかさ　水原秋桜子・古鏡
筒鳥の鳴くが淋しと彫るこけし　原コウ子・昼顔

筒鳥なく泣かんばかりの裾野の灯　加藤楸邨・山脈

つばす【津走】〔三夏〕
鰤《ぶり》の幼魚。鰤は出世魚で、大阪では幼魚より「つばす→はまち→めじろ→ぶり」とよばれる。⇩いなだ

つばめのこ【燕の子】〔三夏〕
燕の雛。燕は通常五月と六～七月に二回雛を育てる。約一四日で孵化する。［同義］子燕《こつばめ》、乳燕《ちちつばめ》。⇩夏燕《なつつばめ》

つばめの子ひるがへること覚えけり　阿部みどり女・石蕗
訪ふを待たでいつ巣立ちけむ燕の子　杉田久女・杉田久女句集
肩しかと母の燕や仔の声だけ　中村草田男・来し方行方
燕の子仰いで子等に痩せられぬ　加藤楸邨・野哭

つゆなまず【梅雨鯰】〔仲夏〕
鯰の産卵は梅雨期であり、この時期の鯰をいう。⇩鯰《なまず》

つゆのちょう【梅雨の蝶】つゆのてふ〔仲夏〕
梅雨の晴れ間に飛ぶ蝶をいう。⇩夏《なつ》の蝶《ちょう》

てっぽうむし【鉄砲虫】てっぽうむし〔三夏〕
樹木を食害する髪切虫などの幼虫。樹幹に穴を食い開ける。［同義］木食虫《きくいむし》、柳虫《やなぎむし》。⇩髪切虫《かみきりむし》、木食虫《きくいむし》

動物

ででむし〔三夏〕
蝸牛の別称。⇩蝸牛《かたつむり》

でゝ虫の角に夕日の光りかな　内藤鳴雪・鳴雪句集
蝸牛《ででむし》や雨雲さそふ角《つの》のさき　正岡子規・子規句集
蝸牛《でゝむし》の移り行く間の一仕事　高浜虚子・六百五十句
でゝ虫の腹やはらかに枝うつり　原石鼎・花影
一心にでで虫進む芭蕉かな　川端茅舎・定本川端茅舎句集

てながえび【手長蝦・草蝦】〔三夏〕
テナガエビ科の淡水産の海老。本州以南の河川、湖沼に生息する。体長約九センチ。体色は透明感のある淡褐色。五対の脚のうち、雄の第二胸脚は体長の一・五倍ほどの長さがある。［同義］杖突蝦《つえつきえび》、川蝦《かわえび》。⇩川蝦《かわえび》

てながえび

手長蝦失せて樗の花の影　水原秋桜子・晩華
手長蝦つれては暗き雨きたる　水原秋桜子・秋苑
手長蝦すがりて朽ちし十二橋　水原秋桜子・帰心

でめきん【出目金】〔三夏〕
金魚の一品種。目が大きく左右に飛び出ている。体は琉金形で黒色、または赤色。⇩金魚《きんぎょ》、琉金《りゅうきん》

てんとうむし【天道虫・瓢虫・紅娘】 てんたうむし〔三夏〕
テントウムシ科の甲虫の総称。体形は半球形で光沢があり、赤や黒のさまざまな斑紋がある。幼虫は紡錘形で成虫と共に肉食で油虫を食べる。［同義］瓢虫《ひさごむし》。［同種］七星天道虫《ななほしてんとうむし》、亀甲天道虫《かめのこてんとうむし》、姫赤星天道虫《ひめあかほしてんとうむし》。
老松の下に天道虫と在り　川端茅舎・定本川端茅舎句集
天道蟲天の密書を翅裏に　三橋鷹女・白骨
のぼりゆく草ほそりゆくてんと虫　中村草田男・長子
きらきらと頭蓋を出づるてんと虫　加藤知世子・飛燕草

とうぎょ【闘魚】〔三夏〕
キノボリウオ科の淡水魚の総称。雄は激しい闘争心をもつ。多くは熱帯魚で体長五～一〇センチ。体色は黄青色、紅青色のものが多い。泡で巣をつくり産卵する。

とうろううまる【蟷螂生る】〔仲夏〕⇩蟷螂生る《かまきりうまる》

とおしがも【通し鴨】 とほしがも〔三夏〕
春、北に帰らないで日本に留まる渡鳥の鴨。まれにあり、夏、池沼などで巣を営み、雛を育てる。［同義］残《のこ》る鴨《かも》。
しづかさや山陰にして通し鴨　松瀬青々・妻木

とかげ【蜥蜴】〔三夏〕
トカゲ目の爬虫類の総称。石龍子とも書く。種類が多い。冬は地中で冬眠し、夏、昆虫やミミズを捕食する。体は長円筒状で、大形のものは体長約一九センチに達する。敵に尾を押さえられると自ら尾を断って逃走する。⇩青蜥蜴《あおとかげ》

とかげ

我を見て舌を出したる大蜥蜴《おおとかげ》　高浜虚子・七百五十句
睨み合うて背縞動かさず恋蜥蜴　原月舟・月舟俳句集
後脚のひらきし指の蜥蜴かな　中村汀女・花影
蜥蜴の尾鋼鉄《まがね》光りや誕生日　中村草田男・長子
蜥蜴とまり鶏の横目がこれにとまる　加藤楸邨・野哭
直はしる蜥蜴追ふ吾が二三足　石田波郷・風切

どじょうじる【泥鰌汁】 どぢやうじる〔晩夏〕⇩［生活編］

どじょうなべ【泥鰌鍋】 どぢやうなべ〔晩夏〕⇩［生活編］

とびうお【飛魚】とびうを〔三夏〕
トビウオ科の海水魚。本州中部以南の暖海に分布する。体長約三五センチ。体は細長い紡錘形で大きな翼状の胸びれと二叉になった尾びれで海面上を飛翔する。一年で成魚となり、産卵後に死ぬ。〔同義〕飛魚《あご》、燕魚《つばめうお》、燕魚《つばくろうお》、蜻蛉魚《とんぼうお》。

とびうお

どびんわり【土瓶割】〔三夏〕
尺取虫の別称。尺取虫の保護色、擬態により、尺取虫を枝と間違えて土瓶を吊すと、落ちて割れてしまうという意味から、この名がある。⇩尺取虫《しゃくとりむし》

どよううなぎ【土用鰻】〔晩夏〕⇩〔生活編〕

どようしじみ【土用蜆】〔晩夏〕⇩〔生活編〕

とらぎす【虎鱚】〔三夏〕
トラギス科の海水魚。浅海に生息する。体長一五～二〇センチ。体は細長く円筒形。体色は淡黄褐色で、体側に六本の暗褐色の横帯があり、その中央を青白色の帯が縦断する。〔和名由来〕体側の模様を虎縞に見立てたところから。⇩鱚《きす》

とらつぐみ【虎鶫】〔三夏〕
ヒタキ科の鳥。低山帯の林に生息する。翼長約一六センチ。背部は黄褐色で腹部は黄白色。全身に半月状の黒斑がある。日本で繁殖し、冬に南方へ渡る。夜間や曇天の日に「ヒョウ・ヒョウ」と寂しげに鳴くので、往時、怪鳥として恐れられていた。〔同義〕ぬえ、ぬえつぐみ、ぬえどり。⇩鵺《ぬえ》

とんぼうまる【蜻蛉生る】〔仲夏〕
六～七月、蜻蛉の幼虫のヤゴが、脱皮して成虫となること。

「な　行」

ながにし【長螺・長辛螺】〔三夏〕
イトマキボラ科の海産の巻貝。殻高約一四センチ。貝の下端が長く尖る。卵嚢は「逆酸

ながにし

漿」と呼ばれる。貝の蓋は香料の調整に用いられ、「甲香《へなたり》」といわれる。

なつうぐいす【夏鶯】 なつうぐひす 〔三夏〕

春に美しい声で盛んに鳴いた鶯は、夏が近づくにつれて囀りが少なくなる。この夏の季節の鶯をいう。〔同義〕老鶯《ろうおう》、乱鶯《らんおう》、狂鶯《きょうおう》、残鶯《ざんおう》。⇩老鶯《おいうぐいす》、老鶯《ろうおう》

なつがえる【夏蛙】 なつかへる 〔三夏〕

夏のさまざまな蛙をいう。「なつかわず」ともいう。

春は鳴く夏の蛙は吠えにけり　鬼貫・俳諧七車

なつご【夏蚕】 〔仲夏〕

春蚕の卵が孵化したもので、夏の頃に飼う蚕をいう。とれる糸は質・量ともに春蚕に劣る。〔同義〕二番蚕《にばんご》。

夏蚕いまねむり足らひぬ透きとほり　加藤楸邨・寒雷

なつざかな【夏魚】 〔三夏〕

夏期にとれる魚一般をいう。

なつつばめ【夏燕】 〔三夏〕

夏の燕は雛を育てるのに忙しい。⇩燕《つばめ》の子《こ》

夏山をめがけてはやき燕かな　杉田久女・杉田久女句集補遺

なつにしん【夏鰊】 〔三夏〕

夏、金華山沖から北上し、北海道に群れ来る鰊をいう。

なつのおし【夏の鴛鴦】 なつのをし 〔三夏〕

夏、鴛鴦は山間の渓流や湖にすむ。俳句では、鴛鴦は冬の季語であるため、「夏の鴛鴦」や「鴛鴦涼し」の表現で夏の季語となる。⇩鴛《お》鴦《し》涼《すず》し

なつのかも【夏の鴨】 〔三夏〕

俳句では、鴨は冬の季語であるが、「夏の鴨」や「鴨涼し」の表現で夏の季語となる。⇩鴨《かも》涼《すず》し

なつのしか【夏の鹿】 〔三夏〕

夏の野に見る鹿。⇩鹿《か》の子《こ》、鹿《しか》の袋角《ふくろづの》

なつのちょう【夏の蝶】 なつのてふ 〔三夏〕

夏に飛ぶ蝶をいう。蝶は出始めをもって春の季語とされるが、「夏の蝶」として夏の季語になる。〔同義〕夏蝶《なつちょう》。⇩梅雨《つゆ》の蝶《ちょう》

夏蝶や歯朶ゆりて又雨来る　飯田蛇笏・山廬集
夏蝶の放ちしごとく高くとぶ　阿部みどり女・光陰
夏蝶の息づく瑠璃や楓の葉　水原秋桜子・重陽

杉の間を音ある如く夏の蝶　星野立子・鎌倉
眼下津軽肩はなれゆく夏の蝶　加藤楸邨・山脈
千曲川しづかに迅し夏の蝶　柴田白葉女・夕浪

なつのむし【夏の虫】なつのむし〔三夏〕

蛍、蟬、蛾、蚊など、夏にでる虫をいう。〔同義〕夏虫《なつむし》。⇩火取虫《ひとりむし》、虫篝《むしかがり》

夏むしの碁《ご》にこがれたる命哉　其角・五元集
哀れさや石を枕に夏の虫　桃隣・古太白堂句選
片羽焼てはひあるきけり夏の虫　闌更・半化坊発句集
夏虫や放つに戻る窓障子　百明・故人五百題

なつひばり【夏雲雀】〔三夏〕

夏に入っても盛んに鳴いている雲雀をいう。⇩練雲雀《ねりひばり》

とほめきて雲の端に啼く夏ひばり　飯田蛇笏・雲母
虹になき雲にうつろひ夏ひばり　飯田蛇笏・春蘭

なまず【鯰】なまづ〔仲夏〕

ナマズ科の淡水魚。湖沼、河川の砂泥底に生息する。体形は扁円形で、体長約五〇センチ。頭部は扁平で口は大きく、上下の顎に四本の髭（幼魚は六本）がある。体表は滑らかで鱗はない。梅雨頃が産卵期。⇩ごみ鯰《なまず》、梅雨鯰《つゆなまず》

梅雨出水鯰必死に流れけり　青木月斗・時雨
ぬめりつべり鯰に恋のありやなし　青木月斗・時雨
鯰とぞ灯かざす魚籠の底のもの　水原秋桜子・葛飾
鯰の子己が濁りにかくれけり　五十崎古郷・五十崎古郷句集

なめくじ【蛞蝓】なめくぢ〔三夏〕

ナメクジ科に属する陸生の巻貝。「なめくじら」ともいう。体長約六センチ。蝸牛《かたつむり》に似るが殻は退化し、もたない。頭に大小二対の触角の先端に眼があり、触ると縮む。腹部の伸縮で粘液をだしながら進む。野菜や果実を食害する。

五月雨《さみだれ》に家ふり捨《す》てなめくじり　凡兆・猿蓑
古臼を嘗め腐らしぬ蛞蝓　青木月斗・時雨
蛞蝓のながしめしてはあるきけり　飯田蛇笏・春蘭
なめくぢも我れも夏痩せひとつ家に　三橋鷹女・魚の鰭
俯向きてみる蛞蝓の夕焼けしを　石田波郷・胸形変
蛞蝓急ぎ出でゆく人ばかり　石田波郷・風切

なんきんむし【南京虫】なつのてふ〔三夏〕

カメムシ目トコジラミ科の昆虫である床虱《とこじらみ》の別名。体長約五ミリ。体は楕円形で平たい。夜に活動し人の血を吸う。

痛みと痒みがあり、吸跡には二つの穴がある。⇩虱《しらみ》、蚤《のみ》

にいにいぜみ【にいにい蟬】〔晩夏〕

セミ科の昆虫。体長約三・五センチ。体は暗黄緑色で黒斑がある。翅は透明で、前翅には黒褐色の雲形の紋様がある。「ニーニー」と鳴く。⇩蟬《せみ》

におのうきす【鳰の浮巣】 にほのうきす〔三夏〕⇩浮巣《うきす》、水鳥《みずどり》の巣《す》

五月雨に鳰《にほ》の浮巣《うきす》を見に行《ゆか》む　芭蕉・笈日記

内川や鳰の浮巣になく蛙　其角・五元集拾遺

鳰の巣を抱いて咲くや菱の花　遅望・類題発句集

鳰の巣の一本草をたのみ哉　一茶・七番日記

鳰の巣の見え隠れする浪間かな　村上鬼城・鬼城句集

にごりぶな【濁り鮒】〔仲夏〕

梅雨の頃、雨で増水し、濁った河川などで漁獲される鮒。

濁り鮒腹をかへして沈みけり　高浜虚子・五百五十句

にじます【虹鱒】〔三夏〕

ニジマス科の淡水魚。体長五〇〜一〇〇センチ。背面は青緑色で黒色の小斑点が散在する。体側中央には虹色の縦帯がある。［和名由来］英名のrainbow troutの訳より。

ぬえ【鵺】〔三夏〕

虎鶫《とらつぐみ》の別称。⇩虎鶫《とらつぐみ》

ぬかか【糠蚊】〔三夏〕

ヌカカ科の微小昆虫の総称。「まくなき」「まくなぎ」ともいう。体長約二ミリで、糠のように小さい。体色は黄褐色。翅は二枚。草叢に生息し、吸血もする。⇩蚊《か》、まくなぎ

ぬかずきむし【叩頭虫】〔三夏〕

米搗虫の古称。⇩米搗虫《こめつきむし》

ねきりむし【根切虫】〔三夏〕

蕪《かぶら》夜蛾《やが》、夜盗蛾《よとうが》、黄金虫《こがねむし》の幼虫など、農作物や苗木などの根元を食害する害虫の総称。⇩夜盗虫《よとうむし》

根切虫《ねきりむし》あたらしきことしてくれし　高浜虚子・六百句

根切虫梅雨はいよいよ深くなりぬ　加藤楸邨・雪後の天

ねったいぎょ【熱帯魚】〔三夏〕

熱帯に生息する魚の総称。特に、観賞用とされる美しい色合いや形をしたものをいう。［同種］エンゼルフィッシュ、グッピー、パラダイスフィッシュ、ゼブラフィッシュ。

天使魚もいさかひすなりさびしくて　水原秋桜子・新樹
百合うつり雷とゞろけり熱帯魚　石田波郷・馬酔木

ねりひばり【練雲雀】〔晩夏〕
夏に羽毛が抜け変わり、鳴くのをやめた雲雀。⇩夏雲雀《なつひばり》

のじこ【野鵐】〔三夏〕
スズメ目ホオジロ科の鳥。蒿雀《あおじ》に似た小形の鳥で、背は灰オリーブ色で、黒色の縦斑がある。腹面は黄色。山林に生息する。美しい声で鳴くので、古来より籠鳥として珍重された。

のびたき【野鶲】〔三夏〕
ツグミ亜科の小鳥。夏鳥として飛来し、本州の高原地帯に生息する。冬に南方に渡る。翼長約七センチ。雄の夏羽は頭と尾が黒色。胸部は淡褐色、翼は黒褐色、腹部は白色。
茨の芽野鶲きたりかくれける　水原秋桜子・古鏡

のびたき

のみ【蚤】〔三夏〕
ノミ科の昆虫の総称。体長二～三ミリ。哺乳類、鳥類に寄生して血液を吸う。翅はないが、良く発達した脚で跳ぶ。雌は雄よりも大きく、俗にいう「蚤の夫婦」は、夫より妻の方が大柄の夫婦のこと。宿主によって「人蚤《ひとのみ》」「犬蚤《いぬのみ》」「猫蚤《ねこのみ》」「鼠蚤《ねずみのみ》」などの区別がある。⇩蚤《のみ》の跡《あと》、蚤取粉《のみとりこ》
蚤虱《しらみ》馬の尿《ばり》する枕もと　芭蕉・おくのほそ道
旅やすし蚤《のみ》の寐巻の袖《そで》だゝみ　正岡子規・子規句集
恋衣起きては蚤を振ひけり　尾崎紅葉・紅葉句帳
いにしへの旅の心や蚤《のみ》ふるふ　高浜虚子・六百五十句
蚤逃げし灯の下に夢追ひ坐る女かな　島村元・島村元句集
灯と真顔一点の蚤身に覚ゆ　中村草田男・万緑

のみとりこ【蚤取粉】〔三夏〕⇩〔生活編〕

のみのあと【蚤の跡】〔三夏〕
蚤に噛まれた跡。⇩蚤《のみ》
切られたる夢はまことか蚤の跡　其角・五元集
蚤の跡数へながらに添乳哉　一茶・七番日記
座禅して総身に
静坐して惣身の疵や蚤のあと　幸田露伴・蝸牛庵句集
蚤の迹山路にかゆく愚人なる　中村草田男・銀河依然

動物

「は　行」

はあり【羽蟻】〔三夏〕

初夏から盛夏にかけての交尾期で、翅をもつ蟻や白蟻の類をいう。交尾後、雄は死に、雌は翅を落として産卵する。

〔同義〕飛蟻《はあり》。⇩蟻《あり》、白蟻《しろあり》

夢殿の昼を舞ふなる羽蟻かな　巌谷小波・さゞら波
魚板より芭蕉へつづく羽蟻かな　飯田蛇笏・山廬集
光りつつ羽蟻は穹にちらばれり　三橋鷹女・向日葵
かくかそけく羽蟻死にゆき人餓ゑき　加藤楸邨・野哭
羽蟻の夜我家てふものいつの世に　石田波郷・雨覆

はえ【鮠】〔三夏〕⇩追河《おいかわ》

木瓜の雨鮠も水輪をきそひつくる　水原秋桜子・古鏡
室生川夏薊うつり鮠多し　水原秋桜子・古鏡

はえ【蠅】はへ〔三夏〕

ハエ目イエバエ科および近縁の科に属する昆虫の総称。二枚の前翅をもち、前脚に味覚器をもつ。体長一〇ミリ内外。嫌われ者の昆虫である。幼虫は「蛆」。⇩家蠅《いえばえ》、蛆《うじ》、牛蠅《うしばえ》、金蠅《きんばえ》、黒蠅《くろばえ》、酒蠅《さかばえ》、五月蠅《さばえ》、猩々蠅《しょうじょうばえ》、蠅叩《はえたた》き

うき人の旅にも習へ木曾の蠅　芭蕉・韻塞
やれ打つな蠅《(はえ)》が手を摺り足をする　一茶・八番日記
死は易《やす》く生は蠅にぞ悩みける　森鷗外・うた日記
眠らんとす汝静に蠅を打て　正岡子規・子規句集
仏生《ぶっしょう》や叩きし蠅の生きかへり　高浜虚子・七百五十句
蒲団白いバルコンに見つけた蠅　北原白秋・竹林清興

はえたたき【蠅叩】はへたたき〔三夏〕⇩〔生活編〕

はえとりぐも【蠅取蜘蛛・蠅虎】はへとりぐも〔三夏〕

ハエトリグモ科の蜘蛛。体は約一センチ。体色は灰褐色。巣をはらずに、蠅などの昆虫に飛び付いて捕食する。⇩蜘蛛《くも》

蠅虎
蠅歩く蠅虎も歩くかな　青木月斗・時雨

はさみむし【鋏虫】〔三夏〕

ハサミムシ科の昆虫。石の下などに穴を掘り生息する。体長約一〇～三〇ミリ。末端のハサミで攻撃・防御する。体は

甲虫に似て黒褐色。雌は卵や幼虫を保護する性質がある。

はつがつお【初鰹・初松魚】 はつがつを〔初夏〕

その夏、初めてとれた鰹をいう。江戸時代、江戸っ子は何をおいても初鰹を買い求めることを誇りとした。⇩鰹《かつお》

目《め》には青葉山《あをばやま》ほと、ぎす初《はつ》がつほ　素堂・あら野
鎌倉を生《いき》て出《いで》けむ初鰹《カツヲ》　芭蕉・葛の松原
初鰹《はつがつを》盛《もり》ならべたる牡丹《ぼたん》かな　嵐雪・先日
又嬉しけふの寐覚は初鰹　暁台・暁台句集
市場まで夜船送りや初松魚　井上井月・井月の句集
初鰹夜の巷に置く身かな　石田波郷・鶴の眼

はつぜみ【初蟬】〔晩夏〕

夏、初めて聞く蟬の声をいう。⇩蟬《せみ》

初蟬のぢいとばかりに松青し　尾崎紅葉・紅葉句帳
はつ蟬に忌中の泉くみにけり　飯田蛇笏・春蘭
初蟬のこゑひとすぢにとほるなり　日野草城・旦暮
初蟬に朝の静けさなほのこる　加藤楸邨・寒雷
初蟬や河原はあつき湯を湛ふ　石橋辰之助・山暦

はつひぐらし【初蜩】〔仲夏〕

六月末から七月初旬に初めて鳴く蜩をいう。⇩蟬《せみ》

動物

はつほたる【初蛍】〔初夏〕

初夏の宵、初めて見る蛍。⇩蛍《ほたる》

初螢淙々と瀬の鳴れば消ゆ　水原秋桜子・古鏡

はつほととぎす【初時鳥】〔三夏〕

夏、初めて見る、また、鳴声を聞く時鳥。⇩時鳥《ほととぎす》

ふと醒めて初ほと、ぎす二三声　杉田久女・杉田久女句集

はなれう【放鵜・離れ鵜】〔三夏〕

綱を放れた鵜飼の鵜をいう。⇩鵜飼《うかい》

はぬけどり【羽抜鳥・羽脱鳥】〔仲夏〕

羽の抜けかわる頃の鳥。鳥の多くは夏に羽が抜けかわる。

羽ぬけ鳥啼にけぶる浅間山　蕪村・夜半叟句集
風雨来る垣の頽れに羽抜鳥　松瀬青々・妻木
羽抜鶏駈けて山馬車軋り出づ　水原秋桜子・葛飾
羽抜鶏空みし眼もて人をみる　柴田白葉女・月の笛
羽抜鶏卵の殻を見てゐたり　中尾寿美子・老虎灘
己が白き抜羽眺めて羽抜鶏　野澤節子・未明音

はねかくし【羽隠虫・隠翅虫】〔三夏〕

ハネカクシ科の昆虫の総称。体長六～一五ミリ。細長く偏

平。前翅の下に後翅を折り畳んで隠す。体は黒色。青翅《あおば》蟻形羽隠虫《ありがたはねかくし》は毒があり、人が触れると肌に炎症を起こす。

はぶ【波布・飯匙倩】〔三夏〕

クサリヘビ科の毒蛇。沖縄、奄美大島に生息する猛毒の蛇。体長約二メートル。黄褐色の地に鎖状の暗褐色の斑紋がある。攻撃性があり、人や獣を噛む。［和名由来］「飯匙倩」は、頭が飯を盛る匙のようであるところから。⇩蛇《へび》

はまきむし【葉巻虫】〔三夏〕

葉を巻いてその中で食害する昆虫の総称。一般にはハマキガ科の葉巻蛾の幼虫をいう。

はまち【魬】〔三夏〕

鰤《ぶり》の幼魚をいう。鰤は出世魚で、「つばす→はまち→めじろ→ぶり」〈大阪〉、「もじゃこ→はまち→ぶり→おおいな」〈高知〉などとよばれる。⇩津走《つばす》、いなだ

はも【鱧】〔三夏〕

ハモ科の海水魚。本州中部以南に分布し、海底に生息する。体形は鰻に似て細長く、体長二メートルに達するものもある。背びれがと尻びれが長く、尾びれまで繋がる。口は大きく鋭い歯をもつ。鱧は骨が硬く小骨が多いため、「鱧の骨切り」という切れ目を入れてから、焼物、汁実などに調理される。関西で夏の料理として特に珍重される。⇩鱧《はも》の皮《かわ》

飯鮓《いひずし》の鱧《ハモ》なつかしき都かな　其角・五元集
竹の宿昼水鱧を刻みけり　松瀬青々・妻木

はものかわ【鱧の皮】はものかは〔三夏〕⇩［生活編］

ばん【鷭】〔三夏〕

クイナ科の水鳥。日本全国に分布し、水辺や湿地に生息する。翼長約一七センチ。全体に灰黒色で、頭部は黒色。嘴の基部は赤色。脚は黄緑色で趾は長い。五〜七月、水辺に営巣し、卵を産む。［同義］川烏《かわがらす》、河烏《かわがらす》。⇩大鷭《おおばん》

雨催ひ鷭の翅に猶暗し　嘯山・葎亭句集
鷭一羽御狩にもれていく程ぞ　白雄・俳句大観
湖べりへはしれる鷭や滑走路　水原秋桜子・晩華

はんみょう【斑猫】はんめう〔三夏〕

ハンミョウ科の甲虫類。体長約二センチ。全体に黒色の地に黄・緑・紫の斑が混在する美しい虫。砂地や道路を歩行し、人が近付くと、飛んで少し先に止まり振返る様子を見せるところから、「道教《みちおし》え」「道《みち》しるべ」の別名がある。

此方へと法《のり》の御《み》山のみちをしへ　高浜虚子・五百句
斑猫の一つ離れぬ茶店哉　松瀬青々・妻木
斑猫や内わにあるく女の旅　中村草田男・来し方行方
　鳴滝といふに一時の宿りを得て
斑猫や松美しく京の終《はて》　石橋秀野・桜濃く

ひがら【日雀】〔三夏〕
シジュウカラ科の鳥。全国に分布し、夏や山地、冬は平地に生息する。翼長約五・八センチ。頭部は藍黒色で喉は白色。背部は青灰色。翼は青黒色で二本の白帯がある。鳴声は四十雀《しじゅうから》に似て「ツツピンツツピン」と鳴く。⇩四十雀

ひがら

ひき【蟇・蟾蜍】〔三夏〕⇩蟇《ひきがえる》
蚊にあけて口許りなり蟇の面　夏目漱石・漱石全集
蟇《ひき》の腹王を呑んだる力かな　幸田露伴・蝸牛庵句集
塔の下蟇出でて九輪睨みけり　河東碧梧桐・碧梧桐句集
蟇鳴いてうたげの前の旅愁あり　水原秋桜子・帰心

蟾蜍《ひき》あるく糞量世にもたくましく　加藤楸邨・山脈
来て見れば雌を抱く蟇の黄の濃さよ　石田波郷・惜命

ひきがえる【蟇・蟾蜍】ひきがへる〔三夏〕
ヒキガエル科の大形の蛙。「ひき」とも略称する。体長八〜一五センチ。背部は褐色をおび、多数のいぼがある。早春の二月頃にいったん冬眠からさめて交尾し、その後ふたたび春眠に入り、初夏になって地上にでてくる。夜に活動し、蚊などの小昆虫を捕食する。〔同義〕蝦蟇《がま》、がまがえる。⇩蟇《ひき》

ひきがえる

思ふことだまつて居《ゐ》るか蟾《ひきがへる》　曲翠・おらが春
雲を吐く口つきしたり引蟇《ひきがへる》　一茶・おらが春
蝿のんで色変りけり蟇　高浜虚子・定本虚子全集
ひきがへる咽喉をましろに吾に対す　山口青邨・冬青空
蟾蜍長子家去る由もなし　中村草田男・長子
蟇誰かものいへ声かぎり　加藤楸邨・颱風眼

ひくいな【緋水鶏・緋秧鶏】 ひくひな〔三夏〕

クイナ科の鳥。夏鳥として渡来。山地や草原の水辺に生息する。体長約二三センチ。後頭部から背部は暗オリーブ色。額から頸・胸・腹部は赤褐色。喉は白色。「キョッ・キョッ」と鳴き、その鳴声が戸を叩くように聞こえるため、「水鶏《くいな》叩《たた》く」と表現されることが多い。⇩水鶏《くいな》

ひくいな

ひごい【緋鯉】 ひごひ〔三夏〕

コイの一変種。一般に赤色の地にさまざまな色斑紋のある鯉をいう。観賞魚として夏の季語とする。

鼻の上に落葉をのせて緋鯉《ひごい》浮く　高浜虚子・五百五十句

ひとりむし【火取虫・灯取虫】〔三夏〕

夏の夜、灯火をめざして飛び集まる虫。主に蛾をいう。［同義］灯虫《ひむし》、燭蛾《しょくが》、燈蛾《とうが》、蛾《ひひる》。⇩火蛾《かが》、夏《なつ》の虫《むし》、灯虫《ひむし》

荒神や燈明皿の火取虫　角田竹冷・竹冷句鈔

火取虫《ひとりむし》書《ふみ》よむ人の罪深し　正岡子規・子規句集

灯取虫外に出て居る宵の人　尾崎紅葉・紅葉句帳

短夜や鏡の下の火取虫　北原白秋・竹林清興

山風に闇な奪《と》られそ灯取虫　原石鼎・花影

蒸し暑く日は夜に入りぬ灯取虫　島村元・島村元句集

ひふぐ【干河豚】〔三夏〕⇩［生活編］

ひむし【灯虫・火虫】〔三夏〕⇩火取虫《ひとりむし》

ひしひしと玻璃戸《はりど》に灯虫《ひむし》湖《うみ》の家　高浜虚子・七百五十句

ひめだか【緋目高】〔三夏〕

メダカの一品種。淡黄赤色で体長二～三センチ。⇩目高《めだか》

ひめます【姫鱒】〔三夏〕

サケ科の魚類。紅鮭の陸封型。体長約四〇センチ。背面は灰青色、腹面は銀白色。生後四年ほどで成魚となり、湖岸の砂利底に産卵し、その後に死ぬ。釣りの対象魚。芦ノ湖の姫鱒釣は五月に解禁となる。⇩虹鱒《にじます》

ひらまさ【平政】〔三夏〕

アジ科の海水魚。琉球列島を除く東北地方以南に分布し、沖合の岩礁域などに生息する。体長八〇～一〇〇センチ。体は鰤《ぶり》に似る。夏、美味である。海釣りの対象魚。

ひる【蛭】〔三夏〕
ヒル科に属する環形動物の総称。池沼、水田、渓流などに生息。体長三〜一〇センチ。体は扁平で細長い。体の前後にある吸盤で、魚類・貝類・人畜の皮膚に吸着し、血液を吸う。
蛭《ひる》の口処《くちど》をかきて気味よき　芭蕉・猿蓑
蛭の口掻ば蟬鳴く木かげ哉　士朗・枇杷園句集
人の世や山は山とて蛭が降る　一茶・七番日記
蓮池や蛭《ひる》游ぎいで、深き水　河東碧梧桐・碧梧桐句集
蛭泳ぎ濁りと共に流れ去る　篠原温亭・温亭句集
炎帝の下《もと》さはやかに蛭泳ぐ　原石鼎・花影

びんずい【便追】びんずゐ〔三夏〕
セキレイ科の鳥。北海道と本州で繁殖する。翼長約八・五センチ。頭・背部は緑褐色の地に褐色の斑がある。胸・腹部は白色で、黒色の斑点がある。〔同義〕木雲雀《きひばり》。
霧に飛ぶ便追《びんづい》迅し梅雨花野　水原秋桜子・殉教

ふうせんむし【風船虫】〔三夏〕
カメムシ目ミズムシ科の水虫の俗称。水田や池沼に生息する水棲昆虫。体長約六ミリ。体はボート形。暗黄色で黒条がある。雄は水中で「プツプツ」と音を発する。

ふくろうのあつもの【梟の羹】ふくろふのあつもの〔仲夏〕
⇩〔生活編〕

ふそうほたるとなる【腐草為蛍】〔仲夏〕
往時、蛍は腐った草が化して生まれたものであると言われた。⇩蛍《ほたる》
酒は酢に草は蛍となりにけり　一茶・一茶句帖

ぶっぽうそう【仏法僧】〔仲夏〕ぶつぽふそう
ブッポウソウ科の渡鳥。夏鳥に飛来し、森林に生息する。翼長約二〇センチ。全体に青緑色で、頭部と尾羽が黒色、初列の風切羽の基部は青白色。風切羽の中央に青白色の大きな斑紋がある。古来、高野山、木曾、日光などの山林で「ぶっ（仏）・ぽう（法）・そう（僧）」と鳴くと言われ、霊鳥とされた。〔和名由来〕「ぶっぽうそう」と鳴くことからといわれるが、実際は「ギャギャ」と鳴く。「ぶっぽうそう」は木葉木菟の鳴声で、これが混同されたものといわれる。〔同義〕三宝鳥《さんぽうちょう》、念仏鳥《ねんぶつどり》。〔漢名〕山烏、

ぶっぽうそう

青燕。⇩木葉木菟《このはずく》

杉くらし仏法僧を目のあたり　杉田久女・杉田久女句集
仏法僧青雲杉に湧き湧ける　水原秋桜子・磐梯

ふなずし【鮒鮨・鮒鮓】〔三夏〕⇩［生活編］

ふなむし【船虫・海蛆】〔三夏〕

フナムシ科の節足動物。本州以南に分布し、海岸、海礁に群生し、極めて早く走る。体長約三センチ。体は長卵形で褐色。長い尾肢をもつ。四～五月頃に産卵する。

桟橋に舟虫散るよ小提灯　内藤鳴雪・鳴雪句集
船虫の這うてぬれたる柱かな　長谷川零余子・雑草
船蟲やたゞあるがま、の離れ杭　上川井梨葉　梨葉句集
塩田に女丈夫と鬚の船虫と　原コウ子・胡卉
舟虫や一つの岩が吹かれをり　加藤楸邨・穂高

ぶゆ【蚋・蟆子】〔三夏〕

ブユ科の吸血性昆虫の総称。「ぶよ」「ぶと」ともいう。蠅に似て体長三～四ミリ。体は黒褐色、翅は透明。山野の渓流に生息し、人畜の血を吸う。さされると強い痒みがある。

蚋《ぶと》のさすその跡《あと》ながらなつかしき　嵐雪・其浜ゆふ
飯呼べど来らず蚋《ぶよ》の跡を掻《か》く　正岡子規・子規句集
石に踞して蚋にほくちの定まらず　長谷川零余子・雑草
踝にいつまでまけて蚋のあと　上川井梨葉・梨葉句集

へいけぼたる【平家蛍】〔仲夏〕

ホタル科の昆虫。水田や池、河川などに生息する。体長七～一〇ミリ。体色は黒色。前背部は紅色で中央に黒色の縦帯がある。夜間に飛行し、断続的に発光する。卵・幼虫・蛹も発光する。源氏蛍よりも小形。⇩蛍《ほたる》、源氏蛍《げんじぼたる》

へび【蛇】〔三夏〕

ヘビ亜目に属する爬虫類の総称。体は細長く円筒形小鱗の外皮を年に一度脱皮する。体をくねらせて進む。蛙や鼠などの小動物や小鳥などを捕食する。［同義］蛇《くちなわ》、長虫《ながむし》、かがち。⇩蛇衣《へびきぬ》を脱《ぬ》ぐ、蛇《へび》の衣《きぬ》、青大将《あおだいしょう》、縞蛇《しまへび》、蛇《くちなわ》、里回《さとめぐり》、波布《はぶ》、蝮《まむし》、山楝蛇《やまかがし》

川をわたる小蛇小首のいきり哉　幸田露伴・蝸牛庵句集
炎天のした蛇は殺されつ光るなり　種田山頭火・層雲
蛇打つて森の暗さを逃れ出し　島田青峰・青峰集
遁走によき距離蛇も吾も遁《に》ぐ　橋本多佳子・海彦

蛇の尾や山坂もの、声ひそめ　石橋秀野・桜濃く
蛇を見て光りし眼もちあるく　野澤節子・未明音

へびきぬをぬぐ【蛇衣を脱ぐ】〔仲夏〕

蛇が一年に一度、上皮を脱皮すること。通常、仲夏の頃、草木の枝などに引っかけてその皮を脱ぐ。⇩蛇《へび》、蛇《へび》の衣《きぬ》

へびのきぬ【蛇の衣】〔仲夏〕

蛇が脱皮した上皮をいう。薄く、白色で光沢があり、蛇そのままの形である。〔同義〕蛇《へび》の脱殻《ぬけがら》。⇩蛇衣《へびきぬ》を脱《ぬ》ぐ、蛇《へび》

法の山や蛇もうき世を捨衣　一茶・おらが春
野茨の花白うして蛇の衣　正岡子規・春夏秋冬
蛇の衣草の雫に染りけり　巌谷小波・さゞら波
麦藁《むぎわら》をきのふ積みしが蛇の衣　河東碧梧桐・碧梧桐句集
花光る水際の草や蛇の衣　大須賀乙字・続春夏秋冬

べら【倍良・遍羅】〔三夏〕

求仙《きゅうせん》などベラ科の海水魚の総称。沿岸の磯や珊瑚礁に生息する。体長一〇～二〇センチ。横向きで眠ることで知られる。体は美しく雌雄で体色が異なる。明治期まで雌雄が別種と考えられ、雄は「青べら」、雌は「赤べら」と呼ばれた。

ぼうふら【孑孑・棒振】〔三夏〕

蚊の幼虫。「ぼうふり」ともいう。汚水に生息する。体長約五ミリ。釘形で黒赤色。成長し蛹となり、羽化して蚊となる。〔和名由来〕水中で泳ぐさまが棒を振っているようであるところから。〔同義〕棒振虫《ぼうふりむし》。⇩棒振虫《ぼうふりむし》、蚊《か》

孑孑の浮いて晴れたる雷雨かな　村上鬼城・鬼城句集
孑孑や須磨の宿屋の手水《ちょうず》鉢《ばち》　正岡子規・子規句集
孑孑《ぼうふら》や天水桶に魚放つ　河東碧梧桐・碧梧桐句集
我思《わがおも》ふまゝに孑孑《ぼうふら》うき沈み　高浜虚子・五百五十句
孑孑も呑み居る馬や顔の丈　籾山柑子・柑子句集
孑孑の水に雷とゞろきぬ　青木月斗・時雨

ぼうふりむし【棒振虫】〔三夏〕⇩孑孑《ぼうふら》

けふの日も棒ふり虫よ翌《あす》も又　一茶・おらが春

ほおあか【頰赤・頰赤鳥】 ほほあか〔三夏〕

ホオジロ科の小鳥。山地の草原に生息する。翼長約七・五センチ。頭部は灰色で黒色の縦斑がある。頰は鮮やかな赤褐色。背部は褐色、胸部は白色に黒斑がある。腹部は白色。五～七月が繁殖期で、その囀りを聞くことができる。

ほしがらす【星鴉】〔三夏〕

カラス科の鳥。本州中部以北に分布、高山地に生息するの

で、夏山で見られる鳥である。翼長約一八センチ。全体に暗赤褐色で白色の斑点が散在する。［同義］岳鴉《たけがらす》。

ほたてがい【帆立貝】 ほたてがひ〔三夏〕

イタヤガイ科の二枚貝。寒海性で、海底の砂礫に生息する。殻長約二〇センチ。丸扇状で、殻表に二〇～三〇本ほどの放射状の筋をもつ。両殻を激しく開閉して海水を噴射し、その反動で跳ねるように移動する。美味。［同義］海扇《うみおうぎ》。

ほたる【蛍】〔仲夏〕

ホタル科の甲虫の総称。日本では源氏蛍、平家蛍が多く分布し、各地の清流沿いに生息する。初夏の宵より夜半にかけて盛んに飛び、緑青色の光を放つ。蛍の名所では、その名を冠して宇治蛍、石山蛍、守山蛍などとよぶ。多くの蛍が群れ飛ぶ情景を「蛍合戦《ほたるがっせん》」とよび、源氏蛍、平家蛍の名称は、この合戦に見立てたものといわれる。⇩源氏蛍《げんじぼたる》、初蛍《はつほたる》、平《へい》家蛍《けぼたる》、蛍火《ほたるび》、腐草為蛍《ふそうほたるとなる》、蛍狩《ほたるがり》、蛍見《ほたるみ》、蛍籠《ほたるかご》

己《おの》が火を木々の蛍や花の宿　芭蕉・をのが光
うすものの螢《ほたる》を透《すか》す螢《ほたる》かな　泉鏡花・鏡花句集
あるときは滝壺ひくくほたる舞ふ　飯田蛇笏・春蘭
螢とび芦よりひくき橋かゝる　水原秋桜子・古鏡
光洩るその手の蛍貫ひけり　中村汀女・薔薇粧ふ
大いなる螢の闇に細き道　星野立子・笹目

ほたるかご【蛍籠】〔仲夏〕⇩［生活編］

ほたるがり【蛍狩】〔仲夏〕⇩［生活編］

ほたるび【蛍火】〔仲夏〕⇩蛍《ほたる》

蛍火で撫子《なでしこ》見せよしんのやみ　重頼・犬子集
蛍火《ほたるび》で見れ共《ども》長し勢田《せた》の橋　李由・篇突
蛍火やこぼりと音す水の渦　山口青邨・雪国

ほたるみ【蛍見】〔仲夏〕⇩［生活編］

ほととぎす【時鳥・不如帰・杜鵑・子規】〔三夏〕

ホトトギス科の鳥。五月頃に中国、朝鮮から夏鳥として飛来し、日本で繁殖する。山地の樹林に単独で生息する。翼長約一五センチ。頭・背部は灰青色、尾は黒色で白横縞が数個ある。胸部は白色の地に黒縦細斑がある。嘴は細長くわずかに下方に曲がる。自ら

ほととぎす

は産卵のために巣をつくらず、鶯などの巣に託卵し育雛をさせる。漢字名は、中国の蜀の望帝、杜宇が帝位を追われ、時鳥に化して「不如帰」と鳴きながら飛び去ったという伝説に由来するという。［同義］時《とき》つ鳥《とり》、百声鳥《ももこえどり》、早苗鳥《さなえどり》、沓手鳥《くつてどり》、冥途鳥《めいどどり》、無常鳥《むじょうどり》、菖蒲鳥《あやめどり》、卯月鳥《うづきどり》、恋《こい》し鳥《どり》。［漢名］杜鵑、不如帰、子規、杜宇、蜀魂、蜀魄。⇩郭公《かっこう》、初時鳥《はつほととぎす》、筒鳥《つつどり》、時鳥《ほととぎす》の落《おと》し文《ぶみ》、山時鳥《やまほととぎす》

ほと、ぎす消行方《きえゆくかた》や嶋一ツ　芭蕉・笈の小文
時鳥《ほととぎす》辞世の一句なかりしや　正岡子規・子規句集
空高く山や、青きほと、ぎす　幸田露伴・蝸牛庵句集
時鳥女はもの、文秘めて　長谷川かな女・龍膽
蝮出てさけびつゞけぬ時鳥　水原秋桜子・殉教
ほととぎす叫びをおのが在処《ありど》とす　橋本多佳子・命終
ほと、ぎす二児の父なる暁《あけ》を啼く　中村草田男・火の鳥
ほととぎす砲音谷の如くなり　加藤楸邨・雪後の天
ほととぎす髪まだ黒き峠越え　野澤節子・八朶集

ほととぎすのおとしぶみ【時鳥・不如帰・杜鵑・子規—の落し文】〔三夏〕
オトシブミ科の甲虫が巻き込んだ栗、櫟、榛などの葉が地上に落ちているものを、時鳥の置いた落《おと》し文《ぶみ》だとしゃれている呼び名である。⇩落し文

ほや【海鞘・老海鼠】〔三夏〕
原索動物ホヤ綱に属する動物の総称。浅海の岩礁に着生して生息する。体長約一五センチ。体は卵形、外皮はイボ状で淡赤色。酢の物などとして食用となる。［同義］保夜《ほや》。［同種］真海鞘《まぼや》、白海鞘《しろぼや》、赤海鞘《あかぼや》、黒海鞘《くろぼや》、烏海鞘《からすほや》。

ほや

「ま　行」

まあじ【真鰺】まあぢ〔三夏〕
アジ科の海水魚。日本各地で通年漁獲されるが、旬は夏である。群れをなす回遊魚で、春から夏に北上し、秋から冬に南下す

まあじ

る。単に「鰺」ともいわれる。体は紡錘形で体長約四〇センチ。背面は暗青色、腹面は銀白色。体側中央に硬い棘のある鱗がある。海釣りの対象魚。⇩鰺《あじ》

まあなご【真穴子】〔三夏〕

アナゴ科の海水魚。一般に「穴子」とよばれる。日本全土に分布し、内湾の砂泥底の穴や海藻中に生息する。体長九〇〜一〇〇センチ。体は鰻に似て細長い円筒形。側面に二列に白色の小孔が並ぶ。夜釣りの対象魚。⇩穴子《あなご》

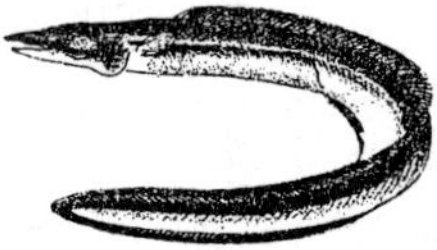

まあなご

まいまい まひまひ〔三夏〕

ミズスマシ科の甲虫、水澄の別称。⇩水澄《みずすまし》

まひまひのきりきり澄ます堰口かな　村上鬼城・鬼城句集
まひまひは水に数かくたぐひ哉　正岡子規・子規句集
まひ〳〵の水輪に鐘の響きかな　川端茅舎・定本川端茅舎句集
流れ入るや清水鼓虫《まひまひ》よりも舞ふ　中村草田男・母郷行

まくなぎ〔三夏〕

「まくなき」ともいう。ヌカカ科の微小昆虫。⇩糠蚊《ぬかか》

蠛蠓や土塀崩れて棕櫚くらき　幸田露伴・蝸牛庵句集
まくなぎや海水浴の仮の宿　松瀬青々・妻木
蠛蠓や海への露路の大曲り　加藤楸邨・雪後の天

まごたろうむし【孫太郎虫】まごたらうむし〔三夏〕

ヘビトンボ科の昆虫の総称である蛇蜻蛉《へびとんぼ》の幼虫。体長約四〜六センチ。やや偏平な円柱形。全体に黒褐色で、三対の胸脚と一対の尻尾をもつ。鎌形の大きな顎で小虫を捕食する。往時、子供の疳の薬として売られていた。

まつけむし【松毛虫】〔三夏〕

カレハガ科の蛾である松枯葉《まつかれは》の幼虫。松の葉を食害する大きな毛虫である。⇩毛虫《けむし》

まつもむし【松藻虫】〔三夏〕

マツモムシ科の水生昆虫。池や沼に生息する。体長一・五センチ内外。腹部を上にして泳ぐ。体は黒色で黄褐色の斑紋がある。稚魚などを捕食する。

まみじろ【眉白】〔三夏〕

ヒタキ科の小鳥。夏、山林で繁殖し、冬、南方に渡る。翼長約一二センチ。雄は全身が黒色。白色の眉斑がある。雌は背部が茶褐色で、腹部は白色。眉斑は黄褐色である。

まむし【蝮】〔三夏〕
クサリヘビ科の毒蛇。体長約六〇センチ。頭は三角形。背部は赤褐色で黒褐色の銭形の斑紋がある。黒焼、蝮酒として強壮の薬用になる。〔同義〕くちばみ、はみ。⇩蛇《へび》
曇天や蝮《まむし》生きをる罎《びん》の中　芥川龍之介・澄江堂句抄
蝮獲て出羽の人々言楽し　水原秋桜子・殉教
僧を訪ふ蝮も出でん夕涼に　中村草田男・火の鳥

まめまわし【豆回・豆廻】〔三夏〕
斑鳩の別称。木の実や豆などを口に含んでくるくると回しながら割って食べるところからの呼び名である。⇩斑鳩《いかる》
豆廻し廻しに出たる日向かな　支考・韻塞

まゆ【繭】〔初夏〕
季語としては蚕の繭をいう。脱皮しながら盛んに桑を食べて成長し、蛹となる。これが羽化すると蚕蛾となるが、生糸を取るためには乾燥させて蛹を殺し、繭を煮るという作業が六月下旬頃に行われる。⇩蚕《かいこ》の上簇《あがり》〔生活編〕、蚕繭《かいこまゆ》、屑繭《くずまゆ》〔生活編〕、樟蚕《くすさん》、蚕蛾《さんが》、山繭《やままゆ》、山蚕《やまこ》
残されしまぶしかくれの繭《まゆ》黄也　石橋忍月・忍月俳句抄
繭売つてこまぐ〜の負債すませけり　西山泊雲・泊雲
山の奥から繭負うて来た　種田山頭火・草木塔
繭を煮る工女美しやぶにらみ　杉田久女・杉田久女句集

まゆのちょう【繭の蝶】 まゆのてふ〔三夏〕⇩蚕蛾《さんが》

みずがい【水貝・水介】 みづがひ〔三夏〕⇩〔生活編〕

みずこいどり【水恋鳥・水乞鳥】 みづこひどり〔三夏〕
カワセミ科の赤翡翠の別称。雨が降り出しそうなときに「キョロロ・キョロロ」と鳴くことからの呼び名。⇩赤魚狗《あかしょうびん》

みずすまし【水澄まし】 みづすまし〔三夏〕
①ミズスマシ科の甲虫。池沼・小川に生息し、水上を旋回する習性がある。体長五〜一〇ミリ。体は紡錘形で背面が隆起し、光沢のある黒色。眼は背と腹にある。アメンボ科の水黽《あめんぼ》と混同して詠まれることが多いが、別種。〔同義〕舞舞《まいまい》虫《むし》。②「水馬」とも書き、水黽《あめんぼ》のことをいう。例句は①②の区別はなく収録してある。⇩水黽、まいまい
山裂けて成しける池や水すまし　寺田寅彦・寅日子句集
寂寞と雨を催す水馬　高田蝶衣・青垣山
暮がての光りに増えし水馬　阿部みどり女・陽炎
曇天や水馬の水輪たゞ消ゆる　島村元・島村元句集
水馬大法輪を転じけり　川端茅舎・定本川端茅舎句集

水馬水輪ばかりや松のかげ　星野立子・鎌倉

みずどりのす【水鳥の巣】 みづどりのす〔三夏〕
鴨、鴛鴦《おしどり》、鳰などの水鳥がつくる巣。夏、水鳥の多くは葦や蒲、菰などが繁茂する水辺に巣をつくり、産卵し雛を育てる。⇩浮巣《うきす》、鳰《にお》の浮巣《うきす》、鴨《かも》の巣《す》

青流亭興行
鴨の巣や鯛うく比の堂が浦　才麿・墨吉物語

みずなぎどり【水凪鳥・水薙鳥】 みづなぎどり〔三夏〕
ミズナギドリ科の海鳥の総称。繁殖期以外は暖帯海洋上にすむ魚群を追うため、漁獲の目安となる。日本でいちばんよく見るのは大水薙鳥《おおみずなぎどり》で、翼長約三〇センチ。上部は灰黒色、下部は淡灰色。日本近海の孤島の島崖に穴を掘り、産卵する。

みぞごい【溝五位】 みぞごゐ〔三夏〕
サギ科の鳥。夏鳥として本州で繁殖し、南方に渡る。山間の渓流付近に単独で生息する。体長約五〇センチ。頭頂は赤褐色、背部は濃赤栗色で黒色の横斑がある。

みみず【蚯蚓】〔三夏〕
ミミズ類に属する環形動物の総称。体は円筒形で多数の体節がある。体長一〇～四〇センチ。体色は暗赤茶色。雌雄同体。土中に生息し、腐葉土の中の植物質を養分にする。［同義］土龍子《みみず》、赤竜《せきりゅう》。［同種］縞蚯蚓《しまみみず》、糸蚯蚓《いとみみず》。⇩蚯蚓出《みみずい》づ

五月雨《さみだれ》や蚓《みみず》の潜《くぐ》ル鍋《なべ》の底《そこ》　嵐雪・陸奥衛
死《しに》に出《で》て先《まづ》六月の蚓《みみず》かな　怒風・けふの昔
みちのくの蚯蚓短かし山坂勝ち　中村草田男・来し方行方
みみずもいろ土の愉しき朝ぐもり　柴田白葉女・岬の日

みみずいづ【蚯蚓出づ】〔三夏〕⇩〔自然・時候編〕

みやまちょう【深山蝶】 みやまてふ〔三夏〕
高山蝶の意。季語として、夏の登山で目にするような、高山に生息する蝶類をいう。［同義］高峰蝶《たかみねちょう》。

みんみんぜみ【みんみん蟬】〔晩夏〕
セミ科の昆虫。日本全土に分布。体長約三・五センチ。体は黒色で緑色の斑紋がある。翅は透明で緑色の翅脈がある。盛夏に「ミーンミーン」と繰り返し鳴く。⇩蟬《せみ》

みん〱の啼きやまぬなり雨の信濃　石田波郷・風切
雨つのるみん〱啼けよ千曲川　石田波郷・風切

むかしとんぼ【昔蜻蛉】〔初夏〕
ムカシトンボ科の昆虫。日本特産の原始的な蜻蛉。生きている化石といわれる。腹長約四センチ。体は黒地に黄色の斑

がある。五月頃に成虫となる。

むかで【蜈蚣・百足虫】〔三夏〕
ムカデ綱のうちゲジ類を除いた節足動物の総称。落葉や石下などに生息する。体は扁平で頭と胴からなり、多数の環節がある。体長が三〇センチに達するものがある。頭部に一対の触角と大顎をもち、種類によって異なるが二〇対ほどの脚をもつ。⇩蚰蜒《げじ》

鶏の二振り三振り百足かな　村上鬼城・鬼城句集
蜈蚣《むかで》ゐてわが庭ながら恐ろしき　高浜虚子・七百五十句
百足虫《むかで》の頭くだきし鋏まだ手にす　橋本多佳子・海彦
小むかでを搏つたる朱《あけ》の枕かな　日野草城・花氷

むぎうずら【麦鶉】むぎうづら〔三夏〕
五～八月頃、成長した麦畑の中に巣を作り、雛を育てる鶉をいう。⇩合生《あいふ》

麦深き径横ぎる鶉かな　沾徳・沾徳句集
麦《むぎ》の穂《ほ》やあびきの汐《しほ》による鶉《うづら》　野坡・菊の道
砂ふるへあさまの砂を麦うづら　白雄・白雄句集

むぎわらだい【麦藁鯛】むぎわらだひ〔仲夏〕
瀬戸内海で、六月頃、産卵を終え、外洋に戻る鯛をいう。この時期は麦の収穫の時期にあたるところからの呼び名。

むぎわらだこ【麦藁蛸】〔仲夏〕
六月頃の蛸で、味が良いという。この時期は麦の収穫の時期にあたるところからの呼び名。⇩蛸《たこ》

むぎわらはぜ【麦藁鯊】〔仲夏〕
六～七月の鯊。大物が釣れるという。この時期は麦の収穫の時期にあたるところからの呼び名。

むささび【鼯鼠】〔三夏〕
ネズミ目リス科の哺乳類。本州以南に分布し、樹木の空洞などに生息する。肢の間にある皮膜を使い、木から木へ滑空する。体長約四〇センチ。体は栗鼠《りす》に似る。尾は円柱形。夜行性で、夜に若葉を食べる。
[同義] 野衾《のぶすま》、尾被《おかづき》。

むささび

むしかがり【虫篝】〔晩夏〕
⇩［生活編］

むしはらい【虫払】 むしはらひ〔晩夏〕⇩［生活編］

むしぼし【虫干】〔晩夏〕⇩［生活編］

むろあじ【室鰺】 むろあぢ〔三夏〕

アジ科の海水魚。本州中部以南の暖海に群生する。体長二五～四五センチ。丸みのある筒形で、背びれと臀びれの後方に離れたひれをもつ。背面は青緑色、腹面は銀白色。多くは「くさや」などの干物や練り製品となる。⇩鰺《あじ》

めじろ【目白・眼白・繍眼児】〔三夏〕

メジロ科の小鳥。低地の林に群生する。翼長約六センチ。背部は緑色で腹部にかけて黄白色となる。目の周囲は白色で絹糸様の光沢がある。小昆虫や木の実、椿などの花蜜を好んで食べる。木の枝に何羽もの目白が互いに押し合い、密着して止まるため、「目白押し」の言葉がある。［漢名］繍眼児。

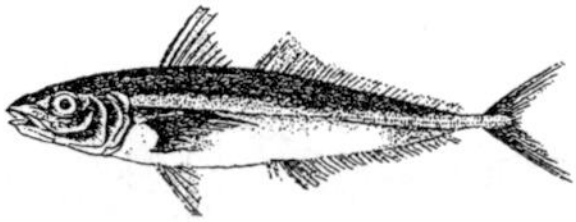

むろあじ

めじろ

眼白籠抱いて裏山ありきけり　内藤鳴雪・鳴雪句集
一寸留守目白落しに行かれけん　高浜虚子・定本虚子全集
杉垣《すぎがき》に眼白《めじろ》飼ふ家を覗《のぞ》きけり　寺田寅彦・寅日子句集
目白きき日曜の朝は床にゐむ　加藤楸邨・寒雷

めだか【目高】〔三夏〕

メダカ科の淡水魚。本州以南に分布し、湖沼や池、小川などに群生する。日本の淡水魚のうち最小のもの。体長三～四センチ。目は大きく体は側扁する雑食性で藻類や孑孑《ぼうふら》、微塵子《みじんこ》などを食べる。［同種］緋目高《ひめだか》、白目高《しろめだか》。⇩緋目高《ひめだか》

菱の中に日向ありけり目高浮く　村上鬼城・鬼城句集
たそがれの細水のぼる目高かな　原石鼎・花影

めぼそ【目細】〔三夏〕

ウグイス科の鳥。正式名は目細虫喰《めぼそむしくい》という。鶯に似るが鶯より小型。背面はオリーブ色。顔面に鮮明な黄白色の眉斑がある。夏に南方より飛来する。シュシュシュルと鳴く。

「や〜わ行」

やこうちゅう【夜光虫】 やくわうちゆう〔三夏〕
ヤコウチュウ科の原生動物。球状で直径一〜二ミリ。長い一本の触手をもち、海水中に浮遊する。夜間、波などの刺激で発光する。異常増殖すると赤潮の原因となる。
わだつみは真夜の闇なる夜光虫　鈴木花蓑・鈴木花蓑句集
大島の港はくらし夜光虫　杉田久女・杉田久女句集
かゝり船見ゆる真闇や夜光虫　水原秋桜子・葛飾
夜光蟲闇より径があらはれ来　加藤楸邨・雪後の天

やすで【馬陸】〔三夏〕
ヤスデ綱に属する節足動物の総称。落葉や石の下などに生息する。体は円筒状で体長二〜四センチ。一対の触角と各体節に二対の歩脚がある。外敵などに触れると巻曲して丸くなり臭気を放つ。〔同義〕臭虫《くさむし》、銭虫《ぜにむし》、筬虫《おさむし》、雨彦《あまびこ》。

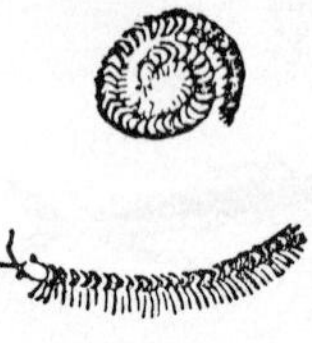
やすで

やな【簗・梁】〔三夏〕⇩〔生活編〕

やぶか【藪蚊・豹脚蚊】〔晩夏〕
縞蚊のこと。⇩縞蚊《しまか》、蚊《か》
桜迄《まで》悪く云はする藪《やぶ》蚊哉　一茶・おらが春
老僧の骨刺しに来る藪蚊《やぶか》かな　高浜虚子・五百句
一人つめたくいつまで藪蚊出る事か　尾崎放哉・須磨寺にて

やぶさめ【藪雨】〔三夏〕
ヒタキ科の小鳥。夏鳥として北海道・本州で繁殖し、冬、南方に渡る。体長約一〇センチ。背部は暗褐色、胸・腹部は淡黄色。〔同義〕しおさざい、変《かわ》り鶯《うぐいす》。

やまあり【山蟻】〔三夏〕
ヤマアリ亜科の蟻の総称。日本全土に分布し、山地に生息する中形の蟻。体長五〜九センチ。〔同種〕黒山蟻《くろやまあり》。⇩蟻《あり》
山蟻《やまあり》の覆道造《ふくだうつく》る牡丹哉　蕪村・新花摘
山蟻《やまあり》のあからさまなり白牡丹《はくぼたん》　蕪村・新花摘

やまかがし【山楝蛇・赤楝蛇】〔三夏〕

ヤマカガシ科の蛇。本州以南に分布。体長一〜一・五メートル。背部はオリーブ色で黒色の斑紋が多い。体側には赤色の斑紋がある。〔同義〕錦蛇《にしきへび》。⇩蛇《へび》

やまがに【山蟹】〔三夏〕

山間の渓流などに生息する沢蟹などの蟹。⇩沢蟹《さわがに》、蟹《かに》

夕立晴れるより山蟹の出てきてあそぶ　種田山頭火・草木塔

山蟹のさばしる赤さ見たりけり　加藤楸邨・穂高

やまがら【山雀】〔三夏〕

シジュウカラ科の小鳥。大きさは雀大。山地の林に生息する。翼長約八センチ。頭頂と喉は黒色。額と顔は黄白色。背上部と胸・腹部は茶褐色。翼と尾羽は青灰色。籠鳥として愛玩される。通年見かける鳥だが、囀りをもって夏の季語とする。〔同義〕山辛《やまがら》、山陵《やまがら》、山柄《やまがら》、やまがらめ、山陵鳥《さんりょうちょう》。

やまがら

山雀の我棚吊るか釘の音　文考・草苅笛

山雀《(やまがら)》の輪抜《(わぬけ)》しながらわたりけり　一茶・おらが春

山雀に小さき鐘のかゝりけり　高浜虚子・定本虚子全集

山雀の山を出でたる日和かな　藤野古白・古白遺稿

山雀や蕗生ふ沢を登りつめ　水原秋桜子・古鏡

やまこ【山蚕】〔初夏〕⇩山繭《やままゆ》、繭《まゆ》

やませみ【山翡翠・山魚狗】〔三夏〕

カワセミ科の鳥。山間の渓流に生息する。日本産翡翠の最大種で、体長約四〇センチ。頭部に冠毛がある。体は全体に黒・白色の鹿子斑があるのが特徴。水中の魚を捕食する。「ヤマセミ」の名は昭和期に統一されるまでは、赤翡翠《あかしょうびん》、山翡翠《やましょうびん》などに用いられていた名でもある。⇩翡翠《かわせみ》

やませみ

山翡翠《やませみ》や大樺沢《おほかんばざは》荒瀬にて　水原秋桜子・殉教

やまほととぎす【山―時鳥・不如帰・杜鵑・子規】〔三夏〕

時鳥は日本へ五月頃飛来してくる夏鳥であるが、往時は冬の間は山に籠っているのだと考えられていたため、「山ほととぎす」と称した。⇩時鳥《ほととぎす》

やままゆ【山繭・天蚕】〔三夏〕
日本原産の大型のカイコ蛾、またその幼虫をいう。二対の翅に眼状紋と黒褐色の条がある。幼虫は体長六〜八センチで淡緑色。体節に剛毛がある。櫟の葉を食べたものが良質の糸を吐くという。〔同義〕天蚕《てんさん》、山《やま》がいこ、山蚕《やまこ》。⇩繭《まゆ》、山蚕《やまこ》

庭の木に山繭買ひし葉のこぼれ　内藤鳴雪・鳴雪句集

やまめ【山女・山女魚】〔三夏〕
サケ科の陸封型の魚。体長約三〇センチ。体色は淡褐色、背面に多数の小斑があり、体側には小判形の黒色の斑紋が並ぶ。渓流釣の好対象魚で五〜六月が最盛期。

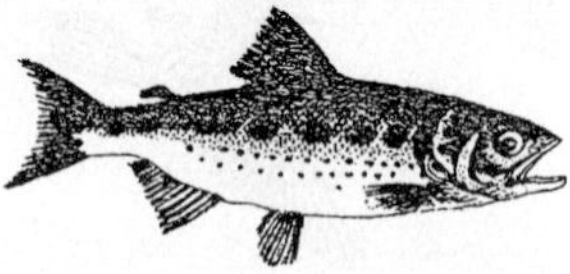
やまめ

大串に山女魚のしづくなほ滴るる　飯田蛇笏・雲母
山女魚釣熊笹葺いて谿ごもり　山口青邨・雪国
山女釣晩涼の火を焚きゐたり　水原秋桜子・葛飾
山女《やまめ》釣来てはプールに泳ぎ出づ　石橋辰之助・山暦

やもり【守宮】〔三夏〕
ヤモリ科の爬虫類。体長約一二センチ。蜥蜴《とかげ》に似るが、やや扁平で尾は短い。背部は暗灰色で、不規則な黒帯状の斑紋がある。家の床下や壁間などにすみ、夜に活動し昆虫を捕食する。〔同義〕壁虎《やもり》。〔和名由来〕家を守る「家守《ヤモリ》」の意と。

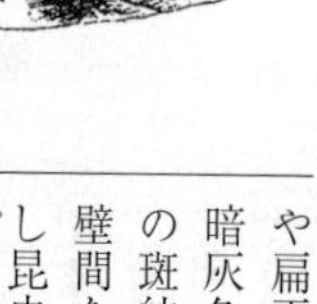
やもり

命かけて壁虎《やもり》殺し、宿婦かな　原石鼎・花影
颱風や守宮は常の壁を守り　篠原鳳作・海の度
颱風や守宮のまなこ澄める夜を　篠原鳳作・海の度

よしきり【葦切・葭切・葦雀】〔三夏〕
ヒタキ科の鳥の総称。日本には大葦切と小葦切の二種があり、一般には大葦切をいうことが多い。両者とも夏鳥であり、冬、南へ渡る。〔同義〕葦雀《あしすずめ》、葦雀《よしすずめ》、葦原雀《あしはらすずめ》、葦鶯《あしうぐいす》。⇩行々子《ぎょうぎょうし》、大葦切《おおよしきり》、小葦切《こよしきり》

葭切や糞舟の犬吼立つる　村上鬼城・定本鬼城句集
葭切に臥竜の松の茶店かな　河東碧梧桐・碧梧桐句集
葭切や畑より高く満てる汐　篠原温亭・温亭句集
葦切やたわゝの芦にあらはれて　鈴木花蓑・鈴木花蓑句集
葭切《よしきり》や未来永劫こゝは沼　三橋鷹女・白骨

葭切のほの白き胸見たりけり　高橋馬相・秋山越

よしごい【葦五位】よしごゐ〔三夏〕

サギ科の小形の鳥。翼長約一五センチ。川岸の葦原など、水辺に生息する。雄の頭部は黒色、背部は黄褐色。風切羽と尾は灰黒色。胸・腹部は黄白色。敵が近づくと頚を伸ばし、嘴を直立させる。〔同義〕さやつきどり、ひめごい。

よたか【夜鷹・蚊母鳥】〔三夏〕

ヨタカ科の鳥。アジア東部で繁殖し、日本には夏鳥として飛来する。翼長約二二センチ。全体に灰褐色。尾に黒色の横帯があり、雄は先端が白色、雌は白色部がない。嘴は扁平で大きい。夜行性で飛んでいる小昆虫を捕食する。〔同義〕怪鴟《よたか》、蚊吸鳥《かすいどり》、吐蚊鳥《とぶんちょう》。〔漢名〕蚊母鳥、吐母鳥、怪鴟。

夜鷹鳴き落葉松の空なほくらし　水原秋桜子・古鏡

薄暮林道

夜鷹鳴くしづけさに蛾はのぼるなり　水原秋桜子・帰心

鳴きいづる夜鷹や霧に暮れそめて　水原秋桜子・殉教

よとうむし【夜盗虫】〔三夏〕

夜盗蛾類の幼虫。「やとうむし」ともいう。緑色で、のち褐色となる芋虫。灰黄色の側線と背線がある。昼間は土中に隠れ、夜、白菜やキャベツ、大根などの野菜を食害する。農家では、夜に灯火をもって畑に出て捕殺する。⇩根切虫《ねきりむし》

らいちょう【雷鳥】らいてう〔三夏〕

ライチョウ科の鳥。本州中部の日本アルプスの山岳帯に生息する。翼長約二〇センチ。夏羽は全体に黒色で茶色の横斑がある。雌の夏羽は黒色の部分が褐色に近い。冬羽は全体に白色となり、雪と保護色になる。性格が遅鈍なため、人に容易に捕えられてしまい、絶滅の恐れがあり、特別記念物である。〔和名由来〕風雨の襲来する前に鳴き交わすため「雷の鳥」といわれたところから。〔漢名〕松鶏。

雷鳥もわれも吹き来し霧の中　水原秋桜子・葛飾

雷鳥や雨に倦む日をまれに啼く　石橋辰之助・山暦

登山綱《ザイル》干す我を雷鳥おそれざる　石橋辰之助・山暦

らんおう【乱鶯】らんあう〔三夏〕

春に美しい声で盛んに鳴いた鶯が、夏が近づくにつれて囀りが弱くなる。この夏の季節の鶯をいう。〔同義〕老鶯《おいうぐいす》、夏鶯《なつうぐいす》、狂鶯《きょうおう》、残鶯《ざんおう》。⇩老鶯《おいうぐいす》

らんちゅう【蘭鋳・蘭虫】らんちう〔三夏〕

金魚の一品種で日本産。頭部に肉瘤をもつ。体は丸形で腹

部が膨れ、背びれを欠く。〔同義〕丸子《まるこ》。
⇩金魚《きんぎょ》

りゅうきん【琉金】 りうきん〔三夏〕
金魚の一品種。江戸時代に琉球より渡来。体は短く丸みをおび、腹部が膨れる。尾びれが長く、三つ尾または四つ尾。体色は赤色、また赤白の斑色。
⇩金魚《きんぎょ》、出目金《でめきん》

るりちょう【瑠璃鳥】
るりてう〔三夏〕
ヒタキ科の大瑠璃、小瑠璃の俗称または総称。「るり」ともいう。両鳥とも声、姿ともに美しい。⇩大瑠璃《おおるり》、小瑠璃《こるり》

瑠璃来鳴く畑一境のきよき哉　松瀬青々・倦鳥
瑠璃鳥の色残し飛ぶ水の上　長谷川かな女・龍膽
小瑠璃の巣あらずや蕗が葉をかさね　水原秋桜子・古鏡

らんちゅう

るりちょう

動物

大瑠璃をきくと岩山をあふぎ立つ　水原秋桜子・古鏡

るりびたき【瑠璃鶲】〔三夏〕
ヒタキ科の小鳥。北海道と本州の高地で繁殖。冬、本州の低地で越冬する。体長約一五センチ。雄は背・胸部は暗青色、腹部は黄白色。雌は背部がオリーブ色。六～八月頃、山地の林で「ヒョロヒョロピョロピョロ」と囀っている。

ろうおう【老鶯】 らうあう〔三夏〕
囀りの少なくなった夏の鶯をいう。⇩老鶯《おいうぐいす》、夏鶯《なつうぐいす》

わきん【和金】〔三夏〕
金魚の一品種。体形は原種の鮒に似て、体色は赤色または赤と白の斑色。⇩金魚《きんぎょ》

早引き季語辞典［夏］

〈植物編〉

「あ」

アイリス【iris】〔晩夏〕

アヤメ科アヤメ属の植物。菖蒲《あやめ》や杜若《かきつばた》、一八《いちはつ》などの類で、イギリス菖蒲《あやめ》、ドイツ菖蒲《あやめ》などの品種がある。夏、菖蒲《あやめ》に似た紫や藍、白色の小花を開く。⇩菖蒲《あやめ》、杜若《かきつばた》、一八《いちはつ》

あおあし【青蘆】 あをあし〔三夏〕

夏に、青々と繁る蘆の葉。⇩蘆茂《あししげ》る

青蘆に水上遠き流れかな　白雄・白雄句集

あおい【葵】 あふひ〔仲夏〕

アオイ科の草の俗称。冬葵《ふゆあおい》、二葉葵《ふたばあおい》・双葉葵《ふたばあおい》、立葵《たちあおい》、銭葵《ぜにあおい》など種類が多い。一般に、葉は鋸歯状で、夏に淡紅・紅・紫・白色などの五弁の花を開く。徳川幕府の「三葉葵」の家紋は双葉葵の葉を三枚合わせ図案化したもの。⇩葵《あおい》の花《はな》、銭葵《ぜにあおい》、立葵《たちあおい》、黄蜀葵《とろろあおい》

日の道や葵傾くさ月あめ　芭蕉・猿蓑

酔顔《ゑひがほ》に葵こぼるゝ匂ひかな　去来・有磯海

百姓の塀に窓ある葵かな　正岡子規・子規句集

機械場や石炭滓に葵咲く　河東碧梧桐・新俳句

あおいのはな【葵の花】 あふひのはな〔仲夏〕

アオイ科の花の俗称。夏に、淡紅・紅・紫・白色などの五弁の花を開く。⇩葵《あおい》、花葵《はなあおい》

ひとり咲いて朝日に匂ふ葵哉　夏目漱石・漱石全集

あおうめ【青梅】 あをうめ〔仲夏〕

梅のまだ熟さない青い実をいう。梅酒の材料。⇩梅《うめ》の実《み》

蕗入れて青梅煮るや寺料理　一茶・俳句大全

青梅や黄梅やうつる軒らんぷ　正岡子規・子規句集

青梅の苦きを打ちし礫《こいし》かな　尾崎紅葉・尾崎紅葉集

青梅のちぎりを忘れずるべきか　河東碧梧桐・新傾向

隣り合ふ実梅《みうめ》の如くあり事　高浜虚子・六百句

あおかえで【青楓】 あをかへで〔初夏〕⇩若楓《わかかえで》

あおがき【青柿】 あをがき〔晩夏〕

晩夏のまだ熟していない青緑色の柿の実をいう。

青柿や虫葉も見えで四つ五つ　村上鬼城・鬼城句集

あおぎり【青桐・梧桐】 あをぎり〔三夏〕
アオギリ科の落葉高樹。三〜五裂した大きな葉をもつ。夏、雄花と雌花を混生した黄色の小花を円錐花序に開く。花後に莢を結び、その中に実をつける。
［同義］文桐《あやぎり》、蒼梧《そうご》、五裂《いつさき》、碧梧《へきご》。
［漢名］梧桐。⇩桐《きり》の花《はな》

青桐の落花に乾すや寺の傘　村上鬼城・鬼城句集
梧桐や地を乱れ打つ月雫　杉田久女・杉田久女句集

あおぎり

あおくるみ【青胡桃】 あをくるみ〔晩夏〕
まだ熟していない胡桃の青い実をいう。
山の雲通へばさわぐ青胡桃　山口青邨・夏草
青胡桃遠にも一村ちりこぼれ　中村草田男・来し方行方

あおざんしょう【青山椒】 あをざんせう〔晩夏〕
まだ熟していない山椒の青い実をいう。
匂ひ出る青山椒や葉の雫　正歌・類題発句集

あおしば【青芝】 あをしば〔三夏〕
夏の青々とした芝。青い絨毯のような芝は、植物の強い生命力を感じるものである。

あおすすき【青芒・青薄】 あをすすき〔三夏〕
夏、芒の葉が涼しげに青々と繁るさま。［同義］芒繁る。
お地蔵や屋根しておはす青芒　村上鬼城・鬼城句集
青芒三尺にして乱れけり　正岡子規・子規全集
狂ひ穂の雨に寒しや青芒　河東碧梧桐・続春夏秋冬

あおた【青田】 あをた〔晩夏〕⇩［自然・時候編］

あおづた【青蔦】 あをづた〔三夏〕
蔦の葉が、夏に青々と茂っているさま。⇩蔦茂《つたしげ》る、蔦若葉《つたわかば》

あおとうがらし【青唐辛子】 あをたうがらし〔晩夏〕
熟していない唐辛子の青い実をいう。⇩唐辛子《とうがらし》の花《はな》
我世からし青蕃椒南蛮酒　中川四明・懸葵

あおなす【青茄子】 あをなす〔晩夏〕
「あおなすび」ともいう。茄子の色からついた名。⇩茄子《なす》

あおば【青葉】 あをば〔三夏〕⇩若葉《わかば》、青葉《あおば》の花《はな》、青葉若葉《あおばわかば》
青葉して御《おん》目の雫拭《ぬぐは》ばや　芭蕉・笈日記
千年の火山晴れたる青葉哉　伊藤左千夫・全短歌所収「俳句」

青葉勝に見ゆる小村の幟かな　夏目漱石・漱石全集
京なりけり青葉に動く傘《かさ》の夜　幸田露伴・幸田露伴集

あおばのはな【青葉の花】あをばのはな〔初夏〕
春に遅れて初夏に咲く花の総称。⇩青葉《あおば》

あおばわかば【青葉若葉】あをばわかば〔三夏〕
生育した濃い葉と新緑の若葉が混っているさまをいう。⇩若葉《わかば》、青葉《あおば》
あらたう《(ふ)》と青葉若葉の日の光　芭蕉・おくのほそ道
青葉若葉慈悲心深き深山哉　存義・句鑑
青葉若葉昼中の鐘鳴り渡る　正岡子規・子規句集

あおぶどう【青葡萄】あをぶだう〔晩夏〕
まだ熟していない葡萄の青い実をいう。

あおほおずき【青酸漿・青鬼燈】あをほほづき〔晩夏〕
外苞が未だ熟していない青い酸漿をいう。⇩酸漿《ほおずき》の花《はな》
我恋や口もすはれぬ青鬼燈　嵐雪・其袋
叢《くさむら》に鬼灯《ほおずき》青き空家かな　正岡子規・子規句集

あおみどろ【青味泥・水綿】あをみどろ〔三夏〕
接合藻類の淡水緑藻。田・池・沼などの水面生育する。どろどろした緑藻で、糸状に接合して厚壁・褐色の接合胞子を作る。葉緑体は螺旋状で一本から数本ある。

あおゆ【青柚】あをゆ〔晩夏〕
柚《ゆず》の未だ熟していない青い実をいう。

あおりんご【青林檎】あをりんご〔晩夏〕
まだ熟していない林檎。
三軒の孫の喧嘩や青林檎　杉田久女・杉田久女句集
青林檎つぶらにみのる潮風に　山口青邨・雪国

あかざ【藜】〔三夏〕
アカザ科の一年草。葉は卵形。夏から秋に黄緑色の細花を開く。平円形の実を結び黒色の種子を宿す。若葉は食用、茎は杖の材料となる。〔同義〕赤藜《あかあかざ》。〔漢名〕藜。⇩藜《あかざ》の杖《つえ》

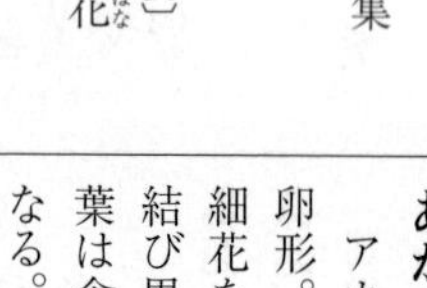
あかざ

うれしさは我丈過ぎしあかざ哉　家足・続あけがらす
哀げもなくて夜に入る藜かな　乙二・斧の柄
焼跡やあかざの中の蔵住ひ　村上鬼城・鬼城句集

鎌とげば藜《あかざ》悲しむけしきかな　高浜虚子・五百句

あかざのつえ【藜の杖】〔三夏〕⇩藜《あかざ》

やどりせむあかざの杖になる日まで　芭蕉・笈日記

我寺の藜は杖になりにけり　惟然・類題発句集

アカシアのはな【acaciaの花】〔初夏〕

アカシアはマメ科の落葉高樹。わが国でアカシア・アカシヤと呼んでいるものは北アメリカ原産のニセアカシア。羽状複葉。初夏、黄・白色の蝶形の小花を総状につける。花後に莢を結ぶ。旧約聖書では、アカシアはモーゼの十戒を収めた箱「契約の箱」の材とされ「魂の不死」の象徴とされる。

アカシヤはづれのなやましき我空我夏　河東碧梧桐・八年間

あかなす【赤茄子】〔晩夏〕

トマトのこと。「あかなすび」ともいう。トマトジュース、トマトケチャップなどの加工食品の材料。〔同義〕唐柿《とうがき》、紅茄《あかなす》。〔漢名〕六月柿、蕃茄、小金瓜。⇩トマト

あかめもち【赤芽黐】〔晩夏〕

要黐《かなめもち》の別称。その若芽が赤いことからついた名。花をもって夏の季語となる。⇩要《かなめ》の花《はな》

アカンサス【acanthus】〔晩夏〕

キツネノマゴ科の多年草。南欧原産。葉は楕円形で、夏に白色、淡紫色の花を穂状につける。古代ギリシア・ローマ建築では、この葉を柱頭文様にした。〔同義〕葉薊《はあざみ》。

あきたぶき【秋田蕗】〔初夏〕

キク科の多年草。秋田に産する蕗。周囲が約三メートルの大きな葉を持つ。茎は砂糖漬けとして食用になる。葉は屏風などに張られる。⇩蕗《ふき》

あさ【麻】〔晩夏〕

クワ科の一年草。茎は方形。掌状複葉。夏、雄麻は薄緑色の細花を開く。雌麻は穂状の花を開き、果実は「苧実《おのみ》、麻実《あさのみ》」として食用になる。茎皮は、麻糸として、糸・網・綱・帆・布・衣服などの材料となる。〔同義〕苧《からむし》、麻苧《あさお》、真麻《まそ》。〔漢名〕大麻。〔花言〕運命（英）、必需品（仏）。⇩麻刈《あさか》る、麻《あさ》の香《か》、麻《あさ》

あさ

の葉《は》、麻《あさ》の葉流《はなが》す、麻畑《あさばたけ》、麻《あさ》の花《はな》、花麻《はなあさ》、桜麻《さくらあさ》

麻の露皆こぼれけり馬の道　李辰・曠野
暮行や麻にかくる、嵯峨の町　樗堂・つまじるし
星赤し人無き路の麻の丈《たけ》　芥川龍之介・蕩々帖

あさうり【浅瓜・越瓜】〔晩夏〕
白瓜の別称。⇩白瓜《しろうり》

あさがおのなえ【朝顔の苗】あさがほのなへ〔初夏〕
朝顔の二葉の苗で、苗床より移植されるまでのものをいう。
〔同義〕朝顔の芽生《めばえ》、朝顔の二葉《ふたば》。

蕣《あさがほ》の二葉にうくるあつさ哉　去来・蔦獅子集
雨二日はや朝顔の芽生かな　闌更・半化坊発句集

あさかる【麻刈る】〔晩夏〕⇩〔生活編〕

あさざのはな【莕菜の花】〔三夏〕
リンドウ科の水生多年草。葉は楕円形で水に浮かぶ。若葉は食用。夏から秋に黄色の花を開く。〔同義〕花蓴菜《はなじゅんさい》。

あさのか【麻の香】〔晩夏〕⇩麻《あさ》
麻の香や笠きてはひる野雪隠　元翠・西華集

あさのは【麻の葉】〔晩夏〕⇩麻《あさ》、麻《あさ》の葉流《はなが》す
麻の葉もそよと越後のにほひかな　支考・越の名残
麻の葉の赤らむ末や雲の峰　史邦・小文庫
麻の葉に糠ひる窓の火影哉　元灌・西華集

あさのはな【麻の花】〔晩夏〕
麻は雌雄異株。夏、葉腋に花をつける。雄花は薄緑色の細花。雌花は緑色の穂状の花で、花後、実を結ぶ。⇩麻《あさ》、花麻《はなあさ》

あさのはながす【麻の葉流す】〔晩夏〕⇩〔生活編〕

あさばたけ【麻畑】〔晩夏〕⇩麻《あさ》
しの、めや露の近江の麻畠　蕪村・蕪村句集
なつかしき闇の匂ひや麻畠　召波・春泥発句集

あじさい【紫陽花】あぢさゐ〔晩夏〕
ユキノシタ科の落葉低樹。原種は日本特産の額紫陽花《がくあじさい》。葉は広卵形。六～七月頃に球状の集散花を多数つける。花は白色から紫、淡紅色に変化するため「七変化《しちへんげ》」の名もある。〔同義〕七花《ななばな》、手鞠花《てまりばな》、刺繍花《ししゅうか》、額花《がくばな》、藪手毬《やぶでまり》、大手毬《おおでまり》。〔花言〕高慢・自慢（英）、冷たい美しさ

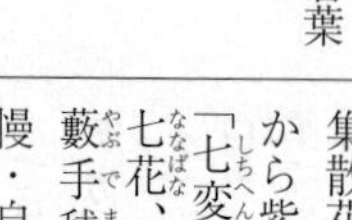
あじさい

（仏）。⇩額《がく》の花《はな》

紫陽花や藪を小庭の別座鋪《べつざしき》　芭蕉・別座鋪
紫陽花や曇りてもの、凄しき　松瀬青々・妻木
雨に剪《き》る紫陽花の葉の真青かな　飯田蛇笏・霊芝
紫陽花や滝音つのる雨ひと日　水原秋桜子・晩華
紫陽花やはかなしごとも言へば言ふ　加藤楸邨・穂高

あししげる【蘆・葦・芦・葭―茂る】〔三夏〕⇩青蘆《あおあし》

茂りあひて江の水細き蘆間哉　紹巴・榑物筌
蘆原はみつ汐しらぬ茂り哉　宗春・三藾

あずきのはな【小豆の花】あづきのはな〔三夏〕

マメ科の一年草の小豆の花。三葉からなる複葉。夏、黄色の蝶形花を開く。花後、莢果を結ぶ。赤い種子を含み、食用となる。〔〈小豆〉同義〕小豆《しょうず》、赤小豆《あかつき》。⇩大豆《だいず》の花《はな》

アスター【aster】〔晩夏〕

蝦夷菊のこと。⇩蝦夷菊《えぞぎく》

あつもりそう【敦盛草】

あつもりさう〔三夏〕

ラン科の多年草。夏に紫・紅色の袋状の花を開く。〔和名由来〕平敦盛が母衣《ほろ》（矢防具）を背負う姿に見立てたことから。〔花言〕気まぐれな美、私を勝ち取れ。

あつもりそう

アナナス【ananas】〔晩夏〕

鳳梨《あななす》とも書く。パイナップルのこと。熱帯アメリカ原産パイナップル科の常緑樹。葉は線形。夏、紫色の花を開き、大きな果実を結び食用となる。〔漢名〕鳳梨。⇩パイナップル

あぶらぎりのはな【油桐の花】〔初夏〕

油桐はトウダイグサ科の落葉高樹。桐に似た大きな葉をもち、夏に白・淡紫色の花を開く。

あまどころのはな【甘野老の花】〔仲夏〕

甘野老はユリ科の多年草。葉は互生し、平行脈をもつ。夏、筒形の風鈴に似た緑白色の花を開く。

あまのはな【亜麻の花】〔仲夏〕

亜麻はアマ科の一年草。葉は線状。夏、紫碧・白色の五弁花を開く。花後、黄褐色の扁平な実を結ぶ。茎の繊維で織る布は「麻布」「リネン」「寒冷紗」など呼ばれ、シーツなどに用いられる。〔花言〕親切に感謝（英・仏）、単純（仏）。

あまりなえ【余り苗】 あまりなへ〔仲夏〕
苗代から本田へ植えかえるときにあまる苗。⇩早苗《さなえ》
うれしさはこれにもたりぬあまり苗　乙二・斧の柄

アマリリス【amaryllis】〔仲夏〕
ヒガンバナ科の多年草。観賞用に栽培。江戸時代後期に渡来。球根より葉茎をだし、夏、百合に似た大形の花を横向きに数個、茎頂に開く。[同義] 夏水仙《なつずいせん》。[花言] ほどよい美。

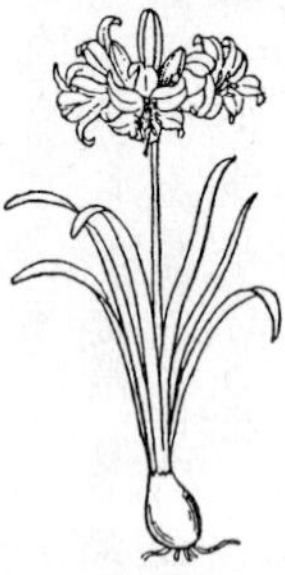
アマリリス

あやめ【菖蒲】〔仲夏〕
①アヤメ科の多年草。剣状の葉を直立してだす。夏、花柄の頂上に白・紫色の花を開く。②サトイモ科の多年草の菖《しょう》蒲《ぶ》の古名。夏、淡黄色の小さな花を密生する。端午の節句には風呂に入れて菖《しょう》蒲《ぶ》湯《ゆ》とする。古歌の「あやめ」「菖蒲」「あやめ草」の多くはこの菖《しょう》蒲《ぶ》をいう。⇩菖《しょう》蒲《ぶ》、軒《のき》の菖蒲《あやめ》[生活編]、菖《しょう》蒲《ぶ》打《うち》[生活編]、菖《しょう》蒲《ぶ》酒《ざけ》[生活編]、菖《しょう》蒲《ぶ》太《た》刀《ち》[生活編]、菖《しょう》蒲《ぶ》湯《ゆ》[生活編]、花菖蒲《はなあやめ》、花《はな》菖蒲《しょうぶ》

あやめ

あやめ草足にむすばん草鞋の緒　芭蕉・鳥のみち
五月雨を誘ふや軒のあやめ草　柳居・柳居発句集
わが恋《こひ》は人《ひと》とる沼《ぬま》の花菖蒲《はなあやめ》　泉鏡花・鏡花全集
榛名湖《はるなこ》のふちのあやめに床几《しょうぎ》かな　高浜虚子・五百句

あやめいんじ【菖蒲印地】 あやめいんぢ〔仲夏〕⇩[生活編]

あやめのうら【菖蒲の占】〔仲夏〕⇩[生活編]

あやめのひ【菖蒲の日】〔仲夏〕⇩[生活編]

あやめのまくら【菖蒲の枕】〔仲夏〕⇩[生活編]

あやめふく【菖蒲葺く】〔仲夏〕⇩[生活編]

あわまく【粟蒔く】 あはまく〔仲夏〕⇩[生活編]

あんず【杏・杏子】〔晩夏〕
バラ科の落葉樹。葉は卵形。春に白色・淡紅色の花を開き、花後、夏に球形の果実（季語となる）を

あんず

結び、赤黄色に熟す。果実は生食し、砂糖漬・ジャムなどになる。[同義] 唐桃《からもも》、杏花《からもも》、巴旦杏《はたんきょう》。[漢名] 杏。[花言] 疑惑(英)、不屈の精神(仏)。〈果実〉気後れ。

隠してや児の食はんと杏かな　嘯山・俳諧新選
医者どのと酒屋の間の杏かな　召波・春泥発句集
杏あか李《すもも》しろあとは緑なり　森鷗外・うた日記
君心ありて伐り捨てざりし杏かな　河東碧梧桐・新俳句

い【藺】 ゐ〔三夏〕

イグサ科の多年草。茎は丸形で細長く、茎中に白髄がある。夏、緑褐色の細花を開く。畳表の材料となる。[同義] 藺草《いぐさ》、鷺の尻刺《さぎのしりさし》、燈心草《とうしんぐさ》。[漢名] 燈心草。[花言] 従順。⇩藺《い》の花《はな》

い(藺)

藺刈れば沢蟹の出てけふも雨　河東碧梧桐・新傾向
法隆寺
斑鳩《いかるが》の塔見ゆる田に藺は伸びぬ　加藤楸邨・寒雷

いかだごぼう【筏牛蒡】 いかだごぼう〔晩夏〕

牛蒡を市場に出荷するため筏状に束ねたもの。また、牛蒡を叩いて筏の形にした料理。⇩若牛蒡《わかごぼう》、新牛蒡《しんごぼう》、牛蒡《ごぼう》の花《はな》

いたどりのはな【虎杖の花】〔晩夏〕

虎杖は夏、淡紅・白色の花を穂状に開く。

いたどりの花万傾や月の下　山口青邨・雪国
いたどりの花月光につめたしや　山口青邨・雪国

いちご【苺・莓】〔初夏〕

バラ科の多年草または低樹のイチゴの類の総称。ストロベリー。一般には、江戸時代に渡来の和蘭陀苺《オランダいちご》をいう。葉は根生の複葉で掌状。晩春から初夏に白花を開き、紅色の果実を結ぶ。[漢名] 覆盆子。[花言] 無邪気・清浄(英)、香気(仏)。⇩草苺《くさいちご》、苗代苺《なわしろいちご》、蛇苺《へびいちご》、木苺《きいちご》

麓ともおぼしき庭の覆盆子かな　支考・千鳥掛
旅ごろも奈須野のいちごこぼれけり　乙二・斧の柄
旅人の岨《そば》はひあがるいちご哉　正岡子規・子規句集
市の灯に美なる苺を見付たり　夏目漱石・漱石全集
朴の葉を五器に敷き盛る苺哉　河東碧梧桐・新傾向
熟れそめし葉蔭の苺のごと　杉田久女・杉田久女句集
忍び来て摘むは誰が子ぞ紅苺　杉田久女・杉田久女句集

いちはつ【一八・鳶尾草】〔仲夏〕
アヤメ科の多年草。葉は剣状で平行脈がある。五月頃に紫色の小さな斑紋のある花、もしくは白色の花を開く。［和名由来］花期が早いところから「逸初《イツハツ》・一初《イツハツ》」の意からと。［同義］子安草《こやすぐさ》、万年草《まんねんそう》、八橋《やつはし》、水蘭《すいらん》。［漢名］鳶尾。

いちはつ

一八や暁の戸塚の茶の煙　成美・谷風草
一八の屋根並びたる小村かな　正岡子規・子規句集
一八や白きを活けて達磨の絵　正岡子規・子規句集
一八の家根をまはれば清水かな　夏目漱石・漱石全集
一八《いちはつ》やはや程《ほど》ヶ谷《や》の草《くさ》の屋根《やね》　泉鏡花・鏡花全集

いちびかる【莔麻刈る】〔晩夏〕
アオイ科の一年草。葉は心臓形。夏、五弁の黄色花を開く。晩夏頃に刈取り、茎の繊維で綱や粗布を製する。［和名由来］火を起こし移し取るための火口《ほくち》の材となるところから「打火《ウチビ》」「痛火《イチビ》」の意からと。［同義］桐麻《きりあさ》、白麻。

いぬびわ【犬枇杷】いぬびは〔晩夏〕
クワ科の落葉低樹。葉は楕円形。夏に枇杷《びわ》に似た小果を結ぶ。［和名由来］枇杷に似た果実が、小さく食用となるほどではないところから。［同義］山枇杷《やまびわ》。［漢名］婆婆納。

いのはな【藺の花】ゐのはな〔仲夏〕
イグサ科の藺の花。夏、淡褐色の細花を開く。⇩藺《い》
藺の花や泥によごる、宵の雨　鈍可・曠野
藺の花や小田にもならぬ溜り水　正岡子規・子規句集

いばらのはな【茨の花】〔初夏〕
バラ科の茨の花。⇩野薔薇《のいばら》の花《はな》、花茨《はないばら》、薔薇《ばら》
茨《ばら》垣の夏知る一花両花かな　内藤鳴雪・鳴雪句集
茨さくや根岸の里の貸本屋　正岡子規・子規句集

いものはな【芋の花】〔仲夏〕
里芋、薩摩芋、山芋など食用の地下茎、塊根類の花。俳句では一般に里芋の花をいう。⇩里芋《さといも》の花《はな》

いわかがみ【岩鏡】いはかがみ〔晩夏〕
イワウメ科の常緑多年草。深山の岩場に自生。茎は短く、葉は根生で心臓形。夏、淡紅色の鐘形の花を開く。［和名由来］葉に光沢があり、深山の岩場に生育するところから。

いわぎきょう【岩桔梗】 いはぎきやう〔晩夏〕

キキョウ科の多年草。本州中部以北の高山帯に多く自生。葉は長楕円形で、夏に青紫色の桔梗に似た花を開く。

いわぎりそう【岩桐草】 いはぎりさう〔晩夏〕

イワタバコ科の多年草。葉は根生葉で、全体に軟毛があり、夏に紫色の花を開き、垂れ下げる。

いわたばこ【岩煙草】 いはたばこ〔晩夏〕

イワタバコ科の多年草。山野の日の当たらない湿った岩壁に着生。葉は小判形で煙草の葉に似る。夏、紫色の小花をつける。観賞用にも栽培される。［同義］岩菜《いわな》、岩萵苣《いわちしゃ》。

いわなし【岩梨】 いはなし〔晩夏〕

ツツジ科の常緑小低樹。葉は長楕円形で、縁には褐色の毛がある。春、淡紅色の花を開き、夏に果実（季語となる）を結ぶ。［和名由来］果実の味が梨に似て、山地に生育するところから。［同義］砂苺《すないちご》、浜梨《はまなし》。［花言］恋のうわさ。

いわなし

岩梨や山の道草わすれ草　任口・類題発句集

軒近き岩梨折るな猿の足　千那・猿蓑

いわひば【岩檜葉】 いはひば〔三夏〕

シダ類イワヒバ科の常緑多年草。おもに西日本山地の岩場に自生。頂部に多数の枝が密生し、枝先に胞子穂をつける。江戸時代より盆栽など園芸用として栽培される。［同義］岩苔《いわごけ》、岩松《いわまつ》、苔松《こけまつ》。［漢名］巻柏、万年松。

五月《さつき》の雨岩ひばの緑いつ迄ぞ　芭蕉・向之岡

いわふじ【岩藤・巌藤】 いはふぢ〔三夏〕

マメ科の落葉小低樹。「庭藤《にわふじ》」の別称。葉は長卵形の羽状複葉。夏、淡紅・白色の蝶形の花を総状に開く。庭木、観賞用に多く栽培される。

巌藤やとりつく道も九折坂　乙外・古今句鑑

巌藤のちる時水の濁り哉　時習・西華集

岩藤や犬吼え立つる橋の上　村上鬼城・鬼城句集

ういきょうのはな【茴香の花】 うゐきやうのはな〔仲夏〕

茴香はセリ科の多年草。葉は長い細糸状で互生。夏、黄白色の五弁の小花を多数開く。花後、円形状の小果実を結ぶ。［〈茴香〉同義］呉《くれ》の母《おも》。［〈茴香〉漢名］茴香香子、魂香花。

茴香に浮世をおもふ山路かな　浪化・屠維単閼

うきくさ【浮草・萍】〔三夏〕
ウキクサ科の多年草。池・沼などの淡水に三〜五個集まって浮生する。葉状体の表は緑で、裏は紫。多数の細い根をもつ。夏、白い小花を開くことがある。［同義］鏡草、無者草《なきものぐさ》、種無《たねなし》、蛭藻草《ひるもぐさ》。［漢名］水萍。⇩浮草《うきくさ》の花《はな》、根無草《ねなしぐさ》
萍《うきくさ》に生まれしと見る虫の飛ぶ　露月・露月句集
萍を岸につなぐや蜘の糸　千代女・千代尼発句集
萍の鍋の中にも咲にけり　一茶・一茶句帖
浮草を払へば涼し水の月　几董・井華集

うきくさのはな【浮草の花・萍の花】〔三夏〕
ウキクサ科の多年草の浮草の花。⇩浮草《うきくさ》
うき草や今朝はあちらの岸に咲　乙由・麦林集
うき草を吹あつめてや花むしろ　蕪村・蕪村庵句集
萍の花からのらんあの雲へ　一茶・八番日記
浮草風に小さい花咲かせ　尾崎放哉・小豆島にて

うきは【浮葉】〔仲夏〕⇩蓮《はす》の浮葉《うきは》、蓮《はす》
蓮池の深さわする、浮葉哉　荷兮・春の日
飛石も三つ四つ蓮のうき葉哉　蕪村・蕪村句集

うすゆきそう【薄雪草】うすゆきさう〔晩夏〕

キク科の多年草。低山に自生。葉裏に白い綿毛がある。夏から秋、灰白色の小花を開く。［和名由来］葉がもつ白い綿毛を、薄く積った雪に見立てたものと。

うつぎのはな【空木の花・卯木の花】〔初夏〕
空木はユキノシタ科の落葉低樹。五月頃、鐘状で白色の五弁花を開く。花後、黒い小球状の果実を結ぶ。［〈空木〉和名由来］幹が空洞であるところから。また、卯月（旧暦四月）に花が咲くところからとも。［〈空木〉同義］花卯木《はなうつぎ》、田植花《たうえばな》、垣見草《かきみぐさ》、潮見草《しおみぐさ》、夏雪草《なつゆきそう》。⇩卯花《うのはな》、花卯木《はなうつぎ》
雪月花一度の見する卯木哉　貞徳・誹諧発句帳
河口湖産屋ケ岬
花《はな》卯木《うつぎ》水模糊《もこ》として舟ゆかず　飯田蛇笏・霊芝

うつぼぐさ【靫草】〔仲夏〕
シソ科の多年草。山野に自生。六〜七月頃、茎頭に太い花穂をつけ、紫色の花を開く。［和名由来］弓矢を入れる靫の形に花穂が似ているところから。［同義］

うつぼぐさ

空穂草《うつほぐさ》、狐枕《きつねのまくら》、死人花《しびとばな》。〔漢名〕夏枯草。

道の辺や麦に咲き入るうつぼ草　長翠・俳句大観
うつぼ草こゝ五月雨の湊かな　道彦・俳句大観

うどのはな【独活の花】〔晩夏〕

独活はウコギ科の多年草。夏、球状の花序の白花を開く。

うのはな【卯花】〔初夏〕

「空木」「空木の花」の古名。空木は五月頃、白色の五弁花を開く。⇩空木《うつぎ》の花《はな》、花卯木《はなうつぎ》

卯花も母なき宿ぞ冷《すさま》じき　芭蕉・続虚栗
卯の花のこぼるゝ蕗の広葉哉　蕪村・蕪村句集
卯《う》の花《はな》を仏の花と手折《たお》りもし　高浜虚子・七百五十句
卯の花や仰臥の指に葉一枚　石田波郷・惜命

うばら【薔薇】〔初夏〕⇩薔薇《ばら》

うめがさそう【梅笠草】うめがささう〔仲夏〕

イチヤクソウ科の常緑多年草。海岸や山地に自生。葉は長楕円形。夏、花茎の頂に、梅に似た白色花を下向きに開く。

うめつける【梅漬ける】〔晩夏〕⇩〔生活編〕

うめのみ【梅の実】〔仲夏〕

バラ科の梅の実。〔同義〕実梅《みうめ》。⇩青梅《あおうめ》、梅干《うめほ》す、小梅《こうめ》

十たらず野中の梅の黄ばみけり　暁台・暁台句集
梅の実の落ちて乏しき老木哉　正岡子規・子規全集
梅の実の落て黄なるあり青きあり　正岡子規・子規句集
塩漬の梅実いよいよ青かりき　飯田蛇笏・椿花集

うめばちそう【梅鉢草】うめばちさう〔晩夏〕

ユキノシタ科の多年草。葉は心臓形。夏、梅に似た五弁の小白花を茎頂に一輪開く。〔和名由来〕紋章の「梅鉢」に花の形が似ているところから。

うめほす【梅干す】〔晩夏〕⇩〔生活編〕

うめむく【梅剥く】〔晩夏〕⇩〔生活編〕

うめわかば【梅若葉】〔初夏〕

梅の木の若葉。⇩若葉《わかば》

ふるさとの梅の若葉や堂籠　巣兆・曾波可理

うらしまそう【浦島草】うらしまさう〔晩夏〕

サトイモ科の多年草。球茎

うらしまそう

をもつ。葉は大きく暗緑色で、紫褐色の斑点がある。夏に黒紫色の花穂を垂れる。［和名由来］花軸の先が糸状になっているところを、浦島太郎が釣糸をたれているさまに見立てたものと。⇩天南星《てんなんしょう》の花《はな》

枕もと浦島草を活けてけり　正岡子規・子規句集
蜑が家の簾の裾の浦島草　山口青邨・雪国

うらわかば【うら若葉】〔初夏〕
見るからに若々しい葉。⇩若葉《わかば》

逢阪やいつ迄寒きうら若葉　士朗・俳句全集

うり【瓜】〔晩夏〕
ウリ科蔓性植物、その果実の総称。真桑瓜《まくわうり》・甜瓜《まくわうり》、胡瓜《きゅうり》、白瓜《しろうり》、西瓜《すいか》、南瓜《かぼちゃ》、糸瓜《へちま》、冬瓜《とうが》、夕顔《ゆうがお》など。一般には、真桑瓜をいうことが多い。［同義］葉広草《はひろぐさ》。⇩真桑瓜《まくわうり》、初瓜《はつうり》、胡瓜《きゅうり》、白瓜《しろうり》、姫瓜《ひめうり》、干瓜《ほしうり》［生活編］

瓜作る君かあれなと夕すゞみ　芭蕉・栞集
先生が瓜盗人《うりぬすびと》でおはせしか　高浜虚子・五百句
瓜一つ残暑の草を敷き伏せし　杉田久女・杉田久女句集
浅漬の瓜の青白《せいはく》噛むひびき　日野草城・旦暮

うりづくり【瓜作り】〔晩夏〕⇩瓜《うり》

星合やいかに痩地の瓜づくり　其角・五元集
ひとくゝる縄もありけり瓜作り　太祇・太祇句選

うりづけ【瓜漬】〔晩夏〕⇩［生活編］

うりのか【瓜の香】〔晩夏〕⇩瓜《うり》

旅人のまくらに瓜のにほひかな　浪化・浪化上人発句集
瓜の香に狐嚔《くさみ》す月夜かな　白雄・白雄句集

うりのはな【瓜の花】〔初夏〕
ウリ科蔓性植物の花の総称。色に濃淡はあるが、それぞれ黄色の花を開く。⇩瓜《うり》、南瓜《かぼちゃ》の花《はな》、胡瓜《きゅうり》の花《はな》、糸瓜《へちま》の花《はな》

瓜の花雫いかなる忘れ草　芭蕉・類柑子
花と実を一度に瓜のさかりかな　芭蕉・こがらし
蝶を追ふ虻の力や瓜の花　正岡子規・子規句集
住み馴れし鄙の小家や瓜の花　河東碧梧桐・新傾向

うりのばん【瓜の番】〔晩夏〕⇩［生活編］

うりばたけ【瓜畑】〔晩夏〕⇩瓜《うり》

山かげや身をやしなはむ瓜畠　芭蕉・笈日記
盗人に出あふ狐や瓜ばたけ　太祇・太祇句選
葉がくれの枕さがせよ瓜ばたけ　蕪村・蕪村句集
瓜畑やいざひやひやと草枕　蓼太・蓼太句集

うるしのはな【漆の花】〔仲夏〕

漆はウルシ科の落葉高樹。羽状複葉。六月頃、黄緑色の小花を総状に開く。花後、偏球形の核果を結び、晩秋、黄褐色に熟す。樹皮の脂より漆器の塗汁の「漆」をとる。

えごのはな【えごの花】〔仲夏〕

エゴノキ科の落葉高樹のえごの木の花。葉は卵形。夏、白色の花を総状につける。花後、小球形の果実を結ぶ。［〈えごの木〉和名由来］果実はアクが強く、食べると咽が「エゴイ（えがらっぽい）」ことによると。⇩萵苣《ちさ》の花《はな》

寄せ笛に巣鳥はひそむえごの花　水原秋桜子・晩華
えごの花一点白し流れゆく　山口青邨・雪国
えごの花ながれ溜ればにほひけり　中村草田男・長子
えごの花一切放下なし得るや　石田波郷・惜命

えごのき

えぞぎく【蝦夷菊】〔晩夏〕

キク科の一年草。葉は卵形。夏に紫紅・白色などの頭花を開く。［同義］朝鮮菊《ちょうせんぎく》、アスター。［花言］追憶、変化。

蝦夷菊に日向ながらの雨涼し　内藤鳴雪・鳴雪句集
蝦夷菊や古き江戸絵の三度摺　内藤鳴雪・鳴雪句集

えにしだ【金雀枝】〔初夏〕

マメ科の落葉低樹。三小葉よりなる複葉をもつ。初夏、黄色の花を開く。花後、莢果を結ぶ。［和名由来］ラテン語で「genista（ゲニスタ）」より。［漢名］金雀児。［花言］清楚、謙遜。

えにしだの黄色は雨もさまし得ず　高浜虚子・五百五十句

えにしだ

えのきのはな【榎の花】〔仲夏〕

榎はニレ科の落葉高樹。葉は広楕円形。夏、淡緑色の花を開き、紅褐色の実を結ぶ。新芽、実は食用。古来より霊木とされた。［〈榎〉同義］榎椋《えむく》、稜木《そばのき》。［〈榎〉漢名］朴樹。

美しや榎の花のちる清水　白雄・俳句全集

えんじゅのはな【槐の花・槐樹の花】ゑんじゅのはな〔初夏〕

マメ科の落葉高樹。葉は葉柄のある羽状複葉。初夏、黄白色の蝶形花を開く。花後、数珠状の葉をつけ、莢を結ぶ。［〈槐〉同義］延寿《えんじゅ》、玉樹《ぎょくじゅ》、黄藤《きふじ》。［〈槐〉漢名］槐・槐樹。

巻藁を射れば花ちる槐哉　常矩・道草

寿を守る槐《えんじゅ》の木あり花咲きぬ　高浜虚子・七百五十句

槐花《ゑんじゆくわ》下《か》わが懸命の了りたり　加藤楸邨・穂高

えんどう【豌豆】 ゑんどう〔初夏〕

マメ科の二年草。蔓で他の植物などに巻きつく。春、白・紫色の蝶形花を開く。花後、莢を結び、種子を食用とする。この種子をもって夏の季語となる。［同義］野良豆《のらまめ》、雪割豆《ゆきわりまめ》、猿豆《さるまめ》、蔓豆《つるまめ》。［漢名］豌豆。［花言］喜びの訪れ。

まがると風が海ちかい豌豆畑　種田山頭火・草木塔

鮮《あた》らしき匂ひ豌豆むけるなり　日野草城・日暮

えんばく【燕麦】〔初夏〕

烏麦が原種とされるイネ科の一年草。初夏に穂を結ぶ。食用。肥料ともなる。［同義］牛麦《うしむぎ》、馬麦《うまむぎ》、烏麦《からすむぎ》。⇩烏麦《からすむぎ》

おいらんそう【花魁草】 おいらんさう〔晩夏〕

草夾竹桃《くさきょうちくとう》の別称。⇩草夾竹桃

昼の日の炎ゆるに燃ゆる花魁草　亜浪・石楠

おいらん草こぼれ溜りし残暑かな　杉田久女・杉田久女句集

おうしょっき【黄蜀葵】 わうしよくき〔晩夏〕⇩黄蜀葵《とろろあおい》

おうちのはな【樗の花・楝の花】 あふちのはな〔仲夏〕

樗はセンダン科の落葉高樹。「あうち」ともいい、栴檀《せんだん》の古名である。羽状複葉。夏に、五弁の淡紫色花を開く。楕円の核果を結び、「せんだん坊主」という。［〈樗〉同義］栴檀《せんだん》、唐変木《とうへんぼく》、雲見草《くもみぐさ》。⇩栴檀《せんだん》の花《はな》、雲見草《くもみぐさ》、花樗《はなおうち》

露落て朝風匂ふ樗哉　宗祇・大発句帳

きのふけふ樗に曇る山路哉　芭蕉・翁反古

双燕の啼き交ふあふち花ざかり　飯田蛇笏・椿花集

野馬追も近づき樗咲きにけり　加藤楸邨・寒雷

おうとう【桜桃】〔仲夏〕

一般に「さくらんぼう」のことをいう。桜桃はバラ科の落葉高樹。サクラの一種。葉は倒卵形。春、白色の五弁花を開く。六月頃に実「さくらんぼう」（季語）を結び食用となる。［和名由来］中国原産のシナミザクラの漢名「桜桃」より。［同義］西洋実桜《せいようみざくら》、支那実桜《しなみざくら》。⇩さくらんぼう、桜《さくら》の実《み》

おおいぐさ【大藺草】 おほいぐさ〔仲夏〕⇩太藺《ふとい》

おおでまり【大手鞠・大手毬】 おほでまり〔初夏〕

スイカズラ科の落葉樹。葉は円形で細毛をもつ。初夏、紫陽花《あじさい》に似た白色の小花を鞠状に開く。［同義］手鞠花《てまりばな》、手《て》

鞠《まり》。⇩手鞠《てまり》、手鞠花《てまりばな》

おおばこのはな【大葉子の花】 おほばこのはな〔初夏〕

大葉子はオオバコ科の多年草。葉は長柄で根生。夏、花茎をだし、白色の小花を穂状に開く。〔同義〕車前草《おおばこ》の花《はな》。

おおまつよいぐさ【大待宵草】 おほまつよひぐさ〔晩夏〕

アカバナ科の二年草。茎は直立し、葉は狭楕円形。夏、夕方に四弁の黄色花を開き、翌朝にしぼむ。〔和名由来〕大形の待宵草の意。⇩待宵草《まつよいぐさ》、月見草《つきみそう》

おおむぎ【大麦】 おほむぎ〔初夏〕

イネ科の一～二年草。葉は小麦より短く、花は穂状で三花ずつ互生。夏に結ぶ実は六列に並び、長い芒毛をもつ。ビール、味噌、醤油などの材料となる。〔同義〕太麦《ふとむぎ》、牛麦《うしむぎ》、馬麦《うまむぎ》。〔漢名〕大麦。⇩小麦《こむぎ》、麦《むぎ》

おおやまれんげ【大山蓮花・大山蓮華】 おほやまれんげ〔初夏〕

モクレン科の落葉低樹。葉は広卵形で裏面に白毛を密生する。初夏、香気のある白色花を開く。〔和名由来〕奈良県の大峰山に多く生育し、花の形が蓮花《れんげ》に似ていることから。

おおでまり

おじぎそう【含羞草・御辞儀草】 おじきさう〔晩夏〕

マメ科の一年草。茎には毛と棘がある。夏、淡紅色の小花を開く。〔和名由来〕葉に触れると葉が閉じて下垂するところから。別称の「眠草《ねむりぐさ》」は夜に葉を閉じるところから。〔漢名〕喝呼草。〔花言〕感受性（英）、羞恥心（仏）。⇩眠草《ねむりぐさ》

露涼しいまだ眠れるおじぎ草　杉田久女・杉田久女句集補遺

おそむぎ【遅麦】〔初夏〕

晩熟の麦をいう。⇩麦《むぎ》

遅麦の端午へかゝるみだれかな　浪化・浪化上人発句集

おどりこそう【踊子草】 をどりこさう〔初夏〕

シソ科の多年草。茎は方形。葉は心臓形。晩春から初夏、

おおやまれんげ

おじぎそう

淡紅・白色の唇形花を開く。[和名由来] 花を踊子が笠をかぶった形に見立てたところから。[同義] 虚無僧花《こむそうばな》、踊花《おどりばな》。

祭見の道教へけり踊花　乙由・麦林集

おにばす【鬼蓮】〔晩夏〕

スイレン科の一年草。葉は大きく二〜三メートル。夏、紫花を開き液果を結ぶ。[和名由来] 蓮に似た大きな葉を持ち、鋭い棘があるところから。[同義] 茨蕗《いばらぶき》、茨蓮《いばらはす》、水蕗《みずぶき》。⇩蓮《はす》

鬼蓮やうばがむかしのかぶり物　涼菟・皮籠摺

鬼蓮の池をとぢたる暑さ哉　津富・古今句鑑

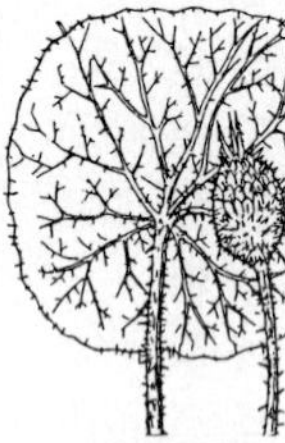
おにばす

おにゆり【鬼百合】〔晩夏〕

ユリ科の多年草。夏、紫色の小斑点のある黄赤色の花を開く。鱗茎は「百合根」として食用となる。[和名由来] 姫百合に比べて大形であるの意。[同義] 天蓋百合《てんがいゆり》。[花言] 優美。⇩姫百合《ひめゆり》

鬼百合も此道すじや大江山　露川・二人行脚

亭寂寞薊鬼百合なんど咲く　夏目漱石・漱石全集

おもだか【沢瀉・面高】〔仲夏〕

オモダカ科の多年草。池・沼・水田などに自生。葉は二つに深裂した矢じり形。夏、三弁の白色花を輪生する。塊茎は食用。[和名由来] 面高《オモダカ》の意で、葉脈の模様が人面に似て、水面から高くでることによる。[同義] 花慈姑《はなぐあい》、貌花《かおばな》。

沢瀉の花にくはへの銚子哉　嵐雪・或時集

やれ壺に沢瀉細く咲にけり　鬼貫・鬼貫句選

沢瀉や花の数そふ魚の泡　太祇・太祇句選

澤瀉は水のうらかく矢尻哉　蕪村・落日庵句集

おもだか

オランダあやめ【和蘭菖蒲】〔仲夏〕

唐菖蒲の別称。⇩唐菖蒲《とうしょうぶ》、グラジオラス

オランダせきちく【和蘭石竹】〔初夏〕

ナデシコ科の多年草。カーネーションのこと。南ヨーロッパ・西アジア原産。江戸時代に渡来。葉は線形で白緑色。多品種で花色も多く、夏、紅・白色などの五弁花を開く。[同義] 麝香撫子《じゃこうなでしこ》、和蘭撫子《オランダなでしこ》。⇩カーネーション、石竹《せきちく》

オリーブのはな【oliveの花】〔仲夏〕
モクセイ科の常緑小高樹。地中海地方の原産。葉は革質で、夏に香気のある淡緑白花を総状花序につける。核果を結び、塩漬とし、またオリーブ油を採る。枝は平和と充実の象徴。

「か　行」

カーネーション【carnation】〔初夏〕
ナデシコ科の多年草。多品種で花色も多く、夏、紅・白色などの五弁花を開く。［花言］〈赤色花〉私の哀れな心。〈白色花〉純愛。〈黄色花〉軽蔑。〈黒紅色花〉私の悩みを理解して下さい。〈縞模様の花〉拒絶。⇩和蘭石竹《オランダせきちく》

ガーベラ【gerbera】〔仲夏〕
キク科の多年草。南アフリカ原産。多くの花茎をだし、その頂に白・黄・橙・桃色などの浜菊に似た頭状花をつける。夏の切り花として栽培される。［同義］アフリカ千本槍《せんぼんやり》。

かいう【海芋】〔初夏〕
サトイモ科の多年草。葉は厚く三角状卵形で、初夏に香気のある大きな白花を開く。切り花用に栽培される。

ががいも【蘿藦】〔晩夏〕
ガガイモ科の蔓性多年草。葉は長心臓形。茎・葉を切ると白汁をだす。夏に淡紫色の花を開く。花後、キュウリに似た実を結ぶ。種子は綿毛をもち、その毛は綿の代用となる。若葉・根茎は食用となる。［同義］乳草《ちちくさ》、鏡草《かがみぐさ》、香取草《かとりぐさ》。

かきつばた【杜若・燕子花】〔仲夏〕
アヤメ科の多年草。池沼、水辺の湿地に生育。葉は剣状。夏、紫・白・紅色などの花を開く。［同義］貌佳草《かおよしぐさ》。

かきつばた

手のとゞく水際うれし杜若　芭蕉・芭蕉句選拾遺
行春の水そのまゝやかきつばた　千代女・千代尼発句集
切る人やうけとる人や燕子花　太祇・太祇句選
よりそひて静《しずか》なるかなかきつばた　高浜虚子・五百句

かきのはな【柿の花】〔仲夏〕
カキノキ科の落葉樹の柿の花。六月頃、四弁の帯黄色の雌雄花を開く。［同義］柿《かき》の蔕《とう》。⇩柿若葉《かきわかば》
洗濯やきぬにもみこむ柿の花　薄芝・猿蓑
渋柿の花ちる里と成にけり　蕪村・新花摘
二三町柿の花散る小道かな　正岡子規・子規全集
障子しめて雨音しげし柿の花　杉田久女・杉田久女句集

かきわかば【柿若葉】〔初夏〕⇩若葉《わかば》
茂山やさては家ある柿若葉　蕪村・五子稿
柿の若葉穂に出る麦の騒がしき　長翠・俳句大観

がくのはな【額の花】〔仲夏〕
額紫陽花《がくあじさい》をいう。ユキノシタ科の落葉低樹。葉は倒卵形。七月頃梢上に大形の花序をつける。中心には五弁の碧紫色の花を密生し、周囲を大形の装飾花が囲む。［和名由来］花の周りの装飾花を額縁に見立てたところから。⇩紫陽花《あじさい》

かざぐるま【風車】〔初夏〕
キンポウゲ科の蔓性低樹。三葉からなる複葉をもつ。五月頃、紫・白色の風車に似た花を開く。［和名由来］花の形が玩具の風車に似ているところから。［漢名］転子蓮。
白妙や名も涼しげに風車　露重・西華集

かざぐるま

かしおちば【樫落葉・橿落葉】〔初夏〕
赤樫、白樫、裏白樫などブナ科の常緑高樹の落葉。⇩常盤木落葉《ときわぎおちば》
大粒の雨に交りて樫落葉　西山泊雲・ホトトギス

かじめ【搗布】〔初夏〕
本州近海に群生する褐藻。茎は太く円柱状、葉は革質で暗褐色。肥料やヨードの材料となる。五月頃に採取される。

かしわかば【樫若葉】〔初夏〕⇩若葉《わかば》

かしわもち【柏餅】 かしはもち〔仲夏〕⇩［生活編］

かすみそう【霞草】 かすみさう〔初夏〕
ナデシコ科の観賞用植物。一般に一年草のものを「むれなでしこ」といい、宿根草のものを「こごめなでしこ」という。五月頃に白・紅などの小花をつける。［和名由来］密生した小花の様子が霞がかかったように見えるところから。

かたばみのはな【酢漿草の花】〔初夏〕
カタバミ科多年草の酢漿草の花。葉は倒心臓形。六月頃に黄色の五弁花を開く。花後、莢を結ぶ。葉は昼開き、夜閉じる。別称の「酸物草《すいものぐさ》・酸《すい》漿草《ものぐさ》」は、味に酸味があるところからの名称。［花言］母の優しさ、喜び。

かたばみ

蔵の陰かたばみの花珍らしや　荷兮・笈日記
かたばみの花の宿にもなりにけり　乙二・斧の柄
かたばみに同じ色なる蝶々かな　村上鬼城・鬼城句集

かなむぐら【金葎】〔三夏〕
クワ科の蔓性一年草。人家近くに繁る雑草。雌雄異株。茎と葉柄に棘がある。葉は掌状で対生。夏から秋に淡黄色の雄花を下垂し、帯紫褐色の雌花を球状に開く。⇩葎《むぐら》

かなめのはな【要の花】〔晩夏〕
バラ科常緑小高樹の要黐《かなめもち》の花。春の新葉は紅色を帯びる。夏、白色の小花を多数つけ、秋に紅色の実を熟す。庭木に用いられる。［〈要黐〉同義］扇骨木《かなめもち》、要樫《かなめがし》。⇩赤芽黐《あかめもち》

かなめ咲いておのづと風に開く門　村上鬼城・鬼城句集
目立たざる楆の花を眺めかな　高浜虚子・七百五十句

かのこゆり【鹿子百合】〔晩夏〕
ユリ科の多年草。葉は革質・広楕円形。夏、白地に紅色の斑点のある美しい花を開く。［和名由来］花に斑点のある様子を「鹿《か》の子絞《こしぼ》り」に見立てたもの。⇩百合《ゆり》

かのこゆり

かび【黴】〔仲夏〕
青黴《あおかび》、白黴《しろかび》、黒黴《くろかび》、麹黴《こうじかび》、毛黴《けかび》など、植物・飲料・果実・衣服・器具・壁・紙布などに寄生する微細な菌類の俗称。梅雨の時期に多く繁殖する。

美しき黴や月さしゐたりけり　加藤楸邨・雪後の天
黴の中鼻翼はや死に垂んと　石田波郷・惜命

かぼちゃのはな【南瓜の花】〔仲夏〕
ウリ科の南瓜の花。夏、大形の黄色の花を開く。⇩瓜《うり》の花《はな》

なんのその南瓜の花も咲けばこそ　夏目漱石・漱石全集
南瓜咲いて西日はげしき小家かな　村上鬼城・鬼城句集

植物

がま【蒲】〔三夏〕
ガマ科の多年草。地下茎は淡水の中に生育する。雌雄同株。葉は幅二センチ、長さ一メートル位に成長し、筵の材料となる。夏、緑褐色の花序をつける。
〔同義〕御簾草《みすくさ》。〔漢名〕香蒲。〔花言〕従順、あわて者。

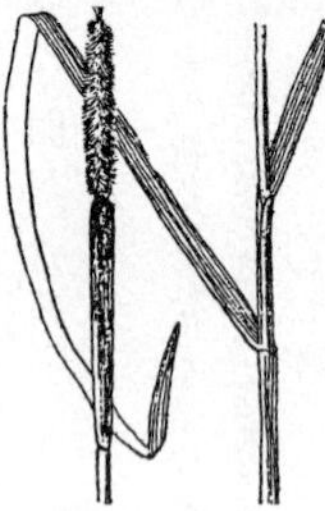
がま

がまのほ【蒲の穂】〔晩夏〕⇩蒲《がま》
蒲の穂や蟹を雇て折もせん　其角・花摘
蒲の穂に声吹戻すわかれかな　露川・喪の名残
蒲の穂の蝋燭立て涼哉　乙由・麦林集

かやつりぐさ【蚊帳吊草】〔仲夏〕
カヤツリグサ科の一年草。茎頭に細長い葉をだし、夏に穂状の黄褐色の花を開く。〔和名由来〕茎を裂くと四本に分かれ、蚊遣を吊ったように見えるところから。
行暮て蚊屋釣草にほたる哉　支考・笈日記
画に求む蚊帳吊草を手向かな　河東碧梧桐・新傾向

カラジウム【caladium】〔晩夏〕
サトイモ科の多年草。観葉植物で、長い葉柄をもった卵形の大きな葉を出し、葉は緑色に白・紅・桃などの斑紋がある。
〔同義〕葉錦《はにしき》。

からすうりのはな【烏瓜の花・鴉瓜の花】〔晩夏〕
烏瓜はウリ科の蔓性多年草。夏、基部が筒状の白花を開く。
烏瓜莟をあげて垣越ゆる　山口青邨・雪国

からすおうぎ【烏扇】からすあふぎ〔仲夏〕
檜扇の別称。⇩檜扇《ひおうぎ》

からすびしゃく【烏柄杓】〔仲夏〕
サトイモ科の多年草。春、地下茎から地上に芽をだし、三小葉をつける。夏、帯紫緑色の仏焔苞をつけ、その中に白色の雌雄花を開く。〔和名由来〕苞の形を烏の使う柄杓に見立てたもの。〔同義〕半夏《はんげ》、柄杓草《ひしゃくそう》。⇩半夏《はんげ》

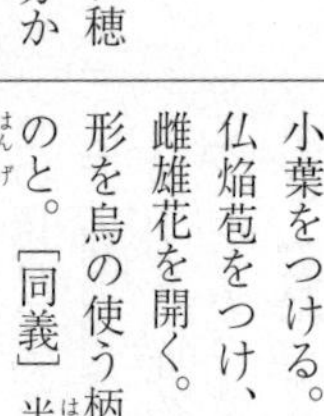
からすびしゃく

からすむぎ【烏麦】〔初夏〕
イネ科の二年草。葉は広線形で互生。初夏、緑色の小穂をつけ暗褐紫色の芒をだす。〔同義〕雀麦《すずめむぎ》、茶挽草《ちゃひきぐさ》、茶引草《ちゃひきぐさ》、荒麦《あらむぎ》。⇩燕麦《えんばく》、茶引草《ちゃひきぐさ》

秋しらぬ茂りも憎しからす麦　其角・五元集拾遺

からなでしこ【唐撫子】〔仲夏〕
ナデシコ科の石竹のこと。⇩石竹《せきちく》、大和撫子《やまとなでしこ》、撫子《なでしこ》
親なしか唐撫子のちよこちよこと　宗因・梅翁宗因発句集

からむし【苧・苧麻】〔晩夏〕
イラクサ科の多年草。葉は広卵形で、下面が白く細毛を密生する。夏から秋に淡緑色の小花を穂状に開く。茎から繊維をとり、布を作る。［同義］白苧《しらお》、衣草《ころもぐさ》。［漢名］苧麻。
苧のあとから蕎麦の二葉哉　浪化・浪化上人発句集

かりぎ【刈葱】〔三夏〕
夏に収穫する葱で、またすぐ繁茂するので刈葱という。「かれぎ」ともいう。［同義］夏葱《なつねぎ》、小葱《こねぎ》、分葱《わけぎ》。
野のすゑやかりぎの畑をいづる月　鬼貫・鬼貫句選

かわしげり【川茂り】かはしげり〔三夏〕⇩茂り《しげり》
夕はえや茂みにもるゝ川の音　丈草・故人五百題

かわたで【川蓼】〔三夏〕
蓼の一品種。山地の清流に繁茂する。⇩蓼《たで》
砂川や或は蓼を流れ越す　蕪村・蕪村句集

かわらなでしこ【河原撫子】〔晩夏〕
撫子のこと。一般的な「なでしこ」で、渡来種の唐撫子に対して大和撫子ともいう。⇩撫子《なでしこ》、唐撫子《からなでしこ》、石竹《せきちく》、大和撫子《やまとなでしこ》
撫子の露折れしたる河原哉　士朗・俳句大観
撫子に馬けつまづく河原かな　正岡子規・子規全集

かんぞう【甘草】〔初夏〕
甘草はマメ科の多年草。「あまくさ」ともいう。葉は長楕円形。夏、淡紫色の蝶形の花を穂状に開く。楕円形の豆果を結ぶ。根は甘味剤となる。［〈甘草〉漢名］甘草。

かんぞうのはな【萱草の花】くわんざうのはな〔晩夏〕
ユリ科の多年草のうち藪萱草《やぶかんぞう》、野萱草《のかんぞう》、浜萱草《はまかんぞう》などをいう。葉は細長い剣状。夏、黄赤色の小花を開く。⇩忘草《わすれぐさ》
萱草の花とばかりやわすれ艸　来山・いまみや草
誰が塚ぞ萱草咲けるおのづから　正岡子規・子規全集
生れ代るも物憂からましわすれ草　夏目漱石・漱石全集
萱草の一輪咲きぬ草の中　夏目漱石・漱石全集

かんとう【款冬】くわんとう〔初夏〕
蕗のこと。「ふぶき」とも読む。⇩蕗《ふき》

がんぴ【岩菲・雁緋】〔初夏〕
ナデシコ科の多年草。葉は長卵形。五～六月頃に黄赤色の五弁花を開く。［同義］黒節《くろふし》。
花を庭にうつす絵師の雁緋かな　一雪・洗濯物

がんぴのはな【雁皮の花】〔初夏〕
雁皮はジンチョウゲ科の落葉低樹。葉は卵形。初夏、黄色の筒状花を開く。茎の内皮は和紙「雁皮紙《がんぴし》」の原料となる。斐紙《ひし》とも呼ばれた。［〈雁皮〉同義］紙木《かみのき》。
堀立の腰掛台や雁皮咲く　道彦・俳句大観

かんぴょうむく【干瓢剥く】かんぺうむく〔仲夏〕⇩［生活編］

かんらん【甘藍】〔初夏〕
アブラナ科の二年草。太く短い茎に葉を厚く内側に巻いて重なり結球し、食用となる。夏、淡黄色の花を開く。キャベツに同じ。［花言］利益。⇩キャベツ、球菜《たまな》

きいちご【木苺】〔初夏〕
バラ科の低樹で、モミジイチゴ、カジイチゴ、ナワシロイチゴなど山野に自生する苺類の総称。晩春から初夏に純白の五弁花を開き、まれに紅色の花を開く。花後、夏から秋に実を結ぶ。［同義］紅葉苺《もみじいちご》、田植苺《たうえいちご》。［花言］あわれみ・同情（英）、不毛（仏）。⇩苺《いちご》

きいちご

きくらげ【木耳】〔仲夏〕
キクラゲ科の茸。朽ち木や桑、接骨木《にわとこ》などの広葉樹に、春から秋にかけて群生する。人の耳に似た形で寒天質状。色は茶褐色。干して食用とする。［同義］木茸《きのたけ》、耳茸《みみたけ》。
岩もる水木くらげの耳に空シ　杉風・常盤屋之句合

ぎしぎしのはな【羊蹄の花】〔初夏〕
羊蹄はタデ科の多年草。原野・路傍の湿地に自生。初夏、茎上部が分枝して花穂を伸ばし、淡緑色の小花を層状に開く。

きすげ【黄萱】〔晩夏〕
夕萓の別称。⇩夕萓《ゆうすげ》
蝦夷黄萱まづ咲きおほふ一砂丘　水原秋桜子・晩華

きぬいとそう【絹糸草】きぬいとさう〔三夏〕
イネ科のオオアワガエリやヒエなどの種を綿などを敷いて水にひたした鉢に蒔き、その幼苗を青田のさまに見せて楽しむ盆栽の草名。⇩稗蒔《ひえま》き

ぎぼうしのはな【擬宝珠の花】〔初夏〕

擬宝珠はユリ科ギボウシ属の多年草の総称。「ぎぼうしゅ」「ぎぼし」ともいう。葉は広楕円形。夏、花軸を伸ばし筒形の帯紫色の花を穂状に開く。若葉は食用となる。［和名由来］花の形が宝珠（仏像の光背）、八擬宝珠（橋の欄干にある）、葱帽子に似ているなど。［同義］山酸漿《やまほおずき》。［漢名］紫萼。

絶壁に擬宝珠《ぎぼし》咲きむれ岩襖　杉田久女・杉田久女句集

ぎぼうし

キャベツ【cabbage】〔初夏〕

アブラナ科の二年草。［花言］利益。⇩甘藍《かんらん》、球菜《たまな》

きゅうり【胡瓜】〔晩夏〕

ウリ科の一年草。葉は掌状。夏、五弁の黄花を開き、花後に棘状のいぼがある緑色の細長い果実を結ぶ。食用。［和名由来］果実が熟すと黄色になる「黄瓜《キウリ》」から。また「木瓜《キウリ》」より。［漢名］胡瓜。⇩胡瓜《きゅうり》の花《はな》、瓜《うり》、初胡瓜《はつきゅうり》

きゅうり

花のあとにはや見えそむる胡瓜哉　正岡子規・子規句集

手作りの鼻曲りたる胡瓜哉　尾崎紅葉・尾崎紅葉集

嘲吏青嵐《せいらん》

人間吏となるも風流胡瓜《きゅうり》の曲るも亦《また》　高浜虚子・五百句

きゅうりのはな【胡瓜の花】〔初夏〕

ウリ科の胡瓜の花。初夏、五弁の黄花を開く。⇩胡瓜《きゅうり》

きょうちくとう【夾竹桃】 けふちくたう〔晩夏〕

キョウチクトウ科の常緑低樹。葉は革質で三葉ずつ輪生し、表は濃緑色、裏は緑色。夏、紅・黄白色などの花を開く。［同義］華鬘《けまん》。［漢名］夾竹桃。［花言］危険・注意（英）。

道に迷はず来た不思議な日の夾竹桃　河東碧梧桐・八年間

わかる、や夾竹桃の影ふみて　杉田久女・杉田久女句集補遺

夾竹桃戦車は青き油こぼす　中村草田男・万緑

きょうちくとう

きりのはな【桐の花】〔初夏〕
桐はゴマノハ科の落葉高樹。葉は大形で掌状。夏、淡紫色の五弁の筒状花を開く。花後、卵形の実を結ぶ。菊の葉と共に皇室の紋章。〔〈桐〉同義〕桐の木、一葉草《ひとはぐさ》。

熊野路にしる人もちぬ桐の花　去来・去来発句集
酒桶の背中ほす日や桐の花　蓼太・蓼太句集
藪医者の玄関荒れて桐の花　正岡子規・子規全集
素通りの温泉小村や桐の花　河東碧梧桐・新傾向

きり

きりんそう【麒麟草】きりんさう〔仲夏〕
ベンケイソウ科の多年草。夏、黄色の五弁の小花を開く。

きんぎょそう【金魚草】きんぎよさう〔仲夏〕
ゴマノハグサ科の多年草。南ヨーロッパ原産。アンテリナム、スナップドラゴン（＝噛みつき竜）に同じ。夏、筒形の白・紅・紫色の花を開く。〔花言〕厚かましい、推測は否。

きんぎょそう

きんぎょも【金魚藻】〔三夏〕
アリノトウグサ科の水性多年草。細茎に細長葉を糸状に多数輪生する。夏から秋に、淡褐色の小花を開く。花後、卵球形の実を結ぶ。〔和名由来〕金魚の飼育に使用する藻の意。〔同義〕孔雀藻《くじゃくも》、狐蘭《きつねらん》。〔漢名〕聚藻。

きんしばい【金糸梅】〔仲夏〕
オトギリソウ科の半落葉小低樹。葉には透明な油点がある。夏に五弁の大柄な黄花を開く。〔漢名〕金糸梅、雲南連翹。

金糸梅昼の屋台をあづけられ　中村汀女・花句集

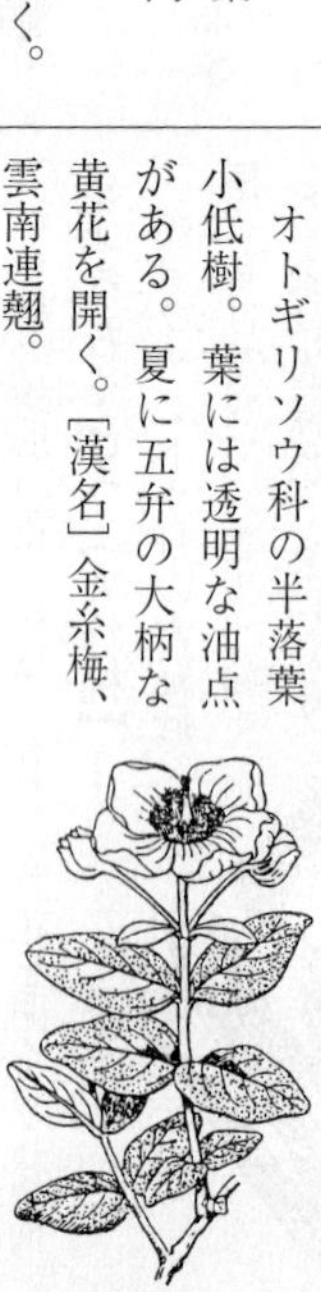
きんしばい

きんれんか【金蓮花】きんれんくわ〔三夏〕
凌霄葉蓮《のうぜんはれん》のこと。⇩凌霄葉蓮《のうぜんはれん》

くさいきれ【草いきれ】〔晩夏〕
夏の炎天下、弱った草々が蒸し返す湿気をいう。

草いきれ人死にゐると札の立つ　蕪村・蕪村句集

いづち吹く草のいきれぞ水の上　松瀬青々・妻木

くさいちご【草苺】〔初夏〕

バラ科の半常緑低樹。葉は互生で羽状。春、五弁の白花の花を開き、花後、夏に球形の果実（季語となる）を結び赤熟する。［同義］藪苺《やぶいちご》、蔓苺《つるいちご》。⇩苺《いちご》

あさあさと麦藁かけよ草いちご　芥川龍之介・発句

くさかり【草刈】〔三夏〕⇩［生活編］

くさきょうちくとう【草夾竹桃】くさけふちくたう〔晩夏〕

ハナシノブ科の多年草。フロックスに同じ。葉は披針形。夏より秋、紅紫色・白色の盆形の小花を開く。［和名由来］花が夾竹桃に似るところから。［同義］花魁草《おいらんそう》。⇩花魁草《おいらんそう》

くさきょうちくとう

くさしげる【草茂る・草繁る】〔三夏〕⇩茂《しげ》り

居士信女かくす小草の茂り哉　兀峯・桃の実

旧道や人も通らず草茂る　正岡子規・子規全集

草しげるそこは死人を焼くところ　種田山頭火・草木塔

くさねむ【草合歓】〔晩夏〕

マメ科の一年草。茎は円柱形で中空。羽状複葉。夏から秋に黄色蝶形の花を開く。花後、莢果を結ぶ。［和名由来］葉が合歓に似ているところから。［同義］田合歓《たねむ》。

くさぶえ【草笛】〔三夏〕⇩［生活編］

くじゃくそう【孔雀草】くじやくさう〔晩夏〕

①マリーゴールドの別称。キク科の一年草。メキシコ原産。対生の羽状葉で、縁は鋸歯状。夏、黄・橙色などの花を開く。［同義］藤菊《ふじぎく》。②波斯菊《はるしゃぎく》の別称。⇩波斯菊《はるしゃぎく》

蕋《しべ》の朱が花弁にしみて孔雀草《くじゃくそう》　高浜虚子・五百五十句

黒ずんだ染《し》みが美くし孔雀草《くじゃくそう》　高浜虚子・六百句

孔雀草かゞやく日照続くかな　水原秋桜子・葛飾

くずきり【葛切】〔三夏〕⇩［生活編］

くずみず【葛水】くずみづ〔三夏〕⇩［生活編］

くずもち【葛餅】〔三夏〕⇩［生活編］

くすおちば【樟落葉】〔初夏〕⇩常盤木落葉《ときわぎおちば》

くすわかば【樟若葉】〔初夏〕⇩若葉《わかば》

くずわかば【葛若葉】〔初夏〕⇩若葉《わかば》

葛の若葉吹切つ行嵐哉　暁台・暁台句集

くちなしのはな【梔子の花】〔仲夏〕

梔子はアカネ科の常緑低樹。ガーデニア（gardenia）に同じ。葉は対生で光沢のある長楕円形。夏、六弁の白花を開く。果実は熟すると紅黄色となる。果実、花はともに食用。

口なしの花さくかたや日にうとき　蕪村・新花摘

薄月夜花くちなしの匂ひけり　正岡子規・子規全集

くちなしの夕となればまた白く　山口青邨・雪国

口なしの花はや文の褪せるごと　中村草田男・長子

くちなし

くぬぎのはな【櫟の花・椚の花・橡の花】〔初夏〕

櫟はブナ科の落葉高樹。古名で「つるばみ」ともいう。樹皮は暗褐色。葉は長楕円形。初夏に黄褐色の花を穂状に開く。花後、果実「どんぐり」を結ぶ。〔〈櫟〉漢名〕櫟・橡。

くねんぼのはな【九年母の花・久年母の花】〔初夏〕

九年母はミカン科の常緑小高樹。葉は楕円形。初夏、枝先に芳香のある五弁の白花を開く。果実は晩秋に黄熟する。

ぐびじんそう【虞美人草】〔初夏〕

雛芥子の別称。⇩雛芥子《ひなげし》

筍《たけのこ》哉虞美人草の蕾《つぼみ》哉　正岡子規・子規句集

垣老て虞美人草のあらはなる　夏目漱石・漱石全集

くもみぐさ【雲見草】〔仲夏〕

栴壇の別称。⇩栴壇《せんだん》の花《はな》、楝《おうち》の花《はな》

雲見草鎌倉ばかり日が照るか　其角・五元集拾遺

グラジオラス【gladiolus】〔晩夏〕

アヤメ科の多年草。〔花言〕用意周到。⇩唐菖蒲《とうしょうぶ》

くりのはな【栗の花】〔仲夏〕

ブナ科の栗の花。六月頃、淡黄色の細花を開く。

世の人の見付けぬ花や軒の栗　芭蕉・おくのほそ道

遠目にはあはれとも見つ栗の花　高浜虚子・五百五十句

栗の花そよげば箱根天霧らし　杉田久女・杉田久女句集

栗咲いて林のはづれ撓《たわ》みたり　水原秋桜子・残鐘

くるまゆり【車百合】〔晩夏〕

ユリ科の多年草。夏、茎の頂部に赤黄色の花を下向きに開

く。根茎は食用となる。⇩百合《ゆり》

グレープフルーツ【grapefruit】〔初夏〕
ミカン科ザボン類の柑橘類。アメリカで栽培された品種。夏蜜柑に似て皮は黄色。果肉は多汁で、夏蜜柑より酸味が少ない。生食・ジュース用となる。

くれない【紅】〔仲夏〕⇩紅《べに》の花《はな》

くろほ【黒穂】〔初夏〕
麦の病穂。〔同義〕麦の黒穂。⇩麦《むぎ》の穂《ほ》

くろぼたん【黒牡丹】〔初夏〕
紫黒色の牡丹の花をいう。⇩牡丹《ぼたん》
幟《のぼり》立長者の夢や黒牡丹　其角・五元集拾遺

くろゆり【黒百合】〔晩夏〕
ユリ科の多年草・中部以北の高山に自生。葉は長楕円形。夏に六弁の暗紫色の鐘状花を開く。〔同義〕蝦夷百合《えぞゆり》。

くわのみ【桑の実】 くはのみ
〔仲夏〕
クワ科の落葉低樹・高樹の桑の実。花後、夏に、初め緑、次に紅、熟して紫黒色となる甘味のある実を結ぶ。生食のほか桑実酒の原料となる。〔同義〕桑苺《くわいちご》。
椹《クハノミ》や花なき蝶の世すて酒　芭蕉・虚栗
木曾川の瀬のきこえ来し桑の実よ　水原秋桜子・葛飾
髪結ひが路の桑の実食べながら　中村草田男・長子
桑の実や馬車の通ひ路ゆきしかば　芝不器男・不器男句集

くわ

けしのはな【芥子の花・罌粟の花】〔初夏〕
「花芥子《はなげし》・花罌粟《はなげし》」、「鴉片花《あへんか》」、「ポピー」ともいう。芥子はケシ科の一〜二年草。葉は長楕円形。初夏、四弁の白・紅・紅紫・紫色の花を開く。花後の果実の乳液から阿片《あへん》・モルヒネを製する。〔花言〕忘却・眠り（英）、無気力・怠惰（仏）。⇩芥子《けし》畑《ばたけ》、芥子《けし》坊主《ぼうず》、白芥子《しらげし》、花芥子《はなげし》
海士《あま》の顔先見らる、やけしの花　芭蕉・笈の小文
散る時の心やすさよ芥子の花　越人・猿蓑

けし

色深き心のたねやけしの花　りん女・紫藤井発句集
芥子の花がくりと散りぬ眼前《まのあたり》　村上鬼城・鬼城句集

けしばたけ【芥子畑・罌粟畑】〔初夏〕⇩芥子《けし》の花《はな》
村雨の露の名残や芥子畑　許六・きれぎれ
花と実の心壱本けしばたけ　土芳・蓑虫庵集
芥子畠花ちる跡の須弥いくつ　其角・五元集拾遺
短夜を明しに出るやけし畠　舎羅・西華集

けしぼうず【芥子坊主・罌粟坊主】けしばうず〔初夏〕
芥子の果実をいう。⇩芥子《けし》の花《はな》
鐘撞の俗を笑ふや芥子坊主　乙由・麦林集
花の底覗けばにくし芥子坊主　梅室・梅室家集

げっかびじん【月下美人】〔晩夏〕
サボテン科クジャクサボテン類の一品種。茎はへら状。夏の夜、大輪の香気のある白色花を開き、四時間ほどでしぼむ。［同義］女王花《じょおうか》。

げばな【夏花】〔晩夏〕⇩［生活編］

げんのしょうこ【現証拠・験証拠】〔初夏〕
フウロソウ科の多年草。茎は地を這うように生育する。葉は三〜五片に分かれた掌状。夏、五弁の白・紅紫色の花を開く。［和名由来］薬草として服用すると効き目が現れるという意から。［同義］蔓梅草《つるうめそう》、法華草《ほっけそう》、医者不知《いしゃいらず》。［漢名］牛扁。

こうじのはな【柑子の花】かうじのはな〔仲夏〕
柑橘類の一種の柑子の花。夏に五弁の白色小花を開く。
むろならで花のつきたる柑子哉　如云・鷹筑波集
夏の日にむされてさくや柑子花　貞徳・犬子集
漢方や柑子花さく門構　夏目漱石・漱石全集

こうしょっき【紅蜀葵】こうしよくき〔晩夏〕
アオイ科の多年草。北アメリカ原産。葉は掌状。夏から秋に大きな緋色の花を開く。［同義］紅葉葵《もみじあおい》、黄葵《とろろあおい》。
草にねて山羊紙喰めり紅蜀葵　飯田蛇笏・雲母
紅蜀葵肱まだとがり乙女達　中村草田男・火の鳥

こうほね【川骨・河骨】かうほね〔仲夏〕
スイレン科の水生多年草。池・沼・川の浅瀬に自生。根茎は太く、葉は長楕円形で、水面上に生育する。夏、花柄をだし黄色の大形の花を一つ

こうほね

開く。［和名由来］白い根茎を白骨に見立てたもの。［漢名］萍蓬草。

水渺々河骨茎をかくしけり　召波・春泥発句集
川骨や砕けぬ花にさゞら波　巣兆・曾波可理
河骨《こうほね》の花に添ひ浮くいもりかな　高浜虚子・六百五十句
橋の下闇し河骨の花ともる　山口青邨・雪国

こうめ【小梅】〔仲夏〕
バラ科の落葉高樹。信濃梅《しなのうめ》、甲州梅《こうしゅううめ》ともいう。葉・花ともに梅に似て、早春に白花を下向きに多数開く。夏に、丸い小金柑に似た実を結ぶ。俳句ではこの実をもって夏の季語とする。［漢名］消梅。⇩梅《うめ》の実《み》

交りは紫蘇のそめたる小梅哉　秋色・句兄弟

こけしげる【苔繁る】〔仲夏〕
苔が梅雨の頃に繁殖し、夏に青々と繁茂する様子をいう。「苔むす」ともいう。⇩苔《こけ》の花《はな》

一山の祖こそしげれる苔の下　宗因・梅翁宗因発句集
夏の日や薄苔つける木木の枝　芥川龍之介・発句

こけのはな【苔の花】〔仲夏〕
夏、苔がつける微小な隠花をいう。苔類にはゼニゴケ、ウキゴケ、蘚類にはミズゴケ、スギゴケ、ヒカリゴケなどがある。和歌では「苔むす」で長久を、「苔の下」で墓の下・死後を、「苔の衣」で世捨て・出家を表現した。［同義］花苔。［花言］憂欝、孤独、母の愛情。⇩苔繁《こけしげ》る

岩ばしる法《のり》の雫や苔の花　露川・二人行脚
老僧が塵拾ひけり苔の花　一茶・一茶句集
苔の花被て佳石あり原始林　水原秋桜子・晩華
流れ入り流れ去る水苔の花　山口青邨・雪国

こしたやみ【木下闇】〔三夏〕
夏の鬱蒼と繁茂した木々の下の、昼でも暗い状態をいう。［同義］下闇《したやみ》、木下闇《こしたやみ》、青葉闇《あおばやみ》、木《こ》の晩《くれ》、木《こ》の暗茂《くれしげ》、木暮《こぐれ》、木暮《こぐ》る、木暗《こぐら》し。⇩下闇《したやみ》、夏木立《なつこだち》、緑陰《りょくいん》

須磨寺やふかぬ笛きく木下やみ　芭蕉・笈の小文
送られて別れてひとり木下闇　正岡子規・寒山落木
石路の葉の燈籠を埋む木下闇　河東碧梧桐・新傾向
滝の音四方にこたへて木下闇　高田蝶衣・続春夏秋冬

ごしゅゆのはな【呉茱萸の花】〔仲夏〕
呉茱萸はミカン科の落葉小高樹。茎・葉・柄に黄褐色の軟毛を密生する。羽状複葉。夏、枝先に緑白色の小花を多数、

円錐状につける。花後、果実を結び、秋に紅色に熟す。〔〈呉茱萸〉同義〕茱萸《しゅゆ》、川薑《かわはじかみ》、唐薑《からはじかみ》。〔漢名〕呉茱萸。

ことしだけ【今年竹】〔仲夏〕

竹の子が生育して若竹となったもの。⇩若竹《わかたけ》、竹《たけ》の子《こ》

其中に覚は古りし今年竹　也有・蘿葉集
風毎に葉を吹き出すや今年竹　千代女・千代尼発句集
故園荒る松を貫く今年竹《ことしだけ》　高浜虚子・六百五十句
今年竹かなしきばかりあをあをと　日野草城・旦暮

こばんそう【小判草】こばんさう〔仲夏〕

イネ科の一年草。観賞用に栽培。葉は線形。夏、小判形の黄緑色の花穂を垂れ、熟して褐色となる。〔同義〕俵麦《たわらむぎ》。

ごぼうのはな【牛蒡の花】ごばうのはな〔初夏〕

牛蒡はキク科の二年草。長根は食用となる。葉は大形の心臓形。夏、紫色の頭上花を開く。花後、暗灰色の種子を結ぶ。〔花言〕私に触れないで欲しい。⇩新牛蒡《しんごぼう》、筏牛蒡《いかだごぼう》、若牛蒡《わかごぼう》

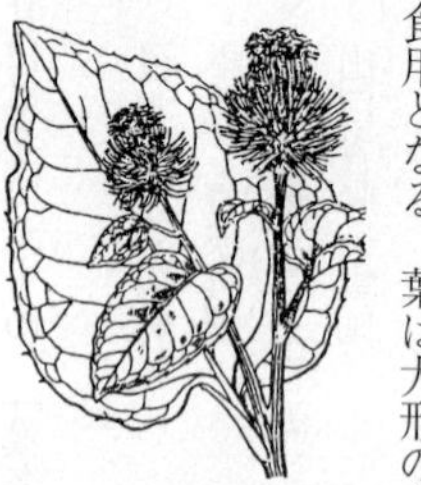

ごぼう

こまくさ【駒草】〔晩夏〕

ケシ科の多年草。高山植物。夏、紅紫色の花を数個下向きに開く。多数の黒色の種子を結ぶ。葉は霊薬「御駒草《おこまぐさ》」として珍重された。〔和名由来〕花弁を馬の顔に見立てたもの。

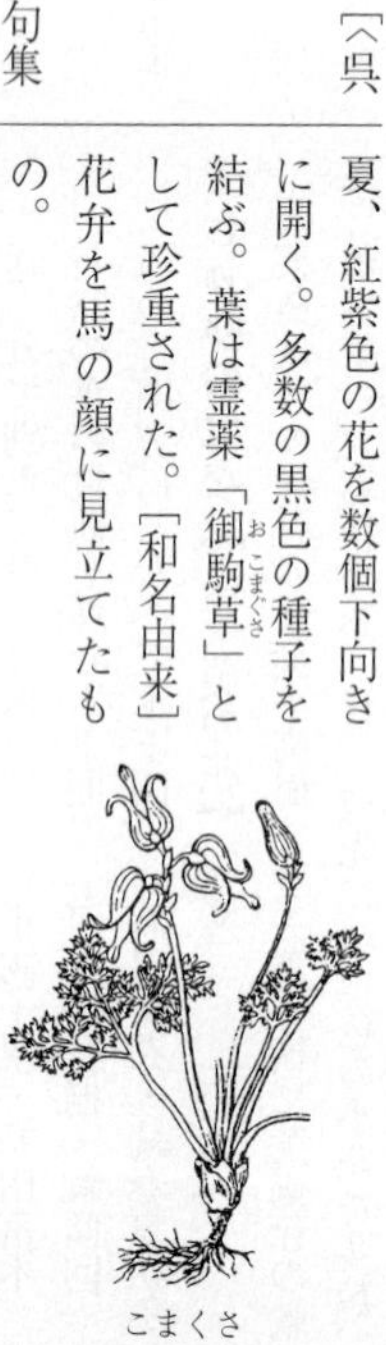

こまくさ

駒草に石なだれ山匂ひ立つ　河東碧梧桐・八年間

こまちぐさ【小町草】〔仲夏〕

「こまちそう」ともいう。⇩虫捕撫子《むしとりなでしこ》

こまつなぎ【駒繋ぎ】〔晩夏〕

マメ科の低樹。葉は羽状複葉、夏、紅紫色の萩に似た小花を総状に開く。花後、円柱形の莢を結ぶ。〔和名由来〕馬を繋ぎ止められるくらいに根・茎が強靱であることから。

ごまのはな【胡麻の花】〔晩夏〕

ゴマ科の一年草の胡麻《ごま》の花。夏、紫色を帯びた白色の花を開く。⇩胡麻蒔く

花も葉も暑き匂ひや胡麻の花　如雷・俳句大観
浦波に足ぬらし来つ胡麻の花　露月・露月句集
嵐して起きも直らず胡麻の花　村上鬼城・鬼城句集

ごままく【胡麻蒔く】〔仲夏〕⇩〔生活編〕

こむぎ【小麦】〔初夏〕

イネ科の越年草。葉は線状で披針形。五月頃に穎花《えいか》を穂状に開く。花後、穎果を結ぶ。春蒔き小麦と秋蒔き小麦に大別される。世界最大の収穫量をもつ穀物。［漢名］小麦。［花言］〈穂〉豊かな実り、豊かな生産。〈茎〉繁栄、富。⇩大麦《おおむぎ》、麦《むぎ》

こも【菰・薦】〔三夏〕⇩真菰《まこも》

こんぶ【昆布】〔晩夏〕

コンブ科の褐藻類の総称。寒海の岩礁に着生する。食用。全体に革質で淡褐色。食用となるものには、マコンブ、リシリコンブ、トロロコンブなどがある。［和名由来］アイヌ語のkompuから。［同義］広布《ひろめ》、比呂米《ひろめ》、夷布《えびすめ》、衣比須米《えびすめ》。

青昆布の畑見る塩の干潟哉　尚白・孤松

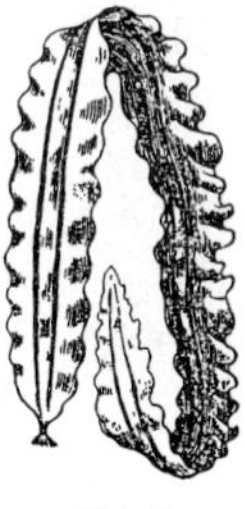

こんぶ

「さ行」

さいはいらん【采配蘭】〔初夏〕

ラン科の常緑多年草。葉は縦脈がある。初夏、花軸を伸ばし淡紫褐色の花を開く。地下の卵円形の球茎は食用となる。［和名由来］下垂した花を、軍陣で指揮に使った采配に見立てたもの。

さかきのはな【榊の花】〔仲夏〕

榊はツバキ科の常緑小高樹。葉は革質で長楕円形。六～七月頃、淡緑色の五弁の細花を下向きに開く。花後、紫黒色で球形の液果を結ぶ。「榊」の字は神事に用いる神木であることからきた国字。［〈榊〉同義］花榊《はなさかき》、真賢木《まさかき》。

さかき

さぎそう【鷺草】 さぎさう〔晩夏・初秋〕
ラン科の多年草。「さぎぐさ」ともいう。晩夏から初秋、白花を一〜三個開く。歳時記により夏・秋の双方の季語として収録されている。［和名由来］花の形が鷺の飛ぶ姿に似ているところから。［同義］連鷺草《つれさぎそう》。
鷺草《さぎくさ》や風にゆらめく片足たち　嘯山・葎亭句集
鷺草の花消《け》なむ風の夜の卓　高田蝶衣・青垣山

さくらあさ【桜麻】〔晩夏〕
桜色の麻、花の咲く雄麻《おあさ》の別称などに比定。⇩麻《あさ》
風流の泉たゝえて桜麻　木因・三物拾遺

さくらのみ【桜の実】〔仲夏〕
山桜、染井桜、彼岸桜などバラ科の落葉高樹の桜の実。夏に豆大の青を結び、熟して赤・紫黒色となる。「さくらんぼう」として食用となる。⇩実桜《みざくら》、さくらんぼう、桜桃《おうとう》
来て見れば夕《ゆふべ》の桜実となりぬ　蕪村・蕪村句集
道端の義家桜実となりぬ　村上鬼城・鬼城句集
紫を玉にぬく実の糸桜　正岡子規・子規全集

さくらんぼう【桜坊・桜桃】 さくらんばう〔仲夏〕
「さくらんぼ」ともいう。⇩桜《さくら》の実《み》、桜桃《おうとう》、実桜《みざくら》
茎《くき》右往左往菓子器のさくらんぼ　高浜虚子・六百五十句

ざくろのはな【石榴の花・柘榴の花】〔仲夏〕
石榴はザクロ科の落葉小高樹。六月頃、六弁の紅色の筒状花を開く。花後、球果を結ぶ。［同義］花石榴《はなざくろ》。⇩花石榴《はなざくろ》
むだ花の咲ほこりする石榴哉　風弁・俳句大観
柘榴古りて一斗の花を落しけり　尾崎紅葉・尾崎紅葉集
格子戸に鈴音《すずおと》ひゞき花柘榴《はなざくろ》　飯田蛇笏・霊芝
花柘榴なれば落つとも花一顆　中村草田男・火の島

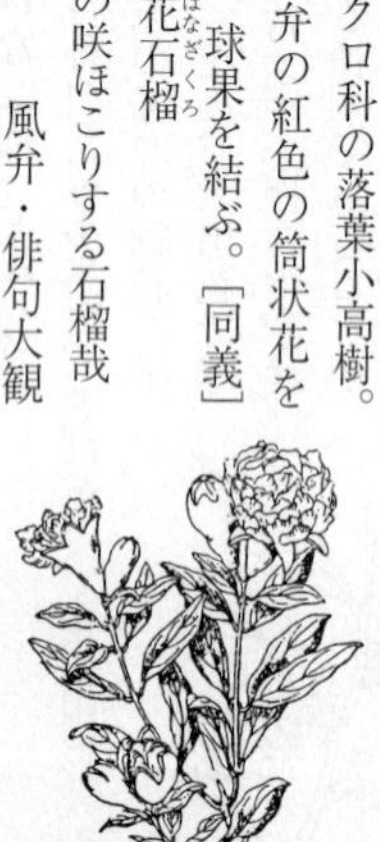
ざくろ

ささちまき【笹粽】〔仲夏〕⇩［生活編］

ささゆり【笹百合】〔晩夏〕
ユリ科の多年草。地下の鱗茎は卵形。葉は披針形。夏、大形の淡紅色の花を開く。［和名由来］葉の形が笹に似ているところから。［同義］五月百合《さつきゆり》。⇩百合《ゆり》
ほそくきの花に耐へつつ笹百合は　日野草城・旦暮

さつき【杜鵑花】〔仲夏〕⇩五月躑躅《さつきつつじ》

さつき咲く庭や岩根の黴ながら　太祇・太祇句選
巨巌裂け裂目より杜鵑花咲きいでたり　種田山頭火・層雲

さつきつつじ【五月躑躅】〔仲夏〕
ツツジ科の常緑低樹。葉は狭長で小さく互生。枝端に五裂の紅紫色の花を開く。［和名由来］旧暦五月頃を開花期とするところから。
花ばかり日の照る五月つ、じ哉　春波・類題発句集

さつきつつじ

さといものはな【里芋の花】〔仲夏〕
サトイモ科の多年草の里芋の花。まれに、夏、淡黄白色の仏焔苞に覆われた肉穂花序をつける。⇩芋《いも》の花《はな》

さなえ【早苗】さなへ〔仲夏〕
稲の苗。田植のため、苗代より本田に移植する頃の苗をいう。［同義］若苗《わかなえ》、玉苗《たまなえ》。⇩余《あま》り苗《なえ》、田植《たうえ》
雨折々思ふ事なき早苗哉　芭蕉・木曾の谷
早苗見て命の長き心せり　木因・孤松
白鷺の羽ずりに動く早苗哉　浪化・浪化上人発句集
里の子が犬に付たるさ苗哉　一茶・七番日記

さなえづき【早苗月】さなへづき〔仲夏〕⇩［自然・時候編］

さなえとり【早苗取り】さなへとり〔仲夏〕⇩［生活編］

さなえぶね【早苗舟】さなへぶね〔仲夏〕⇩［生活編］

さびたのはな【さびたの花】〔晩夏〕
糊空木《のりうつぎ》の花をいう。⇩糊空木《のりうつぎ》
花さびた十勝の国に煙たつ　加藤楸邨・野哭

サボテンのはな【仙人掌の花】〔晩夏〕
サボテン科の常緑多年草の花。多品種あるが、通常、外見は緑色。茎は多肉性で表面に多数の棘をもつ。［同義］覇《は》王樹《おうじゅ》、覇王樹《サボテン》、仙人掌草《わたかずら》。［花言］暑さ・熱さ・偉大〔英〕。
仙人掌の奇峰を愛す座右かな　村上鬼城・鬼城句集
シャボテンの幹の荒肌の執着の花　河東碧梧桐・八年間
花覇王樹《サボテン》無銘の碑為し海へ立つ　中村草田男・火の島

ザボンのはな【朱欒の花・香欒の花】〔仲夏〕
ミカン科低樹の朱欒の花。夏に五弁の白色花を開く。
朱欒咲く五月となれば日の光り　杉田久女・杉田久女句集
朱欒咲くわが誕生月《あれ》の空真珠《またま》　杉田久女・杉田久女句集補遺

さまつだけ【早松茸】〔仲夏〕
シメジ科の茸。松茸に似る。松茸に先だって成育し、松茸の盛りを過ぎた頃ふたたび発生する。食用。［同義］早松《さまつ》。
子規たしかに峰の早松茸　丈草・丈草発句集

さもも【早桃】〔晩夏〕
早生種の水蜜桃。六～七月頃に出回る。

さゆり【小百合・早百合】〔晩夏〕
さゆりの「さ」は接頭語。⇩百合《ゆり》
かりそめに早百合生ケたり谷の房　蕪村・蕪村句集

さらのはな【娑羅の花・沙羅の花】〔仲夏〕
夏椿の花をいう。沙羅樹《さらじゅ》ともいい、六月頃、葉腋に大形の白色花を一つずつ開く。
鳴りひびく鐘も供養や沙羅の花　杉田久女・杉田久女句集補遺

さるすべり【百日紅・猿滑】〔晩夏〕
ミソハギ科の落葉高樹。幹は平滑で赤褐色。ところどころに瘤がある。葉は楕円形。夏に鮮紅・白色の六弁の小花を開く。庭木として用いられる。［和名由来］樹皮がなめらかで、木登りの上手な猿も滑るほどであることから。［同義］猿滑《さるなめり》、百日紅《ひゃくじつこう》、笑木《わらいのき》、擽木《くすぐりのき》。［漢名］百日紅。
散れば咲き散れば咲きして百日紅　千代女・類題発句集
百日紅乙女の一身またたく間に　中村草田男・長子
百日紅片手頬にあて妻睡る　加藤楸邨・穂高
百日紅ちりて咲くや死にもせず　石田波郷・惜命

サルビア【salvia】〔仲夏〕
シソ科の一年草。ブラジル原産。葉は卵形。夏、黒紫色紅などの唇形花を穂状に開く。観賞用に栽培される。

さんしょうのはな【山椒の花】さんせうのはな〔初夏〕
山椒はミカン科の落葉低樹。高さ約三メートル。初夏に、黄色の小花を開く。［同義］花山椒《はなざんしょう》、蜀椒《はじかみ》の花《はな》。

しいおちば【椎落葉】〔初夏〕⇩常盤木落葉《ときわぎおちば》

しいのはな【椎の花】しひのはな〔仲夏〕
椎はブナ科シイノキ属の常緑高樹の総称。雌雄同株。葉は光沢があり、革質で楕円形。雄花は六

しい

月頃に黄色の穂状花を開き、甘い香りがある。秋に団栗《どんぐり》に似た堅果を結び食用となる。〔〈椎〉同義〕椎樫《しいがし》、玉木《たまのき》。〔〈椎〉漢名〕椎、椎子、柯。

旅人のこゝろにも似よ椎の花　芭蕉・続猿蓑
椎の花人もすさめぬにほひ哉　蕪村・蕪村句集
椎《しい》の花匂《にお》ひこぼるゝとはこの事　高浜虚子・七百五十句

しいわかば【椎若葉】〔初夏〕⇩若葉《わかば》

しおがまぎく【塩竈菊】しほがまぎく〔晩夏〕
ゴマノハグサ科の半寄生多年草。葉は広披針形。夏、紅紫色の唇形花を開く。花後、さく果を結ぶ。〔同義〕塩竈草《しおがまそう》。

ジギタリス【digitalis】〔仲夏〕
ゴマノハグサ科の多年草。ヨーロッパ原産。葉は楕円形。全体に短毛がある。夏、淡紫紅色の鐘状花を開く。〔同義〕狐手袋《きつねのてぶくろ》。〔花言〕大言壮語、不誠実。

しげみ【茂み・繁み】〔三夏〕⇩茂《しげ》り
夕はえや茂みにもるゝ川の音　丈草・古人五百題

しげり【茂り・繁り】〔三夏〕
樹木の枝葉が鬱蒼と生い茂ったさま。俳句では夏の季語となる。〔同義〕茂《しげ》み、繁《しげ》み、茂《しげ》る、繁《しげ》る、茂《しげ》し、繁《しげ》し、茂《しげ》けし・繁《しげ》けし。⇩茂《しげ》み、茂《しげ》る、山茂《やましげ》り、川茂《かわしげ》り、草茂《くさしげ》る

雲を根に富士は杉なりの茂《しげり》かな　芭蕉・続連珠
嵐山藪の茂りや風の筋《すぢ》　芭蕉・嵯峨日記
たうたふと滝の落ちこむ茂り哉　士朗・枇杷園発句集
伊香保根や茂りを下る温泉の烟り　一茶・句帖
古池の小隅あかるき茂かな　角田竹冷・俳諧新潮
石段の一筋長き茂りかな　夏目漱石・漱石全集
住む人の一容相の茂りかな　高浜虚子・句日記

しげる【茂る・繁る】〔三夏〕⇩茂《しげ》り
神々と春日茂りてつゝら山　鬼貫・鬼貫句選
神の祚雪の麓に茂りけり　闌更・半化坊発句集

しそ【紫蘇】〔晩夏〕
シソ科の一年草。葉は広卵形で香りがある。夏から秋に淡紅紫色や白色の小唇形花を総状につける。花後、球状の香気ある小さな実をつける。葉と実は食用、香味

しそ

料となる。青紫蘇、赤紫蘇、縮緬紫蘇などの種類がある。［漢名］紫蘇、蘇。

夕影や色落すしその露おもみ　杉風・常盤屋之句合

したやみ【下闇】〔三夏〕⇩木下闇《こしたやみ》

下闇や鳩根情のふくれ声　其角・五元集
下闇《したやみ》や船を誘《さそ》ば鈴の綱《つな》　百里・銭龍賦
下闇や椎の名かさね草もなき　白雄・白雄句集
下闇や池しんとして魚泛きたり　正岡子規・子規全集

しのぶ【忍】〔三夏〕

シダ類シノブ科の落葉多年草。岩や樹木に着生する。根茎は地を這い鱗毛を密生する。羽状複葉。根茎を細工して作る「忍玉《しのぶだま》」「吊《つ》り忍《しのぶ》」は、夏の涼感を演出するものとして軒に吊す。［和名由来］忍草の略。土がなくても耐え忍んで生育するところから。［同義］忍草《しのぶぐさ》、事無草《ことなしぐさ》。

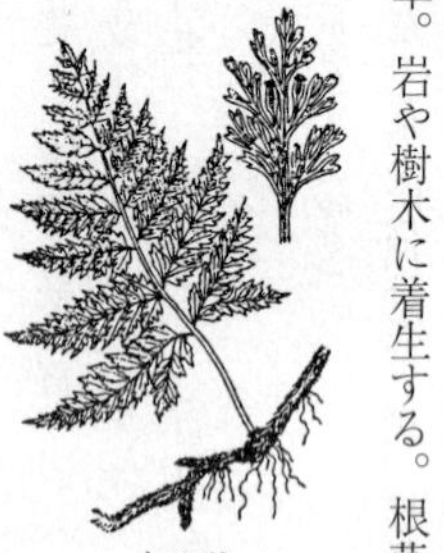
しのぶ

しのぶさへ枯て餅かふやどり哉　芭蕉・甲子吟行
大岩にはえて一本忍かな　村上鬼城・ホトトギス
自《おのずか》ら其頃《そのころ》となる釣荵《つりしのぶ》　高浜虚子・五百句
夕闇《ゆうやみ》の迷ひ来にけり吊荵《つりしのぶ》　高浜虚子・六百句

しもつけ【下野】〔仲夏〕

バラ科の落葉低樹。葉は長卵形。夏、五弁の淡紅色の小花を密生して開く。若芽は浸し物・和え物などにして食用となる。［和名由来］下野の国（現在の栃木県）で最初に発見されたため。［同義］鹿《か》の子花《こばな》、日光下野《にっこうしもつけ》。［漢名］繍線菊。

しもつけを地に並べけり植木売　松瀬青々・妻木

じゃがいものはな【じゃが芋の花】〔仲夏〕

ナス科のじゃが芋の花。夏に白・淡紫色などの五裂した合弁花を開く。［同義］馬鈴薯《ばれいしょ》の花《はな》。⇩芋《いも》の花《はな》、馬鈴薯《ばれいしょ》の花

じゃが芋の花に屯田の詩を謡ふ　村上鬼城・鬼城句集
じゃが芋咲いて浅間ケ嶽の曇かな　村上鬼城・鬼城句集

しゃがのはな【射干の花・胡蝶花の花】〔仲夏〕

射干はアヤメ科の常緑多年草。剣状で平行脈のある葉を叢生する。夏に、中心が黄色

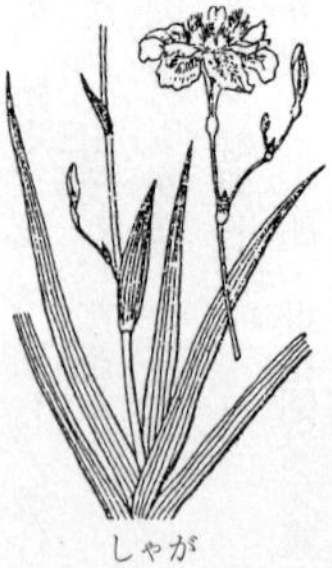
しゃが

の、白紫色を帯びた花を開く。〔〈射干〉和名由来〕同じアヤメ科のヒオウギの漢名「射干」をあてたもの。〔〈射干〉同義〕著莪《しゃが》、莎莪《しゃが》、射干花《しゃがばな》。

濁らずばなれも仏ぞしゃがの花　来山・続いま宮草
梅若の塚や汝が著莪の花　河東碧梧桐・新傾向
筆とりて肩いたみなし著莪の花　杉田久女・杉田久女句集
崖の著莪今も白く咲き湯島かな　山口青邨・雪国
峡深く雷とどろけり著莪の花　加藤楸邨・穂高

しゃくなげ【石南・石南花・石楠花】〔初夏〕
ツツジ科の常緑樹。葉は長楕円形で光沢があり革質。晩春から初夏、白色・淡紅色の花を開く。「さくなげ」ともいう。〔和名由来〕漢名「石南花」より。中国の「石南花」はバラ科で別品種。〔同義〕、卯月花《うづきばな》。〔花言〕荘重、威厳。

石楠花の紅ほのかなる微雨の中　飯田蛇笏・山廬集
石楠花によき墨とゞき機嫌よし　杉田久女・杉田久女句集

しゃくなげ

しゃくやく【芍薬】〔初夏〕
キンポウゲ科の多年草。葉は複葉で光沢があり、互生。初夏、牡丹に似た大花を開く。色は紅・白・淡紅色のものなどがある。〔同義〕夷草《えびすぐさ》、恵比須草《えびすぐさ》、芍薬《えびすぐすり》、顔佳草《かおよぐさ》、貌佳草《かおよぐさ》。〔漢名〕芍薬。〔花言〕はにかみ、内気。⇩花《はな》の宰相《さいしょう》

芍薬やけふ花ひとつころもがえ　野紅・続別座敷
芍薬や須磨の仮家の古簾　河東碧梧桐・新傾向（夏）
芍薬や遠雲ひらく諏訪平　水原秋桜子・晩華
寛順芳明信女七回忌
芍薬の白の一華《いちげ》をたてまつる　日野草城・旦暮

しゃくやく

じゃのひげのはな【蛇鬚の花】〔初夏〕
ユリ科の多年草。葉は細長く叢生する。夏、淡紫の六弁の花を下向きに穂状に開く。花後、碧色の実を結ぶ。〔和名由来〕叢生する細長い葉の形を龍の鬚に見立てたものと。〔同義〕龍鬚《りゅうのひげ》、龍鬚《たつのひげ》、麦門冬《ばくもんとう》。〔漢名〕書帯草。⇩麦門冬《ばくもんとう》

行わたる掃除や藪に麦門冬　清民・俳句大観

じゅうやく【十薬】じふやく〔仲夏〕
蕺草《どくだみ》の別称。⇩蕺草《どくだみ》

十薬や蕗や茗荷や庵の庭　正岡子規・子規全集

しゅろのはな【棕櫚の花・棕梠の花】〔初夏〕
棕櫚はヤシ科の常緑高樹。雌雄異株。幹は円柱状で黒褐色の繊維毛で包まれる。幹の頂上に叢生する葉は大形で掌状に深裂する。五月頃、黄色の小花を多数開く。花後、小球状の核果を結ぶ。〔〈棕櫚〉和名由来〕漢名「棕櫚」より。

村中にひよつと寺あり棕櫚の花　也有・蘿葉集
梢より放つ光やしゅろの花　蕪村・新花摘
異人住む赤い煉瓦や棕櫚の花　夏目漱石・漱石全集
棕櫚の花こぼれて掃くも五六日　高浜虚子・五百句

しゅんかん【笋羹・筍干・笋干】〔三夏〕⇩〔生活編〕

じゅんさい【蓴菜】〔三夏〕
スイレン科の水性多年草。池沼に自生。茎は水中にある。葉は鉾楯形。夏に採る新葉には寒天状の粘液があり、葉柄と共に食用となる。夏、暗紫色の花を開く。〔和名由来〕漢名「蓴」の音読みに「菜」の字をつけて読んだもの。〔同義〕蓴、沼縄《ぬなわ》。〔漢名〕蓴。⇩蓴《ぬなわ》、蓴《ぬなわ》の花《はな》

じゅんさい

蓴菜や一鎌いる、浪のひま　惟然・惟然坊句集
蓴菜や水をはなれて水の味　正秀・惟然坊句集
引程に江の底しれぬ蓴かな　尚白・類題発句集

しょうぶ【菖蒲・昌蒲】しやうぶ〔仲夏〕
サトイモ科の多年草。古くは「あやめ」とよばれたが、アヤメ科のアヤメ、ハナショウブとは別種の異科植物。葉は剣状で七〇センチほどになり平行脈がある。夏、花軸をのばし穂状の淡黄色の小花を開く。端午の節句に風呂に浮かべて菖蒲湯とする。「薬玉《くすだま》」として魔除とされた。〔和名由来〕石菖の漢名「菖蒲」より。〔同義〕軒菖蒲《のきしょうぶ》、葺草《ふきぐさ》。〔漢名〕白菖。〔花言〕断念、忍従。⇩菖蒲《あやめ》、菖蒲印地《あやめいんじ》、菖蒲《あやめ》の占《うら》、菖蒲《あやめ》の日《ひ》、菖蒲《あやめ》の枕《まくら》、菖蒲《あやめ》葺《ふ》く、軒《のき》の菖蒲《あやめ》、菖蒲打《しょうぶうち》、菖蒲酒《しょうぶざけ》、菖蒲太刀《しょうぶだち》、菖蒲湯《しょうぶゆ》、花《はな》菖蒲《あやめ》、花菖蒲《はなしょうぶ》

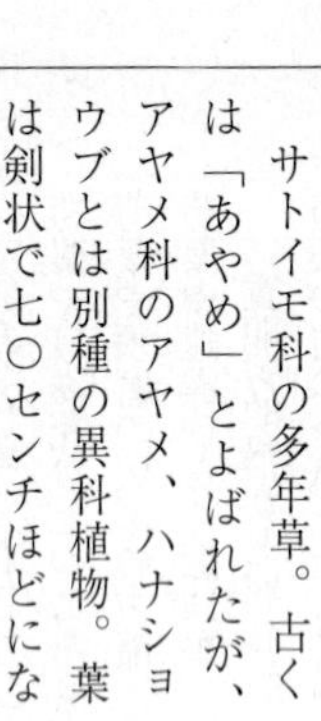
しょうぶ

はち巻《まき》の菖蒲花《しやうぶはな》咲《さ》く簪《かざし》かな　泉鏡花・鏡花全集

しょうぶうち【菖蒲打】しやうぶうち〔仲夏〕⇩〔生活編〕

しょうぶざけ【菖蒲酒】しやうぶざけ〔仲夏〕⇩〔生活編〕

しょうぶだち【菖蒲太刀】しやうぶだち〔仲夏〕⇩〔生活編〕

しょうぶゆ【菖蒲湯】しやうぶゆ〔仲夏〕⇩〔生活編〕

じょちゅうぎく【除虫菊】ぢよちうぎく〔仲夏〕

キク科の多年草。茎と葉裏に白毛がある。葉は羽状に深裂。夏に白・赤色の頭花を開く。花を乾燥させ粉末にしたものは蚊取線香、農用殺虫剤の原料となる。〔同義〕蚤取菊《のみとりぎく》。

しらげし【白芥子・白罌粟】〔初夏〕⇩芥子《けし》の花《はな》

白げしにはねもぐ蝶の形見哉　芭蕉・甲子吟行

白芥子や時雨の花の咲つらん　芭蕉・鵲尾冠

白罌粟や片山里の濠の中　太祇・太祇句選

しらねあおい【白根葵】しらねあふひ〔晩夏〕

シラネアオイ科の多年草。日本固有種。葉は三枚の葉を互生する。夏、茎の先端に四弁の紫色の花を開く。〔和名由来〕日光の白根山に多く自生し、花が立葵に似ているところから。

しらん【紫蘭】〔初夏〕

ラン科の多年草。鱗茎は球状で白色。葉は広皮針形。五月頃、花茎をだし、紅紫・白花を開く。〔漢名〕白及。

紛はしき葉もまゝ見ゆる紫蘭哉　築雅・俳句大観

紫蘭《しらん》咲き満つ毎年の今日のこと　高浜虚子・六百五十句

しらん

しろうり【白瓜】〔晩夏〕

ウリ科の蔓性一年草。胡瓜《きゅうり》に似る。葉は広葉。夏、黄花を開き、花後、長楕円形で白緑色の果実を結ぶ。食用となる。〔同義〕浅瓜《あさうり》、本瓜《ほんうり》、菜瓜《なうり》、揉瓜《もみうり》。〔漢名〕越瓜。⇩瓜の花《はな》、瓜《うり》

しろうり

白うりの出そめてうれし市の中　支考・浮世の北

しろはす【白蓮】〔晩夏〕⇩白蓮《びゃくれん》、蓮《はす》の花《はな》

しろぼたん【白牡丹】〔初夏〕⇩牡丹《ぼたん》

天秤の音にひらくや白牡丹　露川・西国曲

白牡丹只一輪の盛りかな　蘭更・半化坊発句集
篝火の燃えやうつらん白牡丹　正岡子規・子規全集
白牡丹といふといへども紅《かう》ほのか　高浜虚子・五百句

しんいも【新藷】 しんいも〔晩夏〕
本格的な収穫の前の小さな薩摩芋。また早生の薩摩芋。
生涯の一事新藷出来のよき　高浜虚子・句日記

しんかんぴょう【新干瓢】 しんかんぺう〔晩夏〕⇩〔生活編〕

しんごぼう【新牛蒡】 しんごばう〔晩夏〕
夏に早めに収穫する牛蒡。筏形に束ねて市場に出荷されるため「筏牛蒡《いかだごぼう》」ともいう。⇩筏牛蒡《いかだごぼう》、若牛蒡《わかごぼう》
掘つて来し大俎板の新牛蒡　杉田久女・杉田久女句集

しんじゃが【新じゃが】〔晩夏〕
晩夏頃から出はじめる小粒の馬鈴薯をいう。新馬鈴薯。
新馬鈴薯《しんじやが》や農夫掌《てのひら》よく乾き　中村草田男・来し方行方

しんじゅ【新樹】〔初夏〕
初夏の清新な若葉をもつ樹々をいう。〔同義〕新緑。⇩若《わか》葉《ば》、青葉《あおば》、緑陰《りょくいん》、新緑《しんりょく》
白雲を吹つくしたる新樹哉　才磨・真木柱
楡新樹諸君は学徒我は老い　高浜虚子・六百五十句
夜の雲に噴煙うつる新樹かな　水原秋桜子・葛飾
星屑や鬱然として夜の新樹　日野草城・花氷
新樹雨降る夜間中学生が持つ望　加藤楸邨・穂高

しんちゃ【新茶】〔初夏〕⇩〔生活編〕

しんむぎ【新麦】〔初夏〕⇩〔生活編〕

しんりょく【新緑】〔初夏〕
初夏の若葉の清新な緑。⇩新樹《しんじゅ》、万緑《ばんりょく》
満目の緑に坐る主かな　高浜虚子・六百句
新緑やたましひぬれて魚あさる　渡辺水巴・水巴句集
新緑の山となり山の道となり　尾崎放哉・小浜にて
新緑や日光あぶら濃くなりて　日野草城・銀

すいかずらのはな【忍冬の花】 すひかづらのはな〔初夏〕
忍冬はスイカズラ科の蔓性半常緑樹。蔓で他物に絡みつく。葉は長楕円形。初夏、初めは白・淡紅色で、のち淡黄色にかわる唇形花を開く。葉は「忍冬茶《にんどうちゃ》」として飲用になる。〔〈忍冬〉漢名〕金銀花。

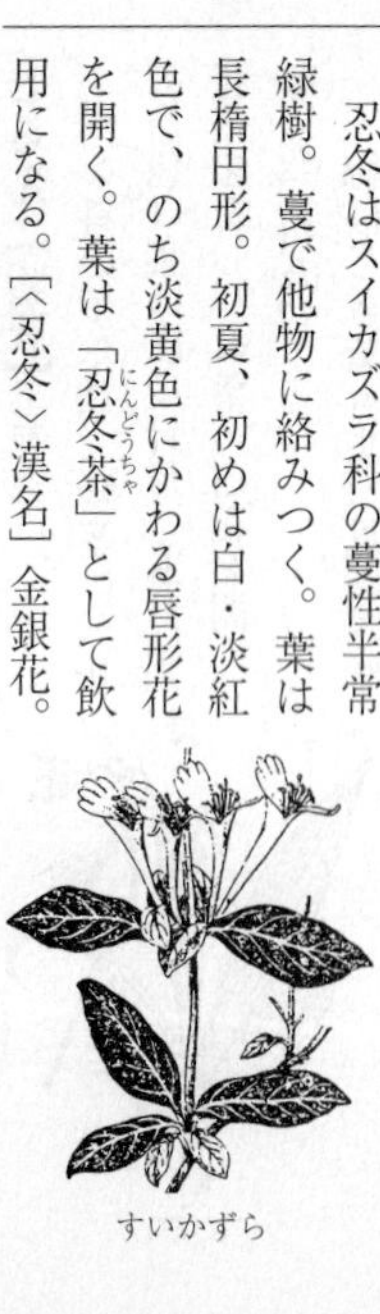
すいかずら

［花言］恋の絆。⇩忍冬《にんどう》の花《はな》

すいかのはな【西瓜の花】 すいくわ〔仲夏〕

西瓜はウリ科の蔓性一年草。夏、淡黄色の小花を開き、雌花は長楕円の花托をもつ。大きな果実を結び食用とする。

すいちゅうか【水中花】 すゐちゆうか〔三夏〕⇩［生活編］

すいれん【睡蓮】 すゐれん〔晩夏〕

蓮、未草などスイレン科に属する淡水植物の総称。泥中に太い根茎をもち、長柄のある葉を伸ばして水面に浮かべる。夏、多数の花弁をらせん状に配列した美しい花を開く。［同義］小《こ》蓮華《れんげ》。［漢名］睡蓮。［花言］清浄。⇩蓮《はす》の花《はな》

すいれん

後山の池に二つ葉黄睡蓮　飯田蛇笏・椿花集

睡蓮や鬢に手あてて水鏡　杉田久女・杉田久女句集

睡蓮の葉の押さへたる水に雨意　中村草田男・来し方行方

すえつむはな【末摘花】 すゑつむはな〔仲夏〕

紅花の異称。開いた花の先端だけを摘み取るところからの名。⇩紅《べに》の花《はな》

何に此末摘花を老の伊達　支考・蓮二吟集

わが恋は末摘花の莟かな　正岡子規・子規全集

すぎおちば【杉落葉】〔初夏〕⇩常盤木落葉《ときわぎおちば》

すぐりのみ【酸塊の実】〔仲夏〕

ユキノシタ科の落葉低樹。葉腋に三つの棘がある。葉は浅く三～五裂した丸形。夏、淡緑・白色の五弁の小花を開き、花後、赤褐色で楕円形の小果を結ぶ。［和名由来］果実が甘酸っぱく楕円形であるところから。［同義］須具利《すぐり》、酸塊《すんぐり》。

すげかる【菅刈る】〔晩夏〕⇩［生活編］

すずのこ【篠の子】〔初夏〕

山野に自生するイネ科タケササ類の笹の「篠竹《すずたけ》」の筍をいう。初夏、多数の筍をだす。［同義］笹《ささ》の子《こ》。⇩竹《たけ》の子《こ》

篠の子や終に絶えたる厠道　太祇・太祇句選

すずらん【鈴蘭】〔初夏〕

ユリ科の多年草。葉は長

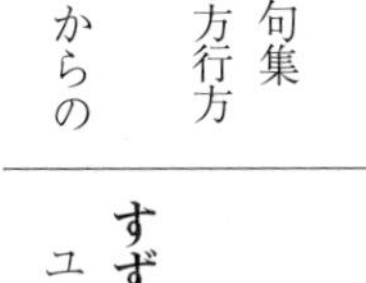

すずらん

楕円形。五～六月、六弁の甘い芳香のある壺状の白花を開く。赤色の果実を結ぶ。［和名由来］壺状の花を下向きにつける形が鈴に似ているところから。［同義］君影草《きみかげそう》、沢蘭《さわらん》。［花言］純潔、甘美、幸せが戻る。

ストケシア【stokesia】〔仲夏〕

キク科の多年草。北アメリカ原産。葉は線形で、六月頃から秋に紫や白色の頭状花を開く。［同義］瑠璃菊《るりぎく》。

すべりひゆ【滑莧】〔三夏〕

スベリヒユ科の一年草。葉は楕円形。夏、黄色の小花を開く。茎、葉は食用。［和名由来］茎や葉を茹でたものを食べると、舌ざわりが滑らかであることからと。［同義］仏耳《ほとけのみみ》。

すべりひゆ

深草の院とやいはんすべりひゆ　正好・鷹筑波集
月落てこよひの名也馬莧艸　沾圃・萩の露

すもも【李】〔晩夏〕

バラ科の落葉高樹。葉は広卵形。春、葉に先だって五弁の白花が数個かたまって開く。花後、夏に桃に似た酸味のある果実（季語となる）を結ぶ。生食のほか、果実酒、ジャム、砂糖漬けなどとして食用になる。［同義］牡丹杏《ぼたんきょう》。［漢名］李。⇩牡丹杏《ぼたんきょう》

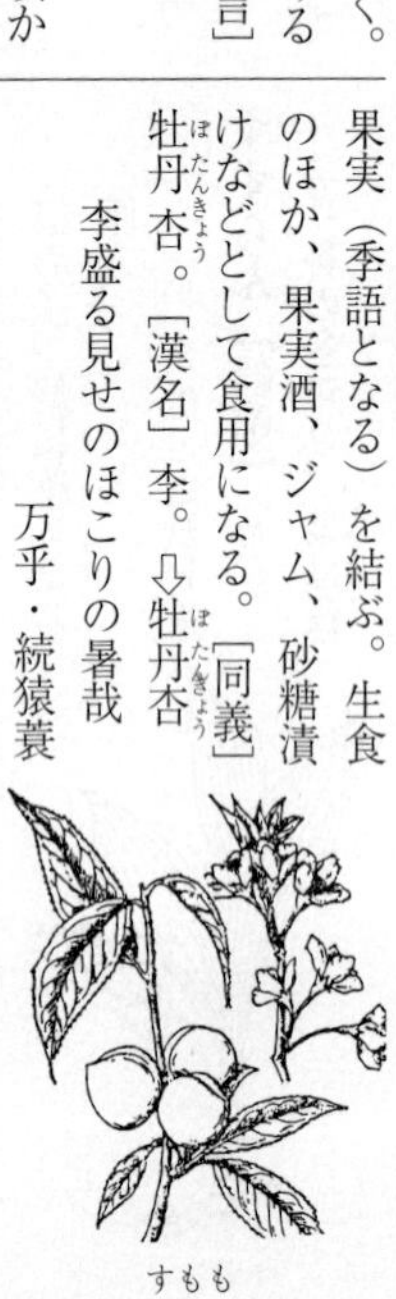
すもも

李盛る見せのほこりの暑哉　万乎・続猿蓑
葉がくれの赤い李になく小犬　一茶・題叢
店さきに幾日を経たる李哉　正岡子規・子規句集
熟れきつて裂け落つ李紫に　杉田久女・杉田久女句集

せきしょう【石菖】せきしやう〔初夏〕

サトイモ科の常緑多年草。葉は細剣状で叢生する。初夏、淡黄色の細花を開く。観賞用にも栽培される。［和名由来］漢名「石菖」より。ただし、中国ではセキショウに「菖蒲」の字をあてる。［同義］石菖蒲《いしあやめ》、根絡《ねがらみ》。［漢名］菖蒲、石菖。

石菖に月の残りや軒の下　猿雖・類題発句集
白露を石菖に持ツ価かな　其角・花摘

せきちく【石竹】〔仲夏〕

ナデシコ科の多年草。茎・葉は粉白色をおびる。葉は線状披針形。園芸用に栽培される。夏に白・紅色などの五弁花を

開く。古歌では「なでしこ」とも呼んだ。［和名由来］漢名「石竹」より。［同義］瞿麦《くばく》、洛陽花《らくようか》、唐撫子《からなでしこ》。［漢名］石竹。［花言］嫌い。⇩撫子《なでしこ》、唐撫子《からなでしこ》、大和撫子《やまとなでしこ》、和蘭石竹《オランダせきちく》

石竹や行儀たゞさぬはな盛　露川・二人行脚
蕾ながら石竹の葉は針の如し　正岡子規・子規全集

せきちく

せっこくのはな【石斛の花】 せきこくのはな〔晩夏〕
石斛はラン科の常緑多年草。岩や古木に着性。円柱状の茎の多数の節より、線状の葉を互生する。夏、節から花柄をだし、白・淡紅色の花を開く。［〈石斛〉漢名］石斛。

石斛に瀑落つる巖のはさまかな　松瀬青々・倦鳥

せっこく

ぜにあおい【銭葵】 ぜにあふひか〔仲夏〕⇩葵《あおい》

蜘蛛の巣のたよりとなるや銭葵　冠邦・三千化

せまい【施米】〔晩夏〕⇩［生活編］

せみばな【蟬花】〔三夏〕
蟬の蛹が土中にいるときに菌類が寄生し、その体の上に芽を出す茸。［同義］蟬茸《せみたけ》。

蟬花やうとき山辺の青葉垣　松瀬青々・妻木

ゼラニウム【geranium】〔初夏〕
フウロソウ科テンジクアオイ属の多年草の園芸上の通称。夏に白・赤・紫など種々の色の五弁の花を開く。［花言］偽り（英）、信頼・尊敬（仏）。⇩天竺葵《てんじくあおい》

せりのはな【芹の花】〔仲夏〕
芹は夏、白色の小花を開く。

せんだんのはな【梅檀の花】 あふちのはな〔仲夏〕
梅檀はセンダン科の落葉高樹。「おうち」ともいう。夏に淡紫色の花を開く。⇩樗《おうち》の花《はな》、雲見草《くもみぐさ》、花樗《はなおうち》

梅檀の花咲きまくや笠のうち　梅室・梅室家集
梅檀の花散る那覇に入学す　杉田久女・杉田久女句集

せんにちこう【千日紅】〔晩夏〕
ヒユ科の一年草。葉は長楕円形で対生。夏から秋に紅色の毬状の花を頭状花序に開く。仏事の供花として用いられる。

〔和名由来〕花期が長く、夏から晩秋まで咲くところから。〔同義〕千日向《せんにちこう》、千日草《せんにちそう》、盆花《ぼんばな》。〔漢名〕千日紅。

せんにちそう【千日草】
せんにちさう〔晩夏〕⇩千日紅《せんにちこう》

そうび【薔薇】〔初夏〕⇩薔薇《ばら》

一欄に並べて多きさうび哉　松瀬青々・妻木
恋々と夕日影《ゆふひかげ》ある薔薇《さうび》かな　飯田蛇笏・白嶽

そけい【素馨】〔晩夏〕

モクセイ科の常緑低樹。ジャスミンの一種。羽状複葉。夏、白花を開き芳香を放つ。花後、液果を結ぶ。花から香料をとる。〔同義〕蔓茉莉《つるまつり》。〔漢名〕素馨。

そてつのはな【蘇鉄の花】
〔晩夏〕

蘇鉄はツテツ科の常緑樹。幹肌はうろこ状。幹の頂上にヤシに似た長柄のある羽状複葉をひろげる。雌雄異株。雄花は長楕円形の松笠状。雌花は先端が掌状に裂けた葉状。種子は赤色の卵形で食用となる。〔〈蘇鉄〉同義〕鉄蕉《てっしょう》、唐棗《からなつめ》。〔〈蘇鉄〉漢名〕鳳尾蕉、鉄蕉。

門に入ればそてつに蘭のにほひ哉　芭蕉・笈日記

せんにちこう

そてつ

そらまめ【空豆・蚕豆】〔初夏〕

マメ科の二年草。春、白地に紫黒色の斑のある蝶形花を開く。花後、初夏に種子を内包した長楕円形の莢（季語となる）を結ぶ。熟する前の種子は緑色で食用となる。熟した種子は黒く、煮豆や菓子などの原料になる。〔同義〕野良豆《のらまめ》、大和《やまと》豆《まめ》、雪割豆《ゆきわりまめ》、雁豆《がんまめ》、鉄砲豆《てっぽうまめ》。〔漢名〕蚕豆、南豆。

蚕豆を植ゑて住みたる官舎かな　村上鬼城・鬼城句集

「た行」

たいさんぼくのはな【泰山木の花】〔初夏〕

泰山木はモクレン科の常緑高樹。葉は長楕円形。表は濃緑色。裏は茶褐色。初夏、大形の白花を開く。［〈泰山木〉和名由来］花や葉が大きいところから樹全体を称えて名付けたためと。また、樹木のようすを中国の名山の泰山になぞらえたものとも。［〈泰山木〉同義］大山木《たいさんぼく》、白蓮木《びゃくれんぼく》。［〈泰山木〉漢名］洋玉蘭。［花言］壮大、華麗。

昂然《こうぜん》と泰山木《たいさんぼく》の花に立つ　高浜虚子・五百五十句
なが雨や泰山木は花堕ちず　杉田久女・ホトトギス
昼寝ざめ泰山木の花の香に　日野草城・旦暮

たいさんぼく

だいずのはな【大豆の花】［三夏］
大豆はマメ科の一年草。夏、白・帯紫紅色の蝶形花を開く。
⇩小豆《あずき》の花《はな》

だいだいのはな【橙の花】［仲夏］
橙はミカン科の常緑樹。夏、五弁の白色の小花を開く。
橙の花もいつしか小さき実となりしかな　種田山頭火・層雲

たうえ【田植】たうゑ［仲夏］⇩［生活編］

たうえうた【田植歌・田植唄】たうゑうた［仲夏］⇩［生活編］

たうえがさ【田植笠】たうゑがさ［仲夏］⇩［生活編］

たうえざけ【田植酒】たうゑざけ［仲夏］⇩［生活編］

たうえめ【田植女】たうゑめ［仲夏］⇩［生活編］

たかうな【筍・笋】［初夏］
竹の子の古名。⇩竹《たけ》の子《こ》、筍《たかんな》
たかうなや雫もよゝの篠の露　芭蕉・続連珠
掘食ふ我たかうなの細きかな　蕪村・新花摘

たかな【高菜】［初夏］
アブラナ科の二年草。葉は暗紫色で皺のある大きな楕円形。辛味があり食用となる。［和名由来］茎が高く生育する菜の意。［同義］大葉辛《おおばがらし》、大菜《おおな》、江戸菜《えどな》。［漢名］大芥、皺葉芥。

たかんな【筍・笋】［初夏］⇩竹《たけ》の子《こ》、筍《たかんな》
たかんなに縄切もなき庵かな　村上鬼城・鬼城句集
笋《たかんな》の皮の流るる薄暑かな　芥川龍之介・蕩々帖

たくさとり【田草取】［仲夏］⇩［生活編］

たけううるひ【竹植うる日】［仲夏］⇩［生活編］

たけうつす【竹移す】［仲夏］⇩［生活編］

たけおちば【竹落葉】［初夏］

竹の多くは夏に新葉をだし、古葉を散らす。これを竹落葉という。［同義］笹散る。

渓流に音やあらざる竹落葉　飯田蛇笏・椿花集

たけきり【竹伐】〔仲夏〕⇩［生活編］

たけにぐさ【竹煮草・竹似草】〔晩夏〕

ケシ科の大形多年草。茎は竹に似て中空で、折ると黄赤色の汁をだす。深裂した大葉をもつ。夏、白色の小花を開く。［和名由来］諸説あり。竹に似て茎が中空であるところから。また、竹と共に煮ると竹が細工しやすくなるためと。

たけのかわぬぐ【竹の皮脱ぐ】たけのかはぬぐ〔初夏〕

竹の子が下方の葉皮を剥ぎ落としながら生育することをいう。［同義］竹の皮散る。⇩竹《たけ》の子《こ》、若竹《わかたけ》、今年竹《ことしだけ》

脱捨てひとふし見せよ今年竹　蕪村・常盤の香

たけのこ【竹の子・筍・笋】〔初夏〕

竹の地下茎からでる若芽。孟宗竹、淡竹、苦竹などのタケノコが一般的。「たかうな・たかむな・たかんな」ともいう。［同義］竹《たけ》の芽《め》。［漢名］筍子。⇩筍《たかうな》、筍《たかんな》、今年竹《ことしだけ》、若竹《わかたけ》、笋羹《しゅんかん》、篠《すず》の子《こ》、竹《たけ》の皮脱《かわぬ》ぐ

うきふしや竹の子となる人の果　芭蕉・嵯峨日記

竹の子や児《ちご》の歯ぐきのうつくしき　嵐雪・すみだはら

笋をゆり出す竹のあらしかな　蓼太・蓼太句集

筍の鋒《きつさき》高し星生る　中村草田男・長子

たちあおい【立葵】たちあふひ〔仲夏〕

アオイ科の二年草。葉は心臓形。夏に白・紅・紫色などの花を開く。［和名由来］茎が直立する葵の意。［同義］唐《から》葵《あおい》、露葵《つゆあおい》、花葵《はなあおい》。［漢名］蜀葵、枝葵。［花言］野心・野望（英）、あなたの美しさには気品と威厳がある（仏）。⇩葵《あおい》

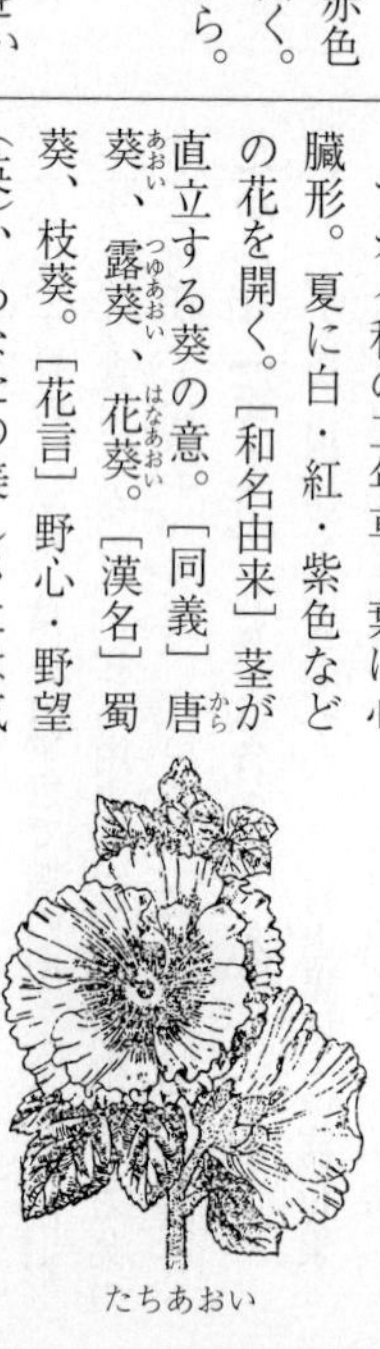

たちあおい

日につれて咲き上りけり立葵　闌更・半化坊発句集

咲きのぼる梅雨の晴間の葵哉　成美・杉柱

たちばなのはな【橘の花】〔仲夏〕

橘は夏に五弁の白花を開く。［同義］花橘。⇩花橘《はなたちばな》

駿河路や花橘も茶の匂ひ　芭蕉・別座鋪

帯解も花たちばなの昔哉　其角・五元集拾遺

酒蔵や花橘の一在処　盧玄坊・発首途
乗懸や橘にほふ塀の内　鬼貫・鬼貫句選

たちふじそう【立藤草】たちふぢさう〔初夏〕
ルピナス【Lupinus】のこと。⇩ルピナス

たつなみそう【立浪草】たつなみさう〔初夏〕
シソ科の多年草。山地に自生。茎は方形。初夏、白・碧紫色の唇形花を開く。［和名由来］花の咲くようすを波に見立てたところから。［同義］雛杓子《ひなのしゃくし》。

たで【蓼】〔三夏〕
犬蓼、柳蓼などタデ科の一年草の総称。茎は節が目立ち、単葉で互生。蓼の葉は夏の時期に採って食用にする。秋には梢間に穂をだし、白・紅など多くの色の細花を開く。［同義］賢草《かしこぐさ》、藪蓼《やぶたで》、本蓼《ほんたで》、青蓼《あおたで》、藍蓼《あいたで》、馬蓼《うまたで》。［漢名］蓼。⇩川蓼《かわたで》
青蓼やいつまで艸の根のからみ　野紅・七異跡集
しの丶めや雲見えなくに蓼の雨　蕪村・蕪村句集
人妻の暁起や蓼の雨　蕪村・落日庵句集

たで

蓼の葉や泥鰌隠る丶薄濁り　正岡子規・子規句集

たにわかば【谷若葉】〔初夏〕
木々の若葉で埋められた谷間の様子をいう。⇩若葉《わかば》
濃く薄く奥ある色や谷若葉　太祇・太祇句選

たますだれ【玉簾・珠簾】〔晩夏〕
ヒガンバナ科の多年草。地下に鱗茎をもつ。葉は細長く線状形。晩夏、花茎を出して白色花を開く。花は日中開いて夜に閉じる。園芸用はゼフィランサスという。

たまな【球菜・玉菜】〔初夏〕
キャベツのこと。⇩甘藍《かんらん》、キャベツ
春暁の紫玉菜抱く葉かな　杉田久女・杉田久女句集
五月雨や玉菜買ひ去る人暗し　芥川龍之介・蕩々帖

たまねぎ【玉葱・葱頭】〔三夏〕
ユリ科の二年草。オニオンに同じ。葉は葱に似て円柱形。秋、多数の白花を球状につける。球状に発達した地下の鱗茎（季語となる）を食用とする。［同義］玉蕗《たまぶき》。

たままくくず【玉巻く葛】〔初夏〕
初夏の頃、葛の新葉が巻葉になっている様子を表したこと

ば。〔同義〕玉葛《たまくず》、玉《たま》ま葛《くず》。

何代か玉まくず葉の鶴が岡　　宗因・梅翁宗因発句集

たままくばしょう【玉巻く芭蕉】たままくばせう〔初夏〕

初夏の芭蕉の新葉が未だ開いておらず、初々しい巻葉の状態であることをいう。玉は賞美の言葉でもある。⇩芭蕉《ばしょう》　玉《たま》解《と》く、芭蕉《ばしょう》の巻葉《まきば》、芭蕉若葉《ばしょうわかば》、芭蕉《ばしょう》の花《はな》

寺焼けて門に玉巻く芭蕉かな　　村上鬼城・鬼城句集
師僧遷化《せんげ》芭蕉《ばしょう》玉巻く御寺かな　　高浜虚子・五百句
唐寺の玉巻芭蕉《たままきばしょう》肥りけり　　芥川龍之介・発句
真白な風に玉巻く芭蕉かな　　川端茅舎・ホトトギス

たままくわ【玉真桑・玉真瓜】たままくは〔晩夏〕⇩真桑瓜《まくわうり》

闇夜《ヤミヨト》きつね下はふ玉真桑　　芭蕉・東日記

ダリア【dahlia】〔晩夏〕

メキシコ原産。キク科の多年草。羽状複葉で縁は鋸葉状。茎に白粉を付ける。夏〜秋に大形の白・紅・紫・黄色などの大形の頭花を開く。〔花言〕華麗。⇩天竺牡丹《てんじくぼたん》

ダリア

ダリヤの蕾の茎伸びの夏　　河東碧梧桐・八年間
声楽家ダリヤ畠を距つのみ　　山口青邨・雪国
鮮烈なるダリヤを挿せり手術以後　　石田波郷・惜命

ちくすいじつ【竹酔日】ちくすゐじつ〔仲夏〕⇩〔生活編〕

ちくふじん【竹夫人・竹婦人】〔三夏〕⇩〔生活編〕

ちさのはな【苣の花・萵苣の花】〔初夏〕

①キク科の一〜二年草の苣の花。初夏、黄色の頭上花を開く。「ちしゃ」ともいう。②「ちさ」は「エゴノキ」の別称。

ちゃひきぐさ【茶挽草・茶引草】〔初夏〕

烏麦の別称。⇩烏麦《からすむぎ》

心ならでまわるもをかし茶引草　　鬼貫・鬼貫句選
誹諧の道草にせん茶挽草　　舎羅・荒小田

ちょうじそう【丁字草】ちやうじさう〔初夏〕

キョウチクトウ科の多年草。葉は披針形。初夏、下部が筒状の青紫色の五弁花を開き、細長い実を結ぶ。〔和名由来〕花の形が「丁字」に似るところから。〔同義〕花丁字《はなちょうじ》。

丁字草花甘さうに咲きにけり　　正岡子規・子規全集

ちょろぎ【草石蚕】〔晩夏〕
シソ科の多年草。茎は方形。夏〜秋、紅紫色の唇形花を総状に開く。地下の巻貝形の塊茎は食用となり、正月料理に用いられる。［同義］甘露子《ちょうろぎ》、捩芋《ねじいも》。［漢名］草石蚕。

はびこらぬ顔と芽を出すちょろぎ哉　巣兆・巣兆俳句集

ちりまつば【散松葉】〔初夏〕⇩松落葉《まつおちば》、常盤木落葉《ときわぎおちば》

散松葉数寄屋へ通ふ小道哉　正岡子規・子規全集

つきみそう【月見草】つきみさう〔晩夏〕
①アカバナ科の二年草。葉形は披針状で羽裂する。夏、五弁の白花を夕方に一個開き、翌朝しぼむと紅色に変わる。花後、倒卵形の果実を結ぶ。［和名由来］花の色が白く、夕方に開花するところから夕月にたとえたものと。［花言］物いわぬ恋。②待宵草や大待宵草の別称。⇩待宵草《まつよいぐさ》、大待宵草《おおまつよいぐさ》

ちょろぎ

つきみそう

唯《ただ》一人船繋《つな》ぐ人や月見草　高浜虚子・五百句
月見草に月尚さゝず松の下　杉田久女・杉田久女句集
陽炎や砂より萌ゆる月見草　水原秋桜子・葛飾
項《うなじ》一つ目よりもかなし月見草　中村草田男・長子

つくばねそうのはな【衝羽根草の花】つくばねさうのはな〔初夏〕
ユリ科の多年草。山地に自生。地下茎は横に這う。葉は長楕円形で四枚輪生する。初夏、淡黄緑色の花を開く。花後、紫黒色の球形の液果を結ぶ。［〈衝羽根草〉和名由来］輪生する葉を衝羽根に見立てたところから。［同義］土針《つちはり》。

つたしげる【蔦茂る】〔三夏〕⇩青蔦《あおづた》

二筋と植ゑぬに蔦は茂りけり　嵐外・分類俳句集

つたわかば【蔦若葉】〔初夏〕
ブドウ科の蔓性落葉樹本の蔦の若葉。晩春に赤い芽をだし、初夏に若々しい掌状の葉に成長する。⇩若葉《わかば》、青蔦《あおづた》

住みかはる扉の蔦若葉見て過ぎし　杉田久女・杉田久女句集

つなそかる【綱麻刈る・黄麻刈る】〔晩夏〕⇩［生活編］

つばきつぐ【椿接ぐ】〔仲夏〕⇩［生活編］

つめれんげ【爪蓮華】〔晩夏〕
ベンケイソウ科の多年草。葉はへら形で先に棘がある。晩夏に五弁の白花を密に開く。

つゆだけ【梅雨茸】〔仲夏〕
梅雨の季節に生える茸類の総称。［同義］梅雨菌《つゆきのこ》。

つりがねそう【釣鐘草】つりがねさう〔仲夏〕
鐘状の花をもつ植物の総称。蛍袋《ほたるぶくろ》、釣鐘人参《つりがねにんじん》、牡丹蔓《ぼたんづる》、鳴子百合《なるこゆり》など。俳句では多く蛍袋をいう。⇩蛍袋《ほたるぶくろ》

釣鐘草後に付たる名なるべし　越人・阿羅野
恐ろしや釣鐘草に蛇の衣　曾北・類題発句集
蟻の寄釣鐘草のうつぶせに　白雄・白雄句集
雨落ちんとす釣鐘草はうなだれたり　種田山頭火・層雲

つるでまり【蔓手毬】〔仲夏〕
ユキノシタ科蔓性落葉低樹。葉は長楕円形。六〜七月頃装飾花をもつ多数の小白花を開く。［同義］蔓紫陽花《つるあじさい》。

つるな【蔓菜】〔三夏〕
ツルナ科の多年草。海浜の砂地に自生。茎は蔓状で、葉は三角状卵形。春から秋に五弁の黄色花を開く。花後、四〜五個の萼筒に包まれた果実を結ぶ。若葉は浸し物、汁の実などとして食用。［同義］浜菜《はまな》、浜藜《はまあかざ》、岩菜《いわな》。

ていかかずら【定家葛】ていかかづら〔仲夏〕
キョウチクトウ科の蔓性常緑草。気根で他物に絡まる。葉は楕円形で光沢のある革質。夏に芳香のある白色の合弁花を開く。花後、円筒状の果実を結ぶ。

てっせんか【鉄線花】てつせんくわ〔初夏〕
キンポウゲ科の蔓性落葉樹。掌状複葉。初夏、葉腋から花柄をのばし、六弁の大きな白・淡青紫色の花を開く。［同義］菊唐草《きくからくさ》。［漢名］鉄線蓮。

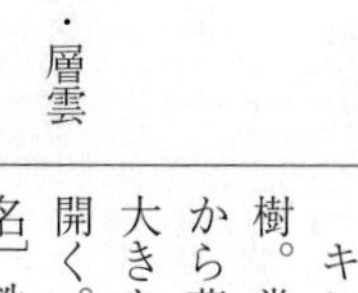
てっせんか

鉄線の蘂《しべ》紫に高貴なり　高浜虚子・七百五十句
荒れ藪の鉄線花咲く欅の木　飯田蛇笏・椿花集
鉄線の花さき入るや窓の穴　芥川龍之介・発句
蔓はなれ月にうかべり鉄線花　水原秋桜子・晩華

てっぽうゆり【鉄砲百合】〔晩夏〕
ユリ科の多年草。夏、大形で長漏斗状の白色の花を開く。

［和名由来］長漏斗状の花の形を鉄砲に見立てたところから。［同義］為朝百合《ためともゆり》。［花言］乙女の純潔。⇩百合《ゆり》

てまり【手鞠・手毬】〔初夏〕⇩大手鞠《おおでまり》、手鞠花《てまりばな》

手にとらば転ぶべく思ふ手毬哉　麻兮・俳句大観

てまりばな【手鞠花・手毬花】〔初夏〕⇩手鞠《てまり》、大手鞠《おおでまり》

てんぐさ【天草】〔三夏〕

テングサ科の紅藻。干潮線の岩場に生育。紅紫色。細線形で羽状に分岐する。夏に収穫して干し、心太《ところてん》、寒天の原料とする。［同義］心太草《ところてんぐさ》、寒天草《かんてんぐさ》。［漢名］石花菜。⇩心太《ところてん》

てんじくあおい【天竺葵】てんぢくあふひ〔仲夏〕

フウロソウ科の多年草。南アメリカ原産。ゼラニウムに同じ。葉質は柔らかく心臓形。夏、五弁の白・赤・紫色など多種の花を開く。［同義］蔓天竺葵《つるてんじくあおい》。⇩ゼラニウム

てんじくぼたん【天竺牡丹】てんぢくぼたん〔晩夏〕

ダリアのこと。⇩ダリア

てんなんしょうのはな【天南星の花】てんなんしやうのはな〔仲夏〕

浦島草、武蔵鐙などサトイモ科テンナンショウ属の多年草の総称。山野に自生。地下に球茎があり、複葉で長い葉柄をもつ。夏に黒紫色の仏焔苞に包まれた肉穂花序をつける。［同義］山人参《やまにんじん》、蝮草《まむしぐさ》、蛇蒟蒻《へびこんにゃく》。［漢名］天南星。⇩浦島草《うらしまそう》

てんなんしょう

とうがらしのはな【唐辛子・唐芥子・唐辛―の花】たうがらしのはな〔仲夏〕

ナス科の一年草の唐辛子の花。夏、白色の小花を開く。［漢名］蕃椒。⇩青唐辛子《あおとうがらし》

赤からん花の白さや蕃椒　晩山・俳諧古選

どうかんそう【道灌草】どうかんさう〔初夏〕

ナデシコ科の一～二年草。葉は卵形。初夏、五弁の淡紅色の花を開く。小指大の実を結び、黒い種子を含む。［和名由来］中世、江戸の道灌山で栽培されたところから。

とうしょうぶ【唐菖蒲】たうしやうぶ〔晩夏〕

アヤメ科の多年草。グラジオラスに同じ。地下球茎より剣状の葉を生じる。夏、赤・白・黄・紫色などの漏斗形の花を穂状に開く。［同義］和蘭菖蒲《オランダあやめ》。⇩グラジオラス

とうもろこしのはな【玉蜀黍の花】 たうもろこしのはな〔晩夏〕

イネ科の一年草の玉蜀黍の花。夏、雌花は赤紫色の花柱をだし、雄花は穂状。秋に苞状の果穂の中に多くの実を結ぶ。

ときわぎおちば【常磐木落葉】〔初夏〕

初夏に、杉、柊、樫などの常緑樹が新葉を出し、古葉を落とすこと。⇩柊落葉《ひいらぎおちば》、木槲落葉《もっこくおちば》、樫落葉《かしおちば》、松落葉《まつおちば》、散松葉《ちりまつば》

常磐木の落葉至つて静かなり　葛三・俳句大観
常磐木の落葉に鳥の声凄し　正岡子規・子規全集

どくうつぎのはな【毒空木の花】〔仲夏〕

毒空木はドクウツギ科の落葉低樹。葉は長卵形。夏、黄緑色の五弁の細花を並べて開く。実は豆大で紅色、熟して紫黒色となり有毒。［和名由来］果汁が有毒で、樹が空木に似ているところから。［同義］毒木《どくのき》、猿殺《さるころし》、鳥驚《とりおどろかし》、馬驚《うまおどろかし》。

どくだみ【十薬・蕺草】〔仲夏〕

ドクダミ科の多年草。葉は心臓形。夏、淡黄色の小花をつける。葉・根・茎は食用。［和名由来］「毒痛《ドクイタミ》」「毒下飲《ドクダシノミ》」の意などより。［同義］仏草《ほとけぐさ》、馬不食《うまくわず》、医者殺《いしゃごろし》。⇩十薬《じゅうやく》

十薬や石垣つゞく寺二軒　村上鬼城・鬼城句集
十薬の花著莪につぐにや著莪の花さく　河東碧梧桐・三昧
どくだみの花と夏天の鷺と白し　山口青邨・雪国

とけいそう【時計草】 とけいさう〔三夏〕

トケイソウ科の蔓性多年草。巻髭で他物に絡みつく。葉は掌状。夏、紅色に紫暈のある大花を開く。橙色の実を結ぶ。［和名由来］花の形を時計に見立てたもの。［花言］神聖な愛。

鐘つきの窓に開くや時計草　花晩・類題発句集

とこなつ【常夏】〔三夏・晩夏〕

撫子の古名。花期が春から秋にわたるため、ついた名。⇩撫子《なでしこ》

とこよばな【常世花】〔仲夏〕

橘の花の別称。⇩橘《たちばな》の花《はな》

風やしるべ闇にかをるはとこよ草　弘永・毛吹草

ところてん【心太】〔仲夏〕⇩［生活編］

とちのはな【橡の花・栃の花】〔初夏〕

橡はトチノキ科の落葉樹。初夏、白・淡紅色の五弁の花を穂状につける。秋、実を結ぶ。

仰ぎみる樹齢いくばくぞ栃の花　杉田久女・久女句集
残雪の深さおどろく橡の花　水原秋桜子・晩華

瓦斯燈によりそひ白し椽の花　山口青邨・雪国

とべらのはな【海桐花の花】〔三夏〕
海桐花はトベラ科の常緑低樹。海岸近くに生じる。葉は楕円形で光沢がある。夏、五弁の白色花を開き、黄色に変化する。秋、実を結び、熟して赤い種子をだす。［〈海桐花〉和名由来］茎・葉をもむと臭気があり、節分や除夜に扉にはさみ魔除けとしたため「トビラノキ」とされ、その略と。［〈海桐花〉同義］扉木《とびらのき》、島桐《しまぎり》。［〈海桐花〉漢名］海桐花、海橦。

とべら

トマト【tomato】〔晩夏〕⇩赤茄子《あかなす》
新鮮なトマト喰ふなり慾もあり　杉田久女・杉田久女句集
虹たつやとりどり熟れしトマト園　石田波郷・鶴の眼

どようめ【土用芽】〔晩夏〕
夏、土用の頃、草木が再び新芽を吹くことをいう。

とらのお【虎尾草】とらのを〔仲夏〕
沼虎尾草、沢虎尾草、岡虎尾草、柳虎尾草などサクラソウ科の植物の総称。夏に白・紫・桃色などの五弁花を開く。

とろろあおい【黄蜀葵】とろろあふひ〔仲夏〕
アオイ科の一年草。葉は掌状に深裂する。夏に、大形の黄色の花を開く。花後、楕円形で毛に包まれた実を結ぶ。根には粘液を多く含み、和紙などの製紙用の原料となる。［同義］唐朝顔《からあさがお》、南瓜朝顔《かぼちゃあさがお》。［漢名］黄蜀葵。⇩葵《あおい》

「な行」

なえ【苗】なへ〔仲夏〕⇩早苗《さなえ》
水古き深田に苗のみどりかな　蕪村・新花摘
髻《もとどり》を捨るや苗の植あまり　蕪村・落日庵句集
短夜《みじかよ》や既《すで》に根づきし物の苗　露月・露月句集

なぎ【水葱・菜葱】〔晩夏〕
水葵の古名。⇩水葵《みずあおい》
おのづから流る、水葱の月明り　杉田久女・杉田久女句集

水葱の花折る間舟寄せ太藺中　杉田久女・杉田久女句集

なす【茄・茄子】〔晩夏〕
ナス科の一年草。食用に栽培される紫黒色の果実。「なすび」ともいう。葉は長柄をもつ長卵形で、茎と共に紫黒色。夏から秋、淡紫・藍白色の合弁花を葉の付け根に開く。［漢名］茄。
⇩青茄子《あおなす》、初茄子《はつなすび》、茄子畑《なすばたけ》、茄子《なす》の花《はな》

ちさはまだ青ばながらになすび汁　芭蕉・芭蕉翁真蹟集
時ならぬ裾野かうばし茄子苗　琴風・銭龍賦
夕立が洗つていつた茄子をもぐ　種田山頭火・草木塔
聖霊の茄子の形となりにけり　川端茅舎・川端茅舎句集

なす

なすあえ【茄子和】なすあへ〔晩夏〕⇩［生活編］
なすじる【茄子汁】〔晩夏〕⇩［生活編］
なすづけ【茄子漬】〔晩夏〕⇩［生活編］
なすのしぎやき【茄子の鴫焼】〔晩夏〕⇩［生活編］

なすのはな【茄子の花】〔仲夏〕
ナス科の一年草の茄子《なす》の花。夏に淡紫・藍白色の合弁花を開く。⇩花茄子《はななすび》、茄子

百もぎる跡に花さく茄子かな　梅室・梅室家集
葉の紺に染りて薄し茄子《なす》の花　高浜虚子・六百五十句

なすばたけ【茄子畑】〔晩夏〕⇩茄子《なす》

背戸見せに連れて歩行や茄子畑　重五・三仙
片岨《かたそば》の秋のやつれや茄子畑　猿雖・笈日記
月に出て水やる音す茄子畠　杉田久女・杉田久女句集

なたねうつ【菜種打つ】〔初夏〕⇩［生活編］
なたねほす【菜種干す】〔初夏〕⇩［生活編］
なつあさがお【夏朝顔】なつあさがほ〔仲夏〕
早生種の朝顔。［同義］早咲朝顔《はやざきあさがお》。

麦飯に夏朝顔の分限哉　恒丸・俳句大観
花もなき夏朝顔の青き哉　鉄船・俳句大観

なつあざみ【夏薊】〔三夏〕
薊は種類が多く、春から秋にかけて花を開く。夏に花をつけるものを夏薊と総称し、俳句では夏の季語とする。

夏薊赭《あか》き湯道に噴き出たり　水原秋桜子・蘆刈

なつき【夏木】〔三夏〕⇩夏木立《なつこだち》

月影にうごく夏木や葉の光り　去来妻・すみだはら

なつぎく【夏菊】〔晩夏〕

「八十八夜」「白更紗」など六～七月に早咲きする菊。

夏菊やわざともしたきみだれ庭　土芳・蓑虫庵集
夏菊に露をうつたる家居哉　鬼貫・鬼貫句選
夏菊に浜松風のたよりかな　支考・梟日記
夏菊に墨汁捨てし旅硯かな　河東碧梧桐・新傾向（夏）

なつくさ【夏草】〔三夏〕

盛んに成長する夏の草をいう。⇩夏木《なつき》

夏草や兵《つはもの》共がゆめの跡　芭蕉・猿蓑
夏草に這上《はひあが》りたる捨蚕《すてご》かな　村上鬼城・鬼城句集
夏草に下《お》りて蛇うつ烏二羽　高浜虚子・五百句
夏草に愛慕濃く踏む道ありぬ　杉田久女・杉田久女句集

なつぐみ【夏茱萸】〔晩夏〕

グミ科の落葉樹。葉は長楕円形で裏面に鱗毛を密生する。夏、帯白色の管状小花を開き、花後、楕円形の赤い実を結び食用とする。［同義］山胡頽子《やまぐみ》。［漢名］木半夏。

なつぐわ【夏桑】〔仲夏〕

夏蚕に食べさせるための桑。夏を付して夏の季語とする。

なつこだち【夏木立】〔三夏〕

夏に繁る樹々の木立をいう。⇩夏木《なつき》、木下闇《こしたやみ》

木啄《きつつき》もいほはやぶらず夏木立　芭蕉・鳥の道
与謝の海や藍より出でゝ夏木立　内藤鳴雪・鳴雪句集
夏木立故郷《ふるさと》近くなりにけり　正岡子規・子規句集
雨浸みて巌の如き大夏木　高浜虚子・六百五十句

なつずいせん【夏水仙】　なつずゐせん〔晩夏〕

ヒガンバナ科の多年草。地下に大形の鱗茎をもつ。春、淡緑色の葉をだし、夏に淡紅紫色の漏斗状の頭状花を開く。葉は開花前に枯れる。［同義］忘草《わすれぐさ》、傾城花《けいせいばな》。［漢名］金燈草。

なつだいこん【夏大根】〔三夏〕

夏に収穫する小形の大

なつずいせん

根。「なつおおね」ともいう。
木曾は今桜もさきぬ夏大根　文考・夏衣
耕作のまづ手習や夏大根　文考・笈日記
蕎麦切や京のあま味に夏大根　嵐枝・柾の首途
冷飯に夏大根のおろし哉　蓼太・蓼太句集

なつな【夏菜】〔三夏〕
京菜・芥菜など夏に食用として栽培される菜類をいう。

なつねぎ【夏葱】〔三夏〕
春に苗を植え、夏に収穫する葱。冬の葱より小振り。〔同義〕刈葱《かりぎ》、小葱《こねぎ》、分葱《わけぎ》。
夏葱に鶏裂くや山の宿　正岡子規・子規句集

なつはぎ【夏萩】〔晩夏〕
夏に開花する萩の一品種。
夏萩の花疎らかに朝の露　大谷句仏・懸葵

なつふじ【夏藤】なつふぢ〔晩夏〕
マメ科の蔓性落葉低樹。羽状複葉。夏、白色の蝶形花を総状に吊す。花後、線形の莢を結ぶ。〔同義〕土用藤《どようふじ》。
成仏の花の色香や夏の藤　杉風・杉風集

なつまめ【夏豆】〔晩夏〕
大豆の早生種をいう。豆腐の材料となる。

なつみかん【夏蜜柑】〔初夏〕
ミカン科の常緑低樹。葉は楕円形。初夏、五弁の白色花を開く。秋、大きな果実を結び、黄熟し、翌春から夏に食用として収穫する。〔和名由来〕果実は秋に熟すが、長期間枝につき、翌夏になっても食べられるところからと。〔同義〕夏橙《なつだいだい》、山蜜柑《やまみかん》、夏柑《なつみかん》。
山吹の帰り花あり夏蜜柑　正岡子規・子規全集
或る辻や花の香のこる夏蜜柑　水原秋桜子・晩華
夏蜜柑白歯にかんで少女《をとめ》さぶ　日野草城・旦暮

なつめのはな【棗の花】〔晩夏〕
クロウメモドキ科の棗の花。夏、黄白色の花を開く。
蚊柱や棗の花の散るあたり　暁台・俳句全集
屋根石にしめりて旭あり花棗　杉田久女・杉田久女句集

なつやなぎ【夏柳】〔初夏〕⇩葉柳《はやなぎ》
車道狭く埃捲くなり夏柳　正岡子規・子規全集
辻能の班女が舞や夏柳　河東碧梧桐・続春夏秋冬

なつよもぎ【夏蓬】〔三夏〕

キク科の多年草。蓬は春の季語であるが、夏に茂った蓬をいう。淡褐色の頭状花を開き、採取されて艾《もぐさ》の材料となる。

なつわらび【夏蕨】〔初夏〕

蕨は通常春に新芽をだすが、深山の蕨は初夏にようやく新芽をだす。これを夏蕨という。

くるしくも雨こゆる野や夏蕨　白雄・白雄句集

鳥啼いて谷静なり夏蕨　正岡子規・子規全集

なでしこ【撫子】〔晩夏〕

ナデシコ科の多年草。秋の七草の一。葉は緑白色、線形で先端が尖る。夏、花弁が五枚で先端が細裂した紅・白色の花を開く。花後、黒い種子を結ぶ。大和撫子と河原撫子は渡来種の唐撫子（=石竹）に対する呼称。［同義］大和撫子《やまとなでしこ》、河原撫子《かわらなでしこ》、瞿麦《なでしこ》、常夏《とこなつ》、洛陽花《らくようか》、日暮草《ひぐれぐさ》。［花言］純粋な愛。⇩石竹《せきちく》、常夏《とこなつ》、唐撫子《からなでしこ》、大和撫子《やまとなでしこ》、河原撫子《かわらなでしこ》

なでし子にかゝるなみだや楠《くす》の露　芭蕉・芭蕉庵小文庫

動《ゆる》ぎなき岩撫子や星の床　曾良・韻塞

なでしこのはかなき節の力みかな　猿雖・砂川

撫子《なでしこ》やぬれて小さき墓の膝　中村草田男・母郷行

なわしろいちご【苗代苺】なはしろいちご〔仲夏〕

バラ科の小低樹。茎は短毛が密生し蔓状。葉は倒卵形。初夏に淡紅色の五弁の花を開き、六月頃に濃赤色の実を結び食用となる。［和名由来］果実が苗代をつくるころに熟すところから。［同義］三葉苺《みつばいちご》、皐月苺《さつきいちご》。［漢名］茅苺。⇩苺《いちご》

なわしろぐみ【苗代茱萸・苗代胡頽子】なはしろぐみ〔初夏〕

グミ科の常緑低樹。枝に棘がある。葉は長楕円形。秋、白花を開く。花後、長楕円形の実を結び、翌年の初夏に熟し食用となる。［和名由来］果実が苗代をつくるころに熟すところから。［同義］田植胡頽子《たうえぐみ》。［漢名］胡頽子。

唇《くち》にあて苗代茱萸の紅潰ゆ　山口青邨・雪国

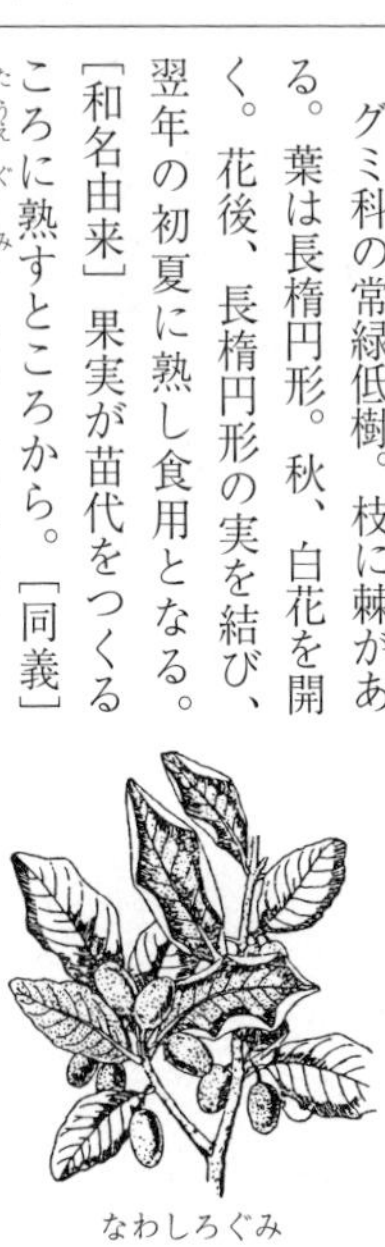

なわしろぐみ

なんてんのはな【南天の花】〔仲夏〕

南天はメギ科の常緑低樹。六月頃に六弁の白い小花を房状に開き、秋から冬に赤色の実を結ぶ。［〈南天〉同義］蘭天《らんてん》、闌天《らんてん》、三葉《さんよう》。［〈南天〉漢名］南天竹、南天燭。

南天や雪の花ちる手水鉢　巴静・類題発句集

南天や米こぼしたる花のはて　也有・蘿葉集
牡丹咲く家に南天垣したり　河東碧梧桐・新傾向(夏)

にしきぎのはな【錦木の花】〔仲夏〕
ニシキギ科の落葉低樹の錦木の花。夏、淡黄緑色の小花を多数開く。俳句では、花を夏の季語とし、鮮やかな紅葉をもって秋の季語とする。[〈錦木〉花言] 楽しい思い出、献身。

にちにちそう【日日草】にちにちさう〔晩夏〕
キョウチクトウ科の一年草。微紅色の茎をもつ。葉は楕円形。夏、五弁の紅紫・白色の花を開く。[和名由来] 毎日新しい花に咲き代わるところから。[同義] 日日花《にちにちか》、日日紅《にちにちこう》。[漢名] 長春花、四時花、花海棠、雁来紅。

にわやなぎ【庭柳】にはやなぎ〔仲夏〕
タデ科の一年草。葉は長楕円形。夏、淡緑・紅色をおびた小花を開く。[和名由来] 葉が柳に似ているところから。[同義] 道柳《みちやなぎ》、道芝《みちしば》、路芝《みちしば》。

にんじんのはな【人参の花】〔仲夏〕
セリ科の人参の花。夏、白色の小花を密生して開く。

にんどうのはな【忍冬の花】〔初夏〕⇩忍冬《すいかずら》の花《はな》
忍冬の花うちからむくまで哉　白雄・白雄句集
蚊の声す忍冬《にんどう》の花の散ルたびに　蕪村・蕪村句集
忍冬に眼薬を売る裏家哉　正岡子規・子規全集

にんにくのはな【葫・大蒜―の花】〔初夏〕
ユリ科の多年草の葫の花。冬に宿根から芽をだし、春に葉を伸ばす。夏に薄紫色の小花を開く。地中の鱗茎（春の季語となる）は強い臭気があり、調味料、また強壮、健胃、利尿・発汗などの薬用となる。[〈葫〉同義] 大蒜《おおびる》、蒜玉《ひるたま》。[〈葫〉漢名] 葫。[花言] 勇気と力。

ぬなわ【蓴】ぬなは〔三夏〕
蓴菜の別名。⇩蓴菜《じゅんさい》
引ほどに江の底しれぬ蓴哉　尚白・孤松
ぬなはとる小舟にうたはなかりけり　蕪村・新花摘
幽庵が便ゆかしきぬなは哉　几董・井華集
隅濁りして雨晴るゝ蓴かな　河東碧梧桐・新傾向

ぬなわのはな【蓴の花】ぬなはのはな〔三夏〕⇩蓴菜《じゅんさい》
箔散るやぬなはの花の水の上　曾北・類題発句集

ねいも【根芋】〔仲夏〕
里芋などの芋の萌芽を根茎とともに食用とするもの。

ねじばな【捩花】 ねぢばな〔初夏〕

ラン科の多年草。葉は線状。夏、花茎を伸ばし、淡紅色の小花を総状につける。［和名由来］花が螺旋状に捩れて見えるところから。［同義］捩金草《ねじがねそう》、文字摺草《もじずりそう》、捩摺草《もじずりそう》。

ねなしぐさ【根無草】〔三夏〕

浮草の別称。⇩浮草《うきくさ》

ねむのはな【合歓木の花・合歓の花】〔晩夏〕

合歓木《ねむのき》の花。合歓木はマメ科の落葉高樹。羽状複葉。夏、細糸状の淡紅色の花を総状に開く。秋、広線形の果実を結び、莢の中に一〇〜一五の種子を含む。［〈合歓木〉和名由来］葉が夜に閉合し、睡眠するようにみえ「眠《ネブリ》之木《ノキ》」から。漢語では「合歓」を男女の共寝を意味し、この名がある。

ねむのき

象潟《さきがた》や雨に西施《せいし》がねぶの花　芭蕉・おくのほそ道
日をさして初夜の終りや合歓の花　尚白・宰陀稿本
行水や背戸口狭きねむの花　正岡子規・子規全集
乳牛の角も垂れたり合歓の花　河東碧梧桐・春夏秋冬
合歓咲きて駅長室によき蔭を　山口青邨・雪国
花合歓《はなねむ》や凪《なぎ》とは横に走る瑠璃　中村草田男・銀河依然

ねむりぐさ【眠草】〔晩夏〕

含羞草《おじぎそう》の別称。⇩含羞草《おじぎそう》

のいばらのはな【野薔薇の花・野茨の花】〔初夏〕

バラ科の蔓性落葉低樹。「のばら」ともいう。茎には棘がある。羽状複葉。初夏、芳香のある白花を多数開く。秋、球形の赤実を結ぶ。［同義］山棘《やまいばら》、犬薔薇《いぬばら》。［漢名］野薔薇。⇩薔薇《ばら》、野薔薇《のばら》、花茨《はないばら》、茨《いばら》の花《はな》

野茨のはびこり芽ぐむ門を見つ　水原秋桜子・葛飾
野いばらの水漬く小雨や四ツ手網　水原秋桜子・葛飾

のうぜんかずら【凌霄花】 のうぜんかづら〔晩夏〕

ノウゼンカズラ科の蔓性落葉樹。「りょうせんか」とも読む。茎から多数の気根をだし他物にからみついて伸びあがる。葉は大形の羽状複葉。夏、黄赤色の五裂の大形花を開く。［漢名］凌霄花。

のうぜんかずら

［花言］名声（英）、遠国（仏）。

凌霄や木を離れては何処這ん　桃隣・古太白堂句選
家毎《いえごと》に凌霄咲ける温泉《いでゅ》かな　正岡子規・子規句集
凌霄や虎渓の松の颯々と　河東碧梧桐・新傾向
神輿振凌霄花《のうぜん》の垣を撓《たわ》めたり　水原秋桜子・霜林

のうぜんはれん【凌霄葉蓮】〔三夏〕
ノウゼンハレン科の蔓性一年草。南米ペルー原産。ナスタチウム（nasturtium）。茎は地表を這い、葉は円形で蓮に似るが小形。葉裏は白色。夏、黄・紅・赤紫色の大形の五弁花を開く。［同義］金蓮花《きんれんか》。［花言］勝利（英）、恋の炎（仏）。

のきのあやめ【軒の菖蒲】〔仲夏〕⇩［生活編］

のこぎりそう【鋸草】のこぎりさう〔仲夏〕
キク科の多年草。葉は細長い羽状。夏、淡紅・白色の多数の小頭状花を開く。若芽は食用。［和名由来］葉の縁のギザギザが鋸の歯に似ているところから。［同義］唐艾《からよもぎ》、羽衣草《はごろもそう》、鳳凰草《ほうおうそう》。［漢名］蓍。［花言］戦闘（英）、勇猛・勇敢（仏）。

のばら【野薔薇】〔初夏〕⇩野薔薇《のいばら》の花《はな》

のびるのはな【野蒜の花】〔初夏〕
ユリ科の多年草の野蒜の花。夏、淡紫白色の小花を開く。

花野蒜引きし心の淡さかな　相島虚吼・雑詠選集

のぼたん【野牡丹】〔晩夏〕
ノボタン科の常緑低樹。屋久島、沖縄に分布。葉は卵形または楕円形。夏、枝先に大形の淡紫色の五弁の花を開く。花後、球形の果実を結び食用となる。［漢名］山石榴。

のりうつぎ【糊空木】〔晩夏〕
ユキノシタ科の落葉低樹。葉は楕円形で縁は鋸歯状。夏、梢頭に白色の装飾花と多くの両性花を開く。木部は爪楊枝、木釘、傘柄、パイプなどの材料となる。［和名由来］幹の内皮より製紙用の粘料をつくるところから。⇩さびたの花《はな》

「は　行」

パイナップル【pineapple】〔晩夏〕
パイナップル科の常緑草。［花言］あなたは完全である

〈英〉。⇩鳳梨《あななす》

パイナップルの配給があつた

一片の鳳梨噛みしめあま過ぎる　日野草城・旦暮

はえとりぐさ【蠅取草】 はへとりぐさ〔仲夏〕

モウセンゴケ科の多年草。食虫植物。葉の上面にある三本の糸状突起に小虫が触れると、葉身を閉じて捕え消化吸収する。夏、純白色の花を開く。［同義］蠅地獄《はえじごく》。

はくさんいちげ【白山一花草】〔晩夏〕

キンポウゲ科の多年草。本州中部以北の高山帯に生える。葉は掌状で、夏に茎頂に数個の白花を梅花状に開く。石川・岐阜県の白山にちなんだ花名である。

ばくしゅう【麦秋】〔初夏〕⇩［自然・時候編］

はくちょうげ【白丁花】 はくちやうげ〔仲夏〕

アカネ科の常緑小低樹。葉は小さな楕円形で臭気がある。夏に淡紫色の漏斗状の花を開く。植込み、生垣に用いられる。［同義］白丁木《はくちょうぼく》、胡蝶木《こちょうぼく》、満天星《まんてんせい》。［漢名］満天星。

はくちょうげ

點滴を闇のつぼみか白丁花　巴風・続虚栗

ばくもんとう【麦門冬】 ばくもんたう〔初夏〕⇩蛇髭《じゃのひげ》の花《はな》

はこねうつぎのはな【箱根空木の花】〔仲夏〕

スイカズラ科の落葉低樹。葉は楕円形で光沢がある。夏に五裂した筒状の花を開く。花の色は、白色から紅紫色になる。［同義］箱根卯花《はこねうのはな》、更紗空木《さらさうつぎ》。［漢名］綿帯花。

箱根卯木花は盛を峠かな　正長・毛吹草

はざくら【葉桜】〔初夏〕

桜の花が散って若葉の木となった桜。［同義］桜若葉《さくらわかば》。

葉桜のひと木淋しや堂の前　太祇・太祇句選

葉桜に一木はざまやわか楓　几董・井華集

君に逝かれしこの葉桜のかげりをる　河東碧梧桐・八年間

葉桜や流れ釣なる瀬戸の舟　杉田久女・杉田久女句集

はしょうが【葉生姜】 はしやうが〔晩夏〕

夏に収穫する葉をつけたままの生姜。葉がついたまま酢漬けにしたり味噌をつけたりして生食する。

葉生姜や手に取るからに酒の事　白雄・白雄句集

葉生姜に市のうら枯見る日哉　楓子・新類題発句集

貧しさや葉生姜多き夜の市　正岡子規・子規句集

ばしょうたまとく【芭蕉玉解く】 ばせうたままく〔初夏〕

巻いている芭蕉の若葉が開いていく様子。⇩玉巻《たまま》く芭蕉《ばしょう》

ばしょうのはな【芭蕉の花】 ばせうのはな〔晩夏〕

バショウ科大形多年草の芭蕉の花。夏に長大な花穂をだし、帯黄色の花を段階状に輪生する。〔同義〕花芭蕉《はなばしょう》。⇩花芭蕉《はなばしょう》

ばしょうのまきば【芭蕉の巻葉】 ばせうのまきば〔初夏〕

初夏、芭蕉の新葉は細く巻かれている。⇩玉巻《たまま》く芭蕉《ばしょう》

玉巻きし芭蕉ほどけし新茶かな　川端茅舎・川端茅舎句集

ばしょうわかば【芭蕉若葉】 ばせうのわかば〔晩夏〕⇩芭《ば》蕉《しょう》の巻葉《まきば》、玉巻《たまま》く芭蕉《ばしょう》

青空や芭蕉の若葉ねぢほどけ　和鳴・類題発句集

はす【蓮】〔晩夏〕

スイレン科の水生多年草。池・沼・水田などに生育する。地下に長い根茎をもち、「蓮根」として食用になる。葉は大きな円形。夏、白・紅色などの花を開く。花は通常一六弁で、昼間咲き、夕方しぼみ、翌日にまた開く。花後、秋に椎の実に似た実を結ぶ。〔同義〕蓮《はちす》、蓮花《れんげ》、蓮華《れんげ》、池見草《いけみぐさ》、君子花《くんしばな》。〔漢名〕蓮。〔花言〕雄弁、過ぎ去った愛。⇩白蓮《びゃくれん》、蓮《はす》の浮《うき》葉《は》、浮葉《うきは》、鬼蓮《おにばす》、蓮池《はすいけ》、蓮《はす》の折葉《おれば》、蓮《はす》の香《か》、蓮《はす》の立葉《たちば》、蓮《はす》の露《つゆ》、蓮《はす》の葉《は》、蓮《はす》の花《はな》、蓮《はす》の巻葉《まきば》、蓮《はす》の若根《わかね》、蓮《はちす》、蓮花《れんげ》

蓮咲て三寸ひくし水の影　土芳・蓑虫庵集

仏めきて心置かる、蓮かな　秋色・類題発句集

雀等が浴みなくしけり蓮の水　一茶・旅日記

蓮咲くや旭まだ頬に暑からず　杉田久女・杉田久女句集

はすいけ【蓮池】〔晩夏〕⇩蓮《はす》

蓮池や折らで其ま、玉まつり　芭蕉・千鳥掛

蓮池やその寺建た土の跡　乙由・古人五百題

蓮池の田風にしらむうら葉哉　蕪村・蕪村遺稿

はすのうきは【蓮の浮葉】〔初夏〕

初夏から仲夏に水に浮く蓮の葉。葉身は直径約三〇センチ。葉柄に対して盾状につく。⇩蓮《はす》、浮葉《うきは》、蓮《はす》の葉《は》

一葉浮て母に告ぬる蓮かな　素堂・素堂家集

蓮一葉うくやうれしきもの、数　乙二・斧の柄

摺鉢に蓮の浮葉の小雨かな　河東碧梧桐・新俳句

一面に蓮《はす》の浮葉《うきは》の景色かな　高浜虚子・六百五十句

はすのおれば【蓮の折葉】〔晩夏〕⇩蓮《はす》の葉《は》

立つ鷺の羽風に蓮の折葉かな　自笑・千鳥掛

はすのか【蓮の香】〔晩夏〕⇩蓮《はす》、蓮《はす》の花《はな》

蓮の香に目をかよはすや面の鼻　芭蕉・笈日記
蓮の香の深くつゝみて君が家　太祇・太祇句選
蓮の香や水をはなるゝ茎二寸　蕪村・蕪村句集
蓮の香に起きて米炊くあるじ哉　巣兆・曾波可理

はすのたちば【蓮の立葉】〔晩夏〕⇩蓮《はす》の葉《は》

風の上の露は蓮の立葉哉　紹巴・大発句集
蓮はまだ立葉も見えず杜若　句空・類題発句集

はすのつゆ【蓮の露】〔晩夏〕

蓮の葉の上にたまった水が玉となっていること。⇩蓮《はす》

鳥うたふ風蓮露を礫《つぶて》けり　素堂・素堂句選
引寄て蓮の露吸ふ汀哉　太祇・太祇句選

はすのは【蓮の葉】〔晩夏〕

スイレン科の水生多年草の蓮の葉。「はちすば」ともいう。直径三〇センチほどの円形で葉柄に対して盾状につく。初夏の頃は水面に浮かぶ浮葉であるが、成長すると水面より上に巻葉を突き出し、空中葉となる。⇩蓮《はす》の浮葉《うきは》、蓮《はす》の巻葉《まきば》、蓮《はす》の立葉《たちば》、蓮《はす》の折葉《おれば》、蓮《はす》

蓮の葉や心もとなき水離れ　白雪・続猿蓑
蓮の葉に硯の水を流しけり　可暁・西華集
蓮の葉や波定まりて二三枚　村上鬼城・鬼城句集

はすのはな【蓮の花】〔晩夏〕

スイレン科の水生多年草の蓮の花。夏、白・紅色などの花を開く。花は通常一六弁で、昼間咲き、夕方しぼみ、翌日にまた開く。⇩蓮《はす》、白蓮《しろはす》、睡蓮《すいれん》、蓮《はす》の香《か》、蓮花《れんげ》

はす

雲に鳶五重の塔や蓮の花　許六・風俗文選犬註解
昼ねぶる身の尊さよ蓮の花　士朗・枇杷園句集
蒲《がま》の穂はなびきそめつつ蓮の花　芥川龍之介・発句
母の顔道辺の蓮の花に見き　山口青邨・雪国

はすのまきば【蓮の巻葉】〔晩夏〕⇩蓮《はす》の葉《は》

法華経に似たる蓮のまき葉哉　立圃・そらつぶて

蕎麦を伸《の》す心に蓮の巻葉哉　支考・蓮二吟集
あしらひて巻葉添へけり瓶の蓮　太祇・太祇句選
瓶の蓮ことしも巻葉ばかり也　召波・春泥発句集

はすのわかね【蓮の若根】〔晩夏〕
蓮の新根。食用とする。〔同義〕新蓮根《しんれんこん》。⇩蓮《はす》

はすみ【蓮見】〔晩夏〕⇩〔生活編〕

はすみぶね【蓮見舟】〔晩夏〕⇩〔生活編〕

はぜのはな【櫨の花・黄櫨の花】〔仲夏〕
櫨はウルシ科の落葉高樹。夏に黄緑色の小花を開く。花後、秋に堅実を結ぶ。

パセリ【parsley】〔三夏〕
セリ科の二年草。地中海地方原産。生の葉は爽快な香味があり、サラダや洋食に添えて食用となる。現在では温室栽培で四季に収穫されるが、夏に多いので夏の季語となっている。

はたんきょう【巴旦杏】はたんきやう〔晩夏〕
李の一品種。春、白花を開く。花後、夏に淡赤色の果実（季語となる）を結ぶ。果肉は橙黄色で食用となる。⇩李《すもも》
巴旦杏蟬さすひまをゆり落す　河東碧梧桐・新傾向
ひと籃の暑さ照りけり巴旦杏　芥川龍之介・発句

はちす【蓮】〔晩夏〕⇩蓮《はす》

はつうり【初瓜】〔晩夏〕
その年初めて収穫したり食べたりする瓜（一般的には真桑瓜）をいう。⇩真桑瓜《まくわうり》、瓜《うり》、初真桑《はつまくわ》
初瓜を引とらまへて寝た子哉　一茶・おらが春

はっかかる【薄荷刈る】〔晩夏〕⇩〔生活編〕

はつかぐさ【二十日草】〔初夏〕
牡丹の別称。⇩牡丹《ぼたん》
名にしおはゞさけ月々の廿日草《はつかぐさ》　徳元・犬子集

はつきゅうり【初胡瓜】はつきうり〔晩夏〕
その年初めて収穫したり食べたりする胡瓜をいう。⇩胡瓜《きゅうり》

はつなすび【初茄子】〔晩夏〕
その年初めて収穫したり食べたりする茄子をいう。「はつなす」ともいう。⇩茄子《なす》
めづらしや山を出羽《いでは》の初茄子　芭蕉・初茄子
紫のゆかしさ見せよ初茄子　支考・東西夜話
夢よりも貰ふ吉事や初茄子　蕪村・自画賛

芋の葉で一夜育てん初なすび　巣兆・曾波可理

はつまくわ【初真桑・初甜瓜】〔晩夏〕⇩初瓜《はつうり》、真桑瓜《まくわうり》
初真桑たてにやわらん輪に切《きら》ん　芭蕉・泊船集
柳小折《こり》片荷は涼し初真桑　芭蕉・市の庵
蔓ながら都へなどか初真桑　白雄・白雄句集

はなあおい【花葵】はなあふひ〔仲夏〕⇩葵《あおい》の花《はな》
小座敷の平戸の反りや花葵　りん女・寒菊随筆
咲きつめて晦日なりぬ花葵　成美・杉柱

はなあさ【花麻】〔晩夏〕⇩麻《あさ》の花《はな》
花麻に野鼠はしる曇りかな　免日・鵜鳥

はなあやめ【花菖蒲】〔仲夏〕⇩菖蒲《あやめ》
花あやめ九條はむかし揚屋哉　月居・新選

はないばら【花茨】〔初夏〕⇩野茨《のいばら》の花《はな》、茨《いばら》の花《はな》
愁ひつゝ岡にのぼれば花いばら　蕪村・蕪村句集
道のべの低きにほひや茨の花　召波・春泥発句集
蓮沼を上る堤や花茨　河東碧梧桐・新傾向
寂《せき》として残る土階《どかい》や花茨《はないばら》　高浜虚子・五百句

はなうつぎ【花卯木】〔初夏〕⇩空木《うつぎ》の花《はな》、卯花《うのはな》
声もなく兎うごきぬ花卯木　嵐雪・玄峰集
淋しさに蠣殻ふみぬ花卯木　一茶・文化句帖

はなおうち【花樗】はなあふち〔仲夏〕⇩樗《おうち》の花《はな》、栴檀《せんだん》の花《はな》
菰鞍の見せ馬立てり花樗　暁台・暁台句集
むら雨や見かけて遠き花樗　白雄・白雄句集
川原越えて岸辺水ある花樗　河東碧梧桐・新傾向

はなげし【花芥子・花罌粟】〔初夏〕⇩芥子《けし》の花《はな》
花げしに組んで落ちたる雀哉　白雄・白雄句集

はなざくろ【花石榴・花柘榴】〔仲夏〕⇩石榴《ざくろ》の花《はな》
五月雨にぬれてやあかき花柘榴　野坡・艸之道
花石榴久しう咲いて忘られし　正岡子規・子規全集

はなしょうぶ【花菖蒲】はなしやうぶ〔仲夏〕
①アヤメ科の多年草。ノハナショウブの改良園芸種の総称。葉は剣状で平行脈をもつ。夏に紫色系の花を三つほど頂上に開く。［同義］早乙女花《さおとめばな》、早少女花《さおとめばな》。［花言］優雅。②サトイモ科の菖蒲《しょうぶ》の別称。⇩菖蒲《あやめ》、菖蒲《しょうぶ》

はなしょうぶ

きる手元ふるひ見えけり花菖蒲　其角・五元集拾遺
掘切や菖蒲花咲く百姓家　正岡子規・子規全集

はなたちばな【花橘】〔仲夏〕⇩橘《たちばな》の花《はな》

バナナ【banana・甘蕉】〔晩夏〕
バショウ科の多年草。葉は大形の長楕円形。夏、淡黄色の花を穂状に開き、果実（季語となる）は熟すると黄色になり、食用となる。［同義］甘蕉《かんしょう》、実芭蕉《みばしょう》。［漢名］甘蕉。
川を見るバナナの皮は手より落ち　高浜虚子・五百句
バナナ下げて子等に帰りし日暮かな　杉田久女・杉田久女句集

はななすび【花茄子】〔仲夏〕⇩茄子《なす》の花《はな》
とかくして一つとめけり花茄子　琴風・焦尾琴
五月雨や虫はみ落す花茄子　成美・いかにいかに

はなのさいしょう【花の宰相】はなのさいしやう〔初夏〕
芍薬の別称。⇩芍薬《しゃくやく》
英や紅顔肥えし美宰相　旨原・俳句大観

はなばしょう【花芭蕉】ばせうのはな〔晩夏〕⇩芭蕉《ばしょう》の花《はな》
島の子と花芭蕉の蜜の甘き吸ふ　杉田久女・杉田久女句集

はなびしそう【花菱草】はなびしさう〔晩夏〕
ケシ科の多年草。羽状複葉。夏、四弁の濃黄色の花を開く。［和名由来］花の形が花菱紋に似ているところから。［同義］金英花《きんえいか》。［花言］私を拒絶しないで。

はなみょうが【花茗荷】はなみやうが〔仲夏〕
ショウガ科の常緑多年草。葉は披針形で茗荷に似ている。夏、紅斑点のある白花を茎頭に穂状に開く。種子は「伊豆《いず》縮砂《しゅくしゃ》」として健胃の薬用となる。［同義］笹龍胆《ささりんどう》。

はなも【花藻】〔仲夏〕⇩藻《も》の花《はな》
川越えし女の脛に花藻かな　几董・井華集
泥舟の水棹たてたる花藻かな　飯田蛇笏・山廬集

はなゆ【花柚】〔仲夏〕⇩柚《ゆ》の花《はな》
花柚見てしきりにかはく山路哉　蓼太・蓼太句集
吸物にいさゝか匂ふ花柚哉　正岡子規・子規句集

ははきぎ【帚木・箒木】〔晩夏〕
「ほうきぎ」「ほうきぐさ」

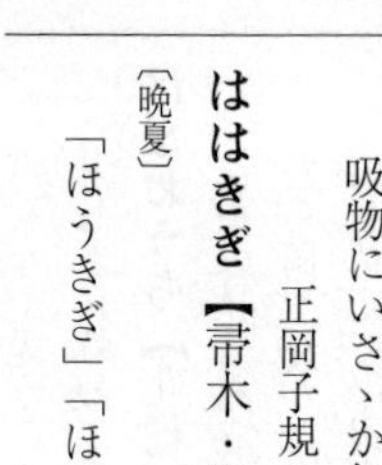
ははきぎ

植物

ともいう。アカザ科の一年草。葉は細長く深緑色で毛がある。夏、黄緑色の細花を開き、花後、実を結ぶ。茎は箒の材料。〔同義〕箒草《ほうきぐさ》。〔漢名〕地膚。

箒木に茄子たづぬる夕哉　其角・五元集

帚木に兒かくれあふ夕かな　長翠・俳句大観

帚木の四五本同じ形かな　正岡子規・子規句集

乾飯の物くさな宿や帚草　河東碧梧桐・新傾向

いつの間に壁にかかりし帚草《ははきぐさ》　高浜虚子・六百句

はまえんどう【浜豌豆】 はまゑんどう〔初夏〕

マメ科の多年草。海浜の砂地に自生。地下茎を延ばして繁殖。羽状複葉。巻髭をもつ。夏、豌豆に似た淡紫色の蝶形花を開く。種実は止毒などの薬用になる。〔同義〕野豌豆《のえんどう》。

はら〳〵と浜豌豆《はまえんどう》に雨来る　高浜虚子・六百五十句

はまおもと【浜万年青】〔晩夏〕

ヒガンバナ科の常緑多年草。関東以南の海岸に自生。葉は万年青に似て大舌形。夏、芳香ある白花を開く。円形の果実を結ぶ。〔同義〕浜木綿《はまゆう》、浜百合《はまゆり》、浜芭蕉《はまばしょう》。⇩浜木綿《はまゆう》

はまおもと

はますげ【浜菅】〔晩夏〕

カヤツリグサ科の多年草。海浜に自生。地下茎を横に這い伸ばして繁殖する。塊根をもつ。葉は細長く、夏、茶褐色の花穂を開く。〔同義〕矢柄《やがら》、矢幹《やがら》。〔漢名〕威霊仙、莎草。

浜菅や燈台濡らす沖の雨　水原秋桜子・晩華

はまなす【浜梨】〔晩夏〕

バラ科の落葉低樹。日本北部の海浜に自生。観賞用に栽培もされる。枝に棘がある。羽状複葉。夏、五弁の紅花を開く。花後、偏平の果実を結び食用となる。〔和名由来〕果実を梨に見立てたところから。〔同義〕浜茄子《はまなす》。〔漢名〕徘徊花。

はまなすの棘《とげ》が悲しや美しき　高浜虚子・六百五十句

浜茄子《はまなす》の丘を後《あと》にし旅つゞく　高浜虚子・五百五十句

はまなすは棘も露けき一砂丘　水原秋桜子・晩華

はまなす

はまひるがお【浜昼顔】 はまひるがほ〔仲夏〕

ヒルガオ科の多年草。海岸の砂地に自生。根を深く砂で互生。夏、葉腋に淡紅色の朝顔に似た花を開く。［和名由来］海浜に生える昼顔の意。［同義］葵蔓《あおいかずら》。［漢名］浜旋花。

昼顔やたまたまむすぶ波の露　蓼太・蓼太句集
大汐や昼顔砂にしがみつき　一茶・七番日記
浜昼顔大河の波にうちふるふ　水原秋桜子・晩華

はまひるがお

はまゆう【浜木綿】 はまゆふ〔晩夏〕

浜万年青の別称。⇩浜万年青《はまおもと》

浜ゆふや腹一ぱいの花ざかり　沾圃・翁草
浜木綿の花はいつさく夏刈す　白雄・白雄句集
浜木綿に流人の墓の小さゝよ　篠原鳳作・篠原鳳作全句文集

はやなぎ【葉柳】〔初夏〕

葉が茂る夏の柳をいう。［同義］夏柳。⇩夏柳《なつやなぎ》

葉柳の寺町通る雨夜かな　白雄・白雄句集

ばら【薔薇】〔初夏〕

①バラ科バラ属の落葉樹の総称。葉は卵形。花は色も形も多様で、多くは夏に開花する。「そうび」「いばら」「うばら」ともいう。［花言］愛情・美（英）、無邪気（仏）。〈白薔薇〉私は貴方にふさわしい（英）、純潔（仏）。〈黄薔薇〉嫉妬（英）、恥（仏）。②茨の別称。⇩薔薇《うばら》、薔薇《そうび》、茨《いばら》の花《はな》

夢に入りてたわやめとなる薔薇の花　日野草城・旦暮
咲き切つて薔薇の容《かたち》を超えけるも　中村草田男・美田
白薔薇は雨に耐へをり明日知らず　加藤楸邨・寒雷
乙女獲し如きかも薔薇を挿して臥す　石田波郷・惜命

はるしゃぎく【波斯菊】〔晩夏〕

キク科の一～二年草。葉は羽状。夏、花心が赤褐色の黄色い頭上花を開く。［和名由来］ペルシャ語の「persia」より「ペルシヤ菊」の意。ただしペルシャ産ではない。［同義］孔雀草《くじゃくそう》、蛇目草《じゃのめそう》。［花言］つねに愉快。⇩孔雀草《くじゃくそう》

ばれいしょのはな【馬鈴薯の花】〔仲夏〕

じゃが芋の花のこと。

雲の影群れて馬鈴薯の咲く野なり　水原秋桜子・晩華

はんげ【半夏】〔仲夏〕

烏柄杓の別称。⇩烏柄杓《からすびしゃく》

桑やせし畑に舌吐く半夏かな　順円・類題発句集

ばんりょく【万緑】〔三夏〕

夏の大地にみなぎる草木の緑をいう。王安石の詩に「万緑叢中紅一点」とある。以下に挙げる中村草田男の句によって夏の季語として一般化された。⇩新緑《しんりょく》、新樹《しんじゅ》

万緑の万物の中大仏　高浜虚子・六百五十句
万緑になじむ風鈴昼も夜も　飯田蛇笏・椿花集
万緑の中さやさやと楓あり　山口青邨・花宰相
万緑の中や吾子の歯生え初むる　中村草田男・火の島
万緑を顧るべし山毛欅峠　石田波郷・風切

ひいらぎおちば【柊落葉】ひひらぎおちば〔初夏〕

モクセイ科の常緑樹の柊の落葉。柊・杉・樫などは夏に新葉が生育し、古葉を落とす。⇩常磐木落葉《ときわぎおちば》

柊の落葉するとき嵐かな　後川・類題発句集

ひえまき【稗蒔】〔三夏〕

稗はイネ科の一年草。夏に種を蒔き、その実を救荒食物とした。また、鉢などに種を蒔いて、その若芽を絹糸草と呼んで涼しげな風情を楽しむこともいう。⇩絹糸草《きぬいとそう》

ひえんそう【飛燕草】ひえんさう〔仲夏〕

キンポウゲ科の二年草。葉は掌状に深裂。夏に白・淡紅・青紫色の花を総状に開く。〔同義〕千鳥草《ちどりそう》。

ひおうぎ【檜扇・射干】ひあふぎ〔仲夏〕

アヤメ科の多年草。葉は剣状。夏、斑点のある六弁の黄赤色花を多数開く。花後、黒種子を含む果実を結ぶ。この種子を「ぬばたま」「うばたま」といい、枕詞となる。〔和名由来〕剣状の葉のならぶさまを檜《ひ》の薄板でつくった扇に見立てたもの。〔同義〕烏扇、檜《ひ》扇菖蒲《おうぎあやめ》。〔漢名〕射干、烏扇。⇩烏扇《からすおうぎ》

ひおうぎ

射干や露と朝日を裏表　也有・蘿葉集

ひぎりのはな【緋桐の花】〔晩夏〕

クマツヅラ科の落葉低樹。観賞用になる。葉は広い心臓形。夏から秋に赤色の小花を多数開く。〔同義〕赤桐《あかぎり》、唐桐《とうぎり》。

ひぐるま【日車】〔晩夏〕
向日葵の別称。⇩向日葵《ひまわり》
日車の花の雨干るほめき哉　松瀬青々・妻木

ひさごのはな【瓢・瓠・匏—の花】〔晩夏〕
瓢箪、夕顔などの花。⇩夕顔《ゆうがお》
軒のひさご花のあはれに身を恥よ　杉風・杉風句集
宵闇に見れば瓢の花白し　朱拙・西華集
日々に咲く花に追はる、瓢哉　瓢水・新選
雪隠のながめも久し花ひさご　馬光・馬光発句集

ひしのはな【菱の花】〔仲夏〕
菱はヒシ科の水生一年草。池や湖沼などに自生。水中から菱形状の葉を水面にだす。葉には浮嚢がある。夏、四弁の白色・帯紫色の小花を開く。秋、突起のある菱形の実を結ぶ。

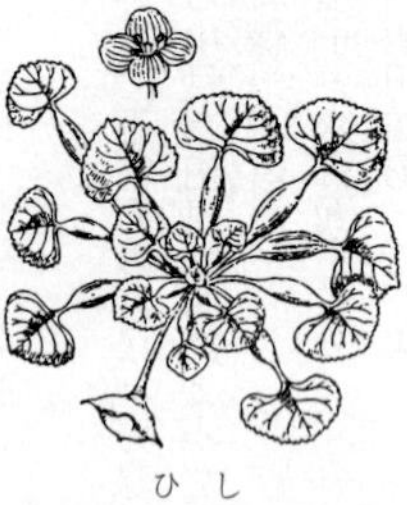
ひし

行《ゆく》水の跡や片よる菱の花　桃隣・古太白堂句選
鳩の巣を抱いて咲くや菱の花　遅望・類題発句集
菱の花引けば水垂る長根かな　杉田久女・杉田久女句集

びじょざくら【美女桜】びぢよざくら〔晩夏〕
クマツヅラ科の多年草。葉は長楕円形で深裂。夏から秋、花穂をつけ、五弁の紅・紫・白色などの花を開く。

びじんそう【美人草】びじんさう〔初夏〕
雛芥子の別称。⇩雛芥子《ひなげし》
恋草と云ふべきものや美人草　定時・毛吹草
裏門の垣間見にけり美人草　基法・類題発句集

ひとつば【一葉】〔三夏〕
ウラボシ科の常緑多年草。根茎は茶褐色の鱗毛を密生して細長く這う。夏に新葉を一葉ずつだし、長楕円形に生育する。〔和名由来〕広葉を、根元より一葉ずつ分立するところから。〔同義〕鹿舌草《かのしたくさ》。〔漢名〕石韋、石蘭、飛刀剣。
夏来てもたゞ一つ葉のひとつかな　芭蕉・曠野

ひなげし【雛芥子・雛罌粟】〔初夏〕
ケシ科の一年草。ヨーロッパ原産。ポピー（poppy）に同じ。葉は羽状。初夏、皺のある四弁の花を開く。色は紅・紫・白など多種ある。〔同義〕虞美人草《ぐびじんそう》、美人草《びじんそう》、雛罌粟《こくりこ》。〔漢名〕虞美人草。〔花言〕休息、慰安。⇩虞美人草《ぐびじんそう》、美人草《びじんそう》

ひまわり【向日葵・日回】 ひまはり〔晩夏〕

キク科の一年草。茎は長大で短い剛毛を密生する。葉は長柄をもち、心臓形。夏の盛りに黄色の大形の花を開く。種子は食用。［和名由来］向日性の高い花なので「日廻」と。［同義］日輪草《にちりんそう》、日車《ひぐるま》、日向葵《ひなたあおい》、天蓋花《てんがいばな》。［花言］〈低草〉憧れ。〈高草〉高慢、光輝。⇩日車《ひぐるま》

ひまわり

向日葵《ひまはり》が好きで狂ひて死にし画家　高浜虚子・六百句
向日葵や炎夏死おもふいさぎよし　飯田蛇笏・椿花集
向日葵も油ぎりけり午後一時　芥川龍之介・我鬼句抄
　波太《なぶと》風景
向日葵《ひまはり》の空かがやけり波の群　水原秋桜子・岩礁
向日葵に無月の濤がもりあがる　加藤楸邨・穂高
梅雨の町向日葵がくと坂に垂れ　石田波郷・鶴の眼

ひむろざくら【氷室桜】〔晩夏〕

寒冷な気候などが原因で、花期が遅れて夏に咲く山桜をいう。白・淡紅色の花を開く。［同義］六月桜《みなづきざくら》。

氷噛めば匂ふ氷室の桜かな　闌更・半化坊発句集

ひめうり【姫瓜】〔晩夏〕

ひめうり

真桑瓜《まくわうり》の一栽培品種。葉は真桑瓜より長い。果実（季語となる）は浅黄緑色で食用となる。［同義］蜜柑瓜《みかんうり》。⇩真桑瓜《まくわうり》、瓜《うり》

うつくしき其《その》ひめ瓜や后《きさき》ざね　芭蕉・山下水
姫瓜に生し立けむ瓜ばたけ　太祇・太祇句選

ひめじょおん【姫女菀】 ひめぢよをん〔初夏〕

キク科の二年草。初夏から秋に、中心は黄色で周辺が白色の舌状花を多数群れて開く。若葉は食用。

ひめゆり【姫百合】〔晩夏〕

①ユリ科の多年草。卵形の鱗茎をもつ。葉は広線形で平行脈をもつ。夏に濃赤・黄色の六弁花を開く。鱗茎は食用。［漢名］山丹。②小さな百合の意。⇩百合《ゆり》、鬼百合《おにゆり》

姫百合の小萩がもとぞゆかしけれ　野坡・続別座敷句集
姫百合の情は露の一字かな　支考・梟日記
姫百合に筒の古びやずんど切　夏目漱石・漱石全集

ひやくじつこう【百日紅・猿滑】〔晩夏〕⇩百日紅《さるすべり》

ひやくにちそう【百日草】 ひやくにちさう〔晩夏〕

キク科の一年草。茎は粗毛をもち、葉は卵形。夏、白・紅・淡紅・黄・紫色などの花を開く。〔和名由来〕開花期の長いところから。〔花言〕不在の友人を思いやる（英）、注意をわすれないように（仏）。

びやくれん【白蓮】〔晩夏〕

蓮の一品種で花の色が白色のもの。「しろはす」ともいう。

⇩白蓮《しろはす》、蓮《はす》の花《はな》

白蓮を切らんとぞおもふ僧のさま　蕪村・蕪村句集
白蓮に人影さはる夜明かな　蓼太・蓼太句集
白蓮に夕雲陰るあらしかな　白雄・白雄句集
白蓮に仏眠れり磬落ちて　夏目漱石・漱石全集

ひゆ【莧】〔三夏〕

ヒユ科の一年草。葉は菱形で長い柄をもち食用となる。夏に黄緑色の細花を穂状につける。

莧肥ゆる蘭の畑の四隅哉　玄伯・俳句大観

びようやなぎ【未央柳】 びやうやなぎ〔仲夏〕

オトギリソウ科の半落葉低樹。葉は長楕円形。夏、枝頭に五弁の大形の黄色花を開く。〔同義〕美容柳《びようやなぎ》、美女柳《びじょやなぎ》、金糸《きんし》桃《とう》。〔漢名〕金線海棠。

ひよどりじょうごのはな【鵯上戸の花】 ひよどりじやうごのはな〔仲夏〕

鵯上戸はナス科の多年草。夏に白色五裂の花を開く。

ひるがお【昼顔】 ひるがほ〔仲夏〕

ヒルガオ科の蔓性多年草。蔓状の茎で他物に絡みつく。葉は基部に切れ込みのある矢羽形。夏、朝顔に似た漏斗状の淡紅・白色の花を開く。〔和名由来〕花が朝顔に似て、昼に開花し、夕方には萎むところから。〔同義〕雨降花《あめふりばな》、耳垂草《みみたれぐさ》、野朝顔《のあさがお》。〔漢名〕旋花、鼓子花。〔花言〕絆、拘束する。

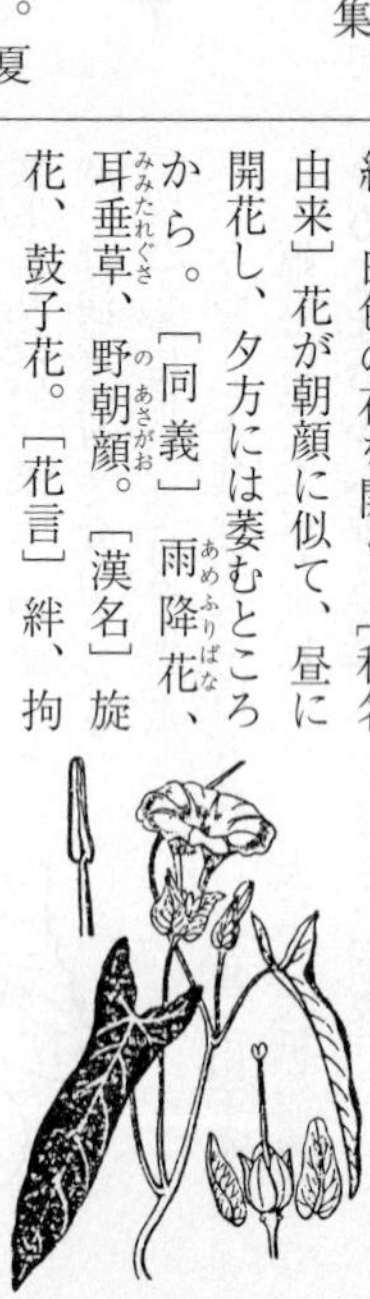
ひるがお

ひるがおに昼寝せうもの床の山　芭蕉・韻塞
ひるがほや猫の糸目になるおもひ　其角・五元集拾遺
ひるがほの花しぼみたるあつさ哉　破笠・続虚栗

昼顔のほとりによべの渚あり　石田波郷・鶴の眼

ひるむしろ【蛭莚・蛭蓆】〔三夏〕

ヒルムシロ科の水性多年草。水面の葉は長楕円形。夏、花軸を水上にだし、黄緑色の細花を穂状に開く。〔和名由来〕蛭の多い池沼に群生するところから「蛭の座る筵」に見立てたもの。〔同義〕蛭藻《ひるも》。

びわ【枇杷】びは〔仲夏〕

バラ科の常緑高樹。果樹として栽培される。葉は長い楕円形。十一月頃に帯黄白色の五弁花を開く。翌年の夏に、大形の褐色の種子を数個含む黄色の果実を結び、食用となる。俳句では、果実をもって夏の季語とする。〔漢名〕枇杷。

びわ

なつかしさ稚く成し枇杷の味　土芳・蓑虫庵集
けふことに枇杷も鈴ふるいさめ哉　鬼貫・俳諧七車
鈴生りの枇杷の枝振折て見ん　曾栄・俳句大観
枇杷の鈴四五枚の葉に立据わり　西山泊雲・ホトトギス
わがもいで愛づる初枇杷葉敷けり　杉田久女・杉田久女句集

ふうちそう【風知草】〔三夏〕

イネ科の多年草の裏葉草《うらはぐさ》の通称。園芸用として栽培される。葉の表面は白色。つねに葉裏を見せており、風で表裏がそよぐさまが美しい。風草ともいう。夏から秋に紫色を帯びた花穂をさげる。

風知草《ふうちそう》女主《あるじ》の居間《いま》ならん　高浜虚子・五百五十句

ふうらん【風蘭】〔晩夏〕

ラン科の常緑多年草。暖地の樹上に着生する。観賞用としても栽培。夏、糸状の白花を開く。〔漢名〕風蘭、弔蘭。

水鉢に風蘭の香や一雫　素水・三千化
風蘭や冷光多き巌の隈《くま》　芥川龍之介・我鬼窟句抄

ふうらん

ふうろそう【風露草】〔晩夏〕

フウロソウ科の植物の総称。本州中部山地や北海道の草原に生育。葉は掌状。夏から秋に紅紫色の五弁の花をつける。地名を冠して呼ばれるものも多く伊吹風露・千島風露・白山風露・赤沼風露・四国風露・浅間風露などがある。江戸時代に渡来したオランダ風露もある。

ふかみぐさ【深見草】〔初夏〕
牡丹の異称。⇩牡丹《ぼたん》
紅や葉さへ花さへ深見草　紹巴・ふし紀行
さゝばうし角《つの》に燈ともすふか見草　其角・五元集
かいほこれ今をむかしのふかみ草　鬼貫・俳諧七車

ふき【蕗】〔初夏〕
キク科の多年草。春、葉に先だって根茎から花軸（蕗の薹）をだし、多くの小花を集めた球状の頭花を開く。初夏、茂った葉柄と花茎（季語となる）を食用とする。〔同義〕款冬《かんとう》、菜蕗《なぶき》。⇩蕗《ふき》の葉《は》、秋田蕗《あきたぶき》
日ざかりを蕗やかざして大休止　森鷗外・うた日記
蝸牛や五月をわたるふきの茎　夏目漱石・漱石全集
蕗模様燕ちらしに雨の糸　河東碧梧桐・新傾向
蕗つめば蕗のにほひのなつかしく
種田山頭火（昭和九年）

ふき

ふきのは【蕗の葉】〔初夏〕⇩蕗《ふき》
夜もすがら蕗の葉広し雨の音　曾北・類題発句集
卯の花のこぼるゝ蕗の広葉哉　蕪村・蕪村句集
山陰や蕗の広葉に雨の音　闌更・半化坊発句集
蕗の葉にぽんと穴明く暑《あつさ》哉　一茶・七番日記

ふたばあおい【二葉葵・双葉葵】ふたばあふひ〔仲夏〕
ウマノスズクサ科の多年草。冬葵、立葵などのアオイ科の植物とは別種。本州、四国、九州の山地や木陰に生育する。茎は地上を這い、髭根をだす。葉身は心臓形で葵の紋はこの形からとられた。釣鐘形で淡紅紫色の花を開く。
かけてけふ世々の葵の二葉哉　宗牧・宗牧句帖

ふだんそう【不断草】ふだんさう〔三夏〕
アカザ科の二年草。葉は長卵形。夏、茎頂部に黄緑色の細花を長穂状につける。葉は食用となる。〔和名由来〕葉を一年中食べることができるところから。〔同義〕不断菜《ふだんな》。

ふっきそう【富貴草】〔初夏〕
ツゲ科の常緑小低樹。根茎から叢生する。葉は長楕円形。初夏、茎頭に花弁のない淡黄緑色の小花を穂状に開く。花後、

灰白色の小円果を結ぶ。庭園の下草などになる。

ぶっそうげ【仏桑華・扶桑花・仏桑花】 ぶつさうげ〔晩夏〕

アオイ科の常緑小低樹。「ぶっしょうげ・ふそうげ」ともいう。葉は卵形。夏から秋、多くは赤色の花を開く。白・黄色の花や紋様入りのものもある。ハイビスカスに同じ。［同義］扶桑《ふそう》、琉球木槿《りゅうきゅうむくげ》、菩薩花《ぼさつばな》。［漢名］扶桑。

仏桑花白砂に咲くや遊園地　河東碧梧桐・新傾向
仏桑花濡れ墓かわく夕立晴　山口青邨・雪国

ぶっそうげ

ふとい【大藺】 ふとゐ〔三夏〕

カヤツリグサ科の多年生。湖や沼に生育する。葉は下部に鱗片葉をつける。夏、淡黄褐色の小穂を開く。茎の繊維で筵などの敷物がつくられる。［和名由来］根茎や茎が太いところから「太い藺草《いぐさ》」の意。［同義］大藺草《おおいぐさ》、青藺《あおい》。⇩大藺草《おおいぐさ》

山の井に初夏なつかしむ大藺哉　伊藤左千夫・全短歌所収「俳句」
萍の花白し大藺むらむらと　河東碧梧桐・新傾向

ぶどうのはな【葡萄の花】 ぶだうのはな〔初夏〕

ブドウ科の蔓性落葉植物の花。初夏、円錐花序をだし五弁の淡緑色の細小花を開く。

ぶなのはな【橅の花・山毛欅の花】〔初夏〕

橅はブナ科の落葉高樹。樹皮は灰白色で平滑。葉は広卵形。五月頃、淡緑色の花を開く。花後、秋に堅果を結び食用となり、また食用油・灯油などの原料となる。［花言］繁栄。

ふのり【布海苔・海蘿】〔三夏〕

フノリ科の紅藻。海岸の干満線の岩場に付着して繁殖する。紅紫色で長さ約一〇センチ。食用となり、糊の原料ともなる。⇩布海苔《ふのり》干《ほ》す〔生活編〕

フロックス【phlox】〔初夏〕

ハナシノブ科の一年草または多年草。初夏に紅・白・紫色などの五弁花を開く。［同義］桔梗撫子《ききょうなでしこ》。

へくそかずら【屁糞蔓】
へくそかづら〔晩夏〕

アカネ科の蔓性多年草。

へくそかずら

蔓は左巻きで、他物に絡みつく。葉は長楕円形。夏、外面が白色、内面が紫色の筒状の小花を開く。［和名由来］茎や葉を揉むと悪臭を放つところから。［同義］屎葛《くそかずら》、灸花《やいとばな》、早乙女花《さおとめばな》、早少女花《さおとめばな》。

　名をへくそかづらとぞいふ花盛り　高浜虚子・五百五十句

ベゴニア【begonia】〔三夏〕

シュウカイドウ科シュウカイドウ属の多年草の花茎が地面を這うもの、直立するものなど多数の品種がある。雌雄同株。雄花は二つの大花弁と二つの小花弁をもつ。雌花は赤・黄・紫色の五つの花弁をもつ。「ベコニア」とは誤った俗称。

へちまのはな【糸瓜の花】〔晩夏〕

ウリ科の糸瓜の花。夏〜秋に五弁の黄花を開く。⇩瓜《うり》の花《はな》

べにのはな【紅の花】〔仲夏〕

紅花《べにばな》のこと。キク科の二年草。茎は白色を帯びる。葉は広披針形。葉の縁先には棘がある。夏、紅・黄色の花を開く。花冠は「紅」の原料となる。［同義］紅《くれない》、紅藍《くれのあい》、末摘花《すえつむはな》。［漢名］紅藍花。［花言］差別。⇩紅《くれない》、末摘花《すえつむはな》、紅畑《べにばたけ》

べにばな

　行すゑは誰《たが》肌ふれむ紅の花　芭蕉・西華集
　紅粉買や朝見し花を夕日影　其角・五元集拾遺
　奈良へ通ふ商人住めり紅の花　正岡子規・子規全集
　願かけて観音様へ紅の花　夏目漱石・漱石全集

べにばたけ【紅畑】〔仲夏〕

紅花の畑。⇩紅《べに》の花《はな》

　暑き日や指もさゝれぬ紅畠　千代女・古今句鑑

へびいちご【蛇苺】〔初夏〕

バラ科の多年草。茎は葡萄状に伸びる。葉は長柄の三小葉をもつ。春、五弁の黄色い小花を開き、初夏に赤い実(季語となる)を結ぶ。通常食用とはしない。［同義］蛇枕《へびまくら》、三葉苺《みつばいちご》、毒苺《どくいちご》。［漢名］蛇苺、地苺。⇩苺《いちご》

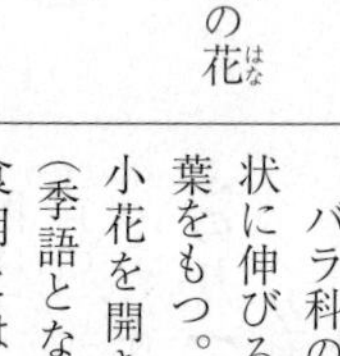

へびいちご

　蛇いちご半弓提て夫婦づれ　嵐雪・其浜ゆふ
　田水満ち日出づる露に蛇苺《へびいちご》　飯田蛇笏・山響集

君が墓来つ、目守りぬ蛇苺　水原秋桜子・葛飾

ぼうたん【牡丹】〔初夏〕⇩牡丹《ぼたん》

ぼうたんの蕾に水をかくるなよ　村上鬼城・鬼城句集
ぼうたんのあな散らふはらはらはらと　日野草城・旦暮

ほうちゃくそうのはな【宝鐸草の花】ほうちゃくさうのはな〔仲夏〕

ユリ科の多年草。葉は長楕円形。夏、枝の頂端に筒状の緑白色の花一～三個を垂れ開く。花後、黒い実を結ぶ。［和名由来］筒状に下垂して咲く花を、宝鐸（堂塔の四方に飾りとして吊るす風鈴）に見立てたところから。［漢名］淡竹花。

ほおずきのはな【酸漿の花・鬼燈の花】ほほづきのはな〔仲夏〕

ナス科の酸漿の花。夏、黄緑白色の花を開く。⇩青酸漿《あおほおずき》

鬼燈の花は暮れたに飛ぶ螢　乙二・俳句全集
鬼灯や花のさかりの花三つ　水原秋桜子・葛飾

ほおのはな【朴の花・厚朴の花】ほほのはな〔初夏〕

朴はモクレン科の落葉高樹。葉は大形で倒卵形。初夏に、香気の強い帯黄白色の大花を開く。花後に結ぶ果実は秋に熟し、糸を引いて赤い種子を垂らす。若葉は食用となる。

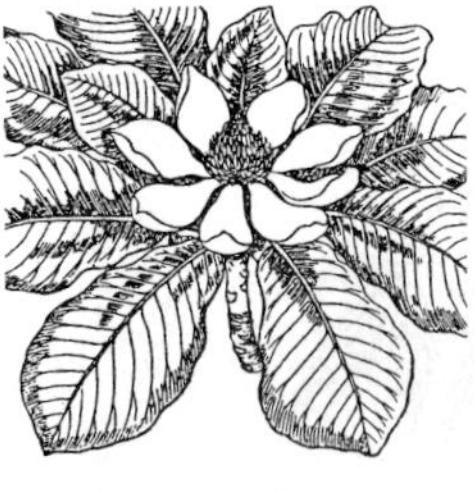

ほおのき

晴る、日も嶽鬱々《たけうつうつ》と厚朴《ほほ》咲けり　飯田蛇笏・山響集
岨《そば》高く雨雲ゆくや朴《ほほ》の花　水原秋桜子・南風
朴《ほほ》の花猶《なほ》青雲《せいうん》の志　川端茅舎・定本川端茅舎句集
匂ふなり遠き梢の朴の花　日野草城・旦暮

ほしうり【干瓜】〔晩夏〕⇩［生活編］

ぼだいじゅのはな【菩提樹の花】〔晩夏〕

日本でいう菩提樹とはシナノキ科の落葉高樹である。葉は心臓形。葉裏は白く毛がある。夏、香りのよい黄褐色の五弁の小花を開く。花後、球形の実を結ぶ。日本のものは中国原産のものが多い。［〈西洋菩提樹〉花言］夫婦の愛。

ほたるかずら【蛍葛】ほたるかづら〔初夏〕

ムラサキ科の多年草。茎の先端は根を下ろして新株をつくる。葉は倒披針形。五月頃、瑠璃色の小さな花を開く。花後、卵球形の小果を結び、白く熟す。［和名由来］瑠璃色の花が点在して咲くさまを蛍に見立てたところから。

ほたるぶくろ【蛍袋】〔仲夏〕

キキョウ科の多年草。葉は楕円形。夏、風鈴の形をした五

裂の花を開く。色は藍紫・白色など。［和名由来］花が提灯に似ているため、提灯の古語「火垂《ホタ》ル袋《ブクロ》」からと。［同義］風鈴草《ふうりんそう》、釣鐘草《つりがねそう》、提燈花《ちょうちんばな》。［漢名］山小菜。⇩釣鐘草《つりがねそう》

ぼたん【牡丹】〔初夏〕

ボタン科の落葉低樹。「ぼうたん」ともいう。葉は羽状複葉。四～五月頃に紅・白・淡紅色などの大形の重弁花を開く。花後、褐色の短毛をもつ袋果を結び、熟すと密毛におおわれた黒色の種子をだす。

ぼたん

菊、芍薬と共に観賞用の三佳品といわれる。花は食用。［同義］二十日草《はつかぐさ》、深見草《ふかみぐさ》、富貴草《ふうきそう》、洛陽花《らくようか》、花神《かしん》、花王《かおう》、百花王《ひゃっかおう》。［漢名］牡丹。⇩黒牡丹《くろぼたん》、白牡丹《しろぼたん》、二十日草《はつかぐさ》、深見草《ふかみぐさ》、牡丹《ぼうたん》、牡丹畑《ぼたんばたけ》、鎧草《よろいぐさ》

寒からぬ露や牡丹の花の密　芭蕉・別座鋪
寂《せき》として客の絶間《たえま》のぼたん哉　蕪村・蕪村句集
しづ心牡丹崩れてしまひけり　正岡子規・子規句集
牡丹しろし人倫を説く眼はなてば　飯田蛇笏・山廬集
牡丹散り白磁を割りしごとしづか　山口青邨・雪国
金屏《きんびやう》に紅《べに》打ち重ぬ牡丹かな　中村汀女・花句集
ぼうたんのあな散らふはらはらと　日野草城・旦暮

ぼたんきょう【牡丹杏】 ぼたんきやう〔晩夏〕

李のこと。⇩李《すもも》

ぼたんばたけ【牡丹畑】〔初夏〕⇩牡丹《ぼたん》

短夜や牡丹畠のねずみがり　浪化・国の花
ぼたん畑小草に箸を下す也　几董・井華集

ぼたんみ【牡丹見】〔初夏〕⇩［生活編］

ほていそう【布袋草】 ほていさう〔晩夏〕

ミズアオイ科の多年浮草。夏、六弁の青紫色の花を開く。［和名由来］葉柄が空気を含み、布袋の腹のように膨らんでいるところから。［同義］布袋葵《ほていあおい》、和蘭水葵《オランダみずあおい》。

ほむぎ【穂麦】〔初夏〕

穂が出た麦のこと。⇩麦《むぎ》

いざともに穂麦喰《くら》はん草枕　芭蕉・甲子吟行
春や穂麦が中の水車　蕪村・蕪村句集
旅芝居穂麦がもとの鏡たて　蕪村・蕪村句集

「ま　行」

マーガレット【marguerite】〔初夏〕

キク科の多年草。葉は春菊に似て羽状に深裂する。夏、白・黄・桃色の花を頭状に開く。〔同義〕木春菊《もくしゅんぎく》。

まくわうり【真桑瓜・甜瓜】 まくはうり〔晩夏〕

ウリ科の蔓性一年草。雌雄同株。葉は円心臓形。初夏、黄色の小花を開く。晩夏に楕円形の漿果を結び食用となる。香りがよく、甘い。〔和名由来〕岐阜県真桑（現在の真正町）で多く栽培されたことから。〔同義〕真瓜《まうり》、甘瓜《あまうり》、玉真桑《たままくわ》、味瓜《あじうり》、都瓜《みやこうり》。〔漢名〕甜瓜。

⇩瓜《うり》、玉真桑《たままくわ》、初瓜《はつうり》、初真桑《はつまくわ》

まくわうり

我に似な二ツにわれし真桑瓜　芭蕉・初蝉

魂棚《たまだな》に野辺の匂ひや真桑瓜　杉風・続別座敷

ごろり寝の枕にしたる真瓜《まくは》哉　一茶・七番日記

真桑瓜見かけてやすむ床几《しょうぎ》哉　正岡子規・子規句集

吹井戸やぼこりぼこりと真桑瓜　夏目漱石・漱石全集

まこも【真菰・真薦】〔三夏〕

イネ科の大形多年草。浅水に自生する。葉は線形。夏に刈って、筵の材料とする。秋、穂をつけ上部に雌花、下部に雄花を開く。種子と若葉は食用。〔和名由来〕「馬薦《マコモ》」「真蒲《マカマ》」の意など。〔同義〕菰《こも》、粽草《ちまきぐさ》、花勝見《はなかつみ》、霞草《かすみぐさ》。〔漢名〕菰。

⇩菰《こも》、真菰売《まこもうり》、真菰刈《まこもかり》

まこも

笠島の人が笠著て真菰艸　乙二・斧の柄

潮来

舟の波真菰を越えて田にはしる　加藤楸邨・寒雷

まこもうり【真菰売・真薦売】〔晩夏〕⇩〔生活編〕

まこもかる【真菰刈る・真薦刈る】〔晩夏〕⇩〔生活編〕

またたびのはな【木天蓼の花】〔仲夏〕
サルナシ科の蔓性落葉植物の木天蓼の花。木天蓼は夏、梅の花に似た五弁の白花を開く。秋に実を結ぶ。

まつおちば【松落葉】〔初夏〕
松は初夏の新葉が生育した頃、古葉を落とす。この落葉を松落葉という。⇩常磐木落葉《ときわぎおちば》、散松葉《ちりまつば》

清瀧や波に散込《こむ》む青松葉　芭蕉・笈日記
松風の落葉か水の音涼し　芭蕉・蕉翁句集
松の葉の落ちて地に立つ暑かな　風律・古人五百題
松葉散る松の緑の伸びにけり　正岡子規・子規全集

まつばぎく【松葉菊】〔晩夏〕
ツルナ科の多年草。葉は多肉・線形で松葉牡丹に似る。夏に紅・白・淡紅・紅紫色などの菊に似た花を開く。［同義］菊牡丹《きくぼたん》、仙人掌菊《さぼてんぎく》。

まつばぼたん【松葉牡丹】〔晩夏〕
スベリヒユ科の一年草。ブラジル原産。葉は線形で

まつばぼたん

肉質。夏に黄・紫・紅・白色などの五弁の花を開く。［和名由来］葉が松に似て、花を牡丹に見立てたところから。［同義］亜米利加草《あめりかそう》、花松菜《はなまつな》、日照草《ひでりぐさ》。［花言］無邪気、可憐。

蜥蜴ゐる松葉牡丹は黄なりけり　山口青邨・雪国

まつもと【松本】〔仲夏〕
ナデシコ科の多年草。葉は卵形。五、六月頃、紅・白色の花を開く。［和名由来］歌舞伎役者の松本幸四郎の紋所に似ていることから。［同義］松本草《まつもとそう》、松本仙翁《まつもとせんおう》。

まつよいぐさ【待宵草】まつよひぐさ〔晩夏〕
アカバナ科の多年草。夏、葉腋に鮮黄色の四弁花を開く。夕方開花し、翌朝しぼみ、黄赤色に変わる。［和名由来］花が夕方に開花するところから。［同義］月見草《つきみそう》、幽霊花《ゆうれいばな》。［花言］物いわぬ恋。⇩大待宵草《おおまつよいぐさ》、月見草《つきみそう》

まつりか【茉莉花】〔晩夏〕
モクセイ科の常緑低樹。葉は楕円形。夏の夕、白色の五弁の花を開く。中国では茶と混ぜ、「茉莉花茶《ジャスミンちゃ》」として飲用する。［同義］毛輪花《もうりんか》、女郎花《じょろうばな》。［漢名］

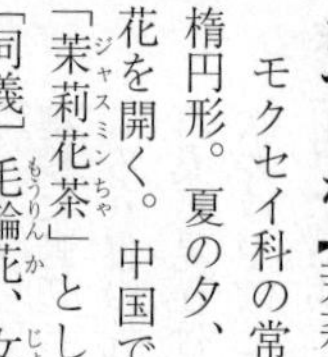
まつりか

末利、抹利。

茉莉花の花こぼれある詩箋かな　河東碧梧桐・新傾向

茉莉花や蘇洲の人の贈り皃　河東碧梧桐・新傾向(夏)

まゆみのはな【真弓の花・檀の花】〔仲夏〕

真弓はニシキギ科の落葉低樹。夏、薄白緑の四弁の花を開く。

みかんのはな【蜜柑の花】〔仲夏〕

ミカン科の常緑樹の蜜柑の花。夏、五弁の白花を開く。

猶哀れ栗も蜜柑も花の時　乙由・麦林集

春過ぎてはや咲く蜜柑柑子哉　大江丸・俳句大観

ふるさとはみかんのはなのにほふとき　種田山頭火・層雲

みくり【三稜・三稜草】〔晩夏〕

ミクリ科の水性多年草。茎は長く三稜形。夏、茎頂上に白色の単性花をつける。緑色の果実を結ぶ。［和名由来］果実を栗の実に見立てた「実栗」の意からと。［漢名］黒三稜。

みざくら【実桜】〔仲夏〕

「さくらんぼう」のこと。⇩さくらんぼう、桜《さくら》の実《み》

実桜や死のこりたる庵主　蕪村・蕪村句集

木母寺や実桜落ちて人もなし　正岡子規・子規全集

実桜や羽織かさねてつかぬ髪　杉田久女・杉田久女句集補遺

実ざくらやをとめさびつつ人みしり　日野草城・旦暮

みずあおい【水葵・雨久花】　みづあふひ〔晩夏〕

ミズアオイ科の水生一年草。葉は心臓形。夏から秋に紫碧・白色の花を円錐状に開く。［同義］浮水葱《うきなぎ》。⇩水葱《なぎ》

加茂川のすゐやながれて水葵　也有・蘿葉集

みずおおばこ【水大葉子・水車前】　みづおほばこ〔晩夏〕

トチカガミ科の水生一年草。水田・池沼に自生。茎は短く、葉は広卵形で帯紫緑色。夏、三弁の白・紅紫色の花を開く。［同義］水朝顔《みずあさがお》。［漢名］龍舌草。

みずきのはな【水木の花】〔初夏〕

水木はミズキ科の落葉高樹。葉は広楕円形。夏、四弁の白小花を開く。花後、球形の実を結び、秋に熟して紫黒色となる。幹に大量の水分を含んでいるので防火の役割もあり、庭木や街路樹として植えられる。

みずくさのはな【水草の花】　みづくさのはな〔三夏〕

水草類の夏に咲く花。

聞もつけぬ名は呼びにくき水草哉　来山・続いま宮草

水たゝへて水草移す小沙弥かな　白雄・白雄句集

みつがしわ【三槲・三柏】 みつがしは〔仲夏〕
リンドウ科の多年草。水辺に自生。三小葉からなる複葉。六月頃、五弁の白花を総状につける。［和名由来］三小葉が柏の葉に似るところから。［同義］水半夏《みずはんげ》。［漢名］睡菜。

みやこぐさ【都草】〔初夏〕
マメ科の多年草。三小葉よりなる羽状複葉。初夏、蝶形の黄色花を開く。［同義］黄金花《こがねばな》、錦都草《にしきみやこぐさ》、黄蓮華《きれんげ》、狐豌豆《きつねのえんどう》、烏帽子花《えぼしばな》、淀殿草《よどどのぐさ》。［花言］復讐。⇩淀殿草《よどどのぐさ》

みょうがじる【茗荷汁】 めうがじる〔晩夏〕⇩［生活編］

みょうがのこ【茗荷の子】 めうがのこ〔晩夏〕
茗荷はショウガ科の多年草。葉は広披針形。夏から秋に根茎から苞のある花穂をだし、淡黄色の花を開く。この広楕円形の花穂を「茗荷の子」とよび、吸物やさしみの薬味や汁の具、天ぷらなどにして食用となる。

みょうが

庭草をくゞる嵐や茗荷の子　露月・露月句集
仇落や柿に並びし茗荷の子　道彦・俳諧辞典
朝は涼しい茗荷の子　種田山頭火・草木塔

むぎ【麦】〔初夏〕
イネ科の穀類中、大麦、小麦、ライ麦などの総称。初冬に蒔かれた種子は春には青々と繁り、初夏、黄熟したところを刈り取られる。古くから食用・飼料とされた。麦は初夏に実るが、米の収穫になぞらえて初夏を「麦秋」とよぶ。［同義］去年草《こぞぐさ》、二年草《にねんぐさ》、年越草《としこしぐさ》、茶筅草《ちゃせんぐさ》。［花言］富。〈折れ麦〉争い。⇩穂麦《ほむぎ》、麦の穂《むぎのほ》、大麦《おおむぎ》、小麦《こむぎ》、新麦《しんむぎ》、痩麦《やせむぎ》
麦はえてよき隠家や畠村《はたけむら》　芭蕉・笈日記
里の女《め》や麦にやつれしうしろ帯　一茶・享和句帖
麦ほこりかかる童子の眠りかな　芥川龍之介・発句
いくさよあるな麦生《むぎふ》に金貨天降《あまふ》るとも　中村草田男・銀河依然

むぎうた【麦歌】〔初夏〕⇩［生活編］
むぎうち【麦打】〔初夏〕⇩［生活編］
むぎかり【麦刈】〔初夏〕⇩［生活編］
むぎつき【麦搗】〔初夏〕⇩［生活編］
むぎぬか【麦糠】〔初夏〕⇩［生活編］

むぎの【麦野】〔初夏〕⇩麦《むぎ》、麦畑《むぎばたけ》
馬子起て馬をたづぬる麦野哉　其角・五元集拾遺
むぎのあき【麦の秋】〔初夏〕⇩［自然・時候編］
むぎのあめ【麦の雨】〔初夏〕⇩［自然・時候編］
むぎのかぜ【麦の風】〔初夏〕⇩［自然・時候編］
むぎのこ【麦の粉】〔初夏〕⇩［生活編］
むぎのなみ【麦の波】〔初夏〕
麦の穂が一面に揺れている様子を波にたとえた表現。⇩麦《むぎ》
汐干るや海に風なし麦の浪　野坡・野坡吟草
菜種よりぬれいろふかし麦の波　卯七・初蝉
青あらしそこに落てや麦の波　吾仲・志津屋敷
わびしげや麦の穂なみにかくれ妻　太祇・太祇句選
むぎのほ【麦の穂】〔初夏〕⇩麦《むぎ》、穂麦《ほむぎ》
麦の穂や泪《なみだ》に染《そめ》て啼雲雀　芭蕉・嵯峨日記
麦の穂に来るや雀の夫婦連《めをとづれ》　野坡・はだか麦
麦の穂の出揃ふ頃のすがすがし　高浜虚子・五百五十句
麦の穂のおもひでがないでもない　種田山頭火・草木塔
むぎばたけ【麦畑】〔初夏〕⇩麦《むぎ》、麦野《むぎの》
つかみあふ子供の長《たけ》や麦畠　去来・嵯峨日記
麦畑や出ぬけても猶麦の中　野坡・すみだはら
むぎびより【麦日和】〔初夏〕⇩［自然・時候編］
むぎぶえ【麦笛】〔初夏〕⇩［生活編］
むぎぼこり【麦埃】〔初夏〕⇩［生活編］
むぎめし【麦飯】〔初夏〕⇩［生活編］
むぎわら【麦藁】〔初夏〕⇩［生活編］
むぎわらぎく【麦藁菊】〔晩夏〕
キク科の一〜二年草。オーストラリア原産。夏から秋に黄・橙・白・淡紅色などの花を開く。［和名由来］英名「straw flower」の和訳。
むぎわらぶえ【麦藁笛】〔初夏〕⇩［生活編］
むぎわらぼうし【麦藁帽子】〔初夏〕⇩［生活編］
むぐら【葎】〔三夏〕
八重葎《やえむぐら》、金葎《かなむぐら》などの総称。また、これらの雑草が密生する状態をいう。⇩金葎《かなむぐら》
山賎《やまがつ》のおとがい閉るむぐらかな　芭蕉・続虚栗
麦飯やさらば葎の宿ならで　杉風・常盤屋之句合

訪ぬ人も葎の宿にかぞへけり　白雄・白雄句集
陽炎のづんづんと伸る葎哉　一茶・文化句帖

むしとりすみれ【虫取菫】〔晩夏〕
タヌキモ科の多年草。高山の湿地に自生。葉面にある多くの腺毛から粘液を分泌して小虫を捕え、消化・吸収する。夏、菫に似た紫色の五弁花を開く。

むしとりなでしこ【虫捕撫子・虫取撫子】〔仲夏〕
ナデシコ科の一～二年草。茎から粘液を分泌する。葉は長卵形でへら状。五～六月に紅紫・白色の小花を密生して開く。[和名由来] 茎の節からでる粘液を虫捕液に見立てたものと。[同義] 小町草《こまちぐさ》、蝿取撫子《はえとりなでしこ》。[花言] 罠。〈赤花〉青春期の恋。〈白花〉裏切り。⇩小町草《こまちぐさ》

むらわかば【むら若葉】〔初夏〕
濃淡のある若葉をいう。⇩若葉《わかば》
朝雲のゆふべにも降ずむら若葉　蘭之・夜の柱
窓明けて見渡す山もむら若葉　杉田久女・杉田久女句集

メロン【melon】〔晩夏〕
ウリ科の一年生果菜のマスクメロンの略。日本には明治以降欧米から導入された。香気と甘味のある球形の果実で、皮に細網目が生ずるのでネットメロンともいう。
炎帝につかへてメロン作りかな　篠原鳳作・筑摩文学全集

もじずりそう【文字摺草】もじずりさう〔初夏〕⇩捩花《ねじばな》

もちのはな【黐の花】〔仲夏〕
モチノキ科の常緑小高樹である黐《もち》の木《き》は、夏、淡黄緑色の四弁花を叢生する。花後、球形の果実を結ぶ

もっこくおちば【木槲落葉】もくこくおちば〔初夏〕
ツバキ科常緑高樹の木槲の落葉。⇩常盤木落葉《ときわぎおちば》、木槲《もっこく》の花《はな》
木槲の落葉掃きたる茶の日哉　正岡子規・子規全集

もっこくのはな【木槲の花】もくこくのはな〔仲夏〕
木槲はツバキ科の常緑高樹。葉は長楕円形。夏、五弁の黄白色の花を開く。花後、球状の果実を結ぶ。[〈木槲〉同義] 赤実木《あかみのき》、水木犀《みずもくせい》。[〈木槲〉漢名] 厚皮香。⇩木槲落葉《もっこくおちば》

ものはな【藻の花】〔仲夏〕
沢や湖・沼などに生育する藻類が夏に開く花。⇩花藻《はなも》
渡り懸て藻の花のぞく流哉　凡兆・猿蓑
藻の花や隙なき水の中ながら　蓼太・蓼太句集
藻の花や小川に沈む鍋のつる　正岡子規・子規句集

藻の花や母娘《おやこ》が乗りし沼渡舟《ぬまわたし》　高浜虚子・五百五十句

「や～わ行」

やぐるまぎく【矢車菊】〔仲夏〕
①キク科の一～二年草。細葉で茎・葉に毛がある。五～六月頃に、藍紫・桃・白色の頭状花を開く。〔和名由来〕花を鯉のぼりの矢車に見立てたところから。〔漢名〕藍芙蓉。〔花言〕デリカシー（英）、あなたは私を明るくしてくれる（仏）。②ユキノシタ科の矢車草の別称。⇩矢車草《やぐるまそう》

やぐるまそう【矢車草】やぐるまさう〔仲夏〕
①ユキノシタ科の多年草。葉は五枚の小葉からなる掌状で矢車に似る。夏、緑白色の小花を多数円錐花序に開く。〔同義〕羽《は》団扇草《うちわそう》。②キク科の矢車菊の別称。⇩矢車菊《やぐるまぎく》

やぐるまそう

春宵の矢車の花赤藍白　山口青邨・雪国
住み残す矢車草のみづあさぎ　中村汀女・花句集

やしゃびしゃく【夜叉柄杓】〔仲夏〕
ユキノシタ科の蔓性落葉小低樹。深山の他木の上に生育。葉は円形で掌状に分裂する。夏、淡緑白色の五弁の小花を開く。花後、楕円形で球状の果実を結ぶ。〔同義〕天梅《てんばい》。

やせむぎ【痩麦】〔初夏〕
実の乏しい麦。⇩麦《むぎ》
痩麦や我身ひとりの小百姓　召波・春泥発句集

やぶれがさ【破傘・破笠】〔仲夏〕
キク科の多年草。葉は大きく掌状に深裂する。夏、白い頭状花を円錐状に開く。〔和名由来〕葉の形が破れた傘を広げたさまに似るところから。〔同義〕破菅笠《やぶれすげがさ》、破唐傘《やぶれからかさ》。

やまごぼうのはな【山牛蒡の花】やまごばうのはな〔仲夏〕
ヤマゴボウ科の多年草の花。

やぶれがさ

葉は長楕円形。夏、小白花を開く。花後、暗紫色の実を結ぶ。若葉は食用。［同義］犬牛蒡《いぬごぼう》。

やましげり【山茂り】〔三夏〕⇩茂《しげ》り

茂山やさては家ある柿若葉　蕪村・類題発句集

やまとなでしこ【大和撫子】〔晩夏〕

撫子の別称。渡来種の唐撫子に対する呼称。日本女性に対する美称としても使われる。⇩撫子《なでしこ》、唐撫子《からなでしこ》、河原撫子《かわらなでしこ》

やまぼうしのはな【山法師の花】やまぼふしのはな〔初夏〕

ミズキ科の落葉高木。「山帽子」とも書く。山地に自生。葉は楕円形。夏、細花を球状に密生し、四枚の美しい苞が花弁のようで見える。花後、球状で紅色の球果を結び食用となる。［漢名］四照花。

やまもも【山桃・楊梅】〔仲夏〕

ヤマモモ科の常緑高樹。葉は小枝の先に密生し、長楕円形。春、黄褐色の雌花穂と緑色の包鱗をもつ雄花穂をつける。花後、梅雨の頃から球形の果実（季語となる）を結び、熟して紫紅色になり食用となる。［同義］樹梅《じゅばい》。［漢名］楊梅。

やまもも

楊梅や爪取て喰ふむすめの子　園女・当世誹諧楊梅
楊梅や千体仏のあたま数　越蘭・類題発句集
楊梅《やまもも》を採り来し声は童らし　水原秋桜子・晩華

やまゆり【山百合】〔晩夏〕

ユリ科の多年草。日本特産種。夏、紅斑点のある香りの高い六弁の白花を開く。地下の球形の鱗茎は食用となる。［同義］吉野百合《よしのゆり》、鳳来寺百合《ほうらいじゆり》、叡山百合《えいざんゆり》。⇩百合《ゆり》

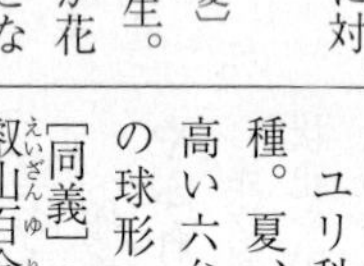
やまゆり

山百合の香や築き添へし堤来て　河東碧梧桐・新傾向

やまわかば【山若葉】〔初夏〕⇩若葉《わかば》

ほの明や魚荷こえ行山若葉　成美・いかにいかに

ゆうがお【夕顔】ゆふがほ〔晩夏〕

ウリ科の蔓性一年草。巻髭で他物に絡む。葉は腎臓形。夏の夜に白色の五裂の合弁花を開き、翌朝にしぼむ。花後、球形または長楕円形の果実を結び、干瓢の材料となる。俳句で

は「夕顔」で花をさし、夏の季語となる。［和名由来］「朝顔《アサガオ》」に対して夕方咲くところからなど。［同義］夜顔《よるがお》、黄昏草《たそがれぐさ》、瓢箪瓢《ひょうたんひさご》。［漢名］壺盧、瓠瓜。［花言］夜。

夕顔にみとるゝや身もうかりひよん　芭蕉・続山井
夕顔や待人待て屹度《きつと》咲　りん女・紫藤井発句集
夕顔や女子の肌の見ゆる時　千代女・千代尼発句集
夕顔や山羊よびいるるくづれ垣　森鷗外・うた日記
驚くや夕顔落ちし夜半《よわ》の音　正岡子規・子規句集
夕顔に女世帯の小家《こいえ》かな　正岡子規・子規句集
淋しくもまた夕顔のさかりかな　夏目漱石・漱石全集
夕顔《ゆふがほ》やほのかに縁《えん》の褄《つま》はづれ　泉鏡花・鏡花全集
夕顔やひらきかゝりて襞《ひだ》深く　杉田久女・杉田久女句集
夕顔にちる楽焼の火屑かな　水原秋桜子・葛飾

ゆうがお

ゆうすげ【夕菅】ゆふすげ〔晩夏〕
ユリ科の多年草。葉は線形で長い。夏、淡黄色の花を開く。花は夕方開いて、翌日の午後にはしぼむ。［同義］黄菅《きすげ》、蝦夷黄菅《えぞきすげ》、吉野黄菅《よしのきすげ》。［漢名］麝香草、麝香萱。⇩黄菅《きすげ》

ゆきのした【雪下】〔仲夏〕
ユキノシタ科の常緑多年草。細茎を根のように這わせて繁殖する。葉は腎臓形。夏に、白色の小花を開く［和名由来］下垂する二枚の大形の白い花弁を「雪の舌」とたとえたところからなど。［同義］鴨足草《ゆきのした》、虎耳草《ゆきのした》。［漢名］虎耳草。

日さかりの花や涼しき雪の下　呑舟・有磯海
長き根に秋風を待つ鴨足草《ゆきのした》　高浜虚子・五百句

ゆきのした

ゆずのはな【柚子の花】〔仲夏〕⇩柚《ゆ》の花《はな》

ゆすらうめ【梅桃・山桜桃】〔仲夏〕
バラ科の落葉低樹。葉は倒卵形。春、葉に先だって白色の五弁花を開く。花後、夏に淡紅色

ゆすらうめ

に熟した果実を結び食用となる。俳句では、果実をもって夏の季語とする。［和名由来］風に花が「動《ユスル》」の意など。［漢名］桜桃樹、英梅。

ゆすらの実赤し垣根に欄干たり　杉田久女・杉田久女句集補遺

ユッカ【yucca】〔晩夏〕

リュウゼツラン科常緑低樹。葉は細長く大きく、棕櫚に似る。夏に巨大な花序を生じ、白色花を多数開く。庭園などに栽植される。［同義］糸蘭《いとらん》。

ゆのはな【柚の花】〔仲夏〕

ミカン科の常緑小低樹の柚子の花。夏、白色の五弁の小花を開く。［同義］柚子の花、花柚子。⇩花柚《はなゆ》

柚の花や昔しのばん料理の間　芭蕉・嵯峨日記
柚の花やゆかしき母屋の乾隅　蕪村・新花摘
吸物にいさ、か匂ふ花柚《はなゆ》哉　正岡子規・子規句集
柚の花の香をなつかしみ雨やどり　杉田久女・杉田久女句集

ゆり【百合】〔晩夏〕

山百合、姫百合、鬼百合、鉄砲百合、笹百合など、ユリ科ユリ属の多年草の総称。［花言］〈白百合〉純潔・威厳（英）、清潔・清浄（仏）。〈黄百合〉偽り（英）、不安（仏）。⇩姫《ひめ》百合《ゆり》、鬼百合《おにゆり》、鹿子百合《かのこゆり》、山百合《やまゆり》、車百合《くるまゆり》、黒百合《くろゆり》、鉄砲《てっぽう》百合《ゆり》、笹百合《ささゆり》、小百合《さゆり》

ひだるさをうなづきあひぬ百合の花　支考・喪の名残
朱硯に露かたぶけよ百合の花　蕪村・蕪村遺草
百合白《ゆりしろ》く雨《あめ》の裏山暮《うらやまく》れにけり　泉鏡花・鏡花全集
百合咲けばお地蔵さまにも百合の花　種田山頭火・草木塔
百合赤し夕立晴れし草の中　水原秋桜子・葛飾
百合の蘂皆りんりんとふるひけり　川端茅舎・川端茅舎句集
百合の香は神の七つの窓を出す　中村草田男・火の島
百合青し人憂々と停らず　石田波郷・鶴の眼

よか【余花】よくわ〔初夏〕

春に遅れて夏の若葉の中に咲き残る花をいう。桜の花をいうことが多い。

余花いまだきのふの酒や豆腐汁　召波・春泥発句集
上野山余花を尋ねて吟行す　正岡子規・子規全集
余花《よか》に逢《あ》ふ再び逢ひし人のごと　高浜虚子・五百五十句

よどのぐさ【淀殿草】〔初夏〕

都草の別称。豊臣秀吉の側室の淀君が愛でたところからこの名が伝えられている。⇩都草《みやこぐさ》

よもぎふく【蓬葺く】〔仲夏〕⇩〔生活編〕

よろいぐさ【鎧草】〔初夏〕

牡丹の別称。⇩牡丹《ぼたん》

燃たつや夕日おとしの鎧草　雅因・新選

らっきょう【薤・辣韮】〔三夏〕

ユリ科の多年草。地下の白色の鱗茎から細長い中空の葉を叢生する。秋、六弁の紫色の小花を群生する。夏、根の傍に白または淡紫色で球形の子根（季語となる）を生じ、酢漬物などにして食用とする。〔同義〕山紫《やまむらさき》、玉紫《たまむらさき》。〔漢名〕薤。

らっきょう

らんとう【蘭湯】〔仲夏〕⇩〔生活編〕

リアトリス【liatris】〔晩夏〕

キク科多年草。葉は線状で、夏に淡紫紅色・白色の穂状の花を開く。〔同義〕麒麟菊《きりんぎく》。

りょくいん【緑陰】〔三夏〕

夏の明るい日差しの中で、青葉若葉の下にできる青色の陰をいう。〔同義〕翠陰《すいいん》。⇩木下闇《こしたやみ》

緑蔭《りょくいん》を出て来る君も君もかな　高浜虚子・七百五十句

子を守《も》りて大緑蔭を領したる　高浜虚子・七百五十句

父が呼ぶ緑蔭に入り眉ひらく　中村草田男・来し方行方

るこうそう【縷紅草・留紅草】るこうさう〔晩夏〕

ヒルガオ科の蔓性一年草。茎は細く他物に絡みつく。葉は羽状に深裂する。夏、濃紅色の五弁の小花を開く。〔同義〕縷紅朝顔《るこうあさがお》、南瓜朝顔《かぼちゃあさがお》。〔漢名〕蔦蘿松。

来年は藁に巻かせん縷紅草　春亭・俳句大観

るこうそう

ルピナス【lupinus】〔初夏〕

マメ科ハウチワマメ属の多年草。葉は掌状で、花は紫・白色で総状に配列して開く。藤の花を逆さにしたような様子か

ら「昇り藤」「立藤草」ともいう。

れんげ【蓮花・蓮華】〔晩夏〕
蓮の花。夏、白・紅色の花を咲かせる。池や沼、水田で栽培される。［花言］雄弁、遠ざかった愛。⇩蓮《はす》、蓮《はす》の花《はな》、蓮見《はすみ》
千々にちる蓮華の風に佇めり　杉田久女・杉田久女句集

れんりそう【連理草】れんりさう〔初夏〕
マメ科の多年草。原野に自生。葉は小形の羽状複葉。先端にある巻鬚で他物に絡みつく。初夏、紅色の蝶形花を三～八つ、総状花序につけて開く。花後、細長い莢を結ぶ。若葉は食用。［和名由来］対生する小葉が連なっているところから。［同義］鎌切草《かまきりそう》。

わかかえで【若楓】わかかへで〔初夏〕
初夏に萌え出る楓の若葉。青楓。
若楓一降りふつて日が照て　来山・続いま宮草
僧正の青きひとへや若楓　其角・五元集拾遺
三井寺や日は午にせまる若楓　蕪村・蕪村句集
紅葉より赤くてそれも若楓　梅室・梅室家集
下急流を擁す荘あり若楓　河東碧梧桐・新傾向

わかごぼう【若牛蒡】わかごばう〔晩夏〕
夏に収穫する若く柔らかい牛蒡をいう。⇩新牛蒡《しんごぼう》、牛蒡《ごぼう》の花《はな》、筏牛蒡《いかだごぼう》

わかたけ【若竹】〔仲夏〕
竹の子が生育して竹となったものをいう。［同義］今年竹《ことしだけ》、竹の若葉、竹の若緑。⇩今年竹《ことしだけ》、竹《たけ》の子《こ》、竹《たけ》の皮脱《かわぬ》ぐ
若竹や村百軒の麦の音　召波・春泥発句集
若竹や一宇の燈深からず　暁台・暁台句集
若竹や豆腐一丁米二合　正岡子規・子規句集
若竹や名も知らぬ人の墓の傍　夏目漱石・漱石全集
若竹を望み来つ樹下に雨を佗ぶ　河東碧梧桐・新傾向
若竹や鞭の如くに五六本　川端茅舎・川端茅舎句集

わかば【若葉】〔初夏〕
夏に入って樹々がつけるみずみずしい新葉をいう。⇩青葉《あおば》、青葉若葉《あおばわかば》、梅若葉《うめわかば》、若葉曇《わかばぐもり》、うら若葉《わかば》、柿若葉《かきわかば》、葛若葉《くずわかば》、樫若葉《かしわかば》、椎若葉《しいわかば》、樟若葉《くすわかば》、山若葉《やまわかば》、新樹《しんじゅ》、谷若葉《たにわかば》、蔦若葉《つたわかば》
若葉して御《おん》めの雫ぬぐはばや　芭蕉・笈の小文
晩鐘に雫もちらぬ若葉かな　千代女・千代尼発句集
浅間山烟の中の若葉かな　蕪村・蕪村新選

鳥鳴いてしづ心ある若葉哉　蓼太・蓼太句集
山越えて城下見おろす若葉哉　正岡子規・子規句集
若葉して籠り勝なる書斎かな　夏目漱石・漱石全集
山伏の梢ふみ行く若葉哉　幸田露伴・幸田露伴集
瀧二つ見る山踏みの若葉哉　河東碧梧桐・新傾向
柿若葉丘の低きをかゞやかす　水原秋桜子・霜林

わかばぐもり【若葉曇】〔初夏〕⇩［自然・時候編］

わくらば【病葉】〔三夏〕

夏の木々の葉が青々と生い茂る中、暑さや病虫害で黄色や茶色に変色してしまった葉をいう。

わくら葉に添うて落ちけり蝸牛　烏明・文車
病葉をはこぶ蟻あり嵐山　松瀬青々・妻木

わすれぐさ【忘草】〔晩夏〕

ユリ科の多年草の藪萱草《やぶかんぞう》の別称。鱗茎より細剣状の葉を叢生する。夏、花茎を伸ばし、百合に似た芳香のある黄褐色の小さな花を開く。［同義］恋《こい》忘草《わすれぐさ》。［漢名］萱草。⇩萱草《かんぞう》の花《はな》

わすれぐさ

わすれ草菜飯につまん年の暮　芭蕉・江戸蛇之鮓

わたのはな【綿の花】〔晩夏〕

アオイ科の一年草の綿の花。夏から初秋に、淡黄・白・紅色の五弁の花を開く。

丹波路や綿の花のみけふも見つ　闌更・半化坊発句集
船著きの小さき廓や棉の花　正岡子規・子規全集
玉造出て野稲荷や綿の花　河東碧梧桐・新傾向

わた

早引き季語辞典［夏］本編終り

/	/	/	/	/	/	/	/	/	/	/

作句メモ帳（上段の／は年月日の欄としてご利用下さい）

作句メモ帳（上段の／は年月日の欄としてご利用下さい）

／	／	／	／	／	／	／	／	／	／	／

作句メモ帳（上段の／は年月日の欄としてご利用下さい）

／	／	／	／	／	／	／	／	／	／	／

作句メモ帳（上段の／は年月日の欄としてご利用下さい）

／	／	／	／	／	／	／	／	／	／	／

作句メモ帳（上段の／は年月日の欄としてご利用下さい）

／　／　／　／　／　／　／　／　／　／　／

作句メモ帳

（上段の／は年月日の欄としてご利用下さい）

/	/	/	/	/	/	/	/	/	/	/

作句メモ帳（上段の／は年月日の欄としてご利用下さい）

／	／	／	／	／	／	／	／	／	／	／

作句メモ帳（上段の／は年月日の欄としてご利用下さい）

／	／	／	／	／	／	／	／	／	／	／

作句メモ帳

（上段の／は年月日の欄としてご利用下さい）

／	／	／	／	／	／	／	／	／	／	／

作句メモ帳

（上段の／は年月日の欄としてご利用下さい）

／ ／ ／ ／ ／ ／ ／ ／ ／ ／ ／

作句メモ帳（上段の／は年月日の欄としてご利用下さい）

／	／	／	／	／	／	／	／	／	／	／

作句メモ帳（上段の／は年月日の欄としてご利用下さい）

／ ／ ／ ／ ／ ／ ／ ／ ／ ／ ／

作句メモ帳（上段の／は年月日の欄としてご利用下さい）

／	／	／	／	／	／	／	／	／	／	／

作句メモ帳（上段の／は年月日の欄としてご利用下さい）

／	／	／	／	／	／	／	／	／	／	／

作句メモ帳（上段の／は年月日の欄としてご利用下さい）

/	/	/	/	/	/	/	/	/	/	/

作句メモ帳

（上段の／は年月日の欄としてご利用下さい）

／ ／ ／ ／ ／ ／ ／ ／ ／ ／ ／

作句メモ帳（上段の／は年月日の欄としてご利用下さい）

／	／	／	／	／	／	／	／	／	／	／

作句メモ帳（上段の／は年月日の欄としてご利用下さい）

／	／	／	／	／	／	／	／	／	／	／

作句メモ帳（上段の／は年月日の欄としてご利用下さい）

／	／	／	／	／	／	／	／	／	／	／

監修者　大岡　信（おおおか　まこと）

1931年　静岡県三島市に生まれる
1953年　東京大学文学部卒業
詩人、日本芸術院会員
【詩集】－「記憶と現在」「悲歌と祝禱」「水府」「草府にて」「詩とはなにか」「ぬばたまの夜、天の掃除器せまつてくる」「火の遺言」「オペラ 火の遺言」「光のとりで」「捧げるうた　50篇」など
【著書】－「折々のうた」（正・続・第3～第10・総索引・新１～6）「連詩の愉しみ」「現代詩試論」「岡倉天心」「日本詩歌紀行」「うたげと孤心」「詩の日本語」「表現における近代」「万葉集」「窪田空穂論」「詩をよむ鍵」「一九〇〇年前夜後朝譚」「あなたに語る日本文学史」（上・下）「日本の詩歌－その骨組みと素肌」「光の受胎」「ことのは草」「ぐびじん草」「しのび草」「みち草」「しおり草」「おもい草」「ことばが映す人生」「私の万葉集」（全５巻）「拝啓　漱石先生」「日本の古典詩歌（全6巻）」「昭和詩史」「大岡信詩集自選」など多数。
【受賞】－「紀貫之」で読売文学賞、「春　少女に」で無限賞、「折々のうた」で菊池寛賞、「故郷の水へのメッセージ」で現代詩花椿賞、「詩人・菅原道真」で芸術選奨文部大臣賞、「地上楽園の午後」で詩歌文学館賞
恩賜賞・日本芸術院賞（1995年）、ストルーガ詩祭（マケドニア）金冠賞（1996年）、朝日賞（1996年度）、文化功労者顕彰（1997年）、文化勲章（2003年）

早引き季語辞典［夏］
2005年5月30日　第1刷発行
監修者　大岡　信
編集著作権者　瓜坊　進
発行者　遠藤　茂
発行所　株式会社 遊子館
107-0062　東京都港区南青山1-4-2八並ビル4F
電話 03-3408-2286 FAX.03-3408-2180
印　刷　株式会社 平河工業社
製　本　田中製本印刷株式会社
装　幀　中村豪志
定　価　カバー表示

ISBN4 - 946525 - 66 - 1 C3592